Bd. 1

HEYNE <

ANTOINE ROUAUD

DER PFAD DES ZORNS

DAS BUCH UND DAS SCHWERT

Erster Roman

Aus dem Französischen von
Ulrike Werner-Richter

WILHELM HEYNE VERLAG
MÜNCHEN

Titel der Originalausgabe:
LA VOIE DE LA COLÈRE –
LE LIVRE ET L'ÉPÉE (TOME 1)

MIX
Papier aus verantwortungsvollen Quellen
FSC® C014496
FSC www.fsc.org

Verlagsgruppe Random House FSC® N001967
Das für dieses Buch verwendete
FSC®-zertifizierte Papier *Super Snowbright*
liefert Hellefoss AS, Hokksund, Norwegen.

Deutsche Erstausgabe 11/2013
Redaktion: Catherine Beck

Printed in Germany 2013
Umschlaggestaltung: Nele Schütz Design, München,
unter Verwendung eines Motivs von Larry Rostant
Satz: C. Schaber Datentechnik, Wels
Druck und Bindung: GGP Media GmbH, Pößneck

ISBN 978-3-453-31401-6

www.heyne-fantastisch.de

www.twitter.com/HeyneFantasySF
@HeyneFantasySF

Für Greg, meinen Freund, meinen Bruder,
dessen unverbrüchliche Unterstützung und Freundschaft
es mir trotz aller Entfernungen
ermöglicht haben, immer weiter zu schreiben.

INHALT

ERSTER TEIL

ZWEITER TEIL

ERSTER TEIL

1

LAVENDELDUFT

In jedem Leben kommt der Tag,
an dem man sich entscheiden muss.
Wer war ich und wer will ich sein.
Wie wird dereinst das Ende mein.
Es ist mein eigener Entschluss,
dessen ich stolz oder reuig sein mag.

Es it allae, Es it alle en, Es it allarae.
Was Ihr wart, was Ihr seid, was Ihr werdet. So lautete der Wahlspruch der Hafenstadt. Der tiefere Sinn spielte schon längst keine Rolle mehr, doch selbst der unbedarfteste Reisende kannte den Leitsatz, selbst wenn er noch niemals dort gewesen war. Masalia, die im tiefen Süden der alten Königreiche gelegene Stadt, war schon immer die Heimstätte aller denkbaren Möglichkeiten gewesen.

Das hatte vor allem mit ihrer Lage zu tun. Hier, am Ende der Welt und viele Hundert Meilen entfernt von der kaiserlichen Hauptstadt, galt sie als letzte Bastion der Zivilisation vor dem Westlichen Meer, das noch nie ein Mensch erkundet hatte. Von Masalias Hafen aus wurde reger Handel getrieben; viele Kaufmannsschiffe verkehrten zwischen den Südinseln und den Städten im Norden. Auch ihre außergewöhnliche Geschichte trug zu ihrer Besonderheit bei. Die Stadt war so oft und von so vielen Königreichen belagert worden, dass sie keine architektonische Struktur mehr besaß. Jedes Viertel trug die Spuren seiner jeweiligen Besatzer, angefangen bei den hohen, mit Drachenhörnern geschmückten Türmen der Aztene-Zeit bis hin zu den stolzen Häusern der Dynastie Cagliere mit ihren blumengeschmückten Balkonen. Nicht zu vergessen die drei Kathedralen des Fangol-Ordens, von denen zwei auf den noch rauchenden Trümmern heidnischer Tempel errichtet worden waren. In dieser Stadt spielte es keine Rolle, woher man kam, wer man war und was später aus einem wurde. Masalia bestand aus der Essenz der Geschichte aller alten Königreiche.

»Bist du reich oder arm, bist du schwach oder stark oder musst vor der Welt du fliehen – hier, im Schmelztiegel der Völker, findest du Zuflucht«, pflegten die Leute zu sagen.

Schon die bloße Erwähnung des Namens Masalia rief bei vielen Menschen schwärmerische Gefühle hervor. Daran konnte auch der heftige Regen nichts ändern, der auf die roten Ziegeldächer prasselte, ebenso wenig wie der zähe Schlamm in den engen Gassen. Und auch die schäbige Steinfassade eines seltsamen Hauses, aus dessen geöffneten Fenstern der heisere Gesang Betrunkener drang, schmälerte den Ruf Masalias als Stadt der Träume nie.

»Bist du ganz sicher, dass wir hier richtig sind?«, erkundigte sich eine raue Stimme.

Unter ihrer weiten Kapuze hob Viola den Kopf und betrachtete die Tür der Taverne. Regentropfen perlten über die Gläser ihrer runden Brille und verwischten die

Umrisse der hell erleuchteten Fenster. Sie nickte kurz und ging weiter. Ihre Stiefel schmatzten in der dicken Schlammschicht. Ihr schlanker Schatten zeichnete sich auf dem Holz der Tür ab und wurde kurz darauf von dem des Mannes hinter ihr überlagert. Als sie die Hand auf den schweren Türknauf legen wollte, zögerte sie kurz. Regenwasser benetzte das schwarze, vom Rost angefressene Metall.

... musst vor der Welt du fliehen ...

Es gab kein Zurück mehr. Ihr Mund fühlte sich entsetzlich trocken an, doch es gab kein Zurück mehr. Der Mann, den sie suchte, befand sich in dieser Taverne. Das Räuspern ihres Begleiters riss sie aus ihren Gedanken. Hastig drückte sie die Klinke hinunter.

... hier findest du Zuflucht ...

Beißende Rauchschwaden wogten bis zur Decke empor. Grölendes Lachen und laute Stimmen übertönten das Prasseln des Regens. Ein zuckender Blitz warf einen flüchtigen Schein auf die breiten Schultern und den kahlen Schädel des Mannes hinter ihr. Rasch schloss er die Tür hinter sich und folgte Viola. Als er in das Licht der Öllampen trat, erschrak ein Schankmädchen so sehr, dass es beinahe ein Tablett hätte fallen lassen. Verblüfft betrachtete sie die Tätowierungen, die sich anmutig über die dunkle Gesichtshaut des Mannes schlängelten. Sekundenlang hielt er ihrem Blick stand, ehe sie sich abwandte und die Gäste an einem nahen Tisch bediente. Die alten Kaufleute in ihrer dunklen Kleidung applaudierten, als sie endlich ihre Getränke bekamen.

Die Zeiten hatten sich geändert. Nâagas flößten den Leuten kaum noch Furcht ein. Was bedeutete schon ein *Wilder* in dieser Stadt? Erst recht hier, wo der Abschaum verkehrte? Das Kaiserreich hatte noch Wert auf zivilisierte Menschen gelegt, die Republik jedoch brüstete sich damit, jedermann die Tore zu öffnen.

Mit misstrauischem Blick ging der Nâaga langsam durch den Schankraum. Die meisten Gäste waren Kaufleute aus den kleinen Siedlungen des Westens, die nach Masalia gekommen waren, um hier Handel zu treiben, doch es gab auch Reisende ganz anderen Schlags. Als der Nâaga endlich Viola entdeckte, die sich ihren Weg durch die Zecher bahnte, ohne auf ihn zu warten, stieß er ein finsteres Knurren aus. Er kannte Orte wie diesen nur allzu gut. An jedem Tisch konnte sich ein Räuber verbergen, und ein einziger missverstandener Blick mochte Gefahr heraufbeschwören.

Als er Viola erreichte, stand sie bereits am Tresen und reichte einem rundgesichtigen Mann einen zerknitterten Zettel. Der Wirt strich das Papier auf dem Tresen glatt, las es, wischte sich den Schweiß von der kahlen Stirn und grinste Viola an, wobei er alle drei ihm verbliebenen Zähne zeigte.

»Dun?«, überlegte er laut. »Dun? Aber ja. Man spricht es Dön aus. Einer aus dem Westen, ja, genau. Erst habe ich es nicht richtig verstanden, aber das ist der Grund. Man schreibt Dun, aber man sagt Dön. Ganz typisch für die Leute aus dem Westen. Sie sind eben nicht wie wir.«

»Dieser Dun – ist er hier?«, fragte Viola.

Der Wirt hob die Augenbrauen und musterte die junge Frau und den Nâaga, der sich zu ihrer Rechten auf die Theke stützte. Das finstere Gesicht, über dessen glatte Haut schwarze Schlangen zu tanzen schienen, verursachten ihm Unbehagen. Der Mann gefiel ihm nicht, aber was nützte es ihm, neue Kunden zu vergraulen oder einen Streit vom Zaun zu brechen? Nervös strich er sich über seine wenigen grauen Haare. Die Frau hatte ihre Kapuze nicht abgelegt, und der obere Teil ihres Gesichts verbarg sich im Schatten. Nur ein schwacher Lichtschein spiegelte sich in ihren Brillengläsern.

»Wer seid Ihr überhaupt?«, brummte der Wirt und warf einen unsicheren Blick auf den Stiel der Waffe, die hinter dem Rücken des Riesen hervorragte. Ein Morgenstern. »Ich will keinen Ärger bekommen.«

»Das ist auch nicht unsere Absicht«, versicherte ihm Viola. »Rogant ist mein Beschützer«, fuhr sie fort, streifte ihre Kapuze ab und lächelte leicht.

Beim Anblick ihres fein gezeichneten Gesichts zerschmolz das Misstrauen des Wirts. Hinter den kleinen, runden Brillengläsern strahlten tiefgrüne Mandelaugen. Ihre milchweiße Haut war über den Wangen mit Sommersprossen gesprenkelt, und die rote Haarpracht hatte sie zu einem Knoten gebändigt, aus dem sich ein paar widerspenstige Löckchen herauskringelten.

»Ihr werdet sicher verstehen, dass ich ohne ihn in diesem Viertel hier wahrscheinlich Probleme bekäme.«

Sie war wunderschön und höchstens zwanzig Jahre alt. Eine leichte Beute für das üble Gelichter, das in den düsteren Gassen sein Unwesen trieb. Der Saum ihres Umhangs war mit Gold bestickt. Wenn sie nicht den Säuberungsaktionen nach dem Zusammenbruch des Kaiserreichs entkommen war, musste sie der Kaste der republikanischen Emporkömmlinge angehören.

»Dun ist nur ein alter Mann«, erklärte der Wirt und wischte sich die feuchten Hände an einem schmutzigen Geschirrtuch ab. »Er ist ein bisschen verrückt, hat aber noch nie jemandem etwas zuleide getan.«

»Ich sagte doch bereits, dass wir Euch keine Probleme bereiten werden.«

»Nach allem, was er erzählt, war er einmal Soldat. Aber er ist nicht gefährlich.«

»Ich möchte nur mit ihm reden«, sagte Viola betont sanft.

»Ich erinnere mich noch sehr gut an einen Vorfall vor fünf Jahren, als jemand auch nur mit einem Mann vom Schlage Duns ›reden‹ wollte«, entgegnete der Wirt mit hartem Blick. »Und wisst Ihr, was passiert ist? Am nächsten Tag fand man ihn erhängt auf einem öffentlichen Platz, und die Menschenmenge klatschte Beifall.«

»Die Zeit der Säuberungen ist längst vorbei«, erklärte die junge Frau peinlich berührt.

Der Blick des Wirts streifte den des Nâaga. Nichts in seinen schwarzen Augen ließ auf eine böse Absicht schließen.

»Nun gut«, murmelte er.

Erneut wischte er sich über die Stirn, als wollte er Zeit gewinnen, und versuchte, die Folgen einer möglichen Denunziation zu ermessen. Als überlegte er, ob eine Lüge nicht sinnvoller wäre. Schließlich hob er mit bedrückter Miene den Kopf. Den letzten Ausweg hatte er sich selbst verbaut, indem er die Vergangenheit des alten Mannes erwähnt hatte.

»Ihr kommt so sicher aus Emeris, dass ich meinen Hals darauf wetten würde.«

»Niemandes Hals ist in Gefahr«, versicherte ihm Viola mit einem seltsamen Lächeln. »Ebenso, wie niemand mehr ohne Prozess gehenkt wird.«

»Aber es wird immer noch nach Kaiserlichen gesucht«, wand sich der Wirt.

»Das ist richtig«, gab sie mit sanfter Stimme zurück. »Einige wenige. Aber damit habe ich nichts zu tun. Zumal ich glaube, dass Dun kein anderes Verbrechen begangen hat, als seinen Befehlen Folge zu leisten. Ich möchte wirklich nur mit ihm reden. Sagt uns lediglich, ob er sich hier aufhält. Wir stören Euch bestimmt nicht weiter.«

»Also keine Schwierigkeiten, versprochen?«, versicherte sich der Wirt abermals mit einem argwöhnischen Seitenblick auf Rogant.

»Versprochen. Wir wollen nur reden«, wiederholte Viola.

Der Wirt warf sich das Geschirrtuch über die Schulter und ließ den Blick über die Gäste im Schankraum gleiten. Als er die vertraute Gestalt an einem Tisch entdeckte, nickte er Viola zu und deutete mit dem Kopf auf den Mann.

Viola drehte sich um, betrachtete den Alten und schaute den Nâaga fragend an, doch der erwies sich nicht als hilfreich. Er war damit beschäftigt, die Gäste wachsam und misstrauisch im Auge zu behalten. Viola hob zum Dank kurz die Hand und bahnte sich einen Weg durch die Menge. Spöttische Männerblicke folgten ihr, jemand pfiff ihr nach. Schankmädchen eilten mit vollen Krügen in den Händen durch den Raum, und das feiste Lachen der Kaufleute mischte sich in den allgemeinen Lärm. Als sich Viola Duns Tisch näherte, wurde der Geruch nach Schweiß und Rauch stärker.

»Nur ein paar Münzen, Dun! Du kriegst sie doppelt und dreifach zurück«, bettelte ein kleiner Mann, der seinen umgedrehten Hut mit beiden Händen walkte.

»Ich habe dir schon tausendmal gesagt, dass ich deine dreckige Fresse nicht mehr sehen will«, knurrte der Angesprochene.

Sein graues Haar war verfilzt und schmutzig, und um seinen Hals verlief eine dunkle Spur. Falls sein Hemd einmal weiß gewesen war, konnte man es unter dem Schmutz nur noch an wenigen Stellen erkennen. Das Rückenteil seiner Lederweste zeigte Risse.

»Ich kriege das hin, Dun. Es sind vier Männer aus Serray, die keine Ahnung von Zank-Patience haben. Du weißt, dass ich sie schlagen kann. Zweihundertprozentig!«

»Hättest du nicht so mit mir geredet, hätte ich dir vielleicht etwas zum Spielen vorgeschossen. Aber nie, niemals, darfst du so mit mir sprechen.«

Anklagend deutete er mit dem Zeigefinger auf den kleinen Mann, versetzte ihm einen Stoß und gestikulierte zu einem Tisch hinüber, an dem vier lustige Gesellen in roten Mänteln lauthals sangen.

»Versuche doch einmal, mit deinen Männern aus Serray so zu reden«, knurrte er. »Die werden dich ganz schnell zu Kleinholz verarbeiten. Vielleicht begreifst du dann, dass ich eigentlich gar nicht so übel bin. Und jetzt hau ab!«

Der kleine Mann senkte den Kopf, drehte sich um und verschwand im Gewühl. Viola spürte Rogants Anwesenheit unmittelbar hinter sich. Sie wandte kurz den Kopf und suchte seine Augen. Der Nâaga nickte.

Viola ging um den Tisch herum und baute sich vor dem alten Mann auf. Er hielt sich an einem großen Becher fest und blickte zu ihr hoch. Sein Gesicht war vom Leben gezeichnet. Um die aufgesprungenen Lippen sprießte ein Dreitagebart, und eine lange Narbe verlief in einem Bogen unterhalb seines rechten Auges. Er entsprach haargenau der Beschreibung – ein ungeschliffener Haudegen, dessen Leben aus einer langen Reihe aufeinanderfolgender Schlachten bestanden hatte.

»Dun?«

Er antwortete nicht.

»Gestattet Ihr?«, fragte Viola und legte eine Hand auf die Rückenlehne des Stuhls.

Er rührte sich nicht.

»Ich brauche nicht lange.«

Während sie sich setzte, trank er einen Schluck und wäre beinahe erstickt, als sich der Nâaga neben ihr niederließ.

»Was hat dieser *Wilde* da an meinem Tisch zu suchen?«, schnauzte er mit einem finsteren Blick zu Viola.

»Rogant ist ein Nâaga und kein *Wilder*«, gab Viola kühl zurück. »Die meisten von ihnen sind längst sesshaft – wusstet Ihr das nicht? Sie sind Lebewesen wie Ihr und ich.« Mit der Fingerspitze schob sie ihre Brille ein Stück höher, ehe sie hinzufügte: »Und er ist mein Begleiter.«

»Dann also ein sesshafter Tätowierter«, seufzte der Mann. »Aber ist das eine Entschuldigung dafür, sich uneingeladen an meinen Tisch zu setzen?«

Viola hielt seinem Blick so entschlossen stand, dass er schließlich die Augen abwandte und den Nâaga betrachtete. Er hatte so oft gegen dieses Volk gekämpft, dass es ihm unerträglich schien, es von der Republik toleriert zu sehen. Diese unkultivierten Barbaren hatten einst ganze Siedlungen abgefackelt, heute jedoch lebten sie selbst dort, ohne dass sich jemand darüber aufregte. Sie schlichen sich in die Gesellschaft wie die Schlangen, die sie verehrten. Und jetzt saß auch noch einer von ihnen an seinem Tisch. Seine Hand begann zu zittern. Er ballte sie zur Faust.

»Ich habe gehört, dass Ihr in der Zeit des Kaiserreichs in der Armee gedient habt.«

»Die Leute in Masalia schwatzen viel«, fauchte Dun und leerte seinen Becher.

»Ich bin nicht aus Masalia«, erwiderte Viola mit einem Lächeln.

Ein Schankmädchen trat an ihren Tisch, brachte einen frischen Krug Wein, dazu Becher für Rogant und Viola, und verschmolz wieder mit der Menge.

»Nein, natürlich nicht«, brummte Dun und starrte Viola finster an. »Eure Kleider sind von höchster Qualität und sorgfältig gearbeitet, aber voller Staub. Ihr seid gereist, und Ihr seid von hoher Geburt.«

»Seit dem Ende des Kaiserreichs gibt es keine hohe Geburt mehr«, berichtigte Viola trocken.

»Ach ja«, schimpfte er und schenkte sich nach. »In der Republik zählt das edle Blut nichts mehr. Jedermann darf nach den höchsten Ehren streben. Ich habe diesen Mist auch schon gehört.« Er trank einen Schluck.

Viola und ihr Beschützer wechselten einen ernüchterten Blick, und Rogants tätowierte Züge zeigten ein leichtes Lächeln.

»Mein Name ist Viola, und ich bin Historikerin an der großen Universität von Emeris.«

»Na und?«, grunzte Dun und verzog das Gesicht. »Ihr könntet wenigstens warten, bis ich tot bin, ehe Ihr mich studiert wie eine Reliquie. Zu meiner Zeit war man weniger ungeduldig.«

»Es geht hier nicht um Euch«, konterte Viola und verzog angewidert das Gesicht.

Er wiegte den Kopf. Sie war wirklich hübsch, wenngleich für seinen Geschmack ein wenig zu jung. Ihre Gelehrtenbrille und das flammrote Haar mit den widerspenstigen Strähnchen, die sich auf ihrer milchweißen Haut ringelten, ließen ihn nicht ungerührt. Hinzu kam, dass sie einen zarten Lavendelduft verströmte, der zärtliche Erinnerungen in ihm wachrief. Seine Trunkenheit verwirrte sein Urteilsvermögen; einen Moment lang hielt er sich für unwiderstehlich genug, um sie bezaubern zu können, und vergaß, auf der Hut zu sein.

»Ich bin auf der Suche nach etwas, von dem ich glaube, dass Ihr mir helfen könnt, es zu finden«, erklärte Viola. »Ich habe die alten Reiche durchstreift und mit vielen Händlern und Reisenden gesprochen, bis einer von ihnen einen ehemaligen Soldaten erwähnte, den er in Masalia kennengelernt hatte.«

Dun stieß einen Seufzer aus. Mit glasigen Augen umklammerte er seinen Becher. Als sein Blick den Nâaga streifte, erstarrte sein Gesicht. Rogant verhielt sich so zurückhaltend, dass er seine Anwesenheit fast vergessen hatte.

»Und?«, fragte er.

»Angeblich hat dieser ehemalige Soldat ihm eine äußerst erstaunliche Geschichte erzählt«, fuhr Viola fort. »Ihr sollt vom Zusammenbruch des Kaiserreichs gesprochen haben und davon, dass Ihr aus Emeris geflohen seid.«

Sie holte tief Luft, als suchte sie nach Worten. Dun trank und starrte sie an.

»Und zwar mit dem Schwert des Kaisers.«

Mitten in der Bewegung hielt er inne. Wein tropfte ihm von den Lippen, und in seinen Augen flackerte ein trauriger Funke wie ein flüchtiger Glanz. Der Lärm der Taverne schien zu verstummen, in seinem Kopf erklang Kampfgetümmel. Schnell holte ihn der Trubel ringsum in die Wirklichkeit zurück, doch sein Herz klopfte plötzlich schneller. Ihm war, als stecke eine harte Speerspitze in seiner Brust. Er atmete tief ein und stellte den Becher ab. Sein Blick verlor sich in der Holzmaserung des Tisches.

»Ihr seid auf der Suche nach Eraëd.«

»Ja, wir suchen Eraëd«, bestätigte Viola.

»Und Ihr seid der Meinung, es befinde sich in meinem Besitz«, lächelte Dun.

»Nein.«

Sie schüttelte den Kopf und strich eine widerspenstige Locke zurück. Dann griff sie nach dem Krug und begann, die Becher zu füllen. Der rote Wein ergoss sich in das ockerfarbene Steinzeug wie Blut auf Erde. Mit erloschenem Blick strich sich Dun über den Bart.

»Aber Ihr wisst, wo Ihr es versteckt habt.«

»Und wenn ich an jenem Tag gelogen hätte, um mich interessant zu machen?«, fragte Dun und kratzte sich das Kinn.

»Das glaube ich nicht«, lächelte Viola.

»Woher wollt Ihr das wissen?«

»Ich bin mir ganz sicher. Man hat mir erzählt, dass Ihr von den Gebieten im Osten gesprochen habt, weit jenseits des Vershan. Dort habt Ihr es versteckt, nicht wahr?«

»Gehen wir einmal davon aus, dass sich Eraëd tatsächlich in meinem Besitz befunden hätte – warum sollte sich die Republik dafür interessieren?«

»Dieses Schwert hat jahrelang der Familie des Kaisers gehört. Und in der Zeit davor den königlichen Familien der Cagliere, der Perthuis und der Majorane … Wenn Ihr es wünscht, gehe ich noch weiter in der Vergangenheit zurück.«

»Geschichtslektionen interessieren mich nicht besonders«, wehrte Dun ab.

»Das dachte ich mir.«

Verblüfft wandte er den Blick ab.

»Dieses Schwert steht für alles, was Eure Republik hasst«, erklärte er.

»Dieses Schwert soll über Wunderkräfte verfügen. Große Helden haben es benutzt, mit ihm wurden Drachen bekämpft. Es gehört zur Geschichte unserer Welt, ganz gleich, ob ihre Geschicke von einem Kaiserreich oder einer Republik bestimmt werden.«

Dun begann so laut zu lachen, dass die Gäste an den Nachbartischen aufmerksam wurden. Eine fette Frau, die auf den Knien eines uralten, vertrockneten Kaufmanns saß, wandte ihnen den Kopf zu, doch ein Blick des Nâaga genügte, um sie eines Besseren zu belehren.

»Helden?«, lachte Dun. »Drachen? Was für ein Blödsinn! Nichts ist einfacher, als ein Held zu sein oder einen Drachen zu töten. Wisst Ihr, was ein Drache ist? Seid Ihr schon einmal einem begegnet?«

Viola zögerte kurz, ehe sie den Kopf schüttelte. Der Spott des alten Soldaten missfiel ihr. Aber sie würde sich damit abfinden müssen. Man hatte sie gewarnt.

»Es sind nur Eidechsen«, fuhr Dun fort. »Große, dumme Eidechsen, ähnlich wie die, die Euer Beschützer verehrt.«

Er nickte Rogant zu.

»Lasst mich raten: Ihr und Euer *Wilder* werdet mich bitten, Euch in die Gebiete des Ostens zu begleiten, um Eraëd zu suchen. Welchen Gefahren würde uns die Reise aussetzen?«

Sein Tonfall schwankte zwischen Spott und Verachtung.

»Müssten wir gegen Monster kämpfen, von denen noch nie jemand gehört hat? Belagerte Schlösser befreien? Drachen töten? Hahaha. Ihr seid jung. Ihr erinnert mich an jemanden. Jemanden, der auch gern träumte, an große Dinge glaubte und sich ein Schicksal ausmalte, über das man eines Tages Bücher schreiben würde. Genauso ist übrigens Eure Republik. Euch gehört die Welt, Ihr habt vor nichts Angst, und Ihr stürmt mit gesenktem Kopf vorwärts. Aber im Grunde wisst Ihr nichts von der Welt, die Euch umgibt. Bis sich eines Tages ganz unerwartet die Wirklichkeit zeigt ...«

Er biss die Zähne zusammen und klatschte in die Hände.

»Die Wirklichkeit, die Euch zerquetschen würde wie kleine, vorwitzige Insekten. Ihr glaubt an Legenden und erschöpft Euch damit, Eure eigene zu schreiben. Ihr glaubt, im Frühling Eures Lebens alles erreichen zu können, weil Ihr meint, die eine Wahrheit zu kennen. Soll ich Euch einmal eine Wahrheit verraten?«

Er bedeutete Viola, näher zu kommen, neigte sich zu ihr und flüsterte: »Nicht Ihr habt die Wahl. So wichtig seid Ihr nicht. Ihr seid überzeugt, dass Euer Schicksal Euch allein gehört und dass Ihr nur die schönsten Augenblicke ersinnen müsstet. Nun, ich muss Euch enttäuschen: Das Schicksal der Menschen war niemals etwas anderes als das Flüstern der Götter.«

Ohne den Blick von Viola zu wenden, richtete er sich auf und nickte.

»Nur ein Flüstern. Die Götter haben unser Schicksal bei der Erschaffung dieser Welt besiegelt. Aber Ihr mit Euren großen Ideen – Ihr habt es vergessen, nicht wahr? Ihr glaubt an nichts mehr. Tatsächlich wundert es mich, dass Ihr die Kirchen nicht in Schutt und Asche gelegt habt.«

»Wir achten den Fangol-Orden, ganz gleich, was Ihr denkt.«

»Ihr wisst doch nicht einmal mehr, was Achtung bedeutet«, höhnte Dun und schüttelte langsam den Kopf.

»Das Buch habt Ihr völlig vergessen. Mehr noch: Ihr habt es verleugnet.«

»Jeder wählt selbst, ob er glauben will oder nicht. Wir leben in einer neuen Welt.«

»Die nicht meine ist«, nickte Dun, verzog das Gesicht und sah dabei den Nâaga an.

Viola zweifelte nicht mehr daran, dass er der Mann war, den sie suchte. Aber vielleicht musste sie ihre Strategie überdenken und eine Schwachstelle finden, damit er sich zu erkennen gab.

»Wer sagt das? Der einfache Soldat weit hinter den feindlichen Linien oder der Trunkenbold?«, fragte sie. »Oder sogar alle beide? Ich kann sie kaum unterscheiden. Sie ähneln sich in ihrer Feigheit so sehr.«

Das Gesicht des alten Mannes erstarrte.

»Ihr beleidigt mich«, murmelte er.

»Tatsächlich, Dun? Was weiß ich denn schon von Euch, außer, dass Ihr aus Emeris geflohen und das Schwert des Kaisers gestohlen habt?«

Dun war noch nicht betrunken genug, um ernsthaft wütend zu werden, aber auch nicht mehr klar genug, um die Folgen seines Handelns abzusehen. Er streckte die Hand zum Weinkrug aus. Das Gefäß bewegte sich über den Tisch, ohne dass er es berührte.

Viola saß stumm und mit weit aufgerissenen Augen da. Schließlich schob sie mit dem Zeigefinger ihre Brille ganz langsam ein Stück nach oben, als wollte sie sich vergewissern, auch wirklich klar zu sehen. Rogant verschränkte die Arme und erstarrte.

Der *Odem*. Nur die größten Ritter des Kaiserreichs waren in der Lage gewesen, den *Odem* einzusetzen, und seit dem Sturz des Kaisers beherrschten nur noch wenige der alten Recken das Phänomen. Die Gabe hatte sich verloren.

Das Stimmengewirr der Taverne drang nur noch wie ein fernes Echo an ihre Ohren. Von den Menschen blieben nichts als gespenstische Umrisse. Rogant und Viola konzentrierten sich einzig auf den Weinkrug. Er hatte sich tatsächlich bewegt. Erst jetzt wurde Dun bewusst, wie sehr ihm seine Demonstration geschadet hatte. Er, der in der Taverne nur von seinem Soldatenleben sprach, hatte soeben einer jungen Frau, die gerade erst die große Universität von Emeris verlassen hatte, seine wahre Identität enthüllt. Sie konnte das Kaiserreich kaum gekannt haben. Wie würde sie ihn jetzt beurteilen? Als Schlächter der alten Königreiche? Als Feind der Republik, der sie diente? Sie war mit einem Barbaren hergekommen, dem Abkömmling eines Volkes, das in seinem früheren Leben sein Feind gewesen war. Verfügte sie über das nötige Urteilsvermögen?

»Ihr seid kein einfacher Soldat«, stammelte Viola. »Ihr seid ein Ritter.«

»Pah!«, machte Dun und verdrehte die Augen. »Die Ritterschaft ist zusammen mit dem Kaiserreich ausgestorben.«

Dun. In Gedanken wiederholte sie den Namen und versuchte, sich ihrer Geschichtsvorlesungen zu erinnern. Dun. Der Name war ihr geläufig.

»Dun-Cadal«, hauchte sie plötzlich.

Die Augen des alten Mannes leuchteten kurz auf.

»Ihr seid Dun-Cadal. General Dun-Cadal aus dem Hause Daermon«, fuhr Viola fort. »Dun-Cadal, der General, der den Kampf um die Salinen angeführt hat.«

»Und? War ich etwa weit entfernt von den feindlichen Linien wie ein Feigling?«, unterbrach er sie.

Viola wusste nicht, was sie sagen sollte. Der Kampf um die Salinen war nicht nur wegen seiner historischen Folgen in die Geschichte eingegangen, sondern auch wegen seiner furchtbaren Gewalt. Nur wenige Soldaten waren dem Gemetzel entkommen. Dun-Cadal selbst war monatelang im Feindesland umhergeirrt, ehe er allein die Linien durchbrach und nach Emeris zurückkehrte. Er hatte viele große Taten vollbracht, doch diese Schlacht hatte sich vor allem anderen in das Gedächtnis der Menschheit eingebrannt.

»Das Schwert befindet sich in den Gebieten des Ostens. Holt es und hört auf, mich zu belästigen. Holt Euch das, was vom Kaiserreich übrig geblieben ist, und stellt es zur Schau.«

»Dann gebt Ihr also zu, Euch damit gegürtet zu haben?«

Dun wirkte plötzlich abwesend. Sein Blick schweifte ins Leere, seine Lider wurden schwer.

»Ich gebe alles Mögliche zu, wenn ich getrunken habe«, schimpfte er. »Beträufelt seine Klinge nur mit Eurer Galle. Sie wird matt wirken im Vergleich zu Eurer Arroganz«, fuhr er leise und wie zu sich selbst fort.

Er wusste nicht, wie er mit ihr, dem Nâaga und dem, was er einst gewesen war, umgehen sollte. Hier war er lediglich Dun, und das genügte.

Viola beobachtete ihn aufmerksam. Sie prägte sich jedes Detail seines von der Zeit zerfurchten Gesichts ein, jede Falte, die sich durch seine Wangen zog. Er, der ruhmreiche General, verbarg sich in den Elendsvierteln Masalias. Er war nicht mit der Hoffnung eines Neuanfangs gekommen, sondern um hier den Tod zu suchen. Sie bemerkte, dass er mit dem Rücken zur Tür saß. Jeder hätte ihn überraschen können. Indem er Abend für Abend den Leuten weismachte, ein einfacher Soldat des Kaiserreichs gewesen zu sein, hoffte er vielleicht, dass sich jemand rächen und seinem Elend ein Ende machen würde.

»Ihr wartet hier auf den Tod«, stellte Viola fest.

»Ich erwarte nichts, was man mir nicht geben könnte. Wie wäre es zum Beispiel mit einem frischen Krug?«

Mit traurigem Lächeln drehte er das leere Gefäß auf dem Tisch um. Seine Hand zitterte. Dann schnitt er dem Riesen zu seiner Rechten eine Grimasse.

Rogant reagierte nicht, wie üblich.

»Helft uns«, bat Viola. »Dieses Schwert ist weit wichtiger, als Ihr es Euch vorstellen könnt. Ich muss es wiederfinden.«

Ihre Bitte schien im Lärm des Gasthauses zu verhallen. Der Qualm aus der Pfeife eines fetten Mannes am Nachbartisch schwebte zwischen ihr und dem alten General.

»Bitte, Dun-Cadal!«

Mit abwesender Miene wedelte Dun die dichten Schwaden beiseite. Doch alles Bitten war vergebens. Dun hörte nicht mehr zu.

Rogant sah Viola an. Der Blick, mit dem er sie bedachte, erforderte keine weiteren Worte. Sie schluckte, fuhr mit den immer noch behandschuhten Händen über ihren fast trockenen Umhang und stand auf.

»Gut«, befand sie, »ich nehme an, es hat keinen Sinn, Euch anzuflehen.«

Sie streifte ihre Kapuze über. Im Schatten waren nur noch ihre glänzenden Augen zu sehen.

»Ich dachte, ich hätte mit dem großen General Dun-Cadal gesprochen, aber ich habe mich wohl geirrt. Schaut Euch doch bloß an. Ihr seid nicht einmal mehr ein Schatten dessen, was Ihr einmal wart. Höchstens noch eine leere Hülle ohne jede Würde. Ihr taugt zu nicht mehr, als Euch verbittert zu betrinken. Ich kann kaum glauben, dass das, was Ihr beim Kampf um die Salinen getan haben sollt, wirklich der Wahrheit entspricht. Wenn man Euch so ansieht, muss man daran zweifeln, dass Ihr in der Vergangenheit einmal ein Held wart.«

Dun sah sie nicht an.

»Ja, Ihr seid hergekommen, um auf den Tod zu warten. Es gibt da nur etwas, das Ihr nicht begriffen habt. Ihr seid nämlich längst tot. In der Hoffnung, Euer einstiges Ansehen nicht zu schmälern, mögt Ihr noch so sehr versuchen, Eure wahre Identität zu verbergen. Aber vergebens. Wenn die Welt erfährt, was aus General Dun-Cadal Daermon geworden ist, wird sie vielleicht eine Träne vergießen. Doch nicht etwa aus Trauer, sondern aus Mitleid.«

Ohne auf eine Antwort zu warten, drehte sie sich um und verschwand, von dem Nâaga gefolgt, in der Menge. In der frischen Luft draußen, die schnell die Wein- und Schweißdünste der Schankstube vergessen ließ, überlegte Viola, ob es ihr gelungen war, den alten General ins Mark zu treffen. Langsam ging sie durch den Regen.

»Du musst Vertrauen haben«, riet Rogant.

Vertrauen? Man hatte sie nicht einmal gewarnt, dass es sich bei dem alten Mann um Dun-Cadal Daermon handelte, und nicht um einen einfachen Soldaten.

»Ich kenne *ihn* schon viel länger als du«, fuhr Rogant fort. »*Er* weiß, was er tut.«

Wie zur Bestätigung seiner Worte rief plötzlich jemand hinter ihnen: »Heda!«

Viola drehte sich langsam um. Auf der Treppe zur Taverne wirkte Dun-Cadal noch jämmerlicher als im Gastraum. Regentropfen rannen über sein Gesicht. Niemand hätte sagen können, ob nicht auch Tränen dabei waren.

»Was wisst Ihr über Dun-Cadal?«, knurrte er mit zitternder Stimme. »Ihr kommt so mir nichts, dir nichts daher, setzt euch an meinen Tisch und spuckt auf das, was ich einst war. Was ich bin. Und was aus mir wird.«

Schwankend ballte er die Fäuste.

»Aber was wisst Ihr schon?«, wütete er weiter. »Was hat Euch die Republik gelehrt?«

Er taumelte noch ein paar Schritte und sackte dann gegen eine Mauer. Ein Blitz zuckte auf und beleuchtete sein faltiges Gesicht. Es sah verfallen aus.

»Was wisst Ihr schon über meine Geschichte?«, fuhr er fort und hob die Augen zum Himmel. »Über das, was ich gesehen und getan habe? Was wisst Ihr schon über den Kampf um die Salinen?«

Viola rührte sich nicht. Sie begnügte sich damit, ihn anzusehen, wie er dort in seinen schmutzigen Stiefeln an einer Hausfassade lehnte. Die Ärmel, die aus seiner rissigen Lederweste lugten, waren mit Wein befleckt.

»Dann erzählt es mir.«

2
DER KAMPF UM DIE SALINEN

Meine Kindheit verging
an dem Tag,
als ich das erste Mal zögerte …

Trotz des bleiernen Himmels war die Luft kühl, und doch donnerte es von irgendwo her. Das dumpfe Grollen, das über das hohe Gras der Sümpfe dröhnte, wurde von Minute zu Minute stärker. Aber es war kein Gewitter, das da aus den dichten, aber dennoch blendenden Wolken kam. Die Männer in den Gräben blinzelten.

Für sie zählten weder Gewitter noch Wut. Sie wussten nur, dass sie hier ihre Pflicht taten.

Das alles war fünfzehn Jahre her.

»Du solltest ein Stück zurückgehen, Dun-Cadal«, riet eine Stimme.

Etwas Großes, Schwarzes kam mit ohrenbetäubendem Pfeifen angeflogen. Eine mit einer dunklen Fettschicht umhüllte Kugel aus Steinen und Unrat zerschellte vor den Füßen des Ritters, der sich keinen Schritt rückwärtsbewegte.

»Ach wirklich?«, murmelte Dun-Cadal und suchte den Horizont ab.

Vor ihm erstreckten sich Salzsümpfe und Moore, so weit das Auge reichte. Über der endlosen Ebene flimmerte die Hitze. Das Lager der Feinde war kaum zu erkennen. Die noch heiße Kugel hatte einen Krater vor Dun-Cadals Füßen hinterlassen. Rauchwölkchen kringelten sich. Er versetzte der Kugel einen Tritt.

»Mir scheint, unsere Freunde da drüben werden ungeduldig, Negus«, sagte er nachdenklich.

Mit einem spöttischen Lächeln drehte er sich um.

»Sollen wir uns unhöflich erweisen?«

Der kleine, rundliche, in seine Rüstung gezwängte Mann rollte die Augen, ehe er antwortete: »Wenn du dich umbringen lässt, ehe wir die Klingen gekreuzt haben, wäre das in der Tat eine ausgesprochen unhöfliche Geste.«

Seit zwei Wochen geduldeten sich die Truppen am Rand der Salinen, ohne dass es zum offenen Kampf gekommen wäre. Die wenigen Katapultschüsse der Gegner hatten ihr Ziel nie erreicht. Was die kaiserliche Armee anging, so hatte sie ihre Artillerie bisher noch nicht eingesetzt. Wenn möglich, sollte die Besetzung der Salinen ohne Blutvergießen niedergeschlagen werden. Der Kaiser, der es sich in seinem Palast in Emeris gut gehen ließ, setzte darauf, dass die Angst vor den regulären Truppen die Aufständischen auf Dauer klein beigeben ließe. Zwar hatte in den vergangenen zwei Wochen noch kein Schwert die Scheide verlassen, aber es war auch keins auf dem Schlachtfeld zurückgelassen worden.

Dun-Cadal trat zu seinem Waffenbruder und klopfte ihm auf die Schulter.

»Keine Sorge, Negus. Du weißt, ich kann den Tod riechen. Und hier kitzelt mich außer dem Salz absolut nichts in der Nase.«

Der Wind spielte in seinen kurzen, braunen Haaren. Er trug einen kleinen Bart. Sein noch jugendlich wirkendes Gesicht war bereits von vielen Kämpfen gezeichnet, und er rechnete damit, dass dieser nicht sein letzter wurde. Da er gerade erst angekommen war, legte er Wert darauf, die Situation selbst in Augenschein zu nehmen, ehe ihm die Generäle einen vermutlich geschönten Lagebericht servierten. Er sprang in den Graben und wartete darauf, dass sein Freund ihm folgte, um gemeinsam weiterzugehen.

Unzählige Kämpfe hatten sie zusammen bestanden, sowohl kleinere Scharmützel als auch große Schlachten. Von allen Generälen des Kaisers hatte Negus Dun-Cadal immer am nächsten gestanden. Negus war sein engster Freund und Seelenverwandter, den das Geschwätz über ihn ebenso wenig störte wie sein manchmal etwas heftiges Wesen. Dun stammte aus dem Haus Daermon, das erst vor etwa hundert Jahren in den Adelsstand erhoben worden war. Negus hingegen war von uraltem Adel. Seine Familie hatte allen Herrschern dieser Welt gedient, angefangen bei den frühesten Königen bis hin zum Kaiserreich. Dennoch hatte der immer leutselige Anselme Nagole Egos, genannt Negus, nie einen Grund gesehen, den Mann zu verachten, der ihm schon oft im Kampf das Leben gerettet hatte. Ihre tiefe, brüderliche Freundschaft hatte alle Gefahren überstanden und war jedermann bekannt.

Im Graben saßen Soldaten, die Speere an der Seite, und beobachteten den Horizont. Als die Ritter vorüberkamen, bemühten sie sich, trotz aller Anspannung Haltung zu bewahren, und begrüßten die beiden mit einer auf die Brust gedrückten Faust. Alle kannten Dun-Cadal und seine Unerschrockenheit im Kampf, und alle schätzten ihn. Dass sie ihn hier an Negus' Seite gehen sahen, hätte sie eigentlich trösten müssen. Doch allein die Nähe der beiden Ritter genügte schon längst nicht mehr, denn die Belagerung wurde allmählich zur Tortur. Nach zwei tatenlosen Wochen litten die Soldaten unter den extremen Bedingungen in den Salinen. Überall roch es nach Exkrementen. Das Moor und die sumpfige Umgebung verhinderten den Abtransport der Abfälle.

»Sie haben Angst«, stellte Negus fest.

»Aber sie versuchen, sie nicht zu zeigen.«

»Das ist auch besser so. Sie gehören zur Einheit von Hauptmann Azdeki.«

»Dem Neffen von Azinn? Diesem Nichtsnutz?«, wunderte sich Dun-Cadal.

»Hat man dich an der Grenze etwa nicht informiert? Azdeki kümmert sich seit mittlerweile zwei Jahren um dieses Gebiet. Und er hat seit dem Ausbruch der Revolte die Stellung gehalten.«

»Von wegen gehalten«, schimpfte Dun-Cadal. »Dieser Idiot kann sich doch nicht einmal gerade halten.«

»Bisher ist es noch zu keinem Kampf gekommen«, entgegnete Negus und erklomm ein paar in die Erde gegrabene Stufen, die zum Lager hinaufführten. »Also kann man das Gebiet als gehalten ansehen.«

Tatsächlich? Etienne Azdeki, Neffe des Barons Azinn Azdeki, der über die Baronien im Osten des Vershan herrschte, stand nicht gerade in dem Ruf, besonders weise zu sein, und um seine Qualitäten als Stratege stand es noch schlechter. Dass der Kaiser ihm überhaupt die Gegend der Salinen anvertraut hatte, mochte ein Irrtum gewesen sein, doch nachdem dort ein Krieg drohte, war es fast ein Ding der Unmöglichkeit. Etienne Azdeki war ohne die geringste Kampferfahrung zum Hauptmann ernannt worden. Sein Handeln war nicht von Vernunft geprägt, sondern von reiner Willkür.

»All das spielt jetzt keine Rolle mehr«, sagte Dun-Cadal. »Der Kaiser hat mich hergeschickt, um die Truppen zu koordinieren. Azdeki muss also tun, was ich befehle.«

»Ganz schön selbstsicher, Freund Daermon«, lächelte Negus.

»Ich fühle mich hier wie in den Armen einer Kurtisane«, grinste er. »Die Liebe ist wie ein Krieg und ein Krieg wie die Liebe.«

Zwischen dem hohen Sumpfgras standen Zehntausende dunkelgrüner Zelte. Hier und da übten sich Ritter in Rüstung in einem Kreis neugieriger Zuschauer im Kampfsport. Das Warten war gefährlicher als eine Schlacht, denn die Langeweile schläferte die Soldaten ein. Außerdem hatten sie zu viel Zeit, um über drohende Gefahren nachzudenken, was ihnen im Fall eines Angriffs jeglichen Antrieb rauben konnte. Zwei Wochen – in einem Krieg bedeutete das nicht viel, doch es war lang, wenn nicht einmal das kleinste Scharmützel das Nichtstun unterbrach. Dun-Cadal befürchtete, dass die Aufständischen der Salinen genau auf diese Lethargie abzielten.

Als er die purpurnen Vorhänge des Zelts zurückschlug, in dem der Generalstab tagte, wusste er sofort, dass es bereits zu spät war, um die Revolte binnen kurzer Zeit unter Kontrolle zu bringen.

»Sie versammeln sich in der Hauptsache hier.«

Über ein großes Modell gebeugt, das die Salinen darstellte, deutete ein Ritter in schwarzer Rüstung auf eine

Linie, die einem Wäldchen folgte. Ihm gegenüber stand ein ausgemergelter, etwa dreißigjähriger Mann mit Adlernase und dünnen Lippen, der mit auf dem Rücken verschränkten Händen aufmerksam zuhörte. Auf seinem silbernen Brustharnisch hielt ein stolzer Adler eine Schlange in den Fängen. Es war das Wappen der Familie Azdeki – eine Anerkennung ihrer Verdienste in den Kämpfen der kaiserlichen Zivilisation gegen die Nomaden der Nâaga bis zu deren Unterwerfung.

»Unsere Späher haben versucht, sich zu nähern und die genaue Anzahl ihrer Katapulte in Erfahrung zu bringen, doch sie wurden jedes Mal entdeckt. Zwei von ihnen sind nicht zurückgekehrt.«

Fünf Ritter umstanden das Modell, und jeder trug die Rüstung in den Farben seines Hauses. Sie gehörten zum Hochadel des Landes, der der kaiserlichen Familie den Treueid geschworen und seine Söhne zur Militärakademie geschickt hatte, damit sie in der Großen Armee ehrenvoll dienen konnten. Nur die erfahrensten unter ihnen erreichten den Rang eines Generals. Dank seiner Ernennung zum Hauptmann der Grafschaft Uster hatte Etienne Azdeki den Oberbefehl über alle Anwesenden, obwohl sie ihm im Rang teilweise überlegen waren. Das galt für alle Anwesenden, mit Ausnahme von Dun-Cadal. Als der junge Adlige seiner ansichtig wurde, erstarrte er.

»Rechnet mit ungefähr doppelt so vielen Katapulten wie zu den Zeiten, als Ihr die Situation noch unter Kontrolle hattet«, sagte Dun-Cadal und trat einen Schritt vor, ohne auf die grüßenden Soldaten zu achten.

»General Daermon«, nickte Azdeki höflich, aber trocken.

Dabei deutete er eine Verbeugung an, die ihm sichtlich schwerfiel.

»Azdeki«, antwortete Dun-Cadal kühl, ehe er sich an die anderen Ritter wandte. »Schön, Euch hier alle wiederzusehen. Allzeit bereit, den Bauern einen Tritt in den Hintern zu versetzen, was?«

»Ihr habt wirklich keine Zeit verloren«, stellte ein Ritter in schwarzer Rüstung erfreut fest.

»Nun, ich habe mich beeilt, Tomlinn. Und es fällt mir schwer zu glauben, dass sich die Situation seit dem Aufstand nicht verändert hat.«

Mit einem raschen Seitenblick registrierte Dun-Cadal, dass sich Azdekis Mundwinkel zu einem bitteren Lächeln verzogen hatten. Der Kaiser schätzte den General mehr als alle anderen, und es kursierten Gerüchte über die Gründe für so viel Unterstützung, doch nur wenige konnten sich damit brüsten, die Wahrheit zu kennen. Die Vorstellung einer Freundschaft zwischen Seiner Hoheit und einem Emporkömmling – selbst wenn er sich im Rang eines Generals befand – war für die meisten Adligen einfach undenkbar und kam gar nicht erst in Betracht. Statt sich davon betrüben zu lassen, rächte sich Dun-Cadal für ihre anhaltende Geringschätzung damit, dass er sich scharfer Bemerkungen nicht enthielt. Doch niemand beschwerte sich darüber. Schließlich war er auf Veranlassung Seiner kaiserlichen Majestät hier, um eine peinliche Situation zurechtzurücken.

»Dann erklärt mir doch zunächst einmal, was hier überhaupt los ist«, bat Dun-Cadal.

Seine Stimme klang jetzt sanfter. Auch wenn die Generäle ihn nicht unbedingt achteten, bewunderte Dun sie. Zwei von ihnen hatten sich ihre Lorbeeren mit ihm zusammen erworben, und zwar mit solcher Bravour, dass er ihnen eine gewisse Zuneigung entgegenbrachte. Zwar beruhte dieses Gefühl keineswegs auf Gegenseitigkeit, doch das störte Dun nicht weiter. Er wusste, dass sie auf dem Schlachtfeld ihren Mann standen, und nur das imponierte ihm. Tomlinn in seiner schwarzen Rüstung, kahlköpfig und mit einem von einer langen Narbe verunzierten Gesicht, begann zu erklären. Dabei lief er unruhig auf und ab. Er war einer der wenigen, die Daermon eine gewisse Achtung entgegenbrachten.

»Die Grafschaft Uster verlangt die Unabhängigkeit, und der Rest der Salinen hat sich dieser Forderung angeschlossen.«

»Ich habe alles getan, was in einem solchen Fall zu tun war«, unterbracht Azdeki sofort.

Alle schwiegen

»Seit zwei Jahren bemühe ich mich, die Region zu halten«, fuhr er mit brüchiger Stimme fort. »Die Bauern wollen nicht begreifen, dass Uster sie verraten hat. Ich selbst habe lediglich dem Gesetz Folge geleistet.«

Ob Azdeki auf Befehl des Kaisers gehandelt hatte oder nicht, interessierte Daermon nicht, ebenso wenig wie die Art, in der es geschehen war. Für ihn zählten lediglich die Folgen seines Handelns.

»Aber diese Bauern haben eine Armee auf die Beine gestellt, die Euch die Stirn bietet und vor der Macht des Kaiserreichs offenbar keine Angst hat«, gab Dun-Cadal zurück.

»Ich habe es vorgezogen, nicht anzugreifen«, erklärte Azdeki. »Der Kaiser vertraut meiner Entscheidung. Ich bin kein Draufgänger.«

»Also, daran zweifele ich keinen Augenblick«, spottete der General.

»Daermon«, mahnte Negus leise hinter ihm.

Kerzengerade und mit hinter dem Rücken verschränkten Händen, schien Azdeki vor Wut zu kochen. Für einen

Moment glaubte der General, er würde es riskieren, auf das Gespött zu reagieren, doch stattdessen atmete er tief ein und schluckte es.

»Immerhin kann eine solche Strategie funktionieren«, lenkte Negus ein. »Sobald ihnen bewusst wird, dass wir hier nicht weniger als hunderttausend Soldaten versammelt haben, darunter mindestens tausend Ritter, die den *Odem* beherrschen, werden sie klein beigeben. Und wir können das Kaiserreich zusammenhalten, ohne Blut vergießen zu müssen.«

»Der Graf von Uster war bei allen sehr beliebt. Es gibt Zweifel daran, dass er das Kaiserreich verraten haben soll«, fügte Tomlinn hinzu und trat zu Dun-Cadal.

»Die Leute vertrauen uns nicht mehr«, nickte ein massiger Ritter in blutroter Rüstung.

Er stand neben Azdeki und schob ein Holzklötzchen weiter, das eine Legion kaiserlicher Soldaten darstellen sollte.

»Das Hochgefühl, eine Revolte angezettelt zu haben, macht sie kühn. Sobald sie jedoch sehen, wie viele wir sind, werden sie ihren Irrtum schnell erkennen, und alles wird wieder gut.«

»Ihr hofft darauf, und genau darin liegt Euer Fehler«, schimpfte Dun und wischte die Holzklötzchen mit einer Handbewegung beiseite. »Ihr hättet ihnen unsere Stärke beweisen müssen, statt abzuwarten, ob sie sich von unserer Überzahl beeindrucken lassen, General Kay. Das alles führt zu nichts. Sie schläfern Euch ein. Glaubt mir, ich kann so etwas spüren.«

Kay wich mit gesenktem Kopf zurück. Er kannte Dun-Cadal schon seit einiger Zeit, hatte sich jedoch nie mit seinem Benehmen abfinden können. Er empfand ihn als zu selbstsicher und arrogant, und dass er meist recht hatte, entschuldigte noch lange nicht seinen Mangel an Takt. Die Welt war dabei, sich zu verändern, aber Daermon schien der Strömung nicht folgen zu wollen. Er verharrte in seiner Haltung und vertraute nur auf das, was bisher seine Stärke und seinen Ruhm ausgemacht hatte. Die Männer in diesem Kreis waren alle von uraltem Adel – bis auf Daermon, den er als Parvenü und selbstgefälligen Gecken betrachtete. Und doch war es besser, ihn auf seiner Seite als gegen sich zu haben.

»Man hätte das Problem sehr schnell lösen können. Aber Ihr habt gezögert. Ihr habt gezögert und dadurch die Lage verkompliziert. Alles wäre einfacher geworden, wenn Ihr als Erste angegriffen hättet. Geradezu ein Kinderspiel.«

»Und wenn es noch ein anderes Mittel …«, wagte sich Kay vor.

»Ihr stellt zu viele Fragen«, donnerte Dun-Cadal.

Ein durchdringendes Pfeifen zerriss ihnen fast das Trommelfell.

»Hört endlich damit auf«, zischte er noch, ehe er schrie: »Deckung!«

Die Zeltplane zerriss. Die Generäle lagen mit wild pochendem Herzen auf dem Boden und schützten ihre Köpfe mit den Händen. Eine lichterloh brennende Kugel zerschellte auf dem Modell. Rasch griffen die Flammen auf die Seitenwände des Zelts über, und innerhalb weniger Sekunden verwandelte es sich in eine Flammenhölle. Glut zerfraß die hölzernen Stützpfeiler.

Dun-Cadal lag auf dem Bauch und spuckte die Erde aus, die in seinen Mund gedrungen war. Vorsichtig wandte er den Kopf und stellte fest, dass sie sich in einer äußerst prekären Situation befanden. Rechts von ihm lag Kay, der sich in seiner roten Rüstung vorsichtig bewegte.

»Kay! Zu mir!«, befahl er und stand auf, während draußen weiter Geschützdonner grollte.

Durch einen Vorhang aus dichtem Rauch sah er nun auch die rundliche Gestalt von Negus, der Tomlinn und Azdeki auf die Beine half. Dun spuckte noch einmal aus, ehe er ein weiteres Mal deutlich lauter rief: »Kay!«

»Ich bin da«, erwiderte Kay mit erstickter Stimme.

Mit angehaltenem Atem durchbrachen alle gemeinsam die lodernden Flammen. Heftiger Wind war aufgekommen und zerriss die brennende Zeltplane. Schon brachen die Stützpfeiler zusammen, und sie entkamen nur mit knapper Not. Die Reste ihres Zelts verkohlten im Feuer, doch schon jetzt vertrieb die herbe Luft der Salinen den Rauch.

Inzwischen war das gesamte Lager auf den Beinen. Soldaten riefen nach ihren Kameraden und rannten zu den Schützengräben, Ritter mit gezogenen Schwertern liefen voraus und wiesen ihnen den Weg. Weitere Feuerkugeln stürzten vom Himmel, und dieses Mal verfehlten die Aufständischen der Salinen ihr Ziel nicht.

Negus stützte den immer noch benommenen Azdeki. Dun-Cadal überholte sie, die Hand fest am Schwertgriff.

»Ihr hättet als Erster angreifen sollen«, knurrte er.

»Aber sie sind nicht sehr zahlreich«, stammelte Azdeki mit geröteten Augen.

Plötzlich vernahmen sie ein dumpfes Geräusch. Es klang wie die Schritte eines Riesen.

»Das muss ein Rouarg sein«, stöhnte Kay und zog sein Schwert.

Doch es war nicht nur ein Rouarg, sondern zwanzig, die im wilden Galopp auf das kaiserliche Lager zuhielten. Ihr Fell bestand aus Tausenden spitzer Stacheln, die aus ihren gewölbten Rücken emporragten. Aus ihren Mäulern triefte weißlicher Schleim. In wahnwitzigem Tempo platschten ihre langen, mächtigen Vorderbeine über die sumpfige Oberfläche des Moors. Den rasenden Tieren folgte eine Flammenwand. Die Aufständischen hatten die Höhlen der Tiere ausgeräuchert und sie in wilde Panik versetzt. Mochten die Bauern auch nicht sehr zahlreich sein – hier lehnte sich eine ganze Region auf.

»Die Viecher haben gut drei Meter Schulterhöhe«, stellte Negus fest und ließ Azdeki los. »Und sie wiegen sechs wütende Tonnen.«

Er zog nun ebenfalls sein Schwert und legte Dun-Cadal eine Hand auf die Schulter. »Ach ja, mein Freund, ist unser Leben nicht schön?«

Sie lächelten einander an und tauchten in die Schützengräben ab, wo sie sich bemühten, die Verteidigungslinien zu ordnen. Die Rouargs waren nur ein Vorgeplänkel. Ihnen würden in Kürze die feindlichen Truppen folgen.

Einige Ritter blieben zwischen den Zelten zurück und überwachten die Löscharbeiten. Nach wie vor zerschellten Feuerkugeln im Lager, dann wurde es plötzlich ganz still. Rauchwolken trieben über das Lager hinweg, und schließlich prasselte ein wahrer Pfeilregen auf die Schützengräben hernieder. Sofort traten die Bogenschützen in Aktion.

»Und Schuss!«, kommandierte Tomlinn mit gezücktem Schwert.

Das Sirren der Pfeile konnte das Herzklopfen der Soldaten nicht übertönen. Die Rouargs waren schon viel zu nah. Die Bogenschützen würden es nicht mehr schaffen, einen zweiten Pfeil aufzulegen, und selbst wenn es möglich gewesen wäre, war die Haut der Tiere viel zu dick, um von den kleinen Metallspitzen auch nur angekratzt zu werden.

Jetzt erreichten die aufgebrachten Tiere die Gräben. Hinter ihnen näherten sich die Trommeln der Aufständischen. Wütende Rouargs bissen und trampelten alles nieder, was sich ihnen in den Weg stellte. Männer schrien vor Angst. Ein junger Soldat steckte im Maul eines blutrünstigen, mit sinnlos vergeudeten Speeren gespickten Rouargs und brüllte vor Schmerz, bis das Tier den Kopf schüttelte und den Jüngling viele Meter weit fortkatapultierte. Beim Aufprall am Boden wurde er zerschmettert und verstummte. Ein roter Blutfaden sickerte aus seinem Mund über seine weiße Haut.

Das Feuer entfachte die blinde Wut der Rouargs, und in ihrer eigenen Panik verbreiteten sie Panik. Nachdem sie das Lager niedergetrampelt hatten, flohen die meisten in die Weiten der Sümpfe.

»Aus dem Weg! Aus dem Weg!«, befahl Dun-Cadal. Soldaten hatten einen einzelnen Rouarg eingekreist.

Er zeigte seine Reißzähne, die großen Nasenlöcher bebten, und die schwarzen Stacheln sträubten sich auf seinem Rücken. Für einen Sekundenbruchteil schien er die Augen zusammenzukneifen – dann stürmte er los. Dun hatte gerade noch Zeit, ihm auszuweichen. Die drei Soldaten neben ihm waren nicht schnell genug und wurden unter seinen riesigen Vorderfüßen zermalmt.

Sofort schloss sich der Kreis wieder. Dun wählte die Flanke, um dem Tier den Todesstoß zu versetzen, doch sein Panzer wurde nicht einmal angekratzt. Der Rouarg brüllte auf und drehte sich um. Der General sprang zurück. Lanzen zerbrachen im dichten Stachelfell des Monsters, das immer wütender wurde und schließlich den Kreis durchbrach. Mehrere Soldaten wurden totgetrampelt, andere von den messerscharfen Zähnen zerrissen. Der Rouarg bäumte sich auf, und in diesem Augenblick erkannte Dun seinen Schwachpunkt. Der Bauch. Die letzte Möglichkeit. Er musste genau zielen, dorthin, wo die Haut so dünn war, dass dunkle Adern hindurchschimmerten. Konzentriert stürmte er auf das Ungeheuer zu.

Spür den Odem. Sei der Odem. Spür ihn, Grenouille!

Sein Herz schlug so langsam, dass er es kaum noch fühlte. Jede Geste, jede Handlung um ihn herum verlief so gemächlich, wie eine Schnecke über ein Blatt kriecht.

Der Zauber ist in dir. In deinem Atem, den du ausstößt.

Erneut bäumte sich der Rouarg mit weit aufgerissenem Maul auf.

Es ist, als würdest du musizieren, Grenouille. Es genügt nicht, nur zuzuhören. Spüre die Musik. Legato!

Er ließ sich zu Boden fallen und kroch über die feuchte Erde vorwärts. Die Zeit schien stillzustehen. Brandgeruch lag in der Luft. Die Wolken reflektierten den Widerschein der Feuer.

Stakkato!

Glut wirbelte auf. Das Herz des Generals schlug wieder schneller, und jetzt spürte er alles, nahm jede Bewegung wahr und sah alle seine Handlungen voraus. Er beugte sich so weit wie möglich zurück, zielte auf den dargebotenen Leib des Rouarg und stieß mit aller Macht zu.

Spür den Odem, Grenouille. Atme das Leben. Atme seinen Rhythmus … Und dann schlag zu!

Als die Klinge seinen Körper durchbohrte, reckte der Rouarg das Maul in die Luft und brüllte vor Schmerz auf. Dun ließ sich zur Seite rollen, um nicht zerquetscht zu werden. Mit einem gellenden Schrei brach das Untier zusammen.

»Sie kommen!«

»Alle Mann auf Posten! Hellebarden her! Wir brauchen Hellebardiere.«

»Stellung halten!«

Die Befehle schafften es kaum, das Dröhnen der Trommeln zu übertönen. Dun lag auf den Knien im Schlamm und betrachtet den Kadaver des Rouarg. Als er gerade aufstehen wollte, bohrte sich ein Pfeil unmittelbar neben seinem Fuß in den Boden.

»Dun-Cadal!«, rief Negus hinter ihm. »Dun-Cadal!«

Der General kroch rückwärts in einen der Schützengräben zu seinem Freund und sah, wie Tausende notdürftig ausgerüsteter Soldaten zum Klang einer Trommel auf sie zumarschierten. Hinter ihnen war das Spannen von Bogensehnen zu hören. Eine Wolke aus Pfeilen stieg auf, zerschnitt die Rauchwolken mit einen durchdringenden Sirren, ging auf die Soldaten nieder, durchlöcherte Rüstungen und Schilde und bohrte sich in die feuchte Erde.

Es war der Beginn des Kampfs um die Salinen, das erste Aufeinandertreffen der beiden Armeen, und es wurde eine kurze, aber blutige Schlacht. Zwar waren die kaiserlichen Truppen zahlenmäßig überlegen, doch die Aufständischen hatten die Überraschung auf ihrer Seite. Nachdem die Flucht der Rouargs riesige Breschen in die kaiserlichen Linien geschlagen und die Artillerie der Aufständischen das Lager in Brand gesetzt hatte, bot sich den Revolutionären ein chaotisches Bild. Sie hatten leichtes Spiel. Es bedurfte aller Kaltblütigkeit der kaiserlichen Ritter, um die Truppen neu zu organisieren. Lärm, Donner, klirrende Schwerter, Kämpfe Mann gegen Mann. Und der *Odem*. Dieses Mittel besaßen die Aufständischen nicht, und sie wussten es. Als die Generäle begannen, den *Odem* zu benutzen, bliesen sie zum Rückzug.

Die erste Schlacht in den Salinen dauerte nicht einmal zehn Minuten. Zehn Minuten, die zweitausend Leben kosteten. Dun stand am Rand eines Schützengrabens und sah zu, wie die Sonne unterging. Unzählige reglose Gestalten lagen im hohen Gras. Er verfluchte Azdekis langes Zögern. Alles hatte sich gegen sie gestellt. Die Schmach der kaiserlichen Truppen lastete schwer. In einer Woche würde die Hälfte der Reiche über den Aufstand in den Salinen Bescheid wissen, und allen wäre klar, dass es Bauern gewesen waren, die der Kaiserlichen Armee die Stirn geboten hatten. Das Volk liebte solche Geschichten. Blieb zu hoffen, dass es nicht Partei für die Aufständischen ergreifen würde. Es war schon schwierig genug gewesen, dieses Gebiet zu halten – was, wenn noch weitere Grafschaften oder Baronien nach Unabhängigkeit strebten? Auf der zerbrochenen Rüstung einer Leiche saß ein großer Rabe, schlug mit den Flügeln und versenkte seinen Schnabel in eine noch nässende Wunde.

»Der Himmel ist ganz rot.«

Dun nickte und ließ den Blick über das blutige Moor gleiten. Unter den grauen Wolken wob die untergehende Sonne einen merkwürdig kupferfarbenen Schleier um die hohen Gräser. Negus stand mit den Daumen im Gürtel neben ihm, über seine Wange zog sich eine blutende Wunde.

»Wie so oft nach einer Schlacht«, fuhr er seufzend fort.

»Was wollen sie nur?«, sinnierte Dun. »Wonach suchen sie? Steht ihnen der Sinn nach Krieg? Das, was wir heute erlebt haben, ist kein einfacher Aufstand mehr.«

»Wir haben schon schwierigere Kämpfe ausgefochten. Und es waren die Aufständischen, die zum Rückzug geblasen haben. In zwei Monaten redet kein Mensch mehr darüber.«

»Nein, Freund Negus.« Dun schüttelte den Kopf. »Sie haben gesiegt.«

Seine Augen begegneten dem verblüfften Blick des kleinen Mannes, der in seiner schlammverkrusteten Rüstung aufrecht neben ihm stand.

»Glaub mir, sie wissen ganz genau, was sie tun. Und das war erst der Anfang. Jedermann wird sich des Kampfs um die Salinen erinnern, weil es ihnen gelungen ist, das Kaiserreich in die Knie zu zwingen.«

Im Lager hinter ihnen rauchten letzte Feuernester. Die Zelte, die kein Opfer der Flammen geworden waren, lagen zerrissen am Boden. Verletzte Soldaten humpelten vorbei, und es herrschte ein heilloses Durcheinander.

Während der folgenden Tage bemühte sich Dun-Cadal, das Heft wieder in die Hand zu bekommen. Zunächst kümmerte er sich um alle verfügbaren Informationen über den Feind. Nach der Verurteilung des Grafen von Uster hatte Etienne Azdeki die Auflösung sämtlicher Truppen der Grafschaft der Salinen verfügt. Angesichts dieser Tatsache und der von den Gegnern benutzten Strategie vermutete Daermon, dass der ehemalige Hauptmann Meurnau die Führung der Aufständischen übernommen hatte. Doch sicher war das keineswegs.

In den folgenden zwei Monaten gab es immer wieder kleinere Angriffe und lokale Scharmützel, die die kaiserliche Truppe daran hinderten, weiter in die Sümpfe vorzudringen. Mehrmals bedienten sich die Feinde der mittlerweile erprobten Taktik, Feuer in den Höhlen der Rouargs zu legen und die verängstigten Tiere auf die Vorposten zu hetzen, ehe sie ihnen den Gnadenstoß versetzten. Die Kaiserliche Armee bemühte sich so gut es eben ging, wenn schon nicht vorzupreschen, so doch zumindest nicht zurückzuweichen. In den tiefen Mooren, die ihnen fremd waren, versanken viele Soldaten, behindert durch ihre Waffen, und wurden von den Rouargs gefressen. Dies und die dauernden Angriffe der gegnerischen Truppen verhalfen dem Kampf um die Salinen zu trauriger Berühmtheit. Die Hölle befand sich auf Erden und loderte in den Sümpfen.

General Kay und fünfzig seiner Männer starben, während sie versuchten, eine Brücke über den Fluss Seyman zu bauen. Er war einer der ersten Generäle, die fielen. Abgesehen vom Kriegsgeschehen wurden viele Soldaten durch von Mücken übertragene Krankheiten und das verdorbene Wasser der Moore dahingerafft. Doch selbst erkrankte Soldaten hatten sich in ständiger Bereitschaft zu halten.

»Die Katapulte müssen umgehend repariert werden«, befahl Hauptmann Azdeki.

Vor ihm standen drei fiebrige Soldaten. Sie hatten seit zwei Tagen nicht mehr geschlafen und wurden jetzt beauftragt, die beim letzten Ansturm zerstörten Katapulte wiederherzustellen. Seit der Ankunft von General Daermon bemühte sich Azdeki mit allen Mitteln, seine Autorität zu untermauern. Alle Soldaten wussten das.

»Die Katapulte müssen heute Abend wieder einsatzbereit sein«, fuhr Azdeki verbissen fort.

»Zu Befehl, Herr Hauptmann«, antwortete einer der Soldaten mit schwacher Stimme.

»Aber wenigstens eine Ruhepause …«

»Drei Stunden, mehr nicht!«

Azdeki wandte den Kopf. Ohne ihn eines Blickes zu würdigen, gingen Dun-Cadal und Negus an ihm vorbei. Als der General die schwankenden Soldaten sah, wurde er aufmerksam.

»Ihr könnt euch ja kaum noch auf den Beinen halten«, stellte er fest. »Geht euch ausruhen. Azdeki, die Katapulte können warten. Die Männer sind wichtiger.«

Erleichtert verschwanden die drei Soldaten in ihren Unterkünften. Azdeki blickte ihnen finster nach.

»General Daermon!«, rief er.

Weder Dun noch Negus verlangsamten ihren Schritt.

»General Daermon!«, rief Azdeki erneut.

Der General und sein Freund betraten soeben das große, violette Zelt, das mit dem vergoldeten Symbol des Generalstabs geschmückt war: einem Schwert mit Lorbeerkranz.

Mit geballten Fäusten lief Azdeki ihnen nach. Dun saß auf einem Hocker und zog sich leise fluchend die Stiefel aus. Negus stand neben ihm und war dabei, zwei Becher Wein einzuschenken.

»General Daermon!«, keuchte Azdeki. »Mit welchem Recht habt Ihr …«

»Nun atmet erst einmal in aller Ruhe durch«, unterbrach Dun den Baron leutselig. »Euer Kopf ist so rot, dass es aussieht, als würde er gleich platzen.«

»Platzen?«, keifte Azdeki. »Platzen? Ihr habt Eure Befugnisse bei Weitem überschritten.«

»Vergesst nicht, dass Ihr unter meinem Kommando steht. Ich denke, Ihr solltet Euch ebenfalls drei Stunden aufs Ohr legen.«

Negus stand grinsend im Schatten und hob einen Becher an die Lippen.

»Ich habe keine Zeit, mich auszuruhen. Niemand hier hat Zeit, sich auszuruhen, Dun-Cadal. Außerdem bestehe ich darauf, dass Ihr mich vor meinen Männern mit meinem Dienstgrad anredet, und der lautet immer noch ›Hauptmann Azdeki‹.«

Er schäumte vor Wut. Seit zwei Tagen hatte er kaum geschlafen.

»Ihr erscheint hier stolz und arrogant auf Befehl des Kaisers, erniedrigt mich vor meinen Leuten und setzt meine Befehle aus unerfindlichen Gründen außer Kraft ...«

»Nun, das liegt vielleicht daran, dass sie nicht sinnvoll sind«, unterbrach ihn Dun, während er Schmutzkrusten von seinen Stiefeln klopfte.

»Erspart mir doch bitte diesen Unsinn«, wütete der Hauptmann weiter. »Meine Familie steht dem Kaiser sehr nahe, und ich weiß genau, wie Ihr Euch bei Hof eingeschleimt habt. Ihr solltet nie vergessen, woher Ihr kommt und aus welchem Grund man Euch zum General ernannt hat, Dun-Cadal. Mit Ehre hat es jedenfalls nichts zu tun.«

Dun verzog keine Miene und fuhr fort, den getrockneten Schlamm von seinen Stiefeln zu entfernen. Konzentriert auf seine Arbeit entgegnete er: »Ihr hingegen solltet nie vergessen, dass Ihr nur Hauptmann seid, Azdeki. Und dass die Situation, in der wir uns heute befinden, ganz allein Eure Schuld ist. Es ist auch Eure Schuld, dass so viele Soldaten ihr Leben lassen mussten. Und ohne die Beziehungen Eures Onkels stündet Ihr wahrscheinlich heute nicht in diesem Zelt.«

Als Azdeki wutentbrannt aus dem Zelt stürmte, hielt Dun kurz inne.

»Das hättest du besser nicht gesagt«, befand Negus und reichte ihm seinen Becher Wein.

»Oh, seine Wut wird bald verrauchen«, gab Dun zurück.

»Hier geht es nicht nur um Wut, mein Freund«, erklärte Negus. »Du hast ihn beleidigt«, fügte er mit trauriger Miene hinzu.

Eine Beleidigung würde ihnen die Sache nicht leichter machen. Nicht nur, dass sie sich mit dem Feind herumschlagen und ihre Soldaten bei der Stange halten mussten – nun drohten auch noch Spannungen innerhalb des Führungsstabs.

»Wie kann ein Mann so empfindlich sein?«, versuchte Dun die Angelegenheit herunterzuspielen. »Vielleicht eine Folge der Inzucht?«

Negus ging nicht darauf ein. Er setzte sich auf eine Truhe und starrte in seinen Wein. Streitereien zwischen den alteingesessenen Familien des Ostens und den erst kürzlich geadelten Familien des Westens waren an der Tagesordnung. Doch zwischen Daermon und dem letzten Spross der Azdeki ging es um mehr. Eines Tages würde vermutlich Blut fließen.

»Geht es dir so sehr gegen den Strich, dass der Kaiser selbst ihn zum Ritter geschlagen hat?«, fragte er seinen Freund.

Dun antwortete nicht sofort. Vorsichtig streifte er die eisernen Handschuhe ab und seufzte tief auf, ehe er sich Negus zuwandte.

»Mein Großvater war Hauptmann, wusstest du das? Er hat damals gegen das Königreich Toule gekämpft.«

Mit einem seltsamen Lächeln blickte er sich im Zelt um.

»Er war der Stammvater des Hauses Daermon. Ach ja, die Leute aus Toule … Sie waren sehr widerstandsfähig, diese Ungläubigen.«

Die Eroberung von Toule war eine göttliche Mission gewesen. Es ging darum, dem Volk das Licht der Götter und das Heilige Buch zu bringen. Gerührt dachte Dun an seinen Vorfahren und den Krieg für eine gerechte Sache. Der Opferbereitschaft seines Großvaters hatte das Haus Daermon seine Erhebung in den Adelsstand zu verdanken.

»Nach der Einnahme von Toule fand er in der Stadt eine gigantische Bibliothek vor«, fuhr Dun fort. »Die Leute schrieben ihre Bücher tatsächlich selbst. Kannst du dir das vorstellen? Sie haben sich dieses Recht einfach genommen. Was für eine …«

Seine Stimme versagte.

»Natürlich hat mein Großvater die Bücher verbrannt«, fuhr er schließlich mit einem zufriedenen Nicken fort. »Er hat sie alle verbrannt. Dabei wurde er von der Armee von Toule überrascht, und in diesem Kampf hat er seinen Arm verloren.«

»Ich weiß um den Einsatz deines Großvaters für das Kaiserreich. Aber darum geht es hier nicht.«

»Doch«, beharrte Dun. »Genau darum geht es. Unter den Azdekis gab es große Ritter und hervorragende Staatsmänner, aber Etienne gehört nicht zu ihnen. Hat er je gekämpft, ehe man ihm die Salinen anvertraute? Hat er irgendwann einmal Mut bewiesen? Zwar hat seine Familie gegen die einfallenden Nâagas gekämpft, aber er selbst ist vor ihnen davongerannt. Er gehört zu der Sorte Mensch, die dafür sorgen wird, dass das Kaiserreich eines Tages zerfällt, Negus. Nicht alle Adligen sind Ritter, aber alle Ritter hätten einen Titel verdient.«

»Er war auf der Akademie, wie wir alle«, entgegnete Negus ruhig.

Er trank einen Schluck Wein und blickte Dun-Cadal an, der mit gesenktem Kopf und zusammengepressten Lippen auf dem Schemel saß.

»Er hat den Ritterschlag verdient.«

»Aber unter seinem Befehl sterben Soldaten.«

»Unter deinem auch.«

»Aber zumindest nicht sinnlos«, wandte Dun ein. »Würdest du Etienne Azdeki dein Leben anvertrauen? In einer Schlacht? Würdest du es tun? Ganz ehrlich, Negus?«

Er hob den Kopf und sah seinem Freund in die Augen. Jetzt endlich besänftigte sich sein Zorn, denn er wusste, dass er das richtige Argument gefunden hatte.

»Nein«, musste Negus zugeben.

»Niemand würde es freiwillig tun«, trumpfte er auf. »Niemand. Er verfügt weder über das nötige Charisma, noch trifft er im Augenblick der Gefahr die richtige Entscheidung.«

Erst Wochen später sollte Dun begreifen, wie sehr er sich in Etienne Azdeki getäuscht hatte. Das war, ehe er den Jungen traf.

Auch wenn es Kay nicht gelungen war, eine Brücke über den Seyman zu bauen, um weiter ins Gebiet der Salinen vorzudringen, so hatte man die Idee noch nicht gänzlich aufgegeben. An der Spitze des nächsten Vorstoßes standen Tomlinn, Azdeki und Dun-Cadal. Um den Konflikt endlich zu beenden, musste die Stadt Guet d'Aëd eingenommen werden, die auf der anderen Seite des Flusses lag.

Vorsichtig zog eine Kolonne von rund sechzig Mann die vorgefertigten Brückenteile durch die Sümpfe. Die drei

Befehlshaber begleiteten sie zu Pferde und bemühten sich, ihre Soldaten anzuspornen. Nur selten wurde ihr Ton lauter. Ihnen war bewusst, welch schwere Aufgabe die Männer verrichteten, die nicht nur Rüstung und Waffen, sondern auch eine schwere Holzkonstruktion durch den stinkenden Schlamm zu schleppen hatten. In diesem Gebiet mischten sich Salzsümpfe und Moor.

Sie waren nur noch eine knappe Stunde von ihrem Ziel entfernt, als Dun-Cadal, der als Späher vorausritt, eine Bewegung zwischen den Binsen auffiel. Er wendete sein Pferd und ritt zurück zu Tomlinn, der die Kolonne anführte.

»Wir werden beobachtet.«

»Ich dachte mir schon so etwas«, antwortete Tomlinn ernst. »Wie viele sind es deiner Ansicht nach?«

»Das kann ich nicht sicher sagen. Vielleicht ein knappes Dutzend. Späher, nehme ich an«, antwortete Dun halblaut.

In westlicher Richtung bewegten sich die hohen Binsenstängel mit seltsamer Regelmäßigkeit in den roten Strahlen der untergehenden Sonne, so als schliche jemand unendlich vorsichtig hindurch. Es gab nur eine Möglichkeit, es herauszufinden. Dun warf Tomlinn einen amüsierten Blick zu, riss sein Pferd herum, gab ihm die Sporen und ritt zu Hauptmann Azdeki, der das Ende des Zugs sicherte.

»Westlich von hier scheint sich etwas zu tun. Haltet die Soldaten zusammen und bereitet sie darauf vor, einen möglichen Angriff zu erwidern.«

»Wir sollten besser ausweichen, General Daermon. Es handelt sich sicher nur um ein paar wilde Tiere. Wir verlieren zu viel Zeit«, protestierte Azdeki.

»Das ist ein Befehl«, erklärte Dun-Cadal und fügte widerwillig hinzu: »Hauptmann Azdeki.«

Obwohl der junge Hauptmann sicher war, im Recht zu sein, fügte er sich der Anordnung. Während Dun zu Tomlinn zurückritt, versetzte er die langsam vorwärts trottenden Soldaten in Alarmbereitschaft.

»Aufgepasst, Männer! Von Westen droht Gefahr. Seht zu, dass ihr im entsprechenden Moment bereit seid.«

Wilde Tiere oder Aufständische? Der General zog die von Azdeki angesprochene Möglichkeit gar nicht erst in Betracht. Zu oft schon hatte der dünkelhafte junge Baron die falsche Wahl getroffen. Wie hätte es in diesem Fall anders sein können?

Zusammen mit Tomlinn ritt Dun Richtung Westen. Plötzlich scheute sein Pferd. Hatte es eine Gefahr gewittert? Mit einem freundlichen Klaps auf die Kruppe ließ es sich bewegen, weiterzugehen. Im hohen Gras wies nichts auf eine Bedrohung hin. Mücken surrten, und der Sumpfgestank war beinahe unerträglich. Von Feinden keine Spur.

Immer wieder blieben die Hufe der Pferde im Morast stecken. Nur mühsam kamen sie vorwärts. Noch wenige Meter, und sie würden sich dem Moor als natürlicher Falle nicht mehr entziehen können.

Sie sanken in den weichen Untergrund ein. Sanft rauschend schloss sich das hohe Schilfgras hinter ihnen. Bald waren die Soldaten in der Ferne nicht mehr als Silhouetten über dem Grün in der flirrenden Hitze.

Mit einem Mal kam Wind auf. Das stehende Wasser kräuselte sich, und plötzlich war ein bösartiges Fauchen zu hören.

»Dun-Ca...«

Eine dunkle, massige Gestalt schnellte aus dem Sumpf empor und schnappte nach Tomlinn, der nicht einmal Zeit hatte, sein Schwert zu ziehen. Das reiterlose Pferd stieg, wieherte laut und floh in Richtung Westen. Aus dem Schilf drang drohendes Knurren, dann noch eines. Schließlich ein drittes.

Dun zog sein Schwert und bändigte das aufgeregte Pferd mit einer Hand. Seine Schläfen pochten. Zwischen den Pflanzen bewegte sich etwas.

»Azdeki!«, schrie er. »Azdeki!«

Niemand antwortete. Er zwang sein Pferd zu einer halben Wende. Die Hufe versanken immer tiefer im Moor.

»Azdeki!«

In der Ferne erteilte der Hauptmann den Befehl, vorzurücken.

»Himmeldonnerwetter!«, schimpfte Dun.

Jetzt sah er die Ungeheuer deutlicher. Es waren drei Rouargs mit grünem, schwarz geflecktem Fell. Sie stießen ein herausforderndes Brüllen aus.

»Tomlinn!«, schrie Dun und fuchtelte mit seinem Schwert in der Luft herum. »Tomlinn!«

Unter dem runden, zuckenden Rücken eines der Tiere drang ein entsetzlicher Schrei hervor.

»AZDEKI!«

Ein Rouarg stürzte sich mit solcher Macht auf Dun, dass er spürte, wie seine Rippen brachen. Die Kiefer des Tiers schlossen sich um den Armschutz, messerscharfe Zähne durchbohrten das Metall. Dun stürzte zusammen mit seinem verängstigten Pferd, von dessen panisch verdrehten Augen nur noch das Weiße zu sehen war. Der Rouarg schlitzte den Bauch des Tiers auf. Es klang wie reißender Stoff. Dann folgte ein krachendes Geräusch. Dun spürte, wie sein Bein unter dem Gewicht des toten Pferds brach. Es gab kein Entkommen mehr. Eingeklemmt, den Kopf halb im stinkenden Morast vergraben, sah er über sich nur noch die im Wind tanzenden Gräser.

»Azdeki!«

Plötzlich wurde er ganz ruhig. Das Knurren der Rouargs, die sich um ihre Mahlzeit stritten, schien meilenweit entfernt. Langsam, aber stetig sickerte Blut in den Schlamm, mischte sich mit dem salzigen Wasser der Sümpfe und ließ es wie Wein aussehen …

»Grenouille. Ich werde dich Grenouille nennen.«

Da war ein bitterer, herber Wein, der sanft im Becher eines alten, vergessenen Ritters in Masalia schwappte, weit fort von den Salzsümpfen der Salinen. Und doch spürte er den Geschmack des Morasts noch immer im Mund. Sie saßen wieder in der Taverne, und er trank einen Schluck, um die Erinnerungen zu verscheuchen.

»Grenouille.«

»Grenouille?«, fragte Viola.

Duns Blick verlor sich in der Ferne. Er bewegte den Kopf. In der Schenke saßen nur noch wenige Gäste. Wie lange hatte er geredet? Vermutlich viel zu lang. Wieder einmal hatte er sich volllaufen lassen. Die Kaufleute aus Serray sangen noch immer an ihrem Tisch. Ihre Lider waren schwer, die Becher leer. Der kleine Mann, der Dun am Abend angebettelt hatte, nutzte ihre Trunkenheit aus und leerte ihre Taschen.

»Wie bitte?«

»Ihr erzähltet gerade, dass Ihr aus Leibeskräften nach Azdeki gerufen habt, und dann sagtet Ihr aus heiterem Himmel: ›Grenouille‹«, half Viola ihm auf die Sprünge.

Die Luft in der Taverne war rauchig.

»Ah«, seufzte Dun und fügte mit flacher Stimme und traurigem Lächeln hinzu: »Grenouille war der Junge. Der Junge, der mir das Leben gerettet hat.«

War es der Rauch, der in seine Augen biss und sie rötete? Sein Gesicht wurde hart. O ja, er hatte zu viel geredet, zu viel gesagt, zu viel verraten.

»Aber das ist nichts. Das können wir getrost vergessen.«

»Er hat zu viel getrunken«, stellte der Wirt fest, während er am Nebentisch die leeren Krüge einsammelte. »Ihr solltet ihn besser nach Hause bringen.«

Überrascht zog Viola die Augenbrauen hoch.

»Er wohnt bei Mildrel, der Kurtisane, nur zwei Straßen von hier. Wir liefern ihn da immer ab, wenn er wieder mal nur noch ein Weinfass auf zwei Beinen ist«, erklärte der Wirt, ehe er müde hinter seinen Tresen zurückschlurfte.

Dun-Cadal hatte gefährliche Schlagseite. Seine Nase hing fast in seinem Becher, die Augen waren halb geschlossen.

»Der Junge«, wiederholte Viola nachdenklich.

Da hob der alte Ritter den Kopf, als hätte er nichts von seiner Lebenskraft verloren. Seine weit geöffneten Augen glänzten seltsam.

»Der größte Ritter, den die Welt je gesehen hat.«

3

VERWUNDUNG

Alle Wunden heilen irgendwann.
Nur die Narben erinnern noch an sie.
Zwar ist der Schmerz dann weniger heftig,
aber nicht weniger tief.

Wahrscheinlich hatte er sehr lang geschlafen, doch welche Rolle spielt schon die Dauer des Schlafs, wenn der Schädel vom Gewicht vieler Krüge Wein fast zermalmt wird. Mit bohrenden Kopfschmerzen richtete er sich auf. Sein Lager war zerwühlt. Ihm war, als dringe eine scharfe Klinge in seinen Nacken. Die Sonne stand bereits im Zenit. Ihre Strahlen drangen durch die braunen Vorhänge, zeichneten leuchtende Spuren auf den sorgfältig gewienerten Parkettboden und schmerzten in den Augen. Er hob eine Hand vor das Gesicht und brabbelte vor sich hin. Es war eine Sache, sich selbst zu vergessen und seine Vergangenheit im Wein zu ertränken, aber eine ganz andere, sich mit brummendem Schädel plötzlich wieder zu erinnern. Abgesehen von Stiefeln und Weste, die ihm jemand abgenommen haben musste, war er vollständig bekleidet. Schließlich fiel ihm ein, wo er war, und er empfand eine winzige Enttäuschung. An der Wand stand eine Waschschüssel neben einem hohen Spiegel. Er gab ein blasses Abbild des Ritters wieder, der er einst gewesen war.

Die Tür öffnete sich, und eine Dame trat ein. Trotz ihres fortgeschrittenen Alters war sie immer noch sehr schön. Locken ringelten sich auf ihren nackten Schultern. Ein grünes Kleid umspannte ihre Taille, ein Korsett betonte ihre Brust, und um ihren Hals hing eine Kette mit einem Anhänger in Form eines Schwertes. Die kleinen Fältchen um ihre meerblauen Augen taten ihrer Schönheit keinen Abbruch. Mit einem Tablett in der Hand trat sie ans Fenster und setzte ihre Last auf dem sonnenüberfluteten Tisch ab. Dun-Cadal saß mit ausgetrocknetem Mund am Bettrand, massierte sich den Nacken und hoffte, dass der Schmerz bald vorüberginge. Als ihr Lavendelduft ihn streifte, vergaß er sein Ungemach für einen kurzen Augenblick.

»Ich nehme an, du erinnerst dich an nichts«, sagte sie und nahm einen Korb mit Brot, einige Äpfel, einen Krug und ein Glas vom Tablett.

Der Klang ihrer Stimme bewies, dass sie keineswegs schüchtern war, obwohl sie dem Ritter den Rücken zuwandte und den Kopf über das Tablett gesenkt hielt. Es geschah nicht zum ersten Mal, dass er hier aufwachte, ohne sich erinnern zu können, wie er ins Bett gekommen war.

»Eine junge Frau mit roten Haaren hat dich hergebracht«, berichtete sie und füllte das Glas mit Fruchtsaft. »Genau genommen nicht sie, sondern ein Nâaga. Er musste dich tragen. Deine Beine waren wohl schon eingeschlafen.«

Der Nâaga. Viola. Nach und nach kehrte die Erinnerung zurück und mit ihr heftige Gewissensbisse.

»Ich habe geredet«, flüsterte er.

»Zu viel?«

Sie hob den Kopf und neigte ihn leicht zur Seite. Ein Sonnenstrahl schien ihr einen goldenen Kuss auf die Wange zu hauchen. Plötzlich sah sie zwanzig Jahre jünger aus. Duns müdes Herz begann heftig zu pochen. Er wusste, dass er sich ohne sie nie derart lebendig fühlen könnte.

»Die Salinen«, gab er zurück.

»Ich weiß.«

Sie drehte sich um. Auf ihrem Gesicht zeichnete sich verhaltener Zorn ab. Ein einziges falsches Wort, ein Missverständnis würden ihn zum Ausbruch bringen. Dun wusste schon lange, dass es besser war, sie nicht zu reizen.

»Aber sie hat dir Fragen nach Grenouille gestellt«, fuhr sie mit schneidender Stimme fort. »Glücklicherweise warst du nicht mehr in der Lage, ihr mehr darüber zu sagen.«

»Mildrel«, flehte er, als wollte er sie um Entschuldigung bitten.

Sie hielt ihm das Glas hin. »Trink das. Es ist Saft von Beeren aus Amauris.«

Dun ließ sich nicht lange bitten und leerte das Glas mit der bitteren Flüssigkeit.

»Ich weiß, es schmeckt nicht besonders gut. Aber es beruhigt den Magen. Hier liegen noch Brot und ein paar Äpfel für dich.«

»Mildrel«, sagte er und griff nach ihrer Hand.

Er hob die Augen zu ihr empor, und es schmerzte schlimmer als ein Dolchstoß mitten ins Herz. Unbeweglich und mit zusammengepressten Lippen stand sie vor ihm, den

Blick an die Wand geheftet. Sie brauchte die Vorwürfe nicht auszusprechen. Er hätte ohnehin nicht gewusst, was er ihr antworten sollte. Sie kannten sich seit so langer Zeit, dass sie einander mit den einfachsten Gesten verstanden. Schließlich lächelte Dun sie müde an.

»Es lag am Lavendel«, sagte er. »Sie roch nach Lavendel, genau wie du.«

»Aber sie kommt aus der Republik. Und du weißt genau, dass die Republik Generäle hervorgebracht hat, die sich nicht zu ihr bekannt haben«, antwortete sie traurig. »Warum hast du mit ihr gesprochen? Was hast du dir dabei gedacht? Bis heute hast du dich damit begnügt, die Leute anzulügen. Jetzt hast du dich selbst denunziert.«

»Was habe ich mit der Republik zu tun? Sie interessiert mich nicht.«

Mildrel zog ihre Hand zurück und bedachte ihn mit einem verärgerten Blick, als wäre er ein Kind, das eine Dummheit begangen hatte. »Sie könnte dich jederzeit verhaften lassen.«

»Wen würde es stören?«, seufzte er, stand auf und ging zur anderen Seite des Zimmers, wo die Waschschüssel schon mit warmem Wasser gefüllt war. Vorsichtig öffnete er die Hemdknöpfe und zog sich das Kleidungsstück über den Kopf.

»Mich zum Beispiel«, sagte Mildrel.

Sie stand immer noch mit verschränkten Händen neben dem zerwühlten Bett. Er blickte sie an. Wie schön sie doch noch immer war, und wie würdevoll in ihrem verhaltenen Zorn!

»Ich bedeute hier niemandem mehr etwas«, fuhr er fort. »Es ist viel zu lang her. Ich bin keine Gefahr mehr für sie, und dieses Mädchen weiß das ganz genau.«

Er beugte sich über die Schüssel und wusch sich das Gesicht. Das warme Wasser entspannte seine geschundene Haut und schmeichelte seinen vom Wein und der Mittagssonne schmerzenden Augenlidern. Die Erinnerung an die Säuberungsaktionen nach dem Zusammenbruch des Kaiserreichs verschwamm wie der Dampf über dem heißen Wasser. Wie viele Ritter waren von der Republik vor Gericht gestellt worden, wie viele stolze und geradlinige Männer verurteilt und wie viel Ehrenhaftigkeit auf Druck des Volkes in öffentlichen Prozessen besudelt! Er selbst hatte alles überlebt, weil er wie ein Hund vor den Herolden der entstehenden Republik geflohen war. Zwei Jahre lang hatte er sich in den Wäldern des Nordens vergraben. Und irgendwann hatte man Dun-Cadal Daermon und all diejenigen vergessen, die dem unseligen Kaiser einst gedient hatten.

»Du hast recht. Du bist keine Gefahr mehr, außer für dich selbst. Und zwar schon länger, als dir selbst bewusst ist. Nicht der Zerfall des Kaiserreichs hat den großen Dun-Cadal bezwungen.«

Er hielt inne. Mit triefendem Gesicht stützte er die Hände auf den Rand der Waschschüssel. Das Bild des Jungen stand ihm vor Augen, und wie immer, wenn er an ihn dachte, empfand der alte Krieger ein Gefühl von Ohnmacht und Qual. Die Erinnerung hatte nichts von ihrem Schmerz verloren.

»Besiegt hat dich der Verlust von Grenouille.«

»Du weißt nicht, was du da sagst«, murmelte er.

»Ach wirklich?«

Sie lächelte verächtlich.

»Du aber weißt genau, was du hergelaufenen Unbekannten erzählst? Hast du dich wenigstens einmal gefragt, was diese Frau von dir wollte?«

Mildrel ging langsam zur Tür, ließ aber Duns nackten Rücken nicht aus den Augen. Eine breite Narbe zog sich über eines seiner Schulterblätter – das Andenken an eine lang zurückliegende Schlacht, einen Hieb mit einer Axt in jener Zeit, als er mit Leib und Seele für seine Vorstellung einer ruhmreichen Zivilisation gekämpft hatte. Wie sehr hatte sie es geliebt, diese Narbe unter ihren Fingern zu spüren!

»Sie ist Historikerin und kommt aus Emeris«, erklärte Dun und fuhr fort, sich zu waschen. »Sie wollte mit einem Soldaten des Kaiserreichs sprechen.«

»Und ist rein zufällig an dich geraten«, spottete Mildrel, während sie die Tür öffnete. »Falls du es vergessen haben solltest: In Masalia kommt es nicht gut an, wenn man den alten Zeiten nachweint. Zur Nacht der Masken sind viele Ratsherrn eingeladen.«

Sie wartete auf eine Antwort, doch Dun starrte nur stumm in die Schüssel. Die Republik, die Nacht der Masken, die heutige Welt – nichts davon war ihm mehr vertraut. Seit er in Masalia angekommen war, kümmerte er sich um nichts anderes mehr, als sein Glas immer gefüllt zu halten.

Mildrel ließ ihn allein. Erst als sie die Tür hinter sich geschlossen hatte und ihre Schritte langsam verhallten, richtete sich Dun auf.

Er war ihr nicht böse. Sie machte sich seinetwegen Sorgen. Beunruhigend war nur, dass sie auch noch jedes Mal recht behielt. Er hatte dieser Viola viel zu viel anvertraut, ohne um ihre wahren Beweggründe zu wissen. Und zum ersten Mal hatte er auch tatsächlich die Wahrheit gesagt. Falls es stimmte, dass sie auf der Suche nach Eraëd war – würde sie sich mit einer Ablehnung begnügen? Oder würde sie drohen, ihn zu verraten? Interessierte der Name Dun-

Cadal Daermon die erhabenen Räte der jungen Republik überhaupt noch?

Längst war er nun noch ein Schatten seiner selbst. Mit der Auflösung des Kaiserreichs war auch die Ritterschaft zerfallen. Niemand erinnerte sich mehr des *Odems*, und noch beklemmender erschien es Dun, dass offenbar niemand mehr an das Buch des Schicksals glaubte und die Götter immer öfter verleugnet wurden. O ja, die Zeiten hatten sich geändert. Sein schmerzender Körper erinnerte ihn jeden Tag daran. Vor allem sein rechtes Bein bereitete ihm große Qualen, gegen die nichts half. Er begegnete seinem eigenen Blick im Spiegel.

Azdeki! Mistkerl! Komm zurück!

Er spürte den Schmerz nicht nur körperlich. Die wahre Wunde verbarg sich tief in seinem Innern.

Azdeki!

Zurückgeblieben war eine Narbe, die schlimmste von allen. Man konnte sie nicht sehen, aber sie würde bis zum letzten Herzschlag qualvoll in ihm brennen.

Azdeki! Tomlinn!

Bis zu diesem Augenblick empfand er die Vorstellung, der Hauptmann könne ihn seinem Schicksal überlassen, als bloßes Gedankengespinst. Noch angeschlagen von seinem Sturz und dem Gewicht des toten Pferds auf seinem Bein, liefen seine Gedanken ziellos im Kreis. Er lag einfach nur da, im zähen Schlamm der Salinen. Seine Rufe hatten einen der Rouarg angelockt, der mit bluttriefendem Maul seine Witterung aufnahm.

»Komm nur«, murmelte Dun-Cadal.

Dank Adrenalin und plötzlichem Fieber spürte er kaum Schmerzen. Der Rouarg stürzte sich auf den Pferdekadaver. Starke Muskeln zuckten unter seiner mit grünen und schwarzen Stacheln übersäten Haut. Ohne das Tier aus den Augen zu lassen, wühlte Dun mit einer Hand im Schlamm und suchte nach seinem Schwert. Der Rouarg kniff die Augen zusammen, riss das riesige Maul auf und brüllte. Sein Atem stank entsetzlich. Vom Schweiß des verletzten Ritters angelockt, näherten sich nun auch die beiden anderen Tiere. Doch so tief Dun auch im Schlamm herumgrub – das Schwert blieb unauffindbar.

»Himmeldonnerwetter«, presste er zwischen den Zähnen hervor.

Nun meldete sich allmählich auch der Schmerz. Unter dem Gewicht des toten Pferds und des Rouarg wurde das gebrochene Bein allmählich zermalmt. Wieder brüllte der Rouarg und reckte den Hals nach der Beute, die sich nicht befreien konnte. Das Schwert war verloren. Dun blieb nur noch ein Mittel, ehe der Schmerz ihn ohnmächtig werden ließ: Er atmete tief ein und legte die Hände auf sein von Schweiß und Schmutz verklebtes, schmerzverzerrtes Gesicht. Er musste mit seinem ganzen Sein der Welt lauschen, ihre Schwingungen spüren, mit der Luft verschmelzen und alles um sich herum wahrnehmen. Dinge erkennen, die unsichtbar waren. Langsam spürte er den *Odem* in sich aufsteigen. Er selbst musste zum *Odem* werden. Sein Bein schmerzte jetzt fast unerträglich. Die gebrochenen Knochen hatten sein Fleisch durchtrennt wie Rasierklingen.

Bedrohlich senkte der Rouarg den Kopf und riss unmittelbar über ihm das Maul auf. Ein Wimpernschlag noch, und er würde Dun den Kopf abreißen ... Doch nichts geschah. Irgendetwas schien das Tier davon abzuhalten. Ungläubig starrte es den in der Falle sitzenden Mann an – und dann streckte dieser die Arme aus. Eine ungeheure Kraft schleuderte den Rouarg samt dem Pferdekadaver weit in die Lüfte.

Schmerz überrollte Dun wie eine mächtige, alles mitreißende Welle. Er schrie auf. Er schrie und schrie, bis er schließlich das Bewusstsein verlor.

Aus weiter Ferne erklang ein seltsames Fauchen.

Als Dun zum ersten Mal die Augen öffnete, saß neben ihm ein Frosch, der ihn neugierig zu betrachten schien. Sein Hals blähte sich im Rhythmus seines Atems.

Beim zweiten Mal war der Frosch verschwunden. Nur die Gräser wiegten sich gemächlich im Wind. Regentropfen hinterließen kleine Krater im sumpfigen Boden, Dunkelheit breitete sich aus. Wieder versank er in Bewusstlosigkeit.

Langsam bewegten sich seine Augenlider. Im strahlenden Sonnenschein schien das hohe Gras zu flimmern. Seltsamerweise fühlte er sich trocken.

»Donnerwetter«, krächzte er mit rauer Stimme. Das Sprechen bereitete ihm Schmerzen.

Er versuchte den Kopf zu heben und verzog das Gesicht. Sein Hals war so steif wie ein Stück Holz, doch das war noch gar nichts im Vergleich zu seinem Körper. Verblüfft entdeckte er, dass er am Rand der Salzsümpfe auf einer alten, löchrigen Decke lag, die über ein Stück rissige Erde gebreitet war. Ein Karren, dessen Räder mit zwei dicken Holzstücken blockiert waren, bot einen gewissen Schutz. Sein gebrochenes Bein war mit Zweigen und Gras geschient und mit einem Stück blutgetränktem Stoff verbunden worden. Wie um alles in der Welt kam er hierher? Wer hatte ihn hergebracht? Und seit wann lag er hier?

»Nicht zu hastig bewegen«, sagte eine Kinderstimme. »Euer Bein ist noch lange nicht wiederhergestellt. Ich habe getan, was ich konnte; alles Weitere ist eine Frage der Zeit.«

Unter einer Ecke des Karrens saß ein Knabe im Schneidersitz. Mit untergeschlagenen Armen blickte er den Ritter mit ernsten, grauen Augen an.

»Euer Bein hat ziemlich hässlich ausgesehen.«

»Ach wirklich?«

»Überall kamen Knochen heraus«, erklärte der Junge ruhig.

»Und du …«

Jede Bewegung schmerzte, doch nach und nach wurde Duns Geist wacher.

»Hast du mich etwa hergebracht?«

Der Junge nickte. »Mit einem Pferd«, fügte er hinzu.

Sein Gesicht war rund, sehr blass und noch fast kindlich. Offenbar hatte er sich lange nicht mehr gekämmt. Kurzatmig sank Dun auf die Decke zurück. Er sah Sternchen, und der blaue Himmel erschien ihm für Sekundenbruchteile trüb, ehe sich alles wieder normalisierte.

»Immer mit der Ruhe«, sagte der Junge. »Ihr seid schließlich seit acht Tagen nicht mehr aufgestanden.«

»Acht Tage?«, staunte der Ritter.

Seine Kehle war plötzlich so trocken, dass er nicht einmal schlucken konnte. Als der Junge ihn wie einen Fisch nach Luft schnappen sah, musste er lachen. Er stand auf und trat neben Dun.

»Ich habe Euch etwas zu trinken hingestellt«, sagte er und zeigte auf eine kleine Feldflasche. »Das ist alles, was ich finden konnte. Hier gibt es bedeutend mehr Salz- als Süßwasser.«

Mühsam versuchte Dun, sich aufzusetzen. Seine verletzten Rippen peinigten ihn. Er taxierte den Jungen, dessen Alter schwierig zu schätzen war. Zwölf, dreizehn – vielleicht vierzehn Jahre. Sicher nicht mehr. Er trug ein einfaches, beigefarbenes Hemd mit offenem Kragen, eine fadenscheinige schwarze Hose, und seine Stiefel hielt er mit Schnur einigermaßen zusammen. Braune Strähnen fielen ihm in die Stirn, und sein Gesicht war so schmutzig, als wäre er kopfüber in den Sumpf gefallen.

»Danke«, murmelte Dun und griff mit fiebrigen Fingern nach der Feldflasche.

Er trank einen Schluck und hätte ihn beinahe sofort wieder ausgespuckt, so faulig schmeckte das Wasser. Doch sein Durst war so groß, dass er sich mit verzerrtem Gesicht zum Schlucken zwang. Aus dem Augenwinkel sah er sein Schwert, das neben einem Stapel ziemlich vermoderter, halb mit einem dunkelgrünen Tuch verdeckter Kisten in der Erde steckte.

»Ihr seid ein Ritter, nicht wahr? Ein Ritter des Kaiserreichs«, sagte der Junge. Sein Lächeln erlosch.

Dun nickte nur kurz. Sein Hals war noch zu steif. Er konnte ihn kaum bewegen. »Und wer bist du?«, erkundigte er sich.

Der Junge antwortete nicht. Er senkte die Augen auf die trockene Erde, über die ein leichter Wind kleine Steinchen kollern ließ. Dun wartete. Nichts geschah. Er warf einen Blick auf die Umgebung und versuchte, sich zurechtzufinden. Der Junge musste ihn aus dem Sümpfen geholt und ein gutes Stück transportiert haben. In der Ferne entdeckte er die Eichen, die am Ufer des Flusses Seyman wuchsen. Auf der anderen Seite sah er nur Sümpfe, so weit das Auge reichte. Schilf und Gräser wiegten sich im Wind, und über ihnen tanzte die Hitze wie ein flimmernder Nebel. Dun fragte sich, ob es Azdeki gelungen war, die Brücke aufzubauen und den Fluss zu überqueren. Dann jedoch erinnerte er sich, wie der Hauptmann ihn hilflos zurückgelassen hatte. Zorn stieg in ihm auf.

»Vor vier Tagen haben die Kaiserlichen den Seyman überschritten«, verkündete der Junge, während er in den Kisten wühlte.

Dann war Azdeki der Brückenschlag also tatsächlich gelungen.

»Dann haben wir Guet d'Aëd wirklich eingenommen«, seufzte Dun erleichtert.

Die Revolte war niedergeschlagen, und Azdeki wurde vermutlich als Held der Salinen gefeiert. Er verzerrte das Gesicht zu einer Art Lächeln. Welche Ironie.

»O nein«, entgegnete der Junge und kehrte mit einem merkwürdigen Kästchen zu ihm zurück.

Im Schneidersitz ließ er sich neben dem Ritter nieder und stellte die Schachtel zwischen seine Beine.

»Sie haben es versucht, aber es ist ihnen nicht gelungen«, fuhr er fort, ging aber nicht näher darauf ein. »Und jetzt gebt die Feldflasche her«, kommandierte er in einem Ton, der Dun nicht gefiel.

»Was soll das heißen: Sie haben es versucht?«

Der Junge riss ihm die Flasche aus der Hand.

»Was machst du da?«

»Ich werde Euch schon nicht vergiften«, versicherte der Junge griesgrämig. »Es ist nur so, dass Ihr etwas trinken müsst, um rechtzeitig gesund zu werden.«

Natürlich würde der Junge ihn nicht vergiften. Dun hatte sein Schwert unter dem Karren entdeckt. In den vergangenen acht Tagen hätte der Junge ihn längst töten können. So viel Aufmerksamkeit für einen möglichen Feind interessierte ihn. Immerhin herrschte Krieg. Da hieß es, vorsichtig zu bleiben.

»Stammst du aus den Salinen?«

»Ja.«

Der Junge öffnete den Deckel einer Kiste, griff hinein, förderte ein zappelndes Etwas zutage und hielt es über die Feldflasche.

»Und ich habe Euch vor den Rouargs gerettet.«

»Wie?«, wollte Dun wissen.

»Das ist ein Geheimnis.«

Aus der geschlossenen Faust des Jungen hingen zwei lange Beine, die ununterbrochen zappelten. Vorsichtig drückte er zu. Dampfend tropfte eine gelbliche Flüssigkeit in die Flasche. Als Dun begriff, was der Junge da in der Hand hielt, wandte er angewidert den Blick ab.

»Himmeldonnerwetter – das ist ja ein Frosch. Du lässt einen Frosch in die Flasche pinkeln?«

»Das ist ein Ashala Machal, ein Binsenfrosch«, erklärte der Junge, als sage er einen Merksatz auf. »Wenn sie sich fürchten, pinkeln sie. Ihr Urin hilft gegen viele Krankheiten.«

»Das ist ekelhaft!«

»Schon möglich«, grinste er und setzte den Frosch wieder in die Kiste. »Aber während der ganzen Zeit, als Ihr bewusstlos wart, habe ich Euch Frosch-Urin zu trinken gegeben. Ihm habt Ihr zu verdanken, dass euer Fieber so schnell gefallen ist. Aus dem Schleim ihrer Haut habe ich eine Salbe für Euer Bein hergestellt. Das Salz der Sümpfe hatte sich bereits in die Wunde gefressen, aber die Salbe stillt den Schmerz. Und der Urin wirkt wie eine Art Stärkungsmittel.«

Dun schluckte. Im Lauf seiner Soldatenzeit hatte er schon viel ekelhaftes Zeug getrunken, aber *Pisse!* Das war nun doch zu viel des Guten.

»Und ich soll das wirklich trinken?«

»Wollt Ihr lieber hier sterben?«

Sie maßen sich mit Blicken. Der Junge hielt ihm die Flasche entgegen.

Nein, natürlich wollte Dun nicht hier sterben. Er wollte noch nicht einmal länger als nötig bleiben. In den grauen Augen des Jungen las er eine Entschlossenheit, über die er lächeln musste. Der Kleine würde wirklich alles daran setzen, dass er das Gebräu trank, und sich zu drücken wäre in seinem Zustand sicher nicht die beste Idee. Natürlich hätte er sich wehren und den Jungen möglicherweise trotz seiner Verwundung töten können. Immerhin war er ein General des Kaisers und nicht irgendein dahergelaufener Soldat.

Doch irgendetwas lag im Blick des Jungen – war es Verlangen? Oder Wut? –, das ihn neugierig machte. Er trank einen Schluck und begriff sofort, warum das Wasser so faulig geschmeckt hatte.

»Jetzt einmal ehrlich!«, sagte er und kniff die Augen zusammen. »Wer bist du?«

Der Blick des Jungen verlor sich in der Ferne. Er spielte mit den Kieseln zu seinen Füßen und warf sie ohne große Begeisterung ins Gras.

»Du hast doch sicher einen Namen. Wie nennen dich deine Freunde?«

»Ich habe keinen Namen.«

»Keinen Namen?«, wunderte sich Dun.

»Nicht mehr. Ich habe ihn verloren«, erwiderte der Junge gereizt.

Seine Würfe wurden gezielter.

»Wo sind deine Eltern?«

»Tot. Hier herrscht Krieg, falls Ihr das nicht gewusst habt«, fügte er ironisch hinzu und grinste schief. »Ich bin schon vor langer Zeit aus Guet d'Aëd geflohen.«

»Warum?«

Der Junge dachte einen Augenblick nach. Kamen ihm schmerzliche Ereignisse in den Sinn? Oder suchte er nach einer Antwort, die glaubhaft erschien? Dun war bewusst, dass sein Retter ein Kind der Salinen und damit möglicherweise ein Aufständischer oder ein Verräter des Kaiserreichs war. Dass der Junge ihn nicht getötet hatte, war eine Sache, dass er aber vielleicht aus einem bestimmten Grund sein Vertrauen gewinnen wollte, eine ganz andere.

»Weil Krieg war und ich Angst hatte.«

Dun musterte ihn und zwang sich, einen weiteren Schluck zu trinken.

»Was ist mit dem Karren? Gehört er dir?«

»Nein, er ist uralt. Ich benutze ihn als Unterschlupf und habe mich hier versteckt. Eines Tages sah ich Euch vorüberreiten. Ihr wurdet von den Rouargs angegriffen, und jetzt seid Ihr hier.«

Er hörte auf, mit Steinen zu werfen, doch seine Augen blickten weiter in die Ferne.

»Es waren drei Tiere«, erinnerte sich Dun. »Hast du etwa ganz allein gegen drei Rouargs gekämpft?«

»Ich sagte Euch ja bereits, dass ich ein Geheimnis habe.«

Er sprang auf.

»Ihr müsst jetzt ausruhen. Ich werde versuchen, uns für heute Abend etwas zu essen zu besorgen. Es gibt hier Frösche, die sind faustgroß. Man nennt sie Bienenstock-Frösche. Ihr Fleisch ist zart wie Hähnchen.«

Er kroch in den hintersten Winkel des Karrens und förderte einen Rucksack zutage.

»Hör mal, Kleiner«, rief Dun ihm nach. »Ich weiß deine Hilfe wirklich zu schätzen, aber ich muss unbedingt zurück zu meiner Truppe.«

Der Junge sah ihn an. »Noch nicht. Ihr seid noch zu schwach.« Er schulterte den Rucksack und verschwand hinter dem Karren.

»Kleiner! He, Kleiner! Komm zurück!«, rief er ihm hinterher.

Doch der Junge antwortete nicht.

Dun ließ sich auf sein Lager zurücksinken und schloss die Augen. Sein Kopf war bleischwer. Er bemühte sich nachzudenken, wie er es anstellen könnte, in das Lager der Kaiserlichen zurückzukehren, doch darüber schlief er ein.

Als er wieder aufwachte, ging bereits die Sonne hinter dem Karren unter, und der Junge war gerade dabei, ein Feuer zu entfachen. Mühsam stützte sich Dun auf einen Ellbogen. Er fühlte sich, als wäre sein ganzer Körper von einem wütenden Pferd zertrampelt worden, und sein verletztes Bein verströmte Verwesungsgeruch. Der Junge bemerkte, dass er wach war, sprach ihn aber nicht an. Sie redeten kein Wort miteinander, bis der Junge ihm eine Schale mit gerösteten Froschschenkeln brachte und sich angesichts Duns angeekelter Miene ein Grinsen verbiss.

»Es macht dir wohl Spaß, einem Widersacher deine kulinarischen Vorlieben aufzudrängen, was, Kleiner?«, seufzte der Ritter.

»Die Salinen haben immer zum Kaiserreich gehört«, entgegnete der Junge und setzte sich wieder ans Feuer.

Die Antwort überraschte Dun so sehr, dass er beinahe seinen Froschschenkel hätte fallen lassen.

»Schön zu hören«, sagte er, ehe er in das Fleisch biss.

Der Geschmack erinnerte tatsächlich an Hühnchen, und wenn man das wenig appetitliche Aussehen des Froschs ausblendete, schmeckte es sogar richtig gut.

Inzwischen war es dunkel geworden. Nur der flackernde Schein des Feuers erhellte noch das Gesicht des Jungen, und sein sonst so ernster Blick wirkte jetzt sanfter.

»Diesem Fleisch verdanke ich mein Überleben«, sagte er und zeigte auf die gerösteten Frösche. »Allein im Westen der Salinen leben vierzehn verschiedene Arten, im gesamten Gebiet dürfte es zwischen dreißig und vierzig sein. Jede hat ihre Vorteile. Aus einigen kann man Gift herstellen, aus anderen Arzneimittel.«

Erneut zeigte er auf Duns Schüssel.

»Und manche kann man essen.«

»Lernt man so etwas in den Schulen von Guet d'Aëd?«, erkundigte sich Dun kauend.

Nachdenklich stocherte der Junge im Feuer herum.

»Gut, Kleiner, dann erzähle mir, wie es weitergehen soll.«

»Weitergehen?«

»Ja. Du hast mich vor den Rouargs gerettet und mich verarztet, so gut es ging. Und auch wenn du glaubst, dass die Salinen immer zum Kaiserreich gehört haben, bist und bleibst du ein Kind der Salinen. Was also ist deine Absicht? Mir scheint, ich bin dein Gefangener.«

Der Junge ließ das glühende Holzscheit fallen, mit dem er im Feuer gestochert hatte, und wandte den Blick ab.

»Da ist noch das Pferd Eures Freundes. Ich habe es hinter dem Karren angebunden.«

Dun richtete sich so weit wie möglich auf und erahnte tatsächlich die Ohren von Tomlinns Reittier hinter dem Karren.

»Stimmt, so hast du mich ja hergebracht«, erinnerte er sich.

»Ich habe euch ein Seil um den Körper geschlungen und es ans Pferd gebunden«, berichtete der Junge. »Und jetzt seid Ihr hier.«

»Ja, jetzt bin ich hier«, wiederholte Dun.

Während er seine Schüssel leerte, beobachtete er den Jungen. Trotz des achttägigen Fastens hatte er keinen großen Appetit, was vermutlich an seinen starken Schmerzen lag. Trotzdem aß er alles auf.

»Du bist ein wahrer Teufelskerl«, erklärte er schließlich.

Den ganzen Abend bemühte sich Dun, den Jungen zum Reden zu bringen, doch manchmal hatte er das Gefühl, gegen eine Wand zu sprechen. Kurz vor dem Einschlafen kam ihm ein schrecklicher Gedanke. Was, wenn der Junge ihn den Aufständischen auslieferte?

Der Gedanke quälte ihn auch während der folgenden Tage. Sein Bein war noch nicht wiederhergestellt, seine Rippen brannten, und jeder Atemzug war eine Qual. Jedes Mal, wenn er aufzustehen versuchte, erlitt er einen Schwächeanfall. Dreimal wechselte der Junge seinen Verband, und dreimal konnte Dun dabei das Ausmaß der Verletzung begutachten. Große, nässende Wunden waren notdürftig an den Stellen zusammengenäht worden, wo die gebrochenen Knochen die Haut perforiert hatten. Die großen Chirurgen des Kaiserreichs hätten es natürlich kunstvoller gemacht, aber der Junge hatte sich ganz ordentlich Mühe gegeben.

Mehrmals bemühte sich Dun, etwas über den Jungen zu erfahren, jedoch ohne großen Erfolg. Seine Stärke lag nun einmal im Umgang mit dem Schwert, nicht mit Worten. Manchmal verließ der Junge ihre Unterkunft und ritt auf Tomlinns Pferd in irgendein Dorf in der Umgebung.

Wenn der Kleine unterwegs war, fügte sich Dun geduldig in seine Schmerzen und überlegte sich allerlei Strategien für den Fall, dass sein Retter ihn tatsächlich verriet. Aber warum gab sich der Kleine dann so viel Mühe, ihn gesund zu pflegen? Der Widerspruch ging ihm nicht aus dem Sinn. Was mochte das Ziel dieses Jungen sein? Doch ganz gleich, wie die Antwort auch ausfiel: Er konnte sein Schicksal ohnehin nicht ändern. Es stand geschrieben. Wenn die Götter ihm dieses Kind auf seinen Weg gestellt hatten, dann war es eben so, und er nahm sein Schicksal ohne Fatalismus oder Selbstaufgabe an.

Tage vergingen. Kein Aufständischer erschien, um den verwundeten General gefangen zu nehmen. Der Junge sprach wenig, pflegte ihn aber aufopfernd, und Dun war mit der Lage zufrieden. Als er schließlich kräftig genug war, um aufzustehen und mit einer aus einem Brett des Karrens hergestellten Krücke herumzulaufen, beschloss er, dass er jetzt genügend Zeit in den Sümpfen verbracht hatte.

»Ihr seht aus wie eine Sumpfschnepfe«, spottete der Junge.

Dun versuchte, sich auf seinem gesunden Bein auszubalancieren.

»Das solltet Ihr nicht tun«, riet der Junge, während er zusah, wie sich Dun bemühte, das Pferd zu satteln.

Jedes Mal, wenn er das gebrochene Bein am Boden aufsetzte, schoss ein Feuerpfeil bis zu seinem Herzen empor und verglühte schließlich in seiner Stirn. Das Pferd graste friedlich hinter dem Karren und schien es gar nicht zu schätzen, dass ein hinkender Mann versuchte, ihm einen Sattel auf den Rücken zu legen.

»Der Krieg hat jetzt lange genug ohne mich stattgefunden. Aber inzwischen bin ich so weit genesen, dass ich zu meinen Männern zurückkehren kann«, behauptete Dun. Seine schweißbedeckte Stirn und die schmerzverzerrten Züge straften ihn Lügen.

»Mit dem kranken Bein werdet Ihr kaum aufsteigen können«, warnte der Junge. »Eine Sumpfschnepfe reitet nicht. Ihr seht ziemlich merkwürdig aus – so auf einem Bein. Und Ihr werdet hinfallen.«

»Aha, das glaubst du wohl«, knurrte Dun und zog den letzten Gurt fest.

Schon als er zurücktrat, wäre er beinahe gestürzt. Die notdürftige Krücke schmerzte trotz des Kettenhemds. Er legte eine Hand auf den Sattelknauf, die andere ein Stück weiter nach hinten und ließ seine Krücke fallen, um sich unter Schmerzen auf das Pferd zu hieven. Er musste es mehrfach versuchen, ehe es ihm gelang, das verletzte Bein bis auf die Höhe der Kruppe zu heben. Dann ließ er es mit einem Stöhnen über den Sattel gleiten. Die Scheide seines Schwertes schlug gegen seine matt gewordene Rüstung. Als sein verletztes Bein gegen den leeren Steigbügel stieß, hätte er beinahe das Bewusstsein verloren. Doch schließlich saß er im Sattel und hielt die Zügel in der Hand. Jetzt konnte er wieder durchatmen. Die Schmerzen ebbten ab.

»Das glaubst du wohl«, wiederholte er leise.

Hitzedunst lag über dem Sumpf, weißliche Wolken bedeckten den Himmel.

»Ich muss meine Leute finden.«

Mit einem Schenkeldruck trieb er das Pferd an, doch schon bei dieser kleinen Bewegung kehrte der Schmerz mit ungeahnter Macht zurück. Die Vorstellung, stundenlang mit nur einem brauchbaren Bein zu reiten, erschien ihm wie ein Albtraum.

»Und was ist mit mir?«, fragte der Junge.

»Nun, ich wünsche dir ein langes und glückliches Leben inmitten deiner Frösche. Vermeide nach Möglichkeit bewaffnete Männer – es könnte unangenehm werden. Ich für meinen Teil muss jetzt eine Stadt einnehmen.«

»Meint Ihr Guet d'Aëd?«

Der Junge lief jetzt neben dem Pferd her und versuchte, in die Zügel zu greifen.

»Ihr wisst doch gar nicht, was in Guet d'Aëd geschehen ist.«

Wenn er so weitermachte, würde er das Pferd noch zum Stehen bringen. Dun biss die Zähne zusammen und trieb es mit einem weiteren Schenkeldruck in den Trab. Der Junge musste zur Seite ausweichen, um nicht überrannt zu werden. Angesichts seines missmutigen Ausdrucks lächelte Dun spöttisch.

»Ich könnte mir vorstellen, dass dieser Idiot Azdeki die Stadt nicht eingenommen und lieber gleich zum Rückzug geblasen hat.«

Er wollte lachen, doch seine gebrochenen Rippen ließen es nicht zu. Ihm war schlecht vor Schmerzen, aber sein eiserner Wille behielt die Oberhand. Er musste seine Truppe finden, den Kampf zu Ende bringen und den Aufstand niederschlagen.

»Eure Leute haben verloren. Ihr sagt es ja selbst – der Krieg ist ohne Euch weitergegangen.«

Dun zügelte sein Reittier.

»Das Kaiserreich hat die Salinen vor vier Tagen verloren.«

Mit einer Hand ließ Dun das Pferd wenden. Der Junge stand nur wenige Schritte entfernt. Er hielt sich sehr gerade und presste die Fäuste an die Schenkel. Sein Gesicht zeigte wieder den Zorn der ersten Tage und wirkte ungeheuer kindlich. Konnte Dun ihm glauben? Natürlich war es durchaus möglich, dass Azdeki die Stadt nicht hatte einnehmen können – aber eine Niederlage? Hunderttausend Soldaten und tausend Ritter, die den *Odem* zu benutzen wussten, sollten tatsächlich besiegt worden sein? Das war einfach undenkbar!

»Guet d'Aëd war eine Falle. Eure Kameraden wurden besiegt, und im Anschluss erfolgte ein Großangriff«, fuhr der Junge mit niedergeschlagener Stimme fort. »Eure Armee war so überrascht, dass sie nicht rechtzeitig reagiert und zum Rückzug geblasen hat.«

»Aber wieso …« Dun konnte es kaum fassen.

Er fühlte sich übergangen – er, der stolze, ja arrogante Kämpfer, der hier auf einem ausgehungerten Klepper schwankte.

»Wenn Ihr Eure Männer wiederfinden wollt, müsst Ihr durch die feindlichen Linien«, sagte der Junge. »Im Augenblick befindet Ihr Euch hinter den Aufständischen, die die Grenzen der Salinen besetzt halten.«

»Warum hast du das nicht schon früher gesagt?«, fauchte Dun. »Himmeldonnerwetter, das hättest du mir längst erzählen müssen.«

»Und was hätte das geändert?«

Der Frechdachs grinste ihn an, doch seine Augen blieben ernst. »Ihr werdet mich brauchen«, fügte er hinzu.

»Sonst noch was? Du willst mir helfen, die Salinen zu verlassen, nachdem du mir schon das Leben gerettet hast?«, fragte Dun mit erhobener Stimme. Er schwankte zwischen Wut und Verzweiflung und zwang sich, vernünftig nachzudenken. Vielleicht bot sich ja doch noch ein Ausweg. Aber sein schmerzendes Bein setzte allen Überlegungen ein Ende. Der Junge hatte recht – er war noch nicht gesund genug für einen langen Ritt.

»Ihr seid doch ein Ritter.«

Entschlossen blickte der Junge Dun an.

»Also lehrt mich zu kämpfen.«

»Wie bitte?« Der General traute seinen Ohren nicht.

»Lehrt mich zu kämpfen, und ich helfe Euch dafür, die Salinen zu verlassen und zu Eurer Truppe zurückzukehren.«

»Glaubst du allen Ernstes, wir könnten zu zweit einfach so die feindlichen Linien durchbrechen?« Nun musste Dun doch lachen, dabei hielt er sich die Seiten. Wenn er noch lange auf diesem Pferd sitzen blieb, würde er das Bewusstsein verlieren.

»Es ist möglich«, entgegnete der Junge. »Ihr wisst nicht, wozu ich fähig bin.«

»Aber ich weiß doch gar nichts von dir. Ich kenne nicht einmal deinen Namen.«

»Ihr braucht mir lediglich einen zu geben«, befand er. »Lehrt mich zu kämpfen, und Ihr werdet es nicht bereuen.«

Ohne von der Stelle zu weichen blickte er Dun finster an.

»Kämpfen? In deinem Alter?«

»Ich werde ein Ritter sein, ehe Ihrs Euch verseht.«

»Was für ein Selbstvertrauen! Es braucht eine lange Zeit, um Ritter zu werden, mein Junge.«

»Ich schaffe es.«

»Aber ich kann dich nicht brauchen, wenn ich die feindlichen Linien durchbrechen will.«

»Ich schaffe es«, wiederholte der Junge verbissen, ohne sich einschüchtern zu lassen.

»Junge, allmählich gehst du mir auf die Nerven. Du bist noch ein Kind. Bleib, wo du bist, und halte dich nicht für größer, als es dir zusteht. Die Lage ist viel zu verzwickt, als dass ich mich auch noch um dich kümmern könnte.«

»Ich bin kein Kind mehr.« Anklagend zeigte er auf den Ritter. »Ihr wisst ganz genau, dass Ihr so nicht sehr weit kommt. Trotzdem zieht Ihr es vor, die Dämonen herauszufordern, statt hierzubleiben und Eure Verletzung auszukurieren. Während Eurer Genesung könntet Ihr mich im Kampf unterrichten. Aber nein – Ihr versteift Euch darauf, in den sicheren Tod zu reiten. Ich hingegen weiß, wo die Aufständischen stehen, wie viele es sind und wo wir am besten durchkommen. Zu zweit könnten wir es schaffen.«

Zitternd ließ er den Arm sinken. In seinen Augen standen Tränen. »Und außerdem bin ich schon längst kein Kind mehr«, wiederholte er leise.

Das Pferd schnaubte. Es schien ebenfalls müde zu sein. Widerstrebend fügte sich Dun der Gewissheit, dass er die Reise allein nicht bewerkstelligen konnte.

»Weißt du mit einem Schwert umzugehen?«, fragte er.

Der Junge nickte schüchtern.

Gemeinsam kehrten sie zum Karren zurück. Dun musste sich beim Absteigen helfen lassen und legte den Arm um die Schultern seines jungen Retters, der ihn zu seinem

Lager zurückbrachte. Als er endlich wieder lag, ließ der Schmerz in seinem Bein endlich nach. Er legte es auf eine Kiste, damit es nicht anschwoll.

»Hilf mir, den Stiefel auszuziehen«, stöhnte er.

Der Junge gehorchte. Dun sah ihm zu, wie er sich bemühte, und versuchte, in seinem Gesicht irgendeinen Hinweis zu finden, der ihn weiterbringen würde. Eine Narbe, einen Ausdruck, irgendein Detail, das er bisher nicht bemerkt hatte. Etwas, das auf eine Vergangenheit schließen ließ. Doch er entdeckte nichts als diese absolute Leere. Als der Junge Dun die Stiefel ausgezogen hatte, holte er den Frosch aus der Kiste und drückte den Urin aus ihm heraus.

»Dann muss ich dir wohl einen Namen geben«, sagte Dun und hob mit einem Finger das Kinn des Knaben zu sich empor.

»Wie Ihr wollt«, entgegnete der Junge und schüttelte die Flasche, um das Wasser mit dem Urin zu vermischen.

»Du nennst mich Sumpfschnepfe, nicht wahr? Dann lass uns doch bei so etwas bleiben. Da du Tiere zu mögen scheinst, werde ich dich Grenouille nennen. Grenouille, der Frosch.«

Insgeheim erwartete er, dass der Junge aufbegehrte, doch der nickte nur und reichte ihm die Flasche.

»Danke, Sumpfschnepfe. Ich glaube, das passt zu mir«, lächelte er traurig.

Um sein Ziel zu erreichen, war er sogar bereit, einen derart lächerlichen Namen zu akzeptieren.

»Ritter Grenouille. Willst du wirklich Ritter Grenouille werden?«, spottete Dun und nahm die Flasche.

Der Blick, dem er begegnete, raubte ihm alle Selbstsicherheit. In den grauen Augen des Jungen zeigte sich ein eiserner Wille, der nicht zu brechen war. Sanft, aber bestimmt sprach er die Worte, die Dun-Cadal sein Leben lang nicht mehr vergessen würde: »Eines Tages werdet Ihr mich verstehen. Ganz bestimmt. Ich werde der größte Ritter sein, den die Welt je gesehen hat.«

4

DER ASSASSINE

»Jemanden von hinten angreifen?
Aber das ist ein ehrloser Kampf!«
»Jemanden zu töten ist niemals ehrenvoll, Kleiner. Nie.
Dabei spielt es keine Rolle, wie du es tust.
Ein Leben zu nehmen ist nichts Rühmliches.«

Von der Welt wusste sie nur das, was sie in Büchern gelesen hatte. Während ihrer Jahre an der Großen Universität von Emeris hatte sie eine hervorragende Bildung erworben, doch ihr Wissen bestand nur aus Worten. Hier jedoch bekamen diese Worte endlich einen Sinn. Endlich konnte sie sich die konkrete Bedeutung der vor Hunderten von Jahren geschriebenen und wieder und wieder kopierten Werke der Mönche von Fangol vor Augen führen – jener Diener der Götter, die bis vor Kurzem als Einzige die Kunst des Schreibens beherrschten. Die Schrift galt als Stimme der Götter und war vor langer Zeit auf das Heilige Buch angewendet worden. Nachdem jedoch das *Liaber Dest* verschwunden und das Kaiserreich zerfallen war, veränderte sich die Lage. Wissen war nicht mehr das Privileg einer auserwählten Elite. Seit Bestehen der Republik konnte auch eine junge Frau bäuerlicher Abstammung wie Viola die Geschichte ihrer Welt studieren und sie mit Tinte und Feder weitergeben.

Was aber hatte sie wirklich mit eigenen Augen gesehen? Sicher, sie hatte die grün überwucherten Pfade ihres heimatlichen Weilers gegen die breiten Prachtstraßen der Kaiserlichen Stadt Emeris eingetauscht. Aber sonst? Nichts als viele Worte in dicken Büchern, die auf sehr poetische Weise die alten Königreiche beschrieben.

Und so erschienen ihr die gepflasterten Straßen Masalias wie ein neuer Lebensabschnitt. Endlich konnte sie reisen, endlich durfte sie sich selbst ein Bild von der Stadt am Ende der Welt machen. Erst als sie durch das bunt zusammengewürfelte Menschengewimmel schlenderte, wurde ihr der Reichtum der Republik wirklich bewusst. Händler priesen wortreich ihre Ware an; es gab alle nur erdenklichen Arten von Gemüse, duftende Gewürze, geflochtene Halsbänder, hübsch geklöppelte Spitzen, knuspriges Trockenfleisch oder die frischen Koteletts eines Schweins, das unmittelbar neben der Auslage geschlachtet worden war.

Die Sonne stand im Zenit und tauchte die Siedlung in orangefarbenes Licht. Schwere Düfte nach Moschus und Zitrusfrüchten hingen in der Luft. Während der Zeit des Kaiserreichs war Masalia die einzige Stadt gewesen, in der man zumindest hoffen konnte, sein Ziel zu erreichen, wenn man von anderen als den vorgegebenen Dingen träumte. Seit die Republik ausgerufen war, hatte sich der Ruhm der Siedlung wie ein unerwarteter, hoffnungsvoller Wind in den alten Königreichen verbreitet. Viola selbst war dafür das beste Beispiel. Als Tochter eines Hufschmieds hatte sie an der Großen Universität studiert, die bis zu diesem Zeitpunkt allein dem Adel vorbehalten war.

Wie aber würde ihre Zukunft aussehen? Würde sie ihr Dasein als Bibliothekarin inmitten alter Schmöker verbringen? Oder doch eher als Archäologin, die in der Welt herumreiste und nach antiken Artefakten und Götzenbildern suchte? Und wen würde sie eines Tages lieben? Mit wem würde sie eine Familie gründen? Welchen Platz würde sie in diesem neuen Kapitel ihrer Welt einnehmen? In der neuen Zeit, die damit begonnen hatte, dem Volk die Chance auf eine selbst gewählte Zukunft zu bieten?

Viola stellte sich diese Fragen ohne Hoffnung auf eine Antwort. Die Möglichkeit, es könne mehrere davon geben, erschien ihr ziemlich unangenehm. Ihre Eltern hatten keine Wahlmöglichkeiten gehabt. Ihr Vater war Hufschmied, wie bereits sein Vater, sein Großvater und alle anderen vor ihm. Ihre Mutter war kaum in der Lage, ihren eigenen Namen zu schreiben. Auch wenn die Fangol-Mönche einigen Auserwählten Lesen und Schreiben beigebracht hatten, so achteten sie doch immer darauf, die Oberhoheit über das geschriebene Wort zu behalten.

»Schönes Fräulein, kommt und kostet die Leckerbissen der Südlichen Inseln. Nie zuvor habt Ihr solche Kräuter kennengelernt«, sprach sie ein glatt rasierter Mann mit dunkler Gesichtsfarbe an. Sein gewaltiger Bauch stützte sich auf seine Auslage.

Sie lächelte ihm flüchtig zu und nickte desinteressiert, während sie zwei Männer überholte, die sich mitten auf der Straße prügelten, ohne dass sich jemand darum gekümmert hätte. Sie hatte jetzt wirklich anderes zu tun, als durch die Stadt zu streifen. Ihr war ein Auftrag erteilt worden, und den wollte sie erfüllen. Eraëd wiederzufinden, das Schwert des Kaisers, war nicht etwa nur eine Schrulle. Es gab Menschen, die nicht bereit waren, die Vergangenheit ausschließlich schlechtzureden. Eraëd stellte mehr dar als nur ein Symbol – es war ein legendäres, vor undenklichen Zeiten geschmiedetes Schwert.

Viola verließ die Straße der Händler und begab sich auf einen kleinen, weiß und rot gepflasterten Platz, in dessen Mitte ein ausgetrockneter Brunnen stand. Hier, inmitten bürgerlicher Häuser mit wunderhübsch blühenden Balkonen, befand sich die Villa, in der sie Dun-Cadal am Vorabend abgeliefert hatte. Sie war auch am helllichten Tag leicht wiederzuerkennen, denn hier waren die Vorhänge auch tagsüber geschlossen, und vor der Tür schlenderten junge Frauen mit entblößten Schultern hin und her. Ihre langen Kleider reichten bis zu ihren nackten Füßen, und feine, bunte Stoffe schmiegten sich an ihre Rundungen. Sie verkauften ihre Reize an den Meistbietenden. Aber sie entstammten einer guten Schule. Hier und da wurde gemunkelt, dass Mildrel eine der berühmtesten Kurtisanen des Kaiserreichs gewesen war, der man in der süßen Wärme ihres Alkovens Geheimnisse anvertraut und deren Ratschlägen man sich gefügt hatte.

Viola schob mit dem Zeigefinger ihre Bille hoch, ehe sie sich auf den Brunnenrand setzte. Über dem Becken erhob sich ein kleiner Engel mit ausgebreiteten Flügeln und einem angehobenen Knie, der aussah, als wollte er wegfliegen. Aufmerksam beobachtete sie die Passanten – Händler, die in Masalia Geschäfte machen wollten, schmutzbedeckte Reisende, die müde ihre Reittiere hinter sich herzogen, oder friedlich plaudernde Nâagas mit muskulösen Oberkörpern. Und irgendwann entdeckte sie die vertraute Gestalt eines schlecht rasierten alten Ritters.

Dun trat aus Mildrels Haus und hob zum Schutz gegen der Sonne die Hand über die Augen. In der anderen hielt er einen Apfel, von dem er herzhaft abbiss. Zwei der Mädchen, die vor dem Haus auf und ab gingen, begrüßten ihn freundlich, eine hauchte ihm gar einen Kuss auf die Wange. Er blinzelte ins helle Licht und ging weiter.

»Ich hatte schon befürchtet, dass Ihr nie mehr aus diesem Haus kommen würdet«, sagte plötzlich eine Stimme hinter ihm.

Er blickte sich um. Hinter ihm ging Viola. Sie hatte die Hände auf dem Rücken verschränkt. Zwei vorwitzige Strähnen tanzten vor ihren kleinen Ohren. Die junge Frau mit den roten Haaren würde ihn also nicht in Ruhe lassen. Er musterte sie von oben bis unten und verzog das Gesicht.

»Ihr schon wieder!«, stellte er mit brüchiger Stimme fest.

»Habe ich Euch gefehlt?«, spottete sie und wippte auf und nieder wie ein Kind. »Dabei hattet Ihr diese Nacht doch sicher jede Menge weibliche Gesellschaft.«

Grummelnd ging Dun-Cadal weiter. Viola überholte ihn und baute sich vor ihm auf.

»Ihr seid heute Morgen genauso höflich wie gestern«, sagte sie ironisch.

»Wo ist denn Euer *Wilder?*«, stichelte Dun. »Hat er heute keine Zeit, weil er sich irgendwelche Scheußlichkeiten ins Gesicht malen muss?«

»Oh, nur für den Fall, dass Ihr ihn vermisst: Ihr werdet ihn schon bald wiedersehen.«

»Auf den Kerl kann ich gut verzichten.«

Er beschleunigte sein Tempo und biss nervös in seinen Apfel. Er konnte es nicht leiden, gleich nach dem Aufstehen gestört zu werden. Sein Schädel pochte, und der Lärm von Masalia machte ihm seinen Kater nicht leichter. Mit den Schultern bahnte er sich einen Weg durch die Menge. Viola folgte ihm auf dem Fuß.

»Seid Ihr gekommen, um mich zu bedrohen?«, maulte er.

»Euch zu bedrohen? Womit denn?«

»Nun, seit Ihr wisst, wer ich bin …«

»Ich habe nicht das geringste Interesse daran, Euch auf der Anklagebank zu sehen«, schnitt ihm Viola das Wort ab.

»Trotzdem helfe ich Euch nicht, das Schwert zu finden.«

»Aber es ist eine historische Waffe!«

»Zeuge einer längst überholten Geschichte.«

Am Ende der Straße tanzten die Masten der im Hafen vor Anker gegangenen Schiffe. Menschenmassen wälzten sich in ihre Richtung. Dun, der dem Gewimmel entfliehen und endlich wieder in aller Ruhe vor einem Becher Wein sitzen wollte, bog nach rechts ab. Am Eingang der Gasse stand ein tätowierter Koloss mit verschränkten Armen und lächelte ihn an, doch sein Blick strafte die aufgesetzte Freundlichkeit Lügen.

»Ich hatte Euch ja gesagt, dass Ihr Rogant wiedersehen würdet«, raunte Viola hinter ihm.

Dun wandte sich um und beschloss, lieber doch zum Hafen hinunterzugehen. Nur mit Mühe schaffte es Viola, an seiner Seite zu bleiben.

»So wartet doch auf mich!«, rief sie.

»Warum sollte ich das tun?«, fragte er mit harter Stimme. »Ihr wollt mir doch ohnehin nur die Garden der Republik auf den Hals hetzen.«

»Wann begreift Ihr endlich, dass der Bürgerkrieg vorbei ist, General? Glaubt Ihr allen Ernstes, dass ich Euch ins Gefängnis bringe, damit Ihr endlich redet?«

»Das wäre doch immerhin möglich.«

»Es wäre nur dumm von mir.«

»Seht ihr, auch das wäre möglich«, höhnte Dun.

In der Bucht lagen große Schiffe vor Anker und schaukelten sanft in der Dünung. Einem der stolzen Segler entstieg ein Geleittrupp Soldaten. Sie waren in rote und himmelblaue Harnische gewandet, hielten Hellebarden in den Händen und hatten ihre Schwerter umgegürtet. Zwei leichter bewaffnete Garden trugen Standarten in den Farben der Neuankömmlinge vor dem Zug her. Die ersten Ratsherrn trafen ein.

Dun stellte fest, dass tatsächlich stimmte, was er schon so oft gehört hatte: Einige der Herren waren ihm durchaus bekannt. Er blieb stehen. Viola war noch immer bei ihm.

»Warum sollte ich Euch denunzieren?«, flüsterte sie ihm zu. »Ihr seht ja selbst, dass es Männer gibt, die viel mehr Gewinn aus dem Kaiserreich geschlagen haben als Ihr, es im Gegenzug aber nie verteidigt haben und sich heute als Vertreter des Volkes feiern lassen.«

Es waren vier, meist vom Alter zerfurchte Würdenträger in weiten, roten, mit goldenen Lilien bestickten und hellem Pelz besetzen Mänteln. Drei der vier erkannte Dun sofort. Der Herzog von Azbourt, ein grausamer Mensch mit faltigem Gesicht, der trotz seines hohen Alters noch immer wuchtig wirkte, hatte sich lange Zeit in seinem

Herzogtum im Norden verschanzt und allen Gunstbeweisen des Kaisers verschlossen. Der Marquis von Enain-Cassart war ein kleiner Mann mit Piepsstimme und einer gepuderten Perücke über einem lächelnden Gesicht. Er bewegte sich mit einem Gehstock vorwärts. Bis zum bitteren Ende war er im Palast von Emeris geblieben und hatte dem Kaiser dort treu zur Seite gestanden. Was mochte er geboten haben, um als Ratsherr für seine Region aufgestellt zu werden? Dun war sicher, dass Enain-Cassart seinen heutigen Rang seinem immensen Reichtum zu verdanken hatte. Der nächste Würdenträger war ein unbekannter, sehr viel jüngerer Mann, der eine dünne Narbe unter dem linken Auge hatte und zweifellos mit den beiden ersten Herren in Verbindung stand. Und dann folgte der letzte. Dun nickte mit zusammengepressten Lippen.

»Ich weiß nicht, ob Ihr ihn noch einmal wiedergesehen habt, nachdem er Euch in den Salinen im Stich gelassen hat«, sagte Viola. »Aber tatsächlich ist es so, dass Etienne Azdeki unter den Räten eine der hervorstechendsten Persönlichkeiten ist. Zur Nacht der Masken kommen natürlich noch andere Ratsherrn. Das Volk hat einen Schlussstrich unter ihre Vergangenheit gezogen – warum sollte es das bei Euch nicht ebenso tun?«

Sie ging neben ihm weiter und blickte über die Menschenmenge hinweg, die sich um den kleinen Geleitzug versammelt hatte. Dun hatte sich nie für die Republik interessiert. Er hegte nur den Wunsch, die Welt um sich herum zu vergessen, und hoffte, dass es der Welt mit ihm ebenso erging. Nachdem er den Kaiser persönlich gekannt hatte, spielten die heutigen Politiker für ihn keine Rolle mehr. Er lebte in einer anderen Welt. Und doch waren aus der Asche des Kaiserreichs einige ihrer früheren Getreuen wiederauferstanden.

»Meinen Glückwunsch, Herr General. Euch wird soeben bewusst, dass es auf dieser Welt nicht nur Schwarz oder Weiß gibt.«

Aber Dun war nicht mehr ganz bei der Sache. Irgendetwas stimmte hier nicht. Es war nur ein vages Gefühl, aber er spürte, wie sich eine unterschwellige Angst in ihm breitmachte. »Hört mit diesen dummen Anspielungen auf«, herrschte er die junge Frau an.

»Oh, ich kann durchaus auch ironisch sein. Und ich habe Euch gegenüber ein Ass im Ärmel.«

»Das da wäre?«

»Erstens stinke ich nicht nach Schweiß, und zweitens bin ich hübsch.«

Unwillkürlich musste Dun lächeln, obwohl sein ungutes Gefühl immer stärker wurde. Hier braute sich etwas zusammen, dessen war er sich ganz sicher. Violas zarter Lavendelduft konnte ihn nur kurz beruhigen. Und was ihr Aussehen betraf – nun, damit lag sie durchaus richtig.

»Ich habe wirklich keine bösen Absichten, General. Ganz bestimmt nicht.«

Sie wandte ihm ihre schönen grünen Augen mit den langen Wimpern zu, denen die Brille nichts von ihrem Zauber nahm. Wie hätte er diesem Charme und der verhaltenen Kraft widerstehen können? Er hatte den Eindruck, dass sie seine Seele streichelte, als wollte sie einen alten Wolf beschwichtigen. Natürlich gefiel ihm das. Er ertappte sich sogar bei dem Gedanken, die Kleine könne Mildrels Tochter sein. Beide dufteten so herrlich zart nach Lavendel.

Wortlos biss er in seinen Apfel. Jetzt spürte er die Veränderung stärker. Sein erfahrener Kriegerinstinkt riet ihm, auf der Hut zu sein.

»Bleibt, wo Ihr seid«, zischte er Viola plötzlich zu, während sein Blick dem Zug der Räte folgte, der gerade die Uferstraße verließ und den Platz überquerte. Vor einem großen Gebäude, dessen Freitreppe mit hohen, weißen Marmorsäulen geschmückt war, warteten vier Karossen auf die Ratsherrn. Die Menschenmenge brandete auf den Platz. Nur die Hellebardiere verhinderten, dass die begeisterten Anhänger ihren Volksvertretern zu nahe kamen. Azdeki, Azbourt und der Unbekannte schritten mit freundlichen, aber unbeteiligten Gesichtern voran, Enain-Cassart hingegen schien sich an der herzlichen Begrüßung durch das Volk wirklich zu erfreuen. Immer wieder blieb er stehen und schüttelte zahlreiche Hände. Ein strahlendes Lächeln erhellte sein zerfurchtes Gesicht, und seine gegen das Sonnenlicht blinzelnden Augen spiegelten ehrliche Freude wider.

»General?«, flüsterte Viola verunsichert.

Er hob die Hand, um sie zum Schweigen zu bringen, und ließ sich von der Menschenmenge auf den großen Platz treiben. Dabei suchte er nach etwas Ungewöhnlichem. Er spürte ihn. Er roch ihn. Irgendwo wartete der Tod, bereit, im nächsten Augenblick zuzuschlagen. Doch wem würde dieser Schlag gelten? Wie würde es geschehen? All das wusste Dun nicht. Er spürte nur, dass es so war.

Als er endlich die gebeugte Gestalt im geflickten Mantel entdeckte, dessen Kapuze sich wie Wellen im Wind bewegte, wusste er Bescheid. Sie sah aus wie ein hinkender Greis, der sich inmitten der Schaulustigen vorwärtsbewegte und seine gesamte Aufmerksamkeit auf den Marquis konzentrierte.

Endlich erreichte Dun den Prunkzug. Der Beifall für die Ratsherrn quälte seinen noch benebelten Kopf. Ein letztes Mal biss er in den Apfel, ehe er ihn zu Boden fallen ließ. Sofort wurde das Kerngehäuse von der Menge zertrampelt. Die Gestalt drang weiter vor. Freudige Ausrufe, Lachen. Dann ein kleines Handgemenge. Ungeduldige Menschen warfen einander Flüche und Beleidigungen an den Kopf. Soldaten des Begleitschutzes verließen ihre Plätze, um Kameraden zu Hilfe zu eilen. Einer der Kontrahenten schlug zu. Es war nur eine kleine Keilerei, aber ausreichend, um kurz die Aufmerksamkeit abzulenken. Duns Sinne schlugen Alarm. Es war so weit.

Die Gestalt im Mantel stieß mit einem Soldaten zusammen. Der Hellebardier drehte sich um und entschuldigte sich bei dem Greis, plötzlich jedoch erlosch sein Lächeln. Seine Beine gaben unter ihm nach.

Gleich ...

Der Alte hielt den Soldaten eine Sekunde lang fest, ließ ihn schließlich geräuschlos zu Boden gleiten und schlängelte sich hinter den Marquis. Nur wenige Schritte entfernt bemühten sich einige Soldaten, drei Matrosen von einem wütenden Nâaga zu trennen.

Jetzt.

Die Gestalt des Alten richtete sich auf. Endlose Sekunden schienen zu verstreichen. Mit einer Schulterbewegung schob der Mann den geflickten Mantel zu Seite und enthüllte einen grünen Umhang mit einer dünnen Kapuze, die sein Gesicht verbarg. An seinem Gürtel hingen zwei Dolche und ein Schwert. Lederne Bänder zierten seine Handgelenke. Er bewegte sich gewandt und kaltblütig.

Dun blieb stehen. Mit angehaltenem Atem beobachtete er den Mann. Er wusste, wie sich Assassinen anschlichen. Er selbst hatte den Kaiser geschützt, indem er sein Schatten geworden war und jede Bewegung bei Hofe beobachtet hatte. Als sich der Marquis langsam umdrehte, wusste er, dass es zu spät war.

»Nun, junger Mann, Ihr …«

Das hingerissene Lächeln des Ratsherrn erlosch, als die Klinge seinen Hals durchtrennte. Wortlos und ohne einen Schrei sank er in sich zusammen. Blutige Blasen drangen über seine Lippen und zerplatzten im Mundwinkel.

Schnell. Penibel. Minutiös. Ohne Reue. Dun wusste, was der Mann empfand. Er hatte viele Jahre Erfahrung in diesem Geschäft. Um den Kaiser zu schützen, war es manchmal notwendig gewesen, als Erster zuzuschlagen.

Enain-Cassart brach zusammen, ohne dass er sich seines Ablebens bewusst wurde. Die Leute klatschten nicht mehr. Für den Bruchteil einer Sekunde war es so still, dass man von Ferne das rauschende Geräusch der Wellen hörte, und dazu das Flattern des grünen Umhangs gegen die Stiefel des Assassinen. Unverhohlen musterte er den General.

Töten. Unzählige Male hatte er selbst es auf genau diese Weise getan.

Wart Ihr ein Assassine?

Das war, ehe der Kaiser ihm gestattete, seinen Nachfolger auszubilden und ihn zur Belohnung für seine Dienste zum General ernannt hatte. Seine Tunika hatte er seinem Schüler anvertraut.

Rechts von Dun stand eine Frau mit schmuddeligem Haar. Geplatzte Äderchen zogen sich über ihre roten Wangen. Ihr Mund stand offen, und dann schrie sie etwas, das über den ganzen Platz gellte.

»Ein Assassine!«

Sofort geriet die Menge in Bewegung. Die Soldaten begleiteten die drei übrigen Ratsherrn eilig zu ihren Karossen. Einsam stand der Assassine über der Leiche des Marquis und schien Gefallen daran zu finden, die Auflösung des Triumphzugs zu verfolgen. Als die Garden ihn einkreisten und ihre Hellebarden präsentierten, bewegte er sich kaum.

Dun hatte diese Tunika völlig vergessen, bis er sie jetzt an einem anderen sah. Er hatte sie zurückgelassen wie ein Vermächtnis. Ein einfacher grüner Umhang, der das Gespenst der Vergangenheit wiederaufleben ließ. Er atmete schwer. Immer noch standen Schaulustige auf dem Platz herum, zerrissen zwischen Angst und Neugier. Jahrelang hatte der General versucht, seine Erinnerungen im Wein zu ertränken, jetzt aber kam innerhalb weniger Stunden seine gesamte Geschichte zurück zu ihm. Von Eraëd bis Grenouille, von Azdeki bis zu demjenigen, der ihm selbst an der Seite des Kaisers nachgefolgt war.

»Waffen auf den Boden!«

»Auf die Knie!«

»Waffen auf den Boden!«

Die Stimmen der Soldaten waren im allgemeinen Lärm kaum zu hören. Ihre Lanzen waren auf den Mörder gerichtet. Er fasste einen nach dem anderen genau ins Auge. Seine Lippen zitterten nicht. Er erschien unglaublich ruhig. Aber warum? Warum verhielt er sich so? Jeder andere Assassine hätte seinen Mord begangen und wäre anschließend so schnell wie möglich in der Menge verschwunden.

Als sich ein Soldat vorwagte, reagierte der Mann. Er griff nach der Lanze und zog sie mit einer knappen Bewegung auf sich zu. Der arme Kerl hatte keine Zeit mehr, etwas zu unternehmen. Schon stieß der Assassine einen Dolch mit solcher Macht in seinen Bauch, dass das Kettenhemd keinen Schutz mehr bot.

Es war eine Botschaft. Eine Warnung. Eine Drohung im Hinblick auf die Ratsversammlung. Während Azdeki in seine Karosse stieg, beobachtete er das Geschehen. Der Kreis der Soldaten schloss sich wieder um den Assassinen. Innerhalb des Kreises blitzen zwei Dolche auf. Man hörte das Klirren der Klingen auf den Harnischen, und dann tauchte unter den gebannten Blicken des alten Generals plötzlich der Mörder auf. Mit einem Dolch in jeder Hand schob er zwei Soldaten beiseite und lief geschmeidig über den Platz.

Er. Der Beschützer von Reyes. Der Assassine. *Die Hand des Kaisers.* Aber warum? Und wie?

Widersprüchliche Gefühle tobten in Dun. Empfindungen. Fragen. Aber es gab keine vernünftige Antwort und keine tröstliche Gewissheit. Er musste es in Erfahrung bringen. Er musste diesen Mann stellen.

Eilig lief er hinter den Garden her. Schreiende Menschen stoben vor dem Flüchtigen in alle Richtungen davon. Auch die stärksten Männer wagten es nicht, sich dem Assassinen entgegenzustellen. In einer Seitenstraße machte sich ein Trupp Soldaten bereit, den Mörder festzunehmen, erfüllt von Selbstvertrauen. Hier gab es keinen Ausweg mehr für den Mann.

Auch beim Anblick der Mauer aus Lanzen am Ende der Straße verringerte der Assassine sein Tempo nicht im Geringsten. Zudem schien er sich keine Sorgen wegen der Garden zu machen, die allmählich hinter ihm aufschlossen. Plötzlich schlug er einen Haken nach rechts, stützte sich auf einer Regentonne ab und sprang mit einem einzigen Satz auf den mit Blumen bestandenen Balkon eines Hauses auf der anderen Straßenseite. Die verblüfften Soldaten blieben stehen. Dun sah es und rannte keuchend weiter in ein links gelegenes Sträßchen. Schon lange war er nicht mehr so schnell gelaufen, doch er ließ sich weder von den Schmerzen beim Atmen noch von seinem pochenden Schädel aufhalten.

Im Laufen beobachtete er die Dächer. Plötzlich entdeckte er den Assassinen, der geschmeidig wie eine Katze an einer Regenrinne hinaufkletterte.

»Haltet ihn! Haltet ihn!«

»Er ist dort drüben.«

»Wir dürfen ihn nicht verlieren.«

Dun hetzte durch die Gassen. Manchmal wäre er um Haaresbreite mit erschrockenen Passanten zusammengestoßen. Mit Blicken folgte er dem Assassinen, der von einem Dach zum nächsten sprang. Er rempelte eine Frau mit einem Wäschekorb an, hielt sich nur mit Mühe auf den Beinen, achtete nicht auf die Beschimpfungen und lief weiter. Fünf Minuten später bekam er heftiges Seitenstechen, das ihn zwang, langsamer zu werden. Schließlich blieb er stehen, presste die Hand in die Herzgegend und lehnte sich an eine Hauswand. In der Ferne hörte er die Rufe der Wachen. Völlig außer Atem und mit brennendem Gesicht bemühte er sich, zur Ruhe zu kommen. Wie lange war es doch her, dass er selbst so über die Dächer geflohen war und dazu den *Odem* benutzt hatte! Damals war er einer der berühmtesten Ritter gewesen. Und jetzt?

Jetzt war er nur noch ein Zerrbild seiner selbst. Alt. Einsam. Ein bisschen verrückt. Ein Mann, der nichts weiter hoffte, als möglichst bald in irgendeiner Spelunke in der Unterstadt das Zeitliche zu segnen. Aber es war nicht der

Tod gewesen, der ihm entgegentrat. Eine junge, rothaarige Frau hatte ihn aufgespürt, und seither kam seine gesamte Vergangenheit nach und nach wieder an die Oberfläche. Mit geschlossenen Augen hörte er eine leise Stimme.

Ich bin bereit.

Dun glitt langsam an der Mauer hinunter. Er schwitzte.

Ich bin bereit!

Nein, Grenouille. Darüber reden wir vorerst nicht mehr.

Ja, der Junge hatte versucht, ihn zu überzeugen, vor langer, langer Zeit. Kurz bevor sie sich zusammengetan hatten. Voller Selbstvertrauen hatte er seinem Lehrmeister damals geschworen, bereit zu sein, die Salinen zu verlassen, die Linien der Aufständischen zu durchbrechen und Männer zu töten. Dinge, die nichts mehr mit kindlichen Kampfspielen mit Stöcken zu tun hatten. Grenouille hielt sich für bereit, einen Weg ohne Wiederkehr zu beschreiten – ein einmal genommenes Leben kann nie zurückgegeben werden.

»Gestern noch sagtet Ihr, dass ich enorme Fortschritte mache«, hatte er eingewandt.

»Für einen Einarmigen ist es ein enormer Fortschritt, ein Schwert mit den Füßen zu führen«, gab Dun mit verhaltenem Lächeln zurück. »Aber es bedeutet noch lange nicht, dass er es mit einer Armee aufnehmen kann.«

Mit seiner selbst gebauten Krücke kehrte er hinkend zu ihrem Unterschlupf unter dem Karren zurück. In den zwei Monaten, die er inzwischen hier verbracht hatte, war dies der erste Tag, an dem er sich länger als zwei Stunden ohne allzu große Schmerzen auf den Beinen halten konnte.

»Ihr seid … eine Niete«, entfuhr es Grenouille mit geballten Fäusten und gerunzelter Stirn.

Müde setzte sich Dun auf eine Kiste und lehnte die Krücke an das wurmstichige Holz des Karrens. Die Sonne ging unter und tauchte das Schilf der Salinen in blutrotes Licht. Er hatte sich längst an die Ungezogenheiten des Jungen gewöhnt und musste manchmal sogar darüber lächeln. Es störte ihn nicht einmal mehr, dass der Kleine ihn *Sumpfschnepfe* nannte. Nie zuvor hatte jemand gewagt, ihm einen Spitznamen zu geben. Aber dass er sich daran gewöhnt hatte, lag sicher nicht allein daran, dass er sich fern von seiner Truppe aufhielt. Der Junge war etwas Besonderes – ein Teil von ihm selbst, ein Teil seines Wissens, ein Teil, der ihn überleben würde. Mehr noch: Er war der Sohn, von dem er so oft geträumt hatte, aber den er Mildrel nie hatte schenken können. Wenn er ihn so ansah, wie er mit geballten Fäusten vor dem Feuer stand, verhaltener Zorn in der ganzen Haltung, dann bereute er nicht, sich darauf eingelassen zu haben, ihn die Kriegskunst zu lehren. Der Junge schien recht begabt zu sein und brannte darauf, immer noch mehr zu lernen. In seiner Jugend hatte Dun dieses Feuer ebenfalls gekannt, allerdings niemals im selben Maß. Bei Grenouille ging es so weit, dass er den Lerneifer manchmal dämpfen musste, damit er sich nicht verausgabte. Er hatte noch so viel zu lernen! Unter anderem Geduld.

»Eine Niete? Weil ich will, dass du überlebst? In Ordnung, dann akzeptiere ich deinen Vorwurf.«

»Ihr wollt einfach nicht begreifen«, seufzte der Junge und setzte sich.

»Ich verstehe durchaus, dass du es eilig hast, von hier

zu verschwinden. Was glaubst du wohl, wie es mir geht? Du ernährst mich mit dem, was du in Guet d'Aëd stibitzen kannst. Das ist schon nicht angenehm, aber gemessen an dem, was du hier jagst ... Und wo wir gerade beim Thema sind – deine Bienenstock-Frösche liegen mir ganz schön schwer im Magen. Versuch doch einmal, etwas anderes zu finden.«

»Wie recht Ihr doch habt. Und genau deswegen sollten wir hier verschwinden«, nickte Grenouille und hob die Augen zum Himmel.

»Nein. Du bist noch nicht bereit, und ich übrigens ebenso wenig«, erklärte Dun und deutete auf sein ausgestrecktes Bein.

Zwar war es inzwischen wieder so weit belastbar, dass er die Schiene hatte abnehmen können, doch es war wichtig, mehr Muskulatur aufzubauen, ehe er sich auf einen Durchbruchsversuch einlassen konnte. Er schätzte, dass er noch ungefähr einen Monat trainieren musste, und hatte sich damit abgefunden, weil es keine andere Möglichkeit gab. Grenouilles Lerneifer hatte ihm geholfen, die Zeit nicht als vergeudet zu betrachten.

Als er begann, den Jungen zu unterrichten, hatte er es zunächst ohne große Überzeugung getan. Doch eines Nachts bemerkte er, dass der Junge intensiv übte, sobald er seinen Lehrer schlafend glaubte. Er sah die schmächtige Gestalt, die das aus einem Stück Holz hergestellte Übungsschwert konzentriert schwenkte. Einige Tage und Nächte später übte er bereits mit dem Schwert des Ritters. Grenouille gönnte sich nur wenige Stunden Schlaf, beklagte sich aber nie. Ganz im Gegenteil: Er hielt es geheim. Nacht für Nacht wiederholte er sein Repertoire.

»Morgen lernen wir eine weitere Lektion«, verkündete

Dun. Er griff nach der Trinkflasche zu seinen Füßen und öffnete sie langsam.

Grenouille setzte sich in eine Ecke und maulte.

»Du weißt, wie man einen Angriff pariert, und du kennst ein paar Angriffshaltungen. Morgen lernst du, wie man jemanden von hinten angreift.«

»Jemanden von hinten angreifen?«, wunderte sich Grenouille und zog die Knie an, wie er es gern tat. Am liebsten saß er so, dass er seinen Kopf hinter den Beinen versteckte – so, wie Dun ihn zum ersten Mal gesehen hatte.

»Aber das ist ein ehrloser Kampf!«, fuhr er fort.

Dun zwang sich, einen Schluck zu trinken. Grenouilles Medizin erwies sich tatsächlich als wirksam. Trotzdem wurde Dun noch jedes Mal schlecht, selbst wenn er nur einen winzigen Tropfen nahm.

»Jemanden zu töten ist niemals ehrenvoll, Kleiner. Nie.«

Seine Stimme wurde sehr ernst.

»Und dabei spielt es keine Rolle, wie du es tust. Ein Leben zu nehmen ist nichts Rühmliches.«

Nur das Knacken des Lagerfeuers war zu hören. Lange sahen sie einander in die Augen. Schließlich senkte Grenouille den Blick.

»Ihr seid nicht immer Ritter gewesen, nicht wahr?«

Dun stellte die Flasche ab, gähnte und ließ seine Finger knacken. »Nein.«

Nachdenklich scharrte er mit dem kranken Bein über die Erde. Der Junge verdiente es nicht, mehr über ihn zu erfahren. Oder doch? Wenn er sich ihm öffnete, würde sich vieles verändern. Konnte er dem Kleinen so weit vertrauen? Immerhin war er ein Sohn der Salinen. Ein Feind. Andererseits hatte er ihm das Leben gerettet und sich nicht etwa in Guet d'Aëd vergraben, sondern sogar gegen seine eigenen Leute rebelliert. Und dennoch würde er den Werdegang seines Lehrmeisters wahrscheinlich gar nicht begreifen.

»Wart Ihr ein Assassine?«, erkundigte sich Grenouille ohne die geringste Verlegenheit.

Überrascht blickte Dun ihn an.

»Was ist deiner Ansicht nach der Unterschied zwischen einem Assassinen und einem Ritter?«

Ratlos stocherte Grenouille im Feuer.

»Der eine tötet für Geld, der andere, weil es seine Aufgabe ist«, erklärte er schließlich ein wenig verunsichert.

»Du siehst die Dinge viel zu einfach«, seufzte Dun. »Glaub mir, Junge, eines Tages wirst du vieles begreifen.«

An diesem Abend aßen sie einen Hasen, den Grenouille auf dem Markt von Guet d'Aëd gestohlen hatte. Welch ein Genuss nach den ewigen Froschschenkeln! Den Abend verbrachten sie mit heiterem Geplänkel und schliefen friedlich und ruhig ein – weit fort vom Tumult des Aufstands.

Der folgende Monat unterschied sich nur wenig von den Monaten davor. Grenouille erlernte den Gebrauch des Schwertes, übte schnelle Angriffe und Paraden. Jede Nacht, sobald er seinen Lehrer eingeschlafen glaubte, wiederholte er die Bewegungen, die er tags zuvor erlernt hatte. Während Duns Bein mit jedem Tag kräftiger wurde, bekam der Junge Ringe unter den Augen. Doch Dun sagte nichts dazu. Er sah zu, wie der Kleine litt, den Schlafmangel erduldete und trainierte, bis er in die Knie ging und man seinem blassen Gesicht die Anstrengung ansah. Jedes Mal erhob sich Grenouille, ohne dass Dun etwas sagen musste. Wie weit würde er gehen? Wie lange würde er durchhalten? Zwar kritisierte Dun Grenouille nicht, aber er verteilte auch kein Lob. Er begnügte sich damit, ihn zu unterrichten, und hielt mit seiner Bewunderung hinter dem Berg, wenn der Kleine mit zusammengebissenen Zähnen und schmerzenden Muskeln seine Bewegungen ausführte.

Dun hatte schon begabtere Schüler gehabt, aber keiner hatte so viel Eifer an den Tag gelegt, und Grenouilles Wissbegierde machte alle Mängel mehr als wett. Der Junge wünschte nichts sehnlicher, als der größte Ritter zu werden, den die Welt je gesehen hatte, und nach drei Monaten ertappte sich Dun bei dem Gedanken, dass es ihm wahrhaftig gelingen könnte.

»Arm anspannen. Spann deinen Arm an!«

Grenouille stand mit verschlossenem Gesicht inmitten des Schilfs und präsentierte das Schwert des Generals. Die Sonne versteckte sich hinter schweren, grauen Wolken. Am Tag zuvor war eine Patrouille aus Guet d'Aëd ganz in der Nähe ihres Lagerplatzes vorübergekommen.

»Und viel gerader«, kommandierte Dun und versetzte dem Schwertarm seines Schülers einen leichten Stockschlag.

Grenouille warf ihm einen finsteren Blick zu, konzentrierte sich aber rasch wieder und richtete die Augen geradeaus.

»Kopfparade!«

Mit einer raschen Bewegung machte der Junge einen seitlichen Ausfallschritt und führte das Schwert über den Kopf.

»Parade rechts!«

Grenouille brachte das Schwert in die richtige Stellung, um einen Angriff von rechts abzuwehren.

»Deine Füße, Junge. Achte auf die Stellung deiner Füße.«

»Aber ich achte doch darauf!«, wandte Grenouille ein und richtete sich auf, um seine schmerzenden Muskeln zu entspannen.

Schon seit fünf Stunden ließ er ohne Pause die Klinge kreisen. Jetzt beschwerte er sich zum ersten Mal. Dun hatte auf den Moment gewartet, in dem er das erste Anzeichen von Ungeduld zeigte. Noch hatte er zu viel Selbstvertrauen, war sich seiner selbst zu sicher und jederzeit bereit, sich in die Höhle des Löwen zu stürzen.

Die feindlichen Linien waren nicht weiter vorgedrungen. Das Kaiserreich wich nicht mehr zurück. Dun und der Junge jedoch fristeten mitten in den Salzsümpfen ihr Dasein.

»Tatsächlich?«, grinste er und benutzte den Stock wie ein Schwert. Er ließ es durch die Luft kreisen und ging dabei langsam auf den Jungen zu.

»Zurück in die Ausgangsposition«, sagte er.

Seufzend gehorchte Grenouille.

»Parade!«, schrie Dun und stürmte mit seinem Stock auf den Jungen zu.

Zwar konnte Grenouille den Angriff parieren, spürte aber einen jähen Schmerz in der Hand, wo der General ihn getroffen hatte.

»Angriff!«

Grenouille kam gar nicht erst zum Zug, weil Dun zur Seite ausgewichen und auf ihn zugestürmt war, um seinem ausgestreckten Bein einen heftigen Stockstreich zu versetzen. Der Junge ging in die Knie und erstickte einen Schrei. Der Stock peitschte seinen Hinterkopf, dann seine Schulter. Grenouille fiel zu Boden.

Mit dem Gesicht im Schlamm begann er zu schimpfen.

»Dein Bein war zu stark gestreckt. Wenn es nicht von

einer Klinge abgetrennt wird, bricht man es dir mit einem Knüppel«, sagte Dun ruhig. »Und jetzt steh auf.«

Grenouille verzog das Gesicht und gehorchte. Wut stieg in ihm auf, und zum ersten Mal wurde sie so stark, dass sie über seine Geduld siegte.

»Halte deinen Arm gerade.«

»Aber wozu?«, wütete der Junge. »Was hat es für eine Bedeutung, ob mein Arm gerade ist? Oder ob ich die Füße hier oder dort habe? Ihr tut das doch nur, um unseren Anmarsch zu verzögern. Ihr seid überhaupt kein großer Ritter. Ich habe Euch ganz umsonst das Leben gerettet.«

Mit angeekelter Miene warf er das Schwert zu seinen Füßen ins Gras.

»Ich hätte besser daran getan, Euch den Rouargs zu überlassen«, schimpfte er.

»Also deswegen …« Duns Miene entgleiste, ein trauriges Lächeln spielte um seine Lippen. Der Junge war ihm immer ein Geheimnis geblieben. Jetzt endlich gelang ihm ein erster Blick hinter die Fassade, und seltsamerweise musste er sich eingestehen, dass es ihn nicht unberührt ließ.

»Nur aus diesem Grund hast du mich also gerettet.«

Grenouille wandte ihm den Rücken zu und schien den Horizont zu studieren.

»Ich sollte dir beibringen, wie man kämpft, damit du die Salinen verlassen kannst. Und was hast du anschließend vor?«

Seine Stimme war sehr ruhig. Während der ganzen Zeit hatte er sich bemüht, den Jungen nicht zu nah an sich heranzulassen, aber im Lauf der Wochen waren doch väterliche Gefühle in ihm aufgestiegen. Doch wovor wollte der Kleine fliehen? Warum lag ihm so viel daran, ein Ritter des Kaisers zu werden?

»Was hast du vor, Grenouille? Was willst du danach tun?«

»Wonach?«, platzte der Junge heraus.

»Nachdem wir die Linien durchbrochen haben und wieder zu meiner Armee gestoßen sind.«

Langsam drehte sich Grenouille um. Sein Gesicht war noch finster, doch seine Züge entspannten sich nach und nach. »Ich sagte Euch doch, dass ich Euch helfen will, die Linien zu durchbrechen.«

»Das ist nicht der Grund, weshalb ich dich trainieren sollte.«

Der Junge wirkte befangen.

»Warum?«, fragte er. »Wovor fliehst du?«

Grenouille schlug die Augen nieder. Plötzlich wirkte er unendlich traurig. »Mir ist hier nichts geblieben«, sagte er leise. »Gar nichts.«

Dun wartete auf einen weiteren Hinweis. Doch nur der Wind rauschte im Schilf.

»Du willst kämpfen lernen, um Menschen zu töten, richtig?«

Der Junge reagierte nicht.

»Aber ich bringe dir bei, wie man am Leben bleibt. Du machst zwar einen Unterschied zwischen einem Assassinen und einem Ritter, Kleiner, aber letzten Endes möchtest du lieber ein Assassine sein.«

»Nein, Sumpfschnepfe – das ist es nicht. Es ist …«

»Vom ersten Augenblick an war mir wichtig, dir zu zeigen, wie man das eigene Leben schützt. Wenn wir nämlich morgen die Linien durchbrechen, möchte ich dich nicht verlieren.«

»Ihr habt mich nicht verstanden. Es ist …« Überrascht

brach er ab. »Was habt Ihr da gerade gesagt? Sagtet Ihr etwa ...«

»Du hast mir das Leben gerettet. Und du hast dich kaum jemals beklagt. Du hast die Übungen durchgestanden wie nur wenige Ritter vor dir.«

»Aber gerade habt Ihr gesagt ...«

»Ich habe großen Respekt vor dir, mein Junge. Wenn du mir aber nicht zuhörst, wirst du im Kampf sterben. Und das würde ich mir nie verzeihen.«

Sprachlos starrte Grenouille ihn an. Er hatte verstanden. Und als Dun ihn so sah, wusste er, dass er ihn endlich zum Nachdenken gebracht hatte.

»Morgen«, sagte er und drehte sich um. »Du bist bereit.«

Grenouilles Stimme hielt ihn zurück.

»Nein!«

Dun fuhr herum und sah, dass der Junge mit ausgestrecktem Arm das Schwert in der Hand hielt.

»Lehrt mich noch mehr.«

Der Wind im Schilf, die Sonne hinter den Wolken, das Quaken eines Froschs in der Ferne ... Die Salinen lebten ruhig weiter, ohne Rücksicht auf die beiden Menschen zu nehmen, die sich in ihrer Mitte verschanzt hatten. Aber sie bemerkten auch nicht, dass eine Verbindung geboren war, die die Geschichte der Welt verändern sollte.

»Lehrt mich mehr. Ich bin noch nicht bereit.«

5

BLUTIGE HANDSCHUHE

Wenn es einen Helden gab,
dort, in den Salinen.
Erinnert euch eines einzigen Namens:
Dun-Cadal Daermon.

Er umschloss den Griff des Holzschwertes, um zu prüfen, wie es in der Hand lag. Es sollte weder rutschen noch brechen, wenn es benutzt wurde. Aus dem Handgelenk wirbelte er es herum und hielt es plötzlich still. Das Holz vibrierte, als hätte er gegen etwas geschlagen. Zufrieden berührte der Ritter die Spitze der hölzernen Waffe mit der Handfläche. Das Schwert war scharf genug, um die Haut eines Ochsen zu perforieren. Zufrieden betrachtete er sein Werk, ehe ihm die Spiegelung des müden Mannes im Wasser auffiel. Seine Gesichtszüge waren salzgegerbt und von der Sonne gebräunt. Der Bart verriet die in den Salinen verbrachten Monate. Dun saß am Rand der Salinen und erkannte sich kaum wieder.

»Das Ding durchdringt doch nicht einmal einen Harnisch«, jammerte Grenouille hinter ihm.

»Darum geht es auch gar nicht«, erwiderte Dun ruhig.

Er stand auf und unterdrückte ein Stöhnen, als der Schmerz wie ein Blitz durch sein kaum genesenes Bein fuhr. Seine Knochen würden durchhalten. Er war noch nicht alt. Und er war General. Er hatte schon in ganz anderen Schlachten gesiegt. Die Knochen würden nicht brechen.

Grenouille stand neben dem Pferd und senkte nervös die Augen. Wenig überzeugt hielt er die Zügel und vermittelte den Eindruck, dass er am liebsten ganz woanders wäre. Noch wenige Stunden zuvor allerdings war er ganz begeistert gewesen, als es darum ging, das Lager zu verlassen. Aus der Veränderung seiner Laune schloss Dun, dass Grenouille möglichst schnell kämpfen wollte. Der Junge brodelte geradezu vor Ungeduld und verschloss sich bei der kleinsten Unstimmigkeit wie eine Auster. Nur dass sich eine Auster nicht beschwerte.

»Wir sollten uns sputen. Wir können doch nicht den ganzen Tag hier herumstehen.«

»O doch. Wir warten ab, bis es dunkel wird, ehe wir irgendetwas unternehmen«, sagte Dun, trat zu ihm und warf ihm das Holzschwert zu.

Grenouille fing es problemlos im Flug auf. Er war temperamentvoll – ängstlich, aber temperamentvoll. Und das war gut so.

»Aber der Wald ist doch nur eine Stunde entfernt«, flehte er. »Und in zwei Stunden haben wir das Gebiet längst hinter uns gelassen. Ich sagte Euch doch schon, dass hier nur wenige Soldaten stationiert sind. Das Ganze ist ein Kinderspiel.«

Dun sah ihm gerade ins Gesicht. Fast erwartete er, dass Grenouille wieder die Augen niederschlug, doch der Kleine war wild entschlossen, seinen Standpunkt zu verteidigen. Mit einem kleinen Lächeln redete Dun ihm sanft zu.

»Bei einem Kinderspiel sticht man selten einem Mann eine Lanze in den Nacken.«

»Aber …«

»Bei Einbruch der Dunkelheit«, bekräftigte Dun und bestieg das Pferd.

Das Tier war struppig geworden. Sein Fell glänzte nicht mehr, die Knochen stachen unter der Haut hervor, und seine Hufe waren ausgetrocknet wie ein Stück Holz. Trotzdem hatte es die Monate in den Salzsümpfen durchgehalten und Grenouille häufig nach Guet d'Aëd getragen. Auf diesen Touren hatte der Junge nicht nur Essbares gestohlen, sondern auch wichtige Informationen zur Entwicklung der Revolte gesammelt. Er hatte sogar erfahren, wo genau die feindlichen Truppen lagerten. Nachdem er Dun im Schatten des Karrens unter Zuhilfenahme von Steinchen und Zweigen die Aufstellung der aufständischen Armee dargelegt hatte, wartete er auf das Urteil des Ritters.

Dun begutachtete den Lageplan und wusste sofort, wo sie zuschlagen mussten. Um alle Chancen nutzen zu können, musste es allerdings dunkel sein.

Nachdem die Aufständischen Azdeki und seine Männer zurückgeschlagen hatten, verteilten sie ihre Truppen über den gesamten Norden der Salinen und bildeten eine kilometerlange Mauer aus Zeltlagern. Zwar gab es in den Einheiten nur wenige Tausend kriegserprobte Soldaten, der Rest der Truppe jedoch bestand aus Leuten aus dem Volk, die freiwillig zu den Waffen geeilt und daher nicht weniger gefährlich waren. Es waren so viele, dass Dun nicht darauf hoffen konnte, unentdeckt zu bleiben. Mit einer gewissen Erleichterung entdeckte er eine mögliche Bresche in einer Fluchtlinie aus Wald und Felsen, die einen Teil der Front ausmachte. Sie war deutlich erkennbar, und zwar ausgerechnet an der Stelle, wo die Feinde ihre Katapulte stationiert hatten. Sie wurden nicht besonders geschützt, standen ein Stück von den Zelten entfernt und boten eine geradezu ideale Durchbruchsmöglichkeit.

»Hier bleiben wir«, befahl Dun.

Sie hatten endlich den Waldrand erreicht. Graue Rauchschwaden erhoben sich über die Wipfel. Mit Einbruch der Dunkelheit wurden in den Lagern der Aufständischen die Feuer geschürt. Schon waren die ersten Sterne am dämmrigen Himmel zu erkennen. Nur wenige Wolken zogen vorüber. Käuzchen riefen, und ein leichter Abendwind raschelte in den Zweigen.

Dun saß ab und löste seinem Pferd das Geschirr.

»Sie sind gleich dort hinter dem Wald«, stellte Grenouille ein wenig beunruhigt fest.

Offenbar fürchtete er, dass eine Patrouille sie entdecken könnte. Dun amüsierte das. Geduld war nicht die stärkste Seite des Kleinen. Außerdem musste er lernen, die stille Zeit, die ihnen jetzt noch blieb, zur Beruhigung seiner Ängste zu nutzen. Sollte es zum Kampf kommen, durfte die Furcht ihn nicht lähmen.

»Ich weiß«, flüsterte er.

Er legte den Sattel unter einen Baum, löste die Sattelgurte und versetzte dem Pferd mit der flachen Hand einen Klaps auf die Kruppe. Als der Hengst nur noch ein ferner

Schatten war, der in Richtung der Sümpfe galoppierte, sah Grenouille seinen Lehrmeister an.

»Hattet Ihr ihn gern?«

»Er war doch nur eine Schindmähre«, lächelte Dun.

»Nein – er nicht.«

Als ihm plötzlich wieder einfiel, wie Tomlinn von einem Rouarg gefressen worden war, erlosch Duns Lächeln. Traurig blickte er in die Ferne, wo das Pferd verschwunden war.

»Das Pferd meines Freundes Tomlinn. Tomlinn. Ein guter General und edler Ritter …« Er drehte sich um und legte dem Jungen eine schwere Hand auf die Schulter. »Aber vor allem mein bester Freund.« Langsam erklomm er die kleine Kuppe, die sich aus dem Wald erhob.

Grenouille folgte ihm.

»Wir waren uns des Risikos immer bewusst. Nur hätte er eher verdient gehabt, in einem Pfeilregen zu sterben, als zwischen den Zähnen eines Rouarg zermalmt zu werden.«

Als sich Dun an einen Baum lehnte, um Atem zu holen, bemerkte er das besorgte Gesicht seines Schülers. Das geschnitzte Holzstück hing an seinem Gürtel wie ein echtes Schwert. Ein Stück Holz – gegen echte Harnische. Er blickte auf seine eigene Waffe. Der polierte Knauf glänzte an seinem Gürtel. War es überhaupt möglich, die Salinen auf diese Weise zu verlassen? Glaubte er tatsächlich daran? Ein immer noch humpelnder Ritter und ein Kind aus den Sümpfen, das nichts als ein Holzschwert bei sich hatte?

»Bist du dir darüber im Klaren, was dich dort erwartet?«, fragte er mit rauer Stimme.

»Ich … ja, wir werden kämpfen. Kämpfen für …«

»Nein.« Er schüttelte den Kopf. »Bist du bereit zu töten?«

Stumm wandte Grenouille den Blick ab.

»Es gibt nichts Schlimmeres, als einen Menschen gehen zu sehen, Grenouille. Wirklich nichts Schlimmeres. Sein letzter Atemzug. Das letzte Aufflackern in seinem Blick, der allein dir gilt. Es ist kein Spiel, und vor allem ist es nicht harmlos.«

»Ich bin bereit.«

»Du wirst nicht nur diese Menschen töten. Ganz gleich, was der Grund für dein Vorgehen ist, und ganz gleich, ob er gerechtfertigt ist – es gibt keine Entschuldigung dafür, jemandem das Leben zu nehmen. Egal, um wen es sich handelt.«

»Ich bin bereit«, wiederholte Grenouille.

»Hör zu«, fuhr Dun fort und stieß sich von dem Baum ab, gegen den er gelehnt hatte.

Der Junge wich zurück, denn in Duns Augen spiegelte sich Zorn.

»Du bist nur ein Junge. Was wird geschehen, wenn du dieses Stück Holz in das Fleisch eines Menschen stößt? Wirst du zusammenbrechen wie ein kleines Mädchen?«

»Nie und nimmer«, stieß Grenouille hervor.

»Dort drüben wirst du deine Unschuld töten, mein Junge. Und du darfst mir glauben, dass mich das am meisten betrübt.«

Grenouille wich Duns Blick aus und nickte.

»Du hast gesagt, dass wir es schaffen können. Und ich war verrückt genug, dir zu glauben.«

Mit geballter Faust versetzte er einer jungen Esche einen heftigen Hieb. Nicht nur, dass ihm allmählich Zweifel an ihrem waghalsigen Angriff kamen – langsam meldete sich auch die Angst. Er hatte junge Soldaten gesehen, kaum älter als Grenouille, die mit stolzgeschwellter Brust in den Kampf zogen und mitten auf dem Schlachtfeld in die Knie gingen und in Tränen ausbrachen. Wie würde sich der Junge halten? Er war doch noch ein Kind.

»Ich habe hier nichts mehr zu tun«, verkündete Grenouille.

Seine Stimme klang schwach, aber fest.

»Ich bin hier niemand mehr.«

Nachdenklich drehte sich Dun zu ihm um. Die Gelegenheit war zu verführerisch. »Und wer warst du früher?«

Grenouille warf einen flüchtigen Blick auf die dunkel gewordenen Sümpfe. »Niemand Interessantes«, antwortete er. »Ein Kind, dem nicht viel gelang. Ich war nie besonders begabt.«

»Und jetzt? Bist du es jetzt?«

Grenouille warf seinem Lehrmeister einen Blick zu, der auch den mutigsten Mann zum Zittern gebracht hätte. Entschlossen. Brennend. Fiebrig. Niemand würde ihn aufhalten können.

»Zumindest versuche ich, mein Bestes zu geben.«

Wie sollte ich mehr von ihm verlangen?, dachte der Ritter.

Eine Eule segelte lautlos über sie hinweg. Der Wind frischte auf. Das Plätschern des Wassers in den Sümpfen war nur noch ein weit entferntes Murmeln. Jenseits des Walds erstreckten sich die Gebiete der alten Königreiche, von denen sie nur noch die Frontlinie der Aufständischen trennte. Dun setzte sich unter eine Esche.

»Hier warten wir. Wir greifen mitten in der Nacht an, sobald ihre Wachsamkeit nachgelassen hat.«

Lächelnd blickte er Grenouille an, der zögernd einen Schritt auf ihn zutrat und darauf zu warten schien, dass er aufgefordert wurde, sich ebenfalls zu setzen. Doch Dun achtete nicht auf seine Unsicherheit. Er riss einen Zweig ab und begann, darauf herumzukauen. Stumm beobachtete er die tiefer werdenden Schatten am Waldrand. Mit abwesendem Blick ließ sich Grenouille zu seiner Rechten nieder. Nur der Schrei der Eule zerriss das Schweigen.

»Weißt du noch, was ich dich gelehrt habe?«, fragte Dun plötzlich, ohne ihn anzuschauen.

»Ja«, antwortete Grenouille lässig.

»Und um was ich dich gebeten habe?«

»Ja.«

Er tat, als finge er etwas mit der linken Hand, und versetzte diesem Etwas einen fingierten Stoß mit der rechten.

»Wenn ich einen Wachsoldaten von hinten angreife, halte ich ihn fest und versetze ihm einem Streich – nur einen einzigen Streich – in den Hals.«

»Und deine Hand?«

»Die Hand lege ich ihm über den Mund, damit er nicht schreit. Alles gleichzeitig.«

»Gut«, seufzte Dun. »Mehr kommt nicht infrage. Vor allem keine direkte Konfrontation.«

Aus dem Augenwinkel beobachtete er, wie der Junge mit gesenktem Kopf ungerührt Grashalme zwischen seinen gespreizten Beinen ausrupfte.

»Das scheint dir nicht zu gefallen.« Er wartete kurz auf eine Antwort. Als diese ausblieb, fuhr er fort: »Dir schwebt etwas Grandioseres vor. Zum Beispiel, ihnen die

Stirn zu bieten. Das entspricht doch eher dem Bild, das du dir vom Ritterdasein machst, oder irre ich mich? Ihnen die Stirn zu bieten, genau wie dem Tod.«

»Ich halte mich an das, was Ihr mir gesagt habt«, murmelte er.

»Gut«, flüsterte Dun zufrieden.

Langsam wurden die Sterne am Himmel zahlreicher.

»Siehst du diese Handschuhe?«

Ohne den Blick vom himmlischen Schauspiel zu wenden, streckte er ihm seine mit Eisen behandschuhten Hände hin. Er war sicher, dass der Junge neugierig genug war, sie zu begutachten.

»Sie sehen zwar nicht danach aus, aber sie sind voller Blut. Blut aus Schlachten und Zweikämpfen, aber nicht nur das.«

»Ich sehe kein Blut«, stellte Grenouille mit zittriger Stimme fest.

»Man sieht es nicht mehr. Aber ich spüre es. Und genau das ist das Allerwichtigste. Man darf sich nicht aus der Verantwortung stehlen, sondern muss zu dem stehen, was man getan hat.«

»Ihr wart nicht immer Ritter, nicht wahr?«

Diese Frage hatte der Junge ihm schon einmal gestellt, und eigentlich war es schon damals mehr eine Feststellung als eine Frage gewesen.

»Nein. Ehe ich zum Ritter geschlagen wurde, war ich das, was du nie werden willst.«

Er wandte dem Jungen das Gesicht zu, weil er auf seine Reaktion neugierig war.

»Ich war ein Assassine«, gestand er.

Grenouille zuckte mit keiner Wimper, sondern hielt seinem Blick mit leicht gerunzelten Brauen stand.

»Ich habe nie einen großen Unterschied zwischen den Aufgaben eines Assassinen und denen eines kaiserlichen Ritters erkennen können. Sieg oder Erfolg – je nachdem, wie du es nennst – war immer an den Tod von Menschen gekoppelt. Menschen, die mit Sicherheit Familie, Freunde und Aufgaben hatten.«

Seine Stimme wurde brüchig, der Blick unstet.

»Es macht keinen Unterschied, ob du einen Menschen von vorne oder von hinten tötest. Es muss nur schnell gehen und gut gemacht sein. Niemand sollte leiden, ehe er ins Paradies eingeht. Also schlag schnell zu, Grenouille. Und gut.«

Lange sah er seinen Schüler an.

»Schnell und gut«, wiederholte er.

»Das werde ich«, versprach der Junge.

Ohne seinen Lehrmeister aus den Augen zu lassen, streifte er die geflickten Wollhandschuhe über, die er wenige Tage zuvor auf dem Markt von Guet d'Aëd einem Händler gestohlen hatte.

Seine vorgebliche Ruhe vermochte einen so erfahrenen Mann wie Dun-Cadal indes nicht zu täuschen. Wie viele Male hatte er junge Soldaten – obschon älter als Grenouille – eine solche Ruhe zur Schau tragen sehen, in der Hoffnung, die Angst, die ihr ganzes Wesen erschütterte, auf die Weise zu verbergen. Doch der Junge war nicht dumm, wie er jetzt mit gesenktem Blick dastand und sich die wollbehandschuhten Hände rieb. Und das nicht nur wegen der Kälte. Der General wusste, dass Grenouille sich Mut zu machen versuchte, so wie er den tieferen Grund dieses Diebstahls erraten hatte. Solche Handschuhe würden die Hände des Jungen gewiss davor bewahren, mit Blut befleckt zu werden.

Welch eitle Hoffnung.

Die folgenden Stunden schienen kein Ende zu nehmen. Als sich Dun schließlich erhob, überquerte eine leuchtende Straße den Himmel, als wollte sie die Menschen von einem Ende der Erde zum anderen führen. Alle Wolken hatten sich aufgelöst, und ein leichter Nachtwind spielte im Laub. Plötzlich ertönte ein trockenes Krachen. Dun betrachtete den Zweig, den der Junge gerade zertreten hatte.

»Pass genau auf, wo du hintrittst«, flüsterte er. »Wir können uns keinen Fehler leisten.«

Ernst sah er ihn an.

»Ich werde nicht auf dich warten«, flüsterte er, ehe er sein Schwert zog.

Lautlos betrat er den Wald. Es ging los. Kein Befehl, kein tröstliches Wort – nichts als dieser lapidare Ratschlag: *Pass auf, wo du hintrittst.* Ein Fehltritt bedeutete den sicheren Tod.

Grenouille kannte den Plan in- und auswendig. Er hatte sich den Ablauf in den letzten Wochen immer und immer wieder eingeprägt, zum letzten Mal erst heute Morgen.

Soweit es möglich war, wussten sie Bescheid über die Anzahl der Wachen, ihre Standorte und die Wachablösung der Truppe. Soldaten, die in Guet d'Aëd Station gemacht hatten, waren nach einigen Gläsern Wein in den Tavernen oft redselig geworden.

Warum also den Augenblick mit unnützen Worten befrachten? Die Angst wog auch so schon schwer genug. Er hatte beobachtet, wie Grenouille eisern trainiert hatte, wie er in kurzer Zeit erwachsen geworden war. Ihm jetzt Mut zuzusprechen wäre überflüssig gewesen, sein Stolz würde reichen. Obwohl er ihn nach wie vor voller Zuneigung »den Jungen« nannte, betrachtete er ihn als Soldaten. Ein Mann des Kriegs bedurfte solch übertriebener Aufmerksamkeit nicht.

Abgesehen von dem Nachtwind in den Bäumen war es ganz still. Niemand konnte sie hören. Eine Eule schlug nervös mit den Flügeln, ehe sie davonflog.

Nach einer halben Stunde Fußmarsch erreichten sie die Lichtung. Dun ließ sich auf die Knie sinken und befahl Grenouille mit einem Handzeichen, es ihm nachzutun. Nur wenige Schritte entfernt erhob sich eine Reihe grauer, zusammengeflickter Zelte. Das Lager erstreckte sich, so weit das Auge reichte. Tausend Feuer brannten. Mit Lanzen bewaffnete Gestalten gingen langsam in den Gassen hin und her.

So zahlreich waren sie? Wie war das möglich? Sie konnten doch nicht alle aus den Salinen stammen! Oder waren es tatsächlich sämtliche Bewohner – angefangen bei den Kindern über die Erwachsenen bis hin zu den Greisen –, die sich gegen das Kaiserreich auflehnten? Dun strich mit den Fingerspitzen über das Gras. Jetzt wäre noch Zeit, sich zurückzuziehen, seine Pläne zu ändern und diesen ganzen Irrsinn auf den nächsten Morgen zu vertagen ... Jetzt und hier und entschied sich sein Schicksal.

Vor ihm erhoben sich etwa fünfzig Katapulte. Nur vier Männer mit hastig selbst fabrizierten Lanzen schienen sie zu schützen. Doch die meisten Zelte befanden sich ganz in der Nähe, und dort saßen ebenfalls Soldaten. Zum Glück für Dun und den Jungen lagerten die erfahrenen und kampferprobten Krieger ein gutes Stück weiter entfernt. Die Hüter der Katapulte waren Neulinge. Und Schwachköpfe. Im Licht der hohen Fackeln sah Dun mit

Erstaunen, dass die Arme der Katapulte gespannt waren, jedes bestückt mit einem fettgefüllten Steingeschoss. Sein ganzer Körper spannte sich bei diesem Anblick an. Die Leute hier … hielten sich bereit! Sämtliche Katapulte waren schussbereit!

Langsam und mit gebeugtem Rücken schlich der General vorwärts. Der erste Wachsoldat bemerkte nichts und spürte kaum das Schwert, das in seinen Rücken drang, während eine schwere Hand ihm den Mund zuhielt.

Dun legte den Leichnam geräuschlos auf dem Boden ab und bedeutete Grenouille, zu ihm zu kommen. Dabei ließ er zwei weitere Soldaten zu Füßen eines Katapults keine Sekunde aus den Augen. Als Grenouille bei ihm war, zeigte er wortlos auf den vierten Soldaten, der an einem hohen Fackelständer seine Notdurft verrichtete. Anschließend deutete er auf die Umfriedung am Rand des Lagers. In der klaren Nacht waren die dort weidenden Pferde gut zu erkennen. Es ging glatter als erwartet. Um die beiden Wachleute am Katapult würde sich Dun kümmern, der Kleine durfte sich mit dem Mann beschäftigen, der gerade pfeifend seinen Gürtel schloss.

Wie ein Raubtier schlich sich Dun an. Grenouille tat es ihm nach und wandte sich dem Mann am Fackelständer zu. Nur noch wenige Schritte. Aus dem Augenwinkel sah Dun, wie der Junge sein Holzschwert mit aller Kraft umklammerte. Seine andere Hand zitterte. Dun hoffte, er würde sich an alle Bewegungsabläufe erinnern, die sie wieder und wieder geübt hatten. Arm um den Hals, Hand auf den Mund, um alle Geräusche zu ersticken, mit dem Schwert unterhalb des Schulterblatts auf das Herz zielen und zustechen. Schnell. Präzise. Diskret. Nur nicht kneifen. Nicht zurückweichen. Nicht zögern. Dun würde nicht da sein, um ihn zu schützen. Weiter und weiter entfernte er sich von Grenouille.

Die Gestalt des Generals glitt zu den hohen Rädern der Katapulte. Sein Schatten kroch über das massive Holz des Sockels. Im Licht der Fackeln blitzte plötzlich sein Schwert auf. Rasch senkte Dun den Blick. Die Räder der Katapulte hatten tiefe Spuren im Boden hinterlassen. Dass sie die Katapulte schon bestückt hatten, um sie so rasch wie möglich nutzen zu können, war eine Sache. Aber dass sie sie aufgestellt hatten, ohne zu merken, dass sie völlig falsch ausgerichtet waren, stellte einen wirklich groben Fehler dar.

Er hielt einen Moment inne, ließ seinen erfahrenen Blick schweifen und schließlich auf seinem Schützling ruhen.

Beinahe wäre Grenouille über eine Wurzel gestolpert. *Konzentrieren! Bleib konzentriert und schau vor dich, verdammt noch mal,* fluchte Dun innerlich. Nur wenige Schritte von dem Jungen entfernt lehnte sich der Wachposten gegen den Pfahl, an den er gerade gepinkelt hatte. *Nur nicht kneifen. Nicht zurückweichen, Junge. Nicht zögern,* wiederholte Dun im Stillen, als hoffte er, Grenouilles Verhalten mit seinen Gedanken beeinflussen zu können. Jetzt musste Grenouille beweisen, wozu er fähig war. Sein Wert würde sich zeigen, wenn er das geschnitzte Holz in den …

»Heda!«

Dun erstarrte im Schatten eines der großen hölzernen Räder des Katapultes. Schon machte er sich bereit, sich auf die Soldaten zu stürzen, da ließ sich der Junge zur Seite fallen und vergrub den Kopf im Gras. Die Faust um das Heft seines Schwertes geballt, sah der General davon ab, einzugreifen.

»Hat man euch das Wachestehen etwa so beigebracht?«, dröhnte eine Stimme.

Zu seinem Glück war der Junge im hohen Gras verschwunden, denn die beiden Bewaffneten standen nun ganz in seiner Nähe.

»Was denn? Ich musste doch nur mal pinkeln.«

Wirklich nah. Viel zu nah. Und dennoch entdeckten sie ihn nicht, wie er dort im Dunkeln ausgestreckt lag. Dun hingegen vermocht seine Umrisse durchaus zu erraten und fragte sich, wie sein Zögling wohl als Nächstes reagieren würde. Ob er den Männern schreckensstarr in die Hände fallen würde. Nun, was auch geschehen mochte, Dun hielt sich bereit und das Schwert so fest umklammert, dass er seine Finger kaum mehr spürte.

»Du darfst niemals deinen Posten verlassen, ohne den anderen Bescheid zu sagen«, knurrte der Vorgesetzte.

»Wir sind erst seit gestern hier im Einsatz«, erklärte der Gardist hochmütig. »Wir haben doch keine Ahnung von diesen Dingen. Man hat uns lediglich gesagt, wir sollten vor den Katapulten hin und her gehen.«

»Wo kommt ihr her?«

»Aus Bois d'Avrai, Hauptmann. Wir sind fünfzehn Mann.«

Selbst aus der Entfernung konnte Dun den Glanz seiner sauberen, aber abgetragenen Stiefel sehen. Möglicherweise hatte er zur Garde des verblichenen Grafen von Uster gehört. Dun hielt es fast für sicher. Er lehnte sich gegen das Katapult und musterte den stämmigen Hauptmann, der ein großes Schwert im Ledergürtel trug und gerade dem stümperhaften Wachsoldaten den Kopf zurechtrückte. Einen Aufstand anzuzetteln, bei dessen Durchführung man sich auf die Mithilfe der Bevölkerung verlassen musste, war nicht leicht. Und Leute bei der Stange zu halten, für die das Kriegshandwerk weder Berufung noch tägliches Geschäft war, erst recht nicht.

Dun dachte an die momentane Ausrichtung der Katapulte, die wahrscheinliche Flugbahn der Geschosse und lächelte ungewohnt gehässig. Sie zielten in Richtung Lager!

»Ihr müsst immer …« Der Offizier brach ab, als er die unglaubliche Anordnung der Katapulte entdeckte. »Himmeldonnerwetter, was habt ihr denn da gemacht?«

»Na ja, wir haben die Katapulte in eine Reihe gestellt.«

Der Offizier trat einen Schritt vor, nur einen, und in diesem Moment entdeckte sein erfahrenes Auge den Umriss des ausgestreckten Körpers auf dem Boden. Beim Geräusch des aus der Scheide gezogenen Schwertes reagierte Grenouille. Aus Angst oder von Mut getragen? Wie auch immer. Er rollte herum, griff nach etwas und sprang mit einem Satz auf. Mit heftig in der Brust schlagendem Herzen hielt sich Dun zurück.

Mach schon, Junge! Vorwärts!

»Du?«, fragte der Mann überrascht. »Wieso?«

Er hielt sein blankes Schwert in der Hand, um den Eindringling anzugreifen, blieb jedoch verdutzt und wie angewurzelt stehen. Er hatte breite Schultern, war kahlköpfig, und sein Gesicht wies eine lange Narbe auf, die von unterhalb des rechten Auges bis zur Oberlippe reichte.

Jetzt, betete Dun, während er sich an dem Katapult entlang vorwärtsschob, ohne Grenouille aus den Augen zu lassen. *Tu es jetzt oder flieh!*

»Aber was …«

Das Holz durchdrang den Hals des Hauptmanns mit solcher Wucht, dass weder das Opfer noch der Hilfssoldat Zeit hatten zu reagieren. Grenouille schrie laut auf, ließ das Schwert los und versetzte dem schwer verletzten Mann einen Fußtritt. Der Hauptmann versuchte mit wilden Bewegungen, sich die Waffe aus dem Hals zu ziehen. Blut sprudelte aus der Wunde. Mit schmerzverzerrtem Gesicht stürzte er dem entsetzten Hilfssoldaten vor die Füße, der am ganzen Körper zitterte und unbeholfen seine Lanze auf Grenouille richtete. Die Angst stand ihm ins Gesicht geschrieben. Schweiß rann ihm über die Stirn … er glich den Tränen, die ihm über die Wangen liefen.

Dun durfte nicht länger warten. Er atmete tief ein und verzog das Gesicht, da der Schmerz ihm die Brust zu zerreißen drohte. Er stellte sich vor, wie die Fackel neben dem Katapult zerbrach und das Fett in der Mitte des Geschosses in Brand setzte.

Die Pferde auf der Koppel wurden unruhig. Der Hauptmann lag auf dem Boden und bewegte sich nicht mehr. Seine Augen waren glasig geworden.

»Zum An…«, brüllte eine Stimme im Lager.

Die Worte wurden von einem kurzen Klacken und einem lang gezogenen Pfeifen übertönt. Ein Feuerball stieg in den Himmel auf, beschrieb eine perfekte Flugbahn und setzte hundert Meter weiter viele Zelte in Brand. Flammen flackerten auf. Männer schrien. Ein Schatten rannte an den Katapulten entlang. Die hohen Fackeln fielen um und setzten die vorbereiteten Kugeln in den Geschützen in Brand. Die Pferde wieherten.

Dun kontrollierte seinen Atem und stellte sich vor, er zöge an einem unsichtbaren Seil, das an den Fackelständern befestigt war. Er benutzte den *Odem*, um sie umzuwerfen. Dann verschwand er wie ein Geist in der Dunkelheit und durchtrennte die Halteseile der Wurfarme der Katapulte. Als er der Meinung war, genügend Chaos im

Herzen des Lagers verursacht zu haben, sprang er auf das hohe Rad eines Katapults. Unter ihm betrachteten zwei verdutzte Wachsoldaten im Flammenschein den Jungen, der einen der ihren in Schach hielt. Sie hatten keine Zeit zu begreifen, wie ihnen geschah. Ein Schwert drang in die Schulter des einen Mannes, beschrieb einen blutigen Kreis und durchtrennte den Hals seines Kameraden.

»Junge!«, brüllte Dun.

Nur wenige Meter entfernt stand Grenouille am Rand des Lagers ziemlich ratlos herum. Der Soldat ihm gegenüber wusste ebenfalls nicht, was er tun sollte, und hielt dem Jungen, am ganzen Körper bebend, seine Lanze entgegen. Als er schließlich zustoßen wollte, wich Grenouille zurück, strauchelte und fiel auf den Hintern. Zwischen den brennenden Zelten rannten Soldaten herbei. Das Überraschungsmoment war vorüber.

»JUNGE!«, schnauzte Dun wieder und stürmte auf ihn zu.

Der Wachposten nahm nur eine dunkle Masse wahr, die auf ihn zukam.

»Wir ... wir ... wir werden ANGEGRIFFEN!«, stotterte er.

Entsetzt ließ er die Lanze fallen, kümmerte sich nicht weiter um Grenouille und verschwand zwischen den Zelten, wo sich aufgeregte Soldaten hektisch auf den Kampf vorbereiteten.

Als Dun seinen Schüler erreichte, musste er einen Schmerzenslaut unterdrücken und hielt sich das Bein. Er hatte seinem Körper eindeutig zu viel zugemutet. Mühsam bückte er sich, ergriff einen Arm des Jungen und riss ihn hoch.

»Mach schon«, flüsterte er ihm zu. »Komm jetzt.«

Nach kurzem Lauf erreichten sie die nahe Koppel. Ein Pfeil schoss knapp an ihren Köpfen vorbei.

»Steig auf. Schnell, Junge!«

Er öffnete das Gatter und schob Grenouille auf die Pferde zu. Ein Pfeil bohrte sich unmittelbar vor seinen Füßen in den Boden. Mit einem raschen Blick entdeckte er in der Nähe der Zelte den sich scharf gegen die Flammen abhebenden Umriss eines Bogenschützen, der schon den nächsten Pfeil auflegte. Weitere Soldaten näherten sich, allesamt wie Schatten vor dem in rote Glut getauchten Lager tanzend.

Grenouille griff nach der Mähne eines der Tiere und schwang sich auf seinen Rücken, wobei er nur knapp einem Sturz entging, als sich das Pferd wiehernd aufbäumte.

»Ab mit dir!«, brüllte Dun-Cadal.

»Aber Ihr …«

»Na los!«

Eine Legende erzählt …

Mit einem Klaps auf die Kruppe jagte der General das Tier davon.

Es ist keine Legende. Ich war dort. Ich war in den Salinen und habe alles gesehen!

Schon bald waren Pferd und Reiter in der Nacht kaum noch zu erkennen. Dun drehte sich um.

Ich war ebenfalls dort. Und ich habe ihn gesehen. Allein.

Ungefähr zwanzig Soldaten stürmten auf ihn zu, während Dun zu den Katapulten zurückhumpelte. Mit einem Schwertstreich parierte er einen Pfeil.

»Seit Monaten sitze ich hier herum, und jetzt glaubt ihr, dass ich mich ergebe?«, murmelte er vor sich hin.

Die Legende erzählt, dass sich ein einzelner Krieger unseren Soldaten entgegenstellte und die Armee vernichtete.

Vor den Katapulten blieb er stehen.

»Ich bin Dun-Cadal aus dem Haus Daermon!«, rief er stolz den Männern zu, die sich ihm entgegenstellten. »Merkt euch diesen Namen.«

Ohne auch nur einen Schritt zurückzuweichen, parierte er Schlag auf Schlag. Er atmete tief und ruhig und spürte das Leben um sich herum, das sich in jedem Zweig und jedem Grashalm bewies. Der Kampf wurde härter. In einiger Entfernung bereiteten sich die Bogenschützen vor.

Duns Herzschlag verlangsamte sich, sein Blick wurde klarer. Ihm war, als befinde er sich überall gleichzeitig. Er ahnte jede Bewegung voraus, hörte den Atem jedes Soldaten und spürte das Blut, das aus ihren Wunden strömte. Er war bereit.

Es ist keine Legende. Ich war dabei. Und ich bin geflohen wie alle anderen.

Dun kniete nieder und versetzte dem Boden einen heftigen Schlag mit dem Schwertknauf. Ein mächtiger Luftzug kam auf, wie die Wellen, die sich nach einem Steinwurf in einem Teich ausbreiten. Die Angreifer wurden viele Meter zurückkatapultiert. Abgeschossene Pfeile kehrten sich gegen die Bogenschützen, Flammen flackerten auf, Zelte schwankten. Die Katapulte kippten um.

Er allein hat mehr Schaden verursacht als der Sturm auf Guet d'Aëd mit zehntausend Soldaten. Wir haben gelernt, ihn zu fürchten. Er ist mehr als nur ein General.

Stöhnende Soldaten wanden sich im Gras. Weil einige nur betäubt waren, nahm Dun noch einmal alle Kräfte zusammen, um so schnell wie möglich die Pferdekoppel zu erreichen.

Er war der Held der Salinen. Diesen Namen werden wir nie vergessen …

Dun sprang auf ein Pferd und stürmte im Galopp davon. Hinter ihm blieben eine Flammenhölle und viele verletzte Soldaten zurück. Als schließlich Hilfe herbeieilte, stotterten die Verwundeten mit zitternden Händen und blassen Wangen nur einen Namen.

Dun-Cadal Daermon.

6
DER SOHN

Es ist ein Hohn –
Den Tod konnte ich geben,
doch niemals das Leben.

Wisst Ihr – Worte sind wie um ein Paket geknüpfte Knoten.«

Seine faltigen Hände umspannten den frisch gefüllten Weinbecher, und sein Blick verlor sich in der blutroten Flüssigkeit, als könnte er darin seine Erinnerungen ertränken. Erinnerungen an Menschen, die er gehasst und geliebt, verabscheut und gefördert hatte.

»Man sagt und erzählt viel, doch die Worte sind weit von der Wahrheit entfernt.«

Viola zog einen Stuhl heran und setzte sich. Es war ganz leicht gewesen, ihn wiederzufinden. Nachdem Dun-Cadal hinter dem Assassinen hergejagt war, kehrte er zitternd an jene Stätte zurück, wo sie bereits am Abend zuvor miteinander geredet hatten. Nur hier fand er das Mittel, mit dem er seine Schmerzen betäuben oder zumindest vorübergehend beruhigen konnte – auch die seelischen. Er saß bereits vor seinem zweiten Krug Wein. Abgesehen von der jungen Frau und ihm hielt sich nur noch ein alter Mann in der Gaststube auf. Er legte Tarot-Karten vor dem großen Fenster.

»Worte verschleiern.«

Er hob den Blick und begegnete Violas heiteren grünen Augen. Sein Gesicht wurde weich. Sie war so ruhig, sanft und hübsch mit den vielen Sommersprossen auf ihren Wangen! Über ihre rosigen Lippen drang kein einziges Wort. Sie hörte ihm einfach nur zu. Ihm, dem Relikt aus einer glorreichen Zeit, das heute so unnütz geworden war wie ein stumpfes Schwert.

»Man erzählt sich«, sagte er mit einem verlegenen Lächeln, »dass ich nicht weniger als dreihundert Mann gegenüberstand, bevor ich aus den Salinen flüchtete.«

Er senkte den Kopf und nickte.

»Aber ich habe sie gezählt. Ich konnte schon immer sehr schnell zählen.«

Seine Stimme war so leise, als rede er mit sich selbst.

»Es waren fünfzehn. Fünfzehn Jungen. Kaum zwanzig Jahre alt und ohne jede Kampferfahrung. Fünfzehn Jungen, von denen zwei ein Stück zurückblieben, um mich mit Pfeilen zu beschießen.«

Erneut traf sein Blick auf Violas ruhige Augen.

»Und so bin ich zur Legende geworden, ohne eine einzige Schlacht zu gewinnen. Einfach nur, indem ich ihnen eine Heidenangst eingejagt habe. Aber die Geschichte wurde von Mund zu Mund und von Dorf zu Dorf weitergegeben, wie ein Schneeball, der nach und nach zur Lawine wird. Und mit einem Mal bekommt eine Nichtigkeit eine ungeheure Bedeutung.«

Er schwieg und griff nach dem Becher. Als der Rand seine Lippen berührte, verzog er das Gesicht.

»Da habt Ihr Eure historische Persönlichkeit, Viola Namenlos aus der republikanischen Stadt Emeris.«

Er leerte den Becher in einem Zug und setzte ihn ab. Plötzlich überkam ihn ein Gefühl, als würde alles in ihm zusammenbrechen. Sein Körper jedoch war so vertrocknet, dass er sein Schicksal nicht einmal mehr beweinen konnte.

Lehrt mich mehr. Ich bin noch nicht bereit.

Duns Gedanken verloren sich in einer zerstückelten, zerrissenen Vergangenheit, die noch immer blutete.

»Ein Ratsherr ist am helllichten Tag getötet worden«, sagte Viola schließlich. »In Masalia herrscht Panik. Ein Vertreter der Republik wurde ermordet.«

»Und er wird nicht der Letzte sein«, grunzte Dun.

»Die republikanischen Garden verfolgen den Mörder.«

»Morgen werden sie ihn noch immer suchen.«

Viola legte die Hände auf den Tisch und lächelte ihn beruhigend an. »Ihr wisst, wer es war, nicht wahr?«

»Der Ratsherr?«

»Nein, der Mörder«, erwiderte sie sanft.

Verblüfft lehnte sich Dun im Stuhl zurück. Die junge Frau nahm sich Dinge heraus, die weit über ihre Befugnisse als Historikerin hinausgingen. Hatte sie etwa eine Schwäche für juristische Angelegenheiten?

»Selbst wenn es so wäre – was würde es ändern?«

»Es steht in einer unmittelbaren Beziehung zu Eurer Geschichte, richtig?« Sie warf ihm einen maliziösen Blick zu. »Immerhin bin ich Historikerin«, fügte sie hinzu.

»Und was ist mit dem Schwert?«

»Oh, das werdet Ihr mir schon geben. Ich kann sehr überzeugend sein«, sagte sie und lehnte sich leicht über den Tisch. »Aber Eure Geschichte interessiert mich.«

Dun griff nach dem Krug und füllte erneut seinen Becher.

»Und wieso glaubt Ihr, dass ich sie Euch erzählen möchte?«

»Weil Ihr bereits damit angefangen habt.«

Er setzte den Becher ab. Sie hatte recht, sehr recht sogar. Ihr Lavendelduft betörte ihn. Er ertappte sich dabei, ihr alles anvertrauen zu wollen, ohne sich Gedanken um die Folgen zu machen. Mildrel hatte ihn zwar gewarnt, doch er schlug ihre Bedenken in den Wind. Irgendetwas an Viola flößte ihm Vertrauen ein. Vielleicht wollte er auch endlich Ballast loswerden.

Nachdenklich blickte Viola auf ihre Hände. Sie nahm sich Zeit und wog jedes Wort ab. Schließlich sagte sie: »Die Menschen glauben noch immer an das *Liaber Dest.* Ich selbst weiß bis heute nicht genau, ob ich mich diesem Glauben anschließen soll oder nicht. Ein echtes Kind der Republik, nicht wahr?« Sie lächelte verlegen. »Seit ich mein Dorf verlassen habe, lernte ich viele Leute kennen, die sich auf das Heilige Buch beriefen. Mir erschien es immer merkwürdig, dass sie an Dinge glaubten, die nie bewiesen wurden. Bei mir kommt noch hinzu, dass ich Historikerin bin. Der Fangol-Orden ist nämlich alles andere als begeistert von der Vorstellung, dass wir uns mit historischen Fakten beschäftigen, die bisher nur Mitglieder des Ordens an das Volk weitergeben durften. Man befürchtet, dass wir die Geschichte umschreiben könnten.« Sie lachte nervös auf.

Dun hörte ihr geduldig zu, ohne zu wissen, worauf sie hinauswollte. Er beobachtete, wie sie nach Worten suchte. Nicht, dass er es genoss – er wartete einfach ab.

»Kurz und gut, ich weiß noch immer nicht so recht, was ich vom *Liaber Dest* und dem Glauben daran halten soll«, fuhr Viola schließlich fort. »Auch wenn ich mir ganz sicher bin, dass jemand wie Ihr immer tief gläubig war. Wenn also das, was man über das *Liaber Dest* berichtet, wirklich stimmt, dann ist das Schicksal der Menschen dort niedergeschrieben, und alles steht im Voraus fest, richtig? Dann steht dort also auch geschrieben, dass der große Dun-Cadal Daermon hier am Tor zum Tod enden wird.«

»Wähnt Ihr mich schon am Tor zum Tod?«, brauste der alte Mann auf.

Ein flüchtiger Blick auf seinen vollen Becher kündigte die Antwort bereits an. Was dann jedoch folgte, enthob ihn aller Zweifel.

»Nun, mir scheint, Ihr habt die Schlüssel bereits in der Hand«, sagte Viola einfach. »Habt Ihr Euch in der ganzen Zeit seit dem Sturz des Kaisers und Euren Irrfahrten nie nach jemandem wie mir gesehnt? Habt Ihr nie gewünscht, dass sich endlich jemand für Euch interessiert? Für das, was Ihr getan habt? Einst wart Ihr ein wichtiger Mann. Wenn der Augenblick kommt, in dem jemand bereit ist, Euch zuzuhören – würdet Ihr ihn wirklich verstreichen lassen? Glaubt Ihr etwa nicht, dass geschrieben steht, dass General Daermon eines Tages seine Wahrheit verkünden darf?«

Dun wandte den Blick ab. Sie hatte wirklich eine Antwort auf alles. Was hätte er darauf entgegnen können? Seit Jahren schon versuchte er zu vergessen, wer er einmal gewesen war und was jetzt aus ihm wurde. Und sie verlangte von ihm, dass er sie zu diesem alten Schwert brachte, dem Symbol eines zerstörten Kaiserreichs. Und doch interessierte sie sich auch für den Menschen hinter dem Helden. Hätte man ihn ohne Umschweife nach der Waffe gefragt, hätte er vermutlich alles geleugnet. Aber ihr Interesse rührte ihn. Abgesehen von Mildrel interessierte sich niemand für sein Schicksal. Hier in Masalia scherte sich kein Mensch auch nur einen Deut um das, was er in seinem langen Leben durchgemacht hatte.

»Ich soll Euch also meine Geschichte erzählen?«, seufzte er. »Aber wo soll ich beginnen?«

»Wie wäre es zum Beispiel mit Grenouille?«

Violas grüne Augen verschlangen ihn. Er hatte den Eindruck, dass er nichts anderes mehr sah. Die Taverne verschwand. Sein Blut rann heiß durch seine Adern, sein Körper schien wie in Watte gebettet. Violas glänzender Blick erhielt ihn aufrecht. Wie ein Leuchtturm, der einem schiffbrüchigen Matrosen den Weg weist.

»Grenouille«, nickte er.

Und er begann zu erzählen.

Er sprach davon, wie er den Jungen in den Sümpfen kennengelernt hatte, von den vielen Monaten in den Salinen und ihrer Flucht unter dem Sternenhimmel. Er verweilte nicht bei Einzelheiten, sondern erzählte nur, wie er Grenouille in der Ebene hinter dem Wald schließlich wiederfand. Alles kehrte zu ihm zurück, als hätte es sich erst am Vortag abgespielt. Nur allzu gut erinnerte er sich an das schmerzverzerrte Gesicht seines Zöglings. Doch es war nicht sein Körper, der litt. Der Kleine hatte einen Menschen getötet und kam nicht über dessen fassungslosen, für alle Ewigkeit eingefrorenen Gesichtsausdruck hinweg, nachdem er ihm sein Holzschwert in den Hals gebohrt hatte. Aus dem zerfetzten Fleisch quoll ein roter Strom, eine klebrige, dampfende Flüssigkeit. Dun wusste nur zu gut, wie stark der Anblick von Blut, das aus einem Körper sprudelte und das Leben mit sich nahm, einen Menschen bis in die Grundfesten erschüttern konnte.

Mit wenigen Worten beschrieb er die Weiterreise nach Emeris und streifte lediglich die Zwischenstation in Garmaret, wo die kaiserliche Armee nach ihrer Vertreibung aus den Salinen ihre Lager aufgeschlagen hatte.

Nur die Ankunft im Emeris zählte.

»Wie groß ist sie?«, fragte Grenouille.

»Wie groß?« Dun musste lachen.

Es war jetzt ein Jahr her, dass sie sich kennengelernt hatten. Sie ritten einen mit Eichen bestandenen Weg entlang. In ihren schwarzen, schlammbespritzten Umhängen sahen sie aus wie ganz normale Reisende. Die schmächtige Gestalt des Jungen war markanter geworden; man erkannte bereits die Vorstufe zum Mann. Das Kind war in den Salinen zurückgeblieben, zusammen mit der Leiche eines kahlköpfigen Hauptmanns. Grenouilles Blick unter der Kapuze war nach wie vor düster, doch sein Gesichtsausdruck hatte sich auf angenehme Art besänftigt.

Auch Dun hatte sich verändert. Seine von den kargen Monaten im Sumpf ausgehöhlten Wangen hatten ihre ursprüngliche Form wiedergefunden. Sein unrasiertes Gesicht zeigte, dass sie schon wieder tagelang auf den Straßen des Reichs unterwegs waren, nachdem sie eine Zwischenstation eingelegt und die Annehmlichkeiten eines heißen Bads und eines bequemen Betts genossen hatten.

Seit ihrer Flucht waren zwei Monate vergangen, und ein Monat, seit sie sich im Fort von Garmaret eine Pause gegönnt hatten. In den vergangenen Wochen waren sie durch die alten Königreiche geritten und hatten feststellen müssen, dass sich der Aufstand wie ein Wundbrand durch die Regionen fraß und das angeschlagene Kaiserreich an allen Enden erschütterte.

Sie hatten sich mit Gesindel geprügelt. Sie waren vielen Gefahren begegnet. Aber während der langen Reise hatten sie sich auch gegenseitig schätzen gelernt. Und schließlich waren sie in Emeris angekommen. Nur das allein zählte jetzt noch.

Jeden Tag hatte der Junge Fortschritte gemacht. Jeden Tag war er dem Ziel näher gekommen, das er sich selbst gesteckt hatte. Und jeden Tag füllte sich Duns Herz erneut mit Stolz, was er jedoch unter einer harten Maske und harscher Autorität zu verbergen wusste. Nie erhielt der Junge ein Kompliment oder ein Lob; Dun begnügte sich stets mit einem zufriedenen Nicken. Dennoch schien sich der Junge nicht darüber zu ärgern.

»Ist sie zweimal so groß wie Guet d'Aëd?«, fragte Grenouille.

Über die Schulter lächelte Dun ihm spöttisch zu.

»Dreimal? Oder gar zehnmal?« Der Junge staunte nur noch.

»Das kannst du sehr bald selbst entscheiden, Kleiner.«

Der Weg vor ihnen schlängelte sich zwischen Bäumen hindurch, die Spalier zu stehen schienen. Und dann, ganz plötzlich, lag sie vor ihnen.

Am Rand einer steilen Klippe, über den sich ein tosender Strom stürzte, breitete sich eine stolze, gewaltige Stadt aus. Silberne Türme erhoben sich über hohe Gebäude, und auf der Spitze des höchsten Turms spiegelte sich die Mittagssonne.

Grenouille verschlug es die Sprache. Seit ihrer Flucht aus den Salinen hatte er im Westen Städte gesehen, die doppelt so groß waren wie seine Geburtsstadt Guet d'Aëd. Etwas anderes kannte er nicht.

Doch das, was hier vor ihm lag, überstieg zweifellos seine kühnsten Vorstellungen. Wasserfälle tosten zu Füßen der Hauptstadt. Ganze Vogelschwärme folgten dem Flusslauf mit weiten Schwingen, ehe sie ins Wasser eintauchten. Und wenn sie wieder auftauchten, drehten sie ihre Kreise über einem enormen Wald, der sich kilometerweit bis zu den Bergen erstreckte.

»Nun?«, grinste Dun. »Hast du dir vor Schreck auf die Zunge gebissen? Oder rechnest du noch, wie oft Guet d'Aëd in diese Stadt hineinpassen könnte?«

Lachend trieb er sein Pferd an, das fröhlich den Pfad hinuntertrabte. Als Grenouille endlich den Blick von Emeris losreißen konnte, hatte sein Lehrmeister bereits den halben Abhang hinter sich. Hastig ritt der Junge hinter ihm her.

»Das ist ja … sie ist gewaltig!«, stammelte er, als er Dun schließlich erreichte.

»Es gibt noch ein anderes Wort, um sie zu beschreiben«, antwortete der.

Er erinnerte sich an das erste Mal, als er die Brücke über die Stromschnellen überquert hatte. Nie würde er das Schwindelgefühl vergessen, das ihn gepackt hatte, als er den großen Torbogen der weißen Stadtmauer durchschritt. Damals war er ungefähr so alt gewesen wie Grenouille und hatte das Haus Daermon in den Gebieten des Westens verlassen, um nie mehr zurückzukehren.

»Was für ein Wort?«, erkundigte sich der Junge.

»Kaiserlich«, murmelte Dun mit respektvoller Stimme.

O ja, er verstand, was der Junge empfand. Er selbst hatte die Stadt unter ähnlichen Umständen kennengelernt. Sein

Onkel hatte ihn auf die Militärakademie geschickt und ihm so seinen Wunsch erfüllt, den Westen zu verlassen. Genau wie Grenouille war er vor einem Leben davongelaufen, das ihm nicht behagte – dem eines ruhmlosen Schlossherrn, eines Herrschers über ein kleines Reich mit wenig ehrgeizigen Untertanen. Das Haus Daermon war erst unter Duns Großvater geadelt worden und legte eine Bescheidenheit an den Tag, die für den jungen Spross des Hauses schon fast an Willensschwäche grenzte. Je seltener man über das Haus Daermon sprach, desto weniger Ungemach drohte vonseiten des Kaiserhauses. Doch schon als Kind hatte Dun-Cadal vom Ruhm geträumt, und als die Zeit kam, in der er dem Kaiserreich auf würdige Weise dienen konnte, setzte er alles daran, dass sein Onkel ihn auf die richtige Schule schickte. Damit eröffnete er sich einen ihm gemäßen Weg, den er zielstrebig verfolgte. Mit der Unterwürfigkeit seiner Familienmitglieder wollte er nichts zu tun haben. Sein wahres Leben hatte in Emeris begonnen, jener Stadt, die als Symbol für Erfolg und Ruhm stand. Hier wurde das Schicksal der Welt entschieden. Hier befanden sich Kopf und Herz eines unsterblichen Kaiserreichs.

Langsam ritten sie durch die schlammigen Straßen der Armenviertel am Rand der Stadt, wo sich kleine Häuser mit Strohdächern drängten. Als die Hufe der Pferde schließlich über Kopfsteinpflaster klapperten, wurden die Häuser höher und stolzer und hatten größere Fenster. Grenouille sah sich mit großen Augen um. Zwar sagte er nichts, doch seine Haltung sprach Bände.

Als sie den Palast erreichten, schien seine Unbekümmertheit plötzlich zu schwinden. Beim Betreten der weiten, hellen Säle und angesichts der ehrfürchtigen Begrüßung durch die anwesenden Generäle erstarrte er. Sein Blick wurde unstet und huschte herum, als suchte er nach jemandem. Dun stellte ihn nur kurz vor, um unnötige Fragen zu vermeiden.

Die Heldentaten des Generals in den Salinen hatten viel Staub aufgewirbelt. Die Ritterschaft zeigte sich teils stolz, teils eifersüchtig, und in der gesamten Stadt kursierte das Gerücht, Dun-Cadal habe die Armee der Aufständischen ganz allein geschlagen.

Auch wenn er sich möglichst wenig anmerken ließ, hielt Dun ein wachsames Auge auf seinen Zögling. Wichtig war ihm dabei weniger das Benehmen des Jungen als vielmehr seine Gefühle. Was empfand er, wenn er all diese Hände schüttelte? Wenn er diesen vielen Menschen begegnete? Wenn er durch Flure ging, die ihm unvorstellbar breit vorkommen mussten?

Vielleicht ein Schwindelgefühl?

Auf ein Kind vom Land mussten die vielen Krieger in ihren bunten Rüstungen mit den Wappen ihrer Häuser einschüchternd wirken. Allein die Hallen der Ritter, wo ehrwürdige Wappen und ruhmreiche Waffen an den Wänden hingen, waren berauschend. Hier hatten sich die berühmtesten Leibsoldaten der Familie Reyes zusammengefunden, hochverdiente Kämpen, deren Helme in der Halle zur Schau standen. Im Lauf der Jahrhunderte waren Waffen und Rüstungen feiner und leichter geworden. Dun glaubte fest daran, dass Grenouille eines Tages in der Lage wäre, dem Weg der ruhmreichen Vorfahren zu folgen. Doch dazu musste er seine Ängste überwinden.

Von den milchweißen Mauern des Palasts und den riesigen Fenstern der Säle über die goldbehelmten Wachen, deren Lanzenspitzen in der Sonne blinkten, bis hin zu herablassenden Damen in knisternden Seidenkleidern – das alles musste einem halben Kind, das sein Leben in den Sümpfen verbracht hatte, neu und befremdlich erscheinen. Im Palast mischte sich Rosenduft mit den Gerüchen frisch geschnittenen Grases und verführerischen Parfums.

»Du bist zum ersten Mal hier, nicht wahr?«, fragte ein Mann in einer weißen Robe mit einem roten Umhang.

Sie folgten ihm durch einen mit hohen Spiegeln ausgestatteten Gang, denn der Kaiser hatte sie sofort zu sich rufen lassen, als er von ihrer Anwesenheit im Palast erfuhr. Dun stellte Grenouille den Mann in Weiß als einen der kaiserlichen Verwalter vor.

Grenouille hatte längst den Überblick über die vielen Generäle, Hauptleute, Grafen und Barone verloren, die er seit seinen ersten Minuten im Palast begrüßt hatte. Der sonst immer so unbekümmerte Junge zeigte sich plötzlich schüchtern, reserviert und spürbar nervös. Dun bemerkte es besonders deutlich, als sie auf die große, glänzend lackierte zweiflügelige Tür mit dem goldenen Rahmen zugingen. Grenouille schwitzte und atmete schneller als sonst.

»Du wirst doch nicht etwa stumm sein?«, erkundigte sich der Verwalter. »Du hast bisher noch kein Wort gesprochen. Ich habe aber schon von dir gehört. Du bist Grenouille, nicht wahr?«

»Ja.«

»Grenouille«, mahnte Dun vorwurfsvoll.

»Ja, Euer Durchlaucht.«

»Wir haben deine Bemühungen für das Kaiserreich aufmerksam verfolgt. Respekt, junger Mann.«

»Danke, Durchlaucht«, antwortete Grenouille knapp.

Dun verstand seine Nervosität nur zu gut. Er selbst hatte bei seinem ersten Zusammentreffen mit Ashams Vater seine Unsicherheit hinter einer gewissen Großspurigkeit verborgen, aber Grenouille war noch zu jung, um sich überheblich zu geben.

Der Verwalter stieß die große Tür auf, die sich leise knarrend öffnete. Dun-Cadal und der Junge standen in einem riesigen Saal. Der Marmorboden war schwarz und weiß geädert. Dutzende glänzender Säulen stützten die Decke. Es gab keine Möbel und noch nicht einmal einen Thron. In der Nähe eines Balkons, unter dem die Baumwipfel rauschten, war ein fein gearbeiteter, roter Vorhang gespannt. Dahinter konnte man einen hohen, gebieterischen Schatten erkennen, der in einem Bottich zu sitzen schien, aus dem Dampfschwaden emporstiegen. Weibliche Gestalten schütteten eimerweise Wasser in das Bad.

Grenouille erstarrte.

»Geh weiter«, befahl Dun leise und versetzte ihm einen Knuff in den Rücken. »Und rede immer erst, wenn du angesprochen wirst.«

Hinter dem Stoff krümmte sich der Schatten wie ein krankes Kind. Mit einem Handzeichen gebot der Verwalter den beiden Gästen, ihm zu folgen.

»Der aus den Salinen zurückgekehrte General Daermon und sein junger Zögling sind zur Audienz bei Eurer Kaiserlichen Hoheit erschienen«, verkündete er mit lauter Stimme.

»Habt Ihr mir etwa einen Sohn mitgebracht?«, erklang es spöttisch hinter dem Vorhang. »Kommt Ihr deswegen so spät?«

Je näher sie der roten Abtrennung kamen, desto entschlossener wurde Grenouilles Schritt. Dennoch schien er mehr Angst zu haben als zuvor. Mit gerunzelten Brauen und verschlossenem Gesicht wurde er plötzlich schneller und befand sich bereits auf Höhe des Verwalters. Noch einige Schritte in diesem Tempo, und der Kleine wäre der Erste, der vor dem Kaiser stünde. Doch Dun war sicher, dass Grenouille genügend Anstand besaß, es nicht so weit kommen zu lassen. Er musste lächeln und wollte gerade antworten, als er ein merkwürdiges Geräusch hörte. Sofort legte er die Hand an den Schwertknauf. Eine Klinge sirrte durch die Luft und hielt unmittelbar vor der Kehle des Jungen inne. Erschrocken wich der Verwalter einen Schritt zurück.

»Friede, Daermon«, schnurrte eine merkwürdig tiefe Stimme.

Dun erstarrte. Er zog das Schwert ein Stück aus der Scheide. Noch zögerte er, es ganz zu ziehen, doch diese Stimme kannte er nur allzu gut. Es war die *Hand des Kaisers*, der Assassine, der die blitzende Klinge seiner Waffe an Grenouilles Kehle hielt.

»Der Junge ist kein Feind«, donnerte Dun.

»Er stammt aus den Salinen.«

Die Stimme des Mannes klang nicht unangenehm.

»Du bist wahrlich schnell darin, mich zu verteidigen, Logrid«, lobte der Kaiser hinter dem Vorhang, während eine Dienerin ihm frisches heißes Wasser brachte. Dampfschwaden stiegen auf.

»Doch ich glaube kaum, dass ein Kind, das seine Heimat verlässt, weil dort Krieg herrscht, einen derart langen Weg zurücklegt, um den Kaiser zu töten.«

Der Assassine legte den Kopf schief wie ein Raubtier, das seine Beute beobachtet. Seine Augen glitten zu Grenouilles Hand, die sich deutlich sichtbar in Richtung seines Holzschwertknaufs bewegt hatte. Die Augen des Jungen flackerten. Der Schreck saß ihm noch in allen Gliedern. Das Gesicht des Assassinen blieb unter seiner Kapuze verborgen. Dennoch musterte er Grenouille eindringlich und hätte schwören können, dass der Junge seinen Blick herausforderte.

»Logrid«, knurrte Dun, »lass ihn in Frieden.«

Logrid ließ sein Schwert sinken, trat beiseite und steckte die Waffe zurück in die Scheide.

»So heißt man uns also willkommen«, murrte Dun.

»Ich folge lediglich Eurem Beispiel, Daermon«, entgegnete der Assassine leise.

»Dieser Junge bedroht den Kaiser nicht, Logrid.«

Logrid warf ihm ein merkwürdiges Lächeln zu und verschwand so schnell und leise, wie er gekommen war, hinter einer Säule. Zurück blieb ein vor Angst fast gelähmter Junge. Oder war es die Demütigung, die ihn hatte erstarren lassen?

»Grenouille!«

»Vielleicht wäre es besser, wenn Ihr Euch zunächst allein mit Seiner Majestät unterhaltet«, schlug der Verwalter leise vor.

Dun nickte. Welcher Teufel hatte Logrid geritten, dass er ein Kind angriff? Natürlich wusste auch Dun, dass der Aufstand in den Salinen noch lange nicht niedergeschlagen war – aber deswegen einen kleinen Jungen verdächtigen? Er seufzte. Der Verwalter brachte Grenouille zur Tür.

Der Junge würdigte Dun keines Blickes, sondern starrte nur finster vor sich hin. Er, der sich sonst so stolz gebärdete, hatte angesichts des wichtigsten Mannes der Welt Angst gezeigt. Und was noch schlimmer war – man hatte ihn gedemütigt, ohne dass er seine Talente beweisen konnte.

Zumindest würde ihn dieser Vorfall eine gewisse Geduld und Bescheidenheit lehren, überlegte der General. Eines Tages würde sicher auch er seine Chance bekommen. Er würde seinen Zorn überwinden und sich der Welt in seiner ganzen Größe präsentieren. Doch zunächst einmal herrschte Krieg, und die Idee, Grenouille könne dessen Verlauf beeinflussen, musste jetzt und hier in des Kaisers Kopf gepflanzt werden. Wie eine kleine Hoffnungsblüte, die aus dem Chaos wuchs.

Nachdem sich die Türflügel wieder geschlossen hatten, trat Dun dicht an den Vorhang. Er war sich sicher, aus den Salinen ein wahres Juwel mitgebracht zu haben. Der Schatten stieg aus dem Bottich, und die schlanken Gestalten hüllten ihn sofort mit weichen Tüchern ein. Es sah aus, als schlösse ein Engel mit der Hilfe von Vestalinnen seine Flügel. Ein Engel oder ein Dämon.

Langsam richtete er sich auf. Die Damen traten zurück und kamen schließlich hinter dem Vorhang hervor. Sie waren jung und hübsch und trugen grüne, mit Gold bestickte Kleider. Vier von ihnen entfernten den noch dampfenden Bottich und musterten den General mit neugierigen Blicken, ehe sie hinter den Säulen verschwanden. Eine Tür schloss sich. Dann war nur noch pfeifender Atem zu hören. Die Gestalt hinter dem Vorhang bewegte sich nicht.

»Er hat mir das Leben gerettet«, sagte Dun unvermittelt.

»Ich weiß«, antwortete der Kaiser. »Ihr müsst Logrid entschuldigen. Der Aufstand sorgt selbst in Emeris für Nervosität. Wer ist noch Freund? Und wer Feind? Oftmals weiß man es nicht.«

Er hielt inne und bewegte sich ein Stück zur Seite.

»Logrid wollte mich nur verteidigen. Genau wie Ihr vor langer Zeit.«

Er schien etwas zu seinen Füßen zu suchen, bückte sich und zog einen Schemel heran.

»Wie wohl es doch tat, zu erfahren, dass Ihr noch lebt, Dun-Cadal. Und wie wohl es mir tut, Euch hier bei mir zu sehen«, sagte er und setzte sich.

»Mir ist es noch angenehmer als Euch, dass ich noch lebe, kaiserliche Hoheit. Allerdings bin ich mir nicht ganz sicher, ob Hauptmann Azdeki der gleichen Ansicht ist.«

Der Kaiser unterdrückte ein Lachen. »Mir sind da gewisse Dinge zu Ohren gekommen. Aber macht Euch nichts daraus. Trotz der Bitte seines Onkels habe ich ihn an die Front versetzt. Natürlich nicht mehr in die Salinen. Mehr konnte ich nicht tun. Er behauptet, davon ausgegangen zu sein, dass Ihr tot wart. Wie hätten wir das Gegenteil beweisen sollen? Schließlich glaubten wir alle daran. Tretet bitte näher«, fuhr er fort. »Kommt ganz nah heran.«

Der General gehorchte. Sein Schwert schlug gegen seinen Schenkel. Draußen sangen Vögel.

»Schön, nicht wahr?«, fragte der Kaiser verträumt. »Die Gesänge meines Reichs. Was mag nur passiert sein, dass plötzlich Disharmonien auftauchen?«

Seine Stimme wurde schärfer.

»Ihr wart in Garmaret, nicht wahr?«

»Ich habe nach unserer Flucht aus den Salinen dort Negus wiedergesehen. Er hat mir alles erzählt.«

»Ach wirklich? Was denn?«

»Dass der Aufstand nun auch andere Gebiete erreicht hat, Eure Majestät.«

Die Gestalt hinter dem Vorhang nickte.

»Es ist wie eine Zündschnur.«

»Negus hat gesagt, dass er den jüngsten Uster verdächtigt.«

»Richtig«, bestätigte der Kaiser. »Das denke auch ich. Laerte von Uster, der jüngste Sohn des Oratio von Uster. Sein Vater wurde wegen Hochverrats verurteilt und aufgeknüpft. Dieser Schurke hat meine Macht in seinen Schriften verunglimpft, und nicht nur das. Auch das *Liaber Dest* und den Fangol-Orden hat er geschmäht. Er hat unseren Glauben mit Füßen getreten. Sein Sohn wird wohl alles tun, um sich an uns zu rächen – womöglich sogar das Volk aufhetzen. Dieses Volk, für das ich mein Leben geben würde. Die Menschen sind wie undankbare Kinder. Ich bin ihr Vater, aber sie lehnen sich gegen mich auf, ohne nachzudenken. Laerte muss verurteilt werden, genau wie Oratio. Er spaltet mein Volk. Aber alle Seiten sind sich darin einig, dass Blut fließen muss.«

»Kaiserliche Hoheit ...«, murmelte Dun.

Die Stimme des Kaisers klang zornig, aber auch resigniert – als wäre das alles letzten Endes doch nicht ganz unerwartet geschehen.

»Auch ich kann Blut fließen lassen, wenn es sein muss. Ich kann mich unerbittlich zeigen. Ich bin nicht mehr das Kind, das Ihr einst beschützt habt. Seither habe ich viel gelernt. Oratio von Uster war der Meinung, das Kaiserreich könne nicht überdauern. Dass es eines Wechsels bedürfe und ich unwürdig sei. Aber meine Familie hat die Kaiserwürde durch das *Liaber Dest* erlangt. Ich verdanke es den Göttern, dass ich ein Reyes bin und bleibe, ganz gleich, was die anderen sagen, so zahlreich sie auch sein mögen. Ich und unwürdig? Weshalb? Weil ich doppelzüngige Schlangen an meiner Brust nähre? Weil es an meinem Hof Schmeichler gibt, die meine Protektion suchen und mich dafür mit verlogenen Komplimenten überhäufen?«

Der Schatten eines Schwertes zeichnete sich auf dem Vorhang ab. Der Griff schien sich um die geschlossene Faust zu schmiegen, der Stoff erbebte leicht.

»Sie sind hier, Dun-Cadal, mein Freund«, sagte der Kaiser leise und schwenkte Eraëd. »Die wahren Aufständischen sind hier. Diejenigen, die alles verursacht haben. Sie winden sich wie Schlangen um meine Beine. Sie schmeicheln mir, sie bestricken mich und glauben, dass ich es nicht bemerke.«

Jetzt war es Abscheu, die aus seinen Worten sprach. All das berührte ihn tiefer, als er zugeben mochte. Aus ihm sprach eine Verzweiflung, die nur Dun erspüren konnte. Er kannte Asham Ivani Reyes seit so langer Zeit.

Der Kaiser senkte das Schwert. Der Schatten glitt in den einer Scheide, gehalten von einer zitternden Hand.

»Wie war es denn so in den Salinen?«, fragte er plötzlich, als wäre der General soeben von einer Vergnügungsreise zurückgekehrt.

Ein wenig überrumpelt, ließ sich Dun Zeit mit der Antwort. »Feucht«, sagte er schließlich.

»Ein ganzes Jahr«, flüsterte der Kaiser.

»Ich wäre liebend gern früher zurückgekehrt«, befand er, ehe er den Ton änderte. »Lasst Euch nicht entmutigen, Majestät. Dieser Aufstand hat nichts zu sagen. Aber wenn Ihr glaubt, nicht gewinnen zu können, solltet Ihr Euch lieber sofort in ihre Hand geben.«

»Das gefällt mir«, antwortete der Kaiser. »Ihr seid der Einzige, der so mit mir spricht.«

Er machte eine kurze Pause, ehe er mit erstickter Stimme fortfuhr.

»Ich brauche Euch, Dun-Cadal. Allerdings nicht in meiner Nähe, sondern an der Front. In den Salinen habt Ihr einen tiefen Eindruck hinterlassen. Die Aufständischen haben Tage gebraucht, ehe sie sich von Eurer Flucht erholten. Nicht auszudenken! Ein einzelner Ritter!«

»Und ein Junge, Kaiserliche Hoheit!«

»Umso schlimmer für sie«, lachte der Kaiser. »Obendrein auch noch ein Junge!«

»Er ist sehr begabt und wird eines Tages ein großer Ritter werden, dessen bin ich ganz sicher. Ich hätte ihn Euch gern ausführlicher vorgestellt. Euch gegenüberzutreten hat ihn sehr aufgewühlt.«

»Ich werde ihn beglückwünschen, sobald Ihr zurückkehrt«, seufzte der Kaiser. »Alle beide.«

Also hatte er Duns Zögling anerkannt und ihn unter seinen Schutz gestellt. Der Junge würde ihn begleiten, wenn er es für richtig hielt. Reyes stand langsam auf und wandte den Kopf zum Balkon.

»Es tut mir sehr leid, dass ich Euch so schnell wieder in den Krieg schicken muss, mein Freund.«

Das Rauschen von Flügeln hallte durch den Saal. Beim Abflug der großen Vogelschar bewegten sich die Baumwipfel unter dem Balkon.

Das Kaiserreich erbebte. Ein Gebiet nach dem anderen erhob sich gegen den Herrscher. Inzwischen war aus der Revolte längst mehr als ein einfacher Aufstand geworden.

Nie zuvor war die Macht in solchem Maß bedroht gewesen. Aber wen sollte man dafür verurteilen? Schließlich war es das Volk, das sich gegen seinen Anführer auflehnte. Kinder, wie der Kaiser sie genannt hatte. Wütende Kinder.

Dun ging einen der endlosen Palastflure entlang und versuchte, die Beweggründe zu verstehen. Die große Mehrheit der Untertanen hatte ausreichend zu essen, die Steuern waren nicht übertrieben hoch, und die Bauern hatten keinen anderen Lehnsherrn als das Kaiserreich. Der Kaiser sorgte dafür, dass niemand übersehen wurde und Gerechtigkeit herrschte. Seine Familie war von den Göttern erwählt worden, und sein außergewöhnliches Schicksal stand geschrieben. Wer an diesen Tatsachen zweifelte, beleidigte die Götter.

Als er endlich die Holztür aufstieß, die zu öffnen er sich seit einem Jahr erträumt hatte, suchte er nicht mehr nach Antworten. Jetzt und hier zählte nur noch der zarte Lavendelduft, der ihn umhüllte.

»Ich hatte schon munkeln hören, dass du zurückgekommen bist«, sagte eine strenge Stimme. »Aber ich habe es nicht geglaubt.«

Dun stürmte durch das Zimmer, umarmte die Frau, die am Fenster stand, und küsste sie innig. Sie stieß ihn heftig zurück. Als er versuchte, sie einen Augenblick an sich zu pressen, versetzte sie ihm eine Ohrfeige.

»Der Empfang in Emeris ist auch nicht mehr das, was er einmal war«, brummte er und rieb sich die Wange.

»Hundesohn!«, schimpfte sie, stapfte mit wütenden Schritten durch den Raum und schloss die Tür. »Warum hast du mir nicht wenigstens geschrieben?«

»Wozu denn? Wie ich sehe, bist du auch ganz gut ohne mich zurechtgekommen.«

Dun ließ den Blick durch das Zimmer schweifen, das er ohne anzuklopfen betreten hatte. Neben dem großen Himmelbett standen zwei edel gearbeitete Nachttische, die Wände waren mit roten, goldumsäumten Wandbehängen geschmückt. Als er Mildrel verlassen hatte, war sie nur eine Kurtisane unter vielen gewesen und verfügte weder über ein hohes Einkommen noch über Prunk und Pomp. Während seiner Abwesenheit war sie in der Gunst des Adels ebenso hoch aufgestiegen, wie sie in der ihrer Kolleginnen gesunken war. Doch für Dun war und blieb sie die einzige Frau, die ihm etwas bedeutete.

Sie trat ans Bett und strich über den grünen Überwurf.

»Ich bin nicht dein Eigentum, Dun. Du wusstest von Anfang an, auf was du dich eingelassen hast.«

»Nein, du gehörst mir nicht. Und doch habe ich dir gefehlt«, sagte er lächelnd.

»Das ist nicht wahr«, presste sie hervor.

Seine sonst so starken Hände strichen leicht über die zarte Haut ihrer Handgelenke, ehe er sanft ihre Hände nahm. Sie bewegte sich nicht. Ihre braunen Locken fielen auf ihre nackten Schultern, die vollen Lippen röteten sich. Ihre schwarz betonten Augen fixierten ihn, ohne zu blinzeln.

»Ein Jahr ohne Nachricht von dir. Ein Jahr, in dem alle Welt dich tot glaubte, du … du …«

»Ich was?«, flüsterte er und beugte sich zu ihr hinunter.

Sie beendete den Satz nicht. So lange hatte sie auf ihn gewartet! Ihre Lippen trafen sich in einem nicht enden wollenden Kuss. In ihrer Umarmung vergaßen sie alles. Jetzt zählten nur noch sie und er. Krieg und Tod waren weit fort. Viel zu lang hatten sie aufeinander verzichten müssen. Nun hörten sie nur noch auf ihre Herzen, die schnell und stark im gleichen Rhythmus pochten.

Als Dun später ans Fenster trat, ging die Sonne bereits unter. Mildrel stützte sich auf die Kissen und beobachtete ihn nachdenklich.

»Du musst schon bald wieder fort, nicht wahr?«

Dun antwortete nicht, sondern betrachtete den Teil des Palasts, über dem die Wohnung seiner Geliebten lag. Die ehemals goldenen Dächer wurden allmählich grünlich, und ein Stück weiter erhoben sich die hohen, weißen Häuser der Stadt.

»Wie ist er …«

Mit abwesendem Blick drehte er sich zu ihr um.

»Ich meine den Jungen aus den Salinen. Hier wird viel geredet, weißt du?«, fuhr sie mit spöttischem Unterton fort. »Deine Abenteuer sind in aller Munde. General Dun-Cadal ist zum Mythos geworden. Du hast dich nicht damit begnügt, für das Kaiserreich zu kämpfen – du musstest dich auch noch in den Köpfen breitmachen.«

»Die Sache liegt ganz anders, als du glaubst.«

»Steht etwa geschrieben, dass du ein Kind mitbringen würdest?«

»Mildrel!«

»Geschrieben in einem Buch, das niemals jemand zu Gesicht bekommen, geschweige denn darin gelesen hat?«, fügte sie verbittert hinzu.

Dun antwortete nicht sofort. Das *Liaber Dest* hatte immer schon für Unstimmigkeiten zwischen ihnen gesorgt. Mildrel vertraute nicht auf das Heilige Buch und kritisierte Duns Glauben bei jeder Gelegenheit. Wenn sie sich vor einer Schlacht Sorgen um sein Wohlergehen machte, rechtfertigte er alle Risiken, die er einging, mit seinem Fatalismus. Für Mildrel jedoch war ein Glaube, der sich auf ein längst verlorenes Buch stützte, einen Beweis völliger Ignoranz. Sie war ein bodenständiger Mensch, nahm mit dem Klatsch und Tratsch bei Hofe vorlieb und hielt es für unnötig, sich für den Ursprung der Welt zu interessieren. Die Süße des Göttlichen kostete sie am liebsten in ihrem wohlig weichen Bett, und Ideen und Träume überließ sie denjenigen, die nicht von ganzem Herzen lieben konnten. Die unterschiedlichen Ansichten von Mildrel und Dun bildeten manchmal einen Prüfstein für ihre Liebe, und doch war sie zu tief, um an solchen Streitereien zu scheitern.

»So ist es. Die Götter haben unser Leben vorausbestimmt. Dass das Heilige Buch verloren gegangen ist, bedeutet nicht, dass es nicht existiert. Ganz gleich, ob es dir passt oder nicht.«

»Und der Junge? Steht auch geschrieben, dass du ihn aus einem Sumpf holen solltest?«

Dun hob eine Augenbraue.

Mildrel richtete sich im Bett auf. »Ich würde ihn gern bald kennenlernen«, sagte sie lächelnd.

In ihren Augen jedoch lag Trauer. Dun wusste, was sie schmerzte, aber er konnte nicht darüber sprechen. Es ging ihn nichts an.

»Er ist nur mein Schüler.«

»Ich wusste gar nicht, dass du so teilnahmsvoll sein kannst. Du holst einen Waisenjungen aus den Salinen, bringst ihm bei, was du beherrschst, kümmerst dich um ihn und wachst über sein Wohlergehen wie ein Va…«

»Ich muss jetzt gehen«, unterbrach er sie kalt. »Wir bleiben noch ein paar Tage in Emeris, ehe wir in den Vershan weiterziehen. Wir sehen uns.«

Er griff nach seinem Hemd und streifte es über.

»Was ist anders an ihm als an anderen?«

»Er braucht mich.«

»Ich brauche dich auch. Ich möchte nicht mein Leben lang Kurtisane bleiben«, flüsterte Mildrel.

»Du gehörst mir nicht.«

»Aber ich könnte dir gehören.«

Mit dem Brustharnisch in der Hand hielt er inne und betrachtete sie mit einem seltsamen Blick. Sofort senkte sie die Augen wie ein bei einem Fehler ertapptes Kind.

Wortlos zog er sich weiter an, dann ging er zur Tür. Im Hinausgehen drehte er sich um und warf ihr einen letzten Blick zu.

»Wir sehen uns.«

Er wartete kurz darauf, dass sie es bestätigte oder ihn bat, doch länger zu bleiben, aber Mildrel schwieg. So war es immer gewesen, und es würde sicher so bleiben. Sie konnten nicht aufeinander verzichten, doch die gemeinsamen Stunden endeten stets irgendwann. Er zog in die Schlacht, und sie konnte nichts dagegen tun. Sie würde vielleicht für ihn beten. Und jedes Mal, nachdem er fortgegangen war, legte sie die Hände auf ihren Bauch und hoffte, dass vielleicht dieses Mal dort ein Leben heranwachsen würde, damit sie wenigstens einen Teil von ihm bei sich behalten konnte.

Langsam schlenderte Dun durch die langen Flure des Palasts. Er genoss die Ruhe, auf die er so lange hatte verzichten müssen. Schließlich betrat er einen großen, mit Säulen umstandenen Innenhof. Erneut fielen ihm seine ersten Schritte in diesem Palast ein. Er hatte die Schule absolviert und die Kriegskunst erlernt, war aber als untauglich für die Übernahme eines eigenen Kommandos erachtet worden. Unwillkürlich musste er lächeln. Wie ungewöhnlich sein Werdegang doch gewesen war! Was hatte er nicht auf sich nehmen müssen, um den höchsten militärischen Rang bekleiden zu dürfen!

Am Springbrunnen in der Mitte des Hofs saßen einige Schüler in rot-weißen Schuluniformen und plauderten. Ihr Wams war mit dem Emblem des kaiserlichen Schwertes Eraëd verziert.

Ein Junge saß auf der Brunneneinfassung und betupfte seine blutende Nase. Eine seiner Wangen war angeschwollen, die Unterlippe aufgeplatzt. Vermutlich hatte es Streit gegeben. Langsam ging der General auf die Schüler zu, die ihm ehrerbietig entgegenblickten. Seit sie ihn erkannt hatten, wagten sie nichts mehr zu sagen.

»Wie ich sehe, hast du dir bereits Freunde gemacht«, sagte Dun leise.

»Das ist doch nichts«, grummelte Grenouille.

Der Verwalter hatte ihn hergebracht und dem diensthabenden Waffenmeister anvertraut, um ihm eine Unterkunft zu besorgen. Während seines Aufenthalts in Emeris galt er als einfacher Knappe und musste sich sein Ansehen hart erkämpfen. Diese bittere Erfahrung hatte Grenouille bereits gemacht.

Es ist immer schwierig, seinen Platz zu finden.

Dun betrachtet die Schüler, die blass geworden waren. General Daermon höchstpersönlich war gekommen, und dieser Grünschnabel, den ein paar von ihnen zunächst einmal ordentlich rangenommen hatten, war auch noch sein Schutzbefohlener! Dun brauchte kein Wort zu sagen, damit die Schuldigen den Blick abwandten. Er zögerte. Sollte er sie bestrafen?

Es ist immer schwierig herauszufinden, wozu man fähig ist. Und daher versucht man, sich vor anderen in Szene zu setzen. Aber Gewalt ist nun einmal keine Lösung. Wein! Wirt, ich will mehr Wein!

Dun-Cadal begnügte sich mit einem strengen Blick.

»Komm mit«, sagte er zu Grenouille, »die Wunde muss gereinigt werden. Und nimm die Hand von der Nase. Von ein paar Hieben fällt sie nicht gleich ab.«

»Ihr habt genug getrunken, Dun-Cadal.«

Schniefend stand Grenouille mit zusammengebissenen Zähnen und gesenktem Blick auf und folgte seinem Lehrmeister. Die Schüler würdigte er keines Blickes. In der Nähe stand ein junger Nâaga und beobachtete, wie sie die Akademie betraten.

»Aber mein Becher! Ich habe meinen Becher noch nicht geleert.«

»Dun-Cadal! Hört endlich auf damit!«

»Mein Becher!«

»General!«

Viola hatte die Stimme deutlich erhoben und war darüber ebenso überrascht wie der alte Mann, der gegen die Tür der Taverne trommelte. Doch ihre plötzliche Autorität schien zu wirken. Im Nu wurde Dun vom lallenden Säufer zum kleinen Jungen, den man bei einem bösen Streich erwischt hat.

»Man wird Euch nicht mehr bedienen. Es ist spät. Ihr solltet schlafen gehen.«

Viola stützte ihn, während er sich von der Tür entfernte. In der Wirtschaft wurde fröhlich gefeiert. Obwohl die geschlossene Tür den Lärm dämpfte, hörte Dun das Lachen der Menschen. Sehnsüchtig wandte er den Kopf, während er schwankend neben der jungen Frau herging. Wie schnell doch der Tag mit dem Erzählen seiner Geschichte und vielen Krügen Wein vergangen war! Nein, er war nicht nur in seine Erinnerungen eingetaucht.

»Kommt weiter. Ich bringe Euch nach Hause.«

»Nach Hause bringen?«, lallte er. »Aber ich bin ein Held! Und wer seid Ihr? Mein Kindermädchen? Haha, mein Kindermädchen …«

»Ihr stinkt!«

Er stützte sich schwer auf ihre Schultern und schwankte bei jedem Schritt. Auf die wenigen Passanten wirkte das zierliche Mädchen, das einem großen, starken Mann beim Gehen half, ziemlich merkwürdig, wenn nicht gar komisch.

Drei Männer, die sich in einer Seitenstraße im Schatten versteckten, wurden aufmerksam. Das war doch einmal eine leichte Beute! Lachend näherten sie sich.

»Hallo Süße«, grinste ein magerer Kerl und spielte mit einer mit Nägeln beschlagenen Keule. »Wo willst du denn noch hin? Dein Großvater scheint nicht mehr ganz flott zu sein. Hättet Ihr vielleicht ein bisschen Geld für uns an diesem wunderschönen Abend?«

Viola blieb abrupt stehen. Duns Kopf sackte auf ihre Schulter. Er verzog das Gesicht zur Grimasse. Seine Augen rollten, als suchte er einen Anhaltspunkt.

»Was … soll … das?«, stammelte er.

»Wir haben Gesellschaft bekommen«, flüsterte Viola mit angespannter Stimme.

Die Gestalten in der Dunkelheit verhießen nichts Gutes. Einer war groß wie ein Riese, der zweite – vermutlich der Anführer – ein mageres Männlein und der dritte rund wie eine Kanonenkugel. Alle drei trugen geflickte Hosen und offene Hemden. Lediglich der Dürre hatte sich außerdem noch eine Lederweste und einen seltsam flachen Hut gegönnt.

»Sieh einer an … Räuber«, quäkte Dun und schob Viola mit dem Ellbogen beiseite. »Oder gar Schurken?«

Er schwankte auf die drei Männer zu. Mehrfach drohte er zu stürzen.

»Ihr wollt wohl eine Pracht Prügel, ihr Flegel!«

Der Dicke lachte laut auf. »Eine Pracht Prügel?«

»Der ist doch völlig neben der Spur«, ließ sich die raue Stimme des Riesen vernehmen.

»General!«, schrie Viola.

Dun wollte mit den Fäusten auf den ersten Spitzbuben losgehen, doch schon diese Bewegung brachte ihn völlig aus dem Gleichgewicht. Dun-Cadal Daermon hatte Kämpfe geführt und Schlachten geschlagen, aber heute Abend war er nichts als ein armseliger Trunkenbold, der sich kaum noch auf den Beinen halten konnte. Der Lächerlichkeit preisgegeben und von sich selbst überrascht, fand er sich tief gekränkt mit dem Hinterteil im Schlamm am Boden wieder.

Plötzlich tauchte der Nâaga auf. Niemand wusste, woher er gekommen war. Er warf sich ins Handgemenge, schnappte sich einen der Schurken und brach ihm mit einem raschen, heftigen Schlag den Arm. Dun bemühte sich, etwas zu erkennen, doch er schaffte es nicht, den Kopf aufrecht zu halten. Er sah nur verschwommene Gestalten und hörte dumpfe Geräusche, die denen in seinem Kopf ähnelten. Die Räuber flohen Hals über Kopf. Dann wurde es still.

Peinlich berührt senkte er den Blick. Er hätte die drei Gauner in der Luft zerreißen müssen. Er hätte den *Odem* benutzen und ihnen die Stirn bieten müssen, wie er es früher mit feindlichen Kriegern getan hatte. Eine kühle Hand griff nach seinem Arm und zog ihn auf die Beine.

»Kommt mit«, befahlt eine knarrende Stimme.

Hörte er da so etwas wie Mitgefühl? Die Hand, die ihn hielt, war stark. Der zupackende Griff eines tätowierten Kolosses.

»Du ... du ...« Duns Stimme klang drohend.

»Schon gut«, antwortete Rogant und schenkte ihm ein merkwürdiges Lächeln. »Ich freue mich auch, Euch wiederzusehen, altes Gespenst.«

»Ich bin noch nicht tot«, wandte Dun ein.

Hinter seinem Rücken meldete sich Viola zu Wort.

»Danke, dass du geholfen hast«, sagte sie zu Rogant.

Dun versuchte, den Kopf zu drehen und sie anzusehen, doch die Müdigkeit machte seine Lider schwer, und jede Bewegung bereitete ihm unendliche Mühe. Für einen kurzen Moment glaubte er, dass Viola die umliegenden Dächer beobachtete, als suchte sie nach etwas.

Dann wusste er nichts mehr.

7
WÜRDE

Es ist leicht, mit dem Schwert zu kämpfen.
Doch um die eigenen Dämonen zu besiegen
taugt es nicht.
Ihr, die Ihr ohne Stolz am Boden liegt,
erhebt Euch. Findet Eure Würde wieder.
Denn Würde ist die einzige Waffe,
die Euch vor den Mächtigen schützt.

Pfeile!«

Schon wurde der verzweifelte Ruf von einem ohrenbetäubenden Sirren übertönt. Eine dunkle Wolke ging auf die Fußsoldaten nieder. Bei den Glücklicheren prallten die Pfeile an Helmen und Harnischen ab, bei den weniger Glücklichen durchbohrten sie die Ledertuniken. Schreiende Soldaten stürzten zu Boden. Dann wurde es plötzlich wieder still.

Trotz des Angriffs hielten die vorderen Linien stand. Überlebende richteten sich neben ihren am Boden liegenden Kameraden auf. Die Ebene musste um jeden Preis gehalten werden. Schon seit einer Woche dauerten die

Scharmützel an, und für viele der Männer war es nicht der erste Einsatz. Die Aufständischen hatten viele Regionen für sich gewonnen, und auch das Gebiet am Fuß des Vershan war dem Druck kaum noch gewachsen. Doch schon bald würden Truppen unter der Führung von Hauptmann Etienne Azdeki aus dem Osten nachrücken, die Aufständischen einkesseln und die Ruhe wiederherstellen. Es galt nur noch ein wenig durchzuhalten.

»In der Linie bleiben! Immer in der Linie bleiben!«

Dun-Cadal ritt vor seinen Leuten entlang und sprach ihnen Mut zu. Die Hufe seines Pferds klapperten über den Boden, die unverletzten Soldaten nahmen ihren Posten wieder ein. Ihre Gesichter waren noch gezeichnet von der Angst. Andere blieben liegen. Einige von ihnen würden nie mehr aufstehen. Jenseits der Ebene kauerten die feindlichen Bogenschützen in den Wäldern am Fuß der Berge und bereiteten die nächste Salve vor.

»Herr General! General Daermon!«

Ein junger Reiter galoppierte auf ihn zu. Er wirkte nervös. Der Zustand seiner Rüstung zeugte von vielen Gefechten. Wie so viele junge Ritter entstammte er einer dem Kaiserreich zutiefst ergebenen Adelsfamilie und war dem Vorbild seiner Vorfahren gefolgt, ohne dass ihm je Zweifel kamen. Er unterwarf sich klaglos, weil die Tradition es so erforderte. Unter anderen Umständen hätte er wahrscheinlich in eleganter Kleidung bei festlichen Anlässen in Emeris mit Bildung und Humor geglänzt, doch so wurde er gleich nach Abschluss der Akademie in den Krieg geschickt. Das Soldatenleben hatte ihn vermutlich inzwischen längst so sehr verändert, dass er sich bei künftigen Festen damit begnügen würde, an seinem Becher zu nippen und wohlmeinend den Gesprächen derjenigen zu lauschen, die keine militärische Karriere vorweisen konnten. Für junge Ritter wie ihn, die das Kriegshandwerk von Beginn an erlernt hatten und sich einer so heiklen Kunst wie der Nutzung des *Odems* bedienen konnten, hegte Dun großen Respekt. Ein solcher junger Mann musste einfach als Sieger aus der Schlacht hervorgehen, damit er vielleicht eines Tages das Leben seines Generals retten konnte.

Der Ritter zügelte sein Pferd und brachte es vor ihm zum Stehen. »Die Kavallerie ist bereit, Herr General. Hauptmann Azdekis Truppen haben den Vershan umrundet und warten auf Eure Befehle.«

Dun nickte. Es war so weit. »Auf mein Zeichen geht es los«, sagte er ernst.

Er wendete sein Pferd und trabte hinter die Linien der Infanterie. Es war Zeit für den Angriff. Sie warteten schon viel zu lang darauf. Der Kaiser hatte seinen General schließlich nicht hergeschickt, um ein Stück Land zu verteidigen, sondern um eine Grafschaft zurückzuerobern.

Er ritt einen Hügel hinab, auf dessen Rückseite ein Großteil der Truppen lagerte. Es waren Hunderte Ritter – Ritter, die bereit waren, ihr Kaiserreich zu verteidigen.

»Männer, es ist so weit!«, rief er und zog sein Schwert blank.

Am Rand der Ebene ging gerade ein weiterer Pfeilregen auf die Fußsoldaten nieder, als plötzlich die Erde erbebte. Das Donnern wurde lauter und kam näher. Die Offiziere handelten sofort. Befehle wurden erteilt. Kaum hatten sich die Soldaten in lange, von Lanzenträgern begrenzte Spaliere aufgestellt, als auch schon die Kavallerie herangaloppierte.

Die gegnerischen Truppen, die sich in den Wäldern am Fuß der Berge versteckten, wussten kaum etwas über das Kriegshandwerk. Einige der Männer hatten früher dem Kaiser gedient, andere waren als Söldner unterwegs gewesen, doch die Mehrzahl bestand aus einfachen Bauern und Handwerkern aus den Dörfern der Umgebung. Auch ein paar von der Idee eines Umsturzes faszinierte Bürger befanden sich unter ihnen.

Als sie das befremdliche Donnern hörten, beschleunigte sich ihr Herzschlag. Je näher die große Staubwolke vorrückte, desto ängstlicher wurden sie. Die kaiserlichen Soldaten waren auf dem Vormarsch. Sobald sie die Linien der Aufständischen durchbrochen hätten, würde die Infanterie nachrücken und jeden Verteidigungsversuch niederschlagen. Vielleicht würden einige Feiglinge ihre Waffen und ihren Stolz auf dem Schlachtfeld zurücklassen und davonlaufen, doch die meisten Männer waren bereit, am Vershan zu sterben. Schließlich kämpften sie für eine neue Weltordnung. Ihre Hände krampften sich um Lanzen, Schwerter und Keulen wie um einen letzten Halt vor dem Absturz, und ohne einen Befehl abzuwarten, stürzten sie wild durcheinander vorwärts.

Es wurde ein furchtbares Gemetzel. Azdekis Reiter griffen an. Die Aufständischen hatten nichts zu verlieren. Sie hatten eine Revolte angezettelt, wollten aber die große Revolution. Und sie kämpften mit Klauen und Zähnen. Im Stehen verteidigten sie sich, auf Knien hielten sie durch, und selbst am Boden gaben sie nicht auf. Sie hielten ihrer Sache die Treue – wenn es sein musste, bis in den Tod.

Auch Dun hatte jetzt den Wald erreicht. Sein Schwert kam nicht zur Ruhe. Sein Pferd wurde von einer Lanze getroffen und brach unter ihm zusammen. Der General fand sich am Boden wieder. Flink sprang er auf und parierte die auf ihn einprasselnden Hiebe mit der flachen Klingenseite seines Schwertes. Dann hob er die freie Hand und brachte seinen Gegner dazu, zurückzuweichen. Dabei berührte er ihn nicht.

Wie von Zauberhand flog der Mann rückwärts durch die Luft und krachte gegen einen Baumstamm. Wenige Schritte weiter blieb ein junger Knappe stehen. Zwar war er schon mehrfach Zeuge gewesen, wenn sein Meister den *Odem* benutzte, und wusste über die theoretischen Grundlagen einigermaßen Bescheid, doch er empfand das Ganze jedes Mal wie eine Aufforderung.

Grenouille spürte eine Vibration in der Luft, wurde sich der um ihn herum tobenden Schlacht wieder bewusst, machte einen Ausfallschritt und wich im letzten Augenblick einer Lanzenspitze aus. Überrascht begriff ein Mann mit ergrauenden Schläfen, dass er nicht getroffen hatte. Grenouille hob sein Schwert und stieß es in die Schulter des Mannes, der schreiend zusammenbrach. Es war noch nicht allzu lange her, da hätte der Junge mitgelitten, doch inzwischen hatte er gelernt, in der Hitze des Gefechts alle Menschlichkeit außer Acht zu lassen. Seine Gesten waren mechanisch geworden; er parierte Angriffe, ohne darüber nachzudenken. Als sich zwei Männer auf ihn stürzten, reagierte er schnell und präzise, ohne sich Gewissensbissen hinzugeben. Entweder sie oder er. Ihre Schwerter trafen auf seines. Grenouille wich aus und stieß seine Waffe in den Bauch eines der beiden Angreifer, drehte sich um die eigene Achse und parierte die Attacke des anderen. Mit einem Fußtritt in die Rippen brachte er ihn zu Fall. Der arme Mann musste mit ansehen, wie Grenouilles Schwert auf ihn niederstieß. Die Klinge durchbohrte seinen Körper mit einem merkwürdig schlaffen Geräusch.

»Grenouille! Bleib in der Nähe!«

Auch Dun kämpfte verbissen, fand aber trotz heftiger Angriffe, die er geschickt parierte, die Zeit, seinen Zögling zu überwachen. Doch er sorgte sich umsonst. Der Junge ging ausgesprochen fähig mit dem Schwert um und wendete nicht nur das Gelernte an, sondern improvisierte auch. Seine ständig verhaltene Wut schien auf diesem Schlachtfeld förmlich zu explodieren, behinderte ihn aber nicht, sondern verhalf ihm zu ungeahnten Fertigkeiten. Ein einziger Schwertstreich genügte ihm, um einen Gegner niederzustrecken und sich gleich darauf flink wie ein Wiesel des nächsten anzunehmen.

»Tu ich ja«, rief Grenouille und schubste einen Angreifer mit dem Ellbogen beiseite.

Dieses Mal war es ein Soldat – angesichts seines spitzen Helms und des Kettenhemds wohl ein ehemaliger Söldner. Hier würde die Zuversicht des Jungen nicht viel ausrichten, denn dem Mann kamen schwer bewaffnete Kameraden zu Hilfe.

Dun jedoch musste zunächst zwei Angreifer loswerden, die allerdings offenbar mehr Erfahrung darin zu haben schienen, den Boden zu bearbeiten. Mit dem Schwert parierte er einen Lanzenangriff, ehe er einem der Bauern die geballte Faust ins Gesicht schlug. Betäubt ging der Mann mit halb geschlossenen Augen in die Knie. Dun ließ das Schwert kreisen und ritzte die Hand seines zweiten Gegners. Schreiend suchte der Bauer das Weite und kümmerte sich nicht mehr um die Schlacht.

Grenouille widersetzte sich mehr schlecht als recht den Angriffen von vier waffenerprobten Söldnern. Zwei von ihnen waren mit nagelbewehrten Keulen ausgestattet und versuchten mit jedem Schlag, Grenouilles Schwert zu zerbrechen. Also beschloss er, das Undenkbare zu wagen.

Sein Lehrmeister begriff sogleich, was er vorhatte, als er einige Schritte zurücktrat, die Augen geschlossen. Er musste versuchen, sein wild pochendes Herz zu beruhigen, einzuatmen und die Welt in sich zu erspüren … um den *Odem* zu benutzen. Bisher war es ihm lediglich gelungen, einen Blumentopf zu bewegen, und dabei war die Anstrengung so heftig gewesen, dass er anschließend beinahe in Ohnmacht gefallen wäre. Wie kam er dazu, jetzt zu glauben, eine solche Kraft beherrschen zu können?

Er wich einer Schwertspitze aus, drehte sich um die eigene Achse, kniete nieder und hielt den vier Angreifern eine Hand entgegen.

»Grenouille! Nicht! Nein!«, rief Dun und rannte auf ihn zu.

Der General durchschnitt mit seiner Klinge die Luft, um sich einen Weg zu bahnen. Der Junge unterdrückte eine Grimasse angesichts der Schmerzen in seiner Brust. Er hielt sich gut. Er hielt …

Grenouille sah den Schlag nicht kommen. Eine Keule traf sein Handgelenk, und sein Schwert flog in weitem Bogen davon. Vor Schmerz schrie er laut auf. Ein instinktives Zurückweichen verhinderte in letzter Sekunde, dass er von einer Klinge getroffen wurde, die gerade noch seine Nasenspitze streifte. Er rollte sich ab und sprang wieder auf die Beine.

»Grenouille!«, schrie Dun hinter ihm.

Er würde es nicht mehr rechtzeitig schaffen, seinem Zögling zu helfen. Es noch einmal mit dem *Odem* probieren? Unmöglich! Seine Lunge brannte noch immer, und er hatte sich noch nicht vom letzten Mal erholt. Jeder weitere Versuch würde ihn umbringen. Ihm blieb nichts als die banale herkömmliche Methode. Dun griff nach einem im Boden steckenden Schwert und erkämpfte sich mit einer Waffe in jeder Hand eine Bresche durch die feindlichen Soldaten. Ringsum gaben die Aufständischen Fersengeld. Azdekis Truppen waren im Anmarsch.

»Ihr elenden Hunde«, schrie Dun, bahnte sich einen Weg, schlug hier zu und versetzte dort einen Hieb. »Verdammter Abschaum!«

Nur wenige Meter entfernt wartete Grenouille bewegungslos ab. Er war jetzt unbewaffnet und trug nur einen leichten Harnisch. Die vier Männer stürzten sich auf ihn. Der Junge sprang zur Seite und wich dem ersten Hieb aus. Die drei restlichen Angreifer jedoch wussten, wie man eine Waffe richtig einsetzte. Grenouille würde keine zweite Chance bekommen. Eine Keule und zwei Schwerter drangen auf ihn ein. Sein letztes Stündlein schien geschlagen zu haben. Die heranstürmenden Hufe hörte er nicht. Dann war Azdeki da. Grenouille sah nur noch, wie ein aufblitzendes Schwert zwischen ihn und die Söldner fegte und die Männer mit einem einzigen Hieb entwaffnete. Der Mann mit der Keule wurde von einer unsichtbaren Kraft zu Boden geschleudert.

Als wollte er das Werk des Ritters vollenden, tauchte Dun hinter den beiden entwaffneten Söldnern auf, stieß jedem ein Schwert in den Rücken und streckte den Mann mit der Keule, der sich gerade wieder erheben wollte, mit einem Fußtritt ins Gesicht nieder. Mit blutiger Nase und verdrehten Augen sackte der Söldner wieder zu Boden.

»Ein Mann ohne Waffe ist kein Mann«, ließ sich eine spöttische Stimme vernehmen. »Die Waffe ist alles. Sie bedeutet Würde.«

Gesenktes Schwert, die Hand fest um den Griff geschlossen, eine stolz im Sattel sitzende Gestalt, hochmütiger Blick und Adlernase ... Azdeki, wie er leibte und lebte. Der Hauptmann musterte Grenouille herablassend.

»Hat dein Meister dir das nicht beigebracht, Kleiner? Vielleicht solltest du dir einen besseren Lehrer suchen«, spie er verächtlich aus, gab seinem Pferd die Sporen und galoppierte davon, wobei er Dun beinahe gestreift hätte.

»Hauptmann!«, schrie der General hinter ihm her.

Doch der Reiter verschwand bereits hinter den Bäumen. Die Aufständischen flohen jetzt in Scharen; nur Hunderte Tote blieben zurück. Das Schlachtgetümmel legte sich nach und nach. Blut- und Schweißdünste hingen in der Luft. Grenouille hörte, wie der General näher kam.

»Was hast du dir bloß dabei gedacht, du Nichtsnutz?«, donnerte Dun.

»Wer war dieser Mann?«, fragte er nur.

»Wieso hast du nicht aufgepasst?«

»Wie heißt er? Wie lautet sein Name?«, wollte Grenouille wissen. »Sagt es mir!«

Mit wütendem Gesicht kam er auf Dun zu. Ehe er jedoch einen Schritt zu weit ging, packte der General ihn an der Schulter.

»Nun beruhige dich doch, du Dummkopf. Beruhige dich!«

»Wer war das?« Grenouille ließ sich nicht beirren.

»Azdeki«, antwortete Dun. »Das war Hauptmann Azdeki, und auch, wenn es mir schwerfällt ... Nun beruhige dich doch erst einmal!«

Der Junge wollte unbedingt an ihm vorbei, und Dun musste seine ganze Kraft aufbieten, um ihn zurückzuhalten.

»Grenouille! Grenouille, sieh mich an.«

Genau das war die größte Schwäche seines Schülers: Der Junge wollte unbedingt allein kämpfen – ohne dass ihm jemand zu Hilfe kam, und vor allem ohne dass ihm jemand das Leben rettete. Aber er hatte versagt, und jetzt fühlte er sich gedemütigt.

»Sieh mich an, Junge«, wiederholte Dun ein wenig sanfter. »Und vor allem: Beruhige dich.«

Schließlich gelang es ihm, Grenouilles Aufmerksamkeit zu gewinnen. Um sie herum suchten die Kaiserlichen nach Verletzten. In den allmählich wieder einsetzenden Gesang der Vögel mischte sich schmerzliches Stöhnen.

»Du willst dem Kerl sein vorlautes Maul stopfen, nicht wahr?«, fuhr Dun fort. »Sieh mich endlich an, Himmeldonnerwetter! Ist es das, was du willst? Mir geht es weiß Gott ähnlich. Aber es ist nun einmal so, dass Hauptmann Azdeki ein Mann unseres Kaisers ist und Sprössling einer der bedeutendsten und ältesten Familien bei Hof. Du schuldest ihm Respekt, Junge.«

»Dieser Hund!«, keuchte Grenouille.

»Du schuldest ihm Respekt«, wiederholte er. »Und auch, wenn ich es ungern zugebe – aber in diesem Fall hat er genau das Richtige getan.«

»Abschaum!«, schimpfte der Junge mit gesenktem Blick.

»Er hatte recht, du Esel! Was hattest du denn vor? Wolltest du etwa den *Odem* benutzen?«

Plötzlich blickte Grenouille den General herausfordernd an. »Ja«, gab er mit finsterer Miene zu.

»Du bist noch nicht bereit.«

»Ich kann es«, verteidigte sich der Junge.

Dun ließ ihn los und trat einen Schritt zurück, ohne ihn aus den Augen zu lassen. »Das werden wir ja sehen«, murmelte er.

»O ja, das werden wir!«

Sie maßen sich mit Blicken. Schließlich wandte sich Dun wortlos ab.

Dank Duns ausgeklügelter Strategie hatte das Kaiserreich das Tal am Fuß des Vershan zurückerobert. Abends wurde an den Lagerfeuern gefeiert. Zwar hatte man einige Soldaten in die nahe gelegene Stadt geschickt, um dort für Ordnung zu sorgen, doch die meisten Männer durften sich die wohlverdiente Ruhe gönnen.

Dun und Azdeki gingen sich aus dem Weg. Es war offensichtlich, dass Azdeki es dem General übel nahm, dass er das Kommando in den Salinen nicht hatte behalten dürfen. Die Strafe für den Hauptmann wäre wohl noch härter ausgefallen, wenn bekannt geworden wäre, dass Azdeki seinen General wissentlich den Klauen eines Rouarg überlassen hatte, ohne ihm zu helfen. Aber niemand hatte gewagt, den Kaiser darüber zu informieren, und so herrschte zwischen den beiden Rittern erzwungenes Desinteresse. Ihr Groll hätte die Freude über die gewonnene Schlacht gestört, und dieses Mal hatte sich Azdeki auch keineswegs gedrückt.

Am nächsten Morgen schliefen die Soldaten ihren Rausch aus. Es war still im Lager. Hier und da sang ein Vogel. Grenouille lag friedlich zusammengerollt neben der Pferdekoppel, als er durch einen unsanften Tritt geweckt wurde.

Mit schmerzverzerrtem Gesicht warf er sich herum. Vor ihm stand eine imposante Gestalt, deren Züge er auf den ersten Blick im Gegenlicht des Morgenrots nicht ausmachen konnte.

»Aufstehen!«

Grenouille schien ein paar Sekunden zu brauchen, ehe er Dun erkannte.

»Was ist denn …«, murmelte er und rieb sich die Augen. Er war noch sehr müde.

»Steh auf!«

Grenouille kannte seinen Lehrer offenbar inzwischen gut genug, um zu wissen, dass er ihm in einem solchen Moment nicht widersprechen durfte. Resigniert und mit vor Schlaf schweren Lidern rappelte er sich auf.

Dun setzte sich mit schnellen Schritten in Bewegung. Widerwillig und frierend folgte ihm der Junge. Sie gingen zwischen den Zelten hindurch und stiegen über schlafende Soldaten hinweg. Noch immer roch es so intensiv nach Wein und Spanferkel, dass Grenouille fast übel wurde. Schließlich erreichten sie den Rand eines kleinen Wäldchens, wo die Luft frischer und würziger war.

»Meister?«

Dun schwieg beharrlich. Sie gingen in den Wald. Zweige knackten unter ihren Schritten. Vögel zwitscherten. Irgendwann blieb Dun stehen, blickte sich aber nicht zu seinem Schüler um.

»Meister …«

»Der *Odem*«, begann er mit dumpfer Stimme. »Was habe ich dich darüber gelehrt?«

Grenouille zögerte. Was erwartete er von ihm? Immer noch wütend darüber, dass er nicht hatte ausschlafen dürfen, fiel seine Antwort wenig überlegt aus.

»Nicht gerade viel.«

»Nicht gerade viel?«, wiederholte Dun mit verhaltenem Lachen.

Er wandte dem Jungen das Gesicht zu, wurde aber sofort wieder ernst.

»Ich will nicht wissen, was du davon hältst, sondern nur, was du darüber weißt. Also? Was habe ich dich gelehrt?«

Grenouille wich seinem Blick aus. Er war so unendlich müde. Am liebsten hätte er sich dort, wo er stand, auf den Waldboden gelegt und die Augen geschlossen.

»Alles atmet«, antwortete er schließlich.

»Wir bitte?«, fragte der General und hielt sich eine Hand hinters Ohr.

»Alles ist in Bewegung, als würde es atmen. Das ist der *Odem*«, leierte er herunter, als sage er eine Lektion auf.

Dun zog sein Schwert und trat einen Schritt auf Grenouille zu, der misstrauisch zurückwich.

»Das ist alles, was du behalten hast? Und du fühlst dich bereit, den *Odem* zu benutzen? Nun gut. Dann entwaffne mich jetzt!«

»Wie bitte?«

»Du sollst mich entwaffnen.«

Er breitete die Arme aus, als fordere er den Todesstoß. Die Reaktion seines Schülers entlockte ihm ein Lächeln. Grenouille zitterte wie Espenlaub. Lag es an der Morgenkühle oder an der Angst vor einem Duell? Im Grunde spielte es keine Rolle, denn Dun hatte etwas Bestimmtes mit seinem Schüler vor. Als Grenouille jedoch nach seinem Schwert griff, gefror Duns Lächeln.

»Ohne Schwert«, befahl er.

»Aber das geht doch nicht …«

»Du sollst mich ohne Schwert entwaffnen. Schließlich hast du behauptet, den *Odem* nutzen zu können. Also los – überrasch mich!«

Auch wenn man es ihm nicht ansah – innerlich jubilierte er. Der Junge wusste nicht, was er tun sollte. Er zögerte. Von der Arroganz des Vortags war nichts mehr übrig.

»Ich warte«, erklärte Dun.

Grenouille streckte den Arm mit geöffneter Hand aus. Der General wartete, sah zu, wie der Junge erstarrte und sich seine Armmuskulatur anspannte wie ein in Vibration versetztes Holzstück. Doch nichts geschah.

»Du hast nämlich keine Ahnung, was den *Odem* ausmacht«, sagte er und steckte sein Schwert zurück in die Scheide.

Der Junge ließ Arm und Kopf sinken, doch Dun spürte seinen brodelnden Zorn, der jederzeit ausbrechen konnte. Ein Zorn, der einzig auf seinem eigenen Versagen beruhte. Dun trat auf ihn zu und hob sein Gesicht mit dem Finger zu sich empor.

»Der *Odem* wird von einem Ritter zum nächsten weitergegeben. Er ist keine natürliche Gabe, und man muss zunächst begreifen, auf welche Weise er wirkt. Behalte das immer im Kopf. Du musst die Dinge erspüren, Grenouille. Du brauchst nicht einmal die Augen zu öffnen, um sie zu sehen – es genügt zu wissen, dass sie existieren. Du musst ihr Leben spüren …«

Aber Grenouille wandte den Kopf ab, als wollte er nicht zuhören. Sein verletzter Stolz geriet zur Unverfrorenheit.

»Schließ die Augen«, donnerte der General.

Der Junge gehorchte. Er mochte frech sein, aber bestimmt nicht dumm.

»So«, fuhr Dun mit weicherer Stimme fort, »und jetzt versuche, dem Wind zu lauschen. Folge ihm zwischen den Bäumen hindurch. Du fliegst mit ihm. Du hörst die Vögel. Nein, nicht ihren Gesang, sondern …« Er beugte sich vor und flüsterte: »… den Schlag ihrer Herzen.«

Grenouilles Gesicht entspannte sich. Seine Atmung wurde ruhiger und langsamer.

»Die Erde … die ganze Welt ist wie Luft, die kommt und geht. Das ist der *Odem*. Der Atem der Welt. Jeder kann ihn hören. Aber spüren? Oder gar kontrollieren? Das ist viel, viel schwieriger. Du musst lauschen. Dich konzentrieren. Spüre den *Odem*. Sei der *Odem*.«

Grenouilles Atem beschleunigte sich wieder. Als Dun sah, wie der Junge die Brauen runzelte, wusste er, dass er ihn dort hatte, wo er ihn haben wollte. Der Rhythmus seiner Worte und seine ruhige Stimme hatten den Kleinen in Hypnose versetzt.

»Spüre den *Odem*. Sei der *Odem*«, fuhr er langsam fort. »Spüre ihn, Grenouille. Atme das Leben. Atme seinen Rhythmus. Die Magie ist in dir. In dem Atem, den du ausstößt. Sie ist wie Musik. Man kann sie spielen. Man muss ihr nicht immer nur zuhören. Spüre sie. Legato. Stakkato. Stell dir den Baum dort vor. Empfinde ihn. Spürst du ihn?«

Aller Zorn war verraucht, Kränkung und Anspannung waren verschwunden. Grenouille stand voller Vertrauen neben Dun, und der wartete einen Moment, ehe er plötzlich die Stimme erhob.

»Spüre den *Odem*, Grenouille. Und jetzt schlag zu!«

Grenouille riss den Arm hoch. Ein Heulen wie im Herzen eines Sturms war zu hören. Welke Blätter wurden aufgewirbelt, und eine Furche grub sich in Windeseile auf einen Baum zu. Die Rinde flog davon; der Baum spaltete sich mehrere Zentimeter. Ächzend, wie ein Sterbender.

Erst jetzt öffnete Grenouille die Augen. Dun stand neben ihm und legte ihm die Hände auf die Schultern. Er wusste um die Schmerzen, die einen nach der ersten Manifestation des *Odems* überkamen. Als er sah, wie der Junge halb erstickt nach Luft schnappte, erinnerte er sich des heftigen Brennens in der Brust und der bleiernen Schwere aller Muskeln nach seinem eigenen ersten Versuch. Grenouille stolperte unbeholfen vorwärts und ging in die Knie. Dun nahm ihn in die Arme und half ihm, sich hinzusetzen.

»Ruhig, Junge. Ganz ruhig«, murmelte er.

Ich verspreche …

Grenouille hustete keuchend und mit Tränen in den Augen.

Grenouille …

»Der *Odem* – man muss lernen, ihn zu gebrauchen. Verstehst du jetzt? Eines Tages wirst du ihn beherrschen, das verspreche ich dir. Aber als Gegenleistung musst du mir schwören, nie mehr solche Dummheiten zu machen wie gestern.«

… schläft noch. Ihr könnt ihn nicht wecken.

Sich räuspernd und mit immer noch zuckendem Körper nickte Grenouille.

Er schläft noch!

»Ich verspreche es«, presste er zwischen zwei Hustenanfällen hervor.

Dann weckt ihn!

Aber er schläft doch.
Weckt ihn, ich muss mit ihm reden.

Die Stimmen klangen gedämpft, doch er verstand jedes Wort.

»Geht jetzt bitte«, sagte eine Stimme.

»Das werde ich nicht tun. Erst muss ich mit ihm sprechen«, entgegnete eine andere, nicht minder energische Stimme.

Im Zimmer war es hell. Langsam öffnete er die Augen. Die verblichenen Zierleisten an der Decke über ihm waren in ein seltsam goldenes Licht getaucht. Er wollte den Kopf drehen, doch in seinem Gehirn schien ein Amboss herumzupoltern, der bei jeder Bewegung heftig gegen seine Schläfen prallte. Mit schmerzverzerrtem Gesicht richtete er sich auf. Mildrel. Er war wieder bei Mildrel. Allmählich kehrte die Erinnerung an den Abend zurück. Er hielt sich den Kopf und fluchte darüber, dass er überhaupt noch lebte. Wie gern wäre er einfach nicht mehr aufgewacht! Er wollte nur noch vergessen. Nicht einmal mehr Schatten sein. Nur ein Nichts.

»Ihr versteht nicht. Es ist wichtig.«

Die Stimme klang jung und entschlossen.

»Ihr seid hier nicht willkommen. Ihr stochert für meinen Geschmack zu viel in der Vergangenheit der Menschen herum.«

Es war unverkennbar Mildrel. Die beiden Stimmen stritten sich vor der geschlossenen Tür seines Zimmers. Durch die zugezogenen Vorhänge stahl sich ein Sonnenstrahl und wanderte quer durch den Raum. Im Nebenzimmer debattierten Viola und Mildrel. Die beiden Frauen hätten unterschiedlicher nicht sein können: Auf der einen Seite die Kurtisane, die sich Stufe um Stufe in die höhere

Gesellschaft emporgekämpft hatte, indem sie Männer verführte – auf der anderen die junge, studierte Republikanerin.

»Lasst ihn in Frieden!«

Es klang nicht wie ein Befehl, sondern eher wie eine flehentliche Bitte. Seufzend ließ sich Mildrel in einen Sessel fallen, dessen vergoldete Armlehnen mit der Zeit matt geworden waren.

»Ihr wollt Eraëd finden, nicht wahr?«

»Aus diesem Grund habe ich Dun-Cadal aufgesucht, das ist richtig«, antwortete Viola. »Er ist mit diesem Schwert aus Emeris geflohen – einem Schwert, das zur Geschichte unserer Welt gehört, werte Dame.«

Viola war mit verschränkten Händen an der Tür zum kleinen Salon stehen geblieben und wirkte trotz aller Entschlossenheit mit einem Mal wie ein kleines Mädchen.

»Die Waffe wurde eigens für die Könige geschmiedet. Man sagt, dass sie Zauberkräfte besitzt, dass man mit ihr den härtesten Stein zerschneiden und die Haut der größten Drachen durchbohren kann.«

Sie schwieg einen Moment und strich sich eine vorwitzige rote Locke aus dem Gesicht. Die Augen hinter den runden Brillengläsern wirkten verträumt.

»Aber das Schwert ist heute nicht der einzige Grund für mein Erscheinen hier, werte Dame.«

»Dun-Cadal hat nichts mit dem Mord an dem Ratsherrn zu tun«, beeilte sich Mildrel zu versichern, weil sie eine Anschuldigung fürchtete.

Viola nickte. »Das weiß ich. Ich war bei ihm, als der Mord geschah. Aber er kennt den Mörder.«

Falls Mildrel überrascht war, ließ sie es sich nicht anmerken, denn sie hatte gelernt, ihre Gefühle zu verbergen. Als Kurtisane musste sie eine gute Schauspielerin sein, um Männern gewisse Geheimnisse zu entlocken und dennoch vorzugeben, sie wisse nichts davon.

»Ich bin mir ganz sicher. Er sprach von der *Hand des Kaisers*.«

Mildrel schlug die Augen nieder. Die Sonne strahlte durch das Fenster hinter ihr und vergoldete ihre nackten Schultern. Über ihrem Nacken kringelten sich ein paar weiche Locken. Als Viola sie zum ersten Mal gesehen hatte, war es dunkel gewesen. An diesem Morgen jedoch konnte sie die Frau genau beobachten und verstand sofort den Ruf, der ihrer Schönheit vorauseilte. Die Zeit war nachsichtig mit ihr umgegangen. Viola hatte damit gerechnet, dass Mildrel ihr den Zugang zu Dun verwehren würde, und sich darauf vorbereitet.

»Ihr scheint zu glauben, dass Euch alles gestattet ist, nur weil wir Kaiser Reyes treu gedient haben, nicht wahr?« Mildrels Stimme klang schneidend. »Ihr kommt daher mit Eurem Studium, Eurer Geschichte und Eurer runden Brille und wühlt mit jugendlichem Leichtsinn in der Vergangenheit eines Menschen herum. Ihr stoßt ein Messer in kaum verheilte Wunden, um an Euer Ziel zu gelangen. Eure Republik scheint Euch jede Freiheit zu lassen, über andere zu richten. Aber das ist dann wohl auch die einzige Freiheit!«

Mit nervöser Hand strich sie über ihr Kleid und stand auf.

»Ich bitte Euch jetzt zum letzten Mal, mein Haus zu verlassen. In früheren Zeiten trafen sich hier die Edelleute von Masalia. Einige von ihnen schulden mir noch einen Gefallen und würden sich gewiss nicht zweimal bitten lassen, sich mit Euch zu befassen. Natürlich in vollstem Respekt für die Republik, die Ihr so schätzt.«

Eine kaum verschleierte Drohung. Viola spürte, wie sie feuchte Hände bekam. Schmerzen machten ihr Angst. Dabei wollte sie doch nichts weiter, als Dun dazu bringen, ihr den Weg zu Eraëd zu weisen.

»Aber es geht um Leben und Tod, werte Dame.«

»Für General Dun-Cadal sicher nicht, für Euch allerdings schon.«

»Ich muss ihn sprechen.«

»Soll ich den Oberbefehlshaber der Stadtgarde holen lassen?«

»Das lässt du schön bleiben«, meldete sich eine kratzige Stimme von der Tür. Unbemerkt hatte sich Dun von seinem Lager erhoben, stand auf der Schwelle und hielt sich am Rahmen fest, um das Gleichgewicht zu wahren. Er verzog das Gesicht und trat einen Schritt vor. Sein Kopf wollte vor Schmerzen schier zerplatzen. Immerhin hatte er fast den ganzen vorigen Tag hindurch getrunken. Er räusperte sich.

»Du wirst überhaupt nichts tun«, wiederholte er, »denn das kannst du nicht und weißt es auch. Deine Mädchen werden nämlich nicht von den Bürgern der Republik besucht, sondern von Matrosen auf der Durchreise.«

»Sei still!«, fauchte sie ihn an.

Mit einem einzigen Satz hatte der General Mildrels Bemühungen, ihn zu schützen, zunichte gemacht. Doch das spielte keine Rolle. Sie lebten beide in der Vergangenheit und empfanden die Zukunft als feindlich.

»Du brauchst gar nicht erst zu versuchen, dieser Kleinen da Angst einzujagen. Sie weiß nämlich genau, was sie will – nicht wahr?«

Mit dem letzten Satz hatte er sich an Viola gewandt, die nickte.

»Ihr habt gestern von einem gewissen Negus gesprochen«, hakte sie sofort ein. »Ist er Euer Freund?«

»Das ist er«, sagte Dun.

»Und er ist Ratsherr«, fügte Viola hinzu.

Der Blick des alten Mannes schweifte ins Leere. Seine Kehle fühlte sich so trocken an.

Negus. Auch er hatte die Ziele verraten, für die er so viele Jahre gekämpft hatte. Sein alter Freund Negus. Duns Kopf schmerzte plötzlich so stark, dass er sich unwillkürlich an die Stirn fasste.

»Er ist in Masalia angekommen.«

»Ja und?«, stöhnte er.

»Ihr müsst ihn warnen. Ich bringe Euch hin. Euch wird er vielleicht zuhören«, drängte Viola.

Zuhören? Waren sie denn nach all dieser Zeit immer noch Freunde? Sein Blick kreuzte den der jungen Frau. Sie wirkte so entschlossen! Das Leuchten in ihren Augen erinnerte ihn an den Blick seines jungen Schülers vor vielen Jahren.

»Wollt Ihr wirklich für den Rest Eures Lebens ein Gespenst bleiben?«, murmelte Viola. »Handelt doch endlich als der, der Ihr seid – als General!«

Wie schwach er doch wirkte! Seine Augen waren gerötet, die Gesichtsfarbe fahl. Viola begann zu zweifeln, ob es ihr gelingen konnte, diesen Mann aufzurütteln, der mehr tot als lebendig war. Aber sie musste es versuchen.

»Mit welchem Recht redet Ihr so …«, ereiferte sich die Kurtisane.

»Mildrel«, mahnte Dun.

Er hatte ihren Namen kaum geflüstert und warf ihr einen traurigen Blick zu. Das alles hier war kein Zufall. Weder das Auftauchen von Viola noch die Erwähnung von Eraëd oder seine plötzlich wieder lebendig gewordenen Erinnerungen. Die Hand des Kaisers. Irgendetwas sehr Mächtiges war hier am Werk. Etwas Göttliches vielleicht?

»Wartet unten auf mich«, sagte er zu Viola.

Erst als sich ihre Schritte auf der Treppe entfernten, wagte der alte Ritter ein paar zittrige Schritte vorwärts.

»Das hättest du nicht tun sollen«, fauchte Mildrel.

»Was denn? Zugeben, dass du Geschichten erfindest, um ihr Angst zu machen?« Er stützte sich auf einen kleinen Tisch und massierte sich den Nacken. »Du bist aus Emeris und vom Hofe geflohen wie wir alle. Die Republik hat uns zwar vergessen, aber wir können in ihr überleben. Die Männer, die du heute hofierst, haben keine Macht mehr, und kontrollieren kannst du nur noch mich. Aber du hast mich lange genug bemuttert, meine Schöne. Die Kleine hat recht. Sie hat sogar verdammt recht.«

Sie betrachtete ihn mit strengem Blick. Er hätte lieber etwas anderes als Vorwürfe in ihren Augen gesehen.

»Mildrel ...«

»Und sie?« Mildrels Stimme bebte, aber sie lächelte. »Was unterscheidet sie von allen anderen?«

»Vielleicht braucht sie mich.«

Er ging zur Tür. Seine Schritte wirkten jetzt sicherer. Mit einer Hand auf dem Türknauf blieb er stehen.

»Es war nicht die Hand des Kaisers«, sagte Mildrel leise.

»Und wenn doch?«, gab Dun nachdenklich zurück.

»Du willst ihn rächen, nicht wahr? Dun, du bist kein ...«

»... General mehr?«

Er wandte sich so heftig um, dass ihm wieder schwindelig wurde. »Was bin ich überhaupt noch für dich, Mildrel? Alter Plunder? Ein Überbleibsel?«

»Das habe ich nicht gesagt.«

»Was dann?«, donnerte er. »Ein armseliger Säufer? Aber es stimmt, Mildrel. Ich bin ein Trunkenbold. Ich habe viel zu lange fern der Welt gelebt. Was weiß ich schon von der Republik? Was weiß ich von den Menschen, die den Zusammenbruch des Kaiserreichs überlebt haben? Ich würde gern vor meinem Tod noch etwas Gutes tun. Nicht für irgendein Kaiserreich und auch nicht für die Republik, sondern einfach nur, um Leben zu retten. Ganz so, wie ein Ritter es getan hätte. Oder ein General ...«

Mit einem Mal verschwanden aus Mildrels von der Sonne vergoldetem Blick alle Vorwürfe, alle Trauer und Wut. Nur noch tiefe Zuneigung leuchtete aus ihren Augen.

»Verrate mir doch, wie du mich siehst, Mildrel«, wiederholte er leise, ehe er hinzufügte: »Und ich bin mir ganz sicher, dass es Logrid war. Wirklich sicher. Er will sich an jenen rächen, die das Kaiserreich auf dem Gewissen und die Seiten gewechselt haben. Das muss es sein.«

Er öffnete die Tür.

»Ich bin untröstlich«, entfuhr es ihm leise.

»Warum?«

»Deinetwegen. Unseretwegen. Es ist ein Hohn. Ich konnte immer nur den Tod geben ...«

Er verließ das Zimmer und schloss die Tür hinter sich, ehe er mit brüchiger Stimme fortfuhr: »... doch niemals das Leben.«

8

KAPERNEVIC

»Du nennst mich Sumpfschnepfe, nicht wahr?
Dann lass uns doch bei so etwas bleiben.
Da du Tiere zu mögen scheinst,
werde ich dich Grenouille nennen.
Grenouille, der Frosch.«

Jeder Schritt fiel ihm schwer. Jede Bewegung verstärkte den Kopfschmerz und fühlte sich an wie der Lärm einer tobenden Schlacht, deren Echo überdauerte. Er strebte vorwärts und bemühte sich, seine Würde zu wahren, doch sein Gleichgewichtssinn war so mitgenommen, dass er sich immer wieder an Hauswänden abstützen musste.

»Geht es noch?«, fragte Viola.

In der lauten und belebten Straße wirkte sie wie ein Leuchtturm – strahlend und tröstlich mit ihrem süßen Gesicht und den beiden flammend roten Locken, die sich neben ihren Wangen hervorstahlen. Ihr Lavendelparfum beruhigte ihn. Die ockerfarbenen Mauern von Masalia waren eine Tortur für seine Augen, denn sie reflektierten das Sonnenlicht hart und brutal. Er kniff die Augen zusammen.

»Geht schon.«

»Es ist nicht mehr weit«, sagte sie, um ihm Mut zu machen.

Schwach und bleich lehnte er sich an eine Hauswand und verwünschte seine Trunksucht. Warum hatte er überhaupt so viel getrunken? Das Bild eines gefüllten Krugs tauchte vor seinen Augen auf, als wäre der Inhalt die einzig mögliche Lösung, seinen Schmerz zu betäuben. Er betrachtete seine Hände. Die rechte zitterte.

»Platz da! Platz da!«, befahl eine laute Stimme.

Passanten wichen auseinander, um eine Gruppe Gardisten vorbeizulassen. Es war sicher die vierte, der sie auf dem Weg begegneten. Die Soldaten marschierten im Gleichschritt. Ihre Stiefel patschten durch den Schlamm, die Lanzenspitzen schimmerten hoch über den Helmen. Lanzen, die nie benutzt worden waren. Diese Soldaten hatten niemals eine Schlacht geschlagen, doch sie strebten voller Stolz vorwärts. *Mitleiderregend,* dachte Dun.

»Es hat wohl mit diesem Mord zu tun. Dem Tod von Marquis von Enain-Cassart«, erklärte Viola. »Seit gestern Nachmittag wird die Stadt durchkämmt.«

»Na, dann viel Glück«, grinste er.

Sie kamen an einer alten Kirche vorbei. Vor dem offenen Portal standen vier Männer in schwarzen Gewändern. Ihre Schädel waren kahl rasiert, jeder hielt ein Buch in der Hand. Im Chor psalmodierten sie heilige Verse. Dun erkannte Auszüge aus dem *Liaber Moralis,* einem der Grundfesten des Fangol-Ordens. Nachdenklich blieb er stehen. Wie oft hatte er schon den Predigten der Mönche gelauscht? Konnte er sich noch an alles erinnern, was gut oder verwerflich war? Der Singsang zog einige Passanten in seinen Bann. Früher hatten die Menschen zu Hunderten den Gottesdiensten beigewohnt, doch der Glaube schien sich zu verlieren. Andere Religionen nahmen seinen Platz ein. Inzwischen wurde die Schlangenverehrung der Nâagas von allen toleriert, ebenso, wie man den Götterdienst der Südinseln respektierte. Außerdem kursierten Gerüchte um ein »Kind des Wassers«, einen Messias, der eines Tages die Erde läutern würde. Dun aber war im Schatten des *Liaber Dest* aufgewachsen, in dem das Schicksal der Menschen unumstößlich festgeschrieben stand. Mit dem *Liaber Moralis* hatte er gelernt, Gut und Böse zu unterscheiden, und den Respekt vor den Göttern lehrte das *Liaber Deis*. Ob die Republik noch auf den Fangol-Orden hörte? Oder war längst in Vergessenheit geraten, wie hart die Mönche gearbeitet hatten, um eine gerechte Gesellschaftsordnung herzustellen?

»Wir müssen uns sputen«, sagte Viola.

Sie ging weiter. Die Kapuze ihres Umhangs wippte auf ihren Schultern. Auf Straßen und Plätzen herrschte ein Durcheinander, das während des Kaiserreichs nie toleriert worden wäre. Reiche und Arme streiften sich im Vorübergehen, Nâagas wurden als selbstverständlich erachtet, Damen in hübschen Kleidern reichten jungen, gut frisierten Bürgern die Hände. Auch wenn man nur wenig miteinander redete – die Gelegenheit dazu war vorhanden. Die alte Ordnung war einem namenlosen Chaos gewichen, das sich in einem Gewirr fremder Sprachen und unterschiedlichster Gerüche verlor. Und in diesen weichen Schlamm wollte die Republik ihre Grundmauern legen? Lieber als auf den festen und harten Zement des Kaiserreichs?

»Das also ist Eure Republik«, stellte Dun mit ekelverzerrtem Mund fest.

Diese bunte Mischung, diese Verachtung der Fangol-Mönche, dieses Vergessen … Deshalb hatte er so lange die Augen verschlossen. Diese Welt war wahrlich nicht mehr seine.

»Wir sind da«, verkündete Viola, ohne auf seinen Vorwurf einzugehen.

Sie waren auf einem großen, von imposanten Gebäuden umstandenen Platz angekommen. Ein Giebel war mit Wolfsköpfen geschmückt, sie zeigten weit geöffnete Fänge. Das Bauwerk zeigte den üblichen Prunk aus der Zeit der Cagliere-Könige, die sich gern als Meute jagender Raubtiere darstellen ließen. Dreihundert Jahre lang, bis kurz vor Beginn der Dynastie der Reyes, hatten sie eine Eroberungspolitik verfolgt und ein Königreich nach dem anderen bis hin zu den fernen Südinseln in ihren Besitz gebracht. Sie hatten den Grundstein für das Kaiserreich gelegt, bis sich einer von ihnen eines Tages zum Kaiser krönen ließ. Er war der einzige Cagliere, der diesen Titel je trug. Der letzte Wolf starb einsam.

Eine breite Treppe führte hinauf zum Eingangstor, das von vier wortkargen Hellebardieren bewacht wurde. Ohne abzuwarten, eilte Dun der jungen Frau voraus.

»Wartet«, rief sie ihm nach.

Trotz seiner Müdigkeit wirkte Duns Schritt jetzt entschlossener. Sein Kopfschmerz hatte nachgelassen. Abrupt blieb er stehen und blickte sich um.

»Ihr wollte doch, dass ich Negus aufsuche, nicht wahr?«

»Man wird Euch nicht einlassen«, keuchte sie und rannte hinter ihm her.

Wahrscheinlich hatte sie recht. Negus war einmal sein Freund gewesen – aber war er es auch heute noch? Immerhin diente er jetzt denen, die sie einst gemeinsam bekämpft hatten. Als er das Tor erreichte, senkten sich die Hellebarden vor ihm.

»Wir bitten um eine Audienz beim Ratsherrn Negus«, erklärte Viola mit unmerklich bebender Stimme.

»Besucher werden nicht empfangen«, entgegnete einer der Wachleute.

Seit dem Mord waren ihre Befehle eindeutig. Vor der großen Nacht der Masken durfte sich niemand den Ratsherrn nähern. Viola stellte sich mit erhobenen Händen zwischen die Wachen und Dun.

»Bitte entschuldigt meinen Freund, dass er hier so unvermittelt auftauchte, aber …«

»Sagt Negus, dass ein alter Freund ihn sehen möchte«, unterbrach Dun. »Kündigt ihm den Mann an, den er in den Salinen für tot hielt.«

Angesichts der skeptisch dreinblickenden Wachsoldaten setzte er hinzu: »Keine Sorge, er wird es verstehen.«

Nach kurzem Zögern ging einer der Gardisten ins Haus. Gut zehn Minuten später kehrte er zurück, ließ sie wortlos eintreten und begleitete sie in eine weite Halle mit großen, rot und golden eingefärbten Fenstern. Sonnenstrahlen woben seltsame Muster auf dem goldbraunen Boden. Zwei Säulenreihen standen Spalier bis hin zu zwei Treppen, die eine breite Eichentür einrahmten.

»Wartet hier«, befahl der Soldat und zeigte auf eine Reihe von Bänken unterhalb der Fenster. »Ratsherr Negus wird Euch in wenigen Minuten empfangen.«

Vier Soldaten marschierten im Gleichschritt die beiden Treppen hinunter und nahmen rechts und links von der Tür Aufstellung. Ihre Hände lagen auf dem Schwertgriff. So viele Sicherheitsvorkehrungen nur ihretwegen? Wegen eines alten Mannes mit müden Augen und einer zierlichen jungen Frau, deren Blick hinter runden Brillengläsern leuchtete? Viola ließ sich gemächlich auf einer der Bänke nieder, Dun allerdings erkannte sofort, dass ihre Ruhe nur vorgetäuscht war. Immer wieder öffnete und schloss sie die Fäuste. Er trat zu ihr und lehnte sich mit verschränkten Armen an eine der Säulen.

»Wie geht es Eurem Kopf?«, erkundigte sich Viola.

»Schon besser«, gab er zurück und blickte aus dem großen Fenster hinter ihr. Die Farbe des Glases verlieh der Sonne einen goldenen Schimmer.

»Habe ich gestern zu viel gesagt?«, fragte er mit abwesendem Blick.

»Für meine Begriffe noch längst nicht genug«, gab sie mit einem kleinen Lächeln zurück. »Aber wenn Ihr fürchtet, Ihr hättet mir verraten, wohin Ihr Eraëd gebracht habt, dann kann ich Euch beruhigen: Ihr habt das Schwert mit keinem Wort erwähnt. Ihr habt von Grenouille gesprochen. Von der Schlacht am Fuß des Vershan.«

Er nickte nachdenklich.

»Ihr liebt ihn, nicht wahr?«

Dun antwortete nicht.

»Was ist aus Grenouille geworden?«, wollte Viola wissen. »In den Geschichtsbüchern wird er nicht erwähnt, und doch scheint Ihr ihn für einen großen Ritter zu halten.«

Sein Gesicht wurde hart. »Man muss nicht unbedingt in den Geschichtsbüchern stehen, um zu existieren, junges Fräulein«, entrüstete er sich.

»Das habe ich nicht gemeint.«

»Was denn sonst? Ihr wisst doch gar nichts über ihn.«

Dun stieß sich von der Säule ab und beugte sich über Viola, die hastig ein Stück abrückte. Sein Atem roch noch immer nach Wein.

»Absolut nichts«, zischte er. »Ihr habt nicht die geringste Ahnung. Er war der Beste. Und der Reinste. Die Mönche hätten über ihn schreiben sollen. Er wäre der Größte gewesen, wenn … Er hätte …«

Mit glasigem Blick richtete sich Dun auf und zerrte an seinem Gürtel

»Das Kaiserreich würde noch existieren«, fuhr er leise fort. »Er hätte es ganz allein verteidigt. Zu meiner Zeit war er sehr bekannt. Ich nehme an, in der Republik gehört es nicht zum guten Ton, sich an diese Dinge zu erinnern. Er war berühmt und wurde respektiert. Habt Ihr je vom Drachen von Kapernevic gehört?«

»Dem letzten roten Drachen?«

Dun nickte.

»Er war der größte Drache des Nordens«, sagte Viola, als zitiere sie aus einem Buch, »und hielt eine ganze Region in Atem, bis …«

»… wir kamen«, vervollständigte er. »Die meisten Drachen sind ziemlich dumm und haben Angst vor Menschen. Man kann sie leicht übertölpeln, weil sie manchmal vor Schreck einfach vergessen, dass sie fliegen können. Aber die roten Drachen sind nicht nur groß und selten, sondern auch ausgesprochen gewalttätig. Wir waren in Kapernevic. Wir waren dabei. Auch Negus. Damals habe ich ihn zum letzten Mal gesehen.«

Irgendwo im Gebäude knarrte eine Tür. Viola und Dun wandten die Köpfe. Vom anderen Ende des Saals kam ein kleiner, in eine weiße Toga mit grüngoldenem Überwurf gehüllter Mann auf sie zu. Er wechselte einige Worte mit den Wachsoldaten, ehe er Ausschau nach den Leuten hielt, die ihn zu sprechen wünschten.

»Und?«, hauchte Viola.

»Dass es in Kapernevic keinen roten Drachen mehr gibt, haben wir Grenouille zu verdanken. Ihm ganz allein.«

Ohne ein weiteres Wort drehte er sich um und ging um eine Säule herum auf den kleinen Mann zu. Viola stand von der Bank auf. Ihre Hände waren feucht vor Aufregung.

»Negus!«, rief Dun. Es klang nicht sehr freundschaftlich.

»Ratsherr Negus«, korrigierte der kleine Mann.

»Für mich bleibst du Anselme Nagole Egos, genannt Negus.«

Die beiden Männer standen einander gegenüber. Dun war mindestens zwei Köpfe größer als der Ratsherr, aber auch sein Blick von oben herab schien den Würdenträger nicht zu beeindrucken. Arrogant sah er dem General ins Gesicht.

Kapernevic. Dort habe ich ihn das letzte Mal gesehen.

»Es ist sehr lange her«, stellte der Ratsherr fest, ohne auch nur die mindeste Regung zu zeigen. »Mein alter Freund ...«

Sie standen da und blickten einander schweigend an, doch nach einer Weile entspannten sich ihre Gesichter. Schließlich lächelten beide.

Kapernevic.

»Viel zu lang«, murmelte Negus und streckte die Hand aus.

Dun schlug ein.

Kapernevic ...

... eine Hand mit geröteten Fingern; nur dickes Blut konnte der beißenden Kälte seiner Region standhalten.

Er schob einen Ast beiseite, um die vor ihm liegende Landschaft besser sehen zu können – ein von Kiefern gesäumtes Tal, durch das ein eisiger Fluss strömte. An seinem Ufer lag das Dorf Kapernevic mit den strohgedeckten Hütten und Wachtürmen aus Holz. Als er den Ast wieder losließ, schnellte er mit einem Geräusch zurück, das wie ein Peitschenschlag klang. Schnee sprühte auf und knirschte unter seinen Schritten. Der Junge hinter ihm störte sich nicht daran.

»Bist du so weit?«, rief Dun.

In der Nähe der an einer Tanne festgebundenen Pferde wiegte sich Grenouille vor und zurück, ehe er ausatmete und die Arme nach vorn warf. Sofort bildete sich ein Spalt im Boden, der bis zur Wurzel eines Baums reichte. Bei jeder Pause, in jedem Lager und in jeder freien Sekunde übte er. Nach und nach hatte er gelernt, den *Odem* zu benutzen, ohne darunter zu leiden. Zwar spürte er nach jedem Versuch seine Lunge, doch der Schmerz war erträglich geworden.

Sie waren beide in weite, schwarze Umhänge mit Pelzbesatz gehüllt und trugen gefütterte Stiefel, um der Kälte des Nordens zu trotzen.

Seit der Schlacht in den Salinen waren drei Jahre vergangen. Immer noch tobte der Krieg. Siege und Niederlagen wechselten sich ab und ließen ihnen nur wenig Zeit zum Ausruhen. Dreimal waren sie nach Emeris zurückgekehrt, doch nie war es Grenouille vergönnt gewesen, dem Kaiser persönlich zu begegnen. Dun allerdings hatte gegenüber dem Souverän immer von seinen Verdiensten gesprochen. Asham Ivani Reyes verfolgte den Werdegang des jungen Knappen mit großem Interesse und sprach davon, dass er bei Grenouilles Ritterschlag persönlich anwesend sein wolle. Dass ein elternloser Junge zum Ritter geschlagen wurde, geschah ohnehin schon äußerst selten, dass aber der Kaiser die Zeremonie mit seiner Anwesenheit beehrte, war noch nie vorgekommen. Lediglich einigen Adligen war diese Ehre bisher zuteil geworden; der Letzte dieser Glücklichen war Etienne Azdeki gewesen.

Obwohl der General es niemals aussprach, war er ungeheuer stolz auf Grenouille. Der Junge übte bis zum Umfallen. Nie beklagte er sich über Schmerzen, nie erwähnte er seine Qualen. Fast immer wartete er, bis sein Meister eingeschlafen oder nicht anwesend war, um bis an die Grenzen seiner Möglichkeiten zu gehen oder sie gar zu überschreiten. Möglicherweise schämte er sich …

»Hör jetzt auf damit«, herrschte Dun ihn an. »Du bist noch ein Kind und könntest dir wehtun.«

»Kind? Dass ich nicht lache! Ich könnte Euch ohne Probleme niederringen, Sumpfschnepfe«, grinste Grenouille.

Er massierte sich die verspannten Schultern, ehe er die Pferde losband. Sein Gesicht war deutlich männlicher geworden, und ein dunkler Schatten umgab seine Lippen. Amüsiert dachte Dun daran, dass er Grenouille in absehbarer Zeit einmal zeigen müsste, wie man sich richtig rasiert.

»Meinst du? Ich würde an deiner Stelle keine Wette darauf eingehen.«

»Klar, denn an meiner Stelle wärt Ihr viele Jahre jünger. Außerdem: Wer hat denn die Rouargs in den Salinen bekämpft? Ihr jedenfalls nicht. Ihr habt es vorgezogen, unter Eurem Schlachtross ein Nickerchen zu machen.«

Dun nickte grinsend und streifte sich einen dicken Lederhandschuh über. Sofort breitete sich angenehme

Wärme in seinen Fingern aus. Er griff nach den Zügeln seines Pferds und setzte einen Fuß in den Steigbügel.

»Du prahlst ganz ordentlich.«

»Ich wende nur das von Euch Gelernte an«, verteidigte sich der Junge.

»Angeberei habe ich dir sicher nicht beigebracht.«

Sie saßen auf und folgten dem unter dem Schnee kaum erkennbaren Pfad. Nur hier und da war die weiße Pracht getaut und ließ matschigen Waldboden erkennen. Es war vollkommen still.

»Ihr könnt Euch nicht vorstellen, was ich alles lerne, indem ich Euch beobachte.«

»Willst du mir etwa schmeicheln?«, lachte Dun. »Fürchtest du, ich könne dir in Kapernevic einen Tritt in den Allerwertesten verpassen, dass du mir plötzlich so um den Bart gehst?«

»Warum schickt man uns überhaupt hierhin?«, murrte Grenouille und hüllte sich enger in seinen Umhang. »Der Krieg findet doch hauptsächlich im Süden statt.«

»Gefällt dir unsere Reise etwa nicht?«

»Ihr seid immerhin General, Sumpfschnepfe«, schimpfte der Junge. »Wir haben unseren Wert mehr als einmal unter Beweis gestellt, oder? Warum also zwingt man uns, diesen … diesen Alchimisten zu holen?«

»Vielleicht fand der Kaiser, dass es an der Zeit wäre, dir einmal eine Abkühlung zu verschaffen«, spottete Dun.

Grenouille war zwar erwachsener geworden, doch ab und zu begehrte er immer noch auf. Allerdings tat er dies inzwischen deutlich zurückhaltender und nahm sich sogar dann und wann genügend Zeit, um nachzudenken, ehe er aufbrauste. Doch seine innere Wut war nicht abgekühlt. Er war jetzt sechzehn Jahre alt und verhielt sich manchmal wie ein Kind, manchmal wie ein Mann. Aber irgendwann würde auch er reifen.

Sie ritten durch verschneite Wälder ins Tal hinab und galoppierten über weite, schneebedeckte Lichtungen. Karren mit Frauen und Kindern kamen ihnen entgegen – Flüchtlinge, die mit erloschenen Blicken ihre Heimat verließen, ohne ihr Ziel zu kennen. Wo sollten sie auch hin? Die Fehden hatten sich ausgebreitet. Im ganzen Land brannte es, und das Blut floss in Strömen. Überall herrschte Krieg.

Unter einem blass leuchtenden Himmel erreichten sie Kapernevic. Holzhäuser standen unter Nadelbäumen an den Ufern des eisigen Flusses. Kamine aus Stein stießen Rauchwolken aus, die sich über das ganze Dorf wälzten, über die Wachtürme hinwegwaberten und sich schließlich über den Wäldern auflösten. Die Dorfbewohner, die beschlossen hatten, ihre Heimat nicht zu verlassen oder es sich nicht leisten konnten, ihr armseliges Hab und Gut im Stich zu lassen, hüllten sich in große, grob zusammengenähte Stoffbahnen. Blass und mit dunkel umrandeten Augen wankten sie umher und sahen aus wie Gespenster. Auf der Vortreppe eines baufälligen Hauses saß eine Frau, die ein kaum fünfjähriges Mädchen in den Armen hielt. Das Haar der Kleinen war schmutzig, doch Grenouille entdeckte ein paar blonde Strähnen, die ihm wie Erinnerungen an glücklichere Zeiten erschienen. Mit ausdruckslosem Gesicht sah das Mädchen Grenouille nach. Es begnügte sich damit, im Schutz der mütterlichen Arme zu beobachten, was ringsum vorging. Das Leben schien die Menschen im Stich gelassen zu haben.

Unter den stoischen Blicken dieser armen Leute ritten Dun und Grenouille im Schritt durch das Dorf. Einige

Soldaten eskortierten sie bis zum Wachturm am anderen Ende, von dem aus die bewaldeten Hügel im Norden beobachtet wurden.

Plötzlich war ein lautes Lachen in der eisigen Stille zu hören. Ein kleiner rundlicher Mann in einer verbeulten Rüstung und mit einem Tierfell über den Schultern kletterte in Windeseile die Leiter des Turms hinunter. Er schien seinen Augen kaum zu trauen und freute sich wie ein Kind.

»Ich wusste, dass jemand kommen und den Erfinder abholen würde, aber ich wäre doch nicht im Traum darauf gekommen, dass du es bist!«, gluckste er glücklich. »Ausgerechnet du …«

Er stürmte auf den General zu, der von seinem Pferd stieg.

»Du hier!«, rief er und breitete die Arme aus. »Mein alter Freund!«

»Man hätte dich besser in den Süden geschickt«, scherzte Dun. »Ist dein großer Appetit der Kälte hier zu verdanken?« Die beiden Männer fielen sich um den Hals. »Übrigens war ich der Meinung, dass wir einen Alchimisten begleiten sollten.«

»Alchimist, Erfinder – er ist ein bisschen von allem, mein Freund.«

Auch Grenouille war abgestiegen und vertraute die Pferde einem Soldaten an, der sie zur Tränke brachte. Ein paar Dorfbewohner versammelten sich am Wachturm und beobachteten die Neuankömmlinge mit verstörten Gesichtern. Im Gegensatz zu ihnen und den hier stationierten Soldaten trugen der General und sein Knappe schöne Gewänder, die offenbar noch nie ein Schlachtfeld gesehen hatten. Grenouille blickte sich misstrauisch um, ließ den

Daumen in den Gürtel gleiten und berührte fast unmerklich den Griff seines Schwertes.

Dun löste sich aus der Umarmung seines Waffenbruders und beobachtete ihn. Der Junge war auf der Hut, als bewegte er sich auf feindlichem Gebiet. Wovor hatte er Angst? Etwa vor diesen armseligen, zerlumpten Gestalten? Im Gesicht des Jungen erkannte er einen Ausdruck, der ihn schmerzte: Verachtung. Grenouille verachtete diese Menschen. Seine Ausbildung war wirklich alles andere als abgeschlossen ...

»Grenouille, komm her«, rief er ihm zu.

»Er ist ganz schön gewachsen«, stellte Negus fest.

»Aber mit der Weisheit hapert es noch mächtig«, gab Dun leise zurück, ehe er sich an Grenouille wandte: »Erinnerst du dich an Negus? Du hast ihn in Garmaret kennengelernt.«

Der Junge nickte wortlos und deutete eine leichte Verbeugung an. Nach der Flucht aus den Salinen war das von Negus befehligte Fort Garmaret ihre erste Zwischenstation gewesen. Natürlich erinnerte er sich. Dun hatte beobachtet, wie sich Grenouille dort mit einem jungen, ebenfalls aus den Salinen stammenden Flüchtlingsmädchen unterhalten hatte, das ihn seiner Einschätzung nach nicht gleichgültig gelassen hatte. Grenouille gab sich weder besonders freundlich, noch lächelte er, sondern legte lediglich die einem General gegenüber unbedingt erforderliche Höflichkeit an den Tag. Negus' Gesicht verdüsterte sich.

»Über dich wird viel gesprochen«, sagte er. »Du hast dich seit damals in Garmaret sehr verändert.«

»Ihr auch, nachdem Ihr die Stadt habt aufgeben müssen«, antwortete Grenouille trocken. Seine grauen Augen krallten sich geradezu in den überraschten Blick des kleinen Generals. Die Zeit dehnte sich, als habe die Antwort des Jungen sie beide betäubt. Doch ehe Dun Zeit fand, sich aufzuregen, atmete Negus hörbar aus und begann zu lachen. Heiter tätschelte er seinen runden Bauch.

»Du bist wirklich sein Lehrer«, sagte er grinsend zu Dun und klopfte ihm friedfertig auf die Schulter. »Daran besteht nicht der geringste Zweifel.«

»Nur vergisst er leider manchmal, mit wem er es zu tun hat«, befand Dun und warf dem Jungen einen finsteren Blick zu.

Grenouille beachtete ihn nicht.

»Aber er hat doch recht!« Mit einer Geste wischte Negus alle Einwände beiseite. »Ich habe Garmaret verloren. Wer hätte das Fort angesichts eines solchen Aufstands schon halten können?«

Eine Sekunde lang befürchtete Dun, dass Grenouille seinen Namen nennen könne, doch der Junge schwieg. Vermutlich hatte er sein Unbehagen gespürt, ließ es sich aber nicht nehmen, seinem Meister einen maliziösen Seitenblick zuzuwerfen. Mit geballten Fäusten wartete Dun auf eine Bemerkung, doch sie blieb aus. Im Grunde schätzte er den Charakter des Jungen, und unter anderen Umständen oder unter Menschen, an denen ihm nichts lag, hätte Grenouilles Dreistigkeit ihn wahrscheinlich sogar amüsiert.

»Nie hätte ich gedacht, dass der Kaiser dich herschickt«, befand Negus. »Vor allem nicht nur als Eskorte. Ist dieser Erfinder denn wirklich so wichtig?«

Negus verzog das Gesicht. Es war offenkundig, dass er nicht viel von dem Mann hielt.

»Er vielleicht nicht. Aber der Adlige bei Hof, der seine Rückführung beantragt hat, wahrscheinlich schon.«

»Tja«, sagte Negus, »wenn der Kaiser ein solches Ansuchen unterstützt und euch beiden diesen Auftrag anvertraut, dann wird er wohl wichtig sein. Und mir ist es ehrlich gesagt auch wirklich recht, denn noch ein paar Tage mehr, und ich hätte den Kerl mit meiner Lanze aufgespießt.«

Verblüfft zog Dun die Augenbrauen hoch. Negus suchte die Umgebung ab.

»Aladzio! Aladzio!«, rief er. »Wo treibt dieser Esel sich nur wieder herum? ALADZIO!«

Eine schmale Gestalt mit einem Dreispitz auf dem Kopf tauchte an einer Straßenecke auf. Negus winkte ihn heran.

»Da bist du ja. Komm her!«

»Schon unterwegs, Herr General, schon unterwegs«, stammelte der junge Mann. »Ich muss nur noch schnell ... ups! Oh!«

Im Rennen glitten ihm vier lange Pergamentrollen aus den Händen. Er bückte sich, um sie aufzuheben, vergaß dabei jedoch die Bücher, die unter seinem Arm klemmten und nun ebenfalls in den Schnee fielen. Hastig ließ er sich auf die Knie nieder und raffte alles zusammen. Sein Atem stand vor seinem Mund wie ein weißes Wölkchen.

»Und der soll ein Genie sein?«, grinste Negus. »In den drei Monaten, die er jetzt hier ist, um irgendwelche Steine zu untersuchen, hat er nichts weiter fertiggebracht, als die Scheune abzufackeln.«

»Vielleicht war es ein Unfall«, wiegelte Dun ab.

»Dreimal hintereinander?«

Dun verbiss sich ein Lachen und verschränkte die Arme.

»Ich weiß ja nicht, welchem Edelmann bei Hof dieser Nichtsnutz so viel wert ist, aber vermutlich hat er vor, in seiner Behausung Feuer zu legen«, witzelte der kleine General, ehe er erneut rief: »Aladzio, das sind nur noch Papierfetzen. Lass sie doch einfach liegen!«

»Sie liegen lassen? Hier im Schnee?«, begehrte der Alchimist auf. »Von den Mönchen kopierte Werke? Ihr ahnt ja nicht, wie viel Wissen in diesen Papierfetzen, wie Ihr sie nennt, steckt. Der Fangol-Orden wäre tief betroffen, wenn ich sein Werk hier verkommen ließe.«

Langsam und mit winzigen Schritten bewegte er sich vorwärts. In seinem langen grauen Mantel zitterte er vor Kälte. Als er den Fuß des Wachturms erreichte, vertrat ihm Grenouille mit der Hand am Schwertknauf den Weg.

Der junge Mann mochte etwa fünfundzwanzig Jahre zählen. Er war blass und hatte dunkel umrandete Augen. Nur seine Wangen waren rot vor Kälte. Wilde Locken quollen unter einem rabenschwarzen Dreispitz hervor und fielen ihm bis auf die Schultern. Sein einfacher grauer Mantel war mit Flecken übersät, die sowohl Schmutz als auch Überreste von Experimenten sein konnten. Er fuhr sich mit der Zunge über die schmalen, aufgesprungenen Lippen, lachte verlegen, ging um Grenouille herum und trat vor die beiden Generäle.

»Ich bitte vielmals um Entschuldigung«, brabbelte er kleinlaut, »aber ich habe da etwas … gefunden. Fundstücke sozusagen. Steine in den Minen von … da drüben in den Minen …«

Er presste die Pergamente an die Brust und wies mit dem freien Arm in Richtung der Wälder hinter dem Wachturm.

»Das Gebiet wird von Stromdag und seinen Leuten kontrolliert«, erklärte Negus. »Stromdag ist der Rädelsführer des Aufstands von Kaperdae, Krapen und der Umgebung von Kapernevic. Die Minenarbeiter haben sich ihm angeschlossen, weil er ihnen die Freiheit verspricht.«

»Die Minen«, wiederholte Aladzio mit verträumtem Blick. »Dort gibt es viel zu finden.«

Ein seliges Lächeln überzog sein Gesicht.

»Es ist, als …«

Er suchte nach Worten, beugte sich schließlich vor und murmelte vertraulich: »Ihr wisst schon, als bekäme man von einer Frau einen Kuss auf den … na ja, also …«

Dun wandte sich halb amüsiert, halb entsetzt ab. Wer mochte sich wohl für einen solchen Spinner derart interessieren, dass er ihn vom abgelegensten Ende des Kaiserreichs holen ließ? Er wandte sich an seinen Freund, als wäre Aladzio gar nicht anwesend.

»Stromdag? Ich kann zwar nicht lange bleiben, aber gibt es da vielleicht etwas Neues?«

»Oh, eigentlich nicht«, seufzte Negus.

Während sie langsam auf einen der Turmpfeiler zugingen, rief Dun seinem Knappen zu: »Grenouille, bring Aladzio in die Herberge und bereite unsere Zimmer vor!«

»Aber …«, wandte der Junge ein.

Dun drehte nicht einmal den Kopf, sondern mahnte nur in scharfem Ton: »Keine Widerrede. Du kümmerst dich um Aladzio. Wir reiten morgen vor Sonnenaufgang.«

Der Junge grummelte unzufrieden vor sich hin. Dun und Negus wechselten ein Lächeln, als sie ihn in eisigem Ton sagen hörten: »Nun komm schon!«

Die beiden jungen Männer machten sich auf den Weg zur Herberge. Aladzio trottete hinter Grenouille her und bemühte sich, seine kostbaren Pergamente nicht noch einmal fallen zu lassen.

Müde aussehende Soldaten schlurften vorbei. Ihre Rüstungen waren blind, ihre Kettenhemden hingen wie Lumpen herunter.

»Wer ist nun dieser Stromdag?«, wollte Dun wissen.

»Eigentlich nur ein ganz normaler Dieb«, sagte Negus. »Aber die Bauern der Umgebung halten ihn für besonders großherzig.«

Die beiden Männer begannen, die Leiter zur Turmspitze hinaufzusteigen, während Negus weitererzählte.

»Vor etwa einem Jahr setzte er sich hier im Norden an die Spitze des Aufstands. Dem letzten hier stationierten General ist es zwar gelungen, ihn bis Kaperdae zurückzuschlagen, dafür hat er allerdings mit dem Leben bezahlt.«

»Und bei dieser Kälte können sie ihre Stellungen halten?«, wollte Dun wissen.

Negus war jetzt oben angekommen und kletterte auf die mit einer Brüstung umgebene Plattform, die von einem abgeschrägten Dach geschützt wurde. Zwei Wachsoldaten mit gespannten Bogen überwachten die Umgebung. Ein dritter Mann saß mit einem großen Messer in der Hand neben einem Sack und schärfte eine Pfeilspitze. Als Negus erschien, sprang er auf, doch der General winkte wortlos ab. Dun und er traten an die Brüstung und betrachteten den mit Schnee überzuckerten Wald. In der Ferne verschmolzen Himmel und Horizont in blendendem Weiß.

»Dort unten verstecken sich die Aufständischen«, sagte Negus ernst. »Sie kennen jeden Winkel, bis hin zum Fuß der Berge. Sie sind hier zu Hause.«

»Fast wie in den Salinen«, stellte Dun fest.

»In den Salinen setzten sie Rouargs gegen uns ein. Hier versprechen sie den Minenarbeitern die Freiheit … und schüren die Wut der Drachen.«

Zwar gehörte das Gebiet zum Kaiserreich, doch welcher General kannte sich hier schon wirklich aus? Die meisten hohen Offiziere waren in Emeris oder, wie zum Beispiel Dun, auf einem abgelegenen Schloss aufgewachsen. Der Krieg nahm kein Ende, weil die Verbindung zwischen dem Adel und dem Volk abgerissen war. Der Kaiser jedoch ahnte nichts davon. Zum ersten Mal nach unzähligen Schlachten hatte Dun plötzlich das Gefühl, dass das Kaiserreich nicht zu retten war.

»Siehst du den Einschnitt dort drüben?«, fragte Negus und zeigte in die Ferne.

Unter den Bäumen konnte man ein Tal erahnen, das sich bis zu den fernen Bergen zog.

»Diese Schlucht ist der einzige Grund, warum wir noch nicht besiegt worden sind. Die Drachen sitzen im Wald und kommen gar nicht erst auf die Idee, das Tal zu überfliegen und nach Kapernevic vorzudringen. Siehst du sie? Sie hocken da zwischen den Bäumen, weil Stromdag sie aus ihren Höhlen gelockt hat. Aber nur deshalb können wir die Stellung noch halten.«

»Es sind eben nur Tiere«, grunzte Dun.

Zwar wusste er um die Einfältigkeit der Drachen, die sich beinahe wie Schafe verhielten – dass sie allerdings derart dumm waren, hatte er nicht geahnt. Dieser mutmaßliche Trumpf der Rebellen konnte sich am Ende als ihre Schwäche entpuppen.

»Natürlich sind es nur Tiere, aber sie können unsere Männer mühelos in Stücke reißen. Sogar am Boden. Stell dir bloß vor, einer von ihnen käme doch noch auf die Idee, über das Tal zu fliegen … Glücklicherweise beschränken sie sich bisher auf den Berg.«

»Ich glaube, du brauchst dir keine Sorgen zu machen. Die Biester sind einfach zu dämlich. Pack sie in einen nach oben offenen Gang, und sie rennen darin herum wie die Ratten. Da ändert sich nichts, mein guter Negus.«

»Leider doch«, entgegnete er mit gesenktem Blick. »Manche Dinge ändern sich trotzdem.«

Er atmete tief durch, dann sprudelte es aus ihm hervor: »Nichts wird mehr wie früher sein. Dieser Krieg dauert schon viel zu lang. Du kommst doch gerade aus Emeris – hast du es nicht gespürt?« Es war, als müsste er sich eine Last von der Seele reden.

»Was meinst du?«

»Das Schlangennest, mein Freund. Der Kaiser wird schlecht beraten. Laerte, der Sohn von Uster, ist immer noch nicht wieder aufgetaucht. Angeblich soll er sich in der Gegend von Eole auf dem Land aufhalten. Zwar herrscht auch dort der Aufstand, aber niemand kann beweisen, dass er ihn anführt. Er scheint überall gleichzeitig zu sein und jede Revolte anzuführen. In Serray haben wir ein paar Aufständische festnehmen und verhören können, ebenso in Brenin. Alle sagten, sie hätten Laerte gesehen, aber niemand kann ihn beschreiben. Er ist kein Mensch aus Fleisch und Blut mehr, sondern ein Gerücht. Und weißt du, was mit Gerüchten geschieht? Sie verbreiten sich bis zum Palast. Auch dort lauert bereits die Revolte. Man fürchtet sich nämlich hauptsächlich vor dem, was man nicht sieht. Angeblich haben sich schon Edelleute mit Laerte verbündet. Die Ideen Oratio von Usters sind faszinierend. Als wir ihn henkten, haben wir ihn zum Märtyrer gemacht, und Laerte weiß das genau. Der

Krieg in Emeris wird politisch geführt; er besteht aus Beschuldigungen und Gemunkel. Es ist ein Krieg der Worte.«

Mit auf die Brüstung gestützten Armen betrachtete Dun die seltsam stille Landschaft unter sich. Kapernevic wirkte unendlich ruhig. Die fernen Bäume bewegten sich sanft im leisen Wind.

»Wird schon jemand verdächtigt?«, fragte er schließlich ernst.

Allein die Vorstellung, Emeris könnte betroffen sein, erschien ihm unerträglich. Der Palast war sein Refugium, seine Höhle … sein Herz. Er hatte den Kaiser auf die schändlichste Weise geschützt, ehe er ihm später höchst ehrenvoll diente. Und plötzlich begann diese Welt, die er sich so mühsam aufgebaut hatte, in ihren Grundfesten zu wanken.

»Die Rede ist von Sprösslingen adliger Familien aus den Salinen. Es geht um die Grafschaften Alser und Rubegond und um das Herzogtum Erinbourg. Ganz zu schweigen von den Flüchtlingen aus den Salinen – einigen ganz bestimmten.«

Kämpfen. Zuschlagen. Angreifen. Diese Dinge waren Dun vertraut. Aber gegen Intrigen an höchster Stelle konnte er nichts ausrichten; sie machten ihn hilflos. Langsam richtete er sich auf.

»Hast du einen Plan, wie du Stromdag angreifen willst?«, fragte er.

Es war besser, über Themen zu sprechen, von denen er etwas verstand.

»Mein lieber Freund …«

Mit einem traurigen Lächeln legte ihm Negus die Hand auf den Arm.

»Der Kaiser misstraut Flüchtlingen aus den Salinen, die sich in Emeris in Sicherheit gebracht haben. Hast du noch immer nicht verstanden?«

Dun atmete tief durch. O doch, er hatte verstanden. Gleich beim ersten Mal hatte er die Anspielung begriffen, sich jedoch geweigert, die Möglichkeit in Betracht zu ziehen. Er riss den Arm unter Negus' Hand fort, trat von der Brüstung zurück und wandte sich zur Leiter.

»Dun«, sagte Negus leise.

»Er muss Grenouille wirklich nicht misstrauen. Niemand muss das«, gab Dun trocken zurück, ohne sich umzudrehen.

Schon stand sein Fuß auf der obersten Sprosse.

»So hör mir doch wenigstens zu«, bat Negus und folgte ihm.

»Er wird das Kaiserreich nicht verraten!«, fauchte Dun.

»Vielleicht nicht. Aber du solltest auf der Hut sein. Einige Ratgeber des Kaisers halten ihn für gefährlich.«

Dun begegnete dem betrübten Gesicht seines Freundes mit einem bösen Lächeln. Grenouille war noch fast ein Kind, doch die schurkischen Ratgeber, die den Kaiser mit niederträchtigen Worten vergifteten, schienen ihn zu fürchten. Darauf zumindest konnte man sich verständigen.

»Sie tun gut daran, Angst vor ihm zu haben.«

Der Gedanke gefiel ihm. Er verstand nichts von Politik, und Machtspiele waren schon gar nicht seine Sache. Für ihn zählte nur durch Taten und nicht etwa durch Worte bewiesener Respekt. Grenouille hatte so oft sein Leben gegen den Aufstand aufs Spiel gesetzt, dass der Vorwurf, er könne gegen den Kaiser intrigieren, Dun unerträglich erschien.

Während er den Rest des Tages damit verbrachte, zusammen mit Negus die Truppen zu inspizieren, dachte er unablässig darüber nach, was ihn und den Jungen in Emeris erwartete. Zwar galt er als Vertrauter des Kaisers, doch wäre er wirklich in der Lage, seinen Zögling zu verteidigen, wenn … Nein, daran mochte er gar nicht denken.

Als er Grenouille in der warmen Herberge wiedersah, war er immer noch verunsichert. Der Junge hielt ein kleines Holzpferd in der Hand. Schon oft hatte Dun ihn dabei ertappt, wie er das seltsame Maskottchen betrachtete, das wie ein auf der Straße durch die Salinen gefundenes Kinderspielzeug aussah. Vor jeder Schlacht suchte Grenouille es hervor. Dass es jetzt vor ihm stand, ließ auf nichts Gutes schließen.

»Sie sehen ziemlich müde aus, findet Ihr nicht?«, stellte Grenouille fest, als sich sein Meister zu ihm an den Tisch setzte.

Im großen Kamin knisterte ein prächtiges Feuer. Rote Flammen tanzten über die Holzscheite und verbreiteten wohlige Wärme. Die Soldaten ringsum begnügten sich mit einer bescheidenen warmen Mahlzeit. Einige saßen am Tresen und betranken sich lautlos und mit leeren Blicken. Alle wirkten matt und verdrossen, als hätte die Kälte von Kapernevic jede Lebenslust eingefroren.

»Ging es uns am Fuß des Vershan nicht ebenso?«, gab Dun zu bedenken und verschränkte die Hände auf dem Tisch. »Oder in Bredelet, nachdem wir drei Wochen lang gekämpft hatten? Wenn du so lange hier wärst wie sie, würdest du ebenso aussehen.«

»Gut möglich«, nickte Grenouille und widmete sich wieder seinem Teller, auf dem sich nur noch Reste befanden.

Lässig griff er nach seinem dampfenden Krug und trank einen Schluck. Dem Duft nach handelte es sich um heißen Beerensaft. Dun schüttelte sich. Das Zeug war ihm viel zu süß. Vor einem Fass stand ein Schankmädchen mit beeindruckender Oberweite und füllte einen Krug. Mit einer Handbewegung rief er sie zu sich, ehe er sich wieder seinem Schüler widmete. Sorgenvoll blickte er ihn an.

»Wo ist Aladzio?«

»Nach Hause gegangen, um zu packen. Stimmt es, dass wir morgen früh abreisen?«

»Wir haben einen Auftrag. Wir müssen diesen Erfinder nach Emeris bringen. Hier ist er in Gefahr, und einflussreiche Leute fürchten um seine Sicherheit.«

»Ich würde den Kerl am liebsten ohrfeigen«, gestand Grenouille.

Dun verbiss sich ein Grinsen.

»Das ist gar nicht zum Lachen, Sumpfschnepfe.« Grenouille wirkte zerknirscht. »Er redet ununterbrochen. Worte, Worte und noch mehr Worte. Zehn Minuten mit mir könnten gefährlicher für ihn werden, als sich während des gesamten Kriegs hier aufzuhalten.«

»Du wirst damit zurechtkommen«, seufzte Dun. »Die Reise dauert schließlich nicht sehr lang. Und außerdem liegt darin nicht der Kern. Also raus mit der Sprache.«

Grenouille zögerte. »Und all diese Leute bleiben hier?«, fragte er.

»Negus beschützt sie.«

»Ich habe gehört, dass es hier Drachen gibt. Vor allem erzählt man sich von einem roten Drachen. Er soll das grausamste Tier der Welt sein und ganze Dörfer vernichten.«

»Aha, daher weht der Wind«, lächelte Dun.

Der Junge wollte sich mit einem Drachen messen. Er hatte Lust zu kämpfen – wirklich zu handeln und nicht nur einem schwatzhaften Erfinder als Leibwächter zu dienen.

»Drachen sind ziemlich dumme Tiere.«

»Rote Drachen nicht.«

»Ich muss zugeben, sie sind etwas pfiffiger. Auch imposanter und grausamer. Es braucht eine gewisse Erfahrung, sie zu bekämpfen, aber letztendlich sind auch sie nur Tiere. Tiere, die nur dann Menschen angreifen, wenn sie sich in die Enge getrieben fühlen.«

»Die Nâagas behaupten aber etwas ganz anderes. Für sie sind Drachen keine Tiere, sondern die Seelen ihrer Vorfahren.«

Dass sein Zögling die Nâagas mit solchem Ernst erwähnte, gefiel Dun ganz und gar nicht. Diese Wilden verehrten sämtliches Schuppengetier und erhoben es in einen Ahnenstatus. Für sie waren Drachen Lebewesen, denen man Respekt zu schulden hatte.

»Wo hast du denn diesen Blödsinn aufgeschnappt?«

Grenouille verzog das Gesicht.

»Die Nâagas sind ein unzivilisiertes Volk«, schimpfte Dun. »Sie glauben nicht nur an die Macht der Drachen, sondern auch, sich die Kraft von Menschen einverleiben zu können, indem sie nach ihren Stammeskriegen ihre Gefangenen essen. Eigentlich sind sie auch nur Tiere, genau wie die Drachen. Vergiss das nie. Und im Übrigen ist dieser rote Drache nicht unsere Angelegenheit. Er verhält sich aggressiv, weil er zwischen Stromdag und uns eingekeilt ist. Sobald der Krieg zu Ende ist, verkriecht er sich wieder, das kannst du mir glauben. Und hat er Kapernevic je angegriffen? Nein. Nicht ein einziges Mal. Die

Leute reden über ihn, weil … sie sich wichtigmachen wollen. Und die Gefahr liegt ausschließlich darin, dass Krieg herrscht. Außerdem können wir nicht hierbleiben, das weißt du sehr gut.«

»Warum?«, fragte Grenouille aufsässig. »Ihr seid General, und ich kann kämpfen. Wir haben schon viele Schlachten gewonnen.«

»Aber auch verloren.«

»Selten. Ihr und ich – wir beide haben den Verlauf dieses Kriegs schon oft beeinflusst.«

»Willst du tatsächlich der Leute wegen hierbleiben und kämpfen?«

»Ihr wollt mich nicht verstehen«, flüsterte Grenouille niedergeschlagen.

Endlich kam das Schankmädchen an den Tisch, stellte einen Becher vor Dun und schenkte ein. Er bedeutete ihr, gleich den ganzen Krug dazulassen. Ein einziger Becher würde ihm heute nicht genügen.

Sie räumte Grenouilles Teller ab, dessen Blick sich unrettbar in ihrem schwindelerregenden Ausschnitt verfing. Dun musste ein Schmunzeln verbergen.

Nein, Grenouille war wirklich kein Kind mehr. Als das Schankmädchen verschwunden war, blickte Dun ihm ins Gesicht.

»Da, an der Seite«, sagte er und zeigte auf seinen Mundwinkel.

»Was denn?«

»Du sabberst.«

Grenouille konnte nicht über den Scherz lachen. Beinahe hätte er sich gar brav den Mund abgewischt. Verdrossen nickte er und steckte das kleine Holzpferd in die Tasche seines Lederwamses.

»Dieses Mädchen, mit dem du dich in Emeris manchmal triffst – du liebst sie, nicht wahr?«

Grenouille sah ihm für eine Sekunde gerade in die Augen, ehe er seinen Becher hastig leerte.

»In Emeris bleibt eben nichts verborgen«, fügte Dun amüsiert hinzu. »Es ist dasselbe Mädchen, das du auch nach unserer Flucht in Garmaret getroffen hast, richtig? Sie stammt ebenfalls aus den Salinen. Kanntest du sie schon vorher?«

»Das geht Euch überhaupt nichts an«, entgegnete Grenouille unfreundlich, sprang auf, durchquerte den Schankraum und ließ die Tür hinter sich unsanft ins Schloss fallen.

Nachdenklich stürzte Dun den Inhalt seines Bechers in einem Zug hinunter. Der Wein kitzelte ihn in der Kehle und verbreitete eine angenehme Wärme in seinem Innern. Er setzte den Becher ab, überlegte, ob er sich noch einmal einschenken sollte, entschied sich dagegen und verließ ebenfalls den Gastraum.

Grenouille lehnte mit verschränkten Armen und tief ins Gesicht gezogener Kapuze auf der Vortreppe an der Hauswand. Dun wartete eine Weile, ehe er die Treppen hinunterging und sich durch den knirschenden Schnee arbeitete. Der Mond stand voll und hoch am Himmel. Bläulich angestrahlt, lag das Dorf in tiefem Schlaf. Auf einem der Wachtürme patrouillierten die Wachen mit einer Fackel.

»Ich erinnere mich meiner ersten großen Liebe noch sehr gut«, sagte er leise, als spräche er zu sich selbst. »Damals war ich kaum älter als du jetzt. Ich erinnere mich, wie sehr mich nach ihr verlangte …« Er drehte sich zu Grenouille um. »Wie ist es nur möglich, dass ein Gefühl einem solche Bauchschmerzen verursacht?«, fuhr er nachdenklich fort.

Aber Grenouille blieb stumm. Dun überlegte, was er eigentlich von dem Jungen erwartete. Dass er seine Zunge löste und ihm alles erzählte? Oder ihn gar tröstete? Und wer weiß – vielleicht hatte Negus ja tatsächlich recht, und in Emeris gab es Verräter. Vielleicht bediente sich die junge Frau aus den Salinen der Unschuld Grenouilles? Sofern er überhaupt noch unschuldig war.

Plötzlich fasste er einen Entschluss. »Weißt du was? Wir bleiben morgen noch hier und unterstützen Negus bei einem Ausfall gegen die Aufständischen unter der Leitung von Stromdag.«

Grenouille löste sich von der Mauer und ließ verblüfft die Arme hängen. Den wahren Grund für Duns Stimmungsumschwung ahnte er nicht, doch sein Meister war sich darüber im Klaren, dass der Junge erheblich weniger riskierte, wenn er gegen sichtbare Feinde vorging, als wenn er in das Schlangennest Emeris zurückkehrte. Und was Aladzio anging, so würde er ein oder zwei Tage mehr in Kapernevic sicher überleben.

Irgendwo in der Ferne ertönte ein rauer Schrei.

»Hast du schon einmal einen Drachen gesehen?«, erkundigte sich Dun verträumt.

Weit über den fernen Wäldern erhoben sich vier schwarze Gestalten kreisend in die Luft. Ihre Flügel entfalteten sich, die langen Hälse schimmerten im Mondlicht. Die Drachen erwachten.

Am folgenden Abend würden Dun und Grenouille auf die Jagd gehen. Auf die Jagd nach Drachen und Menschen, die versuchten, sie gegen das Kaiserreich einzusetzen.

9

LEBENSRETTER

Wollt Ihr wirklich für den Rest
Eures Lebens ein Gespenst bleiben?
Handelt doch endlich als der,
der Ihr seid – als General.

Stolze Säulen reckten sich vom goldbraunen Marmorboden empor. Die hohen, eingefärbten Fenster verliehen dem Sonnenlicht einen weichen Schimmer. Mitten im Raum stand ein kleiner Mann mit faltigem Gesicht und fast kahlem Schädel. Trotz seiner Korpulenz schien ihm die weiße Toga mit dem grüngoldenen Überwurf zu groß zu sein. Ein Ratsherr … Wer erinnerte sich noch daran, dass er einst Armeen zum Sieg geführt und sich des *Odems* bedient hatte? Und dass er seinen letzten Kampf an der Seite von Dun-Cadal Daermon in Kapernevic gefochten hatte?

»Mein Name ist Viola Aguirre, Ratsherr Negus«, stellte sich die junge Frau vor und schüttelte die ausgestreckte Hand des kleinen Mannes. »Ich bin Historikerin an der Großen Universität von Emeris.«

Sie verbeugte sich graziös.

»Wir sind Euch sehr dankbar, dass Ihr so kurz nach Eurer Ankunft in Masalia Zeit für uns erübrigt. Unser Anliegen ist allerdings auch von höchster Wichtigkeit für …«

»Er ist hier, Negus«, unterbrach Dun ihren Redefluss.

Das Lächeln des Ratsherrn wurde leicht ironisch.

»Und ich dachte schon, du wolltest über die guten alten Zeiten plaudern«, sagte er leise.

Dun hatte nicht gerade seinen besten Tag. Sein verwüstetes Gesicht war unrasiert, und die vom Trinken geröteten Augen verliehen ihm das Aussehen eines geprügelten Hunds. Kein Außenstehender hätte geahnt, dass hier zwei große Helden einander gegenüberstanden.

»Es geht um den Mord am Ratsherrn Enain-Cassart«, erklärte Viola. »Wir haben allen Grund zu glauben …«

»Lasst uns allein«, schnitt Dun ihr das Wort ab, ohne den Blick von seinem alten Freund zu lösen.

Viola zögerte kurz, ehe sie nickte, sich umdrehte und zu einer der Bänke am Fenster ging.

Die beiden Männer standen nun allein in dem großen Saal. Sie musterten sich ausgiebig, ließen aber wenig Zuneigung erkennen. Nur in ihren Augen zeigte sich ein seltsames Leuchten. Das, was sie miteinander erlebt hatten, würden sie nie vergessen können. Das jedoch, was sie an diesem Tag aneinander entdeckten, wurde dadurch noch unerträglicher.

»Ich dachte, du wärst längst tot«, stellte Negus fest.

»Und ich dachte, du wärst … ehrenhafter«, presste Dun hervor.

Er hatte Mühe, seine Wut im Zaum zu halten. Seinen Freund in den Farben der Republik zu sehen widerstrebte ihm zutiefst. Aber vielleicht gab es ja eine Erklärung dafür.

»Die Zeiten ändern sich, mein Freund.«

»Aber so sehr?«, hakte Dun nach. »So sehr, dass du alles vergessen hast, wofür wir kämpften? So sehr, dass du heute dem Feind dienst?«

»Du bist also hier, um über mich zu urteilen«, klagte Negus mit einem traurigen Lächeln. »Ein Gespenst aus der Vergangenheit verurteilt mich.«

»Nein«, sagte Dun.

Er senkte den Kopf.

»Natürlich nicht.«

Ob er sich selbst auch so sehr verändert hatte? Er erkannte sich selbst nicht wieder in diesem formlosen Körper, der sich von Weinbecher zu Weinbecher und von den Tavernen der Unterstadt zu Mildrels Haus schleppte.

»Ich war gestern am Hafen, als Enain-Cassart ermordet wurde …«

Jetzt lächelte Negus nicht mehr. Sein sonst so joviales Gesicht wirkte wie versteinert.

»Ich habe den Mörder gesehen«, fuhr Dun fort. »Er ist hier.«

»Von wem sprichst du?«, fragte der Ratsherr mit gerunzelten Brauen.

»Von der *Hand des Kaisers*.«

Sie musterten einander schweigend. Dun war der Erste, der den Blick abwandte.

»Die Hand des Kaisers«, wiederholte Negus schließlich leise. »Dann bist du also gekommen, um mich zu warnen.«

»Um dir das Leben zu retten.«

Aber sein Gesicht war bleich, und seine Augen flatterten. Er wirkte … schmutzig. Jämmerlich und schmutzig. Negus musterte ihn von Kopf bis Fuß, ohne seinen Kummer zu verbergen.

»Du lebst immer noch in der Vergangenheit, nicht wahr? Logrid ist tot, Dun. Enain-Cassart wurde von einem Irren ermordet. Nichts weiter. Alles andere geht dich nichts an.«

Das war alles. Weiter gab es nichts zu sagen.

Dun widerstrebte es, auf diese Weise übergangen zu werden. Er war überzeugt, etwas gesehen zu haben, von dem alle anderen nichts wussten.

Die Republik hatte die Nacht der Masken zum nationalen Feiertag ausgerufen. Es war ein Abend, an dem kein Rang etwas zählte und alle Bürger maskiert den Sieg des Volkes über die Unterdrückung feierten. In diesem Jahr war die Stadt Masalia Gastgeberin der Festlichkeiten, und alle Ratsherrn hatten ihr Kommen angekündigt. Dass auch ein Assassine anwesend war, der nach wie vor das Banner des Kaisers hochhielt, konnte kein Zufall sein.

Als sich Negus zur Tür wandte, versuchte Dun, seinen ehemaligen Waffenbruder zurückzuhalten.

»Warte, Negus!«

Doch er erwischte ihn nicht einmal mehr am Ärmel. Obwohl Negus seit der letzten Begegnung zugenommen hatte, mangelte es ihm keinesfalls an Beweglichkeit. Er wich behände zur Seite aus und warf Dun einen ebenso traurigen wie verächtlichen Blick zu. Die Gardisten an der Tür gingen in Stellung.

»Das, was in unserer heutigen Welt geschieht, geht dich nichts mehr an, Dun. Du verstehst es ohnehin nicht.«

»Was sollte ich auch verstehen?«, gab er verbittert zurück. »Die Art, wie du dich aus der Asche dessen erhoben hast, was wir einst verteidigten? Du warst Ritter. Und General. Du hast einen Schwur geleistet!«

Wut und Enttäuschung schnürten ihm die Kehle zu. War der Mann dort in der abstoßend blasiert wirkenden

Toga wirklich sein Freund? Oder nur ein dahergelaufener Parvenü?

»Wir haben doch an Werte geglaubt, Negus. An das Kaiserreich und den Fangol-Orden.«

»Und an das verlorene Buch, nicht wahr?« Negus nickte. »Aber vielleicht haben wir mehr verdient als das, was die Götter für uns im *Liaber Dest* aufgeschrieben haben. Dein Niedergang – stand der etwa geschrieben? Du warst einmal ein großer Mann, Dun-Cadal, aber du hast nie nachgedacht.«

»Ich mag vielleicht nicht mehr groß sein – aber was ist mit dir?«

»Siehst du, genau das verstehst du nicht«, entgegnete Negus, der jetzt ebenfalls wütend wurde. »Wenn du unbedingt willst, kannst du mich gern für einen Verräter halten, aber ganz ehrlich: Was hat uns die Größe gebracht, die wir uns in der Zeit erworben haben, als wir für Reyes kämpften? Sieh dich doch nur selbst an. Wie hat dir der Dienst am Kaiserreich genützt?«

Entschlossen ging er weiter auf die Tür zu.

»Ich habe damals wie heute dem Volk gedient. Du hingegen bist immer nur deinen Träumen nachgelaufen.«

Als die Tür hinter Negus ins Schloss fiel, blieb Dun wie betäubt stehen. Viola trat zu ihm, doch er nahm sie kaum wahr.

»Dun-Cadal«, sprach sie ihn sanft an. »Ist alles in Ordnung?«

Er warf ihr einen kurzen Blick zu. Nein, er wollte kein Mitleid. Er hatte Besseres verdient. Schließlich war er einmal wesentlich mehr gewesen als ein armseliger Säufer, der sich in Masalias Elendsvierteln herumtrieb.

»Nichts ist in Ordnung«, antwortete er und starrte die Tür an, hinter der Negus verschwunden war.

Dahinter geschah etwas. Dun spürte die Luft vibrieren wie ein straff gespanntes Seil.

Du …

»Wir werden Mittel und Wege finden, ihn zu überzeugen«, sagte Viola tröstend.

Ein Gardist näherte sich.

Du bleibst …

Sanft berührte sie seine Schulter.

»Ich konnte schon immer den Tod spüren«, sagte er plötzlich mit zitternder Stimme. Tränen standen in seinen Augen.

Der Gardist machte Anstalten, sie nach draußen zu begleiten.

Du bleibst in meiner Nähe, Grenouille. Negus, sind die Fallen bereit?

»Er ist hier«, murmelte er dumpf.

Plötzlich ergriff er die junge Frau am Kragen. Ehe der Gardist reagieren konnte, warf er sie zu Boden, zog mit der freien Hand sein Schwert aus der Scheide und stürmte auf die Tür zu, hinter der Negus verschwunden war.

Sie kommen. Ich spüre es.

Er rannte. Sein Herz hämmerte zum Zerspringen, und seine Schläfen pochten so stark, dass es ihm vorkam, als koche sein gesamtes Innerstes. Sein Körper schien nur noch ein Stück verfaultes Fleisch zu sein. Nutzlos. Schlaff. Ausgebrannt.

Die Drachen!

Sie kommen!

Trotzdem rannte Dun weiter. Er rannte, weil er erneut das merkwürdige Gefühl verspürte, das er schon am Tag zuvor am Hafen empfunden hatte. So oft schon war er dem Tod derart nah gewesen, dass er ihn bereits erahnte, bevor er zuschlug. Mit einem Schulterstoß zertrümmerte er die Tür und blieb stehen.

Sind die Fallen bereit, Negus?

Vielleicht ist dies unser letzter Kampf Seite an Seite, mein Freund …

»Sie kommen!«

Die Nacht war sternenklar. Weißer Hauch stand vor ihren Mündern. Beißende Kälte hüllte die Männer ein und sog alle Wärme aus ihren in reifbedeckte Rüstungen gezwängten Körpern. Sie lagen zu Füßen der hohen Bäume im Schnee, hatten Fackeln entzündet und warteten. Dun stand neben ihnen, die Faust fest um den Schwertgriff geschlossen. In der tiefen Stille konnte man hören, wie sein Lederhandschuh über den Knauf glitt.

»Ich sehe überhaupt nichts«, nörgelte Grenouille, der bei den Soldaten lag.

»Vertrau ihm einfach«, sagte Negus. Er lehnte nur wenige Schritte entfernt an einem Baum und zwinkerte dem Jungen zu.

Sie waren an einem kleinen Hang inmitten der Wälder um Kapernevic in Stellung gegangen. Hunderte frierende Soldaten warteten furchtsam auf den Angriff. Vor einer guten Stunde hatten die Treiber ihre Positionen verlassen und schlichen auf der Suche nach dem Lager der Aufständischen durch das Unterholz. Ihre Aufgabe war einfach. Sie sollten einen Scheinangriff starten und dann so tun, als zögen sie sich zurück. Auf diese Weise konnten sie die sich deutlich überlegen wissende feindliche Armee an den gewünschten Punkt bringen und angreifen. Der Plan stammte von Dun und stützte sich auf die Dummheit der Drachen, an der Stromdags ursprüngliche Strategie gescheitert war. Seltsamerweise war es Aladzio gewesen, der ihn auf diese Idee gebracht hatte, die sich jetzt nur noch als durchführbar erweisen musste.

»Alle bleiben auf ihren Positionen«, befahl Dun im Flüsterton und ging selbst in die Knie.

In der Dunkelheit konnte er die Bewegungen der Bäume kaum ausmachen. War es nur der Wind, der die Zweige bewegte? Nein. Schatten bewegten sich in ihre Richtung. Der Plan schien aufzugehen. Schon war das Klirren der Rüstungen zu hören. Soldaten rannten um ihr Leben. Ihnen folgte ein lautes Rauschen, und dann schrie eine Stimme: »Sie kommen!«

Eine Sekunde noch.

»Alarm!«

Dun und Negus wechselten einen entschlossenen Blick. Alles musste jetzt ganz schnell gehen, und genau das war die einzig mögliche Schwachstelle in ihrer Strategie. Ihr gesamtes Konzept beruhte auf der Findigkeit eines Mannes, dem bisher nichts anderes gelungen war, als eine Scheune in Brand zu setzen. Grenouille hatte dem Plan äußerst reserviert gegenübergestanden, und auch Negus hatte zunächst an einen Scherz geglaubt.

»Lanzen vor!«, befahl Dun-Cadal.

Aber es war kein Scherz. Die ersten Soldaten brachten ihre Lanzen in Stellung. Nur wenige Meter vor ihnen lehnten mit Äxten bewaffnete Fußsoldaten an den Bäumen und bemühten sich, ihre Angst unter Kontrolle zu halten. Um die Stämme hatte man Seile gerollt. Rauschen. Klirren. Rauschen und Klirren.

»Sie sind da!«, rief ein Mann und sprang aus dem Halbschatten.

Zehn atemlose Treiber folgten, dann ertönte ein ohrenbetäubendes Gebrüll. Das Rauschen wurde zum infernalischen Lärm. Als der erste Drache im Licht der Fackeln erschien, gab es kein Zögern mehr.

»Jetzt!«, kommandierte Dun und richtete sich auf.

Die Fußsoldaten zerhackten die Seile. Ein riesiges Netz, zwischen den Bäumen verborgen und mit Stacheldraht verstärkt, löste sich. Schnee und Tannennadeln sprühten empor. Wieder einmal waren die Drachen blindlings ihrem Zorn gefolgt und ohne zu überlegen durch den Wald getrampelt. Der erste wurde abrupt gestoppt, und seinen Artgenossen rechts und links von ihm erging es nicht besser. Sie zappelten wild herum und schlugen knurrend mit den Flügeln, doch ihre Köpfe steckten in einer Falle aus stabilen Seil- und Metallmaschen.

Die Lanzenträger walteten ihres Amtes und durchbohrten die gefangenen Tiere. Dun beendete den Angriff, indem er sein Schwert in das Auge des nächsten Drachen stieß.

Als er sich umdrehte, sah er Grenouille, der mit hängenden Armen herumstand und sein Schwert schleifen ließ. Verblüfft musterte er die riesigen, warzigen Körper, die langen, mit messerscharfen Zähnen bewehrten Mäuler, aus denen Speichel troff, und die großen Nüstern, die heiße Wolken ausstießen. Zwar hatte Dun ihm vor dem Kampf das Aussehen der Tiere beschrieben, sie aber leibhaftig vor sich zu sehen war etwas ganz anderes.

»Grenouille!«

Der Junge reagierte und bewegte sich nicht. Er hörte nicht einmal die durchdringenden Schreie der näher kommenden Krieger.

»Grenouille, bei allen Göttern, beweg dich endlich!«

Wie ein tosender Strom brachen sie zwischen den Bäumen hervor. Soldaten, Söldner und Bauern jeden Alters und unterschiedlichster Größe stürmten hinter den Drachen her, rannten an ihnen vorbei oder kletterten auf ihre Kadaver, um sich von oben tapfer ins Getümmel zu stürzen. Sie schäumten vor Wut.

Auf dem Schlachtfeld herrschte ein unbeschreibliches Chaos. Klingen wurden gekreuzt, Arme, Beine und Köpfe abgehackt, Körper stürzten schwer zu Boden, Schreie gellten durch die Nacht. Wut und Gewalt prallten aufeinander.

Grenouille parierte einen Hieb, wich einem anderen aus, versetzte einen Todesstoß. Die freie Hand ballte er zur Faust und schlug sie einem Angreifer auf den Kopf.

»Grenouille, da drüben!«

Grenouille stieß sein Schwert in die Brust eines anstürmenden Soldaten, ehe er sich zu Dun umdrehte. Seine Schwertspitze triefte vor klebrigem Blut. Der General kämpfte nur wenige Schritte entfernt.

»Achte auf den Drachen!«, warnte er.

Zehn Meter weiter war es einem Drachen gelungen, einige Maschen des Netzes zu zerreißen und einen Soldaten zu zertrampeln. Grenouille stürzte sich auf das Tier. Hinter ihm ging der Kampf weiter.

»Daermon!«, schrie Negus.

Sein Schwert schnitt durch Fleisch, trennte Gliedmaßen ab und klirrte zitternd gegen andere Klingen. Manchmal begnügte er sich damit, die Arme auszubreiten und den

Odem auszustoßen, der seine Feinde mehrere Meter davonschleuderte. Trotz seines Gewichts verfügte er über eine unglaubliche Wendigkeit, wich Hieben aus und warf sich zur Seite, um dann seinerseits sein Schwert in einen Harnisch zu bohren.

Die Gesichter der Kämpfer waren nicht zu erkennen, ihre Gestalten sahen aus wie bewegte Schatten. Die Generäle waren an dieses Getümmel gewöhnt, an diese Woge von Unbekannten, die sich auf sie stürzte – Männer ohne Namen, ohne Geschichte, ohne irgendetwas, an das zu erinnern sich gelohnt hätte. Natürlich besaßen auch sie ein Leben, eine Familie und hatten Träume und Ängste, doch mitten im Kampf an ihre Menschlichkeit zu denken und sie als gleichwertig zu behandeln hätte den sicheren Tod bedeutet. Die Bewegungen der Kämpfer erfolgten mechanisch und waren oft nur durch jahrelange Übung erworbene Reflexe.

Dun streckte einen Gegner nieder, ohne den Feind hinter sich zu bemerken. Ein Söldner schwenkte eine Axt über dem Kopf und wollte gerade zuschlagen, als …

»Himmeldonnerwetter«, fluchte Dun und fuhr herum, weil er das Geräusch des Schwertes vernahm, das den Körper des Rebellen durchbohrte.

Der Mann fiel mit erstauntem Gesichtsausdruck auf die Knie. Hinter ihm stand Negus. Auf seinen vom Frost aufgesprungenen Lippen lag ein freches Grinsen. Erleichtert atmete Dun auf.

»Ich habe dir gerade das Leben gerettet, mein Freund«, erklärte Negus stolz.

Der Schnee ringsum färbte sich blutrot. Die Bäume bogen sich unter der Gewalt der in ihrer Falle tobenden Drachen. Dazwischen bewegten sich schwarze, kaum von den flackernden Fackeln beleuchtete Gestalten wie in einem Totentanz.

Verzweifelt suchte Dun nach seinem Schüler. Als er ihn schließlich entdeckte, bahnte sich Grenouille gerade eine Schneise durch die Aufständischen. Bei jedem Hieb blinkte sein Schwert rötlich auf. Er war nur noch wenige Meter von dem riesigen Drachen entfernt, der Masche für Masche das Netz zerriss, das ihn von den Schultern an einhüllte.

»Es ist der rote Drache«, raunte Negus. »Das Netz wird nicht halten.«

Das Tier war deutlich größer als die anderen. Unter seinen lebhaft roten Schuppen zeichneten sich dicke Muskelpakete ab, und über den gelben Augen mit den geschlitzten, tiefschwarzen Pupillen wanden sich zwei lange Hörner. Rauchkringel drangen aus seinen Nasenlöchern und stiegen graziös in die Luft. Der Anblick hatte fast etwas Hypnotisches. Als der Drache laut brüllte, blieb Grenouille stehen. Mit einem letzten Biss zerriss das Tier das Netz, befreite sich und richtete kreisend den Hals auf. Obwohl die Maschen des Netzes mit Stacheldraht verstärkt worden waren, hatten sie nicht gehalten.

Rote Drachen waren sehr selten und extrem kampflustig. Nie und nimmer hätte Dun damit gerechnet, dass Stromdag es wagen würde, eines dieser Tiere gegen die kaiserliche Armee einzusetzen. Trotz der nicht unerheblichen Gefahr, dass sich der Drache gegen seine eigenen Männer wendete, war es ihm gelungen, das Tier zu seinem Verbündeten zu machen.

Als der Drache das Maul aufriss, musste Negus seinen Freund zurückhalten.

»Grenouille!«, schrie Dun.

»Nein, Dun. Nein!« Negus' Stimme klang streng.

Der Drache streckte den Hals und zeigte eine dünne Zunge, die in einem Haken endete. Zwei Drüsen neben seinem Zäpfchen zogen sich zusammen. Ein Feuersturm drang aus dem weit geöffneten Maul, und die Flammen ergriffen alle Soldaten in der Nähe und setzten die umstehenden Bäume in Brand. Die Wucht des Gluthauchs war so groß, dass Grenouille viele Meter zurückgeschleudert wurde. Halb betäubt sah er noch, wie das Tier mit den Flügeln schlug und sich fauchend in die Luft erhob.

»Grenouille! Weg da!«, rief Dun und stieß Negus beiseite, um dem Jungen beizustehen.

»Dun! Wir müssen zum Rückzug blasen!«

Der General drehte sich um. Das Prasseln der Flammen und das Klirren der Waffen war ohrenbetäubend laut. Negus musste schreien, um sich verständlich zu machen.

»Wir müssen zum Rückzug blasen!«

»Auf keinen Fall«, widersprach Dun.

Grenouille hatte sich inzwischen wieder aufgerappelt und folgte dem imposanten Schatten des wütenden Drachen mit Blicken. Er spuckte erneut Feuer, ehe er über die Bäume hinwegsegelte. Die Schreie der Soldaten, die in ihren weißglühenden Rüstungen gefangen waren, verstärkten seine entsetzliche Angst. Wie menschliche Fackeln irrten die Männer umher und warfen sich in den Schnee, weil sie hofften, die Flammen so zu ersticken.

»Grenouille!«, rief Dun wieder.

Mit gellenden Schreien rückten die Minenarbeiter an. Außer ihren Schaufeln besaßen sie keine Waffen, doch sie waren bereit, rücksichtslos zuzuschlagen und Knochen zu brechen.

»Daermon!«

Schon fanden sich die beiden Generäle eingekreist wieder. Rücken an Rücken gelang es ihnen, den Strom der Angreifer in Schach zu halten. Immer wieder strömten neue Kämpfer nach. Dun und Negus kämpften um ihr Leben. Sie benutzten den *Odem*. Minenarbeiter wurden in die Luft katapultiert, gegen brennende Bäume geschleudert und stürzten auf schneebedeckte Felsen.

Negus! Mein Freund!

Alles war verloren. Dass sich der rote Drache befreit hatte, hoch über den Wäldern seine Kreise drehte und dabei lange, bedrohliche Schreie ausstieß, machte den Mut der Männer endgültig zunichte. Die Soldaten des Kaisers wandten sich zur Flucht.

Minenarbeiter und Söldner stürmten hinter ihnen her. Wie lange mochte die Schlacht noch angedauert haben? Waren es wirklich nur wenige Minuten? Den Männern kam es vor wie eine Ewigkeit.

Stromdag hatte nun freie Bahn. Es stand ihm frei, Kapernevic zu erstürmen und die Wut des roten Drachen noch weiter zu schüren, damit dieser alles vernichtete, was sich ihm in den Weg stellte. Die Armee des Kaisers war nicht mehr in der Lage, ihn aufzuhalten.

Wir hätten dort im Norden gemeinsam sterben können. Vielleicht wäre es besser gewesen, damals Seite an Seite unser Leben zu lassen – damals, als wir uns noch nicht entfremdet hatten.

Doch plötzlich war da dieses Geräusch. Ein dumpfer, mächtiger, tierischer Schrei. Ein Schrei der Verzweiflung, der die Nacht zerriss und den Sturm der Feinde irritierte. Weit entfernt über den höchsten Berggipfeln schlug der rote Drache im Schein des Vollmonds mit den Flügeln.

Etwas zog ihn zu Boden, etwas unaussprechlich Mächtiges. Er wehrte sich verzweifelt.

Furchtsam blickten die Aufständischen nach oben. So sehr der Drache auch raste und tobte, die unsichtbare Kraft war stärker und hielt ihn fest in ihrem Bann.

Dun und Negus erkannten die Kraft zwar sofort, hatten aber noch nie den *Odem* derart stark erlebt. Wie viele Ritter mochten hier ihre Kraft so gut aufeinander abgestimmt und vereinigt haben? Um sich an ein solches Heldenstück zu wagen, musste der Wille unerschütterlich sein, denn auch die kleinste Schwäche hätte schreckliche Folgen gehabt.

Die Aufständischen bekamen es mit der Angst zu tun. Ihre Reihen lichteten sich rasch, denn ihr letzter Trumpf drohte abzustürzen und zu versagen.

Und dann krachte der Drache zu Boden. Bäume zersplitterten. Ein dumpfer Schlag folgte, der sich anfühlte wie ein kurzes, heftiges Erdbeben.

»Bei allen Göttern«, flüsterte Negus.

Sofort wendete sich die Schlacht. Die Nachricht vom Absturz des roten Drachen verbreitete sich wie ein Lauffeuer. Stromdags Soldaten gaben Fersengeld und rannten davon wie die Hasen, ohne sich um irgendetwas zu kümmern. Bald hörte man nur noch das Knistern der Flammen, die sich über das Schlachtfeld fraßen. Überlebende stöhnten, Sterbende schrien.

Nur Grenouille war nicht auffindbar. Dun suchte wie von Sinnen nach ihm. Er drehte jede Leiche um, wischte blutige Gesichter ab und untersuchte alle Verletzten. Grenouille blieb verschwunden.

»Dun«, mahnte Negus hinter ihm.

Nein, dieser Gefallene war es nicht, und auch der nächste nicht. Jetzt blieben nur noch die verkohlten Leichen der Soldaten neben der zerrissenen Drachenfalle.

»Dun-Cadal!«, rief Negus lauter, packte den Freund an der Schulter und zwang ihn, sich aufzurichten.

»Da kommt er«, verkündete er.

Im unruhigen Schein der lodernden Flammen hinkte der Junge durch die klare Nacht auf sie zu. Er hatte die Kapuze tief ins Gesicht gezogen, doch Dun sah den dünnen Blutfaden, der ihm aus dem Mundwinkel lief. Unter dem Arm trug er ein Drachenhorn.

»Du bist nicht bereit.«

»Ich kann es schaffen.«

Mit einer knappen Bewegung warf er seinem Meister das Horn vor die Füße. Dann brach er zusammen.

»Ich glaube, wir haben gewonnen«, stammelte er.

Negus, der neben Dun stand, starrte Grenouille ungläubig an. Der Junge beherrschte den *Odem* wie kein anderer zuvor.

»Ich werde der größte Ritter, den die Welt je gesehen hat.«

Dun stand immer noch an der Tür. Langsam lösten sich seine Finger vom Schwertgriff.

Du hast mir das Leben gerettet. Damals in Kapernevic.

Sein früherer Waffenbruder lag auf dem Boden zwischen ausgerollten Pergamenten und wild durcheinandergeworfenen Büchern. Seine Augen standen offen, aber ohne jeglichen Glanz, der Kopf ruhte auf der Steinumrandung des Kamins.

Leider war es mir nicht vergönnt, mich dafür zu revanchieren.

Rußige Fußspuren kamen aus dem Kamin, fanden sich zahlreich neben dem Toten und führten verblassend bis zum geöffneten Fenster. Zarte blaue Vorhänge bauschten sich im Wind und ließen die Straße dahinter erkennen.

»Stehen bleiben! Sofort stehen bleiben!«, schrie der Wachsoldat draußen im Saal.

Unter den beunruhigten Blicken Violas richtete sich Dun mühsam auf. Stehen bleiben? Jetzt? Der Mörder musste schließlich noch ganz in der Nähe sein! Verrückt!

Mit großen Schritten durchquerte Dun den Raum und sprang genau in dem Augenblick aus dem Fenster, als der Wachsoldat durch die Tür stürmte. Er hörte nicht auf die Zurufe des Gardisten, sondern hangelte sich in eine gepflasterte Gasse hinunter, die in eine größere, sehr belebte Straße mündete. Bald schon entdeckte er die athletische Gestalt des Assassinen. Sein Gesicht war unter einer Kapuze verborgen, die dunkelgrüne Weste reichte bis zu den Schenkeln hinunter. Nach einem raschen Blick über die Schulter legte der Flüchtende einen Schritt zu.

»Alarm!«, brüllte der noch ganz verwirrte Soldat vom Fenster aus.

Das, was in unserer heutigen Welt geschieht, geht dich nichts mehr an …

Trunken vor Zorn rannte Dun hinterher. Von der Gasse aus folgte er dem Mörder durch die überfüllte Geschäftsstraße und stieß unsanft mit einem Passanten zusammen, dem er um Haaresbreite einen Schwertstreich versetzt hätte.

Daermon!

Mit wild pochendem Herzen schüttelte er den Kopf. Wo war dieser Logrid nur geblieben? Eine unübersehbare Menschenmenge drängte sich durch die Straße. Leute in feinen Kleidern, Leute in Lumpen, Männer, Frauen, Nâagas, Händler, Notabeln. Gerüche hingen in der Luft. Kräuter. Parfum. Rosen. Maiglöckchen. Schweiß. Unter der südlichen Sonne mischten sich Farben und Düfte, Schmutz und Gestank. In Duns Kopf drehte sich alles.

Mit einem Mal entdeckte er den Mörder ein Stück weiter. Er lief elegant, ohne jemanden anzurempeln. Sofort rannte Dun wieder los. Rücksichtslos bahnte er sich einen Weg durch die Menge. Beim Anblick seines gezückten Schwertes stoben die Menschen schreiend auseinander.

Es dauerte nicht lange, da wurden seine Beine schwer, seine Lunge brannte, und die Kehle schmerzte. Tränen der Anstrengung standen in seinen Augen, doch er hetzte weiter. Einen Marktstand auf dem Weg trampelte er einfach nieder.

Straße folgte auf Straße. Immer wieder glaubte er, dem Assassinen ein Stück näher gekommen zu sein. Täuschte er sich? War es vielleicht der Mörder, der seinen Verfolger nicht verlieren wollte?

Eine Abteilung Soldaten näherte sich. Stiefelabsätze knallten rhythmisch auf den Boden. Passanten schrien erschrocken auf.

Dun bekam kaum noch Luft. Sein Herz schlug unregelmäßig, als wollte es ihm aus der Brust springen. Sein Kopf schmerzte zum Zerspringen. Gleich … gleich würde er stürzen.

Nein!

Er lief weiter. Er musste weiterlaufen. Er hatte ganze Armeen geschlagen und war kreuz und quer durch das

Kaiserreich bis in die entlegensten Regionen gereist. Ein einfacher Lauf würde doch jemanden wie ihn nicht überfordern! Der Rettungsanker, an den er sich klammerte, war sein Stolz. Er verdoppelte seine Anstrengung.

Der Assassine bog in eine Sackgasse zwischen zwei Wohnhäusern ein, an deren Ende Kisten bis zu doppelter Mannshöhe gestapelt waren. Er saß in der Falle und blieb stehen.

»Du …«, keuchte Dun am Ende seiner Kräfte. »Du …«

Manchmal hasse ich dich.

Mühsam schwenkte er sein Schwert, das ihm plötzlich unendlich schwer vorkam. Um es zu halten, musste er den zweiten Arm zu Hilfe nehmen.

»Dreh dich um«, befahl er mit schwacher Stimme. »Dreh dich um!«

Es musste sein, Dun-Cadal. Ich bin der Kaiser und muss manchmal schwierige Entscheidungen treffen. Es ist meine Pflicht.

Langsam, sehr langsam gehorchte der Assassine. Sein Gesicht war unter der Kapuze nicht zu erkennen. Schmerzliche Erinnerungen erwachten in Dun. Als er auf Logrid zuging, wäre er beinahe gestrauchelt.

»Warum hast du Negus getötet?«, fragte er keuchend. »Warum bist du von den Toten auferstanden? Zieh dein Schwert! Zieh es!«

»Du bist viel zu schwach«, widersprach der Assassine.

Seine Stimme klang seltsam. Tief und gezwungen.

»Ich und schwach!«, knirschte Dun wütend.

Schwankend bewegte er sich vorwärts. Seine Unsicherheit war mehr eine Folge seiner Erschöpfung als seiner Angst. Doch er atmete jetzt ruhiger, obwohl seine Kehle immer noch trocken war.

»Du solltest mich nicht unterschätzen, Logrid«, warnte er sein Gegenüber mit einem drohenden Lächeln. »Ich bin immer noch General Dun-Cadal Daermon.«

Auch seine Stimme klang jetzt wieder kräftiger. Seine brodelnde Wut verhalf ihm zu ungeahnten Kräften. Stolz straffte er den Rücken, sein Blick wurde fest. Nur die Trauer in seinen Augen wich nicht.

Endlich hatte Dun wieder ein Ziel. Ein Licht, das ihm den Weg wies. Und der Trunkenbold verwandelte sich in einen General. Sein Abstieg in die Hölle hatte begonnen, nachdem der Assassine das Unabänderliche verübt hatte, doch in dieser kleinen Gasse in Masalia würde er enden. Mit geübter Hand ließ er das Schwert kreisen.

»Ich bin General Dun-Cadal Daermon«, wiederholte er mit leiser Stimme, als wollte er sich selbst überzeugen. »Ich war einmal einer der ganz Großen.«

Aus dem Schatten seiner Kapuze beobachtete der Assassine ungerührt, wie der General gemessenen Schrittes auf ihn zukam.

»Auch wenn die Zeit ihren Tribut gefordert hat«, fuhr Dun mit rauer Stimme fort, »und auch wenn mein Herz nicht mehr ganz so kräftig schlägt, weil es müde und gebrochen ist – ich bin und bleibe ein General. Vergiss das nie.«

Manchmal …

»Ich freue mich, dass du dich dessen erinnerst«, antwortete der Assassine. »Aber ich werde nicht gegen dich kämpfen. Nicht, solange ich die Waffe nicht habe.«

Die Antwort überraschte Dun so sehr, dass er stehen blieb. Eraëd? Sprach der Assassine etwa von Eraëd?

»Zieh dein Schwert«, herrschte er den Mörder an und drohte ihm mit seiner Waffe. »Zieh, damit wir endlich zu einem Ende kommen.«

Der Mann wich einen Schritt zurück. Langsam glitt seine Hand zum Schwertknauf.

... hasse ich dich.

»Grenouille war hundertmal mehr wert als du«, fauchte Dun. »Leute wie du taugen nichts. Du bist ein Niemand!«

»Du scheinst deinen Stolz wiedergefunden zu haben, Dun-Cadal«, stellte der Mann fest. Er schien zu lächeln und neigte den Kopf zur Seite. Dann ließ er die Hand sinken. »Schön, dass du wieder bei uns bist.«

Wie vom Donner gerührt musste Dun zusehen, wie sich der Assassine umdrehte und mit ungeahnter Geschicklichkeit auf den Kistenstapel kletterte.

»Komm zurück!«, stammelte er. »Komm zurück, Feigling!«

Mit einem Satz sprang der Mann über die Mauer, ohne ihn eines Blickes zu würdigen. Die Wachabteilung kam immer näher.

»Bei allen Göttern, Logrid, ich werde dich töten. Ich schwöre es! Dafür wirst du bezahlen«, schrie er hinter dem Flüchtenden her.

»Stillgestanden!«, kommandierte eine Stimme.

Dun zuckte mit keiner Wimper, als sich ihm die Hellebarden entgegensenkten. Wachsoldaten kreisten ihn ein. Er beachtete sie nicht. Sein Blick hing an der Mauer, über die Logrid gesprungen war.

»Dafür wirst du bezahlen«, murmelte er.

»Lass dein Schwert fallen, Mörder! Loslassen!«

Dun wehrte sich nicht, als er entwaffnet wurde. Auf dem Weg in den Kerker sprach er kein Wort.

... hasse ich dich.

10
LOGRID

*Ihr solltet nie vergessen, woher Ihr kommt
und aus welchem Grund man Euch
zum General ernannt hat, Dun-Cadal.
Mit Ehre hat es jedenfalls nichts zu tun.*

Ruhmreich waren sie in Emeris eingeritten. Kapernevic war gerettet, der schreckliche rote Drache besiegt, und in der ganzen Stadt kursierten Gerüchte darüber, wer dafür verantwortlich war. Nur wenige Leute kannten den Ritter, dessen ungeahnte Fähigkeiten das legendäre Untier besiegt hatten. Lediglich die Schüler der Militärakademie ahnten, dass hinter der Heldentat einer der Ihren steckte. Der wahre Held aber blieb auch während seines Aufenthalts in der Stadt im Schatten. Eigentlich fehlte nur noch, dass der mysteriöse Grenouille von Kaiser Asham Ivani Reyes empfangen und für seine Taten ausgezeichnet wurde. Er war der Einzige unter den Zöglingen der Militärakademie, der bereits Erfahrungen auf dem Schlachtfeld gesammelt hatte.

Sobald der Junge an die Akademie zurückkehrte und wieder Kurse in Fechten, Strategie und der Beherrschung des *Odems* belegte, stellte er nicht nur sein außergewöhnliches Talent unter Beweis, sondern war dank seiner Praxis im Krieg seinen Mitschülern weit voraus. Lag es an seiner deutlichen Überlegenheit, dass er sich lieber abseits hielt? Er hatte keinen einzigen Freund, und tatsächlich empfanden die jungen Adligen, die mit ihm die Schulbank drückten, Neid, Eifersucht und auch eine gewisse Furcht vor ihm. Wer wusste schon, wozu dieser Grenouille, der dem sagenumwobenen General Daermon diente, fähig war?

In Kapernevic war ein Drache vom Himmel gefallen. Dass der ausgezeichnete Krieger und sein Knappe an dieser Schlacht teilgenommen hatten, empfand niemand als verwunderlich. Die Vorstellung jedoch, Grenouille könnte den *Odem* benutzt haben, um das Tier zu Fall zu bringen, erschien kaum glaubhaft. Dennoch wurde darüber getratscht. Wo immer der General und sein Lehrling hinkamen, berichteten die Leute von ihren Heldentaten, und selbst im Kaiserpalast waren sie das Tagesgespräch. Man munkelte sogar, dass die beiden ganz allein in der Lage wären, den Krieg zu beenden.

Dem Schüler, der im großen Hof der Akademie sein Schwert mit fester Hand führte, gelang es nicht, diese Vorstellung aus seinem Kopf zu verbannen. Ihm gegenüber stand Grenouille und fixierte ihn mit festem Blick. Nichts auf der Welt schien den jungen Mann dazu bringen zu können, die Augen zu senken. Es war ein Blick, der sich an sein Opfer heftete und jede seiner Bewegungen im Voraus erahnte.

Die anderen Schüler umringten die beiden Kämpfer und beobachteten sie erwartungsvoll. Bei den Lehrgängen im Zweikampf durften sie beweisen, was sie in der Theorie gelernt hatten, und normalerweise waren die meisten begeistert bei der Sache. Allerdings nicht, wenn Grenouille mit von der Partie war.

»Eröffnung!«, rief der Lehrer, der zwischen seinen Schülern stand.

Die beiden Kämpfer brachten ihre Schwerter mit metallischem Klirren in die Ausgangsposition.

Dun lehnte mit verschränkten Armen an einer Säule und beobachtete, wie sich sein Schüler mühelos seines Angreifers entledigte. Mit wenigen Attacken schickte er ihn zu Boden, entwaffnete ihn, ging leicht in die Knie und ritzte die Haut unter dem Auge seines Widersachers mit der Schwertspitze, als wollte er sein Werk signieren. Ein kleiner Blutstropfen lief über das Gesicht des Schülers, der es nicht wagte, ihn abzuwischen.

Niemand applaudierte. Bis auf das Rauschen der Bäume blieb es im Hof totenstill. Der Unterlegene richtete sich auf die Ellbogen auf und schluckte. Grenouille stand schweigend über ihm und hielt die Schwertspitze auf seinen Hals gerichtet. Sein Blick drückte nicht die geringste Regung aus, doch seine Haltung forderte Respekt.

»Gut. Ihr habt gesehen, auf welche Weise Grenouille den Sieg errungen hat«, sagte der Lehrmeister und trat in die Mitte des Kreises. »Er hatte bereits gewonnen, ehe die Klingen gekreuzt wurden. Was meint ihr, warum?«

Weil er eines Tages der Größte sein wird, dachte Dun mit einem kleinen Lächeln, ehe er den Innenhof verließ.

Durch die langen, offenen Flure der Akademie schlenderte er zu dem Platz mit dem Springbrunnen, an dessen Becken er bei ihrem ersten Aufenthalt in Emeris Grenouille mit zerschlagenem Gesicht vorgefunden hatte. Sein schlechtes Gewissen meldete sich. Hatte Grenouille nicht ganz allein einen roten Drachen besiegt? Warum also überwachte er ihn noch immer, sobald er die Möglichkeit dazu fand? Lag es nur daran, dass er sich wieder und wieder dazu beglückwünschte, den Jungen in den Salinen gefunden zu haben? Dieses Kind, das sich als Rohdiamant entpuppt hatte und nur einen gewissen Schliff brauchte, um zu einem Juwel zu werden? Oder lag ihm nach wie vor nur sein Wohlergehen am Herzen, so wie früher?

»Ihr könnt sicher sein, General, dass die Götter ihre Hand über ihn halten. Nur sie allein wissen, welche Rolle ihm im Leben zugedacht ist.«

Mehr als eine Stunde spazierte er durch die langen Gänge des Palasts. Noch zögerte er, zu Mildrel zurückzukehren, die er am Morgen wieder einmal im Streit verlassen hatte. Eigentlich war er schon längst wieder bereit, sie in die Arme zu schließen, fürchtete jedoch, dass sie ihn zu einer Entschuldigung zwingen würde. Und er hasste Entschuldigungen. Trotz der tiefen Gefühle, die er für sie hegte, war sie schließlich nur eine Kurtisane. Und so lief er weiter, bis er sich vor dem schweren Portal der Kathedrale der Götter wiederfand. Er betrat die Kirche.

»Ich bete jeden Tag für ihn«, gestand Dun dem Bischof, der sich in der Bank neben ihm niedergelassen hatte.

»So wie wir alle für die Soldaten beten, die sich im Krieg gegen die Aufständischen befinden«, lächelte der Bischof.

An den Säulen im Mittelschiff befanden sich Dutzende Skulpturen, die Männer und Frauen in langen Gewändern mit erstarrten Gesichtern darstellten. Sie alle sahen aus wie gewöhnliche Sterbliche. Hier hatten die Götter menschliche Gesichter, und außer ihrer überdimensionalen Größe wies nichts auf ihre Göttlichkeit hin. Sonnenlicht fiel durch eine große Rosette auf den steinernen Altar. Leere Bänke reihten sich ordentlich hintereinander.

Dun hatte sich in die erste Reihe gesetzt. Er wollte sich sammeln und beten, als sich kurz darauf der Bischof von Emeris in einem weißen Gewand mit roter, auf die Schultern fallender Kopfbedeckung neben ihm niederließ. Sein graues Gesicht war von tiefen Falten durchzogen, das feine weiße Haar fiel ihm in den Nacken und wellte sich auf dem violett gefärbten Kragen seiner Kutte. Mit seiner altersfleckigen Hand tätschelte er Duns Schulter, als wären sie Vater und Sohn.

»Außerdem bete ich ganz besonders für Euch, alter Freund.«

Nachdem er in Emeris angekommen war, hatte Dun in dieser Kathedrale Zuflucht gefunden. Immer wenn er zweifelte oder Angst hatte, flüchtete er sich hierhin. Dass er es so weit nach oben geschafft hatte, hatte er nur seinem Glauben zu verdanken. Natürlich gab es dafür einen Grund. Der Bischof hieß Anvelin Evgueni Reyes und war der Onkel des herrschenden Kaisers. Wären ihm nicht die verborgenen Qualitäten Duns ins Auge gefallen, wäre Daermon nie bei Hofe vorgestellt worden, hätte nie das Leben des jungen Asham Ivani gerettet und wäre nie sein Leibwächter geworden, ehe der Kaiser ihn zu seiner ersten *Hand* kürte.

»Niemand kennt die Vorsehung der Götter«, fuhr der alte Geistliche fort. »Schwere Prüfungen stehen Euch bevor, aber ich neige dazu zu glauben, dass die Götter Euch die Hilfe eines jungen Mannes zur Seite gestellt haben.«

»Er ist aber viel mehr wert«, erwiderte Dun freundlich, denn er sah keine Veranlassung, mit der Wahrheit hinter dem Berg zu halten.

»Ach ja?«

»Ich glaube, die Götter haben ihn zu mir geschickt, damit er diesen Krieg gewinnt und das Kaiserreich beschützt.«

Der Bischof nickte, ehe er einen Hustenanfall hinter vorgehaltener Hand zu ersticken versuchte. Hastig suchte er in seiner Robe nach einem Taschentuch, um sich die Lippen abzutupfen.

»Dann haben sie den richtigen Mann ausgesucht. Sie werden ihn lehren, ein ganz Großer zu werden.«

Er erhob sich und ging unter den unbewegten Blicken der steinernen Götter das Kirchenschiff entlang. Die majestätischen Statuen wurden jeden Tag von Steinmetzen begutachtet, damit sie nicht dem Zahn der Zeit zum Opfer fielen.

»Das Kaiserreich ist wie diese Statuen«, sagte der Bischof und faltete die Hände. »Je mehr Zeit vergeht, desto brüchiger wird es, und es bedarf vieler Heldentaten und großer Schlachten, um seinen Glanz zu sichern. Auf diese Weise wurde Adismas deo Cagliere zum ersten Kaiser. Er war tief gläubig. So gläubig, dass er nach dem *Liaber Dest* suchte. Er wollte es unbedingt als Erster in die Hand nehmen dürfen.«

Er brach ab. Ein leichtes Lächeln umspielte seine schmalen Lippen.

»Genau aus diesem Grund ging seine Dynastie unter und überließ der heutigen kaiserlichen Familie den Platz«, fuhr er fort. »Immerhin hat Deo Cagliere mehrere Kommentare zu den beiden anderen heiligen Büchern geschrieben, wenn er das eine schon nicht besitzen konnte. Ehe ich Euch Eurer Andacht überlasse, möchte ich Euch einen Auszug aus dem *Liaber Dies* nebst einem Kommentar von Deo Cagliere zitieren.«

Zum ersten Mal, seit er sich auf der Bank niedergelassen hatte, blickte Dun auf und löste seine gefalteten Hände. Und als wäre es das Natürlichste der Welt, streckte Anvelin die Hände über seinem Kopf aus.

»Im *Liaber Dies* steht Folgendes: Niemand ist so groß wie die Götter. Die Götter achten jedoch darauf, dass es Menschen mit großen Schicksalen gibt. Zwar nennt man die Götter nicht namentlich, aber man ehrt die Helden auf dieser Welt. Dazu sagte Deo Cagliere ...« Der Bischof beugte sich zu Dun hinunter und flüsterte: »... er sagte dies: Es ist seltsam, wie schnell große Namen aufeinanderfolgen.«

Langsam richtete er sich wieder auf und wandte den Blick ab.

»Die Götter haben Euch diesen Jungen nicht nur geschenkt, um Euch das Leben zu retten. Er wird zum Echo Eurer eigenen Größe und zum Wohl des Kaiserreichs heranwachsen. Ich bete für Euch und für dieses Kind, und auch der Kaiser wird sich meinen Gebeten anschließen, dessen bin ich sicher. Ich hege nicht den geringsten Zweifel, dass die Götter dies längst wissen und alles dafür tun, dass unsere Bitten erhört werden.«

Er schenkte Dun ein letztes Lächeln, drehte sich um und ging am Altar vorbei zu einer kleinen Holztür, die er leise hinter sich schloss.

Als der General wieder allein war, faltete er die Hände, schloss die Augen und stieß einen langen Seufzer aus. Die Worte des Bischofs waren ihm ein großer Trost gewesen. Die Götter hatten also beschlossen, die Schicksale des Meisters und seines Schülers miteinander zu verbinden, damit der Junge eines Tages noch größer würde.

Dun war sich seiner Berühmtheit bewusst, ebenso wie der Siege, die er teilweise ganz allein für das Reich erkämpft hatte. Dass Grenouille es eines Tages vielleicht noch weiterbringen würde, fand er ausgesprochen ermutigend. Mit diesem Gedanken im Kopf begann er zu beten. Immer wieder flüsterte er die gleichen Worte. Möge dieser Krieg ruhmreich enden, möge Grenouille ruhmreich überleben, und möge er selbst in Würde sterben, wenn seine Stunde käme. Mit gefalteten Händen und geschlossenen Augen gab er sich ganz dem Gebet hin. Er betete, dass das zu Anbeginn der Zeiten beschlossene Schicksal so groß wäre, wie er es erhoffte. So sah der wahre Glaube aus. Man musste die Götter akzeptieren und ihnen danken.

»Leere Worte«, raunte plötzlich jemand hinter ihm.

Dun erstarrte. Langsam öffnete er die Augen. *Wie bitte?*

»Diese Worte sind hohl und leer, wenn es stimmt, was der Bischof sagt, und alles schon im Voraus beschlossen ist. Wenn die Götter wirklich die Geschicke der Menschen aufgeschrieben haben, dann können wir sicher sein, dass sie das Buch längst zugeklappt haben und zu anderen Dingen übergegangen sind. Und warum sollten wir sie loben? Was ist, wenn das Euch zugeteilte Schicksal Euch nicht gefällt?«

Wie hatte Dun überhören können, wie sich der Mann hinter ihm niederließ, die Arme ausbreitete und sie auf die Lehne der Bank legte, während die Scheide seines Schwertes achtlos über den Boden schleifte?

Er richtete sich auf und drehte sich um. Die *Hand des Kaisers* gab sich geheimnisvoll wie immer. Seine Kapuze überschattete das Gesicht. Unter dem grünen Umhang trug er einen mit Nieten versehenen Brustharnisch und einen Gürtel, in dem mehrere Dolche steckten. Der silberne Griff seines Schwertes befand sich in Reichweite.

Trotz des verborgenen Gesichts war sich Dun sicher, dass Logrid ihn mit Blicken maß.

»Ich habe dich einmal sehr geschätzt«, sagte Dun.

»Ich habe nie aufgehört, Euch ebendieses Gefühl entgegenzubringen«, gab der Mann mit dumpfer Stimme zurück. »Allerdings erkenne ich heute Eure Schwächen.«

»Mein Glaube gehört nicht dazu.«

»Wenn er Euch blind macht, dann schon, Dun-Cadal.«

Er wandte sich Logrid zu, ballte die Fäuste und hielt dem Blick des Assassinen stand, den er im Schatten der Kapuze nur erahnte. Logrid bewegte sich nicht.

»Du warst einst gut, Logrid. Einst warst du wirklich gut.«

Er nickte unwillig. »Vielleicht liegt es daran, dass ich keine Erklärung im Glauben gefunden habe, so wie Ihr. Weil ich im Gegensatz zu Euch Schwierigkeiten habe zu begreifen, wozu wir Menschen da sind. Noch nicht einmal meine Aufgabe leuchtet mir wirklich ein.«

»Auch ich habe niemals gern den Tod gegeben«, sagte Dun, richtete sich auf und schlug mit der flachen Hand auf die Rückenlehne der Bank. Das Holz erbebte. Auf den plötzlichen Lärm folgte eine tiefe Stille, die dem Assassinen jedoch nichts auszumachen schien. Ungerührt blieb er sitzen.

»Und was ist mit Eurem Grenouille?«, fragte er. »Habt Ihr jemals wissen wollen, was er davon hält? Wenn Euch erst einmal bewusst wird, dass er Gefallen an dieser Macht gefunden hat, ist es längst zu spät.«

»Du weißt doch gar nicht …«

»Ich meine die Macht, Leben zu nehmen und es problemlos rechtfertigen zu können«, fuhr Logrid unbeirrt fort.

»Du weißt doch gar nicht, wovon du redest.«

»Was für eine Art neuer Kreatur werdet Ihr hervorbringen, General Daermon?«

Dun wandte den Blick ab und setzte sich wieder auf die Bank, ohne zu begreifen, dass er der Konfrontation auswich. Der Assassine hatte ihn überrumpelt. Mit einem Mal erinnerte er sich, wie viele Hoffnungen er in Logrid gesetzt hatte, ehe er zum General ernannt worden war und ihm seinen Platz überlassen hatte. Der junge Mann war so geschickt gewesen, so begabt im Zweikampf und so unglaublich geduldig! Wann hatte er sich nur diesen grausamen Zug angeeignet?

»Wollt Ihr ihn ebenfalls zur *Hand des Kaisers* ausbilden, um Eurer Schöpfung Ewigkeitswert zu verleihen?«

»Es reicht, Logrid«, seufzte Dun und senkte den Kopf. »Aus dir spricht nur Eifersucht.« Er machte eine Pause. »Aus ihm wird viel mehr werden, als du es damals für dich erträumt hast«, fuhr er schließlich fort.

»Er wird Euch verraten.«

»Es reicht, habe ich gesagt«, fuhr Dun auf. »Er ist mehr wert als ...«

»... ein Assassine?«, schnitt ihm Logrid das Wort ab.

Er stützte sich mit beiden Händen auf die Rückenlehne und sprang so gewandt darüber hinweg, dass kein Geräusch erklang. Mit einem Schritt stieg er über den General hinweg, dabei berührte er mit der rechten Hand sein Schwert.

»Ihr wart die erste *Hand des Kaisers*, Dun-Cadal. Mich habt Ihr nur erschaffen, damit Euer kleines Steckenpferd nicht in Vergessenheit gerät. Und natürlich, damit sich die kaiserliche Familie Eures Namen erinnert. Es war nichts als persönlicher Stolz.«

»Ich habe dich erwählt«, widersprach Dun.

Er richtete sich auf und stieß Logrid zurück. Ihre Stimmen hallten durch die Kathedrale.

»O ja. Ich entsprach Euren Anforderungen geradezu perfekt. Keine Angehörigen. Eine an Syphilis gestorbene Mutter und einen Vater, der sich nie dazu herabgelassen hat, mich als seinen Sohn anzuerkennen, mir aber in seiner unendlichen Güte das Studium an der Akademie finanzierte. Um dann doch nicht Ritter, sondern Assassine zu werden, muss man vermutlich den Pfad des Zorns gehen, nicht wahr?«

»Von Zorn war nie die Rede«, wandte Dun ein.

»O doch, das könnt Ihr nicht leugnen. Es war der Zorn auf den Rest der Welt, auf eine Welt, die in Reyes den letzten seiner Art sah. Und auch wenn mein Weg längst nicht so ruhmreich ist wie der Eure, so ist er doch weitaus wirkungsvoller.«

»Ich habe immer an dich geglaubt. Ich dachte, du …«

»Dann glaubt Ihr jetzt also nicht mehr an mich«, schnitt Logrid ihm das Wort ab. »Für Euch zählen offenbar nur die sogenannten Götter, die jedoch nie in Erscheinung treten.«

Duns Faust schloss sich um seinen Schwertgriff. Beide Männer zogen blank.

»Du lästerst die Götter«, presste Dun zwischen den Zähnen hervor.

»Ihr seid wirklich schnell darin, jemanden zu verteidigen, der nichts für Euch tut. So viel zur Blindheit Eures Glaubens.«

Sie maßen einander mit Blicken, Schüler und Meister. Plötzlich brach der jahrelang gehegte Groll zwischen ihnen auf. War es das Gefühl, sich ineinander getäuscht zu haben?

Beide warteten angespannt darauf, dass der andere zuerst angriff.

»Ihr habt gut daran getan, an mich zu glauben. Wenn Ihr jedoch an diesen Jungen aus den Salinen glaubt, irrt Ihr Euch.«

»Was weißt du schon?«

»Wenn Ihr hier betet, dann betet Ihr nicht für das Kaiserreich, sondern für ihn.«

Den ersten Angriff Duns parierte Logrid noch mühelos, dem zweiten war bereits deutlich schwieriger auszuweichen. Ein heftiges Duell bahnte sich an. Das Klirren der Klingen hallte durch das Kirchenschiff. Die beiden Männer bekämpften sich unter den starren Blicken der Götterstatuen. Plötzlich änderte sich ihr Atemrhythmus. Die Zeit schien sich aufzulösen, ihre Bewegungen verlangsamten sich. Und dann hoben beide gleichzeitig ihre freie Hand.

Die beiden *Odems* trafen mit solcher Macht aufeinander, dass sie zeitweise nichts mehr sehen konnten. Trotz der Wucht des Aufpralls blieben beide auf den Füßen. Atemlos hielten sie inne.

»Ihr dürft nicht länger die Augen verschließen, Dun-Cadal«, sagte Logrid schließlich.

»Und wovor? Wovor, Logrid?«

»Vor der Verbindung des Grafen von Uster mit der Familie Reyes. Vor den Aufwendungen, zu denen er verpflichtet ist. Und vor den Gründen für den Aufstand.«

Feindselig maßen sie einander mit Blicken. Schließlich wichen beide langsam einen Schritt zurück. Ihre lang gehegte Wut war durch ein Wort wie durch einen Funken entzündet worden und hatte den längst überfälligen Zweikampf provoziert. Der Stolz des Lehrers war auf den Ehrgeiz des Schülers geprallt. Nein, sie hatten sich niemals wirklich verstanden.

»Der Graf von Uster hat Verbündete hier in Emeris, Dun-Cadal«, fuhr der Assassine fort. »Sie agieren im Untergrund gegen uns. Also haltet die Augen offen!«

»Ich halte die Augen immer offen«, entgegnete Dun. »Und das, was ich hier vor mir sehe, gefällt mir ganz und gar nicht.«

»Es geht um die Salinen. Ihr habt die Salinen in die Nähe des Kaisers gebracht. Vergesst Euren Zögling. Er wird niemals stark genug sein, um den Kaiser vor seinen wahren Feinden zu schützen.«

»Aus dir spricht nur Eifersucht«, wiederholte Dun streng. »Ich habe dich erwählt. Ich habe dich aus vielen anderen Kandidaten erwählt, um dich als meinen Nachfolger als *Hand des Kaisers* auszubilden. Grenouille wird dir diesen Platz niemals streitig machen. Auf ihn warten ganz andere Herausforderungen.«

Wenn er jedoch erwartet hatte, Logrid mit dieser Bemerkung zu besänftigen, so hatte er sich getäuscht. Zwar steckte sein früherer Schüler das Schwert zurück in die Scheide, doch seine Stimme verriet die unbändige Wut, die in ihm brodelte.

»Glaubt Ihr allen Ernstes, ich will Euch Eurem neuen Schüler entfremden, weil ich befürchte, dass er meinen Platz einnimmt?«

»Grenouille ist sehr begabt, das weißt du. Ich verstehe wohl, dass du gekränkt bist, aber …«

»Dun-Cadal!«

Nun klang Logrids Stimme anders, erfüllt von Trauer und Enttäuschung.

»Hier geht es nicht um einen einfachen Aufstand, dessen Ihr mit dem Einsatz von Gewalt Herr werden könnt.

Es ist unsere gesamte Welt, die sich verändert. Ich tue mein Bestes, dem Verfall entgegenzuwirken, und zwar wirkungsvoller als jeder andere. Ich töte den Abschaum, der uns bedroht, aber ganz auf mich allein gestellt kann ich nicht viel ausrichten. Der Adel ist bereit, sofort eine Kehrtwendung zu machen, wenn die Aufständischen vor den Toren von Emeris stehen. Einige der hohen Herren arbeiten bereits daran, den Rebellen die Stadt in die Hände zu spielen.«

Die Kluft zwischen ihnen war unüberbrückbar geworden. Sie verstanden einander nicht mehr – falls sie es je getan hatten.

»Ich habe dich gelehrt, für den Kaiser zu töten. Aber nur, um ihn zu verteidigen, nicht um dich damit zu brüsten«, erklärte Dun. »Zu meiner Zeit wurde die *Hand des Kaisers* von allen Untertanen gefürchtet und respektiert. Aber seit du diese Uniform trägst, hast du alles …«

»… zerstört, was Ihr aufgebaut habt«, beendete Logrid den Satz leise. »Als hätte ich diese Predigt nicht schon wer weiß wie oft gehört. Ich bringe …« Er zögerte, doch schließlich trat er unmittelbar neben den Altar und wies mit seiner behandschuhten Rechten auf den General. »… Euch Respekt entgegen. Ihr habt mich vieles gelehrt. Aber Ihr seid – so bäuerisch! So gewöhnlich. So bodenständig. Ihr seid noch ganz von der alten Garde – das ist es. Euch kommt gar nicht erst in den Sinn, dass ich Euch vielleicht auch etwas beibringen könnte.«

»Bei allen Göttern, Logrid!«

»Hört endlich mit Euren Göttern auf, Dun-Cadal. Warnen sie Euch etwa vor Gefahren? Nun, ich tue es.«

Er trat einen Schritt zurück. Die warme Mittagssonne, die durch das große Rosettenfenster drang, streute ein wenig Licht unter den dunklen Kapuzenschatten. Dun konnte Logrids Mund sehen. Auf der Oberlippe befand sich eine tiefe Narbe, die durch den sprießenden Bart kaum verdeckt wurde.

»Die Stimmen gegen den Kaiser mehren sich. Das Übel, das Oratio von Uster heraufbeschworen hat, ist längst nach Emeris vorgedrungen. Der Aufruf zum Unrecht wird mit unschuldigen Worten beschönigt. Die Flüchtlinge aus den Salinen schmieden ein Komplott gegen den Kaiser, und der Adel ist bereit, Seine Majestät zu verraten, wenn der Aufstand zu einer echten Revolution wird. Keiner von ihnen ist bereit, seinen angestammten Platz aufzugeben, das dürft Ihr mir glauben.«

»Unsinn!«, fauchte Dun und verdrehte die Augen. »Du hast irgendetwas gehört und entstellst jetzt den Sinn.«

»Ich bin die Augen, die Ohren und die *Hand des Kaisers*, Dun-Cadal. Ich bin der Garant des Kaiserreichs. Ich glaube an den Kaiser, nicht an irgendeine Gottheit. Ihn und seine Welt werde ich verteidigen bis zu meinem Tod. Aber Ihr … Ihr hört und schaut nicht mehr hin. Wenn es eines Tages darum geht zu kämpfen, wird Eure Hand zittern.«

Dun begnügte sich mit einem Nicken. Er fühlte sich so abgestoßen, dass er es vorzog zu gehen, ehe sein Zorn und seine Enttäuschung sich noch einmal Bahn brachen. Ihr Zweikampf war Beweis genug, dass der Krieg genügend Zwietracht säte, um ehemalige Verbündete zu entzweien.

»Heutzutage werden Kriege nicht mehr auf dem Schlachtfeld gewonnen. Kriege bestehen aus Worten und Versprechungen, aus Verführung, Lügen und Verrat. Und alles geschieht im Verborgenen. Aber wer außer mir sieht das schon?«

Worte. Versprechungen. Verrat. Bestand das wahre Duell zwischen ihnen vielleicht nur daraus? Müde vom vielen Reden, versetzte Dun Logrid den Gnadenstoß.

»Seines Namens wird man sich jedenfalls erinnern, deines Namens nicht«, sagte er.

Doch er vergaß Logrids Talente. Talente, die er nie wirklich erkannt hatte – das der Rede, der richtigen Bemerkung zur richtigen Zeit und des Worts, das tiefer treffen konnte als eine scharfe Klinge.

»Das, was ich Euch heute gestanden habe, hat noch nie jemand von mir gehört«, erklärte Logrid kalt. »Niemand anderes als Ihr verdient mein Vertrauen und meinen Respekt. Niemand anderes als Dun-Cadal Daermon wäre in der Lage, das Reich zu retten. Eure Bürde jedoch ist dieser Junge aus den Salinen. Wenn er fällt, wird er Euch mitreißen.« Logrid trat einige Schritte zurück, ehe er hinzufügte: »Und zwar in den tiefsten Abgrund.«

Dun senkte den Blick. Als er wieder aufsah, war der Assassine verschwunden. Minutenlang stand er unbeweglich da. Sonnenflecke tanzten auf den Bodensteinen. Er fühlte sich zwischen Wut und Grübelei hin- und hergerissen. Er war ein Mann des Kriegs – nicht der Worte. Ein General – kein Höfling. Eine eiserne Faust – keiner, der über das Schicksal der Welt verhandelte. Die einzigen Ratschläge, die er dem Kaiser ab und zu gab, zeugten von dem gesunden Menschenverstand der ländlichen Gegend, aus der er stammte. Als Adelsspross aus dem Westen war er als Kind oft barfuß gelaufen.

Logrid hingegen war in den höchsten Kreisen von Emeris aufgewachsen, ehe Dun sein Potenzial entdeckte und ihn zu seinem Nachfolger bestimmte. Ein Sohn aus der besten Gesellschaft namens Duberon hatte ein Mädchen aus guter Familie geschwängert, das Kind aber nicht anerkannt, um seinen Platz bei Hof nicht zu gefährden. Das Schweigen der jungen Mutter erkaufte er sich dadurch, dass er sich verpflichtete, Logrids Studium zu finanzieren. Als Dun auf ihn aufmerksam wurde – damals, als der Kaiser ihm anbot, ihn zum General zu ernennen –, erschien der junge Mann ihm als idealer Nachfolgekandidat. Eine geradezu perfekte *Hand des Kaisers*, kampferprobt, geschickt und schlau. Ein Helfer für den kranken Kaiser, dessen Macht viele Höflinge bereits infrage stellten. Eine Unterstützung für das Reich, unsterblich, ohne Name und Gesicht, aber keinesfalls ehrlos. Logrid hatte sofort zugestimmt. Seine Mutter war längst schwer erkrankt, nachdem sie ihren Geliebten in den Elendsvierteln der Stadt zu vergessen versucht hatte, und Logrid musste ihren Verfall aus nächster Nähe miterleben, ohne etwas dagegen tun zu können.

Doch die Götter waren ihm gnädig gewesen.

Das erste Opfer des Assassinen war Duberon. Der Graf gehörte zu denjenigen, die nicht mehr an die Zukunft der Familie Reyes glaubten. Im Laufe der Zeit sah Dun nicht den geringsten Anlass, an Logrids Treue oder seinen tatsächlichen Absichten zu zweifeln. Dennoch war er überzeugt, dass Eifersucht eine wichtige Rolle für den jungen Mann spielte. Er zweifelte nicht daran, dass Logrid irgendetwas ausbrütete. Dass sich das Komplott allerdings gegen Grenouille richtete, wirkte fast schon wie eine Abrechnung.

Dun seufzte.

Die Statue des Gottes an der Säule hinter ihm gab ihm weder Trost noch Antwort. Gleichgültig blickten seine steinernen Augen über das unbedeutende Wesen zu seinen Füßen hinweg.

Niemand hat das Recht, sie beim Namen zu nennen.
Sie sind überall und für jeden da.
Sie sind hier, und sie sind jetzt.
Sie waren vor uns, und sie werden nach uns sein.

Ein einziges Mal hatte Logrid während seiner Lehrzeit nach den Göttern gefragt, doch nie wäre sein Lehrmeister davon ausgegangen, dass sich die Zweifel seines Schülers im Laufe der Zeit verfestigen würden.

»Wer sind sie überhaupt? Ist das, was ich entscheide, wirklich schon längst niedergeschrieben? Wieso haben sie das Recht, uns ein irgendein Schicksal zuzumuten? Sind wir nur Spielzeuge für sie?«

Dun war nur eine Antwort darauf eingefallen.

»Sie sind die Götter. Sie spielen nicht mit uns, sondern machen Geschichten, Berichte und Sagen aus unserem Leben. Ihr Ziel ist es, der Menschheit auf den höchsten Gipfel zu helfen. Sie kennen den Anbeginn und das Ende aller Zeiten. Wir müssen uns bei ihnen bedanken, dass sie uns das Leben und ein Schicksal schenken, dessen Sinn nur sie kennen.«

Und auch jetzt, unter dieser Statue, deren Blick er vergeblich zu begegnen versuchte, erschien es Dun unvorstellbar, eine andere Antwort in Erwägung zu ziehen.

11

DER ZUSAMMENBRUCH DES KAISERREICHS

Wie vieler Jahre bedarf es, ein Reich zu gründen?
Und wie vieler Sekunden, es zu zerstören …

Mit dem Handrücken wischte er sich den Staub vom Gesicht. Die Zelle starrte vor Schmutz. Durch eine mit verdreckten Eisenstangen versehene Luke sah er ab und zu ein Paar Stiefel vorübereilen. Bei jedem Schritt wurden kleine, trockene Erdbrocken in die Zelle geschleudert und landeten auf dem Kopf des Häftlings. Er lag mit hinter dem Kopf verschränkten Armen auf einer Holzpritsche und sah zu, wie das Tageslicht abnahm. Schon seit Stunden wartete er geduldig darauf, dass man ihn endlich verhörte. Immer wieder dachte er darüber nach, was vorgefallen war, und versuchte, die Entwicklung der Ereignisse zu begreifen oder wenigstens einen Sinn dahinter zu finden – irgendetwas, das ihn beruhigen konnte.

Als er Negus damals in Kapernevic verließ, hatte sein Freund noch in Diensten des Kaisers gestanden. Jetzt arbeitete er für die Sieger. Vermutlich würde Dun die Gründe für diese Sinnesänderung nie verstehen. Dennoch sah er nicht die geringste Veranlassung, dem Freund nach dem Leben zu trachten, sondern hatte ihn ganz im Gegenteil warnen wollen. Allerdings war nicht zu leugnen, dass alle Indizien gegen ihn sprachen – er verkörperte den idealen Attentäter.

Immer wieder setzte Dun die Einzelheiten des Ablaufs neu zusammen wie bei einem Puzzle. Passte überhaupt irgendetwas zusammen? Noch immer konnte er sich keinen Reim auf das Geschehen machen.

Als die Klappe in der Eisentür zurückgeschoben wurde, schaute er gar nicht hin. In der Öffnung erschien ein Auge. Jemand lachte.

»Heda, General!«, rief eine näselnde Stimme. »Wie ist es da drin?«

Zwar kannte Dun nur die Stimme seines Kerkermeisters, doch die genügte, um sich ein Bild von ihm zu machen. Er stellte ihn sich mager und schmutzig vor, vielleicht unzufrieden, weil er nur ein einfacher Wärter war. Außerdem hielt er ihn – und das zählte mehr als alles andere – für ziemlich dumm. Bestimmt wurde er draußen von oben herab behandelt, wofür er sich hier drinnen rächte, indem er die Häftlinge durch die dicke Eisentür hindurch beleidigte.

»Man erzählt sich, dass du mal einer von den ganz Großen warst. Der General der Generäle. Davon ist ja nicht gerade viel übrig geblieben«, gluckste der Mann. »Ein paar von euch haben sich ergeben. Zu denen waren wir nett. Aber die anderen, die sich nicht ergeben wollten – weißt du, was wir mit denen gemacht haben?«

Dun musste unwillkürlich lächeln. Ohne den Blick von der Öffnung zu wenden, murmelte er: »Ja. Ratsherrn.«

»Sie wurden gehenkt«, sagte der Wärter, als hätte er nichts gehört. »Aber mit dir altem Haudegen haben sie sicher noch mehr vor. Du hast dich im Krieg ja vermutlich ziemlich hervorgetan.« Plötzlich änderte sich sein Ton. »Genieß es«, fuhr er verächtlich fort. »General oder nicht – wenn du erst am Seil baumelst, bist du ein genauso armer Schlucker wie alle anderen auch.«

Scheppernd schloss der Wärter die Luke. Dun hörte, wie er immer noch lachend davonschlurfte. Er seufzte. Vielleicht hatte der Mann ja sogar recht. Vielleicht würde man ihn verurteilen. Mildrel hatte ihn gewarnt. »Du weißt, dass die Republik Generäle hervorgebracht hat, die ihr nicht zur Seite stehen ...«

Er hatte sich bemüht, das Leben eines Ratsherrn zu retten. Nur Viola konnte dies bezeugen. Aber wo war sie? Hatte sie ihn im Stich gelassen? Er entschied, nicht mehr darüber nachzudenken, und schloss die Augen.

Nicht zum ersten Mal saß er in einem Kerker. Doch auch wenn es damals für ihn nicht um Leben und Tod gegangen war, so war die Situation nicht weniger unangenehm. Ganz im Gegenteil. Zwölf Jahre war es jetzt her, und meilenweit entfernt von Masalia.

Er erinnerte sich, ihn in der gesamten Militärakademie gesucht zu haben. Ohne Erfolg.

»Aladzio!«

Emeris. In seinen Erinnerungen entstand das Bild der herrlichen Stadt. Er verließ seine stinkende Zelle und befand sich mit einem Mal wieder im Hof der Militärakademie.

»Aladzio!«, rief er und ging mit schnellen Schritten auf den Erfinder zu.

In seinem weiten blauen, mit Goldpaspeln besetzten Mantel und dem Dreispitz auf dem Kopf unterschied sich der Alchimist deutlich von den in graue Tuniken gekleideten Schülern der Akademie. Mehr noch als die Aufmachung war es jedoch seine Haltung, die ihn aus der Menge hervorhob. Während alle anderen Schüler dem General eine gewisse Achtung entgegenbrachten, schien Aladzio ihn nicht einmal zu bemerken. Wenige Schritte hinter ihm ruhte eine lange, schwarze Bleiröhre auf einem Holzsockel. Dun wusste nicht, welche Art Maschine der junge Mann mitten im Hof der Akademie testete. Erst als er unmittelbar vor ihm stand, reagierte Aladzio flüchtig, doch sein Augenmerk galt noch immer irgendeinem Problem mit der Technik.

»Ah«, murmelte er mit abwesender Miene. »General Daermon. Schön, dass … schön, dass …«

»… ich da bin? Ist es das, was du sagen willst, Aladzio?«

»Ja, richtig. Also, es ist eine Freude, Euch zu sehen.«

Dabei blickte er Dun nicht an, sondern hatte weiterhin nur Augen für die Maschine.

»Vielleicht ein bisschen mehr Schwefel? Oder möglicherweise Salpeter? Könnte aber auch sein, dass ich eine weniger schwere Kugel einsetzen muss«, sinnierte er vor sich hin.

»Aladzio!«

»Das Projektil muss bei genauer Stoßrichtung eine hohe Geschwindigkeit erreichen, sonst … Puff! … explodiert es«, fuhr der Erfinder fort und deutete mit geöffneten Händen eine Detonation an.

»Aladzio!«

»Oder es ist … Ja, aber natürlich!« Er freute sich sichtlich. »Es muss an der Feuchtigkeit liegen. Die Mischung ist zu feucht. Deshalb reagiert das Pulver nicht!«

»Aladzio!« Allmählich wurde Dun ungeduldig.

Während der einmonatigen Reise von Kapernevic nach Emeris hatten der General und sein Zögling zunächst sehr unter Aladzios ununterbrochenen Redefluss gelitten. Mehr als einmal musste Dun Grenouille daran hindern, den Erfinder windelweich zu prügeln. Doch je näher sie der kaiserlichen Stadt kamen, desto mehr gewöhnten sie sich an das endlose Geschwafel.

»Ich bin auf der Suche nach Grenouille.«

»Oh, ja, ja«, brabbelte Aladzio, rieb sich die Hände und versicherte Dun, Grenouille halte sich am Steg auf. Der sogenannte Steg war eine Art lange Steinbrücke, die die Militärakademie mit der Waffenkammer verband und über die hängenden Gärten des Palasts hinwegführte.

Dun überließ Aladzio seiner Erfindung und durchquerte den Hof. Entgegen allen Erwartungen waren Aladzio und Grenouille nach ihrer Rückkehr gute Freunde geworden. Dass sein Zögling seine freie Zeit gern mit dem Erfinder verbrachte, störte Dun nicht sonderlich. Nach den Kriegswirren hatte sich der Junge eine Ruhepause redlich verdient. Außerdem gefiel es dem General, dass er sich endlich einmal an jemanden anschloss. Er hatte viel zu wenig Zeit mit Gleichaltrigen verbracht. Seine Kameraden begegneten ihm eher mit Argwohn und Eifersucht, sodass Grenouille ganz von selbst dazu tendierte, sich zurückzuziehen.

Schon lange war es nicht mehr vorgekommen, dass sie so viel Zeit in der Kaiserstadt verbringen konnten, ohne gleich wieder an die Front geschickt zu werden. Die Reise nach Kapernevic war ein so großer Erfolg gewesen, dass

Grenouille die vom Kaiser verordnete Ruhepause endlich dazu nutzen konnte, seinen Treueid zu leisten. Lediglich die Tatsache, dass der Kaiser aus gesundheitlichen Gründen nicht an der Zeremonie teilnehmen konnte, war ein kleiner Wermutstropfen an diesem ansonsten wunderschönen Tag, als Dun seinen Knappen mit dem Schwert zum Ritter schlug.

Schwörst du,

Das Kaiserreich zu verteidigen …

Obwohl der Krieg noch immer andauerte und die Rebellen während der vergangenen Monate einige Gebiete hinzuerobert hatten, war es in Emeris nach wie vor ruhig und friedlich. Hier hörte man noch Vogelgezwitscher statt rauer Befehle. Sanftes Sonnenlicht lag auf den weißen Steinen der Brustwehr.

Und niemals den Pfad des Zorns zu beschreiten …

Schließlich entdeckte Dun Grenouille, der in seinem grauen Umhang neben einer etwa zwanzigjährigen Frau stand. Ein schwarzer Zopf fiel auf ihre nackten Schultern. Ihr karmesinrotes Kleid war sehr einfach und zeigte weder Stickerei noch andere Anzeichen von Wohlstand. Möglicherweise handelte es sich um die Dienerin einer zurückgezogen in Emeris lebenden Herzogin.

Nein. Im Näherkommen erkannte Dun die lebhaft blauen Augen, den frischen Oliventeint und die stolze Haltung, die dieses Mädchen bereits in Garmaret ausgezeichnet hatten. Zwar war sie seither gewachsen, doch er täuschte sich bestimmt nicht.

»Grenouille!«, rief er.

Ritter …

Der junge Mann wandte sich um, sein Gesicht wurde hart. Die junge Frau flüsterte ihm etwas ins Ohr und wandte sich zum Gehen, ehe Dun den frisch zum Ritter Geschlagenen erreichte, der ihm nun fast ebenbürtig war. Beide sahen der grazilen Gestalt nach, wie sie die Brücke überquerte und die Treppe ins Innere des Palasts hinunterstieg.

»Seit Stunden suche ich nach dir«, sagte der General vorwurfsvoll.

»Du warst in solchen Dingen schon einmal besser«, antwortete Grenouille. Sein Gesicht verriet nicht die geringste Regung. Er wandte den Blick nicht vom Steg, als könnte er die junge Frau noch immer sehen.

In letzter Zeit hatte er sich sehr verändert. Inzwischen war er ebenso groß wie sein Meister, und seine Züge waren ausgeprägter, aber auch härter geworden. Wenn er die dichten Brauen runzelte, bildeten sich Falten auf seiner Stirn. Nur in seinen grauen Augen funkelte noch manchmal unbeschwerte Jugendlichkeit, die sich mit frühreifem Ernst abwechselte.

»Wenn du deine Zeit nicht mit Aladzio verbringst, dann mit ihr«, seufzte Dun. »Und du weißt, was ich davon halte.«

»Ich habe mit den Kadetten trainiert, Sumpfschnepfe«, behauptete Grenouille phlegmatisch.

»Und was ist, wenn wir morgen wieder an die Front geschickt werden? Du solltest nicht mit Kadetten trainieren. Du bist schließlich ein Ritter, Holzkopf.«

»Ich werde bereit sein«, versicherte der junge Mann knapp. Gereizt wandte er sich den in Terrassen angelegten Gärten zu und legte seine Hände auf die Brüstung des Stegs.

»Du verbringst deine Zeit doch auch mit Mildrel«, knurrte er.

»Das ist nicht das Gleiche«, gab Dun sanft zurück.

»Und wieso nicht?«, ereiferte sich Grenouille. Jetzt blickte er ihm gerade ins Gesicht.

»Weil Mildrel kein Flüchtling ist.«

Grenouille verdrehte die Augen. »Schon wieder diese Geschichte.«

»Ich habe es dir bereits gesagt, als wir aus Kapernevic zurückkehrten: Vergiss diese Frau, zumindest vorläufig. Hast du nicht bemerkt, wie hier jeder jedem misstraut? Negus hat mich gewarnt, und jetzt warne ich dich.«

»Ich stamme ebenfalls aus den Salinen. Hast du das vergessen?«

Nein, Grenouille schien nicht zu begreifen, worum es ging. Er hielt die Warnung für Ungerechtigkeit, dabei wollte Dun ihn mit seiner Mahnung keinesfalls schikanieren.

»Grenouille, es gilt doch nur bis zum Ende dieses Kriegs. Danach darfst du ihr den Hof machen, so viel du willst.«

Er hatte vorgehabt, den Jungen zu beruhigen, doch es gelang ihm nicht. Der Krieg nahm gerade eine eher unglückliche Wendung, und bis zu seinem Ende konnten gut und gern noch Jahre vergehen.

»Ich möchte doch nur vermeiden, dass man dich in irgendeiner Weise verdächtigt.«

Er zögerte kurz, ehe er dem Jungen die Hand auf die Schulter legte, aber Grenouille schüttelte sie heftig ab und entfernte sich ein Stück.

»Vor allem jetzt, nachdem du zum Ritter geschlagen wurdest«, fügte Dun hinzu.

»Eigentlich sollte mein Status mir gestatten, mich zu treffen, mit wem ich möchte«, entgegnete Grenouille.

»Du darfst nicht glauben, dass du bereits am Ziel bist, mein Junge. Du hast noch einen langen Weg vor dir.«

»Das verstehe ich nicht«, erwiderte er finster. »Nie bin ich dir gut genug. Ganz gleich, was ich tue – es reicht dir nicht. Hast du mich jemals gelobt? Hast du auch nur ein einziges Mal gesagt: ›Gut gemacht, Junge‹? Noch nicht einmal nach dem Treueid. Von dir kam kein Glückwunsch. Einfach nichts. Wie gern hätte ich eines Tages von dir gesagt, dass du mir wie ein Vater gewesen bist … aber ich …«

Er rang um Worte und senkte den Blick. Als er wieder aufsah, klang seine Stimme scharf wie ein Schwert. »Manchmal hasse ich dich.« Mit diesen Worten wandte er sich um und ging so rasch davon, dass sein Umhang hinter ihm herflatterte.

Dun blieb allein auf dem Steg zurück. Die untergehende Sonne vergoldete den Himmel. Er seufzte. Warum nur hatten sie immer diese Schwierigkeiten, miteinander zu reden? Warum sprachen sie nie das richtige Wort zur richtigen Zeit aus? Schon öfter war der Junge nach einer Diskussion einfach fortgegangen – so, als wäre alles gesagt und nichts mehr zu erklären. In solchen Augenblicken schienen sie keine Gemeinsamkeiten zu haben, und jedes Mal ertappte sich Dun dabei, den Jungen mit Logrid zu vergleichen. Würde es mit ihm ähnlich enden?

Und doch hatte ihre Beziehungen einmal aus komplizenhaften Blicken und scherzhaften Worten bestanden. In einer Hinsicht allerdings hatte Grenouille recht: Sein Meister hatte ihn nie beglückwünscht. Aber warum auch? Der Junge war nicht einfach nur begabt – er war brillant. Ein fleißiger Arbeiter, der von einer Kraft angetrieben wurde, die niemand wirklich verstand.

Dun hatte sich lange bemüht, mehr über Grenouilles Lebensgeschichte zu erfahren. Nur zu gern hätte er gewusst, was ihm widerfahren war, ehe sie sich kennenlernten – vielleicht hätte er sich dadurch Grenouilles Beweggründe erklären können. Im Lauf der Jahre jedoch hatte er akzeptieren müssen, dass der Junge sein Geheimnis für sich behalten wollte, und so hatte er sich damit begnügt, ihm dabei zuzusehen, wie er erwachsen wurde, statt mit ihm über die Vergangenheit zu sprechen. Schließlich war es die Zukunft, die zählte. Eine Zukunft, die inzwischen deutlich düsterer aussah als noch vor kurzer Zeit. Der Kaiser hatte bereits den nächsten Einsatz in Aussicht gestellt, doch bisher hatte Dun keine Zeit gefunden, mit Grenouille über seine Vorahnung zu sprechen. Und es war keine gute …

Noch nie hatte seine Intuition ihn getäuscht. Er konnte den Tod riechen.

»Die Aufständischen sind im Anmarsch auf Emeris«, verkündete eine unangenehm harte Stimme.

Die beiden schweren Türflügel öffneten sich vor Dun. Mit sicherem Schritt und der rechten Hand am Griff seines Schwertes durchquerte er den Saal. Der aus Gold und Silber gefertigte Thron des Kaisers schimmerte. Dünne Schleier bauschten sich leicht im Wind. In einen schwarzen bodenlangen Umhang gehüllt saß der Kaiser auf dem Thron. Eine goldene Maske verbarg sein Gesicht und ließ nur die Augen erkennen.

»Der Westen, der Süden und der Südosten haben sich heute Morgen den Aufständischen ergeben.«

»Der Rest wird sich wohl hier abspielen«, weissagte ein alter, auf einen gewundenen Eichenstock gestützter Mann.

»Ihr hättet schneller handeln müssen«, sagte der Mann mit der unangenehmen Stimme. Wenn er den Kopf neigte, bekam sein Doppelkinn Falten.

Der dicke Mann in seinem blauen Mantel verdeckte fast die Gestalt des Kaisers. Niemand konnte eine gewisse Ähnlichkeit mit Hauptmann Azdeki leugnen, der unmittelbar neben ihm stand. Etienne jedoch war schlank und hochgewachsen, sein Onkel hingegen ähnelte einem massigen Fleischberg, auf dem man oben eine weiße Strähne befestigt hatte. Baron Azinn Azdeki von den Baronien im Osten des Vershan hatte es immer vorgezogen, Bankette und Feierlichkeiten zu besuchen, als sich auf dem Schlachtfeld herumzutreiben.

Niemand reagierte auf die Ankunft des Generals. Nur der Kaiser schien ihm ein gewisses Interesse entgegenzubringen. Sechs Ratsherrn waren versammelt. Der Onkel des Kaisers, Hochbischof Reyes vom Fangol-Orden, stand neben seinem Neffen. Marquis von Enain-Cassart hatte die weißen Haare straff nach hinten gekämmt, stützte sich auf seinen Eichenstock und hielt sich in unmittelbarer Nähe des Throns auf. Rechts von Baron Azdeki runzelte sein Neffe nachdenklich die Stirn. Links von ihm zeigten der Herzog von Rhunstag und der Graf von Bernevin deutliche Anzeichen von Ungeduld. Der dicke Rhunstag trug einen Fellmantel, der schlanke Bernevin ein purpurfarbenes, in der Taille von einem Silbergürtel gehaltenes Gewand. Die beiden traten fast immer gemeinsam auf. Ihre Ländereien grenzten unmittelbar aneinander, was sie zu unzertrennlichen Nachbarn machte, ohne dass man sie Freunde hätte nennen können. Sie erweckten den Eindruck, als fände der eine im anderen genau das, was ihm fehlte, um sich wichtig zu fühlen. Der eine besaß die spitzfindige Intelligenz eines Politikers, während der andere einen ausgezeichneten Heerführer abgab.

Seit einem Jahr bestand der engste Kreis der kaiserlichen Berater aus diesen Adligen. Nachdem ruchbar geworden war, dass gewisse Kreise des Hofs mit Laerte von Uster und seinen Rebellen sympathisierten, war die Zahl der Berater auf diese sechs reduziert worden. Sie alle wussten guten Rat, verteilten gern Komplimente und verkündeten ihre Wahrheiten mit einem überraschend gesunden Selbstvertrauen.

»Wir sollten Uster ermorden lassen«, rief Bernevin. »Ohne ihn fehlt es der Rebellion an einem Anführer.«

»Das geht nicht«, wandte Enain-Cassart mit seiner brüchigen Stimme ein. »Wir wissen weder, wo er sich aufhält, noch, wie er jetzt aussieht. Außerdem ist es nicht er, der hier im Palast gegen uns arbeitet.«

»Kaiserliche Hoheit«, begann Rhunstag und schob die Brust vor, »darf ich anmerken, dass sämtliche Minenarbeiter zu den Aufständischen übergelaufen sind? Ganz zu schweigen von den Nâagas, denen sie ebenfalls die Freiheit versprochen haben. Die Mannstärke ihrer Truppen hat sich vervielfacht.«

»Wir müssen so schnell wie möglich damit beginnen, die Verteidigung des Palasts zu verstärken«, nickte Azinn Azdeki. »Mein Neffe erscheint mir die beste Eignung für diese Aufgabe mitzubringen, die …«

Dun entfuhr ein ironischer Seufzer. Alle Blicke wandten sich ihm zu.

»... die äußerst sorgfältig durchgeführt werden muss«, fuhr der Baron verärgert fort.

Zwar war Dun der am höchsten dekorierte General der Armee, doch die meisten Adligen hielten ihn für einen Emporkömmling der schlimmsten Sorte. Schon oft hatte der Kaiser ihn vor seinen Höflingen verteidigen müssen, wobei er jedes Mal argumentierte, dass Dun mehr Schlachten gewonnen hatte als irgendein anderer Krieger. Sein Blut war für das Kaiserreich geflossen, ebenso wie das seines Großvaters. Damit war er mindestens so adlig wie jene, die sich nur auf ihren Titel beriefen, ohne je ein Schlachtfeld betreten zu haben.

»Wir dürfen nicht länger warten, Majestät«, drängte Bernevin.

»Es ist Zeit, sich den Tatsachen zu stellen«, fügte Rhunstag hinzu. »Der Aufstand hat die Unterstadt bereits ergriffen. Wir müssen Exempel statuieren.«

»Das Reich war noch nie derart schwach«, setzte Azinn Azdeki nach. »Einzig Eure weise und erleuchtete Entscheidung ist in der Lage, den Feind aus Emeris zu vertreiben, Majestät. Lasst die Verschwörer verhaften und ohne langen Prozess aufknüpfen, wie Ihr es mit diesem verräterischen Schmied getan habt.«

»Beweist Euren Untertanen, dass Ihr keine Angst habt«, riet Rhunstag. »Erstickt den Aufstand in Emeris. Und lasst uns die Verteidigung gegen Usters Armee ausbauen. Sie sollen hier nicht die geringste Unterstützung vorfinden.«

»Ich weiß, es widerstrebt Euch, so über Eure Untertanen zu urteilen. Aber im Fall des Oratio von Uster seid Ihr ebenso verfahren. Da seine Ideen jedoch überlebt haben, müssen wir tätig werden, ehe sie das Reich in Schutt und

Asche legen. Warten, dass alles vorübergeht, oder die Verschwörer bestrafen? Eine Entscheidung muss getroffen werden, und ich bin ganz sicher, dass Ihr das Richtige tut«, lächelte Enain-Cassart.

Der Kaiser schwieg. Sein Blick war auf Dun geheftet, als wäre der General der Einzige, der seine Aufmerksamkeit verdiente und dessen Billigung er erwartete. Draußen stob eine Spatzenschar auf. Ihre Schatten zeichneten sich auf den zarten Vorhängen ab.

»Wie denkt Ihr darüber, mein Freund?«

Alle warteten auf die Antwort des Generals. Ihre Feindseligkeit verbargen sie unter einem gekünstelten Lächeln. Dun suchte nach den richtigen Worten. Er hatte nicht vor, sich den Zorn der Ratsherrn zuzuziehen, indem er ihr mangelndes Urteilsvermögen kritisierte. Obwohl er sie für teilweise schuldig an der herrschenden Situation hielt, durfte er es sich nicht mit ihnen verderben.

»Ich denke, die Herren haben recht, Kaiserliche Hoheit«, erklärte er schließlich. »Wir müssen uns auf einen Angriff auf Emeris vorbereiten.«

»Aber?«, fragte der Kaiser mit leiser Stimme.

»Aber vermeintliche Verschwörer aufzuknüpfen wäre vielleicht nicht das beste Mittel, um einen Aufstand innerhalb der Stadt zu vermeiden.«

Azinn Azdeki blieb die Luft weg. Wie konnte dieser Kerl ihnen widersprechen? Plötzlich wirkten die Ratsherrn wie Kampfhähne, die sich aufplusterten und mit den Flügeln schlugen. Lediglich Enain-Cassart verbarg seinen Unmut, indem er die Augen niederschlug.

»Man würde im Gegenteil nur die Wut der Leute entfachen«, fuhr Dun fort.

»Meint Ihr wirklich?«, fragte der Kaiser verunsichert.

»Aber der Aufstand ist doch längst hier«, ereiferte sich Bernevin.

»Wagt Ihr es wirklich zu leugnen, dass gewisse Adelige die Aufständischen unterstützen, General Daermon?«, presste Rhunstag hervor. »Der Herzog von Erinbourg ist vor zwei Monaten aus Emeris geflohen. Vieles aber weist darauf hin, dass einige seiner Männer noch hier sind und Vorbereitungen treffen. Und zwar nicht für einen Aufstand, sondern für eine Revolution.«

Die Herren waren tatsächlich überzeugt, dass der Anblick einiger Verräter am Galgen ausreichte, um schon den Versuch eines Aufstands in der Hauptstadt im Keim zu ersticken. Sie hatten keine Ahnung vom Volk. Sie wussten nichts vom Kampfesmut dieser Menschen. Keiner dieser angeblich einfachen Bauern, gegen die Dun seit Beginn des Kriegs kämpfen musste, hatte die Waffen niedergelegt, wenn seine Brüder neben ihm fielen. Ganz im Gegenteil. Er bemerkte den Blick, den der Baron Enain-Cassart zuwarf, als dieser sich dem Kaiser näherte.

»Ich nehme an, Ihr habt mich aus einem bestimmten Grund rufen lassen«, befand der General, um keinen Streit aufkommen zu lassen. »Und sicher nicht, um Euch Ratschläge bezüglich Eures Vorgehens zu geben. Dafür ist Bernevin besser geeignet.«

Bernevin überhörte die Spitze, wandte den Blick ab und hob das Kinn. Dun-Cadal hätte sich gewünscht, dass er reagierte, um ihm zu beweisen, dass er niemals die Oberhand erlangen würde. Nicht vor Reyes. Wenn der Kaiser den General hatte rufen lassen, dann sicher, um ihm die Verteidigung des Palasts anzuvertrauen. Aus welchem anderen Grund hatte er ihn sonst nicht wieder zu Negus an die Front geschickt?

Hinter der goldenen Maske schlossen sich die Augen des Kaisers. Er war es sich schuldig, richtig zu entscheiden, denn davon hingen nicht nur die gesamte Zukunft, sondern auch viele Menschenleben ab. Oder gab es noch etwas anderes, das ihn bedrückte? Er machte dem Bischof ein Zeichen. Sein Onkel griff sanft nach seiner Hand und lächelte bekümmert.

»Ich verstehe Euren Standpunkt, mein Freund. Ich verstehe ihn wirklich«, erklärte der Bischof und nickte. »Aber ich möchte Euch bitten, jetzt ebenso viel Verständnis zu zeigen, auch wenn es Euch schwerfällt.«

»Bitte?«, fragte Dun überrascht.

»Es steht nun einmal so geschrieben, General«, fügte der Bischof traurig hinzu. »Niemand kann den göttlichen Entschlüssen entrinnen.«

Am anderen Ende des Saals wurden Türen geöffnet. Ein Dutzend Soldaten trat so leise ein, dass Dun sie kaum hören konnte, ihre Anwesenheit jedoch spürte. Und plötzlich fiel ihm auf, dass jemand ganz Bestimmtes fehlte.

»Ihr habt selbst gesagt, dass sie recht haben.« Die Stimme des Kaisers zitterte. »Während sich der wütende Pöbel unter dem Kommando eines Verrückten unseren Toren nähert, haben ihre schädlichen Ideen die Stadt bereits infiltriert, und zwar schon seit langer Zeit.«

»Kaiserliche Hoheit …«, murmelte Dun.

Er konnte sich nicht erklären, was da angezettelt wurde. Aber wie hätte er es auch ahnen sollen? Sein Herz schlug plötzlich schneller. Logrid war nicht da. Die *Hand des Kaisers*, der persönliche Assassine des Herrschers, versteckte sich nicht hinter den Säulen, um seinen Herrn notfalls zu verteidigen, wie es seine Angewohnheit war. Für sein Fehlen konnte es nur einen Grund geben: Er war mit einem Auftrag unterwegs.

»Bernevin«, rief der Kaiser. »Tut, was Euch notwendig erscheint, um dem Volk begreiflich zu machen, dass ich keine Unruhe dulde, und dass jeder, der die Macht des Reichs infrage stellt, gnadenlos bestraft wird. Jeder, der sich zu Oratio von Uster bekennt, wird ebenfalls bestraft. Wir beginnen mit den Flüchtlingen aus den Salinen.«

»Zu Befehl, Kaiserliche Hoheit«, antwortete Bernevin und verbeugte sich tief.

»Kaiserliche Hoheit«, wiederholte Dun.

»Mein Freund, Ihr habt so viel für mich getan«, seufzte der Kaiser. »So viel. Und ich danke es Euch auf diese Weise. Aber Eure Gefühle haben Euch geblendet.«

»Was habt Ihr getan?«, fragte Dun beunruhigt.

Die Soldaten kamen näher.

»Ich habe diese Flüchtlinge aufgenommen …«, sagte der Kaiser mit zitternder Stimme, in der sich Trauer und Hass mischten. Er fühlte sich verraten und misstraute nun denen, die er hatte schützen wollen. »… und so danken sie es mir.«

»Dieses Mädchen«, mischte sich Etienne Azdeki plötzlich ein. »Diese Frau, die sich mit deinem … Grenouille herumtreibt … Ihr Name ist Esyld Orbey.«

»Sie ist die Tochter des Leibschmieds des Grafen von Uster«, fuhr sein Onkel hochzufrieden fort. »Gemeinsam haben sie eine Verschwörung angezettelt. Sie und einige andere …«

»Was habt Ihr getan?«, rief Dun mit Donnerstimme und griff nach seinem Schwert.

Doch schon hatten die Soldaten ihn umzingelt und bedrohten ihn mit ihren Lanzen.

»Ich habe nur meine Pflicht getan«, verteidigte sich der Kaiser und richtete sich auf seinem Thron auf. Er musste sich mit einer Hand abstützen, um das Gleichgewicht zu halten.

»Ich handele so, weil ich Euch viel zu verdanken habe. Euer Schüler verdient es nicht, auf einem öffentlichen Platz gehenkt zu werden wie Orbey und seine Tochter.«

»Bei allen Göttern – was habt Ihr getan?«, wiederholte Dun den Tränen nah.

»Genau das, was die Götter von uns erwarten«, antwortete der Bischof. »General, nichts von dem, was hier geschieht, steht nicht bereits im *Liaber Dest*. Besinnt Euch auf Euren Glauben! Seid nicht blind!«

Deshalb also war Logrid nicht hier. Er hatte sich auf die Jagd begeben. Mit tränenblinden Augen suchte Dun verzweifelt nach einem Ausweg. Er musste fort von hier, so schnell wie möglich. Er musste Grenouille suchen, dem Assassinen die Stirn bieten, kämpfen, den Jungen verteidigen, sein Leben retten, ihn nicht alleinlassen, sich schlagen, sich wehren, ihn auf keinen Fall alleinlassen, allein und ohne Schutz. Ihm war, als wäre Grenouille plötzlich wieder zu dem Kind geworden, das er vor langer Zeit in den Salinen gefunden hatte, schwach und unerfahren.

»Hauptmann Azdeki, Ihr sorgt dafür, dass General Daermon standesgemäß und seinem Rang entsprechend behandelt wird«, befahl der Kaiser. »Anschließend betraue ich Euch mit der Verteidigung von Emeris.«

»Das könnt Ihr nicht tun!«, schrie Dun und zog blank.

Die Soldaten erstarrten. Sie wären sofort eingeschritten, doch Azdeki hob beschwichtigend die Hand. Dun stand inmitten des Kreises und schlug mit trotziger Miene mit der flachen Schwertklinge auf die vorgehaltenen Lanzen, immer noch beseelt von der verzweifelten Hoffnung, einer der Soldaten würde zur Seite treten und ihn fliehen lassen. Wo mochte Grenouille jetzt sein? In welchem dunklen Flur versteckte sich Logrid und wartete auf sein Opfer?

»Er hat Euch nie verraten, sondern für Euch gekämpft. Er hat den roten Drachen von Kapernevic getötet, ganz allein.«

»General Daermon!«

»Er ist doch noch ein Kind, Kaiserliche Hoheit. Manchmal gebärdet er sich ein wenig dumm, aber er ist der Beste von uns allen. Ihr habt nicht das Recht dazu!«

»General Daermon«, warnte der Kaiser nun lauter.

Dun drehte sich im Kreis. Mehrfach versuchte er mit einem Ausfallschritt, einen der Soldaten anzugreifen, aber jedes Mal wich derjenige nur ein Stück zurück, um gleich darauf wieder seinen Platz einzunehmen.

»Er hat sich für Euch geschlagen! Für Euch!«, schrie Dun. »Er hat das Kaiserreich verteidigt.«

Würde Grenouille rechtzeitig das Schwert entdecken, das auf ihn niedersauste? Hätte er genügend Zeit, den Hieb zu parieren? Wäre er in der Lage, sich zu verteidigen? Einsam, verloren und ohne zu begreifen, warum ihn diejenigen, die ihn aufgenommen hatten, mit so viel Verachtung behandelten. Er war doch nur ein Junge ...

Im Schatten der Säulen näherte sich Logrids Gestalt. Wie gern hätte Dun sein Gesicht unter der Kapuze entblößt. Wie gern hätte er wenigstens einen Anflug von Angst wahrgenommen, während er brüllend versuchte, sich auf ihn zu werfen. Nur mit großer Mühe gelang es den Soldaten, ihn zurückzuhalten. Gewaltsam drehten sie seine Waffenhand auf den Rücken.

»Logrid!«, fauchte Dun blind vor Wut. »Logrid! Du verfluchter Schweinehund!«

Angesichts von so viel Zorn wich der Assassine überrascht zurück.

»Logrid! Ich verfluche dich. Bei allen Göttern – ich verfluche dich!«

Mit einem Mal sackte Dun in sich zusammen. Alle Kraft verließ ihn, und fühlte sich so niedergeschlagen wie nie zuvor. Sein Leben lang hatte er angenommen, dass er höchstens unter den heftigen Schlägen erbitterter Feinde nachgeben würde, doch nun brach er unter einem Schicksalsschlag zusammen. Der Assassine schien zu schwanken. Mit gesenktem Kopf lehnte er sich an eine Säule.

»Ist es geschehen?«, fragte Azdeki.

Logrid nickte kurz. Mit einer Geste befahl der Hauptmann den Soldaten, den tobenden General loszulassen. Erschöpft fiel Dun auf die Knie und schluchzte hemmungslos.

»Ihr habt nicht das Recht …«

»Da seht ihr den großen Dun-Cadal Daermon«, murmelte Azdeki.

Da seht ihr den großen Dun-Cadal Daermon …

»Es tut mir unendlich leid, mein Freund«, sagte der Kaiser mit unsicherer Stimme. »Ich hatte keine andere Wahl. Sein Verrat wird nie an die Öffentlichkeit dringen, aber sein Ruhm auf dem Schlachtfeld bleibt für alle Zeiten. Es musste sein, Dun-Cadal. Ich bin der Kaiser.

Ich muss die schwierigsten Entscheidungen treffen. Es ist meine Pflicht.«

… den großen Dun-Cadal Daermon.

»Nehmt ihn in Gewahrsam, bis er wieder bei Sinnen ist.«

Da seht ihr …

Die feuchten Ausdünstungen des Verlieses. Das dumpfe Geräusch der eisernen Tür. Die Ohnmacht, nichts tun zu können, als nabele man ihn vom wirklichen Leben ab. Er hatte es bereits in Emeris erlebt, und jetzt erlebte er es in Masalia wieder.

»Da seht ihr den großen Dun-Cadal Daermon«, sagte eine Stimme.

Dun war eingeschlafen und hatte ihn nicht kommen hören. Die Worte weckten ihn nicht einmal unsanft, doch das harte Geräusch der ins Schloss fallenden Tür ließ ihn zusammenzucken. Die Abendsonne warf ein paar kümmerliche Strahlen durch die Luke, doch die Gestalt blieb einige Zeit im Schatten stehen.

Dun setzte sich auf und massierte sich den Nacken. Er wusste, wer zu Besuch gekommen war. Es bestand nicht der geringste Zweifel. Die feingliedrige Gestalt in der weißen Toga kannte er nur allzu gut.

»So sieht man sich wieder«, murmelte er.

»Nicht wahr?«, entgegnete der Mann ironisch.

Dun stützte die Stirn in die Hand und schwieg. Der nur wenige Schritte von ihm entfernte Schatten gab sich genau so arrogant wie vor wenigen Stunden am Hafen. Es war nicht Enain-Cassart, der den Tod verdient hatte.

»Tu dir keinen Zwang an, Etienne. Bitte, fühle dich ganz wie zu Hause.«

Etienne trat einen Schritt vor. Das kümmerliche Licht fiel auf sein bartloses, ausgemergeltes Gesicht, die Adlernase, die schmalen, fest zusammengepressten Lippen, die straff zurückgekämmten grauen Haare und den roten Umhang über der Schulter. Geringschätzig musterte er den Häftling.

»Ich war gerade dabei, mir die guten alten Zeiten ins Gedächtnis zurückzurufen«, sagte Dun spöttisch. »Damals, als man mich eingesperrt und der Kaiser dir die Verteidigung von Emeris anvertraut hat.«

»Vorbei ist vorbei«, antwortete Azdeki ruhig.

Am liebsten wäre Dun ihm an die Kehle gesprungen und hätte ihn so lang gewürgt, bis sein hochmütiges Gesicht endlich einmal Angst zeigte.

Azdekis Rang war ihm absolut unbegreiflich. Er, der sich als einer der Ersten gegen den Aufstand stark gemacht hatte und unbarmherzig gegen diejenigen vorgegangen war, die eine Republik gründen wollten, zählte heute zu deren führenden Köpfen. Der Feind von gestern war zum Freund geworden. Dun erschien das undenkbar. Für ihn blieb ein Feind ein Feind, und daran konnte auch die Zeit nichts ändern.

»Nur die Zukunft zählt, natürlich«, höhnte Dun. »Darf ich dir gratulieren? Du hast dich nach dem Ende des Kaiserreichs ja wirklich hervorragend aus der Affäre gezogen.«

Azdeki ging nicht darauf ein. Langsam, den Blick fest auf die allmählich dunkler werdende Luke geheftet, trat er an die Pritsche. Dun saß auf dem Bettrand und beobachtete ihn stumm. Dabei bemerkte er, dass der Saum der Toga mit Schlamm bespritzt war.

»Du bist also nicht tot«, stellte Azdeki fest.

»Wie du unschwer erkennen kannst. Und du? Ich hoffe, deine Politik ist geschickter als deine militärische Strategie.«

Er überlegte, ob er nicht vielleicht lieber tot gewesen wäre, als seine alten Freunde und Waffenbrüder reihenweise ihren Treueid gegenüber dem Kaiser missachten zu sehen.

»Ich dachte, du wärst beim Sturm auf Emeris gefallen. An dem Tag, als Reyes starb.«

»Als *der Kaiser* starb«, korrigierte Dun.

Azdeki nickte und setzte sich neben ihn.

»Ich habe Negus nicht getötet, Azdeki.«

»Das weiß ich«, antwortete der Ratsherr und verschränkte die schmalen weißen Hände. Hände, die viel zu gepflegt waren, um ein Schwert zu schwingen.

»Ich wollte ihn warnen, dass Logrid zurück ist. Deswegen bin ich hier«, fuhr Dun fort.

»Die Welt hat sich verändert, Daermon. Die Retter von gestern sind nicht die Gleichen wie heute. Aber du hast Glück gehabt. Jeder würde dich für schuldig halten, doch eine junge Frau hat für dich gebürgt.«

Viola! Zwar zeigte Dun nicht die kleinste Regung, doch er war unendlich erleichtert. Die Kleine machte ihm wirklich Spaß. Seit er sie kannte, hatte sich sein Leben grundlegend verändert. Und jetzt hatte sie ihn gerettet.

»Du hast wirklich Glück. Ohne sie …«

Er beendete den Satz nicht, warf aber einen Seitenblick auf Dun, als wollte er sich vergewissern, dass er sich die schlimmsten Foltern ausmalte.

»Es liegt daran, dass ich mich nie gestellt habe, nicht wahr?«

»Der Hass auf das Kaiserreich ist bei einigen noch ziemlich präsent«, nickte Azdeki. »Aber alle abtrünnigen Generäle, die als gefährlich eingestuft wurden, haben wir verhaftet.«

Dun drängte ein nervöses Lachen zurück und fuhr sich mit der Hand übers Gesicht. Natürlich galt er in den Augen der Republik als ungefährlich, obwohl er zu seinen besten Zeiten den Verlauf einer Schlacht ganz allein umkehren konnte. Ohne Grenouille jedoch war er nur noch ein Schatten seiner selbst. Harmlos. Sein Ruhm hatte sich im Wein aufgelöst.

»Du hast also von dieser Seite nichts zu befürchten«, fügte Azdeki hinzu und stand auf.

»Und warum dann der ganze Aufwand?«

»Warum ich dich besuche?«, hakte er nach. »In der Nacht der Masken werde ich meinen Sohn verheiraten. Ich bin ein vom Volk gewählter und hoffentlich auch geliebter Ratsherr. Ich habe mein Leben unter Mächtigen verbracht, aber während einer gewissen Zeitspanne stand ich im Schatten eines Generals.«

Jetzt wandte er Dun hochmütig den Rücken zu. Dun saß mit verstörtem Gesicht auf der Pritsche. Der Schmutz auf seiner Haut wurde nur von seinem wild wuchernden Bart kaschiert. Allmählich begriff er den Grund für Azdekis Besuch und schloss die Augen. Die Antwort auf seine Frage würde ihm den letzten Rest Ehre nehmen, das wusste er jetzt. Der Ratsherr neigte den Kopf zur Seite, hielt es jedoch nicht für nötig, sich zu dem Gefangenen umzudrehen. Warum hätte er es auch tun sollen? Um ihn noch mehr zu demütigen?

»Ich wollte mir mit eigenen Augen ein Bild davon machen, was aus dem großen Helden Dun-Cadal Daermon geworden ist.« Langsam bewegte er sich auf die Zellentür zu.

»Azdeki!«

Der Ratsherr, der bereits die Faust erhoben hatte, um dem Kerkermeister das Ende der Unterredung zu signalisieren, blieb stehen.

»Wie viele seid ihr?«, fragte Dun. »Wer hat sich sonst noch an die Republik verkauft, um wenigstens ein bisschen Macht zu behalten? Sag es mir.«

In seiner Stimme lag kein Hass, sondern vielmehr Verdruss.

Azdeki an der Tür bewegte sich nicht. »Du hast dich nie durch besondere Intelligenz ausgezeichnet, Daermon«, antwortete er schließlich eisig. »Du hast weder gesehen noch verstanden, was sich vor deinen Augen abspielte. Selbst wenn die Welt unter deinen Füßen zusammengebrochen wäre, hättest du es nicht bemerkt.«

Negus hatte genau das Gleiche gesagt. War er wirklich derart blind gewesen? Hatte er vielleicht nur als einfacher Krieger, als Werkzeug, als Instrument hergehalten?

»Alles war vorhersehbar«, fuhr Azdeki fort. »Es stand geschrieben. Man konnte es lesen. Es musste so kommen. Das Kaiserreich war genau wie der Kaiser – schwer krank.«

Mit immer noch erhobener Faust wandte er sich um.

»Weißt du, was merkwürdig ist? Ich dachte, es würde mir mehr Spaß machen, dich so erbärmlich zu sehen.«

Mit wie zum Gebet gefalteten Händen und ohne den Kopf zu heben antwortete Dun: »Und weißt du, was ich merkwürdig finde? Dass ich froh bin, dass ich Logrid nicht erwischt habe.« Er hob den Blick. »Weil nämlich diese ganzen Machtspielchen nichts sind gegen seine Rache. Er wird das tun, was ich nicht erledigen konnte.«

Azdeki presste die Lippen zusammen und pochte heftig gegen die Tür. Der Kerkermeister öffnete sofort.

»Die Götter haben offenbar Mitleid mit Säufern, Daermon. Du bist frei.«

Für den Bruchteil einer Sekunde kam es Dun vor, als flackere etwas in Azdekis Augen. Es genügte, um ihm ein kleines Lächeln zu entlocken.

Für den Bruchteil einer Sekunde hatte er Angst in diesem stolzen Blick gesehen.

12

AM SCHEIDEWEG

Wenn seine Erinnerungen ihn dereinst
erwecken, werde ich mich zeigen.
Hier am Scheideweg zwischen dem, was wir waren,
dem, was wir sind,
und dem, was wir sein werden.

Ich weiß, was Ihr denkt, mein Freund. Und ich weiß auch, was Ihr nicht versteht.«

Die Stimme des Kaisers klang durch die dicke Eisentür des Kerkers wie erstickt. Dun saß stumm vor Entrüstung im Dunkeln auf dem feuchten Boden und lehnte den Kopf gegen das kalte Metall. Mit den Fingern grub er Rillen in die Erde.

»Trotzdem solltet Ihr mich nicht vorschnell verurteilen«, fuhr der Kaiser fort. »Genau das ist nämlich der Fluch der Macht. Um mein Reich zu bewahren muss ich manchmal Menschen Schmerzen zufügen, obwohl sie mir sehr nahestehen. Bitte, verurteilt mich nicht.«

Er wartete, doch Dun schwieg.

»Ich musste Euch schützen. Ich musste Euch einsperren, bis ihr Eure Ruhe und Euren Verstand wiedergefunden hattet. Versteht mich doch!«

Sein Flehen fand kein Echo.

»Ihr wusstet es, nicht wahr? Ihr wusstet, dass die Leute, die Laerte von Uster nahestehen, dic Stadt unterwandert und meine treuesten Berater gegen mich aufgebracht hatten. Ihr habt es gewusst. Ich habe die Flüchtlinge aus den Salinen willkommen geheißen, weil ich dachte, damit etwas Gutes zu tun. Doch sie haben es mir übel vergolten. Es war leichtsinnig von mir zu glauben, dass eine verdorbene Frucht wieder frisch werden kann. Da war zum Beispiel die Tochter des Schmieds. Ihr Vater ist tot. Vielleicht wollte sie sich rächen – was weiß ich? Aber ich konnte keinesfalls zulassen, dass sie jemanden wie Euren Knappen verdarb. Sie brachte ihn gegen Euch auf, aber Ihr wolltet es nicht sehen, Dun-Cadal. Ritter Grenouille hat …«

»Wagt es ja nicht, seinen Namen auszusprechen«, begehrte er auf. In seinen Augen standen Tränen, und seine Stimme grollte wie Donner, was die anschließende Stille umso deutlicher werden ließ. Die metallische Kühle der Tür durchdrang Duns Schädel. Immer noch kratzte er Linien in den Boden. Plötzlich schlug er mit der Stirn dreimal gegen die Tür. Der Schmerz war heftig, aber nicht heftig genug, um die Pein in seiner Seele zu überlagern.

»Früher oder später hätte er sich auf ihre Seite geschlagen, Dun-Cadal«, sagte der Kaiser traurig. »Ihr wisst es, nicht wahr? Er liebte dieses Mädchen. Er hätte gar nicht anders gekonnt, als ihre Partei zu ergreifen. Für seine große Liebe ist ein junger Mann zu allem bereit. Auch dazu, sich zu verlieren. Es musste sein.«

Der Kaiser klang seltsam. Es war, als plagten ihn Zweifel – oder als wage er nicht, etwas anderes zu behaupten. Dun war sicher, dass er nicht die ganze Wahrheit sagte.

»Ich hatte keine andere Wahl«, wiederholte der Herrscher mit festerer Stimme. »Der einzig wirklich Schuldige ist dieser Laerte von Uster, der mein Volk gespalten hat. Aber Ihr dürft mir glauben, dass ich Emeris schützen werde. Und was Laerte angeht, so gönne ich ihm weder Rast noch Ruhe. Ich werde ihn hetzen wie ein wildes Tier.«

Jedes Wort und jeder Satz klangen gesetzt und überlegt. Asham Ivani Reyes hatte sich dem General schon viele Male anvertraut, denn er kannte ihn seit seiner Kindheit. Hier jedoch ging es um mehr als Vertrauen. Der Kaiser bettelte um Vergebung.

»Ich habe meine Mutter nie kennengelernt. Sie starb bei meiner Geburt, und mein Vater folgte ihr, als ich zehn Jahre alt war. Ich musste das Regieren schon sehr früh erlernen, mein Freund. Meine Aufgabe war es, mein Volk zu führen. Ihr habt mich von Anfang an beschützt und unterstützt. Ihr wart immer für mich da, Dun. Ihr seid ein ehrgeiziger Krieger, den ich zutiefst respektiere … Und eines Tages habe ich Eraëd auf Eure Schulter gelegt und Euch zum General erhoben. Habe ich Euch damit nicht höchste Wertschätzung bewiesen?«

Er atmete tief durch. Seine Stimme klang erstickt und zittrig. Und sie klang krank.

»Ihr wart der starke Mann aus dem Westen, der seinen hinfälligen Kaiser schützte. Einen gebrechlichen und dummen Kaiser. Ihr wart es wert, dass ich Euch persönlich zum Ritter schlug. Das Schwert, das ich trage, ist das Symbol des Kaiserreichs – wusstet Ihr das? Es steht für seine Macht, seine Schönheit und Stärke. Es ist stolz und gerecht und von perfekter Ausgeglichenheit. Man hält es für magisch. Es stammt aus uralten Zeiten und hat immer den Gürtel der Herrscher geziert. Es hat Jahrhunderte überdauert, die Zeit konnte ihm nichts anhaben. Es bedeutet viel mehr als Zeit oder Menschen und deren Schöpfungen. Die Klinge von Eraëd wird noch am Ende der Welt existieren. Man sagt, dass diese Klinge alles durchtrennen kann. Aber jetzt, wo sich mein Volk spaltet und der Aufstand niedergeschlagen werden müsste, habe ich dieses Schwert nicht ein einziges Mal aus der Scheide gezogen.«

»Ihr seid schwach«, stellte Dun sachlich fest. Er wollte den Kaiser nicht angreifen, sondern nur eine unleugbare Wahrheit aussprechen.

»So war ich immer«, antwortet der Kaiser mit einem schmerzlichen Lachen. »So war ich immer, mein Freund. Haben mein Onkel und mein Vater Euch nicht aus diesem Grund zu meiner *Hand* gemacht? Ihr wisst genau, wie ich bin: gebrechlich, schwach und abstoßend. Manche halten mich sogar für ein Monster. Obwohl …« Er hielt inne und räusperte sich, ehe er fortfuhr: »… obwohl ich in Wirklichkeit wie ein Vater für sie bin. Für das Volk, meine ich. Was würden sie ohne mich tun? Selbst Entscheidungen treffen, so wie es sich Oratio von Uster erträumte? Können sich die Leute von der Straße überhaupt vorstellen, wie es ist, für die eigenen Geschicke verantwortlich zu sein? Sie sind doch nur … Kinder! Kinder, für die ich verantwortlich bin. Wie für dieses Reich. Und das steht seit Anbeginn der Zeiten geschrieben.«

»Ihr habt auf sie gehört«, flüsterte Dun. »Auf Azdeki, Rhunstag und Bernevin. Sie haben Euch zu ihrer Marionette gemacht. Also sprecht mir nicht von Verantwortung.«

Das anschließende Schweigen schien ein Eingeständnis zu sein.

»So einfach ist das nicht«, verteidigte sich der Kaiser nach einer Weile. »Während Ihr an der Front wart, ist viel geschehen. Ich könnte Euch so einiges erzählen – aber ein anderer würde alles vielleicht ganz anders berichten.«

Ein metallisches Geräusch erklang an der Tür.

»Es ist wie die beiden Seiten einer Münze«, murmelte der Kaiser. »Auf der einen Seite ist das Bild meiner Mutter, auf der anderen das Siegel des Reichs. Zwei Dinge, die in Form und Bedeutung völlig unterschiedlich sind, und dennoch ist es immer die gleiche Münze. Genauso ist es mit den Ereignissen. Es hört sich immer anders an – je nachdem, wer von ihnen berichtet.«

Was versuchte der Kaiser ihm begreiflich zu machen? Dieser Mann, den er seit seiner Jugend verteidigte und für den er immer den Kopf hingehalten hatte, hatte ihm das Wertvollste in seinem Leben genommen. Etwas, das ihm wichtiger war als seine Ehre und all seine Siege. Er hatte ihm ein Teil seiner selbst entrissen.

»Ich habe die Exekution von Oratio von Uster befohlen, weil der Mann gefährlich war. Er war es wirklich, Dun-Cadal.«

Der General hörte, wie der Kaiser aufstand.

»So hat man mir erzählt«, fügte Reyes hinzu.

Dun spürte, wie der Kaiser seine Hand von außen auf das eisige Metall legte.

»Das Gleiche gilt für Euren jungen Freund. Solche Dinge geschehen eben. Gerüchte, die von einem Ohr zum nächsten weitergetragen werden. Aber in Wirklichkeit ist alles vorherbestimmt, und so wird es auch enden. Ich nehme an, Ihr werdet mir nicht vergeben.«

Seine Schritte entfernten sich langsam wie eine Erinnerung. Eine, die unendlich fern ist.

Die Dunkelheit der Zelle wich mit einem Mal warmem, weichem Licht. Hinter den hohen Häusern mit den blumengeschmückten Balkonen ging die Sonne Masalias unter. Ja, der Kaiser war nur noch eine ferne Erinnerung und Dun-Cadal ein Mann mit verlebtem Gesicht unter dem ergrauenden Bart.

»Nicht, dass ich etwa Dank erwarte«, erklang eine sanfte Stimme, während er durch eine menschenleere Gasse lief. Dem Tumult in der Hauptstraße mit ihren Händlern war er ausgewichen.

Er sah sich um und blickte in das freundliche Gesicht der jungen Frau aus Emeris. Sie lächelte, doch er hatte nicht die geringste Lust, mit ihr zu reden. Hastig lief er weiter. Ein schöner Wein würde ihm jetzt sicher guttun.

»Aber wenn Ihr Euch trotzdem dazu durchringen könntet, würde ich es als echtes Kompliment nehmen.« Viola gab nicht auf. Sie rannte fast hinter ihm her.

Dun ging mit forschen Schritten weiter, wusste aber schon jetzt, dass er sie nicht loswerden würde. In seinem Kopf erklangen Logrids Worte: *Ich werde nicht gegen dich kämpfen. Nicht, solange ich die Waffe nicht habe.*

Eraëd. Viola war hinter dem Schwert her, Logrid ebenfalls. Dabei hatte Dun nie daran gezweifelt, dass er das Geheimnis seines Verstecks mit ins Grab nehmen würde. Allerdings ... Seine Neugier meldete sich. Schließlich geschah nichts durch Zufall.

»Im Rat schien man zu glauben, dass Ihr es wart, der Negus getötet hat. Aber ich habe ihnen plausibel gemacht, dass es unmöglich gewesen wäre«, berichtete Viola atemlos, während sie versuchte, mit ihm Schritt zu halten. »Ich musste für Euch bürgen. Allerdings hat mir Ratsherr Azdeki ziemlich unmissverständlich klargemacht, dass Ihr jetzt unter meiner Aufsicht steht und dass ich … Himmeldonnerwetter!«

Ihre Stimme war immer lauter geworden und entlud sich in diesem Aufruf. Sie blieb stehen. »Könnt Ihr mir nicht wenigstens einmal ein paar Minuten zuhören?«, schimpfte sie. »Wäre das wirklich zu viel verlangt?«

Kerzengerade stand sie mit geballten Fäusten und gerunzelter Stirn vor ihm. Die grünen Augen hinter den runden Brillengläsern funkelten ihn an. Verstört verlor er sich in ihrem jungen, glatten Gesicht. Nein, Viola würde ganz bestimmt nicht lockerlassen. Aber sie hatte ihn nicht nur aus Eigennutz befreit. Tief in ihren Augen las er so etwas wie Respekt. Seine Züge wurden weicher.

»Danke«, sagte er.

»Na, das ist doch schon einmal ein Fortschritt«, lächelte sie. »Ihr seid wirklich ein schwieriger Fall, Dun-Cadal.«

Nun musste auch er lächeln.

»Warum macht Ihr das alles?«, fragte er.

»Warum mache ich was?«

»Mir das Leben vergällen«, erklärte er, ohne dass das Lächeln sein Gesicht verließ.

»Wegen des Schwertes«, gab sie zu. »Ich helfe Euch, und Ihr bringt mich dafür zu diesem Schwert.«

Er nickte langsam. »In Ordnung«, sagte er und ging weiter.

»Wie? Ist das alles?«, wunderte sich Viola. »Jetzt wartet doch!«

Erneut versuchte sie ihm zu folgen, obwohl er wieder schneller wurde. Im Nu erreichten sie das Ende des Gässchens.

»Habt Ihr mit dem Ratsherrn Azdeki gesprochen? Was hat er gesagt? Und was ist mit Logrid? Was ist passiert?«

Er hatte keine Lust, ihr zu antworten. Sie bogen in eine gepflasterte Straße ein. Die wenigen Passanten schienen keine große Eile zu haben. Es gab weder Händler noch Geschrei, und erst recht keine Soldaten. Hier gab es noch friedliches Stadtleben. Manche Leute waren auf dem Heimweg, andere plauderten auf einer Bank neben einem kleinen Brunnen, dessen klares Wasser in ein Becken voller grüner Algen gluckerte.

»Verflixt, wo wollt Ihr denn so schnell hin?«

Am Ende der Straße stand eine Statue. Sie befand sich in der Mitte einer kleinen Kreuzung. Niemand schien das von Efeu überwucherte und bemooste Standbild zu beachten. Es stellte einen Mann dar, der eine Pergamentrolle schwenkte, als sei er drauf und dran, eine große Neuigkeit zu verkünden.

»Es wäre schön, wenn Euer tätowierter Freund uns ein wenig in Ruhe lassen könnte«, sagte Dun plötzlich und drehte sich zu Viola um.

Sie erblasste. »Er ist hier, um mich zu schützen«, entgegnete sie.

Hinter ihr löste sich der Nâaga aus dem Schatten eines Balkons. Dun musterte ihn kurz, ehe er sich mit einem verschmitzten Lächeln wieder an Viola wandte.

»Wisst ihr was? Ich war mir dessen nicht ganz sicher.«

Viola ärgerte sich, dass sie ertappt worden war, und wollte protestieren, doch Dun stürmte schon wieder weiter.

»So dankt Ihr mir also. Ihr werdet wieder genauso unfreundlich wie zu Beginn. In welcher Taverne wollt Ihr Euch dieses Mal betrinken?«

»Ich werde mich nicht betrinken«, gab er trocken zurück.

An der Kreuzung wurde er langsamer.

»Sondern?«, erkundigte sich Viola.

Er stand jetzt vor der Statue, deren Sockel von einem Eisengitter umschlossen wurde. Die Nase der Skulptur war abgebrochen, das Gesicht verwittert. Efeuranken reichten bis zu ihren Schultern. Trotzdem hätte Dun sie jederzeit unter Tausenden wiedererkannt. Seit seiner Ankunft in Masalia war er noch nie hier vorbeigegangen. Er schloss die Augen und atmete tief durch, um die Erinnerungen zu verjagen. Doch nichts geschah. Im Gegenteil: Es wurde schlimmer. Bilder vom Fall der Stadt Emeris suchten ihn wie aus dem Nichts heim. Gierige Flammen, die alles verschlangen und dichte Rauchwolken mit ihrem unruhigen Flackern rötlich beleuchteten. Er sah sich wieder hustend und keuchend und wie verloren durch die Palastflure irren.

Eine Explosion hatte ihn geweckt. Verblüfft registrierte er, dass die Kerkertür in den Angeln hing und ein Teil der Mauer eingestürzt war. Detonationen erschütterten den Palast. Kampfgeräusche waren zu hören, ohne dass er hätte sagen können, woher sie kamen. Wie betäubt rannte er durch die Gänge. Über seine Stirn lief Blut, sein Gesicht war von Staub bedeckt. Wohin sollte er sich wenden? Emeris war angegriffen worden, und die Rebellen nahmen bereits den Palast ein. Azdeki hatte ihn offenbar nicht halten können.

Wohin?

Vor der Doppelflügeltür blieb er stehen, ohne genau zu wissen, wie er dort hingekommen war. Mit aller Macht stemmte er sich dagegen. Noch wusste er nicht, was ihn erwartete, und auch nicht, warum er es tat.

Am Boden lag eine verkrümmte Gestalt in einem schwarzen Umhang, die glänzende Maske ganz in der Nähe der reglosen Hand. Züngelnde Flammen verbreiteten ein unstetes Licht. Die lichterloh brennenden Gardinen bauschten sich. Kein Vogel sang mehr in dem Baum, dessen Äste den Marmorbalkon fast berührten.

Dun kniete nieder und bedeckte das für immer erstarrte Gesicht mit seiner goldenen Maske.

Von Groll überwältigt, hätte er beinahe den Saal verlassen. Fast wäre er Hals über Kopf geflohen. Doch er durfte das Schwert nicht in die Hände der Aufständischen gelangen lassen. Es bedeutete zu viel. Und so hatte er es mitgenommen, als er die Überbleibsel des brennenden Kaiserreichs hinter sich ließ. Eraëd hatte den Waffengurt des Kaisers verlassen und war zusammen mit Dun in der Hafenstadt gestrandet, nachdem sie gemeinsam die alten, nach und nach befriedeten Königreiche durchquert hatten. Bis sie Masalia erreichten.

»Diese Statue gehört zu denen, die zu Ehren der Ausrufung der Republik aufgestellt wurden«, sagte Viola.

Langsam öffnete er die Augen. Sanfter, orangeroter Abendschein lag auf dem Standbild, längst nicht so hart wie der des prasselnden Feuers.

»Ja«, nickte er und fügte wie für sich selbst hinzu: »Eine ziemliche Ironie des Schicksals, wenn man so darüber nachdenkt.«

Viola ging nicht sofort darauf ein. Sie sah ihm zu, wie er um den Sockel herumging und misstrauische Blicke auf die umstehenden Häuser warf. Sie runzelte die Stirn.

»Was meint Ihr mit Ironie des Schicksals?«, fragte sie schließlich.

Er blieb stehen. Als er in der Einbuchtung einer Fassade ein halb von Efeu verdecktes Eisengitter entdeckte, verhärtete sich sein Gesicht. »Dass ich es ausgerechnet dort versteckt habe«, brummte er und ging mit besorgter Miene auf das Gitter zu.

»Wollt Ihr etwa sagen, dass …« Viola wagte kaum zu flüstern.

Hastig sah sie sich nach dem Nâaga um. Doch Dun kümmerte sich nicht darum. Mit beiden Händen riss er an den Eisenstangen. Es brauchte einige Zeit und viele Anläufe, ehe sich das Gitter kreischend bewegte. Es war zehn Jahre her, dass er das Tor zum letzten Mal geöffnet hatte.

»Hier habt Ihr es versteckt?«, fragte Viola verblüfft. »Hier in Masalia?«

Darauf war sie am allerwenigsten vorbereitet gewesen. An dem Abend, als sie sich zum ersten Mal getroffen hatten, hatte er von den Gebieten im Osten gesprochen. Wenn er betrunken war und sich darin gefiel, über den Sturz des Kaiserreichs zu berichten, erwähnte er jedes Mal diese Himmelsrichtung. Alle, die ihm je zugehört hatten, waren felsenfest davon überzeugt, dass er Eraëd irgendwo im Osten versteckt hatte, nicht weit entfernt vom Vershan. Dun hielt ein spöttisches Lächeln zurück.

»Ich rede viel, wenn ich betrunken bin, das wisst Ihr. Aber wenn Ihr wüsstet, wie viele Schatzsucher im Vershan unterwegs sind …«

Er zog ein Streichholz aus der Jackentasche und begann, die abschüssige Treppe hinunterzusteigen. Widerlicher Gestank stieg empor, und Viola rümpfte angeekelt die Nase, ehe sie ihm folgte. Rogant blieb dicht hinter ihr.

Im Gewölbe entzündete Dun eine Fackel, die er benutzte, um weitere an der Mauer angebrachte Fackeln anzustecken.

Die Stufen glänzten feucht. Die Treppe wand sich steil hinunter. Schließlich erreichten sie einen unterirdischen Kanal, in dessen Mitte ein stinkendes Gewässer floss. Zwischen allerlei Unrat tummelten sich fast katzengroße Ratten.

»Ganz köstlich«, seufzte Viola.

Am Rand des Kanals wartete Dun. Die brennende Fackel tauchte sein Gesicht in flackerndes Licht. Große Nagetiere wuselten zwischen seinen Beinen hindurch, ohne dass es ihm etwas auszumachen schien – ganz im Gegensatz zu Viola, die ihre Füße mit Bedacht setzte und mit zitternden Händen ihren Kleidersaum anhob.

»Ein geradezu erlesenes Gewimmel«, fügte sie hinzu.

Doch sie wich nicht zurück. Zwar kam sie mit angewiderter Miene nur zögernd voran, doch sie war wild entschlossen, Dun nicht aus den Augen zu verlieren. Der alte General fühlte sich in gewisser Weise getröstet. Vielleicht war es ja wirklich richtig, was er tat, und nicht nur ein unüberlegter Entschluss. Was auch immer die Gründe für Logrids Anwesenheit in Masalia und den Mord an den beiden Ratsherrn sein mochten – alles schien auf Eraëd hinzuweisen. Und falls Logrid ahnte, dass Dun das Schwert versteckt hatte, so war er vielleicht ganz von selbst auf die Idee gekommen, dass es sich hier im Süden befand. Aber dann war es Dun lieber, dass Viola es bekam, und nicht Logrid. Er hatte sich entschlossen, ihr die Waffe zu überreichen. In gewisser Weise hatte sie es sich verdient.

Er folgte dem Kanal bis zu einer großen unterirdischen Halle, wo drei weitere Wasserläufe aus verschiedenen Tunnels zusammenströmten. Der Zusammenfluss erfolgte rings um einen großen achteckigen Stein. Die um die Statue auf dem Platz angebrachten Gitter über ihnen bildeten ein schmutziges Muster.

Widerwillig ließ Viola ihren Rocksaum fallen. Sie fühlte sich behindert und wollte schneller laufen können, um Dun zu folgen. Eine Ratte klammerte sich an ihre Wade, und Viola unterdrückte einen Schrei. Als sie Dun erreichte, warf er ihr einen prüfenden Blick zu, den sie mit einem wenig ermutigenden Lachen erwiderte. Sie nahm ihm übel, dass er sie in die Kanalisation der Stadt gelockt hatte.

Er hatte das letzte Symbol des hinfälligen Kaiserreichs in einem stinkenden Abwasserkanal versteckt, was für jemanden wie ihn, der dem Reich noch immer nachtrauerte und es als einzig denkbare Regierungsform ansah, erstaunlich war. Dun durchquerte den Raum, stieg über den Stein hinweg, blieb an einem der Tunneleingänge stehen und wandte sich zu den anderen um.

»Warum habt Ihr die Gebiete im Osten gewählt?«, fragte Viola, während sie beobachtete, wie er niederkniete und in einer Einbuchtung zu graben begann. Angeekelt sah sie zu, wie er ein paar Ratten beiseiteschob. Schließlich griff er in die Vertiefung.

»Und warum nicht?«, entgegnete Dun.

»Ich glaube, ich weiß es«, erklärte sie. »Ihr wolltet, dass jedermann glaubt, dass das, was Ihr versteckt habt, am höchsten Ort der Welt liegt, nicht wahr?«

So hatte sich Dun sicher sein können, dass Jahre vergehen und Eraëd längst zur Legende werden würde, ehe jemand wagte, danach zu suchen. Die Berge des Vershan waren als gefährlich verschrien.

Als Dun seinen Arm aus der Vertiefung zog, hielt er etwas Langes in der Hand. Es war in ein dickes braunes Tuch gewickelt. Er stellte sich auf den achteckigen Stein und wickelte es aus. Eine Klinge erschien; die Zeit hatte ihr nichts anhaben können. Sie war blank und glatt bis zur gewundenen Parierstange und dem schön gearbeiteten Griff. Das Schwert war so perfekt, dass man nichts anderes als ein göttliches Werk darin sehen konnte.

»Das ist Eraëd«, flüsterte er.

Respektvoll präsentierte er das Schwert auf der flachen Hand. Er wagte nicht, es am Griff zu umfassen.

»Warum?«, fragte Viola schüchtern.

»Ihr wolltet es doch, oder etwa nicht? Also – hier ist Eraëd.« Er streckte die Arme aus und präsentierte ihr die Waffe. »Nehmt es. Es ist das Schwert des letzten Kaisers und hat damit im Museum der Republik sicher eine gewisse Bedeutung. Nehmt es.«

Viola zögerte. Langsam umrundete sie den Stein. Ihr Blick wanderte zwischen dem Schwert und dem betroffenen Gesicht des Generals hin und her. Es war das einzig Stoffliche, das ihn mit dem verband, was er einst gewesen war. Und doch war er bereit, sich ohne größere Zeremonie davon zu trennen.

»Warum?«, fragte sie erneut.

»Weil es einen besseren Platz verdient«, antwortete er wenig überzeugend. »Vielleicht seid Ihr in der Lage, es zu schützen.«

»Es zu schützen? Aber wovor denn?«

»Nicht wovor. Vor wem.«

Viola verschränkte die Hände hinter dem Rücken, konnte aber ihr Zittern nicht verbergen.

Dun senkte die Augen auf die glänzende Klinge. Er wusste, dass sie verstanden hatte.

»Dann hat also jemand anderes Euch um das Schwert gebeten.«

»Logrid«, sagte er seufzend. »Logrid will es wohl auch.«

Viola bemühte sich, ihre Erleichterung zu verbergen, doch der General war so fasziniert von der perfekten Klinge in seiner Hand, dass er nicht weiter auf die junge Frau achtete.

»Ihr habt mir geholfen«, sagte er schließlich leise. »Und Ihr habt mir zugehört.«

Er wandte ihr zwei traurige Augen zu und hielt sich an ihrem Blick fest. Bis zu diesem Zeitpunkt hatte sie ausschließlich auf ihr Lavendelparfum gesetzt, um den alten Mann zu erweichen. Ihre Hartnäckigkeit, ihr Humor und ihre Jugend hatten alles andere besorgt, was Dun ausnehmend gefiel.

»Ihr habt es verdient«, sagte er. »Ihr wolltet es, und nun habt Ihr es.«

Erneut streckte er ihr die Waffe mit einer gewissen Achtung hin. »Sie hat sich nie als besonders nützlich erwiesen«, fügte er hinzu. »Sie gehört in ein Museum.«

»Warum habt Ihr Eure Ansicht geändert?«, fragte Viola neugierig.

»Warum?« Dun lachte nervös. »Es ist schließlich nur eine einfache Waffe.«

»Aber sie ist magisch.«

Er nickte lächelnd.

»Davon versteht Ihr nichts.«

»Sie hat die Herrschergeschlechter dieser Welt begleitet.«

»Nein, sie ist nicht magisch«, widersprach Dun.

»Sie wurde in uralter Zeit geschmiedet und verzaubert und ist in der Lage …«

»Was wisst Ihr schon darüber?«, ereiferte er sich. »Ihr habt doch keine Ahnung. Es ist einfach nur ein Schwert. Glaubt Ihr etwa, es hätte Asham Ivani Reyes retten können?«

Sein Gesicht wurde zornig, doch in seinen Augen sammelten sich Tränen.

Viola stand unbeirrt vor ihm. Hinter dem alten General zeichnete sich die wuchtige Gestalt eines Nâaga ab.

»Glaubt Ihr, diese Waffe hätte etwas verändern können?«, fuhr Dun fort. »Das Reich wurde vernichtet, und ich mit ihm. Also sagt mir bitte, wo diese angebliche Magie steckt? Ich habe dieses Schwert noch nie außerhalb seiner Scheide gesehen. Alles, was man darüber munkelt, ist dummes Zeug. Es mag vielen Kaisern gedient haben, aber es konnte den letzten nicht retten.«

Erneut sah er sich über den noch warmen Leichnam des Kaisers gebeugt. Ein lebloser Körper inmitten eines brennenden Palasts.

»Aber die Magie muss nicht unbedingt darin bestehen.«

»Nein, es hat keine magischen Kräfte«, betonte Dun. »Es ist nur ein Symbol. Ihr versteht es einfach nicht.«

Seine Wut verwandelte sich in Bitterkeit, seine Stimme wurde traurig. »Eraëd war nie etwas anderes als ein Symbol«, wiederholte er.

Nicht eine Sekunde hatte er es gewagt, den Griff der Waffe zu berühren.

»Aber wer außer Dun-Cadal Daermon hätte dieser Waffe so viel Bedeutung zugemessen?«

Dun erstarrte. Diese Stimme kannte er, obwohl sie tiefer geworden war. Diktion und Betonung waren noch wie früher. Der Mann kam mit katzenartigen Bewegungen aus einem der Tunnel, sein Gesicht lag im Schatten einer Kapuze. Die Fackeln beleuchteten die Umrisse seines weiten grünen Umhangs, der Lederstiefel und fein gearbeiteten Handschuhe.

Viola wurde blass. »Aber … aber …«, stammelte sie.

»Ein Symbol, das du wohlweislich nicht in Emeris lassen wolltest. Natürlich ist es nicht weiter verwunderlich, dass ein Mann, der sein Leben im Dienst eines Reichs verbracht und ihm alles geopfert hat, ein Stück davon behalten möchte, ehe alles in Flammen aufgeht.«

Mit wild pochendem Herzen blieb Dun unbeweglich stehen. Auch er war blass geworden. Aus dem Augenwinkel sah er, wie sich der Nâaga aus dem Tunnelschatten löste.

»Das war nicht vorgesehen«, sagte Viola schließlich. »Es …«

»Vorgesehen?«, wiederholte Dun sehr leise.

Der Mann blieb nur wenige Schritte von dem Stein entfernt stehen.

»Ich wollte ihn sehen, Viola. Und nichts in der Welt hätte mich daran hindern können.«

Dem Nâaga schien die Überraschung nicht zu gefallen, doch er begnügte sich damit, die Arme zu verschränken und sich an die Wand der Halle zu lehnen. Mit einem Fußtritt brachte er eine vorüberflitzende Ratte ins Trudeln.

»Ich weiß, wer du bist«, flüsterte Dun mit trockener Kehle.

Der Mann nickte, und Dun hätte schwören können, dass er lächelte. Er wagte keine Bewegung und konnte den Blick nicht abwenden. Dazu blieb ihm keine Kraft mehr.

»Ich dachte, du wärest Logrid«, sagte er traurig. »Aber warum ... Warum ...«

»Ich halte das hier für keine besonders gute Idee. Du solltest besser verschwinden«, mischte sich Viola ein und packte den Mann am Arm. »Wir wollten nur das Schwert, jetzt haben wir es. Das hier nützt nichts.«

Doch der Mann hörte nicht auf sie.

»Es gibt so vieles, was du nicht gewollt hast«, sagte er anklagend. »Du hast doch keine Ahnung, was ich durchgemacht habe. Nicht die geringste.«

»Hör auf, solange noch Zeit dazu ist«, bettelte Viola und drückte seinen Arm.

Er schob sie sanft zurück. »Wenn du wüsstest, wie verloren ich mir neben dir vorkam, wie ich dich gehasst habe und wie schuldig ich mich deswegen fühlte.«

... manchmal hasse ich dich ...

»Deine früheren Freunde haben das Kaiserreich verraten und tun jetzt das Gleiche mit der Republik. Seltsam, dass es des Schwertes des letzten Kaisers bedarf, um die Republik zu retten, findest du nicht? Die Ironie des Schicksals ...«

Unzählige Fragen brannten Dun auf der Zunge, doch er wusste nicht, welche er zuerst stellen sollte. Welche würde den dumpfen Schmerz beruhigen, der in ihm aufstieg? Unter Logrids Umhang hatte er ihn nicht erkannt.

»Und jetzt wollen sie den Traum meines Vaters vernichten«, fuhr der Mann ruhig fort. »Aber ich werde sie nicht auf dem herumtrampeln lassen, was ihn überlebt hat. Wir brauchen das Schwert.«

»Dein Vater?«

Ein Teil seines Lebens zerschellte in tausend Teile, und selbst wenn er sie hätte aufsammeln können, wären sie doch nie wieder zu einem Ganzen geworden.

Der Mann nickte kurz, schob die Kapuze zurück und enthüllte ein Gesicht, von dem Dun geglaubt hatte, dass er es niemals wiedersehen würde.

»Ich hatte mich verirrt, Sumpfschnepfe. Jahrelang hat man mir alles genommen, sogar meinen Namen. Jetzt aber habe ich meinen Weg gefunden. Einen Weg, der dir nicht gefallen wird.«

»Laerte«, sagte Viola beunruhigt.

Dun spürte, wie sein Herz brach.

»Uster«, entfuhr es ihm.

Dieser Mann ist kein Mensch aus Fleisch und Blut mehr, sondern ein Gerücht.

Wie die beiden Seiten einer Münze … Genauso ist es mit den Ereignissen. Es hört sich immer anders an – je nachdem, wer von ihnen berichtet.

ZWEITER TEIL

1
SCHICKSAL

Ist es die Ironie des Schicksals
oder der Wille der Götter,
der zulässt, dass ein Mensch
seinen eigenen Feind nährt?

Der erste Kuss, das erste Liebeswort, die erste innige Umarmung – das Leben eines Mannes wird von Ereignissen bestimmt, die ihm für immer im Gedächtnis bleiben. Ebenso wie die erste Waffe, der erste Schlag und der erste mit eigener Hand gegebene Tod.

Wer kann sich bei all diesen ersten Malen noch an den Augenblick erinnern, in dem das Leben plötzlich einen Sinn bekam? An den Moment, in dem sich das Schicksal der eigenen Person annahm und sie auf einen bestimmten Weg schickte?

Für ihn hatte dieser Augenblick vor siebzehn Jahren stattgefunden.

»So geht das nicht, Laerte«, sagte eine sanfte Stimme.

In den Salinen herrschte der Graf von Uster, ein Mann, der wegen seines Urteilsvermögens, seiner Autorität und

Milde hoch geschätzt wurde. Er war sehr gebildet und dazu geschickt mit dem Schwert, liebte jedoch die Feder so sehr, dass er oft die Klinge in der Scheide ließ, wenn andere längst Gewalt gebraucht hätten, um Gehorsam einzufordern. Das Volk liebte ihn sowohl wegen seiner Fähigkeit als Kämpfer als auch für seine kultivierte Art. Er klärte die Menschen auf.

»So musst du es machen«, erklärte sie und zeigte ihm, wie er die Armbrust spannen sollte.

Damals wusste noch niemand, dass sich die Region schon zwei Jahre später im Krieg befinden würde.

Falls sich Oratio überhaupt etwas hatte zuschulden kommen lassen, dann war es Blasphemie, doch selbst seine gläubigsten Untertanen hatten ihm leichten Herzens verziehen. Entgegen den von den Fangol-Mönchen erlassenen Gesetzen schrieb er immer wieder eigene Texte, und es waren keine Aufstellungen oder Listen, sondern Überlegungen über die Zukunft der Welt. Doch er tat es mit so viel Wissen und Intelligenz, dass seine Werke insgeheim bereits in Emeris gelesen und diskutiert wurden.

Das Mädchen nahm Laerte die Armbrust aus der Hand und zeigte es ihm. »Hier spannst du, dann setzt du sie auf die Schulter und zielst …«

Sie schwieg einen Augenblick und konzentrierte sich auf ihr Ziel.

»… und dann schießt du«, flüsterte sie.

Sie ließ die Sehne schnellen, und schon zitterte der Bolzen in der Rinde eines Baums. Ohne ein weiteres Wort reichte sie dem Jungen die Waffe mit einem schelmischen Lächeln. Sie war schön. Ihr schwarzes Haar lockte sich bis auf ihre nackten Schultern, und das grüne Kleid schmiegte sich um die knospenden Formen ihres nicht mehr ganz kindlichen Körpers. Sie war noch keine Frau, versuchte aber, sich so zu verhalten. Vermutlich war das auch der Grund dafür, dass sich Laerte in ihrer Gegenwart immer ein wenig hilflos fühlte. Die Werke Oratio von Usters waren ihm fremd, ebenso wie die Unruhe, die sie am kaiserlichen Hof hervorriefen. Obwohl er Oratios Sohn war, interessierten ihn derzeit ganz andere Dinge. Eingeschüchtert betrachtete er die Züge des jungen Mädchens und die Kurven ihres Körpers. Als sie ihn dabei ertappte und mit ihren blauen Mandelaugen musterte, wandte er sofort den Blick ab und errötete heftig.

»Es ist ganz einfach«, sagte sie mit veränderter Stimme und taxierte ihn lächelnd.

Laerte konnte es nicht leiden, wenn sie sich derart hochnäsig, ja fast geringschätzig gab. Und das alles nur, weil sie gerade vierzehn geworden war, er aber erst zwölf Jahre zählte. Noch immer hörte er den Waffenmeister seines Vaters, der ihn anschrie: *»Dummer Tollpatsch! Jedes Mädchen hält das Schwert besser als du!«*

Auf sie traf das ganz sicher zu. Ihr Vater war Schmied. Sie hatte ihre Kindheit inmitten von Waffen verbracht und bereits in frühester Kindheit gelernt, mit ihnen umzugehen. Als sie beide noch kleiner waren, hatte sie ihn oft verprügelt. Jetzt aber hatte sich alles verändert. Sie spielte kaum noch mit ihm und amüsierte sich nicht mehr über die gleichen Scherze wie er. Sie interessierte sich für andere Dinge, und manchmal schien es ihm, als gehörte er nicht mehr dazu. Noch schlimmer fand er, dass sie jetzt manchmal mit ihm redete wie eine Erwachsene mit einem Kind. Wenn sie ihm jedoch wirklich so auf die Nerven ging, warum konnte er es nicht lassen, sie bei jeder Bewegung zu beobachten?

»Nein, aber ich schaffe es«, entgegnete Laerte.

»Mein stolzer Kleiner«, lächelte sie, ging zu dem Baum, in dem der Bolzen steckte, und zog ihn heraus.

Laerte trat zu ihr. Schweigend standen sie nebeneinander. Unter ihnen erstreckten sich die stillen Sümpfe der Salinen. In den Salzgärten arbeiteten Bauern, die sehr auf der Hut waren, weil es zu dieser Jahreszeit in den nahe gelegenen Mooren von Rouargs nur so wimmelte. Im Frühsommer verließen die Weibchen mit den Jungen ihre Bauten und begaben sich auf die Jagd, wobei es durchaus vorkam, dass sie den einen oder anderen unvorsichtigen Salzbauern verspeisten.

»Wie schön es hier ist«, sagte sie.

Mehr jedoch als der Hitzeschleier über den Salzsümpfen war sie es, die den Jungen beeindruckte. Er musste sie unverwandt ansehen. Als ihr sein Blick auffiel, wandte er die Augen rasch der Landschaft zu. Zwei Sumpfschnepfen schliefen im Moor. Sie standen auf einem Bein, das andere hatten sie an den Bauch gezogen. Ihre langen Schnäbel sahen aus wie scharfe Klingen.

»Ja, es ist ... so sind nun mal die Salinen.« Er seufzte.

Sie lächelte, dann brach sie in lautes Lachen aus. »Die Salinen. Mehr fällt dir dazu wohl nicht ein?«

»Na und?« Laerte war betroffen.

»Bringt dein Hauslehrer dir keine Worte bei, um eine Landschaft anders zu beschreiben?« Sie beugte sich kokett zu ihm hinunter. »... so sind nun mal die Salinen«, äffte sie ihn mit leiser Stimme nach.

Er roch ihren Duft und sah ihre Lippen, die seinen so nah waren. Ihre Haut war so weich. Eine ungeahnte Lust packte ihn. Beinahe hätte er sie geküsst.

»Was sollen wir bloß mit dir anfangen? Deine Begabung für Waffen lässt ziemlich zu wünschen übrig.«

»Unser Waffenmeister sagt, dass ich Fortschritte mache«, log Laerte.

»Und der Wissenschaft bist du auch nicht so zugetan wie dein Vater. Was willst du denn später einmal tun?«

Sie wartete seine Antwort nicht ab, sondern lief den Hügel hinunter zu den Pferden, die sie am Waldrand angebunden hatten. In der Ferne hinter den Baumwipfeln konnte man die Holzumfriedung von Guet d'Aëd erkennen. In der Mitte des Städtchens erhob sich ein hoher Wehrturm aus Stein.

»Reiten«, keuchte Laerte, der hinter ihr herrannte.

»Sonst nichts?«

Nein, sonst nichts. Natürlich hatte er sie angelogen, denn es gab nur eine Sache, die er wirklich gern tat: mit ihr zusammen sein. Alles andere … tatsächlich hatte er nur wenige Interessen. Sein Weg war ohnehin vorgezeichnet, denn da seinem älteren Bruder eine große Militärkarriere zugedacht war, würde er selbst eines Tages den Platz seines Vaters einnehmen. So einfach war das. Der Ältere im Dienste der Kaisers, während der Jüngere den Fortbestand der Linie zu sichern hatte. Wäre sein Schicksal nicht so vorhersehbar gewesen, hätte er kaum gewusst, was er mit sich anfangen sollte.

Seit er kein Kind mehr, aber auch noch kein Mann war, wusste er nicht mehr so recht, was ihn interessierte. Manchmal spielte er noch gern mit seinen kleinen Holzsoldaten. An anderen Tagen wiederum schob er die Figuren missmutig beiseite, fühlte sich zu alt, um mit ihnen zu spielen, und wünschte sich zu reiten, wo immer er hin wollte. Obwohl er spürte, dass er sich veränderte, behandelten ihn alle nach wie vor wie einen *kleinen Jungen*. Sogar seine Freundin verhielt sich so. Und hatten sie nicht im Grunde sogar recht? Tief in seiner Hosentasche vergraben trug er noch heute sein Lieblingsspielzeug aus frühesten Kindertagen mit sich herum. Es war ein kleines Holzpferd, das sein Vater ihm einmal geschnitzt hatte.

»Iago kann sehr gut mit dem Schwert umgehen«, erklärte das Mädchen. »Er reitet gern, ist ein fantastischer Bogenschütze und kennt sich mit Poesie aus.«

Laerte hatte das Gefühl, den Boden unter den Füßen zu verlieren. Doch er blieb stehen und ergriff mit feuchten Händen die Zügel seines Pferds, die sie ihm reichte.

»Er macht eine wirklich gute Figur auf dem Pferd und hätte sicher wunderbare Worte gewusst, um die Landschaft zu beschreiben«, fügte sie hinzu, während sie auch ihr Pferd vom Baum losmachte.

Mit gesenktem Kopf zog Laerte sein Pferd hinter sich her. Wenn sie so von Iago sprach, tanzte ein Leuchten in ihren Augen, das ihm ganz und gar nicht gefiel. Iago war der Sohn des Gardehauptmanns und hatte schon deshalb einige Vorteile. Außerdem war er bereits sechzehn Jahre alt und obendrein blond und sehr groß – geradezu das Musterbild eines schönen, jungen Mannes, dem niemand widerstehen konnte.

Stumm trotteten Laerte und das Mädchen neben ihren Pferden am Waldrand entlang.

»Oh, sieh mal, ein Frosch«, rief das Mädchen. Sie hatten einen Weg erreicht, der sich durch den Wald schlängelte.

Sie warf ihm die Zügel ihres Pferds zu, lief hinter dem grünen Hüpfer her, fing ihn vorsichtig ein und barg ihn in ihren Händen. Nur das grüne, schwarz gestreifte Köpfchen sah zwischen den Fingern hervor. Sie drückte dem Tier einen sanften Kuss auf die Augen. Als nichts passierte, ließ sie den Frosch wieder frei. Mit großen Sprüngen brachte er sich in Richtung Sumpf in Sicherheit.

»Ekelhaft«, schimpfte Laerte mit gerümpfter Nase. »Jedes Mal, wenn du einen Frosch siehst, machst du das!«

»Schließlich könnte es ja auch jedes Mal ein verzauberter Prinz sein«, verteidigte sie sich und zuckte mit den Schultern.

Sie trat vor ihn hin, legte ihm den Zeigefinger auf die Nase und zwinkerte ihm zu. »Wer weiß schon, in welchem Frosch sich ein Märchenprinz verbirgt.«

»In dem da jedenfalls nicht. Und wenn du nun Pickel davon bekommst?«

Sie führte ihr Pferd zu dem Waldweg, der sich zwischen blühenden Hainen dahinschlängelte.

»Von Fröschen bekommt man keine Pickel«, entgegnete sie. »Meine Großmutter hat mich gelehrt, dass sie sogar Heilkräfte haben.«

»Weiß ich doch«, trumpfte Laerte blasiert auf.

»Der Urin des Binsenfroschs ist eine ausgezeichnete Medizin. Außerdem sind sie beileibe nicht nur irgendwelche armen kleinen Tiere. Sie könnten selbst dem gewieftesten Strategen noch etwas beibringen.«

Sie saß auf. Ihr Kleid rutschte hoch und enthüllte ihre Beine bis zu den Oberschenkeln.

Laerte schluckte heftig und umklammerte die Zügel so fest wie möglich. Plötzlich sehnte er sich danach, diese Beine zu küssen, mit der Hand darüberzustreichen und ihren Duft zu erkunden. Dieses Gefühl war ihm neu. Er senkte die Augen. Nicht etwa, um die Gedanken zu verjagen, die ihm eigentlich recht gut gefielen, sondern um ihnen nicht noch mehr Nahrung zu geben. Auch er stieg auf sein Pferd und trieb es mit einem Fersendruck an.

»Wusstest du, dass sich der Erain-Frosch von Wespen und Hornissen ernährt?«, fuhr das Mädchen fort. »Er jagt sie mit einer ganz besonderen Technik. Seine Haut nimmt die Färbung seiner Beutetiere an, er nähert sich einem Bau und gibt sich sozusagen als ihresgleichen aus. Sobald ihre Aufmerksamkeit nachlässt ...« Sie neigte den Kopf zur Seite und warf ihm einen merkwürdigen Blick zu. »Der Erain-Frosch wartet, bis er seinen Feinden ganz nah ist, ehe er zuschlägt. Da siehst du, kleiner Graf, dass man sogar von einem einfachen Frosch noch etwas lernen kann.«

»Du sollst mich nicht kleiner Graf nennen«, schimpfte er.

»Oh, er ärgert sich ... Ärgerst du dich auch, wenn du als Letzter vor den Toren von Guet d'Aëd ankommst?«

Mit diesen Worten trieb sie ihr Pferd an und galoppierte so geschwind davon, dass Laertes Pferd erschrak, sich aufbäumte und seinen Reiter beinahe abgeworfen hätte. Hin- und hergerissen zwischen Wut und Vergnügen sah er dem Mädchen nach. Ihre dunklen Locken flogen hinter ihr her wie eine Mähne.

Ihr Name war Esyld Orbey. Sie war die Tochter des Schmieds von Guet d'Aëd, und Laerte von Uster, der Sohn des Grafen, der über das Gebiet der Salinen herrschte, liebte sie von Tag zu Tag mehr, ohne dass er es jemandem zu gestehen wagte. Im Galopp preschte er hinter ihr her.

Der ihm vorgegebene Weg lag so deutlich vor ihm wie der Pfad, der durch den Wald zur Stadt führte. Eines Tages wäre er der Graf der Salinen. Allerdings konnte er nicht abschätzen, ob ihm das Regieren ebenso leichtfallen würde wie seinem Vater – noch dazu, ohne auf die Hilfe seines Bruders setzen zu können, der es bis dahin gewiss längst zum General gebracht hätte und als solcher den Frieden des Kaiserreichs sichern würde. Natürlich hätte er irgendwann eine Frau und Kinder. Und sonst? Er würde sich wohl mit dem begnügen müssen, was ihm zufiel, ohne von mehr zu träumen. Er würde tun, was man von ihm verlangte, ohne mehr zu geben, und er würde lernen, heimlich zu lieben, ohne mit jemandem darüber zu reden.

Und doch gab es etwas, das er sich innig wünschte: so zu sein wie Iago. Dabei ging es ihm nicht um den Blondschopf und die Talente des jungen Mannes – nein, er hätte gern sein Charisma und seine Geschicklichkeit gehabt. Und vielleicht das Interesse von Esyld.

Im Unterholz holte er sie schließlich ein. Sie hatte ihr Pferd angehalten und betrachtete mit ernster Miene den dunklen Rauch, der über Guet d'Aëd stand. Laertes Pferd wurde so nervös, dass er es beruhigen musste. Esyld blickte ihn streng an.

»Du bleibst hier und bewegst dich nicht von der Stelle.«

»Was? Aber warum? Was ist los?«

Jetzt sah auch er den Rauch. Der Wehrturm brannte. Sein Herz setzte einen Schlag aus, er wurde blass. Gehorsam zügelte er sein Pferd.

Esyld trieb ihr Tier wieder an und galoppierte auf die Holzumfriedung der Stadt zu. Was würde sie dort finden? Natürlich hätte Laerte ihr folgen und sich selbst ein Bild von dem machen können, was sich in der Stadt abspielte. Aber der jüngste Sohn des Grafen von Uster, ein ziemlich schlechter Sportler und mittelmäßiger Schüler von durchschnittlichem Aussehen, fand nicht den Mut, die zu begleiten, die er liebte.

Unruhig tänzelte sein Pferd auf der Stelle. Esyld war längst in einer Staubwolke verschwunden.

Unentschlossen wartete er über eine Stunde. Was sollte er bloß tun? Sie suchen? Im Wald bleiben? Was war überhaupt in der Stadt los?

Er stieg vom Pferd, band es an einen Baum und lief hin und her wie in einem Käfig, ohne den Blick vom Festungswall der Stadt abzuwenden. Schließlich lehnte er sich schwer atmend an einen Stamm. Aus der Stadt drangen Kampfgeräusche herüber.

Plötzlich erklang hinter ihm ein leises Knacken. Hastig drehte er sich um. Eine schmale, behandschuhte Hand legte sich auf seine Schulter, eine zweite hielt ihm den Mund zu

»Pst, Laerte, beruhige dich. Ich bin es.«

Vor ihm stand Esyld in einem blauen Umhang. Warum hatte sie sich umgezogen? Ehe er sie fragen konnte, reichte sie ihm einen schwarzen Umhang, den sie mitgebracht hatte.

»Zieh das an. Schnell. Wir müssen sofort weg hier. Sie haben Patrouillen losgeschickt und suchen nach dir.«

»Wer – sie?«, fragte Laerte mit zitternder Stimme. »Was ist passiert, Esyld?«

Er warf den Umhang über. Esyld legte ihm beide Hände auf die Schultern und blickte ihm tief in die Augen.

»Die kaiserliche Armee. Dein Vater wurde gefangen genommen. Deine ganze Familie sitzt im Kerker.« Man merkte ihr nicht die geringste Gemütsbewegung an.

»Aber warum?«

»Mein Vater ist bei Hauptmann Meurnau im Norden der Stadt. Los, wir müssen uns eilen. Schnell!«

Ihr Gesicht wirkte so starr und angespannt, dass er sie kaum wiedererkannte. Sie nahm seine Hand und zog ihn in den Wald. Meurnau. Der Gardehauptmann.

»Wenn ein junges Mädchen die Stadt verlässt, fällt es weniger auf«, sagte sie mit nervöser Stimme. »Irgendwer hat ihnen gesagt, dass du in die Sümpfe geritten bist, und jetzt durchkämmen sie die ganze Umgebung und suchen dich überall.«

Am Waldrand wartete ein kleines, mit einer Plane bedecktes Fuhrwerk.

»Außer an der Stelle, von der sie nicht glauben, dass du dort hingehst. Versteck dich, es könnten Soldaten unterwegs sein.«

Ihr Lächeln war so verkrampft, dass es ihn kaum tröstete. Sie half ihm, unter die Plane zu schlüpfen.

Am Himmel zogen Wolken auf. Bald würde es regnen. Zwischen zwei schlaffen Säcken, die nach Kloake rochen, rollte sich Laerte zusammen wie ein Neugeborenes. Seine Schläfen pochten, ihm zitterten die Hände. Er ballte sie zu Fäusten. Sein Vater war von den Kaiserlichen verhaftet worden? Warum? Wenn es stimmte, dass man nach ihm suchte, dann drohte ihm sicher das gleiche Schicksal. Was wurde dem Haus Uster zur Last gelegt? Es war doch wohl kaum möglich, dass einzig Oratios Schriften ein derartiges Vorgehen rechtfertigten? Warum also?

Laerte hörte das Schnalzen der Zügel und Hufe, die auf der Stelle tänzelten. Dann setzte sich der Karren in Bewegung.

»Und keinen Mucks«, flüsterte Esyld ihm zu.

Während der wenigen Minuten Fahrt bis zur Stadtmauer hörte Laerte nur seinen eigenen schweren Atem. Er schwitzte vor Angst. Seine Kehle war staubtrocken.

Als er die durch die Plane gedämpften Stimmen der Soldaten vernahm, die Esyld anhielten, stockte ihm der Atem. Ein angespanntes Wortgefecht war zu hören. Die Soldaten klangen unfreundlich und misstrauisch. Ein falsches Wort, und alles wäre vorbei. Unter der Plane umklammerte Laerte seine Knie und schloss die Augen. Wenn einer der Soldaten Esyld angriff – hätte er genügend Zeit, sein Versteck zu verlassen und sie zu retten? Würde er es überhaupt versuchen? Würde er es fertigbringen, sie mit seinem Körper zu schützen, und dafür in Kauf zu nehmen, vielleicht von einer Klinge durchbohrt zu werden? Er unterdrückte ein Stöhnen. Tränen stiegen ihm in die Augen. Über sich hörte er ein leichtes Klopfen. Ein Soldat strich mit der Hand über die Plane. Dann wurden die Geräusche stärker und das Klopfen schneller. Nein. Das war kein Soldat, sondern Regentropfen. Es begann zu regnen.

Endlich setzte sich das Fuhrwerk wieder in Bewegung. Als es erneut anhielt und jemand die Plane hochhob, waren Laertes Augen rot geweint. Das Gesicht, das sich in einer feuchten Scheune im Halbschatten über ihn beugte, war das eines bärtigen Mannes. Laerte schämte sich.

Esyld stand ein Stück weiter weg, war völlig durchnässt und blickte ihn traurig an. Hastig wischte er sich die Augen und presste die Zähne zusammen. So sollte sie ihn nun wirklich nicht sehen! Nicht so feige, verloren und kindisch.

»Hier seid Ihr in Sicherheit, Herr. Kommt mit«, sagte der Mann und legte Laerte eine Hand auf die Schulter. »Wir fürchteten schon, man hätte Euch im Wald erwischt. Aber jetzt drängt die Zeit.«

Der Mann war Esylds Vater, und allem Anschein nach befanden sie sich in der Scheune neben seiner Werkstatt. Er trug noch seine Lederschürze über einem schwarzen Hemd, das seine breiten Schultern zu sprengen drohten. Hinter einer Tür hörte man das Feuer in der Esse fauchen. Rötliches Flackern drang durch die Spalten in der Wand.

»Esyld, du sattelst die Pferde. Wir müssen noch in dieser Stunde aufbrechen«, erklärte er und nahm den Jungen mit zu einer Leiter, die zu einem Laufgang führte.

Hastig stiegen sie hinauf und erreichten eine Tür. Meister Orbey klopfte dreimal kurz und zweimal lang. Laerte warf einen Blick über die Brüstung. Unten sattelte Esyld die Pferde. Sie wirkte sichtlich nervös, ließ den Sattel fallen und schimpfte mit tränenerstickter Stimme vor sich hin. Dabei war sie ihm so entschlossen vorgekommen, als sie ihn im Wald abgeholt hatte. Gern wäre er bei ihr geblieben und hätte sie in die Arme genommen. Das zumindest hätte er sicher irgendwie fertiggebracht.

Knarrend ging die Tür auf. Zwei Wachen musterten sie misstrauisch, die Hände am Schwertgriff. Als sie Orbey erkannten, traten sie beiseite. Der Raum war winzig. In einer Ecke standen Kisten mit Schmiedewerkzeug sowie ein großer abgenutzter Amboss. Ein Mann mit einem edlen, von feinen Narben durchzogenen Gesicht saß an einem kleinen Tisch in der Nähe des einzigen Fensters, das auf eine Straße hinausging. Orbeys Schmiede befand sich im oberen Teil der Stadt. Von hier aus reichte der Blick bis zum Platz vor der Kirche. Der Hauptmann hatte seinen Helm vor sich auf den Tisch gelegt. Seinen Dienstgrad konnte man an dem Drachen erkennen, der mit weit geöffnetem Rachen den Nasenschutz zierte. Der Mann legte seine in einen eisernen Handschuh gehüllte Hand auf den Helm.

»Hauptmann Meurnau?«, stellte Laerte verwundert fest. Seine Kehle war immer noch trocken.

Dass sich der Hauptmann in Orbeys Werkstatt versteckte, konnte nur bedeuten, dass die Situation schlimmer war als gedacht. Meurnau richtete sich auf und wies mit dem Kopf auf einen Schemel in der Nähe der Kisten.

»Setzt Euch«, forderte er Laerte auf.

Anschließend wandte er ihm den Rücken zu und bat Orbey zu sich.

»Azdekis Soldaten durchsuchen die Umgebung der Stadt«, informierte der Schmied den Hauptmann mit leiser Stimme. Meurnau fuhr sich mit der Hand durch das aschblonde Haar und hörte Orbey seufzend zu. Laerte kam es vor, als wollten sie ihm etwas verheimlichen. Er hätte auch sicher nichts gehört, wenn er sich gemäß der Weisung des Hauptmanns hingesetzt hätte.

»Wenn sie nichts finden, werden sie zurückkommen. Dann aber kommen wir im Norden nicht mehr durch. Wir müssen Guet d'Aëd sofort verlassen, Orbey.«

»Ich weiß«, nickte der Schmied. »Meine Tochter sattelt bereits die Pferde. Aber was dann?«

»Danach müssen wir weitersehen. Die Baronien im Südwesten haben den Grafen immer respektiert. Einige haben ihm gar öffentlich zugestimmt. Zunächst müssen wir einen Ort finden, wo wir in aller Ruhe den Aufstand vorbereiten können.«

»Ein Aufstand? Meurnau, daran denkt Ihr doch nicht wirklich?«, entrüstete sich der Schmied.

»Herr Hauptmann?«, meldete sich Laerte schüchtern.

Doch die beiden Männer am Fenster achteten nicht auf ihn. Draußen auf dem Kirchplatz wurde ein Galgen errichtet.

»Das hätte der Graf nicht gewollt«, fuhr Orbey fort.

»O doch, genau das will er, Schmied«, widersprach Meurnau. »Das Kaiserreich siecht dahin. Es ist Zeit, das Steuer herumzureißen.«

»Aber nicht mit Gewalt.«

»Herr Hauptmann«, versuchte Laerte es von Neuem und trat mit geballten Fäusten einen Schritt vor. In seinem Kopf nagte eine drängende Frage, doch niemand achtete auf ihn.

»Wenn der Kaiser den Salinen die Regierung nimmt, ohne das Volk zu fragen, werden die Salinen ihre Unabhängigkeit erklären«, fauchte Meurnau. »Wir haben uns lange genug den Gelüsten eines Tyrannen gebeugt. Uster vogelfrei zu erklären und ihn nach allem, was er für den Hof getan hat, derart verächtlich zu behandeln, das geht einfach zu weit, Schmied. Das geht zu weit!«

»HAUPTMANN MEURNAU!«, brüllte Laerte.

Erschrocken drehten sich die beiden Männer um und entdeckten Laerte, der wild entschlossen vor ihnen stand. Meurnau hatte den Jungen im Zweikampf trainiert, ohne seine Zweifel an dessen Talent zu verbergen. Von den drei Kindern Usters betrachtete Laerte sich als das zurückhaltendste und schwächste und zog sich gern aus der Affäre. Nie hätte er erwartet, einmal so seine Stimme zu erheben, und das nicht etwa arrogant, sondern mit einer Autorität, die der des Grafen ähnelte. Doch dabei beließ er es nicht. Zu überwältigend war sein Ärger.

»Wo sind mein Vater und meine Mutter?«, fragte er.

»Laerte, wir versuchen gerade, die Situation einigermaßen unter Kontrolle zu bringen«, erklärte Meurnau. »Ich möchte Euch bitten, auf Eurem ...«

»Ihr sagt mir jetzt sofort, was hier vorgefallen ist!«, beharrte der Junge und wich dem Blick des Hauptmanns nicht aus. »Wo ist meine Familie? Warum wurde nichts unternommen? Sagt es mir.«

Der Hauptmann blinzelte. Es war das erste Mal, dass ihm Laerte mit seinen zwölf Jahren einen Befehl gab. Offenbar verließ er sich auf den Respekt, den Meurnau ihm schuldete, und war entschlossen, ihm nötigenfalls die Stirn zu bieten, um die gewünschten Antworten zu erhalten. Der Schmied indes kam dem Hauptmann zuvor.

»In der Stadt herrscht große Verwirrung, Herr«, begann er. »Hauptmann Azdeki hat Euren Vater und Euren Bruder festnehmen lassen und klagt sie des gegen das Kaiserreich gerichteten Hochverrats an. Eure Mutter und Eure Schwester hat man ebenfalls mitgenommen. Wir konnten sie nicht ...«

»Euer Vater hat nichts und niemanden verraten, Laerte«, presste der Hauptmann zwischen den Zähnen hervor. Das Vorgehen Azdekis widerte ihn an.

»Aber warum lügen sie?«, wollte Laerte wissen. »Warum tun sie das?«

»Zweifellos will der Fangol-Orden sein Vermögen zurückholen«, antwortete Meurnau. »Und der Kaiser ist so schwach, dass er sich nicht widersetzt.«

»Eure Familie besitzt einige Dinge, die Begehrlichkeiten wecken, Herr«, fügte der Schmied verlegen hinzu.

Das jedoch wollte Laerte gar nicht wissen. Im Augenblick gab es Wichtigeres. Seine Angst schnürte ihm fast die Kehle ab. »Wo ist er? Wo ist mein Vater?«

Seine Stimme zitterte jetzt, denn er rechnete mit dem Schlimmsten.

»Meister Orbey! Wo ist mein Vater?«

Der Schmied trat mit gesenktem Kopf einen Schritt zur Seite und gab das Fenster frei.

»Er wurde bereits verurteilt, Herr.«

Hinter den Holzdächern war der Galgen zu erkennen. Jemand würde gehenkt werden. Laerte blickte nacheinander die beiden Männer an. Er verstand nicht, und er wollte nicht verstehen. Ihn interessierte weder das Wann noch das Wo, Wie oder Warum. Aber die Untätigkeit des Hauptmanns erfüllte ihn mit rasender Wut.

»Und Ihr wollt ihn einfach so sterben lassen?«

»Laerte …«, seufzte Meurnau.

»Rettet ihn! Verhindert dieses Urteil!«

»Laerte! Beruhigt Euch.«

»Feigling!«, schrie der Junge. »Geht und kämpft für ihn! Ihr untersteht unserem Befehl! Also gehorcht gefälligst! Mein Vater ist Euer Graf. Rettet ihn!«

»Bei allen Göttern, Herr, reißt Euch zusammen!«, ging Orbey dazwischen.

Würden sie zu den Waffen eilen und seinem Vater helfen? Würden sie seine Mutter, seine Schwester und seinen Bruder befreien? Nein. Weder Meurnau noch Meister Orbey, ganz zu schweigen von den beiden Wachsoldaten, machten irgendwelche Anstalten. Blind vor Wut rannte Laerte zur Tür. Der Hauptmann und der Schmied waren so überrumpelt, dass sie ihm nur nachblickten. Laerte sauste den Laufgang entlang und ließ sich an einem der Leiterholme hinuntergleiten. Der Hauptmann rief hinter ihm her.

»Laerte! Kommt sofort zurück!«

Laerte verschwendete keinen Gedanken an die Gefahren. Seine Angst hatte jegliche Vernunft ausgelöscht. Er wollte mit eigenen Augen sehen, was sich auf dem Kirchplatz abspielte. Keine Sekunde dachte er daran, dass er nichts in der Hand hatte, um den Schergen entgegenzutreten.

»Laerte?«, wunderte sich Esyld, als der Junge die Türen der Scheune aufstieß.

»Herr!«, rief der Schmied vom Laufgang.

Meurnau war bereits auf der Leiter.

Ohne das Mädchen eines Blickes zu würdigen, sprang Laerte auf eines der fertig gesattelten Pferde. Als sich der Hauptmann auf ihn werfen wollte, um ihn aufzuhalten, gab er seinem Pferd die Sporen und galoppierte auf die menschenleere Straße hinaus. In der Ferne war Lärm zu hören, der sich mit dem Geräusch des prasselnden Regens mischte. Zwei Straßen vor dem Platz entdeckte er die von zwei Soldaten in Schwarz gehaltenen Hellebarden. Er wurde langsamer, zog sich die Kapuze tief ins Gesicht, saß ab und ließ das Pferd laufen. Dann ging er weiter.

Als er einem Trupp Soldaten begegnete, deren Stiefelabsätze auf den regennassen Boden knallten, wäre er beinahe wieder umgekehrt. Plötzlich wurden ihm die Gefahren bewusst, an die er zuvor nicht gedacht hatte. Die Soldaten des Kaisers suchten nach ihm. Sein Vater stand im Begriff, exekutiert zu werden. Doch statt zu fliehen, stürzte er sich erhobenen Hauptes in die Höhle des Löwen.

Was konnte er schon gegen eine ganze Armee ausrichten? Nichts. Und doch trieb ihn etwas an. In ihm brannte ein seltsames Feuer, etwas, das er nicht beschreiben konnte. War es ein letzter Funke Hoffnung? Plötzlich hatte er das Gefühl, dass seine Kleider ihm viel zu klein waren.

Er ging weiter bis zum Kirchplatz. Eine Menschenmenge drängte sich um den in aller Eile errichteten Galgen. Kein fröhliches Gesicht war zu sehen. Alle Anwesenden schwiegen bedrückt. Nur dann und wann war zaghafter Protest zu hören.

Auf dem Podest stand Laertes Vater und blickte aufrecht und stolz in die Ferne. Neben ihm bemühte sich Laertes älterer Bruder um eine würdevolle Haltung. Er hielt die Augen geschlossen und murmelte ein Gebet. Beide hatten eine Schlinge um den Hals, und ihre Hände waren auf dem Rücken gefesselt. Laerte musste tief durchatmen, um nicht in Ohnmacht zu fallen.

»Ruhe! Ruhe!«

Ein Mann mit ausgemergeltem Gesicht und Adlernase versuchte mit ausladenden Gesten, die aufbrandenden Buhrufe zu beschwichtigen. Er trug eine silberne Rüstung, und sein roter Umhang reichte von den Schultern bis zum Boden. Sein Brustharnisch war mit einem Adler geschmückt, der eine Schlange in den Fängen hielt.

Unter dem Kommando eines Mannes in leichter Rüstung, vermutlich ein junger Ritter, postierten sich Soldaten mit Lanzen um den Galgen, bereit, die Menge notfalls mit Gewalt zurückzudrängen.

Laerte bahnte sich unerkannt einen Weg durch die Zuschauer. Er blickte weder nach links noch nach rechts, sondern hielt den Kopf gesenkt. Der Regen machte seinen Umhang noch schwerer. Man ließ ihn durch. Niemand beschwerte sich. Wie betäubt starrten die Leute auf ihren geliebten Landesherrn. In den Gesichtern der Soldaten, die am Fuß des Galgens Aufstellung bezogen hatten, las Laerte eine Entschlossenheit, die ihn bis ins Mark frieren ließ.

»Ruhe!«, wiederholte der Mann auf dem Podest.

Die Menge wurde still. Der Mann ließ seinen durchdringenden Blick über die versammelten Menschen schweifen.

»Ich, Hauptmann Azdeki, richte im Namen Seiner Majestät, Kaiser Asham Ivani Reyes, über die hier anwesenden Verräter ...« Mit dem Finger wies er auf Vater und Sohn Uster. »Dieser Mann, der euch viele Jahre regiert hat, ist angeklagt, ein Komplott gegen euren Kaiser geschmiedet zu haben. Er hat Falschaussagen verbreitet und Unruhe und Zweifel in eure Herzen gesät. Der Kaiser höchstselbst ist zu dem Schluss gekommen, dass es sich bei diesem Delikt um Hochverrat handelt. Auch der Fangol-Orden hat ein Bittgesuch eingereicht ...«

In der Menge wurden erneut Buhrufe laut. Die schwarz gekleideten Mönche am Fuß des Galgens bemühten sich, nicht darauf zu achten.

»Ein Bittgesuch«, wiederholte Azdeki. »Graf Oratio von Uster hat Kaiser und Klerus wiederholt beleidigt und trotz einer Warnung des Bischofs von Emeris keinerlei Reue an den Tag gelegt. Angesichts dieser Anschuldigungen und trotz des tiefen Schmerzes Seiner Majestät, unseres Kaisers, sehe ich mich gezwungen, einen Schuldspruch zu fällen.«

Gezwungen wirkte der Mann jedoch keineswegs. Laerte prägte sich sorgfältig jeden Zug seines Gesichts ein. Und auch den Namen des Hauptmanns, der das Unglück über seine Familie brachte, kannte er: Etienne Azdeki. Noch immer glaubte er keine Sekunde daran, dass man seinen Vater und seinen Bruder wirklich hinrichten würde. Gewiss würde gleich jemand auftauchen, um sie zu retten.

»Meine Hand«, sagte plötzlich eine sanfte Stimme neben ihm.

Er wandte den Kopf und sah in Esylds traurige Augen. Hastig senkte er den Blick.

»Halte meine Hand. Nimm sie und drück sie, so fest du willst«, flüsterte sie.

Sie ließ ihre Hand in seine gleiten, und er umklammerte ihre Finger, als wären sie das wertvollste Gut auf der ganzen Welt. Ihre Haut war weich, ihre Wärme tröstlich. Ihre Anwesenheit beruhigte ihn. Mit aller Macht musste er den Wunsch bekämpfen, sie in die Arme zu nehmen, weil er fürchtete, sie könnte ihm entwischen.

»Oratio Montague, Graf von Uster, wird des Hochverrats am Kaiserreich sowie an Seiner Majestät, unserem Kaiser Asham Ivani Reyes, sowie der Lästerung der Götter und der Schmähung ihrer Stellvertreter auf Erden, der Fangol-Mönche, für schuldig befunden. Laut Gesetz steht darauf die Todesstrafe sowohl für ihn selbst als auch für seine Nachkommenschaft.«

Ein unzufriedenes Raunen ging durch die Menge. Die Soldaten senkten drohend ihre Lanzen. Die Mönche zogen sich ein Stück zurück, schlugen ihre Kapuzen über die kahl rasierten Schädel und begannen zu psalmodieren. Azdeki drehte sich zum Grafen um und ging auf ihn zu.

»Tod durch den Strang«, fügte er hinzu und blickte Uster tief in die Augen.

Auf dem weißen Hemd und im Bart des Grafen klebte Blut, und unter seinen Augen zeichnete sich ein Bluterguss ab, doch seine aufgeplatzten Lippen zeigten ein unverschämtes Lächeln.

»Lacht ruhig weiter, Graf«, raunte Azdeki aufgebracht. »Ihr habt die Hand gebissen, die Euch ernährte. Jetzt seid Ihr am Ende.« Er trat ganz dicht an ihn heran und fügte flüsternd hinzu: »Am Ende eines Strangs.«

Wie schmutzig und abgehalftert Uster doch in seiner unordentlichen Kleidung aussah! Daran änderte auch seine hoheitsvolle Haltung gegenüber dem Volk nichts. Neben ihm unterdrückte sein ältester Sohn ein Schluchzen.

Der Graf hatte seine Familie verteidigt, sich ihrer Verhaftung widersetzt und in den Gängen des Wehrturms gegen die Soldaten gekämpft. Doch seine Tapferkeit hatte nicht ausgereicht. Nun stand er hier auf dem Podest neben seinem ältesten Sohn und wusste nicht, welches Schicksal seiner Frau und Tochter drohte. Nur zwei Dinge hielten ihn noch aufrecht: die absolute Notwendigkeit, als würdiger Märtyrer zu sterben, um sein Werk nicht mit dem letzten Atemzug zunichtezumachen, und das Wissen darum, dass ein Familienmitglied hatte fliehen können. Laerte. Sein kleiner Laerte hatte sich wieder einmal mit der Tochter des Schmieds in den Sümpfen herumgetrieben. Wenigstens einer, den Azdeki weder foltern noch aufhängen würde.

»Drück meine Hand«, flüsterte Esyld dem Jungen ins Ohr.

»Henker!«, rief Azdeki.

In diesem Augenblick entdeckte der Graf voller Entsetzen das Gesicht seinen Jüngsten in der Menge.

»Walte deines Amtes!«

»Du darfst drücken, so fest du willst.«

Zum ersten Mal im Leben las Laerte Angst in den Augen seines Vaters.

Der Henker legte einen Hebel um. Es ratterte, dann gaben die Bretter unter den Füßen der Verurteilten nach.

Ein Knirschen … und dann hörte man nur noch den Wind, der Regentropfen über die vor Entsetzen stumme Menge trieb. Die beiden Gehenkten pendelten an ihren Seilschlingen.

Laerte schloss die Augen. Ein unsäglicher Schmerz brach über ihn herein. Seine Hand umklammerte die von Esyld. Als er in die Knie zu gehen drohte, schlang sie den Arm um seine Schultern und führte ihn aus der Menschenmenge, die nach und nach wieder zum Leben erwachte.

»Volk der Salinen!«, rief Azdeki. »Endlich seid ihr von diesem Usurpator befreit. Ihr seid zurückgekehrt in das Licht des Heiligen Kaiserreichs.«

Aber Laerte sah kein Licht. Er sah nicht einmal die Gestalten, zwischen denen er sich hindurchschlängelte. Seine Augen waren blind vor Regen und Tränen. Sie kamen an einem Trupp Soldaten vorbei. Esyld zog ihn in eine Toreinfahrt. Nachdem sie sich vergewissert hatte, dass niemand in der Nähe war, schlug sie die Kapuze zurück und nahm das Gesicht des Jungen in die Hände.

»Du musst hier weg. Du musst sofort weg. Und du musst jetzt mutig sein, stolzer kleiner Mann. Zeige dich beherzt!«

Sie streichelte ihm über die Wange und hielt seinen Blick mit traurigen Augen fest.

»Mein Vater«, schluchzte Laerte. »Mein Bruder …«

Entsetzen packte ihn. Sein Schmerz war so groß und sein Herz so wund, dass es ihm die Sprache verschlug. Seine Mutter und seine kleine Schwester saßen im Wehrturm, hilflos und allein. Hatte Meurnau sie etwa auch ihrem Schicksal überlassen? O ja, ganz bestimmt.

»Du kannst später um sie weinen«, sagte Esyld sanft. »Aber du darfst uns nie wieder so an der Nase herumführen. Dein Leben ist uns wichtig.«

Sie streichelte ihn noch einmal, lehnte ihre Stirn an seine und schloss die Augen. »Dein Leben ist mir wichtig«, stellte sie leise klar.

Laerte war, als träfe ihn ein heller Strahl. Plötzlich glaubte er zu wissen, was er zu tun hatte, und er wollte sich nur darauf konzentrieren: Esyld zu folgen, wo sie auch hinging und was sie auch tun wollte. Mit einem Mal schien ein warmer Schleier alle offenen Fragen und Qualen einzuhüllen.

Willenlos ließ er sich zur Scheune des Schmieds führen. Meurnau sprach kein Wort mit ihm, Orbey hingegen behandelte ihn mit großer Rücksicht. Man versteckte ihn unter der Plane des Karrens und verließ eilig die Stadt, während einige dem Grafen treu gebliebene Gardisten Azdekis Soldaten mit kleinen Scharmützeln ablenkten.

Die Nacht kommt schnell in den Salinen. Auf der Holzumfriedung von Guet d'Aëd wurden tausend Fackeln entzündet. Azdeki entsandte seine Männer in die gesamte Region, um seine Herrschaft zu sichern.

In einem Weiler nahe den Sümpfen, nur wenige Kilometer von der Stadt entfernt, beobachtete Laerte die durch die Abenddämmerung flackernden Flammen. Sie kamen ihm vor wie der schwache Widerschein eines vergangenen Lebens. Er hatte keine Tränen mehr.

Hinter ihm organisierte Meurnau die Nachtwache. In diesem Salzbauerndorf gab es kaum ein Dutzend Holzhäuser, doch Azdeki würde Himmel und Hölle in Bewegung setzen, um den Erben des Grafen zu finden. Sicher würde er die gesamte Region durchkämmen lassen, um das Haus Uster endgültig auszulöschen.

»Wo ist meine Mutter?«, fragte Laerte, ohne den Blick vor der fernen Stadt abzuwenden.

Er bekam keine Antwort.

»Und meine kleine Schwester?«

»Es tut mir unendlich leid …«

Während der Flucht hatte er überall nach ihnen Ausschau gehalten. Zum ersten Mal seit dem Aufbruch aus Guet d'Aëd sprach er wieder. Esyld trat aus dem Schatten des Hauses, in dem sie untergebracht waren, und stellte sich neben ihn. Ihre Hände berührten sich.

»Haben sie die beiden ebenfalls getötet?« Seine Stimme klang eisig.

Esyld brach in Tränen aus. »Es tut mir so leid, Laerte. So furchtbar leid«, wiederholte sie und vergrub das Gesicht in den Händen.

An einem einzigen Tag hatte Laerte von Uster alles verloren. Seine Familie, seine Heimat und seine Zukunft. Er fühlte sich wie eine leere Hülle, die jederzeit zerbrechen konnte.

Esyld griff nach seiner Hand, doch er rückte von ihr ab. Zum ersten Mal verweigerte er sich ihr. Trotzdem fürchtete er nicht um seine Aussichten bei ihr. Er wühlte in seiner Tasche und holte das kleine Holzpferd hervor. Wie oft mochte er damit gespielt haben? Wie viele Kämpfe hatte er in seiner Fantasie ausgefochten? Seine Finger schlossen sich um die glatte Form des Spielzeugs und umklammerten es so fest, dass er glaubte, die Umrisse für immer in seine Hand geprägt zu haben. Dann warf er es mit einer abrupten Bewegung weit von sich. Das kleine Holzpferd verschwand in der Nacht. Jetzt gab es keine Esyld, kein Guet d'Aëd, keinen Meurnau und keinen Orbey mehr für ihn. Es gab nur noch seine Wut. An diesem Abend wusste er endlich, was er wirklich wollte.

Eines Tages wollte er der größte Ritter der Welt sein. Und er würde ganz allein das Kaiserreich zu Fall bringen.

2
GEHETZT

Er wird keine Ruhe und keine Zuflucht finden.
Tag und Nacht und überall wird man ihn verfolgen
wie ein wildes Tier,
das vor der Treibjagd flieht.

Sie flohen. Jeden Tag. Ohne Ende. Schweigend zogen sie durch die Salinen, durchquerten Sümpfe und bahnten sich Wege durch hohes Gras und Sumpfland. Von Dorf zu Dorf, von Lager zu Lager in den tiefsten Mooren. Ihr einziges Ziel war, Laerte zu schützen und ihn so weit wie möglich aus Etienne Azdekis stetig wachsendem Schatten herauszuhalten. Drohend und böse spürte ihn der Junge ständig in seinem Rücken. Manchmal drehte er sich um, weil er meinte, die Anwesenheit des kaiserlichen Hauptmanns zu spüren, der ihn mit Blicken herausforderte. Doch da war nichts als der unebene Weg.

Sie waren etwa zwanzig, meistens ehemalige Gardisten, die ihre Rüstungen abgelegt hatten, um wie einfache Bauern auszusehen. Oft ließen sie Laerte und Esyld hinten auf dem Karren fahren. Alle trugen Lumpen und wirkten wie arme Schlucker auf der Flucht vor dem Krieg. Azdekis Truppen durchkämmten das gesamte Gebiet und durchsuchten die Flüchtlingstrecks. Auch die Flüchtlinge waren schon mehrfach angehalten worden, doch sie hatten jedes Mal Glück. In solchen Situationen schmiegte sich Esyld ganz nah an Laerte, nahm seine Hand und flüsterte ihm tröstende Worte ins Ohr.

Nach jeder Durchsuchung bedeuteten die völlig überforderten Soldaten ihnen, weiterzufahren. Azdekis Männer hatten keine Ahnung, wie sie Laerte von Uster erkennen sollten. Wer wusste schon, wie der Junge aussah? Und welcher Bewohner der Salinen, der es hätte wissen können, hätte ein unschuldiges Kind dem sicheren Tod ausgeliefert?

Oratio von Uster war bei seinem Volk sehr beliebt gewesen. Sein Tod hatte seine Untertanen sehr geschmerzt, und sein letztes überlebendes Kind dem Zorn des Kaisers auszuliefern hätte bedeutet, sein Andenken zu schmähen. Alle Listen, in denen Laertes Name auftauchte, wurden verbrannt, jede Nennung vernichtet. Und die wenigen Menschen, die Laertes Alter und Aussehen kannten, schwiegen beharrlich.

Die stumme Unterstützung schützte sie auf ihrer Flucht. Die Menschen im Land setzten ihr Schweigen als letztes Bollwerk gegen den Wahn eines kaiserlichen Hauptmanns ein. Nicht eine Zunge löste sich. Azdeki musste erkennen, dass er seinen ersten Irrtum begangen hatte. In seiner Eile hatte er dieses Kind übersehen, einen kleinen Jungen.

Das Gerücht, dass der jüngste Sohn des Grafen überlebt hatte, schürte im Volk reges Treiben. Einer nach dem anderen griffen die Bewohner der Grafschaft zu den Waffen, Bauernhöfe rebellierten, und Dörfler verschanzten sich in ihren kleinen Weilern. Der Aufstand begann sich zu formieren, und Hauptmann Meurnau fühlte sich bereit, alles zu tun, damit eine Revolution daraus wurde.

»Trinkt das«, sagte er zu Laerte bei einer Rast am Straßenrand.

Der Junge saß unter einer Plane verborgen hinten im Karren und griff nach der Feldflasche, die der Hauptmann ihm reichte. Seit Monaten reisten sie nun ziellos durch das Land. Laerte sprach nur selten. Meist blieb er stumm, wirkte abwesend, und sein Blick wurde von Tag zu Tag finsterer.

Der Junge trank einen Schluck, wischte sich den Mund ab und reichte die Feldflasche zurück. Meurnau tat das Gleiche und setzte sich rechts neben Laerte auf den Rand des Fuhrwerks. Seufzend betrachtete er die Moore rechts und links der Straße. In der Ferne quoll dichter schwarzer Rauch in den wolkenverhangenen Himmel.

»Das Dorf Aguel. Sie haben es niedergebrannt«, sagte Meurnau leise.

Je näher der Winter kam, desto mehr Dörfer in der Umgebung von Guet d'Aëd erhoben sich gegen den Kaiser. Die weiter entfernt gelegenen Städte hatte der Aufstand längst erreicht. Nachdem die auf das Schnellverfahren gegen ihren geliebten Grafen folgende Betäubung vergangen war, meldete sich in der Bevölkerung der Salinen die Wut zurück.

Auch nach seinem Tod blieb Oratio von Uster ein Dorn im Auge des Kaisers. Sein Andenken wühlte die Menschen auf und stachelte sie zum Aufstand an. Aguel war nicht das einzige Dorf, das von Azdekis Truppen geschleift wurde, und es würde sicher nicht das letzte bleiben.

»Wisst Ihr, warum sie das tun?«, fragte Meurnau.

Laerte hatte sich schon die gleiche Frage gestellt. Ebenso, wie er immer noch nicht verstand, warum seine Familie beim Kaiser in Ungnade gefallen war. Sein Leben lang hatte er sich unter Emeris eine Stadt der Weisen vorgestellt, wo die Geschicke des Landes unter der Herrschaft eines gnädigen Kaisers entschieden wurden, der sich wie ein allwissender Gott um die Welt kümmerte. Oft fühlte er sich stolz, dass sein Vater der Repräsentant dieses Souveräns in den Salinen sein durfte.

»Weil sie uns für dumm halten«, beantwortete der Hauptmann seine eigene Frage.

Er fuhr sich mit der Hand über das müde Gesicht und strich den schwarzen Schnurrbart glatt.

»Sie waren der Meinung, dass alle sofort die Knie beugen würden, nachdem Euer Vater gestorben war, aber Oratio von Uster ist hier stärker als der Kaiser. Er war es, der das Land regierte, und er war es, der von seinen Untertanen geliebt wurde.«

Laerte blieb unbeweglich unter der Plane liegen. Er reagierte nicht, sondern starrte ins Leere. Er hörte und verstand, aber letzten Endes waren ihm das Warum, das Wie und das Wer ziemlich egal. Nur zwei Dinge beschäftigten ihn – warum man ihn geschont hatte und wieso er seine Familie nicht hatte retten können.

»Genau das ist es, was ihn das Leben gekostet hat«, fuhr Meurnau fort. »Aus diesem Grund wurde er verurteilt. Weil er geliebt wurde. Nur der Kaiser allein darf Entscheidungen treffen.«

»Er hat keinen Verrat begangen«, ließ sich Laerte plötzlich vernehmen.

Überrascht blickte Meurnau auf. Es war lange her, dass der Junge zum letzten Mal gesprochen hatte. Doch

Laerte war bereits wieder in seine Lethargie zurückgefallen.

»Nein, hat er nicht«, bestätigte Meurnau, stieg vom Karren und sah zu seinen Männern hinüber, die zusammensaßen und diskutierten.

Gleich neben den in Lumpen gekleideten Soldaten waren Orbey und seine Tochter dabei, Schwerter in großen Säcken zu verstecken.

»Aber die Träume Eures Vaters standen den Interessen des Kaisers entgegen. Euer Vater wollte erreichen, dass die Welt nicht von den Entscheidungen eines einzigen Mannes abhängt. Er war der Meinung, dass das Volk selbst wählen sollte. Das mag noch ein bisschen zu kompliziert für Euch sein, aber eines dürft Ihr nie vergessen: Im Grunde ist Euer Vater für sein Volk gestorben. Sein Volk hätte er nie und nimmer verraten.«

Der Junge senkte den Blick. Nein, er verstand wirklich nicht. Er versuchte es auch gar nicht erst. Die Gegenwart zählte nicht für ihn, ebenso wenig wie die Zukunft. In ihm war nur entsetzliche Leere.

»In einigen Tagen werden wir Station in Braquenne machen«, kündigte der Hauptmann an. »Dort werden wir Euch lehren, wie man kämpft, und bereiten die Revolution vor. Habt Ihr mir zugehört, Laerte?«

O ja, das hatte Laerte durchaus. Aber auf dem Weg lagen überall hübsche kleine Kiesel, und für die interessierte er sich weitaus mehr als für die unwichtigen Worte des gestrengen Hauptmanns. Die Steine waren so klein und braun auf dem grauen, frostrissigen Boden!

»Laerte«, mahnte Meurnau.

Doch der Junge reagierte nicht. Müde winkte Meurnau ab und ließ Laerte allein.

Tagelang wanderten sie weiter. Eines Morgens entdeckten sie erneut eine schwarze Rauchsäule. Wieder ein niedergebranntes Dorf. Laerte wunderte sich, dass er nichts empfand, wenn er sich vorstellte, wie die Dörfler bei lebendigem Leib verbrannt waren.

Endlich erreichten sie Braquenne. Das Dorf bestand aus fünfzehn großen, ebenerdigen Häusern mitten im Moor. Monatelang waren sie unterwegs gewesen, obwohl der Weiler nur zwei Tagereisen von Guet d'Aëd entfernt lag. Wie viele Umwege hatten sie in Kauf nehmen müssen, um den Häschern des Kaisers zu entkommen!

Hier jedoch winkte ihnen eine Bleibe. An diesem Ort, seltsamerweise in unmittelbarer Nachbarschaft zu ihrem Feind, konnten sie endlich eine Zeit lang zur Ruhe kommen. Azdekis Truppen streiften weit entfernt durch das Land. Der Hauptmann war überzeugt, dass sich die Flüchtigen in anderen Grafschaften in Sicherheit gebracht hatten.

Während sich Meurnau darum kümmerte, den Aufstand vorzubereiten, wurde Laerte in die Obhut eines kahlköpfigen Kolosses namens Madog gegeben. Der stolze, zähe Mann war in Usters Garde der Vertreter von Meurnau gewesen. Eine Narbe, die sich von seinem rechten Auge bis zur Oberlippe zog, flößte eine gewisse Furcht, aber auch Respekt ein. Madog wurde beauftragt, Laerte in die Grundkenntnisse der Kriegskunst einzuweihen. Ein Jahr lang bemühte er sich, Laerte zu lehren, wie man richtig kämpft, doch ohne Erfolg.

Obwohl sich Laerte in der folgenden Zeit etwas liebenswürdiger gab, so blieb er während der Lehrstunden doch mürrisch. Schimpfend tobte er sich mit dem Schwert in der Hand zwischen den Häusern aus, wobei sein Allerwertester oft unliebsame Bekanntschaft mit dem Boden machte. Deutlich mehr Interesse als dem Schwertkampf brachte er den gemeinsamen Stunden mit der Tochter des Schmieds entgegen und entfloh der einengenden Überwachung seines Waffenmeisters, wann immer er konnte.

Schließlich stellte Madog ihn zur Rede. Beim ersten Mal rügte er den Jungen noch nicht dafür, dass er das Dorf verlassen und sein Leben in Gefahr gebracht hatte. Dabei kam die Bedrohung nicht einmal von Azdekis Leuten, denn sämtliche Patrouillen befanden sich mindestens zwei Tagereisen entfernt. Viel gefährlicher waren die Rouargs, die in der Gegend ihr Unwesen trieben. Als Laerte zum zweiten Mal verschwand, begriff Madog, dass nichts den Jungen aufhalten würde, es sei denn, man bände ihn irgendwo fest. Der Waffenmeister machte gute Miene zum bösen Spiel und schimpfte nicht, sondern verehrte ihm ein besonderes Geschenk.

»Das hier ist eine Pfeife.«

»Eine Pfeife?«, wunderte sich Laerte.

Sie saßen auf einer Bank vor einem der langen Häuser. Der Junge betrachtete das geschnitzte und geglättete Holz.

»Eine Rouargpfeife«, erklärte Madog. »Wenn du mir ständig davonläufst, kann ich dich nicht beschützen. Falls die kaiserlichen Truppen dich entdecken, gehe ich davon aus, dass deine Beine schnell genug sind. Einem Rouarg allerdings kannst du nicht so einfach entfliehen.«

Er zeigte auf die Pfeife.

»Diese Pfeife klingt wie das Fauchen eines männlichen Rouargs. Bei den Rouargs jagen die Weibchen und nur ganz selten die Männchen. Wenn sich ein Männchen nähert, flüchten die Weibchen aus Angst vor …«

Ein schadenfrohes Grinsen verzog sein vernarbtes Gesicht.

»... einer fürchterlichen Abreibung. Solltest du also von einem Rouarg verfolgt werden, benutze die Pfeife.«

Glücklicherweise bekam Laerte während der folgenden Monate keine Veranlassung, die Pfeife auszuprobieren. Während Madog Stunden damit verbrachte, ihn im ganzen Dorf zu suchen, machte er sich in angenehmer Gesellschaft in die Moore davon. Bei Esyld konnte er vergessen, wo er sich befand, und fürchtete sich vor nichts.

Esyld interessierte sich ganz besonders für Frösche. Eines Tages im Frühjahr entdeckte sie einen Erain-Frosch. Er war mattgrün mit goldenen Streifen und hopste fröhlich im hohen Gras umher. Sie folgten dem Tier. Die Gefahr, kaiserlichen Soldaten zu begegnen, empfanden sie als angenehmen Nervenkitzel, und die brenzlige Lage stachelte sie geradezu an.

Mit klopfendem Herzen beobachteten sie, wie sich der Frosch einem umgekippten Karren näherte. Offenbar hatten sich Flüchtlinge gezwungen gesehen, ihr Gefährt mitten im Moor zurückzulassen.

»Pst«, machte Esyld. »Du darfst ihm keine Angst machen. Sieh nur.«

Sie hob die Röcke bis zu ihren glatten Knien, ließ sich auf dem feuchten Boden auf alle viere nieder und machte Laerte ein Zeichen, es ihr nachzutun.

»Er jagt. Da unten ist ein Hornissennest. Siehst du, wie er die Farbe wechselt? Und wie die Haut unter den Augen flattert wie Insektenflügel? Er tut so, als wäre er ein ganzer Haufen Hornissen. Die Insekten erkennen keinen Unterschied und halten den Frosch für ihre Familie.«

Der Frosch saß auf einem Stein und wurde immer dunkler, während sich die goldfarbenen Streifen in lebhaftes Gelb verwandelten. Ein tiefes, fast hypnotisches Summen drang aus seiner Kehle. Wie gebannt beobachteten sie die Metamorphose.

In einer Ecke des Karrens hing ein Hornissennest, und rings um das bräunliche Oval summten eifrige Arbeiterinnen, ohne sich um den Frosch zu kümmern.

»Meine Großmutter sagt, dass der Frosch tagelang so warten kann«, flüsterte Esyld mit einem bewundernden Lächeln. »Manchmal setzen sich die Hornissen sogar auf ihn, aber er bewegt sich nicht. Und wenn der richtige Augenblick kommt, greift er an. Die Hornissen begreifen nicht einmal, wie ihnen geschieht. Ist er nicht wunderschön?«

Aber Laerte beobachtete den Frosch schon längst nicht mehr. Er betrachtete seidige Locken, die sich über einen zierlichen Hals ringelten, die von dem staubigen Kleid kaum bedeckten Schultern, die langen, schlanken Finger. Sein Herz pochte heftig.

»Was ist?«, fragte sie, als sie spürte, dass er sie unverwandt ansah.

»Ich finde ihn nicht schön. Im Gegensatz zu dir …«

Er senkte die Lider. Esyld legte ihre Hand auf seine. Sie blieben lange stumm.

Noch am Abend spürte er die süße Wärme ihrer Hand auf seiner Haut. Er wünschte sich, dass das Leben immer so weiterginge und dass sich der Trubel um seine Familie endlich legte.

Tag um Tag übte Laerte mit Madog.

»Hoch mit dem Schwert«, rief der Riese. »Und gut festhalten. Mensch, Meurnau hat mir zwar gesagt, dass du ein Tollpatsch bist, aber nicht, dass es so schlimm ist.«

Viele Wochen gingen ins Land.

»Haltung bewahren!«, schimpfte Madog. »Halt dich doch gerade, verflixt!«

Auf das Frühjahr folgte der Sommer.

»Los, Laerte«, feuerte Esyld ihn an. Sie saß auf einem Fass und schaute ihm zu. »Los! Verteidige dich!«

»Du musst besser parieren!«, befahl Madog.

Obwohl sich der Junge allmählich verbesserte, so war er doch immer noch alles andere als ein guter Schwertkämpfer. Nicht nur, dass es ihm an Gewandtheit fehlte – er führte die Schrittfolgen zur Verzweiflung seines Lehrers mechanisch und hölzern aus. Möglicherweis würde er seinem Vater nie das Wasser reichen können.

Nach dem Sommer wurde es wieder Herbst, dann Winter. Meurnau hatte sich mit vielen Dörfern verbündet. Der Widerstand gegen den Kaiser wuchs. Auch einfache Bauern waren bereit, zu den Waffen zu eilen. Eine lange zurückgehaltene Wut brach sich Bahn. Noch immer hatten die Leute den Tod ihres Grafen nicht akzeptiert, und die Vorstellung, dass sein Sohn Laerte den Aufstand an der Seite seines Gardehauptmanns anführen konnte, machte sie kühner denn je. Hinzu kamen schreckliche Gerüchte über den Tod von Laertes Mutter und Schwester. Man sprach über Misshandlungen zweier unschuldiger Frauen, über Barbarei und Grausamkeit. Das Kaiserreich hatte keine Daseinsberechtigung mehr, wenn diejenigen, die ihm dienten, sich ihren niedrigsten Instinkten hingaben. Schon bald wollte der Hauptmann Guet d'Aëd zurückerobern. Seine Armee stand.

Eines Abends nahm Laerte zum zweiten Mal an einer Versammlung von Meurnau und seinen Männern teil. Sie fand in einem der größten Häuser von Braquenne statt, in dem ein großer Kamin wohlige Wärme verbreitete. Man hatte ihn nicht ausdrücklich eingeladen. Eigentlich war er nichts weiter als ein Symbol für den Rest der Salinen. Sein wahres Ich jedoch verschwand hinter einer größeren, schöneren und älteren Gestalt. Zu diesem Zeitpunkt war ihm noch nicht bewusst, dass er sich zugunsten eines Trugbilds aufgelöst hatte. Er saß bei den anderen und genoss eine heiße Suppe, während Esyld am Feuer saß und seine Jacke flickte.

»Im Frühjahr greifen wir an«, erklärte Meurnau. Er stand an einem Tisch und stützte die Arme auf eine Karte der Salinen.

Seine Vertrauten, unter ihnen auch Madog, saßen um ihn herum und hörten ihm aufmerksam zu. Einige waren eigens aus den Nachbardörfern gekommen, wo sie die Bewohner ins Kriegshandwerk einwiesen. Seit einiger Zeit nahmen die Scharmützel zu, und man munkelte, dass Azdeki langsam Zweifel kamen, dass er die Ruhe in der Region wiederherstellen könne.

»Wir werden Guet d'Aëd umzingeln, ohne dass sie es merken, und zwar von hier und hier aus.« Er zeigte auf zwei Punkte der Karte.

»Sie ahnen nicht, dass das gesamte Volk bereit ist zu kämpfen«, sagte er zufrieden. »Auch in den benachbarten Grafschaften kommen den Menschen allmählich Zweifel, ob die Entscheidungen des Kaisers wirklich gut bedacht sind. Und wenn das Volk erst einmal zweifelt ...« Er vollendete den Satz nicht.

Laerte saß vor dem Feuer und hörte nur mit halbem Ohr zu. Er beobachtete Esyld, die einen Flicken auf seine zerrissene Jacke nähte. Als sie fertig war, reichte sie ihm die Weste mit einem kleinen Lächeln.

»Hier, stolzer kleiner Mann. Damit du nicht frierst.«

»Danke«, sagte er schüchtern.

Die Flammen knisterten und fraßen sich begeistert in ein dickes Holzstück. Ihr warmes Licht spiegelte sich in Esylds Augen. Er konnte den Blick nicht von ihr abwenden. Immer noch hoffte er, eines Tages mehr in ihnen zu lesen als einfach nur Zuneigung. Vielleicht sollte er ihr gestehen, was er empfand. Oder sie einfach küssen. Ja, am besten, er fragte sie, ob sie ihn ins Nachbarhaus begleiten würde, wo er schlief. Auf der Vortreppe dann würde er einen Kuss auf ihre weichen Lippen drücken. Sicher würde sie ihn nicht zurückweisen. Sie hatte sich mit ihm beschäftigt, und zwar bestimmt nicht nur aus Mitleid. Sie liebte ihn. Etwas anderes konnte es gar nicht sein. Er würde sie einfach fragen. Es musste sein.

Ja, so würde er es machen.

»Esyld …«, flüsterte er.

»Esyld, geh Holz holen«, befahl eine Stimme hinter ihnen.

Die feste Hand von Meister Orbey legte sich auf die Schulter des Jungen, als er eben aufstehen wollte. Esyld hatte genickt, ehe sie sich zur Tür wandte. Ein wenig verlegen ließ sich ihr Vater auf dem Holzschemel neben dem Jungen nieder. Esyld trat in die kalte Nacht hinaus. Hinter ihr schlug die Tür zu.

»Herr«, begann Orbey und rieb sich vor den Feuer die Hände warm, »ich habe neulich beobachtet, wie Ihr mit Madog trainiert habt.«

Er strich sich mehrfach über den Bart, ehe er wagte, weiterzusprechen.

»Herr, Ihr seid kein sehr aufmerksamer Schüler. Ich mache mir Sorgen.«

Laerte warf ihm einen kurzen Blick zu, ehe er sich der Tür zuwandte. Es gab nur eine Sache, die ihn interessierte, und das war Esylds Rückkehr. Wenn er es nicht zuvor fertigbrachte, dem Sermon ihres Vaters zu entrinnen und sie draußen zu treffen.

»Ich weiß, dass Ihr schwere Zeiten durchgemacht habt, aber alle Wunden heilen irgendwann.«

Er zögerte kurz. Laerte hatte sich mit glänzenden Augen lebhaft zu ihm umgedreht.

»Ich werde meine Familie nie vergessen«, presste er trotzig hervor.

»Das verlangt auch niemand von Euch«, entgegnete der Schmied und hob die Hände. »Keineswegs. Ich versuche lediglich, Euch zu erklären, dass Ihr über diese schmerzende Wunde hinauswachsen müsst. Ihr müsst lernen zu kämpfen. Schon allein im Andenken an Euren Vater.«

»Was wisst Ihr schon über ihn?«, fauchte der Junge den Tränen nah.

Wie kam ein einfacher Schmied dazu, so über einen Menschen wie Oratio von Uster zu sprechen? Auch wenn er in den Diensten des Grafen gestanden hatte, so gab es doch keine tiefere Verbindung zwischen ihnen. Ebenso wenig wie zu seinem Sohn.

»Ich verlange doch nicht, dass Ihr ihn vergessen sollt«, erwiderte Orbey freundlich. »Das könnt Ihr gar nicht. Aber alle Wunden heilen irgendwann. Nur die Narben erinnern noch an sie. Zwar ist der Schmerz dann weniger heftig, aber nicht weniger tief.«

Langsam stand er auf.

»Niemand wird Euch Euren Verlust je ersetzen können, Herr. Wenn Ihr jedoch nicht ein wenig besser auf Madog hört, befürchte ich, dass wir eines Tages auch Euch noch verlieren.«

Der Junge hatte keine Zeit mehr zu reagieren. Die Tür wurde heftig aufgestoßen, und zwei Männer polterten herein, die einen dritten an den Schultern festhielten.

»Los, du Feigling! Wiederhole deine niederträchtigen Worte.«

»Was soll das?«, donnerte Meurnau.

»Der hier ist der alte Bastian aus dem Dorf«, erklärte einer der beiden Männer.

Der alte Bastian schlotterte vor Angst. Sein weißes Haar hing ihm wirr in das wettergegerbte Gesicht. Sein rachitischer Körper steckte in einem viel zu großen Mantel, der ihm bis zu den abgetragenen, schmutzverkrusteten Stiefeln reichte.

»Gnade!«, bettelte er mit dünner Stimme. »Gnade!«

»Er ist vor zwei Tagen in Guet d'Aëd gewesen und hat dort nicht nur Einkäufe gemacht, dieser Feigling. Er ist ein Verräter«, wetterte der andere Mann.

Meurnau trat auf den Alten zu und packte ihn am Hals.

»Also?«

»Ich habe … ich habe … O bitte!«, winselte Bastian.

»Was hast du getan?«, knurrte der Hauptmann.

»Er hat uns verkauft«, brüllte einer der Soldaten.

»Nein, ich habe … ich habe nur gesagt …«

»Was zum Donnerwetter hast du gesagt?«, schnauzte Meurnau.

Eine Stimme von draußen beendete das Verhör.

»Alarm! ALARM! Die Kaiserlichen kommen.«

»Das habe ich nicht gewollt«, schluchzte Bastian. »Er hat mir Geld für meine Familie gegeben. Ich habe ihm gesagt, dass Ihr in Braquenne seid und Laerte von Uster schützt. Dafür hat er mir Geld gegeben. Meine Familie brauchte etwas zu essen. Der Winter ist hart, Herr, und ...«

»Wer hat dir Geld gegeben?«

»Hauptmann Etienne Azdeki«, flüsterte der alte Mann.

»Gegen einen Ritter, der den *Odem* benutzt, können wir nichts ausrichten«, sagte Madog leise.

»Laerte!«, rief Meurnau.

Draußen sammelten sich die Soldaten im Licht der Fackeln. Azdeki war im Anmarsch.

An die Aufregung, die folgte, konnte sich Laerte später kaum richtig erinnern. Soldaten zückten ihre Schwerter, Dörfler rannten herbei. Der Lärm nahm ständig zu. Plötzlich hob Meurnau den Jungen hoch und schleppte ihn ans andere Ende des Raums, wo sich eine kleine Tür befand.

»Ihr müsst fliehen, Laerte«, sagte er.

Als sich der Junge nicht rührte, erhob er die Stimme.

»Hört Ihr, Laerte. Azdeki ist im Anmarsch. Ich weiß nicht, ob wir ihm standhalten können. Ihr müsst fliehen. Zumindest können wir ihn eine Zeit lang aufhalten. Flieht, Laerte! Flieht!«

Aber Laerte bewegte sich nicht. Die Soldaten stürmten aus dem Haus. Schlachtrufe wurden laut. Schwerter klirrten. Männer schrien. Doch alles erschien dem Jungen ungeheuer langsam und weit, weit entfernt ...

Eine heftige Ohrfeige riss ihn aus seiner Lethargie. Die Kaiserlichen! Die kaiserlichen Soldaten waren da! Eine Welle aus Angst brach über ihm zusammen und ließ ihn nicht mehr los.

»Flieht, Laerte! Geht! Flieht!«, schrie Meurnau ihn an und riss die Tür auf.

Ohne sich umzusehen stürmte der Junge in die Nacht hinaus. Außer seinem wild pochenden Herzen nahm er nichts wahr. Er stürzte und rappelte sich wieder auf. Das Kampfgetümmel hinter ihm wurde lauter. Riesengroß zeichneten sich die Schatten der Kämpfenden auf einer Mauer ab.

»Laerte?«, rief eine zarte Stimme.

Keuchend kam Esyld durch die Nacht auf ihn zugerannt. Entsetzliche Angst spiegelte sich in ihren Augen.

»Flieh!«, schnaufte sie. »Geh …«

Laerte blieb stehen. Er war verwirrt und wusste nicht mehr, was er tun sollte. Wohin? Kämpfen oder fliehen? Weit fort von ihr, oder in ihren Armen sterben? Oder …

»Geh, Laerte. Geh!«

Plötzlich klang ihre Stimme scharf und verletzend wie eine Peitsche. Sie bat ihn nicht zu gehen – sie befahl es ihm. Ihr sonst immer sanftes Gesicht wirkte so hart, dass er sie kaum wiedererkannte.

»Geh!«, wiederholte sie. »Verschwinde!«

Und er rannte. Rannte durch die Nacht. Rannte durch das hohe Sumpfgras, das ihm ins Gesicht peitschte. Rannte, so schnell er konnte, bis der Kampflärm ein fernes Echo war und nur noch das kalte Licht der Sterne seinen Weg erhellte.

Irgendwann wurden ihm die Beine schwer. Sein Atem ging stoßweise, doch er hielt nicht an. Noch immer hörte er in seinem Kopf die strenge, verbitterte Stimme von Esyld: *Geh, flieh, verschwinde.*

Seine Stiefel versanken in fauligem Wasser, doch er lief weiter. Zäher Morast erschwerte seine Schritte. Er lief und lief, stürzte und schlug sich das Knie an einem Stein auf. Schluchzend stand er auf und rannte weiter.

Seine Brust glühte. Ihm schwindelte. Sein Atem ging pfeifend, und sein Herz schien zerspringen zu wollen. Tränen strömten ihm über die schmutzigen Wangen. Vor ihm herrschte tiefste Finsternis, in der es knirschte, knackte und knisterte. Überall fremdartige Laute. Leise strich der Wind durch die Gräser. Laerte war allein. Ganz allein im Dunkeln.

Als er erneut hinfiel, stand er nicht wieder auf. Ringsum herrschte schwarze Nacht. Es war still. Friedlich still. Ein leises Geräusch wie ein fernes Piepsen klang an sein Ohr.

Laerte blinzelte. Sein Mund war voll mit etwas Teigigem, das säuerlich schmeckte. Er hustete und schloss die Augen.

Der Wind strich über seine Wange und zerzauste sein verklebtes Haar. Er hustete noch einmal. Langsam erholte er sich ein wenig. Er lag auf dem Bauch zwischen den hohen Gräsern im Moor, ein Teil seines Gesichts war tief in die feuchte Erde eingesunken. Hastig stand er auf und spuckte den Schlamm aus. Bald fühlte er sich etwas besser. Er hatte keine Ahnung, wie lange er gelaufen war. Um ihn herum war Moor, so weit das Auge reichte. Bis auf … Auf einer kleinen, trockeneren Erhebung entdeckte er den umgekippten Karren mit dem Hornissennest. Mühsam schleppte er sich dorthin. Er fühlte sich unendlich müde, sein Kopf war leer. Kaum hatte er die trockene Grasinsel erreicht, brach er zusammen und verlor das Bewusstsein.

Als er wieder zu sich kam, schwirrten tausend Fragen durch seinen Kopf. Was würde nun aus ihm werden? Was sollte er tun? Wo sollte er hingehen? Wie konnte er ganz allein überleben? Hatte Meurnau die Kaiserlichen besiegen können? Und Esyld? Sie hatte bestimmt überlebt, dessen war er sicher. Sie konnte nicht sterben. Er würde sie wiederfinden und …

Nein. Nichts war jetzt noch sicher. Das Kaiserreich hatte seine Familie ausgelöscht und jagte ihn wie ein wildes Tier. Er war nur ein Flüchtling in äußerster Bedrängnis.

Das Hornissennest lag zerstört am Boden. Der Anblick entlockte ihm einen Freudenschrei. Er war so erleichtert, dass ihm beinahe die Tränen kamen. Der Erain-Frosch hatte sich an den Insekten gütlich getan und nichts übrig gelassen als die trockene Hülle ihres Nests. Damit war der Karren fast so heimelig wie die Häuser von Braquenne.

Laerte begann, die Kisten zu durchsuchen und sich einigermaßen bequem in seinem Versteck einzurichten. Er legte Stofffetzen auf den Boden, verschlang eingemachte Pfirsiche, als hätte er seit Tagen nicht zu essen bekommen, und schlief ein, als die Sonne am höchsten stand.

In den folgenden Tagen verwandelte sich der kurze Trost in tiefste Verzweiflung. Weit und breit war keine Menschenseele zu sehen. Laerte fühlte sich unendlich einsam. Bestimmt hatte Meurnau nicht überlebt.

Aus Tagen wurden Wochen. Der Frühling kam, und der Salinen-Wind wurde wärmer. Vom Hunger geplagt hatte Laerte gelernt, Bienenstock-Frösche zu jagen, weil er sich daran erinnerte, dass Esyld den Geschmack ihres Fleischs mit dem von Hühnchen verglichen hatte.

Sein Versuch, Feuer zu machen, blieb erfolglos und brachte ihm nur zerschnittene Hände ein. Schließlich beschloss er, die Frösche roh zu verzehren, musste aber bei jedem Bissen einen Würgereiz unterdrücken. Das Fleisch war zäh, das Blut klebrig und die Sehnen hart. Doch er fand auch andere Nahrung. Alles, was er von Esyld gelernt hatte und was ihm damals so sinnlos erschienen war, konnte er jetzt zum Überleben gebrauchen. Vor allem die

Frösche lieferten wichtige Grundlagen. Aus dem Schleim der einen Art konnte man Salben herstellen, andere schmeckten wirklich gut.

Manchmal reizte ihn die Vorstellung, sein Versteck zu verlassen und nach Guet d'Aëd zu wandern. Doch erstens wusste er nicht, ob er im Sumpf den richtigen Weg finden würde, und zweitens fürchtete er sich vor dem, was ihn dort erwartete. Wenn Meurnau und seine Männer überlebt hätten, hätten sie sich sicher längst auf die Suche nach ihm gemacht. Es sei denn, sie hielten ihn für tot.

Je mehr Tage vergingen, desto verzweifelter wurde Laerte. Die Angst lähmte ihn. Er unternahm nichts mehr. Niedergeschlagen, hungrig und verdrossen vegetierte er vor sich hin.

Eines Tages war er dem Tod so nah, dass ihm plötzlich bewusst wurde, dass er sich noch nicht zum Sterben bereit fühlte. Er stand auf und beschloss, sich nicht aufzugeben.

Aus Wochen wurden Monate. Dem lauen Frühling folgte ein heißer Sommer. Eines Tages, Laerte war gerade ein gutes Stück entfernt von seinem Schlupfwinkel auf der Jagd nach Bienenstock-Fröschen, hörte er eine laute Stimme.

»Azdeki! Himmeldonnerwetter! Tomlinn!«

Aus seinem Versteck im Gras erblickte er einen Reiter, der sein Schwert durch die Luft wirbelte. Drei knurrende Rouargs umrundeten ihn.

»Tomlinn! Azdeki!«

Als sich eines der Tiere auf den Reiter stürzte, hätte sich Laerte am liebsten davongemacht. Doch es war nicht morbide Neugier, die ihn dazu trieb, dem Massaker zuzuschauen – vielmehr verspürte er Rachegelüste. Diese Leute hatten seine Familie umgebracht. Ihm war, als würde die Natur seines Landes den Grafen von Uster und die Seinen rächen.

Er richtete sich kurz auf, um besser sehen zu können, wie der Reiter verschlungen wurde, ging aber sofort wieder in die Knie. In der Ferne hatte er mindestens sechzig Männer ausgemacht. Sie transportierten schwere Holzteile, die wie eine auseinandergenommene Brücke aussahen. Als er erneut wagte, den Kopf zu heben, sah er die Männer ihrer Wege gehen, ohne sich um das Schicksal ihres Kameraden zu kümmern.

»Azdeki! Tomlinn!«, schrie der Ritter.

Das Knurren des Rouarg übertönte seine Stimme. Nicht mehr lange, und es wären nur noch Fetzen von ihm übrig. Laerte beschloss zu verschwinden. Er wollte die Todesschreie des Mannes nicht hören. Falls einer der Rouarg ihn entdeckte, würde ihn außerdem das gleiche Schicksal ereilen.

Er wollte sich gerade umdrehen, als ihm die Pfeife einfiel. Plötzlich fühlte er sich schuldig. Zuzuschauen, wie ein Mann starb, war eine Sache, aber nicht einzuschreiten, wenn man die Möglichkeit hatte, eine ganz andere. Sein Rachedurst versiegte und hinterließ eine tiefe, unerwartete Scham. Sollte er diesen Mann wirklich sterben lassen?

Ein merkwürdiges Geräusch hinter ihm ließ ihn herumfahren. Er glaubte zu träumen. Der Rouarg wurde wie von einer unsichtbaren Kraft weit emporgeschleudert, gleichzeitig mit einem Pferdekadaver. Ein furchtbarer Schrei zerriss die Luft, so gellend, dass sich Laerte unwillkürlich die Ohren zuhielt. War es möglich, so sehr zu leiden? Der Schrei hatte nichts Menschliches. Als er verstummte, senkte sich eisiges Schweigen über das Moor.

Laerte griff in seine Tasche und umklammerte die Pfeife. Er hielt sie so fest, dass er glaubte, das Holz dringe in seine Handfläche ein. Als er hörte, wie sich der nächste Rouarg näherte, führte er die Pfeife an die Lippen und wollte sie benutzen, schnell und laut. Doch kein Ton war zu hören. Das Getrampel kam näher, das Gras bewegte sich. Laerte atmete tief ein, füllte seine Lunge und blies in die Pfeife, und dann noch einmal. Der Rouarg knurrte. Er war jetzt so nah, dass Laerte seinen Atem zu spüren glaubte. Wieder holte er tief Luft und blies, was das Zeug hielt. Ein dumpfes Fauchen erklang, dann ein zweites. Das dritte hielt er so lange durch, bis er puterrot im Gesicht war.

Daraufhin verschwanden die Rouargs, so schnell sie konnten.

Völlig außer Atem erhob sich Laerte. Die Truppen des Kaisers waren längst außer Sichtweite. Das hohe Gras wiegte sich im Wind. Nach und nach erwachte die Natur aus ihrer Starre. Die Frösche begannen wieder zu quaken, und ein Pferd im Rossharnisch trottete wie verloren durch den Sumpf. Seine Zügel schleiften hinter ihm her, der rote Sattel war zerrissen.

Warum …

Laerte suchte nach dem Reiter. Als er ihn fand, wäre er beinahe in Ohnmacht gefallen. Das Bein des Mannes war zerquetscht, und sein Blut hatte sich mit dem Morast vermischt.

Warum hast du es mir nicht gesagt …

Vielleicht war es reines Mitgefühl, das dafür sorgte, dass er sich um den sterbenden Ritter kümmerte. Der Mann atmete nur noch schwach, seine Haut war sehr blass.

Ich habe dich für tot gehalten, ich … ich habe dich für …

Vielleicht war es Barmherzigkeit, die ihn dazu trieb, den Verletzten mit in sein Versteck zu nehmen. Er sah zu, wie der Mann immer schwächer wurde, empfand jedoch weder Mitleid noch Hass. Als er die leere Scheide am Gürtel des Ritters entdeckte, ging er zurück in den Sumpf und suchte nach der Waffe. Fast eine Stunde lang wühlte er bei strömendem Regen im Morast. Der Kloakengeruch machte ihm zu schaffen, aber das war noch gar nichts im Vergleich zu der Angst, die ihm die Eingeweide abschnürte. Immer wieder richtete er sich auf und lauschte. Doch er hörte nur die Regentropfen auf dem weichen Boden. Kein Rouarg machte sich bemerkbar. Schließlich ertastete er das Schwert. Mit jedem Schritt, den er sich seinem Versteck näherte, verlor sich seine Angst ein bisschen mehr.

Der verletzte Ritter lag, in Schweiß gebadet, neben dem Karren, wand sich vor Schmerzen und delirierte.

... warum, Grenouille ...

Warum was, Sumpfschnepfe?

In jener ersten Nacht wachte er auf Knien neben dem Sterbenden, das Schwert fest in der Hand. Es regnete in Strömen. Regentropfen, die zwischen den Brettern des Karrens hindurchsickerten, mischten sich mit seinen Tränen. Schluchzend hielt er das Schwert über den zuckenden Körper. Er hätte zuschlagen können. Er hätte die Rüstung durchtrennen und dem Mann das Schwert ins Herz stoßen können. Die Kaiserlichen hatten seinen Vater getötet.

Warum hast du mich dort in den Salinen nicht sterben lassen?

In der zweiten Nacht – er hatte bereits begonnen, die Wunden des Verletzten zu verbinden – zögerte er erneut, ihm den Todesstoß zu versetzen. Das Schwert war so schwer, dass es nur eines etwas heftigeren Stoßes bedurft hätte, und das Gewicht der Waffe hätte den Rest erledigt.

Laerte weinte. Er brachte es nicht fertig. Dabei brannte er vor Begierde, die zu rächen, die er verloren hatte, und auf die barbarischen Praktiken zu antworten, die seiner Mutter und seiner Schwester jede Würde geraubt hatten. Man hatte sie gebrochen – er könnte das Gleiche tun.

Aber er konnte es nicht. Noch nicht.

Du warst noch ein Kind …

Stöhnend ließ er sich auf die Seite sinken, weinte heiße Tränen und verfluchte sich dafür, so schwach zu sein. Zwischen zwei Schluchzern öffnete er die Augen.

Du hättest mich sterben lassen können …

Nur wenige Meter von ihm entfernt saß ein Erain-Frosch und starrte ihn bewegungslos an. Das weiße Mondlicht spiegelte sich in seinen Augen.

Ein Erain-Frosch.

Du warst noch ein Kind …

»Du hättest mich sterben lassen können. Du warst noch ein Kind.«

»Meine Kindheit endete an dem Tag, an dem ich das erste Mal zögerte«, antwortete Laerte.

Kaum, dass er sich noch der feuchten lauen Luft der Salinen erinnerte. Hier in Masalia waren die Nächte heiß und stickig. Alles war anders.

»Und an dem Tag, an dem ich dich rettete, habe ich gezögert«, fügte er sehr ruhig hinzu.

Er lehnte mit verschränkten Armen an einer Küchenwand und musterte den alten General, der am Tisch saß, mit durchdringend grauen Augen. Vor ihnen lag Eraëd auf der Decke, in die es jahrelang eingeschlagen gewesen war, und funkelte im Licht einer Öllampe. Rogant stand wie ein Wächter neben der Tür. Auf der anderen Seite des Raums stützte sich Viola mit beiden Händen auf das Fensterbrett. Eine leichte Brise, die durch das geöffnete Fenster drang, streichelte ihr rotes Haar. Sie hatten den General in dieses Haus unweit des Hafens gebracht, das sie seit ihrer Ankunft in Masalia bewohnten.

»Laerte«, stöhnte Dun und fuhr sich mit zittriger Hand über das Gesicht. Was hätte er jetzt für einen Krug Wein gegeben!

Laerte nickte.

»Dun-Cadal«, sagte er, als wären sie sich gerade zum ersten Mal begegnet.

Es schmerzte ihn, den Mann, der ihn unter seine Fittiche genommen hatte, so zu sehen – alt, verbraucht und schmutzig. Ihm war, als entdecke er einen ganz anderen Menschen als den, den er einst gekannt hatte. Wie hatte der General nur so tief sinken können?

Laerte versuchte zu erraten, was er in diesem Augenblick dachte und was ihm durch den Kopf ging, seit er Grenouilles wahre Identität kannte. So lange hatte er sich auf diese Begegnung vorbereitet, dass ihn keine Frage überraschen konnte.

»Grenouille«, sagte Dun langsam. Seine Augen blickten ins Leere.

Es war, als spräche er von einem Toten. Und in gewisser Weise weilte Grenouille ja tatsächlich nicht mehr unter den Lebenden, falls er überhaupt je existiert hatte. Liebevoll glitt Duns Blick über die perfekte Form der Waffe auf dem Tisch und blieb daran hängen.

»Ich weiß, ihr seid deswegen hier. Aber warum die vielen Toten? Warum?«

Laerte trat an den Tisch, griff nach dem Schwert und wog es in der Hand.

»Dafür gab es viele Gründe, Dun«, antwortete er. »Gründe wie Rache, Pflichtgefühl oder Schuld. Aber vor allem war es wohl mein freier Wille.«

Er beobachtete den General in Erwartung einer Reaktion. Doch nichts geschah. Die junge Frau am Fenster blickte skeptisch drein. Nur Laerte kannte den alten Mann wirklich genau, und nur er wusste, wie man den Kriegsherrn in ihm wiedererwecken konnte.

»Du bist mir böse, nicht wahr? Böse, dass ich nie etwas gesagt und immer verborgen habe, wer ich wirklich bin. O ja, ich verstehe dich sehr gut.«

Dun antwortete nicht, presste aber sichtbar die Zähne zusammen.

»Es war übrigens nicht abgesprochen, dass ich dich treffe, und Rogant gefällt diese Wendung der Dinge ganz und gar nicht«, grinste Laerte.

Der Nâaga nickte.

»Aber ich mache immer nur, was ich will. Du kennst das ja.«

Dun warf ihm einen wütenden Blick zu. »Ach wirklich?«

Und zum ersten Mal, seit sie sich gegenüberstanden, wandte Laerte den Blick ab, senkte den Kopf und schwieg. Sein ehemaliger Meister tat nichts, um die Stille zu durchbrechen, wie Laerte es vielleicht erwartet hatte. Also ging Grenouille um den Tisch herum und sagte: »Als ich hörte, dass ein ehemaliger Soldat des Kaisers für einen Krug Wein seine Abenteuer erzählte, hätte ich nicht im Traum geglaubt, dass es sich um dich handelte. Aber dann kam der Augenblick, in dem du – warum auch immer – angefangen hast, von diesem Schwert zu sprechen. Ich bin ganz sicher, dass es viele Abenteurer gibt, die es im Vershan suchen, Sumpfschnepfe. Als ich dich aber wiedererkannte, war mir sofort klar, dass du es niemals weit von dir entfernt versteckt hättest. Obwohl du inzwischen so schmutzig bist und stinkst, dass man nur noch Mitleid mit dir haben kann, hast du deine frühere Arroganz nicht abgelegt. Die Hand von Reyes. Der General. Du fühlst dich als letzter Hüter des Kaiserreichs, das über ein – sagen wir – Symbol wacht. Das ist es doch, oder?«

Dun nahm die Vorwürfe reglos hin. Auch als Laerte neben ihn trat und sich zu ihm hinunterbeugte, zuckte er mit keiner Wimper. In seinen Augen jedoch glitzerten Tränen der Wut.

»Du hast deine Vergangenheit noch einmal Revue passieren lassen, nicht wahr? Und dich an deine frühere Größe erinnert? Gut. Nimm es.«

Mit einer Handbewegung schob Laerte das Schwert auf den unbewegt dasitzenden General zu.

»Ich spüre doch, dass du innerlich kochst«, fügte er hinzu.

»Laerte«, mischte sich Viola ein, »es reicht!«

Bei seinem Seitenblick errötete sie. Sie stand nicht mehr am Fenster, sondern hatte sich zu ihm umgedreht.

»Das hat er nicht verdient«, fügte sie leise hinzu.

Sie fürchtete, er könnte wütend werden oder sie gar ohrfeigen, doch er blieb ruhig und verließ unter Rogants unerschrockenem Blick langsam das Zimmer.

Tausend Gefühle stürmten auf Laerte ein. So viele Jahre waren vergangen. Und da saß er, der Mann, der sein Schicksal besiegelt hatte …

Viola lief ihm nach und nahm seine Hand. »Warte«, flüsterte sie. »Was willst du jetzt tun?«

Trotz des leisen Vorwurfs in der Stimme blieb sie freundlich. Sie wollte die ohnehin verfahrene Situation nicht noch verschlimmern. Widerwillig musste er anerkennen, dass sie es verstand, Ruhe auszustrahlen. Aber sie war einfach zu jung, um seine Gefühle für Dun zu begreifen.

»Er sollte besser nicht hierbleiben«, fuhr Viola fort. »Schließlich haben wir, was wir wollten. Aber was fangen wir jetzt mit ihm an? Wenn wir ihn laufen lassen, erzählt er es überall herum. Er ist zwar ein stadtbekannter Säufer, aber er könnte trotzdem eine gewisse Aufmerksamkeit erregen, die wir im Augenblick wirklich nicht brauchen können.«

»Rogant kann hier auf ihn aufpassen«, gab Laerte kurz angebunden zurück.

»Wenn De Page aber erfährt, dass …«

»Er wird schon nichts sagen. Ich weiß schon, was ich tue. Vertrau mir einfach.« Heftig streifte er seine Kapuze über. »Im Übrigen hast du völlig recht: Das hat er nicht verdient. Er hat nämlich noch viel mehr verdient.«

Laerte drehte sich auf dem Absatz um und verließ das Haus, ehe sie etwas darauf antworten konnte.

3

GARMARET

Dort drüben wirst du deine Unschuld töten, mein Junge.
Und du darfst mir glauben,
dass mich das am meisten betrübt.

Er ließ sich auf die Seite fallen und versteckte sich so gut es ging im hohen Gras.

»Hat man euch das Wachestehen etwa so beigebracht?«, dröhnte eine Stimme.

»Was denn? Ich musste doch nur mal pinkeln«, antwortete eine andere unbekümmert.

Die Nacht war hell. Jeder Schritt in seine Richtung hätte die Soldaten dazu bringen können, ihn zu entdecken. Er war so jung und auf der Flucht. Auf der Flucht aus den Salinen.

»Du darfst niemals deinen Posten verlassen, ohne den anderen Bescheid zu sagen«.

»Wir sind erst seit gestern hier im Einsatz«, verteidigte sich der Soldat. »Wir haben doch keine Ahnung von diesen Dingen. Man hat uns lediglich gesagt, wir sollten vor den Katapulten hin und her gehen.«

»Wo kommt ihr her?«

»Aus Bois d'Avrai, Hauptmann. Wir sind fünfzehn Mann.«

Sein Holzschwert. Es lag nur wenige Zentimeter entfernt von seinem ausgestreckten Arm, doch er durfte nicht die geringste Bewegung machen. Sein Herz pochte zum Zerspringen, sein Atem ging schwer, der Brustkorb schien zu eng zu sein.

»Ihr müsst immer …«

Ein paar Meter entfernt trat ein Hauptmann in glänzenden Stiefeln einen Schritt vor.

»Himmeldonnerwetter, was habt ihr denn da gemacht?«

»Na ja, wir haben die Katapulte in eine Reihe gestellt.«

Es war nur ein Schritt, doch durch diesen entdeckte er den Umriss des ausgestreckten Körpers auf dem Boden. Als der Mann sein Schwert aus der Scheide zog, sah Laerte keine andere Möglichkeit, als selbst vorzupreschen. Behände rollte er herum, packte sein Holzschwert und sprang mit einem Satz auf. In den vergangenen Monaten hatte er ausgiebig geübt.

»Du?«, fragte der Mann überrascht. »Wieso?«

Das narbige, nur schwach von den hohen Fackeln des Lagers erhellte Gesicht erstarrte. Der Offizier war kahlköpfig, hatte breite Schultern und eine gespaltene Lippe.

Wenn du mir ständig davonläufst, kann ich dich nicht beschützen. Falls die kaiserlichen Truppen dich entdecken, gehe ich davon aus, dass deine Beine schnell genug sind.

Auch Laerte war verblüfft. Die Rouargpfeife in seiner Hosentasche wog plötzlich ungeheuer schwer.

… kann ich dich nicht beschützen …

Madog starrte den Jungen an.

»Aber was …«

… dich beschützen …

Bei Tagesanbruch schreckte er schweißgebadet aus dem Schlaf hoch. Seit sie die Salinen verlassen hatten, suchte ihn sein schrecklicher Entschluss jede Nacht heim. Sobald er einschlief, kehrte immer wieder der gleiche Albtraum zurück: seine unwiderrufliche Entscheidung, eines Mordes schuldig zu werden. Er war nicht in Lebensgefahr gewesen, als sein Holzschwert in die Kehle des Mannes eindrang. Verzweifelt bemühte er sich, seine Schuldgefühle zu besänftigen. Er versuchte zu vergessen und sich zu überzeugen, dass er vernünftig gehandelt und keine andere Wahl gehabt hatte.

»Wer ist Madog?«, erkundigte sich eine Stimme hinter ihm.

Zwei Tage lang waren sie geritten und hatten nur angehalten, um ihre Pferde verschnaufen zu lassen. Bis zum großen Wald von Garm, der Trennungslinie zwischen den Salzsümpfen und der landwirtschaftlich genutzten Ebene von Garm-Sala, hatten sie ihre Tiere zum Galopp angetrieben.

Dun schirrte die Pferde an und beobachtete den Jungen.

»Niemand«, antwortete Laerte und zog die Knie an.

»Niemand?«, lachte der General. »Dafür rufst du aber ziemlich oft nach ihm. Jede Nacht, mein Junge. Er muss also jemand sein, dieser Madog.«

Laerte schwieg. Er war entschlossen, solche Dinge für sich zu behalten. Dun war nur ein Werkzeug, ein Bauernopfer, das ihn zum Kaiser bringen sollte. Laertes Geheimnisse gingen ihn nichts an. Würde er die wahre Identität seines Zöglings erfahren, würde der Junge es wohl mit dem Leben bezahlen.

Vom Aufstand in den Salinen begriff Laerte nicht viel. Sein einziges Ziel war es, den Kaiser zu töten, und dieses Vorhaben allein fesselte seine Aufmerksamkeit. Der Rest der Welt trieb beinahe an ihm vorbei.

Monatelang hatte er nachgedacht und akribisch Pläne geschmiedet. Den Ritter zu pflegen und ihn zu seinem Lehrer zu machen, war nur der Anfang gewesen. Nach und nach hatte er Geschmack an der Kampfkunst gefunden und war sicher, dass man ihn eines Tages ebenso respektieren würde wie seinen Vater. Und was noch viel wichtiger war: Seine Feinde würden ihn fürchten. Bis zur Erschöpfung hatte er trainiert, den Schmerz ignoriert und die Lektionen immer weiter geübt, wenn sein Meister längst schlief.

»Los, Junge, steh auf. Wir sind jetzt in der Grafschaft Garm-Sala. Nur noch zwei Wochen, dann erreichen wir Garmaret und dürfen endlich wieder einmal heiß baden.«

Bis sie nach Emeris kämen, wäre er der größte Ritter der Welt und in der Lage, den Kaiser selbst herauszufordern. Genau wie der Erain-Frosch würde er seiner Beute ähnlich werden und sich eines Tages auf sie stürzen. Immer noch müde erhob er sich.

»Los doch!«, drängte Dun.

Mühsam und mit verzerrtem Gesicht kletterte der General auf sein Pferd. War es sein Bein, das ihm noch Schmerzen bereitete? Laerte ertappte sich bei einer mitleidigen Regung. Er war sicher gewesen, dass sich das verletzte Bein auf der Flucht als Hindernis herausstellen würde, doch zu seiner Überraschung wurde Dun auf beeindruckende

Weise damit fertig. Und außerdem hatte er ihm während der Flucht beigestanden. Dafür verdiente er Respekt.

Zwei Wochen, hatte er gesagt. Und tatsächlich brauchten sie zwei Wochen, um durch die Wälder bis zu den grünen Ebenen von Garm-Sala zu gelangen, wo die befestigte Stadt Garmaret auf sie wartete. Während dieser beiden Wochen träumte Laerte jede Nacht von Madog und musste am Morgen die Fragen seines Meisters über sich ergehen lassen. Unterwegs lehrte er den Jungen die Grundzüge der Jagd. Beide freuten sich daran, einmal anderes Fleisch als das von Fröschen zu kosten.

Laerte allerdings fühlte sich nicht wohl in seiner Haut. Der General erschien ihm rüpelhaft, immer spöttisch und vor allem indiskret. Ständig wollte er mehr über den Jungen wissen und stellte ihm ohne ersichtlichen Grund unvermittelte Fragen, mit deren Beantwortung sich Laerte schwertat. Glücklicherweise wechselte Dun sofort das Thema, wenn Laerte ihn mit einem ausweichenden Satz abspeiste.

Bei jeder Ruhepause setzte er sein Training fort. Im Schatten der hereinbrechenden Nacht kämpfte Laerte gegen unsichtbare Feinde, bis seine Muskeln glühten und er erschöpft in die Knie ging. Müde kehrte er ins Lager zurück, legte sich hin und schlief kaum drei Stunden, ehe er im Morgengrauen erschrocken auffuhr. Tagsüber schwankte er auf seinem Pferd und war so müde, dass er mehr als einmal beinahe hinuntergefallen wäre.

Eines Tages erreichten sie den Waldrand, und die Ebene von Garm-Sala lag vor ihnen. Unter einer warmen Frühlingssonne erstreckten sich Hunderte fruchtbarer Felder vor ihren Augen. Ochsenkarren zuckelten über Feldwege, überall blühten Blumen.

»Garmaret«, seufzte Dun und zeigte auf die wuchtigen Mauern in der Ferne. Von ihrem Standort sah die Stadt aus wie ein Steingeviert mit einem Wachturm an jeder Ecke.

»Wenn wir forsch reiten, können wir heute Abend da sein.«

Laerte betrachtete die Landschaft mit unbewegter Miene. Er war es gewohnt, seine Gefühle zu verstecken, und ließ sich sein Erstaunen nicht anmerken.

»Deine Begeisterung kennt offenbar keine Grenzen«, sagte Dun und tätschelte seinem Pferd den Hals. »Freust du dich nicht auf ein bisschen wohlverdiente Ruhe?«

»Doch.«

Seine Einsilbigkeit schien den General so sehr zu verstimmen, dass Laerte es für angebracht hielt, eine kurze Erklärung nachzureichen.

»Es ist das erste Mal.«

»Dass du ein Bad nehmen kannst?«, spottete Dun.

»Nein.«

Er schüttelte den Kopf.

»Ich habe noch nie etwas anderes gesehen als die Salinen«, sagte er leise.

Doch er hütete sich, seine Angst und Aufregung zu zeigen. War das Kaiserreich so groß, dass es Jahre brauchen würde, ehe sie Emeris erreichten? Instinktiv blickte er zurück in Richtung Salinen.

»He, Junge! Sieh mir in die Augen«, forderte Dun.

Als Laerte seinen Blick kreuzte, war er so verwirrt, dass ihm fast die Tränen kamen. In den Augen seines Lehrmeisters erkannte er echte Zuneigung. Warum fing er an, sich vor dem Augenblick zu fürchten, in dem Dun erfuhr, dass er eine Schlange an seiner Brust genährt hatte?

»Du bist hier zu Hause, Kleiner.«

Er trieb sein Pferd an und galoppierte los. Zu Hause? Das wäre alles andere als tröstlich.

In forschem Tempo ritten sie in Richtung Stadt. Die Bauern, denen sie begegneten, schienen sich keineswegs zu wundern. Laerte hatte befürchtet, festgehalten zu werden, weil man ihn als Bewohner der Salinen erkannte. Immerhin waren die Leute in diesem Ort dem Kaiser blind ergeben und hatten sicher Beifall geklatscht, als sie vom Tod Oratio von Usters und dem Fall der Salinen erfuhren. Warum interessierten sie sich nicht für zwei Reiter, die auf ihre Stadt zugaloppierten?

Als sie mit den letzten Sonnenstrahlen die Tore der Festung erreichten, verstand Laerte den Grund für ihre Gleichgültigkeit.

Unter den mitleidlosen Blicken der kaiserlichen Soldaten drängten sich Dutzende Karren vor den Toren der Stadt. Unter den Planen weinten Frauen und Kinder. Männer in Lumpen liefen neben den Fuhrwerken her. Es waren Flüchtlinge aus den Salinen, die in Garmaret Zuflucht suchten. Der Krieg hatte auch hier seine Spuren hinterlassen. Die armen Leute, die auf Rettung und Ruhe gehofft hatten, wurden gnadenlos durchsucht, häufig von ihren Angehörigen getrennt und durch die geöffneten Fallgatter in die Stadt gebracht.

Laerte und Dun bahnten sich einen Weg durch die Menge, passierten die schweren Tore und ritten im Schritttempo durch Gassen, die zu Barackenlagern führten. Um einen kleinen Turm herum ging es nicht weit von einem geschlossenen Tor entfernt in eine breite Straße, die von Soldaten in dunkler Rüstung bewacht wurde.

Laerte saß hoch zu Ross und blickte bewusst nicht zu seinen Landsleuten hinunter, die hergekommen waren, um Frieden zu finden. Er wagte es nicht, Menschen in die

Augen zu sehen, die ihn vielleicht wiedererkannten, und hatte Angst, zu großes Leid zu entdecken.

Als eine Schwadron an ihnen vorbeiritt, packte ihn die Angst wie mit kalter Faust. Am Fuß des Turms stiegen sie von ihren Pferden. Die Vorstellung, sich mitten in der Höhle des Löwen zu befinden, schnürte Laerte fast die Luft ab. Wohin er auch blickte, sah er nur Soldaten oder Flüchtlinge. Vor einem großen, hohen Zelt saß eine Frau und wiegte ihr Baby in den Schlaf. Gleich nebenan stritten Soldaten mit einem Mann, dessen Gesicht vor Müdigkeit wie verzerrt wirkte. Kaum nahm er die Stimme seines Meisters wahr, der seit ein paar Minuten mit einem jungen Leutnant in glänzender Rüstung sprach.

»Wer befehligt dieses Lager?«

»General Negus, Herr.«

Der junge Soldat war sauber, ordentlich gekämmt und wirkte eingeschüchtert. Dun-Cadal hingegen war von den Monaten in den Sümpfen gezeichnet: In seiner matten und verbeulten Rüstung steckte ein schmutziger, müder, zerzauster und nicht gerade angenehm riechender Mann.

»Ruf ihn heraus. Und zwar schnell.«

Der Leutnant wollte sich bereits diensteifrig umdrehen, da schnipste Dun noch einmal mit den Fingern. »Sag ihm, dass Dun-Cadal Daermon hier ist.«

Der junge Leutnant hätte beinahe die Fassung verloren. Unter dem Schlamm der Sümpfe ließen sich die Farben des Kaisers zwar noch erahnen, und jeder Soldat konnte das Dienstgradabzeichen auf den Schultern des Generals lesen, doch es war mehr als ein Jahr her, dass man General Daermon für tot erklärt hatte. Der junge Soldat nickte hastig und stapfte die Steintreppe zum Turm hinauf, ohne weitere Fragen zu stellen.

Laerte stellte fest, dass die Blicke der Soldaten immer noch nicht ihm galten. Es war Dun, der alle Aufmerksamkeit auf sich zog. Die Männer tuschelten miteinander, Uniformierte blieben bei seinem Anblick stehen, und Patrouillen liefen vorüber, ohne die Augen von ihm abzuwenden.

Dun band sein Pferd an einen massiven Holzpfosten, der aus den Steinquadern ragte. Laerte tat es ihm nach.

»Benimm dich, Grenouille«, mahnte er. »Du darfst keinen schlechten Eindruck hinterlassen.«

»Ja, Sumpfschnepfe …«

»Und hör auf, mich so zu nennen«, schimpfte er. »Hier bin ich General Dun-Cadal Daermon und werde mit meinem Dienstgrad angesprochen, Himmeldonnerwetter!«

Nervös fingerte er an seinem Brustharnisch herum. Obwohl alle ihn fast ehrfürchtig anschauten, sorgte er sich einzig und allein darum, ob sich Laerte benahm. Obwohl Laerte ihm das Leben gerettet und ihm geholfen hatte, die feindlichen Linien zu durchbrechen, schien er sich seiner Loyalität nicht sicher zu sein. Als wäre er irgendein einfacher Junge, der ihm Schande zu bereiten drohte.

»Bei den Göttern! Bei allen Göttern!«, schrie plötzlich jemand.

Laerte sah einen kleinen, rundlichen Mann, der in eine vergoldete Rüstung gezwängt war und ihnen mit offenen Armen entgegeneilte. Auf seinem Gesicht lag ein seliges Lächeln, aus seinen Augen leuchtete die reinste Freude.

»Bist du es? Bist du es wirklich?«

»Wer denn sonst?«, grinste Dun und legte die Hand auf die Schulter seines Zöglings.

Langsam, aber sicher schob er ihn aus der Ziellinie des kleinen Generals. Die beiden Männer fielen einander um den Hals und klopften sich herzlich auf den Rücken. Laerte beobachtete sie mit düsterem Blick.

»Man hat mir gesagt, du wärst gefallen. Aber ich habe es nie geglaubt. Ein Rouarg hat dich zur Brust genommen? Dich, Dun-Cadal?« Der kleine Mann lachte.

»Man hat dich falsch informiert«, sagte Dun und trat ein Stück zurück. »Aber ich muss zugeben, dass es mich beinahe erwischt hätte.«

»Und Tomlinn?«

Traurig schüttelte Dun den Kopf. »Und es wäre mir ebenso ergangen wie ihm, wenn dieser Junge da mir nicht zu Hilfe gekommen wäre. Grenouille!«

Er winkte Laerte heran und legte ihm eine Hand auf die Schulter.

»Negus, darf ich dir Ritter Grenouille vorstellen? Grenouille, das ist General Negus, einer meiner treuesten Waffenbrüder.«

»Grenouille? Ritter Grenouille?«, spottete Negus.

»Ich habe ihm diesen Namen gegeben«, erklärte der General. Er sprach mit einer gewissen Herablassung über Laerte, als wäre er eine Art Haustier.

»Welch arroganter Blick«, stellte Negus fest.

»Ein Waisenkind aus den Salinen, mein Freund. Und er hat einen ziemlich eigenwilligen Charakter. Aber Schwamm drüber. Wir haben uns viel zu erzählen, ehe ich mir den Genuss eines heißen Bads gönne.«

»Ich verstehe dich sehr gut«, grinste der kleine Mann und ließ den Blick von Dun zu Laerte schweifen. »Ihr stinkt mindestens zehn Meilen weit.«

Er führte sie zum Turm. Sie erklommen eine Außentreppe und traten durch eine kleine Tür in ein Gewirr von Fluren, die nur dürftig durch Fackeln erhellt wurden. Das gesamte Bauwerk war aus dicken, braunen Steinen errichtet. Staub rieselte von den Decken. Der Turm stammte aus einer Zeit lange vor der Ära der Kaiser, als Garmaret selbst noch Hauptstadt eines Königreichs gewesen war, und hatte trotz vieler Erneuerungen den klobigen Charakter eines alten Forts behalten. Im Umkreis gab es viele solcher Trutzbauten. Die Architektur wies keinerlei Finesse auf, und niemand hatte je versucht, das Innere zu verschönern.

Sie betraten ein großes Zimmer. Negus berichtete, wie es zum Rückzug nach Garmaret gekommen war. Die Kaiserlichen hatten versucht, Guet d'Aëd zurückzuerobern, waren aber von einer strategisch unerwartet gut gerüsteten Armee zurückgeschlagen worden. Der Grund dafür war, dass sich eine der benachbarten Grafschaften dem Aufstand angeschlossen, ihre Truppen zur Verfügung gestellt und die Anführer der Revolte bedingungslos anerkannt hatte. Lange waren sie davon ausgegangen, dass es sich bei diesem Anführer um einen gewissen Meurnau, den früheren Gardehauptmann Oratio von Usters, handelte. Hartnäckige Gerüchte jedoch wollten wissen, dass der jüngste Sohn des gehenkten Grafen die Führung übernommen hatte: Laerte.

Als Grenouille seinen Namen hörte, hatte er den Eindruck, als schiele Negus zu ihm herüber. Seine Hände wurden feucht, der Atem schien ihm zu stocken. Er wurde blass und glaubte zu schwanken, als Dun ihn am Handgelenk packte.

»Hast du gehört, Grenouille?«

Erst jetzt bemerkte der Junge, dass Dun ihn nicht zum ersten Mal ansprach.

»Der Junge ist todmüde«, sagte Negus und ging um den großen Tisch herum, an dem sie seit einer Stunde miteinander redeten. »Ich werde dafür sorgen, dass sich jemand um ihn kümmert.«

Laerte hatte vor lauter Furcht, man könne ihn entdecken, kaum zugehört. Als jedoch sein richtiger Name fiel, geriet er aus dem Gleichgewicht.

»Wenn es dir nicht gut geht, solltest du es sagen«, befand Dun, während er ihm zur Tür half.

Ein Soldat bekam den Auftrag, den Jungen in ein kleines Zimmer zu bringen. Zwei Dienerinnen bereiteten ihm ein heißes Bad. Am ganzen Körper zitternd, stieg er in den Zuber. Als er endlich allein war, wäre er beinahe in Tränen ausgebrochen. Seine Angst hatte ihn so fest im Griff, dass er sich wie erdrückt fühlte. Mit leerem Blick schaute er den Dampfschwaden nach, die über dem heißen Wasser aufwirbelten. Durch eine kleine Luke konnte er den fast schon finsteren Himmel sehen und die typischen Laute eines Militärlagers hören – Pferdehufe auf dem Pflaster, Schritte, das Klirren von Waffen und laute, herrische Stimmen. Und er hörte das Klagen seiner Landsleute, die sich hier in Garmaret, viele Meilen entfernt von zu Hause, unendlich verloren fühlten.

Langsam kam er wieder zu Kräften. Er stieg aus dem Bad und entdeckte saubere Kleidung, die man für ihn auf dem schmalen Bett bereitgelegt hatte. Als er sich ankleidete, genoss er die weichen Stoffe auf seiner Haut. Seine Füße waren so geschwollen, dass ihm die Lederstiefel kaum passten.

Als er sich von Kopf bis Fuß ausstaffiert hatte, legte er sich nachdenklich auf das Bett. Er hatte keine Ahnung, was aus ihm werden sollte. Wäre er in der Lage, bis zum Ende zu gehen, ohne entdeckt zu werden? Jetzt allerdings aufzugeben kam keinesfalls infrage, trotz aller Zweifel.

Er erinnerte sich seiner Rückkehr nach Guet d'Aëd nach vielen Monaten in den Sümpfen. Der General hatte neben dem Karren gelegen und mit dem Tod gerungen, während Laerte in aller Seelenruhe auf Duns Pferd in die Stadt geritten war. Einige Male hätte er sich beinahe verirrt, doch schließlich fand er den richtigen Weg. Seine Überraschung war groß, als er erfuhr, dass Meurnau nicht nur noch am Leben war, sondern obendrein die Stadt zurückerobert hatte.

O ja, er erinnerte sich seiner Freude und einer ganz neuen Hoffnung, als er sich durch die friedlichen Straßen wagte – bis er schließlich den großen Platz erreichte und begriff, dass man ihm wirklich sein ganzes Leben gestohlen hatte. Laerte von Uster lebt und streift durch die Salinen, erzählte man sich. Laerte von Uster führt den Aufstand an und hat schon wieder eine Schlacht gewonnen, berichteten andere. Laerte von Uster ist schon zwanzig Jahre alt? Er sah viel jünger aus …

Überall sprach man von ihm wie von jemandem, den er nicht kannte. Man erzählte sich die Abenteuer eines Mannes, der er nicht war. Und was er noch viel schlimmer fand: Die Leute glaubten alles unbesehen und ohne es infrage zu stellen. Vielleicht erinnerten sich alle noch an das Bild seines geliebten Vaters – aber wer wusste noch, wie er selbst aussah? Er war kaum vierzehn Jahre alt. Niemand hätte ihm geglaubt. Außerdem fürchtete er Meurnaus Reaktion, wenn der Hauptmann erfuhr, dass Laerte noch lebte. Wer weiß – vielleicht hätte der Offizier ihn gar getötet, um die Macht in den Salinen allein zu übernehmen und einem Leugnen seiner Heldentaten vorzubeugen.

Laerte schwelgte in Erinnerungen und schlief mit schwerem Herzen ein.

Vier Tage blieben sie in Garmaret und genossen die heilsame Ruhe. Jeden Tag trafen mehr Flüchtlinge ein, die sich nach einiger Zeit zu Dutzenden auf dem Weitermarsch nach Emeris machten. Garmaret war nur eine Zwischenstation. Der Kaiser hatte ein Dekret erlassen, demzufolge jeder Bewohner der Salinen Asyl in der Hauptstadt gewährt bekam.

Laerte verbrachte viel Zeit allein auf seinem Zimmer. Sein Meister grenzte ihn zunehmend aus, denn er beschäftigte sich die ganze Zeit mit dem Fortschritt des Kriegs und redete viel mit den Wachsoldaten am Tor. Wenn der Junge ihm bei seinen Unternehmungen folgen wollte, herrschte er ihn an und schickte ihn fort. Laerte begriff sehr schnell, dass seine Anwesenheit den General störte, abgesehen von den wenigen Trainingsstunden, die sie sich am Ende eines jeden Tages gönnten.

Am Morgen des vierten Tages, als die Fallgatter geöffnet waren, um wieder einen Zug Flüchtlinge aus der Stadt zu lassen, beschloss Laerte, den Turm zu verlassen. Eine freundliche Dienerin hatte ihm einen blauen Umhang besorgt. Mit tief in die Stirn gezogener Kapuze stieg er die halbe Außentreppe hinunter und beobachtete die Karren, die in einer Staubwolke unter den Spitzen des Fallgatters hindurch aus der Stadt rollten. Soldaten sicherten beide Seiten des Zugs und befahlen den armen Schluckern, sich zu beeilen.

Auf Zehenspitzen und mit gesenktem Blick stieg Laerte ganz hinunter und ging an den Baracken vorbei in Richtung der breiten Straße. Verstohlen bemühte er sich, in der Menschenmenge ein vertrautes Gesicht zu finden, jemanden, den er kannte und dessen Anblick ihn vielleicht getröstet hätte.

Schließlich verbarg er sich im Schatten einiger Fässer zwischen zwei hohen Zelten und beobachtete jeden Passanten. Fast alle bewegten sich mit gesenkten Köpfen und offenbar ohne Willenskraft vorwärts. Diese Menschen besaßen nichts mehr. Man hatte ihnen nicht nur ihr Hab und Gut genommen, sondern sie hatten auch ihre Würde verloren.

Eines dürft ihr nie vergessen: Im Grunde ist Euer Vater für sein Volk gestorben. Sein Volk hätte er nie und nimmer verraten.

Aber spielte der Tod seines Vaters für das Volk überhaupt eine Rolle? Sie waren auf der Straße gelandet und hatten nur ein Gut mitnehmen können, das zu verteidigen sich noch lohnte: ihr Leben.

Niedergeschlagener denn je beschloss Laerte, in sein Zimmer zurückzukehren. Er schlängelte sich zwischen den Baracken hindurch. Dass er jetzt den Kopf senkte, hatte weniger mit seiner Befürchtung zu tun, erkannt zu werden, als vielmehr mit der Tatsache, dass er mit einem Mal die Tragweite des Kriegs begriffen hatte. Bisher waren ihm die Auswirkungen kaum bewusst gewesen.

Plötzlich blieb er stehen und hob den Kopf. Nur wenige Schritte von ihm entfernt kauerte ein junges Mädchen zwischen zwei Zelten und kramte mit zitternden Händen in einer offenen Tasche herum.

»Nein, nein«, stammelte sie. »Es ist nicht so, wie ihr denkt. Ich habe die Tasche gefunden und nicht etwa …«

Ihr Kleid war staubig, die langen Locken hatte sie offenbar hastig im Nacken zusammengebunden. Trotz ihrer nachlässigen Erscheinung blieb Laerte der Mund offen stehen.

»Laerte?«, flüsterte sie. »Laerte, bist du das?«

Erschrocken blickte er sich um, ob auch niemand sie beobachtete, und stürzte sich dann fast auf sie. Doch anstatt sie zu küssen, presste er ihr seine Hand auf den Mund. »Grenouille«, raunte er ihr hastig zu. »Ich nenne mich jetzt Grenouille. So kennen mich die Leute hier. Verstehst du? Niemand darf etwas erfahren.«

Sie versuchte hinter seiner Hand etwas zu antworten, doch es gelang ihr nicht. In ihren großen, blauen Augen standen Freudentränen.

»Hast du mich verstanden, Esyld? Wenn jemand meinen Namen hört, bin ich tot.«

Er sah sie an. Ihre Augen lächelten. Sie nickte. Langsam nahm er die Hand fort. Sie hauchte ihm einen sanften Kuss in die Handfläche. Wortlos blickten sie sich an.

»Bist du es wirklich?«, flüsterte sie.

Seine Finger streiften ihre Hand. Noch nie waren sie einander so nah gewesen, und doch zögerte er, sie endlich zu küssen, ihre Lippen zu kosten und sich ihnen ganz hinzugeben. Seine Unruhe war stärker als jedes Begehren.

»Wir dachten, du wärest tot. Tagelang haben wir nach dir gesucht und …«

»Was machst du überhaupt hier?«, fragte er knapp.

Er glaubte ihr kein Wort. Meurnau kannte die Sümpfe wie seine Westentasche. Er hätte ihn finden müssen. War es nicht Meurnau gewesen, der den Namen Laerte von Uster so sehr aufgebläht hatte, dass alle sich dahinter wie hinter einem Schutzschild verbünden konnten? Und hatte nicht er aus Laertes Verschwinden Nutzen gezogen, indem er ihn stärker und größer darstellte, als er es je sein konnte, und ihn zum Einiger der Aufständischen erklärte?

»Ich fliehe aus den Salinen«, antwortete sie, überrascht von seinem Ton.

»Aber warum? Guet d'Aëd ist doch befreit, oder nicht?«

Obwohl er sich freute, sie wiederzusehen, ertrug er es nur schwer, sie hier zu wissen. Wenn ihr nun etwas passierte …

»Mein Vater hat sich ergeben«, vertraute sie ihm an. »Aber nicht so, wie du denkst. Er will sich in den Palast einschleichen. Meurnau hat einen Plan und viele Verbündete, um …«

Sie brach ab. Laerte hatte sich von ihr abgewendet und beobachtete die Straße. Der Flüchtlingsstrom riss nicht ab. Altersschwache Karren auf windschiefen Rädern wurden von erschöpften Pferden gezogen, denen dicker Schaum von der Trense troff.

»In Emeris bin ich in Sicherheit«, fügte sie hinzu, weil sie ahnte, dass er sich Sorgen machte.

Sie trat näher an ihn heran und legte ihm ihre Hand auf die Schulter.

»Ich bin ebenfalls auf dem Weg nach Emeris«, vertraute er ihr mit abwesender Miene an.

»Warum? Dein Platz ist in Guet d'Aëd, Lae…«

Er warf ihr einen warnenden Blick zu.

»Grenouille«, verbesserte sie sich sofort.

»Mein Platz ist nirgends als im Angesicht des Kaisers«, zischte er. »Meurnau kommt mit seiner Kriegsführung recht gut ohne mich zurecht.«

»Grenouille«, sagte sie, »darum geht es doch gar nicht. Du bist schließlich erst vierzehn.«

Mit verzerrtem Gesicht wirbelte er zu ihr herum. Natürlich – für sie war er nichts als ein Kind. Ein kleiner Junge. »Er hat meinen Vater getötet.«

»Das weiß ich doch«, flüsterte sie und streichelte ihm beruhigend die Wange.

»Und ich werde ihn töten.«

Ihre Hand hielt inne, in ihren Augen flackerte Angst auf.

»Ja, ich werde den Kaiser töten«, bestätigte er. »Für die Kaiserlichen bin ich jetzt Grenouille. Ich habe einem Ritter geholfen, der sich in den Salinen verirrt hatte. Er hat mich zu seinem Knappen gemacht. Und so werde ich jetzt selbst ein großer Ritter und kann meine Familie rächen. Meurnau hat nie nach mir gesucht.«

»Wie bitte? Wie kannst du …« Esyld war sprachlos.

»Ich weiß es genau«, trumpfte er auf. »Ich habe es selbst gehört. All diese Berichte über Laerte, der den Aufstand anführt. Nachdem er mich nicht mehr unter seiner Fuchtel hat, benutzt er meinen Namen, um sein Ansehen aufzubauschen. Soll er seinen Krieg doch führen, wie er will. Ich jedenfalls werde erst Frieden finden, wenn ich Reyes getötet habe.«

»Aber denkst du denn gar nicht an zu Hause?«

Und wie er daran dachte. Jeden Tag, seit über einem Jahr. Trotzdem legte er in seinen Blick nichts als Entschlossenheit, um Esyld davon zu überzeugen, dass es für ihn keine Zweifel gab.

»Ich habe mich entschieden, Esyld«, fuhr er fort. »Ich habe bereits Dinge getan, die …«

MADOG!

»Jedenfalls kann ich nicht mehr zurück.«

Er strahlte eine Würde und Ruhe aus, deren er sich nie für fähig gehalten hatte.

»Wenn es das ist, was die Götter wollen«, hauchte Esyld und schlug die Augen nieder.

»Die Götter haben nichts damit zu tun«, widersprach er. »Ich entscheide selbst über mein Leben.«

Endlich war ihm klar geworden, dass er tatsächlich in der Lage war, sein Schicksal selbst in die Hand zu nehmen. In den Salinen hatte er immer nur das getan, was man von ihm verlangte. »Ich habe über meine Zukunft entschieden, Esyld.«

Sie schenkte ihm ein zögerliches Lächeln, weil sie begriff, dass er keinen Einwand dulden würde.

»Du bist stolz geworden«, sagte sie und schob die Hand in ihre schmutzige Korsage. »Hast du keine Angst, eines Tages so zu werden wie die Person, für die du dich ausgibst?«

Mit diesen Worten zog sie ein Holzfigürchen hervor, das er sofort wiedererkannte. Es war das kleine Pferd, das sein Vater geschnitzt hatte. Sie behielt es in der Hand.

»He, du da drüben!«, rief plötzlich eine grobe Stimme.

Einer der Soldaten, der den Flüchtlingszug begleitete, kam auf sie zu. Esyld griff nach Laertes Hand, drückte das Spielzeug hinein und schloss seine Finger darüber.

»Sofort zurück in die Kolonne!«, bellte der Soldat und packte sie.

»Damit du nie vergisst, wer du wirklich bist.«

»Lasst sie los!«, knurrte Laerte den Soldaten an.

Eine laute Stimme gebot ihm Einhalt.

»Grenouille!«

Dun stand oben auf dem Turm, lehnte sich an die Brüstung und blickte auf ihn herab. Ehe Laerte eine Entschuldigung für sein Verhalten einfiel, spürte er, wie Esyld seine Hand drückte.

»Vergiss es nie, Grenouille«, sagte sie, während der Soldat sie auf die Straße zurückzerrte. »Vergiss nie, wer du wirklich bist. Niemals!«

Mit einer hastigen Bewegung riss sie sich aus dem Griff des Soldaten los. Alles ging so schnell, dass ihm keine

Zeit für eine Reaktion blieb. Die Lippen des jungen Mädchens pressten sich sanft auf seinen Mund. Gleichzeitig streichelte sie ihm zärtlich über die Wange. Der Kuss war feucht, erstaunlich feucht. Aber so wundervoll! So berauschend! Sie schmiegte sich an ihn, als ob sie schon immer, von jeher und für alle Zeit zu ihm gehörte.

»Hierher, und zwar ein bisschen plötzlich!«, brüllte der Soldat und riss sie von Laerte fort.

Der Junge stand wie vom Donner gerührt. Noch immer spürte er den süßen Geschmack ihres Kusses auf den Lippen.

»Damit du mich nicht vergisst«, flüsterte sie ihm noch hastig zu.

Der Soldat zerrte sie zurück in den Flüchtlingsstrom, und aus ihrem Flüstern wurde ein Schrei. Sie schrie ihre Wahrheit in die Welt hinaus und zerriss ihm damit das Herz.

»Ich liebe dich. Ich werde dich immer lieben. Mein ganzes Leben lang. Vergiss mich nicht. Vergiss uns nicht. Grenouille! Vergiss niemals, wer du bist, Grenouille! Vergiss es nicht. Ich liebe dich.«

Als er sich endlich aufraffte, hinter ihr herzulaufen, hatte der Soldat sie bereits auf einen der Karren gehoben. Der Treck zog unter dem Fallgatter hindurch und hinterließ nichts als eine dichte Staubwolke.

»Grenouille! Komm zurück!«

Dun war bereits die Treppe hinuntergelaufen und jagte hinter seinem Knappen her. Laerte hielt das kleine Holzpferd in der Hand. Der Flüchtlingszug hatte das Tor fast durchquert. Schon begannen die Soldaten, das Fallgatter herunterzulassen. Krachend ratterte es hinter dem letzten Fuhrwerk nach unten.

4

DAS GESICHT DES FEINDES

»Sie sind doch nur … Kinder!
Kinder, für die ich verantwortlich bin.
Wie für dieses Reich.
Und das steht seit Anbeginn der Zeiten geschrieben.«
»Sie haben Euch zu ihrer Marionette gemacht.«

Schlaff und völlig aus der Fassung gebracht lag er in einem hässlichen Haus im Herzen Masalias. Rogant hatte ihn wortlos nach oben begleitet und ihm sein Zimmer gezeigt. Dun streckte sich auf der schäbigen Bettdecke aus, dachte über sein Leben nach und versuchte, irgendeinen Sinn darin zu entdecken. Die letzten Ereignisse bestärkten ihn in dem Gefühl, dass er alles verdorben hatte, als die Generäle, die mit ihm zusammen gedient hatten, selbst die Macht übernahmen. Er hatte weder das Kaiserreich vor dem Verfall retten können, noch hatte er einen Vorteil aus der Veränderung gezogen, um auch nach den Kriegswirren weiter einen würdigen Platz einzunehmen. Die hohen Ideale, die er einst vertreten hatte, waren eine schwere Last für ihn geworden.

Als die Tür geöffnet wurde, zuckte er nicht einmal zusammen. Er starrte an die Decke und war in Gedanken weit fort. Erst als er den zarten Lavendelduft wahrnahm, drehte er den Kopf. Er hoffte, Mildrel zu sehen, war aber seltsamerweise nicht besonders enttäuscht, als er stattdessen Violas zierliche Gestalt entdeckte.

»Ich weiß, es ist ein bisschen dürftig hier, aber sicher immer noch besser als eine Gefängniszelle«, sagte sie von der Schwelle aus, ohne das Zimmer zu betreten.

Als er nicht reagierte, kam sie einen Schritt näher. Sie trug ihr grünes Kleid und den Umhang und wirkte ein wenig unsicher. Als sie vor dem Bett stand, beugte sie sich vor und legte den Kopf schräg.

»Müde?«

Er knurrte nur und widmete sich wieder der Betrachtung der Decke.

»Oh, ich weiß, was Ihr denkt. Mir geht es ganz genauso.«

Er erstarrte und hätte sich beinahe aufgerichtet, als sie fortfuhr: »Ich fühle mich auch manchmal verraten.«

Er hörte, wie sie einen Stuhl heranzog und sich setzte.

»Als Ihr mir zum ersten Mal von Grenouille erzählt habt, wäre ich nicht im Traum auf die Idee gekommen, dass es sich um ihn handelt«, erklärte sie. »Ebenso wenig hat er mich vorgewarnt, dass derjenige, den ich suchte, ein berühmter General des Kaiserreichs war.«

Neugierig richtete sich Dun ein Stück auf, ohne sie jedoch anzublicken. »Was hat er Euch denn gesagt?«

Viola lächelte. Dun-Cadal hoffte auf Antworten, und auch wenn sie nicht in der Lage war, ihm alle zu geben, konnte sie ihm sicher zumindest teilweise Klarheit verschaffen. Auch sie war ein wenig von den Ereignissen überrollt worden.

»Ich sollte nach einem Soldaten suchen, einem gewissen Dun, der ständig darüber redete, wie er mit dem Schwert aus Emeris geflohen war. Ich musste Euch ganz schön um den Bart gehen, bis Ihr mich zu Eraëd brachtet.«

Endlich geruhte er sie anzusehen.

»Ich habe Euch nicht einmal angelogen«, fuhr sie über ihn gebeugt fort. »Ich habe Euch nur nicht die ganze Wahrheit gesagt. Und das …« Nachdenklich hob sie die Augen. »… habe ich von ihm, nehme ich an.« Gleich darauf fuhr sie fort: »Seltsam, nicht wahr?«

Als sich Dun aufsetzte, wusste sie, dass sie seine Aufmerksamkeit gewonnen hatte. Im Lauf der vergangenen Tage hatte sie eine gewisse Sympathie für den alten Haudegen entwickelt. Sie wusste genau, was ihn zerbrochen hatte. Zu seinen heldenhaften Zeiten musste er ein arroganter, autoritärer Rüpel gewesen sein, aber heute glich er nur noch einem stumpfen Schwert. Er hätte einem kleinen Jungen aus den Salinen nur allzu gern die Welt zu Füßen gelegt. Der Verlust dieses Jungen und der Zusammenbruch des Kaiserreichs, für das er sein Leben gegeben hätte, hatten ihn niedergeschmettert.

»Was ist seltsam?«

»Dass Ihr Euch ihm gegenüber so unversöhnlich zeigt, obwohl Ihr ihn immer noch liebt«, sagte sie mit gesenkten Augen.

Der General betrachtete sie. Er spürte ihre plötzliche Befangenheit.

»Ihr und er?«

»O nein, nein«, erwiderte sie hastig. »Im Grunde kenne ich ihn kaum und bin mir nicht einmal sicher, ob er meine Existenz überhaupt wahrnimmt.«

Sie errötete. Nein, natürlich waren die beiden nicht zusammen, aber jetzt konnte sie nicht mehr leugnen, dass sie Gefühle für Grenou… Laerte hegte. Ihn wollte sie – mit Dun hatte das alles nichts mehr zu tun. Der alte Mann wünschte nichts sehnlicher, als dieses Zimmer zu verlassen, alles zu vergessen, was er gesehen hatte, und zu trinken, bis er keinen Durst mehr verspürte.

Aber warum stand er dann nicht einfach auf, ging durch die Tür, setzte den Nâaga außer Gefecht und mischte sich unter die Nachtschwärmer Masalias? Warum blieb er hier?

Grenouille hatte er verloren, doch jetzt entdeckte er Laerte von Uster. Dabei wusste er nicht im Geringsten, was sich in der Zwischenzeit abgespielt hatte, damit alles einen Sinn ergab. In seinem Gedankenchaos war Viola die einzige tröstliche Konstante.

»Warum seid Ihr eigentlich hier?«, fragte er. »Seid Ihr wirklich nur Historikerin?«

»Ja.« Sie nickte langsam. »Ja, ich bin wirklich Historikerin an der Großen Universität. Aber die Ausbildung kostet viel Geld. Mädchen wie ich, deren Eltern einfache Leute sind, können Patenschaften in Anspruch nehmen. Mein Pate ist ein Ratsherr namens De Page. Ein guter, integrer Mensch, dem ich natürlich im Gegenzug etwas schulde.«

»De Page? Der hat also auch sein Schäfchen ins Trockene gebracht«, presste Dun zwischen den Zähnen hervor.

Noch einer von denen, die von der Gunst des Kaisers profitiert hatten, um ihn anschließend fallen zu lassen, als wäre er ihm nie wichtig gewesen. Herzog De Page war für seine wollüstigen Feste, seine saloppe Haltung und die wüsten Gerüchte bekannt gewesen, die über ihn in Umlauf waren. Ein lasterhafter Mensch, den Dun auch schon zuzeiten seines Adelsdaseins zutiefst verachtet hatte. Ein Wurm in der Frucht, die der Kaiser nur allzu gern genoss.

»Wenn Ihr ihm so verpflichtet seid …«

»Er war es, der mich hergeschickt hat«, nickte Viola.

Ein willensschwacher Mensch, ja, ein Schwächling, der anderen immer nach dem Mund redete. Da gab es nicht viel zu verstehen. Sicher hatte er mit Katzbuckelei sein Leben gerettet und war Ratsherr geworden. Ob auch die anderen ihre eigene Würde mit Füßen getreten hatten, um an der Macht zu bleiben? Gab es überhaupt noch Ehre in dieser Welt? In Duns Kopf drehte sich alles.

»Aber warum ausgerechnet hier?«, ereiferte er sich mit einem Kloß in der Kehle. »Wegen Eraëd? Und warum werden die Ratsherrn ermordet? Was wollt ihr?«

Seine Kehle war so trocken, dass er die letzte Frage kaum noch hervorpressen konnte, obwohl sie vielleicht die wichtigste war.

»Warum hat er mir nie etwas gesagt?«

In seinen Augen standen Tränen. Er kämpfte verbissen dagegen an, trotzdem rollten ihm einige über die Wangen. Von sich selbst angewidert, stellte er fest, dass er nicht mehr wie früher ein Fels in der Brandung war. Die junge Frau legte ihre weichen Hände auf seine. Plötzlich hatte er das Gefühl, ziel- und haltlos zu stürzen.

»Ich weiß es nicht«, entgegnete sie leise. »Vielleicht ist er jetzt gekommen, um Euch die Antwort zu geben.«

Er glaubte ihr keine Sekunde. Ein großer Teil seines Lebens war auf eine Lüge aufgebaut. Er hatte ihn geliebt, diesen Kleinen. Doch warum war Laerte aus dem Schatten hervorgetreten, obwohl ihr Plan dies nicht vorgesehen hatte? Er senkte den Kopf und betrachtete Violas Hände. Mit den Daumenspitzen strich sie über seine ledrige Haut.

»Es war Azdeki, der seinen Vater hat aufhängen lassen. Ist er seinetwegen hier?«, erkundigte er sich plötzlich, nachdem er seine Gefühle wieder unter Kontrolle hatte. Finster sah er ihr in die Augen. Stumm hielt sie seinem Blick stand.

»Azdeki, Negus – diejenigen, die dem Kaiser dienten und die Oratio von Uster auf dem Gewissen haben ... Das ist die Verbindung, nicht wahr?«, fuhr Dun fort. »Nicht von ungefähr hat Gre...«

Er brach ab und atmete tief durch.

»... hat er das Aussehen von Logrid angenommen. Aber ...«

Nachdenklich sah er Viola an. Er wollte nicht noch einmal im Chaos seiner Gedanken untergehen und bemühte sich, jedes Ereignis, jeden Satz und jede Einzelheit in seinem Gedächtnis zu einem zusammenhängenden Ganzen zusammenzufügen. Angefangen bei der Tatsache, dass Rogant vor der Bar gestanden und ihn gehindert hatte, eine ganz bestimmte Straße entlangzugehen, bis hin zu dem von einem Nâaga provozierten Handgemenge, das die Aufmerksamkeit der Wachen ablenkte, als Enain-Cassart ermordet wurde. Hinzu kam Violas Lavendelparfum, das ihn an seine Geliebte erinnerte.

»Nein. Es kann nicht nur um Rache gehen«, beantwortete er seine eigene Frage. »Ich habt auch nach dem Schwert gesucht. Es ging nicht nur um Azdeki.«

Versonnen wandte sie den Blick ab. Und dann begann sie zu sprechen.

»Es geht hier nicht um Rache, Hauptmann«, sagte eine schwache Stimme. »Es ist eine Frage des Glaubens. Eures Glaubens.«

»Ich bin Ratsherr«, entgegnete Azdeki schneidend.

Er trat einen Schritt auf das Gitter zu und musterte den Gefangenen mit hochmütigem Blick. Eine Hand hielt er am Schwertgriff. Seine Ratsherrentoga hatte er gegen militärischere Kleidung eingetauscht und trug hohe Stiefel zum leichten Lederwams. Der alte Mann in der düsteren Zelle war mit einem schmutzigen Überwurf bekleidet. Er blieb sitzen und stemmte die nackten Füße in die feuchte Erde. Früher einmal hatte er seidig glänzendes, schneeweißes Haar gehabt, jetzt waren ihm davon nur noch wenige Strähnen geblieben, die vor Schmutz starrten.

»Vergesst nicht, was ich getan habe«, fuhr Azdeki drohend fort. »Vergesst es nie!«

»Wie sollte ich?«, lächelte der alte Mann traurig. »Ihr habt mein Geschlecht ausgelöscht, indem Ihr unser Vertrauen missbraucht habt. Berauscht Euch ruhig an Euren Erfolgen. Für mich aber bleibt Ihr nichts weiter als ein – Hauptmann.«

»Ratsherr!«, schrie Azdeki und rüttelte zornig an den Gitterstäben. Sein Gesicht war bleich und wutverzerrt. Schließlich nickte er, ließ los, fuhr sich mit einer Hand durch das ergraute Haar und atmete tief durch.

»Ich weiß genau, dass Ihr etwas damit zu tun habt. Zwar kann ich mir nicht erklären, wie Ihr es angestellt habt, aber Ihr seid für all diese Dinge verantwortlich«, sagte er atemlos. »Warum wäre sonst plötzlich Logrid wieder aufgetaucht? Sagt es mir, Anvelin …«

»… Evgueni Reyes«, seufzte Dun ungläubig.

»Er hält ihn im Kerker des Palatio gefangen«, nickte Viola.

Nervös fuhr sich Dun mit der Hand über das Gesicht. Der Bischof von Emeris. Der Onkel des letzten Kaisers. Der Mann hatte ihm früher einmal zunächst geholfen, ihn aber dann verraten. Wie alle anderen. Als er sich den Greis in einer schäbigen Zelle vorstellte, wo er tausend Qualen erlitt, schwankte er zwischen Wut und Zufriedenheit. Darüber vergaß er fast, Viola weiter auszufragen.

»Dun-Cadal?«

Ein wenig verwirrt begegnete er ihrem Blick. Sie erschien ihm erstaunlich heiter, und wieder einmal beruhigte ihn ihr Anblick. Ihre sanften Augen senkten sich in seine.

»Aber warum?«, fragte er schließlich.

»Vielleicht, um ein Exempel zu statuieren?«

Anvelin stand schließlich doch auf. Mit zittrigen Händen hangelte er sich an der Kerkermauer entlang bis zu dem Gitter, das ihn von Azdeki trennte. Er klammerte sich an das Gitter und musterte den ehemaligen Hauptmann mit dem durchdringenden Blick seiner klaren blauen Augen. Trotz seiner Erschöpfung verzog er das Gesicht.

»Ihr habt Angst, Azdeki. O ja, sie sind hier. Die Geister des von Euch verratenen Kaiserreichs und des Glaubens, den Ihr hinter Euch gelassen habt, sind hier. Alles steht geschrieben, Azdeki. Ihr könnt Eurem Schicksal nicht entfliehen.«

»Ich fürchte mich weder vor Geistern noch vor Gespenstern«, antwortete der Ratsherr ruhig und näherte sein Gesicht dem Gitter. »Ebenso wenig wie vor Euren Worten. Ihr habt das Heilige Buch nie respektiert und den Fangol-Orden verraten, weil Euch die Interessen Eurer Familie wichtiger waren. Was jedoch geschrieben steht, Anvelin, ist der traurige Sturz Eures Neffen und die Ausrufung meiner Republik. Bald dürft Ihr Euch selbst ein Bild machen.«

»Was hat er gewusst, Viola?«

Ungeduldig sprang Dun auf. Ihm war klar, dass er plötzlich vieles entdeckte, das ihm in seinem früheren Leben verborgen geblieben war – in jenem Leben, als er sich vermeintlich ruhmreich, mächtig und stolz dem Dienst eines ewigen Kaiserreichs verschrieben hatte.

»Was wusste der Bischof?«

Er betrachtete Viola von oben herab. Die junge Frau blieb sitzen, faltete die Hände im Schoß und blickte ins Leere.

»Er wusste vom Besitz Oratio von Usters in den Salinen«, gestand sie schließlich leise. »Der Besitz, dessentwegen sich die Azdekis gegen ihn wandten, ehe sie auch dem Kaiser die Treue aufkündigten. Der Besitz, den die Familie Uster seit Jahrhunderten hütete und den Oratio der Welt enthüllen wollte.«

Sie hob den Kopf. Ihre Augen begegneten dem ungläubigen Blick des Generals.

»Das Buch.«

»Welches Buch?«, fragte Dun-Cadal mit zugeschnürter Kehle.

»Das Buch«, wiederholte Viola und nickte.

»Damit könnt Ihr niemanden überzeugen, Azdeki!«, rief Anvelin aus voller Kehle. »Niemand kann es lesen. Niemand!«

Die Gestalt des Ratsherrn entfernte sich durch das Flurgewölbe. Im Licht der Fackeln wirkte sein Schatten überdimensional groß. Nachdem er die Treppe hinaufgestiegen war, hörte man nur noch das Knistern des Feuers.

»Niemand!«, schluchzte Anvelin erstickt.

Müde ließ er sich am Gitter hinuntergleiten. Die Schritte, die sich näherten, hörte er nicht. Erst als ein Schatten auf ihn fiel, hob er die Augen, und ein seliges Lächeln erhellte sein ausgezehrtes Gesicht.

»Du warst also da?«, freute er sich. »Ja, du bist immer da. Immer. Wie eine Erinnerung. Du verlässt mich nicht.«

Der Schatten blieb stumm. Er trug eine goldene Maske mit einem Riss und taxierte Anvelin ohne die mindeste Regung.

»Es steht geschrieben, nicht wahr?« Anvelin schwankte zwischen Glück und Erschöpfung. »Die Götter haben alles vorhergesehen. Sollte das Geschlecht der Reyes untergehen, würdest du uns rächen. Und es ist richtig, dass wir des Regierens würdig sind. Wir haben uns nicht getäuscht. Ich bete jeden Tag, um den Göttern zu danken, wusstest du das? Jeden Tag!«

Plötzlich wirkte er zerknirscht.

»Nein, ich habe nie gezweifelt. Nie habe ich am *Liaber Dest* gezweifelt. Aber es war schon seit Jahrhunderten so: Die Usters hatten das Buch, wir hingegen das Schwert. So war es nun einmal.«

Erneut lächelte er.

»Du warst also da?«, fragte er, als wäre der Schatten gerade erst aufgetaucht. »Ja, du bist immer da. Immer. Wie eine Erinnerung.«

Der Schatten wandte sich zur Treppe. Sein grüner Umhang wehte hinter ihm her.

»Du verlässt mich nicht. Nie!«, schluchzte Anvelin.

Dun lehnte an der Wand. Er betrachtete den Holzboden und wusste nicht so recht, wo er sich befand und wie er hergekommen war. Seine Gedanken waren wie ausgelöscht. Widersprüchliche Gefühle kämpften in ihm, das schlimmste jedoch war unsägliche Trauer. Eine Wunde tief in seinem Innern hatte angefangen zu bluten und zerriss ihm das Herz.

Es gab nur einen Grund dafür, dass er gescheitert war.

»Das *Liaber Dest*«, murmelte er.

Der Stuhl knarrte leise, als Viola aufstand und zu ihm kam. Ihr Lavendelduft riss ihn aus seiner Verwirrung.

»Anlässlich der Hochzeit seines Sohns während der Nacht der Masken wird Etienne Azdeki den geladenen Ratsherrn das Heilige Buch präsentieren.« Viola sprach ernst und wog jedes Wort ab. »Könnt Ihr Euch vorstellen, was ein Mann erreichen kann, der das Schicksal der Welt in Händen hält? Und welchen Ruf er beim Volk genießen wird?«

»Er wird angesehen werden wie ein Gott«, nickte Dun.

»Dank Anvelin Evgueni Reyes hat er sich mit dem Fangol-Orden verbünden können«, fuhr sie fort. »Während der Nacht der Masken steht das Schicksal der gesamten Republik auf dem Spiel. Es geht sowohl um die Politik als auch um unseren Glauben. Deswegen sind wir hier, Dun-Cadal.«

»Und das Schwert?«, fragte er.

Er fühlte sich wie betäubt und suchte noch immer nach seinem Platz in dieser Geschichte. Zumindest hatte Viola ein wenig Licht in das Dunkel des Abgrunds gebracht, in den er seit einiger Zeit zu stürzen schien.

»Ihr wisst schon mehr als genug«, entschuldigte sich Viola mit einem blassen Lächeln. »Laerte wäre alles andere als begeistert, wenn er wüsste, was ich Euch schon alles erzählt habe.«

Sie wandte sich zur Tür, drehte sich aber noch einmal um. »Wisst Ihr, warum Ihr hier seid?«, fragte sie ein wenig verlegen.

Sie stand da, die Hand auf dem Türknauf. Das Licht der Öllampe an der Wand vereinigte sich mit ihren Sommersprossen, als leuchteten zwei Feuer auf weißer Seide. Ihre grünen Augen blickten ihn zärtlich an.

Dun schüttelte den Kopf.

»Ich kenne ihn kaum«, sagte sie. »Aber nach allem, was ich weiß, und dem, was Ihr mir erzählt habt, glaube ich, dass …«

Sie blickte sich im Zimmer um und suchte nach den richtigen Worten.

»… dass er Euch braucht.«

Laerte folgte Azdeki im Schatten der Säulen durch die Gänge des Palasts. Auf der obersten Stufe der Treppe zum Ballsaal blieb er stehen und beobachtete, wie der ehemalige Hauptmann immer schneller wurde. Er schien nervös zu sein. Die hohen Steinstatuen zu Ehren der Götter würdigte Azdeki keines Blickes.

Die gewaltige Kuppel des großen, runden Ballsaals war mit Gemälden aus der Geschichte der Cagliere geschmückt. Unter der Decke fanden sich Darstellungen der ersten Kaiserstadt und der großen Schlachten gegen das Königreich Majorane sowie Bilder von Göttern, die das Geschick der Familie segneten. Außerdem sah man den ersten Kaiser auf der Suche nach dem *Liaber Dest* und schließlich eine halbnackte Frau, die das Herz eines Mannes mit einer schimmernden Lanze durchstach. Adismas war im Zentrum der Kuppel dargestellt. Er trug einen roten Mantel, hatte den Blick auf den mit schwarzen Sternen geschmückten Marmorboden gerichtet, und sein mit Blumen geschmückter Bart verlieh ihm das Aussehen eines Weisen. In der Linken hielt er ein Buch, in der erhobenen Rechten schimmerte Eraëd in göttlichem Licht.

In meiner Linken das Buch, in meiner Rechten das Schwert.

Azdeki verschwand hinter den großen, weit geöffneten Portalen des Ballsaals. Laerte war sich bewusst, dass hier weder der richtige Ort noch die richtige Zeit zum Handeln war, obwohl sein Verlangen jeden seiner Sinne beherrschte. Am liebsten hätte er sich gleich in diesem Moment auf Azdeki gestürzt und ihm ohne jegliches Risiko sein Schwert von hinten durch den Leib gebohrt.

Und mir zu Füßen liegt die Welt …

Nein. Azdeki war nicht der einzige Verantwortliche. Dass die anderen – Leute wie Bernevin und Rhunstag – nach dem Attentat auf den Ratsherrn nicht sofort aus Masalia geflohen waren, lag ausschließlich am Stolz ihres Anführers.

Etienne Azdeki würde niemals aufgeben. Nicht so kurz vor dem Ziel. Dazu war er viel zu ehrgeizig. Jetzt hatte er so lange geduldig gewartet, dass er nicht mehr hingehalten werden wollte. Der Tag, an dem er seinen Sohn verheiraten würde, wäre auch der seines Triumphs.

Laerte schlug eine andere Richtung ein. Er wollte Azdeki von Angesicht zu Angesicht gegenübertreten und überlegte kurz, welches der sicherste Weg wäre, dem Ratsherrn zu begegnen. Wieder einmal meldeten sich nagende Zweifel. Trotz allem aber wusste Laerte, dass er in der Lage war, diese Probe zu bestehen. Immerhin hatte er einen Drachen unschädlich gemacht. Wenn er Azdeki jedoch begegnete, würde er die Wut unterdrücken können, die ihn seit Jahren innerlich zerfraß?

Um sich zu beruhigen, wiederholte er im Geiste den letzten Schritt ihres Plans, bei dem er Azdeki ganz für sich allein hätte, ohne jemanden bloßzustellen.

Er wählte die schmalsten Gänge, in denen sich die Wachen auf ihren Rundgängen nur selten blicken ließen. In zwei Tagen würde es vermutlich keine Möglichkeit mehr geben, sich unbemerkt durch den Palatio zu bewegen. Vor und während der Nacht der Masken wurde jeder Winkel gründlich durchsucht, und selbst die nähere Umgebung war gesperrt. Obwohl er sich stark genug fühlte, es mit einer ganzen Armee aufzunehmen, wusste Laerte, dass es dann nur noch eine Möglichkeit gab, das Gebäude zu betreten – auch wenn es ein ziemlich paradoxes Mittel war.

Er beschleunigte den Schritt und hoffte, schnell genug zu sein, um Azdeki den Weg abzuschneiden. Schließlich versteckte er sich in einer Nische am Eingang eines weitläufigen Saals mit bodentiefen Fenstern, wo er an die Wand gelehnt geduldig wartete. Schon bald näherten sich Azdekis hallende Schritte.

»Es it allae …«

Lange hatte Laerte darüber nachgedacht, mit welchem Satz er Azdeki ansprechen sollte. Am liebsten hätte er ihm seine Wut ins Gesicht geschrien und ihm gesagt, wer er war, um ihm ihr letztes Zusammentreffen ins Gedächtnis zurückzurufen. Das jedoch kam ihm zu hochmütig vor und hätte sich vielleicht negativ auf ihre Mission auswirken können.

Azdeki blieb stehen. Er schien weder überrascht zu sein, noch sich zu fürchten. Sein Gesicht blieb so ausdruckslos wie das des Maskierten, der ihm den Weg verstellte. Laerte war mit gekreuzten Armen aus dem Schatten der Nische getreten.

»Es it alle en … es it allarae«, fuhr Laerte mit ernster Stimme fort. »So lautet der Wahlspruch von Masalia, nicht wahr? Was Ihr wart, was Ihr seid, was Ihr werdet.«

Öllämpchen zauberten ein Licht- und Schattenspiel auf die rote Wandbespannung des Korridors. Hier also, nicht weit entfernt von den großen Salons, würde der letzte Akt beginnen.

»Wer seid Ihr?«, fragte Azdeki mit fester Stimme.

Er hatte sofort zu seinem Schwert gegriffen. Laerte fragte sich, ob er in der Lage war, einem Duell aus dem Weg zu gehen. Würde er es fertigbringen, sich zurückzuziehen, wie es vorgesehen war, oder könnte er der Versuchung, kurzen Prozess zu machen, schließlich doch nicht widerstehen? Sicher war, dass er sich mit ihm messen konnte.

»Was Ihr wart? Ihr wart mutiger und intelligenter, als es den Anschein hatte, aber Ihr habt es verborgen, um Eure Umgebung zu manipulieren. Nicht wahr? Glaubt Ihr, dass Ihr unbeschadet aus dieser selbst angenommenen Rolle herausgekommen seid?«

»Diese Maske«, murmelte Azdeki, ehe er die Stimme erhob. »Glaubst du etwa, du könntest mich mit diesem Mummenschanz einschüchtern?«

»Euch galt der Spott und die Verachtung der anderen Offiziere«, fuhr Laerte unbeirrt fort. »Das ist es, was Ihr wart. Ein Ärgernis.«

»Nimm die Maske ab«, befahl Azdeki.

»So, wie Ihr Eure vor Reyes abgenommen habt?«

»Runter damit!«, schrie Azdeki und zog sein Schwert.

Laerte wich einen Schritt zurück.

»Was Ihr seid? Ein Mann in großer Bedrängnis. Euer Erfolg liegt ebenso nah wie Eure Niederlage. Euer ganzes Leben beschränkt sich auf einen einzigen Augenblick.«

Azdeki schwenkte sein Schwert und kam näher. Er zitterte nicht, denn er kannte keine Angst. Aber zumindest dürfte er gewisse Befürchtungen hegen, dass die Maske auch in der Stunde seines Triumphs anwesend sein könnte. Er würde wohl die Wachen verdoppeln lassen. Und indem er sich zu schützen glaubte, schwächte er sich.

»Und was Ihr sein werdet, Azdeki? Ein toter Mann.«

Laerte zog sich noch weiter zurück und erreichte einen Raum mit hohen Fenstern. Dahinter lag ein nächtlicher Garten, über dessen Kieswege brennende Fackeln einen heimeligen Schein verbreiteten.

»Ich kenne dich«, sagte Azdeki. »Ich kenne dich. Und wer du auch sein magst – wenn es dir bisher nicht gelungen ist, mich aufzuhalten, dann wird es dir auch heute nicht gelingen. Und morgen ebenso wenig.«

»Sollen wir wetten?«

»Enain-Cassart und Negus waren hundertmal gewitzter als du.«

»Und doch reichte es nicht aus, um am Leben zu bleiben«, gab Laerte ruhig zurück.

»Dafür haben sie verteidigt, woran sie glaubten. Und zwar ohne Maske.«

»Warte nur bis zur Nacht der Masken, Azdeki«, sagte Laerte und umfasste den Griff seines Schwertes. »In dieser Nacht werden wir die Unsrigen endgültig verlassen.«

Mit diesen Worten wirbelte er herum und sprang aus einem der Fenster.

»Wache!«, rief Azdeki, war aber im Lärm des splitternden Glases kaum zu hören.

Laerte rollte auf dem Gras aus.

»Wachen zu mir!«

Auf der Klinge von Laertes Schwert spiegelte sich das Licht der Fackeln. Das Klirren von Rüstungen kam näher. Als er aufschaute, sah er die Soldaten unter Azdekis aufgebrachtem Blick durch die zerbrochene Scheibe hinter ihm herspringen. Laerte hatte Zeit genug, seine Waffe aufzunehmen und die erste Parade vorzubereiten.

Mit zwei gezielten Hieben zertrümmerte er die Lanzen. Anschließend packte er einen der Soldaten am Kragen und rammte ihm sein Knie in den Bauch. Hinter ihm sirrte eine Klinge. Blitzschnell ging er in die Knie, drehte sich um und durchbohrte die Rüstung seines Angreifers in Höhe der Taille. Der Soldat wankte rückwärts. Mit schmerzverzerrtem Gesicht presste er beide Hände auf die offene Wunde. Die Soldaten waren zu fünft, aber schon bald würden sie Verstärkung bekommen. Laerte hörte die Männer bereits durch den dunklen Garten anrücken.

Er musste fliehen, und zwar schnell. Nur so konnte er die Chance wahren, den Plan in die Tat umzusetzen.

Die drei übrigen Soldaten, die eben angreifen wollten, wurden binnen Sekunden rückwärts gegen die Mauern des Palatio katapultiert. Azdeki, der immer noch am Fenster stand, erstarrte.

Die Botschaft war angekommen. Der Mann mit der Maske war sicher nicht nur irgendein Mörder.

Sekundenlang musterten sie einander. Als Laerte schließlich sein Schwert zurück in die Scheide steckte, machte Azdeki zunächst Anstalten, ebenfalls aus dem Fenster zu springen, besann sich dann aber. Die anrückenden Soldaten gaben sich bedrohlich.

»Stehen bleiben!«

»Du da, bleib sofort stehen.«

Der erste Angreifer stürmte mit erhobener Lanze auf Laerte zu. Laerte wich geschmeidig zurück, griff nach dem Schaft der Waffe, zog den Mann an sich heran und schlug den Soldaten mit dem Ellbogen nieder, ohne Azdeki eine Sekunde aus den Augen zu lassen. Schließlich verbeugte er sich leicht und warf sich den anrückenden Wachsoldaten entgegen. Mit nackten Händen bahnte er sich einen Weg, schob Lanzen fort, verteidigte sich mit Fäusten und Füßen, setzte schließlich in einem mächtigen Sprung über das Getümmel hinweg und rannte leichtfüßig durch den Park davon.

Laerte hatte keine Mühe, die Soldaten auf Abstand zu halten. Durch ein Labyrinth von Hecken gelangte er an eine Mauer, kletterte hinauf und blickte sich um. Er stand hoch über der Stadt. Bis zum Fuß der Mauer auf der anderen Seite waren es gut zehn Meter. Auf der anderen Straßenseite reihte sich ein Haus an das andere. Er wollte gerade zum Sprung auf eines der Dächer ansetzen, als er unten Hufschlag vernahm. Mehrere Kutschen erschienen.

Sie fuhren unmittelbar unter ihm vorüber und wurden von Soldaten begleitet. Laerte zögerte.

Die Kutschen waren von dunkler Farbe und trugen auf den Dächern Wappen, die er nicht kannte. Er dachte sofort an Hochzeitsgäste und sah darin eine vortreffliche Gelegenheit, seiner Vorführung noch ein wenig Nachdruck zu verleihen.

Also atmete er tief durch und sprang.

Krachend landete er auf einer der Kutschen. Der Kutscher hatte kaum Zeit, sich umzudrehen, als Laerte ihn auch schon mit einem Tritt ans Kinn kampfunfähig machte. Die Pferde wieherten, überraschte Rufe wurden laut. Der Zug kam zum Stehen.

Es waren Frauenstimmen. Laerte ließ sich über das Dach der Kutsche abrollen und landete unsanft auf dem Pflaster. Ein stechender Schmerz fuhr ihm durch die Brust. Der *Odem*. Offenbar kam er aus der Übung. Das Wichtigste war jetzt, sich wieder in die Gewalt zu bekommen. Die Nachwirkungen könnten seinem Körper Schaden zufügen. Schwer atmend versuchte er sich zu beruhigen.

Weil seine Sinne schärfer zu sein schienen als sonst, schloss er daraus, dass ihm noch etwas Zeit blieb, ehe sich die Folgen des *Odems* verflüchtigten. Rechts und links von ihm verließen die Kutscher ihre Kutschböcke, und die Begleitsoldaten machten sich bereit. Er brauchte sich nur umzudrehen, die Straße entlangzulaufen und zu verschwinden.

Als er sich jedoch aufsetzte, löste sich seine Sicherheit mit einem Mal in Wohlgefallen auf. Sein Herz setzte einen Schlag aus, und er fürchtete, seine Beine könnten unter ihm nachgeben.

Die Vorhänge der Kutsche waren von einer zarten Hand beiseite geschoben worden. Eine Frau blickte ihn erschrocken an, doch ihre Überraschung schadete ihrer Schönheit keineswegs. Die Jahre hatten ihrer samtigen Haut nichts anhaben können, und ihre Locken, die auf ihre entblößten Schulter niederfielen, schimmerten noch immer in der Schwärze des Westens.

Der Augenblick dauerte nur Sekundenbruchteile, doch sie erschienen Laerte wie eine Ewigkeit.

»Da ist er!«

»Lasst ihn nicht entkommen!«

»Es ist der Assassine!«

Die Stimmen erschienen ihm wie ein Flüstern, aus dem sich, dank des *Odems*, nur das Herzklopfen der Frau hervorhob. Sie saß da wie versteinert. Plötzlich fiel ihm ein, dass sie nur die Maske des Kaisers auf seinem Gesicht sah und ihn nicht erkannte. Für sie war sein Anblick nur der einer zerbrochenen Erinnerung – wie der Riss, der die goldene Oberfläche zerteilte. Dennoch hielt sie den Vorhang wie gebannt geöffnet. Ihre Lippen bewegten sich leicht, doch kein Ton drang über ihre Lippen. Er nahm nichts anderes wahr als ihr Herz. Als ein Mann seinen rechten Arm ergriff, wehrte er sich nicht. Ein zweiter Soldat packte ihn links.

Esyld …

Er wollte sich auf die Kutsche werfen, die Tür aufreißen, Esyld herauszerren und weit, weit fortbringen. Alles hätte in dieser Nacht enden können.

»Ich habe ihn!«

»Rühr dich nicht!«

Sie nahm die Hand fort, und der Vorhang fiel zurück, als sei nichts gewesen. Eine Sekunde lang glaubte Laerte, geträumt zu haben. Aber dafür pochte sein Herz zu stark, zu schnell, zu überwältigt. Den Klang der gezückten Schwerter nahm er kaum wahr. Seine gesamte Umgebung kam ihm vor wie im dichtesten Nebel. Irgendwelche verschwommenen Gestalten zwangen ihn, niederzuknien.

Er fühlte sich so schwach, dass er gehorchte.

Stolzer kleiner Mann …

»Vorwärts! Vorwärts!«, befahl eine Stimme.

Hufe klapperten über das Pflaster, Räder setzten sich knirschend in Bewegung. Das Herz entfernte sich.

Ein salziger Geschmack auf den Lippen brachte Laerte in die Wirklichkeit zurück. Plötzlich sah er wieder klar. Die Kutschen, die beiden Männer, die ihn festhielten, und einen dritten, der nach seinem Schwert griff.

Flieh, Laerte! Flieh!

Er ließ die Schultern vorschnellen, brachte damit die beiden Männer, die ihn festhielten, ins Wanken, und riss die Arme nach vorn. Der dritte Mann taumelte. Der Druck ließ nach. Er konnte sich befreien. Die Kutschen entfernten sich. Soldaten liefen herbei. Laerte blieb keine Zeit mehr. Er musste die drei Männer loswerden, ehe er floh.

Er schlug den ersten nieder, versetzte dem zweiten einen Tritt ans Kinn, hob den dritten an Kragen und Gürtel hoch und warf ihn beiseite, als handele es sich um eine Strohpuppe. Er sprang auf. Sein Herz war schwer. Seine Lunge brannte. Und dann rannte er los. Die Schimpftiraden der Soldaten hörte er kaum.

Laerte lief um sein Leben. Die Schritte der verfolgenden Soldaten hallten durch die Gassen, Pferde setzten ihm im Galopp nach. Er war die Beute, das Wild, das Ziel einer Hetzjagd. Wenn er nicht möglichst schnell irgendwo Zuflucht fand, würde die Falle bald zuschnappen.

Plötzlich entdeckte er über den Dächern Licht. Je näher er kam, desto deutlicher hörte er singende Stimmen und das Klirren von Weinkrügen.

Er bog in eine Gasse ab und hätte beinahe einen Stapel Kisten rechts von ihm umgerannt. In der nächsten, etwas breiteren Straße angekommen, wurde er langsamer. Zwischen die Häuser hatte man Seile mit Lampions gespannt. Viele Menschen waren unterwegs. Männer und Frauen sangen und tranken. Die Türen aller Tavernen standen weit offen.

Laerte zog die Maske von Gesicht, verbarg sie in seinem Gürtel und mischte sich unter die Menschenmenge. Hier hatte er eine Chance.

Als er das Viertel verließ, hörte er hinter sich nichts mehr als das Lachen und Klatschen fröhlicher Menschen. Er bog in eine schmale Gasse und erklomm eine Hausmauer. Auf dem Dach genoss er eine wohlverdiente Pause.

Esyld …

Immer wieder sprach er in Gedanken ihren Namen aus, um sich zu vergewissern, dass er nicht nur geträumt hatte. Fragen wollte er sich jetzt keine stellen. Warum sie nach Masalia gekommen war und weshalb Aladzio ihm das verschwiegen hatte, darüber würde er später nachdenken. Sein Leben wurde von der Ironie des Schicksals bestimmt. Im Gegensatz zu seinem Meister hatte er nie daran geglaubt, dass sein Schicksal in einem Buch festgeschrieben stand, ebenso wenig wie er daran glaubte, dass dieses Buch göttlichen Ursprungs war. Aber es stimmte schon, dass der Zufall manchmal merkwürdige Possen trieb.

Viele Stunden saß Laerte oberhalb von Masalia und sah zu, wie fern in der Bucht die Masten der Schiffe auf den Wellen tanzten.

5

WER BIN ICH?

Ganz gleich, was der Grund für dein Vorgehen ist,
und ganz gleich, ob er gerechtfertigt ist –
es gibt keine Entschuldigung dafür,
jemandem das Leben zu nehmen.
Egal, um wen es sich handelt.

Der Kaiser.

Seit der Zeit in den Sümpfen der Salinen hatte Laerte niemals aufgehört, sich den Tag vorzustellen, an dem er mit seinem Schwert endlich das Herz dieses Mannes durchbohren würde. Mitleidlos würde er ihm das Leben nehmen, die Usters rächen und diesen Krieg beenden, ohne eine Träne zu vergießen. Schon längst hatte er den Herrscher für schuldig befunden – nun blieb ihm nur noch, das Urteil zu vollstrecken.

Von den Salinen bis Garmaret, von Garmaret bis Sainte Amanne und weiter nach Serray und Sopira Galzi lauschte er aufmerksam Duns Ratschlägen, übte in jeder freien Minute und erduldete klaglos jeden Schmerz. Sein Wille war stärker als alles andere. Sein Meister und er ritten viele

Meilen durch Städte und Dörfer, die bereits unter dem Schatten des Kriegs ächzten, bis sie endlich das strahlende, stolze Emeris erreichten. Eine wahrhaft kaiserliche Stadt.

Laerte stand kurz vor seinem fünfzehnten Geburtstag und hielt sich für fähig, alle Mauern niederzureißen, die ihn von seinem einzigen Ziel trennten. Überrascht entdeckte er die Hauptstadt mit ihren weißen Türmen und dem unterhalb tobenden Wasserfall. Mit Beklemmung dachte er an den Kaiser. Wie mochte er wohl sein? Er stellte ihn sich als muskulösen Athleten mit Riesenkräften und unerbittlichen Kämpfer vor.

Unterwegs hatte er mit ansehen müssen, wie der Aufstand um sich griff, und mehr als einmal war er nicht umhin gekommen zu töten. Doch mit jedem vergossenen Blut und mit jedem Seufzer eines Sterbenden kehrte die Erinnerung an Madog zurück. Gewalt. Wut. Lärm. Laerte wuchs in einem Chaos auf, dessen Sinn und Hintergrund er nicht verstand.

In jedem genommenen Leben sah er einen Grund mehr dafür, den Kaiser für seine Schuld bezahlen zu lassen. Nur seinetwegen tötete Laerte. Allein Asham Ivani Reyes war verantwortlich für seinen Zorn. Es waren Rechtfertigungen, mit denen sich der junge Laerte bemühte, sein Schuldbewusstsein und den Schatten Madogs zu unterdrücken.

Je mehr Kämpfe er ausfocht, desto sicherer und besser wurde er in der Handhabung seiner Waffen. Dun jedoch schien nichts davon zu bemerken. Nie lobte er den Jungen für seine Mühe, niemals kam nach dem Ende der Übungen eine Ermutigung. Der General begnügte sich damit, immer wieder die gleichen Ratschläge zu wiederholen und sich über seine Haltung lustig zu machen – ihn zu *necken*, wie er es ausdrückte.

Laerte liebte Dun nicht. Er ertrug ihn. Der General war ein Feind, einer von denen, die die Salinen angegriffen hatten, einer von denen, die Guet d'Aëd eingenommen hatten, einer von denen, die seine Familie auf dem Gewissen hatten. Zumindest sagte er sich das immer wieder …

Als sie allerdings in Emeris ankamen, hatte er sich entgegen jeder Erwartung nicht nur an Dun gewöhnt, sondern genoss seine Gesellschaft zeitweise sogar. Seine Offenheit gefiel ihm, obwohl sie nicht alles entschuldigte. Der General war in seinen Augen rüpelhaft, hart und unkultiviert. Er hielt sich für allwissend und war der Meinung, niemandem etwas beweisen und sich niemandem unterwerfen zu müssen. Abgesehen vom Kaiser. Nur seine eigene Ansicht war wichtig, einzig seine Sicht der Welt ließ er gelten, und allein sein Wort zählte. Das Kaiserreich, dem er diente, galt ihm als richtig und gerecht und verdiente, dass man sein Leben dafür gab. Für ihn spielte es offenbar keine Rolle, dass im Namen dieses Reichs Männer aufgehängt und Frauen vergewaltigt und aufgeschlitzt wurden. Oder hatte der General tatsächlich keine Ahnung von den Leiden der Familie Uster?

Naïs … sie hieß Naïs … meine Schwester …

»Du wirst doch nicht etwa stumm sein?«, erkundigte sich der Verwalter. »Du hast bisher noch nicht ein Wort gesprochen. Ich habe aber schon von dir gehört. Du bist Grenouille, nicht wahr?«

Ein Mann in einem langen, weißen Gewand mit einem roten Umhang um die Schultern geleitete sie durch die Flure. Dun hatte ihn als Verwalter der Kaisers vorgestellt.

»Ja«, murmelte der Junge.

»Grenouille«, mahnte Dun vorwurfsvoll.

»Ja, Euer Durchlaucht.«

»Wir haben deine Bemühungen für das Kaiserreich aufmerksam verfolgt. Respekt, junger Mann.«

»Danke, Durchlaucht.«

Am Ende des mit hohen Spiegeln geschmückten Gangs befand sich eine große Doppelflügeltür, und hinter dieser Tür verbarg sich der letztgeborene Reyes. Laerte spürte, wie sich seine Muskeln spannten. Er war sprungbereit. Doch er durfte keinen Fehler machen. Sobald er die Tür durchschritt, musste er die Gelegenheit beim Schopf ergreifen, ohne zu zittern. Der Verwalter stieß die Flügel auf.

Er würde keine zweite Chance bekommen.

Die Scharniere quietschten leise. Vor ihnen lag ein riesiger Saal mit schwarz geädertem Marmorboden.

Keine zweite Chance.

Dutzende glatter, glänzender Säulen lenkten den Blick zu einem roten Vorhang, der vor einem großen Balkon aufgespannt war. Baumwipfel reichten bis zur Brüstung hinauf. Dieser Schatten hinter dem blutfarbenen Vorhang, diese schwarze Gestalt, die von Dienerinnen mit dampfendem Wasser begossen wurde – war er das etwa? War das Asham Ivani Reyes? Laerte erstarrte.

»Geh weiter«, befahl Dun leise und versetzte dem Jungen einen Knuff in den Rücken. »Und sprich immer erst, wenn du angesprochen wirst.«

Hinter dem Stoff krümmte sich der Schatten. Mit einem Handzeichen gebot der Verwalter den beiden Gästen, ihm zu folgen.

»Der aus den Salinen zurückgekehrte General Daermon und sein junger Zögling sind zur Audienz bei Eurer kaiserlichen Hoheit erschienen«, verkündete er mit lauter Stimme.

»Habt Ihr mir etwa einen Sohn mitgebracht?«, erklang es spöttisch hinter dem Vorhang. »Kommt Ihr deswegen so spät?«

Sie bewegten sich auf die Gestalt im Bad zu. Der Kaiser war nur ein Schatten – aber was für ein Schatten! Imposant, stark – und hassenswert. Laerte ging schneller, bis er mit dem Verwalter gleichauf war. Sein Herz schlug immer wilder. Je näher er seinem Ziel kam, desto feuchter wurden seine Hände. Er schwitzte. Seine Hand streifte den Griff seines Schwertes.

Schnell und gut, so sollte es sein. Schnell, gut und mitten ins Herz. Die Klinge würde das Tuch durchtrennen, und das kaiserliche Blut würde sich mit seiner Farbe mischen. Und dann wäre alles zu Ende. Der Krieg. Und sein eigener Schmerz. Sein Vater, seine Mutter, sein Bruder und seine Schwester, seine süße kleine Schwester – sie alle wären endlich gerächt. Nur noch wenige Meter, und er wäre da. Nur noch wenige …

Eine Klinge sirrte und berührte seinen Hals. Laerte blieb sofort stehen. Sein Atem stockte. Die Schwerthand steckte in einem Lederhandschuh. Der Mann, der das Schwert führte, war in eine dunkelgrüne Weste gehüllt und trug einen Umhang, dessen Kapuze sein Gesicht überschattete. Nur seine tiefe, ruhige Stimme war zu hören.

»Friede, Daermon.«

Laerte bemühte sich, in dieser Stimme eine Spur von Menschlichkeit zu entdecken. Sein Angreifer brauchte nur eine einzige Bewegung zu machen, und alles wäre zu Ende. Sehr langsam nahm er die Hand vom Schwertgriff. Würde man ihn jetzt enthaupten? Zum ersten Mal nach vielen Zweikämpfen, großen Ängsten und der Flucht sowohl vor kaiserlichen als auch aufständischen Soldaten – zum ersten Mal nach allem, was er durchgestanden hatte, wurde ihm klar, dass er dem Tod ins Auge blickte. Und erschrocken stellte er fest, dass er sich noch nicht bereit dazu fühlte.

Tränen traten ihm in die Augen. Würde er jetzt und hier sterben müssen, ohne das Andenken seiner Familie zu ehren? Ohne den Krieg zu beenden? Ohne der größte Ritter aller Zeiten zu werden?

»Der Junge ist kein Feind«, donnerte Dun.

Laerte wusste nicht, wer der verhüllte Mann war, doch ihm schien, dass auch sein Meister ihn fürchtete.

»Er stammt aus den Salinen«, sagte die tiefe, nicht unangenehme Stimme.

»Du bist wahrlich schnell darin, mich zu verteidigen, Logrid«, lobte die herrische Stimme des Kaisers hinter dem Vorhang.

Eine Dienerin goss heißes Wasser in das Bad. Der Kaiser fuhr sich mit der Hand über das Gesicht. Dampfschwaden stiegen auf.

»Doch ich glaube kaum, dass ein Kind, das seine Heimat verlässt, weil dort Krieg herrscht, einen derart langen Weg zurücklegt, um den Kaiser zu töten.«

Laerte bemühte sich, die Tränen wegzublinzeln. Er hatte versagt! Er hatte seine einzige Chance verstreichen lassen.

Mit zugeschnürter Kehle warf er dem Mann mit der Kapuze einen finsteren Blick zu.

»Logrid«, knurrte Dun, »lass ihn in Frieden.«

Logrid ließ sein Schwert sinken, doch Laerte spürte die Kälte der Klinge noch immer an seinem Hals. Er beobachtete, wie der Verhüllte beiseite trat und die Waffe zurück in die Scheide steckte.

»So heißt man uns also willkommen«, murrte Dun.

»Ich folge lediglich Eurem Beispiel, Daermon«, entgegnete der Mann leise.

»Dieser Junge bedroht den Kaiser nicht, Logrid.«

Laerte ballte die Fäuste. *Das stimmt nicht,* dachte er. *Das stimmt nicht!* Er konnte sogar noch mehr tun, als das Kaiserreich zu bedrohen. Er war in der Lage, es zu zerbrechen, zu zerstören, zu vernichten. Und eines Tages würde er es tun. Außerdem war er kein *Junge!* Kein *Kind!* Diese lange Reise – er hatte sie nicht umsonst gemacht! Und so wütend er jedoch innerlich auch war, sein Körper war nach wie vor wie gelähmt vor Angst.

»Grenouille!«, mahnte Dun.

Logrid war verschwunden. Vor Laerte befand sich nur noch der rote Vorhang, hinter dem sich der Schemen des Kaisers krümmte. Der Verwalter flüsterte dem General etwas ins Ohr.

»Vielleicht wäre es besser, wenn Ihr Euch zunächst allein mit Seiner Majestät unterhaltet«, schlug der Verwalter leise vor.

Ohne einen Blick für Dun verließ Laerte den Saal. An der Tür überkam ihn die Anwandlung, sich umzudrehen und zum Kaiser zurückzurennen. Dieser Logrid würde doch sicher nicht noch ein zweites Mal auftauchen? Doch Vernunft und Angst hinderten ihn daran zu handeln.

Stumm folgte er dem Verwalter durch den Palast. Schmerz und Wut machten ihm das Herz schwer. Am liebsten wäre er weit weg geflohen und hätte sein Leid in Emeris zurückgelassen.

Als er in der Militärakademie seinen zukünftigen Lehrern vorgestellt wurde, blieb er stumm. Man zeigte ihm sein Zimmer, gab ihm eine graue Schüleruniform und bat ihn, sein Schwert abzulegen. Anschließend führte ihn ein Kamerad in den Innenhof, wo ein Springbrunnen plätscherte. Im Schatten des Säulengangs lehnte er sich an einen Steinpfosten und betrachtete seine Mitschüler. Sie beäugten ihn wie ein fremdartiges Tier und tuschelten miteinander. An ihrem Grinsen erkannte Laerte, dass sie sich über ihn lustig machten, doch er reagierte nicht darauf. Er, der sich in die Höhle des Löwen hatte wagen und den tödlichen Streich hatte ausführen wollen, fühlte sich plötzlich verloren und bereit, verschlungen zu werden.

Was sollte nur aus ihm werden?

»Los, du tätowierter Wilder! Verteidige dich!«

»Meine Güte, wie der Kerl stinkt!«

Laerte beobachtete den Nâaga, der mit gesenktem Kopf zwei schwere Kisten trug. Trotz der Rempeleien stand er fest auf seinen muskulösen Beinen. Er schien noch jung zu sein, wirkte aber ausgesprochen kräftig. Sein zerrissenes braunes Leibchen ließ zwei muskulöse Arme erkennen, ein körperlicher Vorzug, der sowohl seinem Status als schwer arbeitendem Sklaven als auch seiner kulturellen Zugehörigkeit zu verdanken war.

Nâagas durchliefen von Kindesbeinen an ein hartes Training. Ihr Ziel war ein ausdauernder, schmerzresistenter

Körper. So verprügelten sie sich beispielsweise gegenseitig mit dicken Ästen, durften dabei aber weder zurückweichen noch in die Knie gehen, wie Dun ihm eines Tages angewidert erzählt hatte. Bereits in frühester Jugend lernten die Nâagas so, jede Art von Schmerz zu ertragen.

Der junge Nâaga bemühte sich mit viel Gleichmut weiterzugehen, ohne seine Last fallen zu lassen, obwohl die Schüler ihn verhöhnten und ständig anrempelten.

»Abstoßend, diese Haut!«

»Du solltest dich mal waschen!«

»Nâagas sind doch ohnehin nicht besser als Tiere.«

»Dann zieh ihm eins über!«

Sie ließen ihn all ihre Verachtung und Ablehnung spüren. Einer der Jungen versetzte dem jungen Sklaven einen Fausthieb mitten ins Gesicht. Der Nâaga wich nicht einmal aus. Stumm strebte er weiter vorwärts, so gut es eben ging. Kein einziger Passant reagierte. Die Menschen ringsum schienen das Verhalten der Schüler zu billigen und für völlig selbstverständlich zu halten. Überrascht stellte Laerte fest, dass er plötzlich an seinen Meister denken musste. Niemals hätte Dun geduldet, dass ein Schwächerer derart gedemütigt wurde.

Mit einem Mal fiel ihm auf, dass er noch wenige Stunden zuvor geglaubt hatte, mit seiner Idee gescheitert zu sein. Er hatte befürchtet, zu wenig gelernt zu haben, um dem Kaiser entgegenzutreten. Doch das stimmte nicht! Er war nicht gescheitert! Es war nur sein erster Versuch gewesen. Und er hatte es ihm ermöglicht, sich in die engste Umgebung des Unholds einzuschleichen. Genau genommen musste er nur noch eine weitere Stufe erklimmen, um sein Ziel zu erreichen.

Das aber, was er auf der langen Reise von den Salinen nach Emeris gelernt hatte, war keineswegs verloren.

»Der Kerl hat absolut nichts im Hirn!«, lachte ein Schüler und zeigte mit dem Finger auf den Nâaga. »Er ist ein echter Hohlkopf.«

»Los, verpass ihm einen Haken«, ermutigte ihn ein anderer.

Als ein dritter sich eben anschickte, dem Nâaga die nächste Kopfnuss zu versetzen, wurde sein Handgelenk von einer harten Faust festgehalten. Ehe sich der Junge umdrehen konnte, traf ihn ein Fuß in die Kniekehle. Der Schüler knickte ein. Erschrocken sahen seine Kameraden zu, wie Laerte mit einem gezielten Schwinger sein Kinn traf, ehe sie aus ihrer Starre erwachten und sich auf den Neuzugang stürzten. Schnell kamen andere Schüler hinzu. Laerte verteidigte sich, so gut es ging, doch sie waren in der Überzahl. Schon bald ging er zu Boden und krümmte sich unter einem Hagel aus Fäusten und Fußtritten.

Laerte ertrug den Schmerz und die Demütigung. Der Nâaga konnte sich in Sicherheit bringen. Und dort, inmitten einer Horde Mitschüler, die erbittert auf ihn einprügelten, gewann er eine unerschütterliche Freundschaft.

Die folgenden Tage, Monate und schließlich Jahre festigten die Verbindung zwischen Laerte und dem Nâaga. Laerte schaffte es nie, sich in der Akademie zu integrieren. Er war anders als die anderen Schüler, und viele von ihnen verbargen ihre Eifersucht unter verächtlichem Gehabe. Sie waren neidisch auf ihn, und hassten ihn, doch sie fürchteten ihn auch. Immerhin war er der Einzige von ihnen, der schon einmal in einer echten Schlacht gekämpft hatte, und das an der Seite der ruhmreichsten Ritter des Kaiserreichs.

Mit sechzehn kehrte Laerte vom Vershan zurück, wo die Armee am Fuß der Berge einen schmerzhaft erkauften Sieg errungen hatte. Es war bereits das dritte Mal, dass er nach Emeris zurückkam, ohne dass sich eine Gelegenheit ergab, dem Kaiser gegenüberzutreten. Der Fortgang des Kriegs ließ seine Rachegelüste allmählich versiegen. Er vergaß sie zwar nicht, aber es gab anderes, das ihn stärker beschäftigte.

Auch Esyld hatte Zuflucht in der Kaiserstadt gefunden. Sie arbeitete als Dienerin bei einer Adelsfamilie im Kaiserpalast. Laerte sehnte sich unendlich danach, sie wiederzusehen. Er war gerade auf dem Weg zu ihr, als er in einem großen Innenhof aufgehalten wurde. In der Mitte des Hofs hatte man ein Gerüst errichtet, das ihm nur zu bekannt war.

»Tod den Verrätern! Tod den Verrätern! Tod den Verrätern!«, skandierten einige der Anwesenden.

Ihre Stimmen klangen wie Trommelwirbel. Es waren Zöglinge der Akademie, die sich ganz der Verteidigung des Kaisers verschrieben hatten und durch ihre Erziehung verblendet waren. Sie hatten sich zu Füßen des Galgens versammelt. Auch Soldaten, Höflinge und Diener waren auf dem Platz, zeigten aber deutlich weniger Begeisterung.

Es gab einen lauten Knall, gefolgt von dem schrecklichen Geräusch brechender Knochen. Drei Männer mit entsetzlich zugerichteten Körpern und verzerrten Gesichtern baumelten an den Seilen. Laerte konnte den Anblick kaum ertragen und senkte die Augen.

»Sie stammten aus den Salinen«, ließ sich eine raue Stimme hinter ihm vernehmen. »Man hielt sie für Verschwörer, da bedurfte es keiner Beweise. Ein paar Gerüchte haben zu ihrer Verurteilung genügt.«

Laerte blickte sich um. Das Gesicht des Freunds beruhigte ihn. Er lächelte. Sie hatten sich viele Monate nicht gesehen, und Laerte freute sich, dass es seinem Freund sichtlich gut ging. Rogant hatte sich verändert. Ebenso wie Laerte war auch er gewachsen und überragte ihn inzwischen um einen ganzen Kopf.

»Mir scheint, dass ich nicht im besten Moment zurückgekommen bin«, meinte Laerte.

»Mir scheint eher, dass sie nicht die richtigen Leute erwischt haben, Grenouille. Eigentlich müsstest du da oben baumeln«, spöttelte der Nâaga.

»Und wer würde dich dann verteidigen?«

Der Scherz gefiel Rogant überhaupt nicht. Er grinste Laerte grimmig an.

»Das war nur ein einziges Mal«, gab er frech zurück und verschränkte die Arme.

Eine Tunika aus Leder bedeckte seinen muskulösen Oberkörper. Vom Gesicht über den Hals bis zu den Schultern wanden sich fremdartige Tätowierungen. Seine Leinenhose bauschte sich über den gewichsten Lederstiefeln, und an seinem Gürtel hing ein Dolch. O ja, während Laertes Abwesenheit schien sich einiges verändert zu haben.

»Du bist ja bewaffnet«, stellte Laerte im Weitergehen fest. Rogant folgte ihm ins Innere des Palasts.

»Ich dachte immer, Sklaven hätten nicht das Recht, sich zu verteidigen.«

»Ich stehe als Leibwächter im Dienst des Herzogs De Page«, erklärte Rogant. »Er hat meine Talente als Krieger entdeckt.«

»Der Mann scheint Humor zu haben«, flachste Laerte.

»Diese Feststellung vonseiten eines Ritterlehrlings namens Grenouille lässt mich kalt«, konterte Rogant.

Je tiefer sie in die Dienerquartiere vordrangen, desto weniger Licht drang in die Gänge. In einem schmalen Flur blieb Laerte stehen. Licht und Schatten hielten sich hier die Waage. Das Flackern der Fackeln zuckte über Laertes Gesicht. Mit einem kurzen Blick nach rechts und links vergewisserten sich die Freunde, dass ihnen niemand gefolgt war, dann fielen sie sich lachend in die Arme.

»Wie gut es doch tut, dich lebend wiederzusehen«, sagte Rogant und klopfte Laerte den Rücken.

»Ich habe noch einiges zu erledigen, ehe ich mich aus diesem Leben verabschiede.«

»Wie war es im Vershan?«

»Ganz schön anstrengend«, erwiderte Laerte und löste sich von seinem Freund. »Und du? Wie geht es dir?«

»Ich bin leider noch immer kein freier Mann. Aber in den Diensten von De Page kommt es mir fast so vor. Das bleibt bitte unter uns. Die Zeiten sind schwierig. Jeder, der auch nur die geringste Kritik am Kaiser äußert, wird sofort verdächtigt.«

»Was wäre, wenn dein Herr alles über unsere Unterredungen wüsste?«

Der amüsierte Gesichtsausdruck seines Freunds ließ Laerte endlich begreifen. Tatsächlich stand der Name des Herzogs De Page auf einer Liste, die von Tag zu Tag länger wurde. Es war die Liste mit den Namen der Adligen, die sich dem Protest angeschlossen hatten und die Aufständischen logistisch unterstützten.

Was allerdings Laerte anging … was tat er, um der Sache zu nützen? Der Form halber die Aufständischen zu bekämpfen und gleichzeitig die Revolte zu unterstützen – diese beiden Dinge ließen sich nur schwerlich vereinen. Und doch hielt er daran fest, ohne seine Wahl infrage zu stellen. Für ihn zählte ausschließlich die Aussicht auf den Tag, an dem er bereit war, sich dem Kaiser entgegenzustellen.

Rogant wusste über seine Absichten Bescheid. Obwohl Laerte ihm nie seine wahre Herkunft verraten hatte, waren sie sich in vielen Dingen einig. Immerhin gestattete der Kaiser, dass seine eigenen Untertanen als Sklaven verkauft wurden. Ohne die wahren Gründe zu enthüllen, hatte Laerte den Nâaga in seine Rachepläne eingeweiht, und Rogant war nur allzu gern bereit, ihm zu helfen.

»Du bist in größerer Gefahr als De Page, Grenouille. Erstens stammst du aus den Salinen, und zweitens hast du dich gleich am ersten Tag in Emeris für einen Sklaven eingesetzt. Glaube mir, De Page könnte dir eines Tages sehr nützlich sein. Aber wie dem auch sei, ich bleibe wachsam.«

»Ich bin es, der dich beschützt, Nâaga«, lächelte Laerte.

»Kleiner Ritter«, gab Rogant zurück und ließ seine muskulösen Schultern rollen.

Spottlustig blickte er auf den Freund hinunter. Seit er seine endgültige Größe erreicht hatte, wagte niemand mehr, ihn zu belästigen.

»Ich will dich nur warnen«, erklärte Rogant wieder ernster. »Ich möchte nicht, dass dir etwas zustößt.«

Laerte nickte.

»Und jetzt geh endlich zu ihr«, flüsterte Rogant. »Sie wartet schon seit zwei Tagen auf dich.«

Obgleich Rogant schon mehrfach miterlebt hatte, wie sich Laerte und Esyld heimlich trafen, war sich Laerte sicher, dass er nur wenig über das Mädchen wusste. Laerte hatte ihr Vorleben ebenso verschwiegen wie sein eigenes. Eigentlich wusste Rogant nur, dass Esyld Laerte mehr bedeutete als alle Schätze der Welt. Aber gerade deshalb verzichtete er jetzt auf jede weitere Diskussion.

Zu ihr gehen … Tatsächlich gab es nichts, wonach sich Laerte mehr sehnte.

Mit klopfendem Herzen lief er durch die Gänge, die ihn noch von seiner Liebsten trennten.

Wie glücklich war er gewesen, als er die vertraute Gestalt vor zwei Jahren in einem der Palastgärten entdeckt hatte. Esyld war in Emeris wieder mit ihrem Vater zusammengetroffen und hatte sich als Bedienstete bei Hof anstellen lassen.

Esyld war Laertes Rettungsboot in stürmischer See und der einzige Mensch, der ihn vor dem Untergang retten konnte. Sie war das Licht, das ihn auf seinem Weg leitete. Er hatte ihr alles gestanden. Auch das, was er tun wollte, wenn er sich eines Tages bereit fühlte.

Als er die Tür zu ihrem kleinen Zimmer öffnete und sich unter dem niedrigen Türstock hindurchduckte, machte er sich nicht einmal die Mühe nachzusehen, ob ihm jemand gefolgt war. Seine Sehnsucht war einfach zu groß.

Und da saß sie mit verschränkten Händen. In ihr Haar hatte sie blaue Bänder geflochten. Das blasse Tageslicht, das durch ein Fensterchen ins Zimmer drang, verlieh ihrem Gesicht einen Glorienschein. In einer Ecke standen ein einfaches Bett und ein wackliger Nachttisch.

Stumm schloss er die Tür hinter sich. Sie sah ihn an und lächelte.

»Endlich«, sagte sie nur.

»Die Reise dauerte länger als gedacht …«

Zögernd trat er näher. Seine Hände wurden feucht. Sie sah noch schöner aus als bei ihrer letzten Zusammenkunft. Ihre Gesichtszüge waren feiner geworden. Sie war jetzt eine Frau, und er wagte nicht, sie zu berühren. Sie war es, die sich an ihn schmiegte und ihren Kopf an seiner Schulter barg. Der Duft ihrer Locken verwirrte ihn.

»Mein stolzer kleiner Mann«, sagte sie. »Wie lange du für den Rückweg gebraucht hast! Es ist viel Zeit vergangen, seit wir von eurem Sieg am Fuß des Vershan erfahren haben.«

»Ich kam so schnell wie möglich. Wir sind erst seit zwei Stunden zurück. Ich musste warten, bis Dun sich verabschiedete, um zu dir zu kommen.«

»Wird er nicht nach dir suchen?«, fragte Esyld beunruhigt.

»Er dürfte inzwischen in Mildrels Armen liegen«, lächelte Laerte.

»Und du in meinen …«

Ihr Lächeln erlosch, als er seinen Blick in ihrem versenkte. Langsam neigte er den Kopf, und ihre Lippen trafen sich zu einem zaghaften Kuss.

»Du kannst nicht lange bleiben«, flüsterte sie. »Du musst zurück zur Akademie, ehe man dich dort vermisst.«

Sie löste sich von ihm und wandte die Augen ab. Verblüfft sah Laerte sie an. War sie denn nicht glücklich, ihn wiederzusehen, dass sie ihn so vor den Kopf stieß?

»Sie vollstrecken wieder Todesurteile …«

»Ich bin Duns Knappe. Der alte Brummbär beschützt mich, also mach dir keine Sorgen«, versuchte er sie zu beruhigen.

»Verstehst du denn nicht?«, fragte sie gereizt.

Nervös wandte sie ihm den Rücken zu und ballte unwillig die Fäuste.

»Mein Vater und ich sind übereingekommen, Meurnau nichts von dir zu sagen. So zu tun, als hättest du nicht überlebt. Aber du hättest in die Salinen zurückkehren sollen. Hier ist es viel zu gefährlich.«

Sie hatten schon öfter über dieses Thema gesprochen, aber Laerte hatte nie mit sich reden lassen. Immer musste er an seine Besuche in Guet d'Aëd denken, wo alle Leute von ihm sprachen. Aber den Laerte aus ihren Berichten kannte er nicht. Seit jenem Tag war sein Vertrauen zu Meurnau erschüttert.

»Meurnau hat mich zu einem Symbol stilisiert«, wandte er ein. »Lebend würde ich ihm gar nichts nützen. Er führt seinen eigenen Aufstand. Im Gegensatz dazu bin ich hier in Sicherheit. Dun kümmert sich gut um mich, und ich habe viel von ihm gelernt.«

»Vor einem Jahr hast du ihn noch gehasst«, entgegnete Esyld mit leisem Lachen.

Sie machte sich über ihn lustig. Aber konnte er wirklich leugnen, dass er seine Ansicht über seinen Meister in gewisser Weise geändert hatte? Manchmal verteidigte er ihn sogar.

»Das tue ich immer noch. Ich bediene mich seiner nur, bis ich stark genug bin, den Kaiser zu töten.«

»Den Kaiser töten«, seufzte sie. »Nun gut, dann lass dich nicht aufhalten, wenn du von deinem geliebten General so viel gelernt hast.«

Sie musterte ihn mit einem schrägen Blick, als hätte er etwas verbrochen. Dass sie ihn so abwehrte, ohne dass er den Grund dafür verstand, machte ihn sprachlos.

»Esyld …«

»Geh nur. Tu, was du nicht lassen kannst!«

»Aber ich bin noch nicht bereit«, gestand er. »Bald werde ich so weit sein, das verspreche ich dir. Meine Tat wird diesen ungerechten Krieg beenden, meine Familie rächen und …«

»Du bist also noch immer nicht erwachsen geworden«, schnitt sie ihm das Wort ab.

Sie wandte sich zum Fenster und hob dabei mit beiden Händen würdevoll ihren Rocksaum.

»Was ist denn los mit dir?«, fragte Laerte erschrocken.

Noch nie hatte er Esyld so erlebt.

»Was mit mir los ist?«, wiederholte sie kühl. »Mit mir ist los, dass mein Vater seinen Hals riskiert, um das Überleben der Ideen Oratio von Usters zu gewährleisten. Um zu erreichen, dass sich der Adel dem Aufstand anschließt, damit Emeris irgendwann fällt. Mit mir ist los, dass der Galgen jeden Tag ein Stück näher kommt. Irgendwann fliegt mein Vater auf, Laerte. Aber daran denkst du nicht. Für dich zählt nur deine Rache.«

Tränen standen in ihren Augen.

»Aber für uns geht es hier um Kopf und Kragen. Jeden Tag werden Flüchtlinge aus den Salinen verhört. Jeden Tag werden Adlige vor den Kaiser zitiert. Einige sind bereits verschwunden. Man munkelt, dass die *Hand des Kaisers* damit zu tun hat. Man erzählt sich auch, dass dieser Assassine unsterblich ist, dass er alle Reyes beschützt hat und dass er auch diesem Kaiser dient, indem er alle tötet, die sich gegen ihn verschwören. Wie wird mein Vater sterben, Laerte? Sag es mir. Am Galgen? Oder niedergeknüppelt wie ein räudiger Hund, während du den Aufstand bekämpfst? Einen Aufstand, der den Namen Laerte von Uster in den höchsten Himmel erhebt. Manchmal frage ich mich, welchem Lager du wirklich angehörst ...«

»Es ist nicht leicht für mich, Esyld. Ich ...«

Er dachte an die vergangenen Schlachten. Hatte er sich je gefragt, wen er da bekämpfte? War ihm seit Madogs Tod je bewusst geworden, dass er jene tötete, die den Traum seines Vaters verteidigten? Den Traum, dass das Volk eines Tages sein eigenes Schicksal in die Hand nehmen durfte?

»Nein, leicht ist es sicher nicht«, entgegnete Esyld. »An dem Tag, an dem du versuchst, den Kaiser zu töten, wie du es dir erträumst, wirst auch du der *Hand* zum Opfer fallen.«

Diese *Hand* hatte ihm schon einmal den Weg versperrt. Sein Stolz hatte ihm nicht gestattet, ihr von diesem Ereignis zu erzählen, das er als eigenes Versagen betrachtete. Esyld sollte ihn bewundern, nicht bemitleiden.

»Vielleicht fällt dir dann wieder ein, wer du wirklich bist. Denn in diesem Augenblick steht nicht Laerte vor mir, sondern Grenouille.«

Dieser Satz genügte, um ihm seine übliche Schüchternheit zu nehmen. Er riss sie an sich und zwang ihre Hand in seine Hosentasche.

»Ich bin sowohl der eine als auch der andere, Esyld. Aber das ändert nichts. Ich glaube kaum, dass ich je vergesse, woher ich komme und wer ich bin.«

Er zwang sie, tief in seine Tasche zu greifen, und zog ihre Hand dann wieder heraus. In ihren schlanken Fingern hielt sie ein kleines Holzpferd, dessen Anblick ihr Tränen in die Augen trieb.

»Ich habe es nie vergessen!«

Langsam steckte sie das Spielzeug wieder in seine Tasche. Er beugte sich zu ihrem Gesicht hinunter, doch sie versteifte sich.

»Dich habe ich auch nie vergessen«, flüsterte er.

Ihr Kuss war so innig, dass die Welt um sie herum versank. Nur noch ihr Körper mit seinem süßen, fruchtigen Duft war da. Esyld ließ sich in seine Arme sinken, und dann war sie es, die ihn sanft anleitete. Trotz seiner Sehnsucht hätte Laerte nie gewagt, so weit zu gehen. Immer wieder hatte er davon geträumt, doch seine Unsicherheit hatte ihm niemals mehr als einen Kuss gestattet.

An diesem Tag jedoch entdeckte er sie wie eine frisch gepflückte Blüte, schön und nackt. Stumm umfingen sie sich auf ihrem schmalen Bett. Außer ihrem Atem war im Halbdunkel kein Laut zu hören. Ihre Herzen waren sich ganz nah und schlugen im gleichen Rhythmus. Er kostete ihre Haut, streichelte die Rundungen ihres Körpers und verlor sich in ihr. Je fester sie ihn hielt, desto heftiger umschlang er sie. Er wünschte, dass dieser Moment ewig dauern könnte.

Als er zur Akademie zurückkehrte, fühlte er sich verändert. Plötzlich spielte es keine Rolle mehr, ob er Grenouille oder Laerte hieß – er war zum Mann geworden.

Noch mehrmals traf er sich mit Esyld, doch es bot sich keine Gelegenheit mehr, die Umarmung jenes Tages zu wiederholen. Die Spannung im Palast wuchs. Mit jedem Tag verstärkte sich ihr Verdacht, dass sie belauscht wurden, denn der Kaiser misstraute jedem, vor allem aber den Flüchtlingen.

Laerte belegte einige Kurse an der Akademie, die er ohne Zwischenfall abschloss. Die anderen Schüler mieden ihn nach wie vor. Einige behandelten ihn, als wäre er Dun selbst. Nie zuvor hatte sich Laerte derart selbstsicher gefühlt. Er glaubte felsenfest daran, genau zu wissen, wer er war und warum er tat, was er tat.

Aber in Wirklichkeit hatte Esyld ihn richtig erkannt. Tatsächlich verlor er sich mehr und mehr im Schlachtengetümmel. Immer wieder schob er den Zeitpunkt seiner Konfrontation mit dem Kaiser hinaus und vergaß manchmal sogar den Grund für die Aufstände. Die Erregung im Kampf war ihm wichtiger. Seine Wut blendete ihn so sehr, dass er keine Gründe mehr brauchte, außer dem, diese Wut zu besänftigen. Aber sie war wie ein unstillbarer Durst, wie eine unüberwindliche Sucht.

Ja, Grenouille verlor sich in Wut und Gewalt.

Bis er eines Tages mit sich selbst konfrontiert wurde – mit dem bösartigen Drachen, der sein Herz übernommen hatte. Und diesen inneren Drachen, den jeder Mann eines Tages bekämpfen muss, begegnete er weit entfernt von Emeris im Norden des Reichs.

Es war in Kapernevic, wo er ein Genie namens Aladzio kennenlernte.

6

DER DRACHE

Spüre den Odem. Sei der Odem.
Spür ihn, Grenouille!
Der Zauber ist in dir.
In deinem Atem, den du ausstößt.

»Aufstehen!«

Laerte versetzte dem Bett einen heftigen Tritt, drehte sich um und ging hinaus.

Der alte Mann brummelte in seinen Kissen vor sich hin und ließ noch ein paar Minuten verstreichen, ehe er schließlich aufstand und nach unten ging.

Im Salon saß Viola in einem bequemen Sessel und las. Überrascht blickte sie auf, als Laerte an ihr vorbeirauschte. Kurz darauf folgte Dun mit verschlafenem Gesicht.

»Guten Morgen«, begrüßte sie ihn ein wenig verunsichert.

Der General beachtete sie nicht, sondern durchquerte mit hastigen Schritten den Raum. Laerte wartete an einer Tür, die nach draußen führte. Dun seufzte und nickte.

»Na, das kann ja heiter werden«, dachte Viola laut, als Dun und Laerte das Zimmer verließen.

Keiner von beiden hatte ein Wort gesprochen. Spürbare Anspannung lag in der Luft. Viola stand auf und sah Laerte unter dem Fenster entlanggehen. Zögernd spähte sie nach draußen.

Die beiden Männer überquerten den kleinen, kiesbedeckten Hof oberhalb der terrassenförmig zur Stadt hinunter angeordneten Häuser. Hier lag ihnen ganz Masalia zu Füßen, von den hohen Türmen bis zu den blumengeschmückten Häusern, von den drei Kathedralen bis zur schimmernden Kuppel des Palatio. In der Ferne wiegten sich die Masten der Schiffe im Rhythmus der Gezeiten. Auf dem Meer tanzte das Licht der eben erst aufgegangenen Sonne in hundertfachen Spiegelungen. Dun trat an die niedrige Begrenzungsmauer. Unter ihm zogen sich die roten Ziegeldächer weit ins Tal. Als er noch jünger gewesen war, hätte er von einem Dach zum nächsten springen können wie auf den Stufen einer Treppe. Ob er dazu auch heute noch in der Lage wäre? Könnte er das alles hier hinter sich lassen und wieder in die Ruhe der Tavernen zurückkehren? Aber eigentlich verspürte er gar keine Lust zu fliehen. Neben ihm stand Laerte und wog prüfend ein Schwert in der Hand.

»Was willst du damit?«, fragte Dun.

Die einzige Antwort bestand in einer durch die Luft zischenden Klinge, die sich vor seinen Füßen in den Boden bohrte. Mit einer Handbewegung schlug Laerte seinen Umhang zurück. Sein eigenes Schwert steckte noch im Gurt. Wenn sich sein Meister nicht an Eraëd wagte, würde er sich wohl oder übel mit einer anderen Waffe begnügen müssen.

»Nimm es!«, befahl Laerte knapp.

»Dann willst du jetzt also mit mir abrechnen«, stellte Dun trocken fest.

»Als du gesehen hast, wie ich am Hafen Enain-Cassart ermordet habe, was wolltest du da tun?«, erkundigte sich Laerte mit einem seltsamen Lächeln. »Und was war, als du mich nach Negus' Tod verfolgt hast? Du wolltest mich herausfordern, nicht wahr? Nun, jetzt hast du Gelegenheit dazu.«

»Aber ich habe einen Mann verfolgt, den ich für Logrid hielt.«

»Auch er war dein Schüler, richtig? Bist du manchmal enttäuscht, wenn du dir das Resultat deiner Lehrtätigkeit so ansiehst?« Laerte breitete die Arme aus. »Nun, nach all den Jahren stehe ich jetzt vor dir. Ich habe dich während dieser ganzen Zeit angelogen. Spürst du denn keine Wut in dir? Du weißt es. Du fühlst es. Der Untergang des Kaiserreichs ist meine Schuld. Die Schuld des Schattens von Laerte von Uster.«

Dun senkte den Kopf und blickte auf den Griff seines Schwertes.

»Der Mann, den ich gekannt habe, hätte gekämpft und dieses Haus hier in Schutt und Asche gelegt«, fuhr Laerte fort. »Er hätte sich widersetzt. Du aber lässt alles mit dir geschehen. Nicht nur dein Körper ist alt geworden, sondern auch deine Seele.«

Laerte sah, wie der alte Mann zitterte. Jeder Zug seines Gesichts verhärtete sich. Er wandte den Blick nicht von dem vor ihm im Boden steckenden Schwert.

Dun zügelte seinen Zorn. Aus dem Augenwinkel sah er Viola am Fenster. Wenn ihr die Situation auch nicht gefiel, so schritt sie doch immerhin nicht ein.

»Ich dachte, du würdest mich erst ganz zum Schluss töten«, lächelte Dun traurig. »Aber das wäre wohl zu viel der Ehre.«

»Ehre? Die hattest du doch nie!«, fauchte Laerte. »O ja, du warst ein ganz besonderer General. Ein Bauerntölpel, dem es gelungen ist, sich an die vollen Tafeln des Adels einladen zu lassen.«

»Das genügt«, sagte Dun leise.

»Ist dir niemals aufgefallen, für wie dämlich dein geliebter Kaiser dich hielt? Du warst seine willige Waffe. Ein großer Krieger – das ganz bestimmt –, aber einer mit einem Spatzenhirn.«

»Hör auf!«

»Der Mann aus dem Westen zu Füßen des Kaisers. Aber du hast geschworen, ihn zu verteidigen«, fuhr Laerte unbeirrt fort.

»Hör auf!«

»Du hast alles verloren, Daermon. Sowohl die Welt, der du dein Leben geweiht hast, als auch das bisschen Ruhm, das du dir erworben hast. Niemand respektiert dich mehr. Noch nicht einmal du selbst, sonst wärst du nie so tief gesunken. Hätte es je einen Grenouille gegeben, deinen Grenouille, dann hätte er dich ganz bestimmt nicht als Vater gewollt.«

Mit einer blitzschnellen Bewegung griff der alte Mann nach dem Schwert. Unter Violas entsetztem Blick stürmte Laerte vor und griff als Erster an. Dun hatte gerade noch Zeit, die Klinge aus dem Boden zu ziehen und zu parieren. Mit dem Knie versuchte er, den Angreifer zurückzudrängen. Laerte wich aus, drehte sich um die eigene Achse und versetzte dem General einen heftigen Fausthieb in die Leistengegend. Wieder kreuzten sich die beiden Klingen und streiften kreischend aneinander vorbei.

Viola, die immer noch am Fenster stand, wurde blass. Sie wollte sich gerade zur Tür wenden, als Rogant ihr eine Hand auf die Schulter legte.

»Warte«, beschwichtigte er sie.

Widerwillig kehrte sie ans Fenster zurück, um einem Kampf beizuwohnen, dessen Ausgang sie fürchtete.

»Ist das etwa alles?«, fragte Laerte. »Du bist ja noch toter, als ich dachte.«

»Ganz so leicht werde ich es dir nicht machen«, gab Dun zurück.

»Ach wirklich? Wo willst du denn den Schwung hernehmen, Sumpfschnepfe? Steckt vielleicht doch noch ein Soldat in dir?«

»Ich war General!«

»Und hast dich von einem kleinen Jungen verschaukeln lassen«, grinste Laerte selbstsicher.

Ein mächtiger *Odem* riss eine Schneise in den Hof und walzte direkt auf Laerte zu. Um dem vernichtenden Wind und den aufgewirbelten Kieseln zu entgehen, sprang Laerte rückwärts, fiel aber hin. Sofort war Dun über ihm. Laerte rollte zur Seite und benutzte nun seinerseits den *Odem*. Kleine Kieselsteine peitschten Dun ins Gesicht, der um Haaresbreite ebenfalls gestürzt wäre.

»Du hast Grenouille geliebt, nicht wahr? Er aber hat dich immer verachtet und lachte über deine Schwäche, wenn du schliefst.«

Wütend bedrohte Dun Laerte mit dem Schwert. Auf seinem Gesicht zeigten sich feine Blutstropfen.

»Halt den Mund! Du lügst! Deine Falschheit stinkt zum Himmel!«

Er stürzte vorwärts, doch Laerte brachte sich mit einem Schritt zur Seite in Sicherheit. Mit seinem Schwert traf er die Klinge des Generals, ehe er Dun ein Bein stellte und ihn zu Fall brachte.

»Azdeki hat dich zum Narren gehalten. Ich habe dich zum Narren gehalten. Du hättest verdient, dein Leben in der Gosse zu beenden. Es wäre zu viel der Ehre, wenn ich dir hier den Gnadenstoß versetzte.«

»Was erwartest du eigentlich von mir?«, schrie Dun und erhob sich unbeholfen. »Du kannst mich nicht brechen, und nie wirst du mir nehmen können, was ich erlebt habe!«

»Du bist doch längst zerbrochen.«

Dun zitterte, doch es war nicht allein die Wut. Der Entzug übernahm die Kontrolle über seine Nerven und legte sie blank. Sein Verlangen nach Wein verbrannte ihm die Eingeweide. Laerte erkannte die Verzweiflung im Blick des Generals, als dieser zum nächsten Hieb ausholte.

Leichtfüßig wich Laerte aus. Schwitzend, gebückt und mit pfeifendem Atem blieb Dun stehen.

»Noch ein Versuch«, provozierte Laerte und ließ sein Schwert kreisen.

Erneut stürzte sich Dun auf ihn und hieb blindlings auf ihn ein, doch Laertes Schwert parierte mühelos jeden Streich.

»Ich habe dir alles gegeben«, schrie der alte Mann. »Alles! Aber du hast mich verraten. Du hättest mich töten sollen. Warum hast du mich nicht getötet? Tu es wenigstens jetzt! Los! Töte mich!«

Laerte bückte sich, versetzte ihm einen Stoß mit dem Ellbogen mitten auf das Brustbein, streckte ein Bein aus und brachte ihn zu Fall. Halb betäubt stürzte der alte Mann der Länge nach auf den Hof. Laerte richtete sich über ihm auf. Duns Kopf baumelte hin und her, er schwitzte.

»Ich werde dich nicht tötet«, antwortete Laerte mit ernster Stimme.

Als Kind hatte er oft von dem Augenblick geträumt, in dem er seinen Meister überflügeln würde. Nachdem ihm der alte Mann jedoch auf Gedeih und Verderb ausgeliefert war, empfand er nur noch Mitleid. Dun hatte recht. Er hatte seinem Zögling tatsächlich alles gegeben. Auch die Würde.

»Du kannst es«, schluchzte der alte General. »Du hast einen Drachen getötet. Du könntest mich zertreten wie eine Küchenschabe.«

»Manchmal täuscht der Schein …«, sagte Laerte und hielt ihm die Hand hin.

Dun betrachtete sie, zögerte aber, sie zu nehmen.

»Vielleicht hast du nur das gesehen, was du sehen wolltest«, fuhr Laerte mit einem seltsamen Lächeln fort, das schnell wieder erlosch. »Vielleicht hat Grenouille den Mann respektiert, der ihn aus den Salinen gerettet hat.«

Mit Tränen in den Augen starrte Dun den jungen Mann an, ehe er die dargebotene Hand ergriff. Laerte half ihm auf. Nun kreuzten die beiden Männer nicht mehr die Klingen, sondern ihre Blicke.

»Und du willst, dass ich dich töte?«

Niedergeschlagen wandte sich Dun ab und massierte sich den Nacken.

»Ich habe Durst. Habt ihr Wein im Haus?«

»Du brauchst keinen Wein.«

Der General lachte höhnisch auf. »Lass mich wenigstens auf meine Weise sterben. Du hasst mich. Du hast mich immer gehasst.«

»Nein. Du bist und bleibst der General, der mich den Schwertkampf gelehrt hat.«

»Dieser General ist längst tot«, erwiderte Dun kalt. »Er ist zusammen mit Grenouille gestorben. Es war Grenouille, den ich alles lehrte, was ich wusste. Grenouille war ehrenhaft und intelligent und zeigte Leidenschaft. Nie hätte er das getan, was ich dich in Masalia habe tun sehen. Willst du mich töten, wie du es mit Enain-Cassart und Negus getan hast? Dann tu es. Vollende deine Rache. Nur deshalb hast du dich doch zu erkennen gegeben.«

Laerte ging einen Schritt auf ihn zu, blieb aber sofort wieder stehen.

»Und wenn es nicht so wäre, wie es aussieht?«

Es ist unsinnig …

»Der Drache von Kapernevic. Der rote Drache …«

Ihr dürft ihm nicht vertrauen, Sumpfschnepfe. Er ist … nun ja … er ist dämlich!

»… ich habe ihn nicht getötet.«

Aladzio ist nur ein wenig anders, Grenouille. Aber sein Plan erscheint mir vernünftig.

Langsam drehte sich Dun um, doch Laerte war bereits verschwunden.

Ein vernünftiger Plan?

Vernünftig …

»Vernünftig?«, wiederholte Grenouille und legte einen Schritt zu, um auf gleicher Höhe mit Dun zu bleiben. »Diesem Schwachkopf zu vertrauen ist alles andere als vernünftig. Negus hat Euch doch erzählt, dass er mit seinen Experimenten schon mehrfach die Scheune abgefackelt hat.«

Dun lächelte nur. Am Waldrand hielten sie an. Die Spuren im Schnee hinter ihnen bildeten einen kleinen Trampelpfad, der bis zum weit hinter ihnen im Dunst verschwimmenden Dorf Kapernevic zurückreichte. Aus den Kaminen der Steinhäuser drang grauer Rauch, der sich in den weißen Himmel kringelte. Der Nachmittag neigte sich seinem Ende zu. Seit dem frühen Morgen bauten Negus' Soldaten an den Drachenfallen, die sich Aladzio in der Nacht ausgedacht hatte. Dass der Erfinder in ihrem Plan eine so wichtige Rolle spielte, gefiel Grenouille überhaupt nicht. Nicht nur, dass er Aladzio misstraute – er konnte ihn einfach nicht ertragen. Der Erfinder hatte nämlich eine auffällige Schwäche: Er redete ununterbrochen über alles und jedes, geriet schnell ins Schwärmen und begeisterte sich wortreich für die kleinste Idee.

Als Dun ihm vorschlug, sie beim Kampf gegen Stromdags Truppen zu unterstützen, ließ sein Redefluss nach. Zunächst war er ein wenig nervös, doch dann machte er sich an die Arbeit und erfand ein Netz, das auch Drachen standhielt.

»Du wartest hier. Ich muss mich noch mit Negus absprechen«, befahl Dun seinem Knappen und setzte seinen Weg zwischen den Kiefern fort.

Negus ging auf einem lang gestreckten Wall hin und her. Hinter dem Wall bereiteten sich die Lanzenträger auf den Kampf vor. Unter dem missmutigen Blick seines Zöglings trat Dun auf den Freund zu. Wenige Schritte daneben gab Aladzio vier rings um ein Netz knienden Soldaten letzte Tipps.

»Vernünftig«, wiederholte Laerte düster und seufzte. »Wir sehen dem Tod mitten ins Auge.«

Die beiden Generäle besprachen sich, ohne ihn zu beachten. Als der Junge sah, dass Aladzio direkt auf ihn zukam, wünschte er sich meilenweit weg. Ehe er sich jedoch davonmachen konnte, rief der Erfinder ihn an.

»Grenouille! Schön, Euch zu sehen!«

Jetzt musste er gute Miene zum bösen Spiel machen, denn die Soldaten beobachteten ihn. Die Wangen des Erfinders waren rot vor Kälte. Sein Dreispitz saß fest auf seinem Kopf.

»Tut mir leid, dass wir gestern in der Taverne nicht miteinander reden konnten. Ich habe Euch allein dort sitzen lassen, aber ich ...«

»Nicht so schlimm«, schnitt Laerte ihm das Wort ab.

»... musste mein Gepäck vorbereiten«, fuhr Aladzio unbeeindruckt fort. »Da dachte ich ja noch, dass wir heute abreisen. Jetzt reiten wir zwar doch noch nicht, aber so ist es nun einmal.«

Er stützte die Hände in die Hüften und betrachtete den Wald mit verträumtem Blick. »So ist es nun einmal«, seufzte er erneut. »So ist das Leben. Mal glaubt man, dass etwas geschieht, und dann passiert doch wieder nichts. Man glaubt, zu einem bestimmten Ziel unterwegs zu sein, und dann spielt uns das Schicksal einen überraschenden Streich, der ...«

Laerte nickte kurz, wandte sich ab und entfernte sich langsam Schritt für Schritt von Aladzio.

»Was ich nur wissen wollte«, rief Aladzio ihm nach, »muss ich während der Schlacht hierbleiben, oder kann ich nach Kapernevic zurückgehen? Ich glaube kaum, dass ich eine große Hilfe wäre und ...«

Seine Stimme klang nervös. Er rang die behandschuhten Hände. Bei jedem Atemzug stand ein weißer Hauch vor seinem Mund.

»Das hängt davon ab«, erwiderte Laerte mit einem kleinen bösen Lächeln.

Langsam drehte er sich wieder um und musterte den Erfinder spöttisch.

»Wenn deine Fallen gut sind, werden Stromdags Männer die Linie nicht überschreiten können. In diesem Fall gehst du nicht das geringste Risiko ein, wenn du vom Waldrand aus den Kampf beobachtest.«

»Stimmt schon«, nickte Aladzio. Ein beschämtes Lächeln huschte über sein Gesicht. »Es wäre nicht riskant. Allerdings ist es so, dass in jeder Wissenschaft immer ein Teil Unsicherheit steckt. Ich bin Wissenschaftler. Und diese Pläne sind ein Experiment.«

»Willst du etwa behaupten, deine Drachennetze sind nicht *sicher*? Und dass alles nur ein Versuch ist?«

Mit jedem Schritt Laertes auf ihn zu wich Aladzio ein Stück zurück. Laerte blickte ihn streng an.

»Nein, ich erhebe nur keinen Anspruch auf Vollkommenheit«, entgegnete Aladzio immer noch lächelnd. »Ich habe aufgrund unserer Kenntnisse der in den Bergen von Kapernevic lebenden grauen Drachen Berechnungen zu Masse, Gewicht und Geschwindigkeit angestellt. Wenn allerdings ein roter Drache dabei sein sollte …«

»Wissenschaftler«, schimpfte Laerte. »Wir hätten besser einen Zauberer genommen.«

Aladzio schüttelte den Kopf. »O nein. Glaubt mir, ich verstehe etwas von Magie, aber die Ergebnisse waren nie schlüssig.« Er senkte den Blick. »Zumindest, wenn ich es ausprobiert habe … Meine Berechnungen sind richtig, das dürft Ihr mir glauben. Ich bin nämlich ... ich bin wirklich begabt.«

Der Erfinder war so verlegen, dass Laerte von ihm abließ. Er betrachtete die Netze, die von den Soldaten zwischen den Bäumen aufgespannt wurden. In einigen Stunden würde ein kleines Kontingent einen Ausfall vortäuschen und die Aufständischen samt den von ihnen aus ihren Höhlen gelockten Drachen an diesen Platz locken. Die Taktik der Rouargs in den Salinen hatte Nachahmer gefunden. Laerte hörte den Schnee unter Aladzios Stiefeln knirschen. Auch wenn der Alchimist vor Angst und Kälte zitterte, er ließ sich nicht abweisen.

»Von dem, was hier geschieht, hat Herzog De Page mir nichts berichtet«, seufzte er.

»De Page?«

»Mein Mäzen«, erklärte Aladzio. Er ging jetzt rechts neben Laerte. »Also zumindest im Moment. Seinetwegen habt Ihr Euch schließlich herbemüht. Zumindest nehme ich es an. Es gibt allerdings auch noch andere, die sich gern meine Dienste sichern würden. De Page hat mich zu Studienzwecken hergeschickt, nicht um Schlachten zu schlagen.«

Seine Stimme verlor plötzlich jeden Klang, und sein Blick glitt über den verschneiten Waldrand.

»Um ehrlich zu sein und bei allem Respekt für Euch, Ritterlehrling – ich begreife diesen Krieg nicht.«

Laerte warf ihm einen Blick zu, den er ohne zu blinzeln aushielt. Trotz eines Anflugs von Furcht in seinen Augen fuhr er fort: »Es stimmt. Ich persönlich habe überhaupt nichts gegen diese Leute. Sie kämpfen doch nur für ... also, sie wollen, dass man sie anhört, oder? Sie möchten über ihr Schicksal mitreden dürfen, also ich ... ich ...«

»Für das, was du mir da gerade gesagt hast, könntest du gehenkt werden«, sagte Laerte ernst.

Aladzio wandte die Augen ab. Um seine Lippen spielte ein schwaches Lächeln. »Weil ich meine Meinung ausgesprochen habe?«, entrüstete er sich. »Ich versuche doch nur, den Dingen auf den Grund zu gehen. Also, ich meine …«

Laerte schüttelte unwillig den Kopf. Der Erfinder stürzte sich in einen seiner endlosen Monologe, doch der Junge hörte nicht mehr zu. Inzwischen waren die Soldaten mit den Netzen fertig. Würden sie den Drachen standhalten? Laerte verstand nicht, wie ein Mann wie Dun so leichtsinnig sein konnte, eine Strategie auf ein derart wackliges Fundament zu gründen. Zu den tausend Fragen in seinem Kopf gesellten sich Furcht und Erregung. Für ihn war jede Schlacht eine Gelegenheit, sich selbst zu vergessen und für groß und stark zu halten, sobald er dem Feind gegenüberstand. Jede Konfrontation beruhigte ihn und gab ihm die Gewissheit, irgendwann doch noch so zu werden, wie er es sich erhoffte, um eines Tages seine Familie rächen zu können. Dabei war es ihm egal, dass er gegen Menschen kämpfte, die sich der Sache der Republik verschrieben hatten. Auch der Traum seines Vaters war ihm nicht mehr wichtig. Sein Vater war tot, und Meurnau und seine Männer hatten sich ungeniert dieses Traums bemächtigt.

All das jedoch interessierte ihn nicht besonders. Hier im blendend weißen Schnee von Kapernevic ging es um viel mehr als die Wünsche Oratio von Usters. Es ging um Laertes eigenen Traum. Verglichen mit den Drachen waren Stromdag und seine Truppen ein Nichts.

Nach allem, was Laerte über die Drachen wusste, waren sie ebenso dumm wie die Rouargs. Allerdings gab es eine

Spezies, die den anderen an Stärke, Größe und Intelligenz weit überlegen war: die sagenhaften roten Drachen. Zwar hatte Dun die von dieser Rasse ausgehende Gefahr ziemlich heruntergespielt, seinen Zögling aber trotzdem recht eindringlich gewarnt. Dieser Widerspruch war Laerte Beweis genug.

Der rote Drache bedeutete die größte Herausforderung der Welt, und Laerte betete insgeheim darum, sich ihr stellen zu dürfen.

Bei Einbruch der Nacht bezogen die Soldaten ihre Stellungen. Sie verbargen sich hinter Schneehaufen. Männer mit Äxten pressten sich an Baumstämme, um auf Befehl die Seile zu durchtrennen, die Aladzios Netze noch am Boden hielten. Ein funkelnder Stern nach dem anderen kam inmitten der eisigen Dunkelheit zum Vorschein. Dun befahl, rings um die Fallen Fackeln zu entzünden. Er selbst bezog Stellung oben auf dem Wall, nur wenige Meter von den Bäumen entfernt. Die Spannung stieg. Der Soldat neben Laerte zitterte, und das sicher nicht nur, weil ihm kalt war.

Die als Lockvogel losgeschickte Abteilung war bereits seit einer Stunde unterwegs, als sich Negus mit gezücktem Schwert neben einem Baumstamm aufstellte. Ein paar Männer husteten. Sonst war außer dem Wind in den Zweigen nichts zu hören.

»Äh ... entschuldigt bitte ... entschuldigt«, hörte Laerte eine zaghafte Stimme hinter sich. Jemand tippte ihm auf die Schulter.

Es war Aladzio, was Laerte kaum überraschte. Das Gesicht des Erfinders sah in der Dunkelheit bleicher aus als der Mond. Nervös knetete er seinen Hut in den Händen.

»Muss ich wirklich bleiben, Herr? Ich würde Euch kaum von großem Nutzen sein. Ich glaube, ich …«

»Halt den Mund!«, fuhr Laerte ihn an und machte ihm ein Zeichen, sich zurückzuziehen.

»Gut, ich nehme jetzt einfach einmal an, Eure Geste bedeutet: Natürlich, mein Bester, verkrieche dich getrost in deinem warmen Zimmer in Kapernevic«, sagte Aladzio. »Du hast die Falle ganz hervorragend ausgetüftelt und verdienst ein leckeres Hühnergericht vor dem Kamin.«

Unwillkürlich musste Laerte grinsen. Der Erfinder plagte einen manchmal so sehr, dass es besser war, sich über ihn zu amüsieren.

Aladzio entfernte sich. Seine Schritte knirschten im Schnee.

Plötzlich gab es irgendwo im Wald ein kaum vernehmliches Geräusch. Es war nicht einmal laut genug, um Laertes Herzklopfen zu übertönen, trotzdem griff er instinktiv nach seinem Schwert. Ihm war kalt. Es drängte ihn danach, sich zu bewegen, um sich wieder lebendig zu fühlen. Die unbewegliche Stellung hinter dem Wall zerrte allmählich an seinen Nerven.

Auch Dun griff nach seiner Waffe. Hatte er ebenfalls etwas gespürt? »Sie kommen«, flüsterte er.

»Wirklich hören kann ich nichts«, erwiderte Laerte leise.

»Ihm kannst du blind vertrauen«, kam Negus' Stimme hinter einem nahen Baum hervor. Er zwinkerte Laerte zu und hielt sich die Klinge seines Schwertes vor das Gesicht. Laerte fühlte sich keineswegs beruhigt.

Dun ging davon aus, dass Stromdag die Drachen vorschicken würde. Während die Tiere damit beschäftigt wären, lästige Krieger zu jagen, würde der Anführer vermutlich den Durchbruch nach Kapernevic versuchen, weil er überzeugt war, mit seinen Truppen in der Überzahl zu sein. So würden sie im vollen Vertrauen auf ihre Überlegenheit in den Hinterhalt laufen. Die Fackeln würden die Drachen erschrecken. Hinter dem Wall würden die kaiserlichen Soldaten auftauchen, von ihrem Überraschungsmoment profitieren und die Reihen der Rebellen in Unordnung bringen. Was die Drachen anging, so würde Aladzios Erfindung dafür sorgen, dass sich die Waagschale zugunsten der Kaiserlichen neigte. Bei ihrem Angriff sollten sich die Drachen nämlich in den Netzen verfangen. Vorausgesetzt, sie hielten.

»Alle bleiben auf ihren Positionen«, befahl Dun im Flüsterton und ging selbst nun auch in die Knie.

Laerte beobachtete, wie sein Meister die Hand auf den Schnee legte und in die Ferne blickte, obwohl hinter der Fackelreihe nichts als Finsternis zu sehen war.

Wenige Sekunden später drang ein eigenartiges Geräusch durch den Wald. Je näher es kam, desto mehr hörte es sich an, als würde man einen Sack voller Metallteile schütteln. *Die Rüstungen,* dachte Laerte und zog ganz langsam sein Schwert aus der Scheide. Das nachfolgende Rattern bestätigte seinen Gedanken. Die Treibertruppe kehrte zurück, dicht gefolgt von Stromdags Armee.

»Sie kommen!«, schrie jemand, und ein anderer Soldat rief: »Alarm!«

Laerte schnellte hoch, doch die ruhige Stimme des Generals zwang ihn zurück. Noch war der Zeitpunkt nicht gekommen, sich in die Schlacht zu werfen. Noch nicht. Aber bald!

»Lanzen vor!«, befahl Dun.

Die Soldaten der vordersten Reihe brachten ihre Lanzen in Stellung. Einige Schritte weiter bereiteten sich die Fußsoldaten darauf vor, mit ihren Äxten die Halteseile der Netze zu durchtrennen. Die Kiefernzweige begannen sich zu bewegen. Der Sturm war nicht mehr fern. Schneebrocken glitten leise raschelnd aus den Baumwipfeln. Das Klirren der Rüstungen und der schwere Atem der Soldaten bei ihrem Lauf durch den Wald wurden immer deutlicher.

»Sie sind da!«

Ein Mann sprang aus dem Schatten der Bäume. Ein Dutzend weitere folgten. Hinter ihnen bogen sich die Kiefern.

Endlich durfte Laerte aufstehen. Sein Herz schlug zum Zerspringen, und er atmete fast ebenso rasch wie die eintreffenden Lockvogel-Soldaten, die sich hastig hinter dem Wall in Sicherheit brachten. Unmittelbar hinter dem Vortrupp erschien eine riesige Schnauze zwischen den Bäumen. Der Drache fletschte die scharfen Zähne, bereit, den erstbesten Menschen zu verschlingen. In der Tiefe der Drachenkehle wabbelten Fleischfetzen um ein Zäpfchen, das gut und gern so dick war wie ein Männerarm. Das Tier brüllte wütend auf.

Seine Artgenossen unmittelbar hinter ihm antworteten sofort. Einer der Drachen trug eine Halskrause aus zerrissener Haut. An den hellen Flecken auf ihren Schuppen und den Streifen auf ihren Flügeln konnte man sie gut unterscheiden, doch alle waren gleichermaßen wütend. Ihre weit geöffneten Rachen kannten nur ein Ziel: Menschenfleisch.

»Jetzt!«, befahl Dun und richtete sich auf.

Laerte ertappte sich dabei, Angst vor den wütenden Tieren zu haben. Die Äxte sausten auf die Halteseile nieder. Alle Netze schnellten gleichzeitig hoch und schlossen ihre Maschen um die gierigen Schlünde der Drachen. Ein Tier nach dem anderen verfing sich in den Fallen.

Die Drachen waren so dunkel gefärbt, dass man sie in der Finsternis kaum sah, doch die Fackeln spendeten genug Licht, um die Tiere von den Bäumen zu unterscheiden. Nun machten sich die Lanzenträger bereit. Schreiend warfen sie sich den Tieren entgegen und durchbohrten die langen Schuppenhälse mit ihren Waffen. Unter den entgeisterten Blicken seines Lehrlings sprang Dun mit einem Satz auf die Schnauze des ersten Drachen und durchbohrte mit einem gezielten Schwertstreich ein weit aufgerissenes Auge, ehe er sich wieder in den Schnee fallen ließ. Als er sich jedoch zu seinem Schüler umwandte, schaute dieser schon längst nicht mehr hin.

Nur noch die Drachen interessierten ihn. Ihre langen Schnauzen hatten sich in den Netzen verheddert, schleimiger Geifer troff von ihren Fangzähnen. Aus ihren Nüstern drangen weiße Rauchwolken empor. Ihre langen Körper waren mit feuchten Schuppen und Warzen bedeckt, ihre Hautflügel schlugen wild in der Hoffnung, sich von den Fesseln befreien zu können. Aber die Netze hielten gut.

»Grenouille!«

Die wütenden Tiere tobten und zerkratzten Schnee und Boden mit ihren riesigen Tatzen.

»Grenouille, bei allen Göttern, beweg dich endlich!«

Duns Stimme überraschte Laerte, weniger allerdings als die Flut von Kriegern, die wie ein tosender Strom zwischen den Bäumen hervorbrach. Soldaten, Söldner und Bauern schwenkten wütend ihre Schwerter, Dreschflegel, Kriegsbeile und einfachen Schaufeln. Sie rannten an den gefesselten Drachen vorbei oder kletterten auf ihre noch warmen Kadaver, bereit, ihr Leben für ihre Überzeugung zu lassen. Keiner von ihnen war bereit aufzugeben.

Nun sprangen die Soldaten des Kaisers aus der Deckung und stürmten auf die Aufständischen zu. Der Zusammenprall war fürchterlich. Die Schreie der Kämpfenden mischten sich mit dem Klirren der Waffen, dem Stöhnen der Sterbenden und dem Brüllen der gefangenen Drachen. Laerte kämpfte mitten im Chaos mit beeindruckender Präzision. Sein Atem beschleunigte sich, sein Herz jubilierte. Alles war schnell, gewaltsam und – erhaben. Hier, mitten im Herzen der Schlacht, fühlte er sich stark, mächtig und unantastbar.

Er parierte er einen Hieb von rechts und wich rasch zurück, um einem zweiten aus dem Weg zu gehen. Mit der freien Hand versetzte er einem Söldner einen Schlag auf den Kopf und ließ sein Schwert kreisen, um sich die Gegner vom Leib zu halten. Plötzlich erklang eine vertraute Stimme.

»Grenouille, da drüben!«

Ein einzelner Mann stand mit einem Säbel in jeder Hand vor Laerte. Als er losstürmte, musste sich Laerte nur hinknien und sein Schwert heben. Der Mann rannte in die Klinge und wurde aufgespießt. Er gab keinen Laut von sich. Schnell zog Laerte die bluttriefende Waffe aus seinem Körper und drehte sich zu Dun um.

Der General kämpfte gleichzeitig gegen mehrere Gegner. Kraftvoll parierte er ihre Angriffe und wartete nur darauf, dass sie sich eine Blöße gaben, um ihnen den Todesstoß zu versetzen.

»Achte auf den Drachen!«, schrie er dem Jungen zu und deutete mit dem Kopf auf eines der Tiere, das sich in heftigen Zuckungen wand. Es war größer und stärker als die anderen und bemühte sich, die Maschen des Netzes zu zerreißen. Sein gesamter Kopf samt blutig roter Halskrause steckte fest. Es versuchte, die Seile mit den Zähnen zu zerfetzen, und die mächtigen Tatzen zertrampelten den Boden. Erschöpfte Soldaten mühten sich damit ab, das Netz um das Untier festzuhalten. Jede Lanze zerbrach an seinen Schuppen, und die Gewalt seines Brüllens bog die nahe stehenden Kiefern.

Schließlich gab das Netz nach.

Laerte stürmte vorwärts. Mit den Ellbogen bahnte er sich einen Weg durch das Kampfgetümmel, kämpfte sich frei und sprang über noch warme Leichen. Als er sich einer Reihe Bauern gegenübersah, hielt er sich kaum mit ihnen auf. Rücksichtslos ließ er sein Schwert kreisen. Seine Hiebe waren kurz, präzise und tödlich. Die Schreie des Drachen wurden wütender.

Laerte war ihm nun so nah, dass er die kräftigen Muskeln unter den lebhaft roten Schuppen erkennen konnte. Über seinen gelben Mandelaugen mit den geschlitzten, tiefschwarzen Pupillen wanden sich zwei lange Hörner. Sein riesiges Gebiss zerrte an den Maschen des Netzes. Er brüllte erneut. Atemlos blieb Laerte stehen.

Rauchkringel drangen aus den Nüstern des Drachen und stiegen graziös in die Luft. Im zuckenden Licht der Fackeln wirkte er ungeheuer groß und angsteinflößend. Laerte bewegte keinen Muskel. Wie hypnotisiert beobachtete er die fast planmäßigen Halsbewegungen, mit denen sich das Tier endgültig zu befreien versuchte. Als es dem Drachen schließlich gelang, das Netz auf ganzer Länge aufzureißen, wich er nur einen Schritt zurück. Angst und Erregung hielten sich in ihm die Waage. Nachdem sich das Tier ganz befreit hatte, richtete es mit einer kreisförmigen Bewegung seinen Hals auf, ehe es den Kopf wieder senkte und das Maul weit aufriss. Dunkle Fleischwülste rings um ein schwarzes Zäpfchen wurden sichtbar. Die in zwei Haken endende Zunge bewegte sich wellenförmig, während das Tier tief einatmete.

Wie konnte man ein solches Ungeheuer besiegen? Das Schwert durch das Auge bis in sein Hirn stoßen? Oder zwischen die Hörner? Zwischen die Augen? Hinter die breite Halskrause?

Verzweifelt suchte Laerte nach einem Schwachpunkt im Schuppenpanzer und zermarterte sich den Kopf nach einer Strategie, die ihm eine Chance ließ. In dieser Nacht, das wusste er, würde er sich in einer letzten Herausforderung beweisen müssen, um der Ritter zu werden, der das Kaiserreich zu Fall bringen konnte.

»Grenouille«, rief eine ferne Stimme, als er schließlich weiterlief.

Plötzlich reckte der Drache den Hals und spie eine Feuerfontäne. Zischend schmolz ringsum aller Schnee. Eine Dampfsäule stieg auf, Bäume und Männer verkohlten im Nu. Die Hitze war so stark, dass sie Laerte rückwärts katapultierte wie ein welkes Blatt. Benommen lag er im Schnee und musste zusehen, wie sich ein gigantischer Schatten in die Lüfte schwang. Über die brennenden Bäume grollte ein Knurren hinweg, das so laut war, dass es fast die Stimme des Generals übertönte.

»Grenouille, es ist zu spät. Flieh!«

Barbarischer Lärm kündigte einen Schwarm Soldaten an, die sich jetzt, nachdem sich der rote Drache befreit hatte, unverwundbar wähnten. Das Tier kreiste mit ausgebreiteten Flügeln über dem Wald und spuckte eine Flammenhölle auf die Soldaten des Kaisers hinunter. Würde es so weitermachen, wäre die Schlacht bald verloren. Nein – das durfte einfach nicht sein. Laerte folgte dem Drachen mit Blicken und rannte los, ohne dass sich ihm jemand entgegenstellte.

Er preschte durch das Unterholz. Zweige peitschten sein Gesicht. Immer weiter entfernte er sich vom Kampflärm, ohne den Drachen über seinem Kopf aus dem Blick zu verlieren. Das wütende Tier flog zunächst im Kreis. In wenigen Minuten würde es vermutlich wieder auf den Wald hinabstoßen, um erneut Feuer zu spucken, aber Laerte war wild entschlossen, es daran zu hindern, ohne genau zu wissen, wie er es anstellen sollte. Immer weiter rannte er. Irgendwann stolperte er über eine Wurzel und kollerte einen Abhang hinunter. Zwar milderte die Schneedecke seinen Sturz, konnte aber eine sehr schmerzhafte Landung in einem Kiesbett nicht verhindern. Die Schlacht war hier nur noch ein fernes Echo, wie eine weit zurückliegende Erinnerung, die durch die Wälder geisterte. Mit wild schlagendem Herzen rappelte sich Laerte auf und schnappte nach Luft. Seine Schläfen pochten. Er war in einem ausgetrockneten Flussbett gelandet. Weiße Schneereste bildeten mit den dunklen Steinen ein verwirrendes Muster. Das Flussbett schlängelte sich auf eine Höhle zu, die selbst im hellen Mondlicht düster und bedrohlich wirkte. Unmittelbar hinter dem Höhleneingang erkannte der Junge einige ovale, etwa mannshohe Formen.

Über ihm ertönte ein rauer Schrei. Laerte blickte auf und wäre beinahe wieder gestürzt. Der rote Drache kreiste am Himmel, verdrehte den Hals und ließ ihn nicht aus den Augen. Er hatte die Richtung gewechselt und die Schlacht hinter sich gelassen, um sich ganz Laerte zu widmen. Aber warum? Diese ovalen Formen ... War es möglich, dass es sich um sein Gelege handelte?

Als der Drache die Flügel anlegte und auf ihn herabstieß, blieb dem Jungen keine andere Wahl, als wieder zu rennen.

Keuchend musste er feststellen, dass der Schatten des Drachen ihm folgte. Als das Tier ihm so nah war, dass ihm der stinkende Pesthauch seines Atems in die Nase drang, ließ er sich fallen und verschränkte die Hände über dem Kopf. Er glaubte, sterben zu müssen. Vor ihm explodierte eine Feuersäule. Der peitschende Schwanz hob seinen Umhang an. Am liebsten hätte er geweint.

Und dann war er vorbei. Der Drache war vorübergeflogen, genau über ihn hinweg.

Laerte wusste, dass er keine zweite Chance bekommen würde. Mit einem Satz war er auf den Beinen. Der Drache schraubte sich in den Mondhimmel hinauf, schlug mit den Flügeln, neigte sich zur Seite und begann erneut über den Wäldern zu kreisen. Der Junge griff nach seinem Schwert.

»Mist!«

Die Scheide war leer. Er war mit der Waffe in der Hand losgerannt und hatte sie bei seinem Sturz fallen lassen. Hastig kehrte er um und begann, verzweifelt zu suchen. Doch er fand nichts als bläulichen Schnee und schwarze Kieselsteine. Sein Herz schlug so wild, dass er Angst hatte, es könne stehen bleiben. Sein Brustkorb fühlte sich an wie in einer Schraubzwinge. Er bekam kaum noch Luft.

Der Drache beendete seine Kreisbewegung. Und Laerte hatte keine Waffe mehr, um ihn zu bezwingen.

Nein, das stimmte nicht.

Ihm blieb der *Odem*. Der wilde, noch nicht ganz bezwungene *Odem*, der für immer versiegen konnte, wenn er ihn nicht richtig beherrschte. Der *Odem*, der alles möglich machte. Der Atem der Welt.

… die ganze Welt ist wie Luft, die kommt und geht. Das ist der Odem. *Spüre den* Odem. *Sei der* Odem.

Laerte suchte sich einen sicheren Standort und setzte die Füße mit leicht gebeugten Knien fest auf die Kiesel. Dann atmete er mit geschlossenen Augen tief ein und konzentrierte sich. Seine Notlage ließ keinen Zweifel an seinen Fähigkeiten zu. Er musste es tun. Er konnte es tun. Er war der größte Ritter von allen. Er hatte etwas versprochen und würde es halten.

Mit einem Mal erwachte sein gesamter Körper vom Kopf bis zu den Füßen. Doch sofort meldeten sich auch die frischen Wunden aus der Schlacht, der Schmerz nach dem Sturz, die brennende Lunge und sein klopfendes Herz. Für einen Sekundenbruchteil glaubte er, seine Kraft zu verlieren. Eine Träne rollte über seine Wange.

Doch alle Schmerzen verschwanden, als das Bild der von Schnee umgebenen dunklen Steine vor sein geistiges Auge zurückkehrte. Er spürte ihre Kraft und Härte, die bis in ihr unveränderliches Herz reichte. Die Wurzeln der Bäume, ihre Zweige, die sich unter der Schneelast neigten, die dicke Rinde, die ihren Stamm umgab … aber auch der Wind, der ihre Äste wiegte. Schließlich wurde er von einer mächtigen Woge überrollt, einer unbeschreiblichen Kraft, die durch seinen Körper lief und ihn einhüllte. Er spürte das Leben, das das missgebildete Fleisch des Untiers durchpulste und unter seinen Schuppen bis in die Spitzen der Hautflügel floss. Nicht, dass er den Drachen sah – er war der Drache und spürte jede seiner Bewegungen, jeden Herzschlag und Atemzug. Das Tier würde sich auf ihn stürzen, um ... nein – es war weder dumm noch streitsüchtig. Es hatte einfach nur Angst.

Der Drache legte die Flügel an.

Er hielt ihn.

Jetzt.

Laerte öffnete die Augen und streckte die Arme aus, als hielte er ein unsichtbares Seil. Dann schloss er die Fäuste und zog sie in einer schmerzhaften Bewegung an sich heran. Das Tier schrie auf. Es war gefangen. Es schlug mit den Flügeln und warf den Hals hin und her.

Laerte konnte einen Schmerzensschrei nicht unterdrücken. Es war unerträglich. Es brannte. Es fraß sich durch ihn hindurch. Sein Leben schien in dem Maß aus ihm zu fliehen, wie er sich bemühte, den Drachen auf den Boden zu ziehen. Seine Füße glitten im Kies aus. Das Tier wehrte sich. Noch einmal atmete er tief ein. Seine Kehle war trocken, was nicht allein an seinen eigenen Schmerzen lag. Er musste auch die des Drachen ertragen.

Ein Blutfaden lief aus seinem rechten Nasenloch. Alles schien sich um ihn zu drehen. Das Licht des Mondes blendete wie eine Sonne.

Erschöpft lockerte er seinen Griff. Er konnte den Drachen nicht halten. Es war unmöglich. Sein Herz raste so sehr, dass er kaum noch Luft bekam.

Aufgeben? Nein! Nicht jetzt und nicht hier.

Langsam wich er zurück, zog die geballten Fäuste an den Körper, sammelte noch einmal alle Kraft, biss die Zähne zusammen und beugte erneut die Knie.

Plötzlich setzte sein Herz aus. Alles um ihn wurde schwarz.

Und still. Nur ein paar Sekunden lang, vielleicht eine Minute.

Als das Bild des ausgetrockneten Bachbetts wiederkehrte, dachte er nicht lange nach. Mit einer heftigen Bewegung riss er die Fäuste in Richtung Boden.

Der Drache brüllte auf, taumelte, stürzte und schlug in einer Wolke aus Schnee und zerbrochenen Steinen auf. Auch Laerte ließ sich fallen. Er war zu Tode erschöpft. Ihm war, als wäre ein wildes Pferd über ihn hinweggetrampelt. Ausgestreckt auf den kalten Steinen beobachtete er mit halb geschlossenen Augen den verletzten Drachen. Seine gelben Augen verloren ihr Leuchten, die Lider wurden schwer und bedeckten die Iris. Aus seinen Nüstern drang in Abständen grauer Rauch. Er sah unendlich müde aus. Langsam wurde der Junge kühner.

»Das ist es, nicht wahr? Du beschützt dein Nest.«

Er sah die Eier am Höhleneingang so klar wie am hellen Tag. Das war also die Angst, die er in dem Tier gespürt hatte. Deshalb hatte es die Schlacht verlassen und war ihm gefolgt, als er den Abhang hinunterstürzte. Und diese Angst hatte sich auch Stromdag zunutze gemacht, um den Drachen gegen das Kaiserreich zu hetzen – indem er sein Territorium verletzte. Hinkend ging Laerte auf den Drachen zu. Das Tier rührte sich nicht. Er hatte seine Niederlage akzeptiert.

»Du wolltest nur deine Familie beschützen.«

Sanft legte Laerte seine behandschuhte Hand zwischen die rauchenden Nüstern und ließ sie bis unter das gelbe, schwarz geschlitzte Auge gleiten. Der Drache schien ihn traurig zu beobachten. Wie hätte er ihn töten können? Welches Recht hatte er, ihn umzubringen?

In einer Ecke entdeckte er einen Haufen Knochen. Dazwischen lag ein milchweißes Horn, das ebenso wuchtig war wie die auf dem Schädel des verletzten Drachen.

Langsam schloss das Tier die Augen.

Als es sie wieder öffnete, war Laerte fort.

7
ESYLD

Wer bringt mein Herz zum Klopfen?
Wer zum Bluten? Wer zerbricht es?
Und wer hält es fest?

Nachdem sein Vater gestorben war, hatten die rauschenden Feste und Gelage deutlich zugenommen. Einige Leute sahen darin einen Ausdruck seiner Trauer, andere hingegen vermuteten eher eine gewisse Erleichterung, endlich keine elterlichen Vorwürfe mehr hören zu müssen. Alles, was bei Hof Rang und Namen hatte, ließ sich gern von ihm in seine weitläufigen Gemächer einladen, wo man bei Wein, Weib und Gesang den Aufstand vergessen und herumhuren konnte, wo und mit wem man wollte. War man erst einmal ordentlich betrunken, zählte ohnehin kein Titel mehr.

Tagsüber zerriss man sich das Maul über Herzog De Page und bezeichnete ihn als unmoralischen Zeitgenossen, nachts jedoch schmeichelte man ihm nur allzu gern, um an seinen Orgien teilhaben zu dürfen. Niemand hieß die Vielweiberei des Herzogs gut, aber alle Welt riss sich um eine Einladung zu einer seiner Schwelgereien. Er organisierte die verrücktesten Feste der Stadt und galt als Genussmensch und Spaßetreiber.

Bei einem Privatfest zeigte sich der grazile Mann in einer schwarzen Lederweste mit gebauschten Ärmeln über einem makellos weißen Hemd. Eine mit Spitzen besetzte Maske bedeckte sein Gesicht, aber jedem, der genauer hingeschaut hätte, wären seine braunen Augen aufgefallen, die neugierig von einem Paar zum anderen schweiften. Seine Gäste lachten und amüsierten sich. Alle tranken und waren fröhlich.

Von einem benachbarten Zimmer aus hörte Laerte den fidelen Lärm. Die Erinnerung an Kapernevic war noch so frisch, dass er gegenüber den Gästen des Herzogs ausgeprägte Abscheu empfand. Er verstand nicht, warum man ausgerechnet jetzt heimlich nach ihm geschickt hatte, aber Rogant schien sein Treffen mit dem Herzog für außerordentlich wichtig zu halten.

Der Nâaga lehnte mit verschränkten Armen am Türpfosten und musterte seinen Freund. An seinem Gürtel hing ein Dolchfutteral. Offenbar nahm er seinen Status als Leibwächter des Herzogs so ernst, dass er nicht einmal für Laerte eine Ausnahme machte. Oder gab es vielleicht einen anderen Grund für sein unwirsches Gesicht?

Genervt von dem fröhlichen Geschrei nebenan setzte sich Laerte auf das rote Sofa des kleinen Salons. Nach seiner Rückkehr aus dem Norden hatte er gerade einmal fünf Stunden Zeit gehabt, sich in seinen eigenen Gemächern einigermaßen auszuschlafen, als Rogant schon wieder vor der Tür stand, um ihn abzuholen.

»Wir glauben, dass in den Drachen die Seelen unserer Vorfahren weiterleben«, sagte der Nâaga plötzlich mit brüchiger Stimme.

Laerte nickte, ohne ihn anzuschauen. Das war es also. Natürlich kannte er die Nâaga-Kultur, und natürlich wusste er, was seine Tat für seinen Freund bedeutete.

»Du glaubst also, ich hätte ihn getötet«, sagte er.

»So lauten die Gerüchte. Kaum jemand ahnt, dass du selbst damit zu tun hast, obwohl dein Meister eine Menge herumerzählt. Aber wenn ich überhaupt jemanden für fähig halte, einen roten Drachen zu besiegen, dann dich«, erwiderte Rogant immer noch vorwurfsvoll.

Obwohl es nicht als Kompliment gemeint war, fühlte sich Laerte geschmeichelt. Er lächelte leicht, ließ sich zurücksinken und breitete die Arme über die Rückenlehne des Sofas.

»Seit unserer Abreise wurde Kapernevic nicht mehr angegriffen.«

»Drachen greifen nur an, wenn sie sich bedroht fühlen. Deiner hat sich nur verteidigt, und Stromdag hat sich seiner Reaktion bedient.«

»Das weiß ich«, nickte Laerte.

»Es war nicht notwendig, ihn zu töten.«

»Auch das weiß ich.«

Er neigte den Kopf zur Seite und zwinkerte dem Freund zu.

»Mach dir keine Sorgen um deinen Saurier. Du wirst ihn noch ein paar Jährchen verehren können.«

Rogant starrte ihn an. Falls er Befriedigung verspürte, hütete er sich, sie zu zeigen.

Nebenan wurde es so laut, dass die Tür in den Angeln zu erzittern schien. Musik erklang. Viele Leute klatschten, manche lachten so, dass sie kaum noch Luft bekamen. Falls De Page vorhatte, Laertes Sympathie mit dem Versprechen ausgelassener Feste zu gewinnen, so hatte er sich gründlich getäuscht.

Laerte war dem Herzog noch nie persönlich begegnet und verließ sich daher auf die Aussagen seines Meisters. Was Dun über den frischgebackenen Herzog zu berichten hatte, war allerdings alles andere als ruhmreich.

»Wieso? Was hast du gemacht?«, erkundigte sich Rogant, ohne dass sein Gesicht auch nur eine Spur Neugier ausdrückte.

Hinter den dicken, roten Vorhängen wurde eine Stimme laut.

»Natürlich komme ich zurück! Keine Sorge. Ich bin gleich wieder bei euch, meine Kätzchen.«

Die Worte schienen über die Zunge des Sprechers zu stolpern. Der Mann war offenbar betrunken. Laerte warf einen kurzen Blick auf den Vorhang. Als nichts weiter geschah, antwortete er auf Rogants Frage.

»Ich habe ihn nicht getötet. Ich glaube, ich hatte nicht die Kraft dazu«, gestand er leise. »Ich habe ihn bezwungen, Rogant. Es ist mir gelungen, ihn zu bezwingen. Und jetzt, seit sich Stromdag nicht mehr in seinem Territorium aufhält, dürfte sein Nest auch nicht mehr in Gefahr sein, oder?«

Rogant zog zunächst die Augenbrauen hoch, dann nickte er. Ein dankbares Lächeln erhellte sein Gesicht.

»Einen Drachen zu bezwingen bedeutet, erwachsen zu werden«, erklärte eine trunkene Stimme.

Laerte fuhr zusammen. Ein kaum zwanzigjähriger Mann trat zwischen den roten Samtvorhängen hindurch. Er schwankte gefährlich. Ungelenk zerrte er sich die Maske vom Gesicht. Er trug einen hohen Brustharnisch zu Reithosen und passte damit ins gängige Bild des Adels von Emeris, der sich häufig eher alltäglich als elegant kleidete. Trotzdem hätte er selbst in Lumpen noch edel ausgesehen.

Sein einzig erkennbarer Luxus war ein goldener Siegelring. Das kurz geschnittene Haar war mit einem duftenden Öl behandelt und glänzte.

Laerte stand zwar sofort auf, ließ sich aber nicht zu einer Verbeugung herab. Der junge Edelmann schien sich nicht daran zu stören. Er steuerte auf einen kleinen Tisch zu, auf dem eine Likörflasche und zwei Kristallschalen standen. Sein Gang wurde zusehends sicherer.

»In der Literatur der Cagliere-Zeit haben Philosophen den Drachen mit unserer inneren Wut verglichen, die sich dann erhebt, wenn die Welt eine wirkliche Bedeutung gewinnt«, fuhr er mit teigiger Stimme fort und legte seine Maske neben den Kristallschalen ab.

Nachdem er die beiden Gläser gefüllt und Laerte eines gereicht hatte, wirkte er plötzlich überhaupt nicht mehr betrunken. Auch seine Stimme klang jetzt klar und überlegt.

»Als Kinder erkennen wir das nicht. Wir nehmen entweder alles hin oder werden gut behütet. Aber eines Tages erkennen wir die Welt und ihre Ungerechtigkeit. In diesem Augenblick bemächtigt sich der Drache unseres Seins. Irgendwann aber kommt der Moment, wo wir ihm gegenübertreten, damit er uns nicht vollends unterjocht. Ehe wir Gefangene unserer Wut werden, ziehen wir es vor …«

Laerte zögerte eine Sekunde, ehe er die Schale annahm. De Page hob ihm sein Glas entgegen.

»… den Drachen zu bezwingen«, fuhr er fort, ehe er seine Lippen mit dem Likör benetzte.

Schweigend beobachtete Rogant die beiden Männer. Auch als Laerte ihm einen fragenden Blick zuwarf, reagierte er nicht.

»Setzt Euch doch bitte«, forderte der Herzog Laerte auf.

Sein Gast jedoch bewegte sich nicht von der Stelle, sondern begnügte sich damit, De Page zu beobachten.

De Page ließ sich in einem Sessel neben dem Kamin nieder, schlug die Beine übereinander und stellte sein Glas auf der Armlehne ab. »Bitte, Grenouille, setzt Euch«, wiederholte er.

Laerte jedoch wandte sich ab. Das Spielchen gefiel ihm nicht. Natürlich war er neugierig, fürchtete jedoch, zum Besten gehalten zu werden. Sein Gastgeber war von offensichtlicher Trunkenheit zu ausgesuchter Höflichkeit übergegangen, wie ein Schauspieler, der sein Talent unter Beweis stellen wollte.

»Gibt es noch etwas zu sagen?«, fragte er Rogant.

»Immer mit der Ruhe, Grenouille«, entgegnete sein Freund nur.

»Ich habe meine Maske abgelegt,«, erklärte De Page und zeigte auf den kleinen Tisch, »weil ich wollte, dass Ihr mir vertraut. Offenheit ist sehr wichtig für unsere Unterredung. Eine Unterredung, die im Übrigen ganz formlos ablaufen darf. Deswegen bitte ich Euch nochmals ...« Er streckte die Hand zu dem roten Sofa aus. »Nehmt Platz und lasst uns reden.«

Rogant gab sich feierlich, der Herzog freundlich, und Laerte zögerlich. Er warf einen Blick auf das Sofa, wusste aber noch immer nicht, wie er sich entscheiden sollte.

»Worum geht es überhaupt?«

»Um uns«, sagte De Page und blickte ihm gerade in die Augen.

Schließlich setzte sich Laerte. Seine Neugier verbarg er unter einer unzugänglichen Miene. »Soweit ich informiert bin, Herr, und bei allem schuldigen Respekt glaube ich kaum, dass Ihr und ich etwas gemeinsam haben.«

Der Herzog nickte und betrachtete sein Glas. Nebenan jubelte eine Frau laut auf, ehe ihr Lachen von einer begeisterten Klatschsalve übertönt wurde.

»Mag sein«, gab De Page zu. »Möglicherweise sind wir aber auch beide in einer Welt gestrandet, die uns nicht gewogen ist, und haben uns lediglich ein gewisses Auftreten zugelegt, um uns den Leuten wenigstens ansatzweise angemessen dazustellen.«

Laertes Hände auf den Oberschenkeln spannten sich unwillkürlich an. Die Vorstellung, er könne erkannt worden sein, war ihm noch nie in den völlig von seinem Plan beherrschten Sinn gekommen. Er bemühte sich, seine Angst zu bezwingen, und senkte den Kopf. De Page fuhr fort, als hätte er nichts bemerkt.

»Ich kann mir vorstellen, wie schwierig es ist, keine Schuldgefühle aufkommen zu lassen, wenn man seine eigenen Leute bekämpfen muss«, sagte er und drehte den Stiel seines Glases zwischen Daumen und Zeigefinger.

»Erscheint Euch meine Ergebenheit gegenüber dem Kaiser etwa fragwürdig?«, erkundigte sich Laerte mit tonloser Stimme.

De Page wartete einen Moment, ehe er erwiderte: »Nicht fragwürdiger als meine.«

Sie musterten sich wortlos. Nebenan spielten Geigen zum Tanz auf. Die Gäste lachten laut und klatschten in die Hände. De Page warf einen Blick auf die verschlossene Tür.

»Und auch nicht fragwürdiger als die der Leute da draußen. Sie geben sich der körperlichen Liebe hin, trinken und tragen ihre schönsten Kleider, während sie auf seinen Sturz warten. Aber sie maskieren sich, damit man sie nicht erkennt und nicht als lasterhaft bezeichnet. Obwohl es eigentlich keine Rolle spielt. Der Lasterhafte, der sich gegen die menschliche Natur stellt – das bin ich. So war es immer, und es wird auch so bleiben. Mein Vater hat es mir oft genug wiederholt. Habt Ihr ihn damals in den Salinen kennengelernt?«

»Mein Beileid«, wich Laerte aus.

De Page tat, als tränke er einen Schluck und setzte sein Glas wieder auf der Armlehne ab.

»Eine höfliche Floskel. Hättet Ihr ihn gekannt, würdet Ihr nie von Aufrichtigkeit sprechen. Er war ein Schwein. Höchst intelligent, bösartig und ein politisches Genie – aber eben ein Schwein. Kurz und gut …« Er nickte und lächelte Laerte zu. »Wir sind nicht hier, um von der Vergangenheit zu reden, sondern von der Zukunft«, fuhr er fröhlich fort. »Ich habe gehört, dass General Dun-Cadal Daermon darauf besteht, dass Ihr bald den Treueid ablegt.«

Laerte zuckte mit keiner Wimper, doch seine Kehle war plötzlich staubtrocken. Keine Sekunde wandte er den Blick von De Page und versuchte, irgendein Anzeichen des Verrats zu entdecken.

»Ich weiß viele Dinge. Bei meinen Festen fließen die Informationen ebenso üppig wie der Wein«, erklärte De Page, als wolle er allen Fragen Laertes zuvorkommen. »Meinen Glückwunsch, dann seid Ihr also bald Ritter. Nachdem die Gerüchte außerdem berichten, dass sich die Aufständischen der Kaiserstadt nähern, dürftet Ihr dann wohl das Privileg haben, in der ersten Reihe zu stehen. Damit seid ihr natürlich von jedem bösen Verdacht bezüglich Eurer Herkunft befreit.«

»Verdacht!«, presste Laerte hervor.

»Die Schlinge um die Verschwörer zieht sich immer enger zusammen. Vor allem um diejenigen, die aus Eurer

Region stammen und die Seine Kaiserliche Majestät geruhte, in dieser schönen Stadt willkommen zu heißen.«

»Ich diene Asham Ivani Reyes«, stellte Laerte kühl fest. Seine Hände waren feucht. Er saß steif wie ein Stock, doch sein Herz hämmerte wild. »Ich bekämpfe den Aufstand«, fügte er hinzu.

»Soweit ich gehört habe, war Euer Graf sehr beliebt.«

Laerte dachte lange über eine Antwort nach. Was er dann sagte, klang wie ein Peitschenhieb. »Er war ein Verräter!«

Die Erinnerung an das Geräusch der sich unter den Füßen seines Vaters öffnenden Klappe bohrte sich in seinen Schädel. Hoch erhobenen Hauptes musterte er De Page. Koste es, was es wolle – er würde sich nicht verraten.

»Ich diene dem Kaiserreich und werde es bis zum letzten Atemzug verteidigen.«

Vor seinem geistigen Auge tauchten sein Vater und sein Bruder auf, wie sie am Galgen baumelten, und erneut durchlebte er die entsetzliche Angst seiner Flucht in die Sümpfe, als Azdeki hinter ihm her war.

Der Herzog hob die Augenbrauen. »Seid Ihr es selbst, der da spricht? Oder doch eher General Dun-Cadal Daermon? Eure Stimme klingt nicht eben begeistert.« Er wies auf die Tür. »Sicher kennt Ihr Rhunstag. Den großen und starken Rhunstag. Aber noch nicht einmal er hält diese Art von Propagandarede«, sagte er ruhig. »Einzig Euer Meister ist noch so blind. Ganz auf sich allein gestellt wird allerdings auch er Reyes nicht retten können.«

Laerte wusste nicht, was er sagen sollte. Er suchte in Rogants Gesicht nach einem Lächeln oder einem Blick, der ihm verraten konnte, was man von ihm erwartete. Doch er sah nichts als reglose Tätowierungen, geschlossene Lippen und schwarze Augen, die jede seiner Bewegungen verfolgten.

»Alle warten auf den Fortgang der Ereignisse. Ganz besonders diejenigen, die sich heute Abend auf den Po klatschen lassen und sich morgen wieder überaus ernst und würdig geben«, fuhr De Page fort. »Die Leute sind wirklich sehr anpassungsfähig. Geradezu verblüffend. Eigentlich ist es witzig. Aber das darf man ihnen keinesfalls zu verstehen geben. Sie würden es für Spott halten.«

Wollte der Herzog Laerte etwa zwingen, sich zu erkennen zu geben? Oder war es seine Art, seine Parteizugehörigkeit zu zeigen? Laerte bemühte sich, seinem Blick standzuhalten, doch sein Unbehagen wuchs. Was sollte er tun? Und wie antworten? Und was erwartete Rogant von ihm? War der Nâaga nicht sein Freund?

»Was natürlich durchaus stimmt«, fuhr De Page fort. Er erschien plötzlich nachdenklich. »Kurz und gut …«

Wieder tat er so, als nippe er an seinem Glas. Dann befeuchtete er seine Lippen.

»Ihr gebt Euch Mühe, das zu verteidigen, woran Ihr glaubt, Grenouille. Aber es spielt keine Rolle mehr. Ihr seid ungefähr wie ein winziger Stein in einem Bachbett. Ein kleines Hindernis, das den Lauf des Wassers in keiner Weise beeinflusst. Habe ich nicht recht?«

Laerte warf Rogant einen Blick zu. Wollte er denn nicht endlich einschreiten? Ihm wenigstens ein kleines Zeichen geben – ein Wort, einen Blick? Irgendetwas, damit sich Laerte nicht so in die Enge getrieben fühlte?

»Ich hoffe, dass Ihr die richtige Wahl trefft, wenn der Aufstand Emeris erreicht«, sagte De Page. Es klang ehrlich. »Immerhin seid Ihr – werdet Ihr demnächst, sollte ich vielleicht besser sagen – ein großer Ritter. Rogant hat mir nur das Allerbeste von Euch berichtet. Und Kapernevic hat meine Einschätzung noch bestätigt. Genau darüber wollte ich übrigens mit Euch reden.«

Die Kristallschale! Die Schale auf der Armlehne war plötzlich leer. Die Zeit, Rogant einen Blick zuzuwerfen, hatte genügt, um den gesamten Inhalt verschwinden zu lassen. Aber wohin? Hatte De Page das Glas etwa in einem Zug geleert? Sicher nicht. Von Anfang an hatte er nur so getan, als würde er nippen, und hatte alles daran gesetzt, dass Laerte es bemerkte.

Trunkenheit war eine Möglichkeit, Tatsachen unter den Teppich zu kehren. Der Rest war Illusion. Wie im Festsaal nebenan hatte De Page auch hier zu einem Täuschungsmanöver gegriffen. Laerte hatte sein Glas nicht angerührt, aber das galt durchaus nicht für die anderen Gäste des Herzogs. Die Zungen lockerten sich. Laerte lauschte.

Erneut warf er dem Nâaga einen Blick zu. Dieses Mal nickte Rogant und lächelte.

»Gut, also dann Kapernevic«, murmelte Laerte. Allmählich erwachte sein Interesse.

»Dieser Aladzio – wusstet Ihr, dass er in den Diensten meines Vaters stand?«

Er ließ Laerte keine Zeit für eine Antwort.

»Ja, natürlich wisst Ihr das«, nickte er. »Nun war es aber so, dass mein Vater seinen Vertrag mit dem Erfinder an eine andere Familie abgetreten hatte. Damit der Abschluss gültig wurde, war es wichtig, dass Aladzio lebend zurückkehrte. Ich bin Euch daher sehr dankbar, dass Ihr ihn beschützt habt. Ein Mann von großem Nutzen.«

In De Pages Augen lagen weder Ironie noch Verachtung.

»Von großem Nutzen«, wiederholte er mit klangloser Stimme. »Trotzdem muss ich immer wieder feststellen, dass er ein Irrer ist. Bekannt wie ein bunter Hund. Ich bin froh, dass er nicht mehr für mich arbeitet.«

»Tatsächlich«, stellte Laerte trocken fest.

»Wie denkt Ihr darüber?«, fragte De Page sofort.

Im Festsaal ging es immer höher her. Musik, Lärm, Lachen, Klatschen. Ohne Unterlass, wie der Schlag eines Herzens.

»Was ich denke, ist nicht wichtig.«

»Ganz im Gegenteil«, gab De Page zurück und beugte sich vor. Er verschränkte die Hände und stützte die Ellbogen auf die Knie. Sein Lächeln war verschwunden.

»Diese Leute kommen nur zu meinen Festen«, sagte er und warf einen Blick zur Tür, »weil sie genau wissen, dass niemand etwas anderes von ihnen sieht als die Maske, die sie tragen. Nichts anderes zählt jetzt mehr, nichts ist wichtiger, Grenouille. Aladzio ist für mich ein Verrückter und wird es auch bleiben. Nur ein völlig Zurückgebliebener hätte diese Arbeiten hier zurücklassen können.«

Er warf Rogant einen Blick zu. Der Nâaga verschwand hinter dem roten Vorhang und kam mit einer Pergamentrolle zurück.

»Ich glaube eigentlich nicht, dass diese Skizzen irgendwie nützlich sind«, bemerkte De Page und legte die Rolle auf das Kanapee. »Für mich sind es lediglich hässliche Zeichnungen.«

Mit den Fingerspitzen begann Laerte, die Pergamente auseinanderzurollen. Die Zeichnungen stellten eine merkwürdige, längliche Struktur dar. Am Seitenrand befanden sich hastig hingekritzelte Notizen.

»Und dann dieses Pulver, von dem er ganze Tage faselte, ehe mein Vater ihn nach Kapernevic schickte!« De Page verzog verächtlich das Gesicht. »Aladzio war sicher, ein

Pulver gefunden zu haben, mit dem man Kugeln aus diesem … Ding da schießen konnte.«

Mit dem Kinn deutete er auf die Pläne.

»Ich sehe in diesem Zeug nur dumme Kritzeleien, aber Aladzio war überzeugt, dass er eine Waffe erfunden hatte, mit der man diesen Krieg beenden könnte, und …«

Er brach ab. Nachdenklich runzelte er die Stirn und legte den Zeigefinger an die Lippen.

»Kurz und gut, sicher versteht Ihr, wie lächerlich mir die ganze Sache vorkommt. Ein langes Rohr, das unsere Katapulte altertümlich aussehen ließe – also, ich finde das absurd. Dass er die Pläne einfach hier zurücklässt, auch auf die Gefahr hin, dass sie in die falschen Hände geraten, halte ich für einen schlagenden Beweis für seine Dummheit.«

De Page stand auf und ging hoch aufgerichtet auf Rogant zu. Der Nâaga zuckte mit keiner Wimper.

»Bringt Aladzio dieses Gekritzel zurück. Ich will nichts mehr davon hören.«

»Wartet«, schritt Laerte ein.

Der Herzog drehte sich um.

»Warum?«, fragte Laerte und betrachtete die perfekten Skizzen der sogenannten Kanone. »Warum versteift Ihr Euch darauf, dass diese Dokumente keinen Wert für Euch besitzen?«

»Das ist nicht die Frage, die Ihr eigentlich stellen wollt, Grenouille.«

Laerte sah, wie der Herzog dem Nâaga kurz über die Schulter strich, seine Maske nahm und sich dem roten Vorhang zuwandte. Nebenan hatte das Fest seinen Höhepunkt erreicht, aber der Lärm war nichts im Vergleich zu dem Tumult, der sich in den Gedanken des jungen Mannes abspielte.

Er kannte Rogant gut genug, um sich ihm zumindest teilweise zu öffnen. Und im Gegenzug war auch Rogant ihm gegenüber immer ehrlich gewesen. Laerte war darüber informiert, dass der Nâaga eine innige Hoffnung hegte. Rogant hatte ihm nie verhehlt, dass er im Sturz des Kaiserreich die einzige Möglichkeit für sein Volk sah, die Freiheit zurückzuerlangen.

Und weil Laerte seinem Freund voll und ganz vertraute, ging er davon aus, dass er die unterschwelligen Andeutungen des Herzogs richtig verstanden hatte. Als wollte er diese Annahme bestätigen, sagte De Page, ohne sich noch einmal umzudrehen: »Die eigentliche Frage lautet: Habt Ihr den Mann hinter der Maske erkannt? Oder seht Ihr nur die Maske? Entscheidet Euch für das, was Euch am Vernünftigsten erscheint. Und zwar sowohl, was meine Person angeht, als auch hinsichtlich der Pläne und ihrer Bestimmung.«

Er setzte die Maske wieder auf und schob den Vorhang auseinander.

Laerte richtete sich auf. Gern hätte er den Herzog mit Fragen bestürmt. Die Vorstellung, einen mächtigen Verbündeten zu haben, überwältigte ihn. Rohre? Kanonen? Mächtiger und zerstörerischer als Katapulte? Die Aufständischen könnten Aladzios Werk vollenden und auf diese Weise Emeris einnehmen.

De Page drehte sich noch einmal um. »Ach, noch etwas«, sagte er mit ernster Stimme. »Ich habe gehört, dass Ihr Kontakte zu gewissen Leuten aus den Salinen pflegt. Einer der Flüchtlinge wurde wegen Verrat zum Tode verurteilt und heute Morgen gehenkt. Da Ihr dem Kaiser dient, werdet Ihr ihn kaum kennen. Er war Schmied in Guet d'Aëd. Der Verräter hätte an seine Tochter denken sollen, die jetzt Waise ist. Ich hoffe nur, dass sie eine starke Schulter zum Anlehnen findet. Sie braucht jetzt Trost …«

Mit diesen Worten durchschritt er den Vorhang.

Laerte hatte das Gefühl, dass seine Beine unter ihm nachgaben. Seit er am Vorabend zurückgekehrt war, hatte er noch keine Zeit gefunden, Esyld zu sehen. Und nun erfuhr er aus dem Mund eines völlig Unbekannten vom Tod ihres Vaters. Er konnte sich nicht erinnern, Meister Orbey je im Palast getroffen zu haben. Dazu waren seine Aufenthalte in Emeris wohl zu kurz gewesen. Zum letzten Mal gesehen hatte er den Schmied in den Salinen. Unmittelbar vor seiner Flucht. Unmittelbar bevor er Dun-Cadal Daermon kennenlernte. Unmittelbar ehe sich sein Leben grundlegend veränderte.

Esyld hatte oft von ihrem Vater gesprochen und Laerte zu erklären versucht, welch gefährliche Rolle er in der Hauptstadt spielte. Während der vielen Jahre, in denen Laerte von einem Schlachtfeld zum anderen unterwegs war, hatte Orbey im Untergrund gearbeitet und den Widerstand der Flüchtlinge aus den Salinen organisiert. Eines Tages wandte sich der dem Kaiser feindlich gesinnte Adel an ihn, und er hatte die Leute in seine Arbeit eingebunden. Er selbst blieb dabei im Schatten. Einer der Adligen, die mit den Aufständischen gemeinsame Sache machten, war der Herzog …

»Der Krieg ist bald vorüber, Grenouille«, sagte Rogant und warf dem Freund einen eindringlichen Blick zu. »Vertrau mir auch weiterhin. De Page sagt den Leuten gegenüber das, was notwendig ist, aber uns gegenüber ist er ehrlich. Der Erfinder, den du gerettet hast, wird die Soldaten an der Akademie im Gebrauch seiner Kanone unterweisen, sofern er irgendwann einmal eine baut, die auch funktioniert. Sprich mit ihm. Das rate ich dir als Freund.«

Schweigend blickten sie sich lange an. Schließlich senkte Rogant den Kopf und drehte sich um.

»Es tut mir wirklich leid für sie«, sagte er leise, ehe er hinausging. »Sie braucht dich jetzt.«

Als Laerte allein war, konnte er nur mit Mühe die Tränen zurückhalten. Mit verschleiertem Blick betrachtete er die auf dem Sofa ausgebreiteten Pläne, rollte sie zusammen und nahm sie an sich.

Zurück im Palast machte er sich so unsichtbar wie möglich. Er drückte sich an den Wänden entlang, schlich um Marmorsäulen und wich indiskreten Blicken aus. Er hatte es eilig, die Dienstbotenquartiere aufzusuchen. Endlich erreichte er die vertraute kleine Tür.

Esyld kauerte vor ihrem Bett. Ihre Locken fielen ihr ins Gesicht. Sie weinte stumm. Als sich Laerte vor sie hinkniete und sie in die Arme nahm, entfuhr ihr ein kleiner Schluchzer.

Lange hielten sie sich umschlungen. Sie sprachen nicht und schauten einander nicht einmal an. Als sich Esyld einigermaßen beruhigt hatte, erzählte sie von der Verhaftung ihres Vaters und davon, wie sie beinahe ebenfalls gehenkt worden wäre. Sie verdankte ihre Rettung einem Edelmann, dessen Namen sie nicht nannte. Er behauptete, sie stünde in seinen Diensten und dass er sie nicht entbehren könne. Laerte fragte nicht weiter. Er ahnte, um wen es sich handelte, und war sicher, eben erst mit diesem Mann gesprochen zu haben.

Nachdem Esyld mit zitternder Stimme vom Tod ihres Vaters berichtet hatte, blieb Laerte lange stumm.

»Er ist nicht umsonst gestorben, Esyld«, murmelte er schließlich.

Er rollte die Pergamente auseinander und kniete sich davor.

»Was ist das?«

»Damit zwingen wir das Kaiserreich in die Knie«, sagte er leise. »Wir müssen diese Pläne so schnell wie möglich Meurnau zukommen lassen.«

Durch ihren Vater kannte Esyld die Kuriere, die den Informationsaustausch zwischen den Aufständischen und den Flüchtlingen in Emeris sicherstellten. Schon bald verließen die Pergamente die Hauptstadt Emeris und wurden von Hand zu Hand ins nächstgelegene Biwak der Widerstandsbewegung weitergereicht.

Ohne dass Laerte den Grund dafür erfuhr, redete Esyld während des folgenden Monats kaum noch mit ihm. Sie wich ihm aus. Es fiel ihm nicht leicht zu akzeptieren, dass ihn in ihren Augen eine Mitschuld am Tod ihres Vaters traf. Orbey lebte nicht mehr, während er seit Jahren gegen die eigenen Leute kämpfte. Noch schlimmer war, dass er nicht zu seiner wahren Identität stand und sich von Anfang an geweigert hatte, zu Meurnau und dessen Truppen zu stoßen. Dass Esyld seine Wahl nicht guthieß, verletzte ihn. Seine Einsicht und die Schuldgefühle änderten jedoch nichts.

Den letzten Monat in Emeris verbrachte er daher mit Kursen an der Akademie, mit seinem autoritären Meister

Dun und bei Gesprächen mit Rogant und Aladzio, den er allmählich besser kennen- und schätzen lernte. Doch das Warten dauerte nicht lang. Das Grollen des Aufstands erreichte die Tore der Kaiserstadt.

Es war genau, wie De Page vorausgesagt hatte. Der Krieg näherte sich seinem Ende. Laerte war endlich bereit, dem Kaiser und seiner *Hand* zu begegnen, ohne zu zittern. Hatte er nicht einen roten Drachen bezwungen? Asham Ivani Reyes war nur ein Mensch, was die Aufgabe deutlich erleichterte.

»Morgen!«, verkündete Esyld.

Sonnenschein lag auf den weißen Steinen des Stegs. Eine Flechte glitt über die nackte Schulter des Mädchens, die von einem Sonnenstrahl liebkost wurde. Trotz ihres angespannten Gesichts war sie in ihrem karmesinroten Kleid schöner denn je. Grenouille versuchte verzweifelt, ihrem Blick zu begegnen, doch sie wich seinen Augen aus. Abwesend betrachtete sie die Palastgärten, die sich wie die Stufen einer blumengeschmückten Treppe ins Tal hinunterschwangen.

»Ich dachte, es wären nur Gerüchte«, gab er mit leiser Stimme zu. »Emeris wirkt so unendlich ruhig.«

»Meurnau und seine Leute stehen vor den Toren«, entgegnete sie schneidend.

»Esyld ...«

»Sie haben nach den Plänen deines Freundes Kanonen gebaut und werden die Stadt problemlos einnehmen. Bleibt noch der Kaiser. Jetzt kannst du endlich handeln. Ein Adliger, der auf unserer Seite ist, bringt mich aus der Stadt. Ich bin sehr zuversichtlich. Aber was ist mit dir?«

»Esyld, sieh mich an.«

Sie warf ihm einen kurzen Blick zu und wandte die Augen sofort wieder ab. »Ich brauche Zeit, Laerte«, erklärte sie knapp. »Obwohl ich dich wirklich liebe, brauche ich noch Zeit, ehe ich dir verzeihen kann.«

»Das habe ich nicht gewollt …«

»Du weißt sehr wohl, was ich dir vorwerfe«, schnitt sie ihm das Wort ab.

Ja, natürlich. Welchen Platz hatte er in diesem Aufstand eingenommen? Er hatte ihn bekämpft, statt ihn anzuführen.

»Ich bin eben wie ein Erain-Frosch«, verteidigte er sich fast flüsternd. »Ich werde genau im richtigen Moment zuschlagen. Und morgen ist der richtige Moment, Esyld. Ich werde keine Schwäche zeigen, das verspreche ich dir.«

»Ich glaube dir«, sagte sie, klang aber nicht überzeugt. »Und was ist mit Dun-Cadal?«

Endlich blickte sie ihn an. Ihre Züge entspannten sich. Wie gern hätte er sie jetzt in den Arm genommen! Er begehrte sie so sehr, dass er sein Leben für sie gegeben hätte.

»Was soll mit ihm sein?«

»Tötest du ihn ebenfalls, wenn es so weit ist?«

Seinen Lehrmeister töten? Dun war sein Feind und würde eher sterben als zuzulassen, dass der Kaiser gestürzt wurde. Die Vorstellung, der General könne sich zwischen ihn und den Kaiser stellen, griff wie eine eisige Hand nach Laertes Herz. War Grenouille etwa dabei, den Sieg über Laerte davonzutragen? Auch wenn er es heftig leugnete, empfand er doch eine gewisse Zuneigung für Dun. Würde er diese Gefühle vergessen können, wenn es um seine Rachepläne ging?

»Ich werde alles tun, was nötig ist«, flüsterte er mit Blick auf die weißen Steine. »Ich bin bereit. Vertrau mir, ich werde es schon schaffen. Ich werde das Kaiserreich ganz allein stürzen. Für dich!«

»Laerte!«

»Grenouille«, ertönte eine grollende Stimme.

Laerte blickte sich um und sah Dun, der mit großen Schritten eilig auf ihn zukam. Esylds zarte Hand, die auf seiner Schulter lag, fühlte sich an wie eine Liebkosung, und als sie sich auf die Zehenspitzen stellte, um ihm etwas ins Ohr zu flüstern, wäre er am liebsten mit ihr weit weg geflohen, fern von Krieg und Gewalt. Irgendwohin, wo man alles vergessen konnte.

»Vergiss nie, dass ich dich immer lieben werde. Und pass morgen auf dich auf.«

Er blickte ihr nach, wie sie sich im goldenen Sonnenlicht auf den weißen Steinen des Stegs entfernte. Sanfte Schatten glitten über ihren perfekten Körper, bis sie die Tür zum Turm erreichte und dahinter verschwand. Dun stand inzwischen hinter Laerte.

»Seit Stunden suche ich nach dir«, sagte der General vorwurfsvoll.

»Du warst in solchen Dingen schon einmal besser«, antwortete Laerte und versuchte, seine Anspannung so gut wie möglich zu verbergen.

Er wandte den Blick nicht vom Steg, als könne er die junge Frau noch immer sehen.

»Wenn du deine Zeit nicht mit Aladzio verbringst, dann mit ihr«, seufzte Dun. »Und du weißt, was ich davon halte.«

»Ich habe mit den Kadetten trainiert, Sumpfschnepfe«, behauptete der junge Mann phlegmatisch.

»Und was ist, wenn wir morgen wieder an die Front geschickt werden? Du solltest nicht mit Kadetten trainieren. Du bist schließlich ein Ritter, Holzkopf.«

»Ich werde bereit sein«, versicherte er knapp.

Endlich drehte er sich zu seinem Meister um. Er konnte sich beim besten Willen keine Sympathie für Duns verwüstetes Gesicht abringen. Die hellen Augen des Generals brannten wie Feuer, sein Blick war streng. Laerte trat an den Rand des Stegs. Er wollte nicht schon wieder Vorwürfe hören. Es war nicht das erste Mal, dass Dun ihn vor Esyld warnte. Meistens gab er vor, sie halte ihn von seinen Studien ab, beeinträchtige seine Konzentration und habe einen schlechten Einfluss auf ihn. Aber dieser Mann war nicht sein Vater. Er hatte kein Recht, ihm zu sagen, wen er treffen und was er tun sollte!

»Du verbringst deine Zeit doch auch mit Mildrel«, knurrte er.

»Das ist nicht das Gleiche.«

»Außerdem verlangt der Kaiser von dir nicht, ununterbrochen zu üben. Ich hingegen trainiere jeden Tag von morgens bis abends, und zwar schon die ganze Zeit, seit wir wieder hier sind. Ich habe ein Recht, sie zu sehen.«

»Das ist nicht das Gleiche«, wiederholte Dun sanft.

Wie Laerte diesen wohlmeinenden, scheinheiligen Tonfall hasste! Jedes Mal, wenn eine Diskussion unangenehm zu werden drohte, verhielt sich Dun so, und das fachte Laertes Wut erst recht an.

»Und wieso nicht?«, ereiferte sich Grenouille und blickte ihm gerade ins Gesicht.

»Weil Mildrel kein Flüchtling ist«, gab Dun sofort zurück.

»Schon wieder diese Geschichte«, nickte Laerte.

Er hatte es selbst erlebt. Bei Hof machten die wildesten Geschichten die Runde. Irgendwelche Leute schmiedeten Komplotte, und die Flüchtlinge aus den Salinen wurden als Erste verdächtigt. Dass die Tochter des Schmieds von Guet d'Aëd noch am Leben war, grenzte an ein Wunder. Dass sie von einem Adligen protegiert wurde, brachte die Gerüchte keineswegs zum Verstummen.

Dun machte sich wirklich Sorgen um ihn. Ein brennender Schmerz fuhr in Laertes Herz. Er fühlte sich buchstäblich zwischen seinen Empfindungen hin- und hergerissen. Zum ersten Mal hatte er das Gefühl, jemanden zu verraten, den er doch eigentlich liebte.

Tötest du ihn, wenn es so weit ist?

»Ich habe es dir bereits gesagt, als wir aus Kapernevic zurückkehrten: Vergiss diese Frau, zumindest vorläufig. Hast du nicht bemerkt, wie hier jeder jedem misstraut? Negus hat mich gewarnt, und jetzt warne ich dich.«

»Ich stamme ebenfalls aus den Salinen. Hast du das vergessen?«, presste Grenouille zwischen den Zähnen hervor.

»Grenouille, es gilt doch nur für die Zeit bis zum Ende dieses Kriegs. Danach darfst du ihr den Hof machen, so viel du willst.«

Wie gern hätte Laerte ihm geantwortet, dass am nächsten Tag ohnehin alles vorbei wäre. Wie gern hätte er ihm gesagt, wer er wirklich war, was er getan hatte und welch mächtiger Ritter aus ihm geworden war.

»Ich möchte doch nur nicht, dass man dich in irgendeiner Weise verdächtigt.«

Laerte spürte, wie der General kurz zögerte, ehe er ihm die Hand auf die Schulter legte. Er schüttelte sie heftig ab und entfernte sich ein Stück.

Tötest du ihn?

»Vor allem jetzt, nachdem du zum Ritter geschlagen wurdest«, fügte Dun hinzu.

Laerte hatte inzwischen den Treueid abgelegt. Der große General Dun-Cadal Daermon hatte ihn persönlich zum Ritter geschlagen.

Tötest du ihn?

Verzweifelt klammerte sich Laerte an die Vorstellung, dass sich Dun seiner nur bedient hatte. Sie hatten einander benutzt. Beide waren zum Werkzeug für den anderen geworden. Laerte kreidete es sich als Fehler an, Zuneigung für seinen Lehrer zu verspüren. Er zwang sich dazu, sich auf das zu konzentrieren, was er hasste. Dauernd schalt der General ihn, ständig hielt er ihn zur Arbeit an, und immer zwang er ihn, vor Höhergestellten zu schweigen. Nie jedoch erkannte er die Leistungen seines Schülers an.

»Eigentlich sollte mein Status mir gestatten, mich zu treffen, mit wem ich möchte.«

»Du darfst nicht glauben, dass du bereits am Ziel bist, mein Junge. Du hast noch einen langen Weg vor dir.«

»Das verstehe ich nicht«, sagte Grenouille mit finsterem Blick. »Nie bin ich dir gut genug. Ganz gleich, was ich tue – es reicht dir nicht. Hast du mich jemals gelobt? Hast du auch nur ein einziges Mal gesagt: ›Gut gemacht, Junge‹? Noch nicht einmal nach dem Treueid. Von dir kam kein Glückwunsch. Einfach nichts. Wie gern hätte ich eines Tages von dir gesagt, dass du mir wie ein Vater gewesen bist … aber ich …«

Er rang um Worte. In ihm waren so viele Vorwürfe, dass er sie nicht alle aussprechen konnte. Hinzu kam eine neue Art von Trauer, die ihm das Herz abdrückte und die Tränen in die Augen trieb. Er konzentrierte sich. Keinesfalls klein beigeben! Um keinen Preis Rührung zeigen! Dun durfte nichts davon wissen.

Laerte senkte für einen kurzen Moment den Blick, ehe er sich dazu durchringen konnte, seinem Meister mit aller Entschlossenheit ins Gesicht zu sehen.

Dass dieser Mann ihn viel gelehrt hatte, war nicht zu leugnen. Von Anfang an jedoch war Laerte bewusst gewesen, dass Dun auf die Seite derer gehörte, die seinen Vater getötet hatten.

Tötest du ihn, wenn es so weit ist?

»Manchmal hasse ich dich.«

Braucht Ihr noch etwas, Herrin?

Die letzten Worte, die Laerte mit Dun gewechselt hatte, waren Worte des Zorns gewesen.

Wenn es so weit ist …

Die Worte aber, die Esyld ihm ins Ohr geflüstert hatte, waren reinste Liebe.

Herrin?

»Vielen Dank, Marissa. Sie darf sich zurückziehen.«

Ihre Stimme war etwas tiefer geworden, hatte aber ihre Sanftmut bewahrt. Oben auf dem Sims lehnte Laerte an der Fensterwand der luxuriösen Gemächer des Palatio und dachte daran, wie er den Steg verlassen hatte. Es war am letzten Tag, ehe …

Die Tür schloss sich hinter der Dienerin. Esyld trat an ihr Himmelbett. Nur noch das seidige Rascheln ihres Kleids war zu hören.

Laerte hatte die Nacht abgewartet, ehe er das Dach des Palatios erklomm, sich leise an der Regenrinne entlanghangelte und schließlich die Balkone erreichte. Von dort aus schlüpfte er auf das Dach neben der großen Kuppel und suchte nach dem Fenster der Frau, die er am Abend auf dem großen Platz wiedererkannt hatte.

Er hatte niemandem etwas von seiner Unternehmung erzählt, weil er sicher war, dass sowohl Rogant als auch Viola ganz bestimmt versucht hätten, ihn daran zu hindern. Wie hätten sie auch verstehen können, dass die Hoffnung, Esyld eines Tages wiederzusehen, das Einzige war, das ihn jahrelang hatte durchhalten lassen? Nur die Erinnerung an sie hatte dafür gesorgt, dass er nicht unterging.

Jahrelang hatte er sich bemüht herauszufinden, was aus ihr geworden war. Nie wäre ihm in den Sinn gekommen, dass sie den Sturm auf Emeris nicht überlebt hätte.

Mit einem Mal war alles vergessen, was ihn ursprünglich nach Masalia geführt hatte. Laerte musste Esyld wiedersehen. Er musste sie in die Arme nehmen. Er musste sie küssen. Und er würde sie ganz gewiss nie wieder verlassen.

Das Zimmer war äußerst luxuriös ausgestattet. Auf üppigen Sesseln lagen Dutzende teurer Kleider. All das jedoch bemerkte Laerte nicht. Sein Blick wich nicht von Esyld, die auf dem Bett saß und sich vor einem Standspiegel kämmte. Sie trug ein langes violettes Kleid mit schmalen Trägern. Feine Goldfäden glänzten unter ihren dunklen Locken. Laerte aber stellte sich keine Fragen. Keinen Augenblick dachte er an die Umstände, die ihre Anwesenheit in diesen prunkvollen Gemächern erklärt hätten.

Jegliche Vernunft hatte ihn verlassen. Er schwang ein Bein über die Fensterbrüstung und blieb einen Augenblick rittlings sitzen, während er ihren nackten Rücken und den langen Ausschnitt ihres Kleids bewunderte, der tiefe Einblicke gewährte.

Schließlich schwang er auch das andere Bein über die Brüstung und stand im Raum. Erst in diesem Moment entdeckte Esyld sein Spiegelbild und zuckte zusammen.

»Fürchte dich nicht.«

Sie schlug die Hand vor den Mund, um einen Schrei zu unterdrücken. Langsam streifte Laerte die Kapuze zurück und entblößte sein Gesicht.

»Laerte«, flüsterte sie.

Stumm und wie erstarrt betrachtete sie sein blasses Antlitz im Spiegelbild.

»Von diesem Augenblick habe ich seit vielen Jahren geträumt«, gestand er zitternd.

»Du lebst«, sagte sie, als hätte sie nie daran gezweifelt.

Er ging auf sie zu, um sie zu umarmen, doch sie sprang auf, wandte sich ihm zu und strich sich nervös über den Leib.

»Du bist da, und du lebst«, wiederholte sie. »Wie hast du mich gefunden? Wie hast du …«

»Du bist noch genauso wie in meiner Erinnerung«, unterbrach er sie.

Sie wich zurück und hätte dabei beinahe den Spiegel umgeworfen. War es die Überraschung, die sie benommen machte? Um sie nicht noch mehr zu verwirren, zwang sich Laerte, stehen zu bleiben. Voller Begehren blickte er sie an. So viel Zeit war vergangen … Zeit ohne sie.

»Was willst du hier, Laerte?«, fragte sie mit unterdrücktem Schluchzen.

»Nicht weinen«, bat er. »Siehst du, ich bin hier, und ich lebe. Natürlich ist seit dem Untergang des Kaiserreichs viel passiert, und ich weiß auch, dass …«

Er suchte nach Worten, denn dies war ein Augenblick, in dem er besser nichts riskieren sollte. Keinesfalls wollte er ihre erste Begegnung nach so vielen Jahren durch eine falsche Wortwahl trüben. Dazu hatte er viel zu oft von ihrem Wiedersehen geträumt.

»Weißt du, ich habe es wirklich versucht«, entschuldigte er sich. »Ich habe versucht, dich zu finden, aber es war zu spät. Mir sind Dinge passiert, die ... es ging einfach nicht. Es war zu spät, das musst du mir glauben. Aber seit damals ist nicht ein einziger Tag vergangen, an dem ich nicht an dich gedacht habe.«

Je länger er sprach, desto mehr schien sie sich zu sammeln. Sie atmete tief durch. Nein, sie hatte sich wahrhaftig nicht verändert. Sie war so, wie er sie sich immer erträumt hatte. Bis auf die Tatsache, dass sich in ihrem Gesicht eher Angst als Wiedersehensfreude spiegelte.

Langsam ging er auf sie zu. Dieses Mal wich sie nicht zurück. Als er unmittelbar vor ihr stand, hob er schüchtern eine Hand an ihre Wange. Seine Finger berührten ihre Haut und spielten mit einer Locke. Er tauchte in ihre Augen ein und erahnte, wie schnell ihr Herz schlug. Der Duft ihrer Haut machte ihn ebenso trunken wie ihre roten Lippen, deren Farbe ihn an das Kleid erinnerte, das sie am Vorabend des Sturms auf Emeris auf dem Steg getragen hatte.

Damals, als sie sich das letzte Mal gesehen hatten.

»Was willst du hier?«, flüsterte sie erneut.

»Ich bin da, wo ich seit Langem hätte sein sollen.«

Sie neigte den Kopf zur Seite als erwarte sie einen Kuss.

Laerte beugte sich zu ihren Lippen hinunter.

»Nein!«, flehte sie ihn an. »Das geht nicht.«

Mit beiden Händen schob sie ihn von sich.

»Die ermordeten Ratsherrn«, fragte sie zitternd, »warst du das?«

Im ersten Moment wusste er nicht, was er sagen sollte. Musste er ihr jetzt und hier alles gestehen? Ihr alles erklären, obwohl sie sich gerade erst wiedergefunden hatten?

»Ach, Esyld, es ist viel geschehen«, sagte er.

»Dann warst du es also«, seufzte sie.

»Es ist nicht so, wie du denkst«, verteidigte er sich. »Nach dem Untergang des Kaiserreichs habe ich herausgefunden, warum mein Vater umgebracht wurde.«

»Das ist siebzehn Jahre her, Laerte!«

Ihre Stimme war lauter geworden und bebte. Nein, so hatte er sich ihr Wiedersehen gewiss nicht vorgestellt!

»Alles ist so geschehen, wie die Götter es gewollt haben, verstehst du denn nicht? Du dringst einfach hier ein und glaubst …«

»Esyld! Ich habe herausgefunden, wer gegen meine Familie intrigiert hat! Und genau die gleichen Leute bringen jetzt die Republik in Gefahr.«

»Du glaubst, für die Republik zu handeln? Oder sind es am Ende doch nur Rachegelüste?«, fragte sie leise.

Sie warf einen hastigen Blick auf die Zimmertür. In ihren Augen schimmerten Tränen.

»Ich hatte eigentlich gehofft, dass du glücklicher wärst, mich am Leben zu wissen«, stellte Laerte mit dem Versuch eines Lächelns fest.

»Du hast es selbst gesagt: Inzwischen ist viel geschehen. Als ich am Tag der Eroberung Emeris verließ, hat mich eine adlige Familie unter ihre Fittiche genommen. Übrigens die Gleiche, die mich nach der Verurteilung meines Vaters gerettet hat.«

Sie hob die Augen zur Decke und seufzte. Offenbar wollte sie ihm etwas sagen, schien es aber nicht zu wagen.

»Ich liebe dich noch genau wie am ersten Tag«, flüsterte Laerte.

Er spürte, dass sie ihm entglitt, und fürchtete sich vor dem, was sie ihm mitzuteilen hatte. Endlich begann er, die Umgebung wahrzunehmen. Er sah die Gobelins an den Wänden, die Sessel mit den bestickten Armlehnen, die kostbaren Behänge an den Türen. Das Zimmer schwelgte im Luxus. Esyld war keine Dienerin mehr.

»Die ganze Zeit konnte ich nur überleben, weil ich immer an dich gedacht habe«, murmelte er.

»Ich hingegen musste dich vergessen, Grenouille.«

Als sie ihn bei diesem alten Namen nannte, ahnte er, dass er sie verloren hatte. Aber nein! Das war doch unmöglich! Sie hatte ihm gesagt, dass sie ihn immer lieben würde. Es war ein Versprechen gewesen.

Mit gesenktem Kopf trat sie auf ihn zu und nahm seine Hände. »Ich habe für dich gebetet, Laerte. Nachdem die Republik ausgerufen war, hatte ich gehofft, etwas über deine Taten zu hören. Ich wartete darauf, dass ganze Städte dein Loblied sängen. Ich wünschte mir so sehr, dass man dich endlich als Helden anerkannte.«

»Es ging nicht, weil …«

»Gute Menschen habe mir das Leben gerettet, Laerte«, fuhr sie fort. »Menschen, die mich in ihre Familie aufgenommen haben. Menschen, die vom Volk gewählt wurden.«

»Das alles ist jetzt vorbei. Wir sind endlich wieder zusammen«, sagte er und lehnte seine Stirn an ihre. »Ich muss nur noch einen wichtigen Auftrag erledigen. Bitte versprich mir, dass du bis zum Tag nach der Nacht der Masken auf mich wartest.«

»Laerte, sieh mich an.«

Er gehorchte und tauchte ganz in ihre Augen ein.

»Viel Zeit ist vergangen. Nichts ist mehr so wie früher.«

»Nur bis nach der Nacht der Masken«, flehte er.

»Laerte …«

»Danach können wir gemeinsam fortgehen. Dann ist alles vorüber. Endlich vorüber.«

»Laerte …«

Sie zitterte. Er wollte sie in die Arme nehmen, doch sie wich mit Tränen in den Augen vor ihm zurück.

»Ich werde heiraten …«

Laerte glaubte zu ersticken. Sein Herz schien auszusetzen. Kein Laut drang aus seiner trockenen Kehle. Diese Hochzeit vor der Nacht der Masken …

»Er heißt Balian und ist der Sohn des Ratsherrn Etienne Azdeki.«

Tief in seinem Innern loderte ein entsetzliches Feuer auf, das sich mitleidlos in ihn hineinfraß. Ihm war, als hätte man ihm die Seele zerrissen und das Herz gebrochen. Es war der gleiche Schmerz wie damals, als er seine Familie verlor, nur noch viel schlimmer. Die große Liebe, die ihn während dieser ganzen Zeit aufrechterhalten hatte, bohrte ihm jetzt einen Dolch tief ins Herz.

»Er war es, der mich aufgenommen hat«, verteidigte sich Esyld weinend. »Ich hatte keine andere Wahl. Je mehr Zeit verging, desto mehr habe ich erfahren und verstanden, was sie getan haben und warum. Sie waren wirklich gut zu mir, Laerte. Ich musste dich vergessen. Ich hatte keine andere Wahl. Entweder vor Gram sterben, oder ein neues Leben anfangen.«

»Aber du liebst mich doch …«

»Ich liebe Balian«, sagte sie.

Ich liebe dich. Ich werde dich immer lieben. Mein ganzes Leben lang.

»Du hast es gesagt!«

»Das war vor langer Zeit, und damals war es die Wahrheit. Aber Dinge verändern sich, und Menschen verändern sich auch. Der Krieg ist vorüber, Laerte.«

»ICH FÜHRE NOCH KRIEG!«, schrie er und fuchtelte mit der Faust in der Luft herum.

Esyld erbebte und wurde blass.

»Die Azdekis sind gefährlich!«, fuhr Laerte fort.

»Das stimmt nicht. Du kennst Balian nicht.«

»Sein Vater hat meine Familie umgebracht. Er hat Feuer und Blut über das Reich gebracht, und er ist schuld am Tod deines Vaters.«

»Nein!«, widersprach sie heftig. »Das war deine Schuld. Du warst nicht da. Wie kannst du es wagen?«

Sie verzog das Gesicht. Tränen liefen über ihre zitternden Lippen, und sie wandte die Augen ab.

»Du weißt längst nicht alles, Laerte«, stieß sie hervor. »Du hast keine Ahnung, was wirklich passiert ist.«

Er spürte, wie er innerlich zu kochen begann. Sein Herz raste. Das konnte er sich nicht einfach gefallen lassen!

»Die Frau, die ich liebe, heiratet den Sohn meines Feindes«, stöhnte er. »Sag mir, dass du mich nicht liebst, Esyld. Wenn es wahr ist, sag es mir ins Gesicht. Wagst du es?«

»Wir sind für unsere Taten nicht verantwortlich«, versuchte sie zu erklären. »Die Götter treffen alle Entscheidungen. Wir sind nur ihr Flüstern.«

»Nie! Niemals! Hörst du?«

Alles schien sich um ihn zu drehen. Er hatte das Gefühl zu stürzen, immer tiefer zu stürzen, ohne sich irgendwo festhalten zu können.

»Nie im Leben werde ich der Spielball des Unglücks sein. Und ich bin ganz bestimmt kein Flüstern. Niemals!«

Er ging auf sie zu, aber ehe er sie erreichte, drehte sie ihm den Rücken zu und hielt ein Schluchzen zurück. Ihre Schultern bebten.

»Geh jetzt, Laerte. Du kannst hier nicht bleiben. Geh, ich bitte dich!«

»Für dich ...«

»Geh, Laerte ...«

»Für dich werde ich ein Schrei sein.«

»Wache!«, rief sie.

Plötzlich war es ganz still im Raum. Esyld blickte sich um.

»Wage es, mir ins Gesicht zu sagen, dass du mich nicht mehr liebst«, flehte Laerte sie an.

Ihre Antwort zermalmte ihm das Herz.

»Ich liebe dich nicht mehr.«

Vom Gang her näherte sich das Geräusch von Stiefeln.

»Flieh, Laerte. Ich werde ihnen nicht sagen, wer du bist, aber komm niemals wieder. Alles hat sich verändert, außer dir und deiner Rache. Und die hat jetzt keinen Sinn mehr.«

Sie drehte sich nicht zu ihm um. Mit gesenktem Kopf sagte sie weinend: »Geh jetzt, stolzer kleiner Mann.«

»Esyld«, schluchzte er auf.

Die Schritte kamen näher.

»WACHE!«, rief sie.

Als die Soldaten die Tür aufrissen, drehte sich Esyld um. Auf einem Tisch am Fenster umschmeichelten Mondlicht und Schatten einen seltsamen Gegenstand.

Es war ein kleines geschnitztes Holzpferd ...

8
SCHMERZ

Er liebte dieses Mädchen.
Er hätte gar nicht anders gekonnt,
als ihre Partei zu ergreifen.
Ein junger Mann ist für seine große Liebe
zu allem bereit.
Auch dazu, sich zu verlieren.

Niemals hätte er im Traum damit gerechnet, dass die Liebe erlöschen könnte. Für ihn war sie so ewig und unveränderlich gewesen, dass er nicht begriff, wie Esyld ein derartiges Gefühl einfach hatte vergessen können. Sein Herz fühlte sich an wie zermalmt. Mit weiten Sprüngen bewegte er sich von Dach zu Dach und wich dabei geschickt den Soldaten aus, die man hinter ihm hergeschickt hatte. Vor ihnen floh er nicht, wohl aber vor dem Schmerz, der ihn geradezu überwältigte. Aber obwohl er rannte, bis er kaum noch Luft bekam, obwohl er sich immer weiter vom Palatio, von Esyld und den gemeinsamen Erinnerungen entfernte, blieb der Schmerz und war unvermindert heftig, als er das Haus erreichte.

Ein paar zarte weiße Wolken glitten über den Sternenhimmel. Im Hof zog Laerte das Schwert aus der Scheide, zündete zwei Fackeln an und übte sich in ihrem flackernden Schein in Angriff und Parade. Er litt wie ein Hund. Das Knirschen der Kiesel unter seinen Schritten hörte er kaum. Er stieß einen wütenden Schrei aus, der ihm das Herz zerriss.

Ich liebe Balian …

Er wirbelte sein Schwert herum, um gegen imaginäre Feinde anzurennen, und seine Lunge verbrannte fast, als er den Odem benutzte, um die Fackeln aus ihren Halterungen zu heben. Er stellte sich vor, wie sich das Holz spaltete und die Glut erlosch, und schloss die Faust.

Ich liebe Balian …

Und alles ging zu Bruch.

Er kämpfte gegen tausend Soldaten und tausend Armeen, wiederholte die Bewegungen, die er einst erlernt hatte. *Azdeki,* dachte er. *Azdeki.* Diese Familie, die ihm alles genommen hatte. Jemand musste ihn verflucht haben.

»Mag sein, dass ich mich täusche«, sagte plötzlich eine sanfte Stimme, »aber mir will scheinen, dass dich etwas quält. Richtig?«

Mit einem Knie am Boden und erhobenem Schwert, als wollte er einen Feind durchbohren, hielt er inne. Auf der Schwelle stand Viola mit verschränkten Armen. Die Öllampen des Salons umgaben sie mit einem Glorienschein. Sie lächelte.

»Oder ist es nur überbordende Männlichkeit?«, hakte sie nach. »Mir ist zwar bekannt, dass sich Männer gern prügeln, aber in aller Regel amüsieren sie sich dann doch lieber mindestens zu zweit.«

Laerte richtete sich auf.

»Wenn du reden willst – ich bin da«, schlug sie vor.

Er ließ das Schwert aus dem Handgelenk wirbeln. Die Klinge zerschnitt die Luft.

»Du warst den ganzen Tag fort, bist gleich bei Einbruch der Nacht zurückgekehrt und ...«

Er betrachtete sie ohne ein Wort und ohne zu lächeln. Sein Gesicht blieb verschlossen. Viola stützte die Arme auf die Hüften.

»Gesprächig bist du nicht gerade«, seufzte sie.

»Geh ins Haus, Viola«, sagte er schließlich unfreundlich und mit rauer Stimme. »Es ist spät.«

»Ich weiß, ich bin noch ziemlich jung«, erwiderte sie. »Trotzdem lasse ich mich nicht herumkommandieren wie ein kleines Mädchen.«

»Geh hinein«, wiederholte er.

»Du hast wirklich einen miesen Charakter«, schimpfte sie und ballte die Fäuste, gehorchte aber und ging zurück ins Haus.

Rogant hatte es sich mit einem Krug Wein auf dem Sofa bequem gemacht und blickte kaum auf, als sie grummelnd an ihm vorüberging.

»Ich wollte doch bloß helfen«, zischte sie.

Auf der Treppe kam ihr Dun entgegen.

»Ihr beide habt wirklich den gleichen schlechten Charakter«, keifte sie ihn an.

Der alte General blieb stehen und ließ sie an sich vorbei. Sie würdigte ihn keines Blickes. Verblüfft sah er ihr nach. So wütend hatte er sie noch nie gesehen.

Das Knirschen der Kiesel auf dem Hof hatte Dun aus seiner Lethargie geweckt. Neugierig wollte er nachsehen, was sich da draußen abspielte.

Unten im Salon fiel sein erster Blick auf Rogants Weinkrug. Seit zwei Tagen hatte er keinen Tropfen mehr angerührt, doch jetzt war die Versuchung einfach zu groß. Er ging auf den Nâaga zu und nahm ihm den Krug aus der Hand, ehe Rogant reagieren konnte.

»Was soll das, Alter?«, schimpfte er und sprang auf. Aber Dun hatte sich bereits gierig fast den gesamten Krug einverleibt. Mit einer Hand wischte er sich zufrieden den Mund ab, mit der anderen hielt er sich den aufgebrachten Nâaga vom Leib.

»Weißt du, inzwischen finde ich dich sogar ganz nett«, sagte er mit halb erstickter Stimme.

Rogant erstarrte. Dun nickte und lächelte den Nâaga entspannt an. Rogant lachte laut auf.

»Ganz ehrlich«, bestätigte Dun erneut, »du bist mir schon viel sympathischer.«

»Schon gut«, lachte der Nâaga. »Ich gönne dir den Wein.« Er strich dem General über die Schulter. »Du warst einmal ein großer Krieger, alter Mann«, sagte er mit spitzbübischem Lächeln. »Aber der Wein wird dich müde machen. Natürlich darfst du dich betrinken. Allerdings weiß ich nicht, ob Laerte es gern sieht. Tja, ich bin gespannt auf eure kleine Abrechnung, das kannst du mir glauben.«

Durch die geöffnete Tür sah Dun Laertes Schatten. Das also war der Lärm gewesen! Wie ein Echo aus längst vergangener Zeit. Nein, kein Echo – eher ein verzerrter Abglanz. Dieser junge Mann ähnelte in nichts mehr dem Grenouille, den er einst gekannt hatte.

Der General trank noch einen Schluck Wein und genoss den fruchtigen Geschmack, der seine Kehle hinunterrann. Aus dem Augenwinkel sah er, wie sich Rogant mit verschränkten Armen grinsend auf die Armlehne des Sofas setzte. Vermutlich hoffte er, dass Laerte seinen früheren Meister zum Kampf auffordern würde. Doch in diesem Fall stand ihm wohl eine Enttäuschung bevor. Dun hatte nicht die geringste Lust, sich zu verteidigen. Er war viel zu müde.

»Ich habe zwar keine Ahnung, was mit dir los ist, aber es sieht nicht besonders gut aus«, stellte er mit einem prüfenden Blick auf Laerte fest, der immer noch mit dem Schwert in der Luft herumfuchtelte.

Laerte hielt inne. Er war ein wenig außer Atem. Bleiches Mondlicht schimmerte auf seinem Schwert. Er wandte sich Dun zu und senkte den Kopf.

»Es ist dein Zorn«, seufzte der alte General und setzte sich auf die Türschwelle. »Du hattest ihn immer schon in dir, aber jetzt verstehe ich auch, warum.«

Laerte antwortet nicht, sondern musterte seinen früheren Lehrer nur mit einem schrägen Blick.

Dun trank einen Schluck aus dem Krug. »So sehr hasst du mich also«, fuhr er fort. »Ist es einfach nur Ironie des Schicksals? Oder war es etwa der Wille der Götter, einem Mann zu gestatten, seinen eigenen Feind großzuziehen? Es ist entwürdigend, dass ich nicht …«

»Du hattest recht«, unterbrach ihn Laerte und steckte mit einer heftigen Bewegung das Schwert in die Scheide.

Dun blickte ihn fragend an.

»Esyld. Ihr Vater hat den Aufstand von Emeris aus organisiert, während ich …«

Tränen stiegen ihm in die Kehle, er konnte nicht weitersprechen. Mit geballten Fäusten trat er einen Schritt auf Daermon zu.

»… während ich an deiner Seite kämpfte und sie verriet«, fuhr er schließlich fort. »Für mich zählte nur Reyes.

Und mein Wunsch, ihm mein Schwert tief ins Herz zu treiben.« Seine Augen glitzerten verräterisch. »Ich war blind. Ich habe es nicht wahrhaben wollen. Ignorant, jung und dumm. Reyes war gar nicht verantwortlich. Genau wie du. Du warst immer nur ein …«

Beim Anblick von Duns bleichem, vom Trinken gezeichneten Gesicht brach er ab und sackte auf dem Kies in sich zusammen.

»Ich habe sie geliebt. Ich habe sie schon immer geliebt«, sagte er leise und wandte sich ab, um seine Tränen zu verbergen. Mit seinem einsamen Kampf gegen die Luft und die Fackeln hatte er versucht, seinen Schmerz zu betäuben, doch der Anblick seines früheren Meisters brachte jeden Kampfgeist in ihm zum Erlöschen. Zum ersten Mal im Leben fürchtete er zu versagen.

»Sie ist hier, Sumpfschnepfe. Und sie wird heiraten …« Er ballte die Fäuste. »Sie heiratet Azdekis Sohn«, stieß er hervor. »Also wo ist hier die wahre Ironie?«

Erneut wurde er wütend. Er atmete tief ein, drehte sich um und begegnete Duns erloschenem Blick.

»Sag es mir«, bat er mit fester Stimme.

Logrid! Du verfluchter Schweinehund! Logrid!

Laerte verzog das Gesicht. Ein merkwürdiger Schmerz bohrte sich in seine Schulter, ließ aber schnell wieder nach. Eine Erinnerung. Jemand hatte ihn verflucht.

»Du bedeutest mir nichts«, erklärte Dun tonlos. »Der Junge, den ich liebte, hieß Grenouille. Aber du hast ihn getötet. Dafür sollte ich dich verfluchen.«

»Das hast du doch längst getan«, erwiderte Laerte.

Logrid!

Duns Gesicht verdüsterte sich. Zögernd kehrte die Erinnerung zurück. Er begriff. Alles bekam seinen Sinn durch das, was in den letzten Momenten des Kaiserreichs geschehen war.

Konnte er sich überhaupt vorstellen, wie Laerte an diesem Tag gelitten hatte? Hatte er auch nur die geringste Ahnung, was der Junge an den folgenden Tagen durchgemacht hatte? Plötzlich schwand der Hass aus den Augen des alten Mannes, und Laerte glaubte gar, einen Anflug des früheren Leuchtens in ihnen zu entdecken. Eines Leuchtens, das immer dann in ihnen aufgeflackert war, wenn er sich Sorgen um Grenouille machte.

»Ja«, nickte Laerte. »Am Vorabend von Reyes' Sturz hast du mich verflucht.«

An jenem Tag kam Laerte gerade von Dun. Für den nächsten Tag war der Angriff auf die Kaiserstadt geplant. Die Aufständischen befanden sich deutlich im Vorteil. Aladzio gab vor, nicht in der Lage zu sein, das Werk zu vollenden, das den Kaiserlichen zu einem klaren Sieg verholfen hätte. Die Aufständischen hingegen hatten die Pläne des Erfinders Schritt für Schritt in die Tat umgesetzt. Kanonen wurden rings um Emeris in Aufstellung gebracht und würden schon sehr bald ihren Donner hören lassen.

Laerte war auf dem Weg in seine Gemächer. Erregt stellte er sich die Raserei des letzten Gefechts vor. Er selbst würde in dieser Stunde durch die Gänge des Palasts zum dann völlig verängstigen Kaiser laufen. Er würde ihm die Maske vom Gesicht reißen, ihm fest in die Augen sehen und sich an seiner Panik weiden, wenn der Herrscher begriff, wer er war.

Und dann?

Laerte fühlte sich merkwürdig hilflos, wenn er sich vorstellen wollte, wie er sein Schwert ins Herz des Tyrannen bohrte. Was würde danach geschehen?

Er erreichte seine Zimmertür. Der Gang war leer. Alle Schüler befanden sich im Refektorium. Laerte, der zum Ritter geschlagen worden war, nachdem er bereits Kampferfahrung an der Seite des großen Generals Daermon hatte vorweisen können, war von den für die anderen Schüler verpflichtenden gemeinsamen Mahlzeiten befreit.

Er streckte die Hand zum Türknauf aus und wollte ihn eben herunterdrücken, als er plötzlich von hinten heftig in sein Zimmer gestoßen wurde. Benommen fand er sich am Bettrand wieder. Die Zimmertür hinter ihm wurde leise geschlossen. Instinktiv griff er nach seinem Schwert, hatte jedoch keine Zeit mehr, es zu ziehen. Eine harte Faust griff nach seinem Unterarm und verdrehte ihn schmerzhaft. Laerte schrie auf. Die Faust drehte ihm den Arm auf den Rücken. Laerte richtete sich trotz der Schmerzen auf, biss die Zähne zusammen, presste sich gegen seinen Angreifer und schob ihn langsam rückwärts, bis er ihn gegen die geschlossene Tür drücken konnte.

Benommen lockerte der Mann für einen Sekundenbruchteil seinen Griff, doch das genügte Laerte, um sich zu befreien. Seine Schulter brannte höllisch. Er wirbelte herum und blickte ohne große Überraschung in das magere Gesicht Logrids, das von der Kapuze seines grünen Umhangs überschattet wurde.

Dass der Kaiser seinen persönlichen Assassinen geschickt hatte, konnte eigentlich nur bedeuten, dass Laertes wahre Identität herausgekommen war. Doch ihm blieb keine Zeit, sich Fragen zu stellen. Schweigend zog Logrid zwei

Dolche aus seinem Gürtel. Dem ersten Streich konnte Laerte mit Mühe und Not entkommen, indem er sich rasch nach hinten beugte, allerdings hinterließ die Klinge eine blutige Spur auf seiner Wange. Die folgenden Attacken kamen rasch und präzise und wären tödlich gewesen, hätte Laerte ihnen nicht geschickt und geschmeidig ausweichen können. Schließlich zückte er sein Schwert genau in dem Moment, als der Assassine über ihn herfallen wollte, und wehrte die wirbelnden Dolche klirrend mit der flachen Klinge ab. Eine schnelle Aufwärtsbewegung mit dem Schwert schlug Logrid die Waffen aus der Hand. Gleichzeitig versetzte Laerte seinem Angreifer einen heftigen Kniestoß in den Bauch. Der Assassine unterdrückte einen Aufschrei, krümmte sich und presste einen Arm vor den Leib.

»Großartig«, presste er zwischen den Zähnen hervor.

Jetzt oder nie! Zuschlagen und den Feind zu Fall bringen. Laertes Herz pochte zum Zerspringen. Seine Wange brannte, die Schulter schmerzte. Als er den Arm hob, um heftig zuzuschlagen, sah er sich bereits als Sieger des Duells.

Immer noch zusammengekrümmt, holte Logrid mit seinem freien Arm aus und katapultierte den jungen Mann mit ungeheurer Wucht an die gegenüberliegende Zimmerwand. Laerte prallte gegen die Fensterbank und krachte auf den Schreibtisch voller Bücher, der neben seinem Bett stand. Der Tisch brach zusammen.

»Schon lange habe ich davon geträumt, dir im Kampf gegenüberzustehen«, murmelte Logrid.

Mit einer graziösen Bewegung zog er nun ebenfalls sein Schwert und ging auf Laerte zu. Entsetzlicher Schmerz durchzuckte Laertes Kopf. Trotzdem richtete er sich inmitten der Holztrümmer hochmütig und wütend auf. Ihm blieb jetzt keine andere Wahl mehr, als rücksichtslos den *Odem* anzuwenden. Er atmete tief ein. Blut lief ihm aus der Nase. Plötzlich schien die Zeit langsamer zu vergehen, und die Welt wurde unendlich klar, als ob sich jede Wand, jeder Gegenstand, jeder Ton bis hin zum Herzschlag Logrids auf eine Frequenz einstimmte. Laerte vergaß den Schmerz, der seine Lunge zusammenpresste, und stürzte sich wie ein Wolf auf sein Opfer.

Der Kampf war nervenaufreibend. Die beiden Männer umtänzelten einander in dem engen Raum. Immer wieder schlugen sie zu. Holzspäne flogen, Verputz bröckelte von den Wänden. Sie fochten weiter, ohne dass einer der beiden die Oberhand gewann. Es war wie der Tanz zweier wechselhafter Spiegelbilder.

Ein heftiger Hieb zwang Laerte auf Abstand. Sofort führte er sein Schwert schräg vor den Körper, um den nächsten Angriff abzuwehren, doch zu seiner großen Überraschung ließ sich Logrid zu Boden fallen und streckte ein Bein aus, um Laerte ebenfalls zu Fall zu bringen. Laerte stürzte und stieß sich den Kopf heftig an der Bettkante. Sofort drehten sich Sterne vor seinen Augen. Er nahm seine Umgebung nur noch wie durch einen Nebel wahr.

Kaum ließ seine Konzentration nach, geriet der *Odem* außer Kontrolle. Laertes Herz wurde wie von Riesenhand zerquetscht. Helles Blut strömte aus seiner Nase. Seine Augenlider schienen aus Blei zu bestehen.

Als er wieder zu sich kam, erkannte er den Schatten Logrids, der sich auf ihn stürzte. Der Assassine kniete sich auf die Arme des Jungen und hielt ihn so am Boden. Mit einer Hand bedeckte er Laertes Mund. Die Klinge seines Schwertes durchbohrte die Schulter des Jungen, dessen erstickter Schmerzensschrei nur in seinem Kopf nachhallte. Unwillkürlich krümmte er sich. Sein verzweifelter Blick begegnete dem bösen Lächeln Logrids, der sich über ihn beugte.

Aber er konnte doch nicht einfach so sterben! Nicht hier, nicht jetzt, nicht so! Der Assassine hielt ihm noch immer die Hand über den Mund und erstickte seine Schreie. Dabei flüsterte er ihm irgendetwas Unverständliches ins Ohr, etwas fast Hypnotisches. Wenn er doch wenigstens den Mund hielte! Und dann dieser unerträgliche Schmerz! Alles sollte endlich aufhören …

Nein! Er war noch nicht bereit, unterzugehen. Er musste nur tief Luft holen, aus vollen Lungen atmen und dann diese Klinge in seinem Körper bekämpfen. Kämpfen – das hatte er in den vergangenen Jahren gelernt. Kämpfen, um seine Familie zu rächen. Seinen am Galgen erhängten Vater, dessen Bild ihn noch immer heimsuchte. Seinen Bruder, der ebenfalls am Galgen gestorben war. Seine Mutter. Wie sie geschrien hatte! Seine kleine Schwester, die man …

Tränen traten in seine Augen. Seine Wut schützte ihn vor dem Untergang. Nein, weder Verzweiflung noch Einsamkeit und schon gar nicht dieser vermaledeite Schmerz würden ihn unterkriegen! Er würde nicht kapitulieren! Sein unbändiger Wille brachte den Odem wieder unter seine Gewalt.

Plötzlich krachte ein Stuhl auf Logrids Schädel hinunter und zersplitterte in tausend Stücke. Verblüfft drehte er sich um. Hinter ihm stand Aladzio. Er war sehr bleich und hielt noch zwei abgebrochene Stuhlbeine in der Hand. Kaum war der Druck der Knie Logrids von seinem Arm gewichen, streckte Laerte den Arm aus und spreizte die Hand. Der Odem vollbrachte sein Werk.

Logrid wurde in die Luft gehoben und verharrte dort wie an Fäden. Langsam drehte er sich um die eigene Achse. Eine Hand krallte sich in seine Brust, als versuchte er, etwas herauszureißen, das sich in sein Herz bohrte. Laerte spürte seine Qualen am eigenen Leib. Er erlebte sie, ertrug sie und wollte sie. Er sah Logrids zuckendes Herz vor sich, wie eine Orange, die mit der Hand ausgepresst und zwischen den Fingern zerquetscht wurde. Je stärker er zudrückte, desto intensiver spürte er, wie das Leben aus dem schwebenden Körper floh.

Erst als er nur noch eisige Kälte fühlte und Logrids Kopf sich zur Seite neigte, ließ Laerte den Arm sinken. Dann verlor er das Bewusstsein.

Eine weit entfernte Stimme riss ihn aus der Finsternis, obwohl er sich nichts sehnlicher wünschte, als für immer dort zu verharren. Die Worte kamen näher. Das Knarren des Fußbodens erschien ihm unendlich laut. Wie ein Wald, der gefällt wurde.

»Grenouille? Grenouille?«

»Laerte«, flüsterte er heiser.

Beim Aussprechen seines Namens fuhren ihm tausend Nadeln in die Kehle.

»Nicht bewegen«, sagte die Stimme.

Bis er die Bedeutung der Worte erfasste, war es bereits zu spät. Er hatte versucht, sich aufzurichten, doch seine verletzte Schulter brachte ihn schnell zur Raison.

»Ich habe das Schwert herausgezogen und dich notdürftig verbunden.«

Deine beiden Schüler, Dun-Cadal. Welche Ironie!

Aladzio kniete neben ihm und sah ihn mit erschrockenen Augen an. Laerte warf einen Blick auf seine Schulter, die mit einem Stück blutbeflecktem Tuch verbunden war.

Deine beiden Schüler kämpfen gegeneinander. Auf wen hättest du gewettet? Nun, Dun-Cadal? Sag es mir!

»Du warst einige Minuten ohnmächtig. Ich habe getan, was ich konnte«, stammelte der Erfinder.

»Danke.«

Logrid lag in seinem grünen Umhang bewegungslos auf dem Fußboden. Ein Bein war angewinkelt, die Hand lag immer noch verkrampft auf seiner Brust. Der Umhang! Aladzio half Laerte beim Aufstehen.

»Er ist die *Hand des Kaisers*, nicht wahr?«

»Er war es«, stellte Laerte seufzend richtig. »Ich bin wirklich froh, dass du gekommen bist!«

»Bedanke dich bei De Page«, sagte Aladzio verschämt. »Er hat mich gebeten, ein Auge auf dich zu haben. Du musst fliehen, Grenouille. Wenn der Kaiser seinen Assassinen zu dir geschickt hat, bist du hier nicht mehr sicher. Wahrscheinlich haben sie irgendetwas herausgefunden.«

»Noch nicht«, presste Laerte hervor und trat an Logrids Leiche.

Jetzt oder nie. Fliehen oder kämpfen. Aufgeben oder Erfolg haben. Wie der Erain-Frosch würde er ein letztes Mal das Aussehen seiner Feinde annehmen.

Und auf diese Weise geschah es …

Trotz seiner verletzten Schulter. Trotz seiner Müdigkeit. Und trotz Aladzios Warnung.

Auf diese Weise …

Er legte Lederweste, Stiefel und Handschuhe an und verbarg sich unter dem grünen Umhang der *Hand des Kaisers*. Die Kapuze zog er tief ins Gesicht.

Hatte er nicht schon immer zum Assassinen – zum Mörder – des Kaisers werden wollen?

»Und auf diese Weise kam dir die Idee …«, wiederholte Dun.

Er saß auf der Türschwelle und betrachtete den Rest Wein, den er auf dem Kies verschüttet hatte. Der junge Mann war ganz ruhig geblieben und genoss den Anblick der von tausend Feuern erleuchteten Stadt zu ihren Füßen. In den Nächten wetteiferte Masalia mit dem Sternenhimmel.

Logrid!

»Und dann habe ich dich gesehen«, erinnerte sich der General mit leiser Stimme.

Du verfluchter Schweinehund! Logrid!

»Du dachtest, du verfluchst Logrid. Aber in Wirklichkeit hast du mich verflucht, Dun.«

Er sah den alten General wieder vor sich, wie er von Soldaten zur großen Flügeltür begleitet wurde und tausend Verwünschungen ausstieß. Er hatte die Augen abgewandt, weil er weder die Tränen seines Meisters noch sein vom Hass verzerrtes Gesicht ertrug.

»Ich war verletzt, Sumpfschnepfe«, erklärte er ernst. »Ich hatte das Gefühl zu stürzen, zu fallen, zu straucheln, zu …«

Er musste Luft holen. Es war so schmerzhaft gewesen, dass er nicht nur daran dachte, sondern jeden Augenblick noch einmal erlebte.

»Ich war vierzehn Jahre alt, als ich dich rettete. An jenem Tag war ich kaum siebzehn. Und der Kaiser saß nur wenige Schritte entfernt. Nur wenige Schritte.«

Er schwieg einen Augenblick, ehe er fortfuhr.

»Sie haben in den Salinen meinen Vater und meinen Bruder erhängt.«

»Ich weiß. So entsprach es dem Gesetz.«

»Entsprach es auch dem Gesetz, dass meine Mutter vergewaltigt wurde?«

Er warf dem alten Ritter einen düsteren Blick zu. Dun verbarg seine Überraschung hinter einer verschlossenen Miene, doch Laerte wusste, dass sein Meister erst jetzt begriff, welch schreckliche Strafe über die Familie Uster hereingebrochen war. Und sie hatte nichts mit unerwünschten Ideen, dem Wunsch nach Veränderung oder den Anfängen einer Republik zu tun.

»Meine kleine Schwester war erst vier Jahre alt«, berichtete Laerte mit bebender Stimme.

Die Soldaten hatten Gräueltaten begangen, die von den Machthabern zynisch toleriert wurden und jedem bewusst machten, dass es keinen sauberen Krieg gab, dass jede Art von Gewalt neue Gewalt erzeugte und dass Grausamkeit zwar unentschuldbar, aber leider auch unausweichlich war.

Mit zugeschnürter Kehle und Tränen in den Augen trat Laerte einen Schritt auf Dun zu.

BAM!

»Sie haben sie wie Vieh an eine Tür genagelt.«

BAM!BAM!

Er wandte sich ab, versuchte sich zu beruhigen und wischte sich mit dem Handrücken über die Augen.

»Ich habe gewartet. Ich habe den folgenden Tag abgewartet.«

»Grenouille«, murmelte der General. »Das alles wusste ich nicht. Ich …«

»Ich habe gewartet, bis der Angriff begann«, fuhr Laerte fort, als hätte er nichts gehört.

»Logrid! Bleib bei mir! Ich muss die Stadt sofort verlassen.«

Er beugte sich zu Dun hinunter. »An jenem Abend habe ich erfahren, wie eng die Familie Reyes und meine eigene verbunden waren.«

9

DAS ENDE EINER ÄRA

Eines Tages werdet Ihr mich verstehen.
Ganz bestimmt.
Ich werde der größte Ritter sein,
den die Welt je gesehen hat.

Logrid?«

Die Stimme zitterte und klang schrill – bemerkenswert schrill für jemanden, der über die ganze Welt regierte. Vor Laerte stand eine armselige Gestalt in einem langen, schwarzen Gewand. Eine goldene Maske verbarg das Gesicht. Draußen schlugen Geschosse ein. Steine und Staub wurden auf den Balkon geschleudert. Zuckendes Mündungsfeuer warf flackernde Schatten durch den leeren Thronsaal.

Kaiser Asham Ivani Reyes hatte jeglichen Glanz verloren. Er presste einen verkrümmten Arm gegen die Brust, und sein Rücken war so verdreht, dass eine seiner Schultern viel höher stand. Plötzlich war er nur noch ein Ungeheuer von bemitleidenswerter Hässlichkeit.

Noch tags zuvor hatte Laerte gegen den Wunsch angekämpft, den Kaiser an der Kehle zu packen und ihm sein

Schwert ins Herz zu bohren. Aber nach seiner Verwundung war er so schwach, dass er sich nicht für fähig hielt, es mit der kaiserlichen Leibwache aufzunehmen.

Und so hatte er es vorgezogen, zu warten und sich auszuruhen.

Als die ersten Kanonensalven ertönten und die Generäle den Palast verließen, um die Festungsmauern von Emeris zu verteidigen, hatte er die Gelegenheit beim Schopf ergriffen. Obwohl die Schulterwunde unter der Bandage noch immer nässte und dumpf schmerzte, war er entschlossen, dieses Mal keinen Rückzieher zu machen.

»Logrid? Was machst du da?«

In heller Panik stürzte Reyes in den Thronsaal und bekam noch größere Angst, als sich Laerte mit gezücktem Schwert vor ihm aufbaute.

»Wir müssen aus Emeris fliehen. Die Truppen Laerte von Usters stehen vor den Toren, und ich kann nicht …«

Laerte streifte die Kapuze ab und musterte den Kaiser mit schweißgebadetem Gesicht.

»W-w-er bist du?«, stotterte Reyes und wich einen Schritt zurück.

»Runter mit der Maske«, donnerte Laerte. »Ich will dein Gesicht sehen.«

»Grenouille?«, wunderte sich der Kaiser. »Bist du nicht der Knappe von … bei allen Göttern!«

»Die Maske!«, wiederholte der Junge und brachte drohend das Schwert in Stellung.

Die Stadt brannte. Flammenreflexe tanzten auf den Marmorsäulen. Dunkler Rauch wälzte sich über die Bäume unter dem Balkon hinweg in den Sternenhimmel. Die Festungsmauern erzitterten unter den Kanonenangriffen der Aufständischen. Nein, das war kein Aufstand mehr – es war die Revolution.

»Zeig mir endlich dein verfluchtes Gesicht!«

»Wozu? Was willst du von mir? Wo ist Logrid? Du kannst ihn unmöglich getötet haben.« Mit jedem Satz wich Reyes verängstigt ein Stück zurück. Sein seltsam geformter Arm glitt unter sein Gewand.

Weil Laerte befürchtete, der Kaiser könne Eraëd ziehen, warf er sich mit unbändiger Wut auf ihn. Reyes strauchelte und stürzte. Er schluchzte laut auf. Klappernd fiel seine Maske zu Boden und bekam einen tiefen Riss. Sein unbedecktes Gesicht wirkte weder würdig noch kaiserlich. Reyes war nur noch ein zitterndes, verängstigtes Bündel Mensch, das Laerte furchtsam die Arme entgegenstreckte. Doch der erwartete Angriff erfolgte nicht. Laerte war verblüfft stehen geblieben.

Der Kaiser hatte ihm nur eine Hand mit gespreizten Fingern entgegengestreckt. Die andere Hand erwies sich als unförmiger, mit weißlichen, ekelhaften Wülsten bedeckter Fleischfetzen.

»Nicht!«, flehte Reyes. »Bitte tu es nicht!«

»Monster!«, fauchte Laerte angewidert den Mann an, den er sein Leben lang gehasst hatte.

Das Gesicht des Kaisers hatte kaum noch etwas Menschliches. Es bestand aus Beulen, Löchern, Narben und Wülsten. Eine schreckliche Krankheit zerfraß seine Züge. Über Reyes' rechtem Auge hing ein aufgedunsenes Augenlid, und seine Nase bestand lediglich aus zwei schwarzen Spalten über einer Hasenscharte.

»Tu mir nicht weh«, winselte er.

»Mein Vater hätte nie so gebettelt«, sagte Laerte und spuckte Reyes vor die Füße. »Als er in den Salinen aufgehängt wurde, hat er nicht um sein Leben gefleht.«

Der Kaiser riss die Augen auf. Allmählich schien er zu begreifen.

»Hat meine Mutter etwa darum gebettelt, dass man ihr nicht wehtun sollte?«, schrie Laerte und kam bedrohlich näher. »Oder meine kleine Schwester?«

Reyes senkte den Kopf wie ein Hund, der Schläge befürchtet. Sein ganzer Körper zuckte.

»Das wollte ich nicht«, jammerte er. »Nicht ich habe den ...«

»Doch, Reyes, du bist schuld an diesem Krieg. Und du wirst dafür bezahlen.«

»Ich wollte das alles nicht. Wirklich nicht«, jammerte der Kaiser.

»Du hast meine Familie getötet«, brüllte Laerte.

Wie eine Antwort wummerte Kanonendonner zu ihnen herauf. In den Straßen von Emeris klirrten Schwerter. Die Aufständischen waren in die Stadt eingedrungen. Viele Häuser standen in Flammen.

Der Kaiser kauerte zu Füßen Laertes und warf dem jungen Mann einen flehenden Blick zu. »Sieh mich doch an. Ich bin nicht so, wie man sagt. In Wirklichkeit bin ich ein armseliger Krüppel, der sich hinter einer goldenen Maske verbergen muss.« Dicke Tränen rannen über sein zerfressenes Gesicht. »Im Grunde meines Herzens bin ich kein schlechter Mensch. Ich habe mich immer um das Wohl meines Volkes gekümmert und niemals den Befehl gegeben, dass eine ganze Familie ... Nur dein Vater wurde verurteilt, denn nur er hat mich bedroht.«

Laerte fühlte sich nicht im Stande, Nachsicht walten zu lassen. Er verstand nicht einmal die Beweggründe des

Kaisers. Sein jugendliches Ungestüm siegte über die Vernunft. Obwohl er ein gewisses Mitleid für das körperliche Elend des Kaisers empfand, mahnte er sich, dass es seine Aufgabe war, die Sache zu Ende zu bringen. Er ließ sein Schwert kreisen und unterdrückte eine schmerzliche Grimasse.

Seine Wunde begann wieder zu bluten. Die warme Flüssigkeit sickerte durch die Bandage und verursachte einen großen Fleck unter der Lederweste.

Er zögerte. Zitternd und fiebrig richtete er die Klinge auf den zusammengekauerten Mann. Sollte er Milde walten lassen? Oder Mitleid haben? Für dieses unsägliche Etwas zu seinen Füßen? So lange hatte er auf diesen Moment gewartet ...

Reyes weinte wie ein kleines Kind.

Laerte hatte sich vorgestellt, dass der Kaiser in ihm nur Hass wecken würde – sonst nichts. Als mächtigen Mann und Tyrannen, der ihm in die Augen gesehen hätte, während er ihm sein Schwert ins Herz bohrte.

»Bitte, Grenouille, bitte. Die anderen waren es, die mich dazu gedrängt haben. Sie haben mir gesagt, ich solle die Salinen erobern. Töte mich nicht, Grenouille. Töte mich nicht.«

»Ich bin Laerte von Uster«, fauchte der junge Mann.

In diesem Augenblick ertönte eine laute Stimme im Thronsaal.

»Noch eine Maske, die fällt.«

Ohne die bedrohliche Schwertspitze vom Kaiser zu wenden, drehte sich Laerte um. Etwa zehn Soldaten waren durch die Flügeltür eingetreten. Ihnen folgten vier Männer, deren Rüstungen noch erstaunlich sauber aussahen. Sofort erkannte Laerte den dicken Negus, den stolz einher schreitenden Bernevin, Rhunstag mit dem Bärenfell auf den Schultern und …

»Hauptmann Azdeki! Rettet mich!«, befahl der Kaiser und streckte wieder die Arme aus. »Dieser Verrückte hier will mich töten. Verteidigt mich.«

Azdeki trat auf ihn zu, musterte verächtlich das zerstörte Gesicht und spuckte statt einer Antwort vor ihm aus. »Welche Ironie«, erklärte er vernehmlich. »Reyes und Uster in trauter Zweisamkeit. Mit diesen beiden hat alles angefangen, und jetzt wird es auch mit ihnen enden.«

Die Soldaten bildeten einen Kreis um sie. Rhunstag steckte die Daumen in den Gürtel und trat nach rechts, Bernevin nach links. Für Laerte jedoch zählte nur das Gesicht von Etienne Azdeki.

»Hauptmann Azdeki, ich befehle Euch zu handeln!«, ordnete Reyes an, der immer noch auf dem Boden herumkroch.

Laerte berührte ihn bedrohlich mit dem Schwert. Der Kaiser erstarrte sofort und warf den Soldaten auffordernde Blicke zu. Doch niemand eilte ihm zu Hilfe. Auch die Generäle beachteten ihn nicht.

»Laerte von Uster, Oratios Jüngster! Ehrlich gesagt hielt ich dich für älter. Eine tolle Strategie übrigens, dich zum Mythos zu machen. Weiß Meurnau, dass du bei uns bist? Und dass du gegen ihn kämpfst?«

Laerte spürte, wie sein Fieber anstieg. Die Schulter machte ihm schwer zu schaffen, und auf seiner Stirn stand Schweiß.

»Azdeki!«, rief der Kaiser schrill.

Laertes Vernunft schwankte wie ein Schiff im Sturm. Aber er musste durchhalten.

»Keinen Schritt näher«, drohte er zornig.

Mit dem Schwert bedrohte er den Kaiser zu seinen Füßen, aber Azdeki zeigte nicht die geringste Reaktion. Mit der Hand am Schwertgriff blickte er den Jungen ernst an und blieb ruhig und unbeweglich stehen. Draußen donnerten die Kanonen.

»Tu es«, sagte er schließlich zu Laerte und machte eine Kopfbewegung zu Reyes hin. »Beende das Leben dieses …«

Er machte eine Pause und verzog angeekelt die Lippen.

»… dieses Dings«, beendete er den Satz schließlich mit zusammengebissenen Zähnen.

Reyes stöhnte auf. Aus dem dank des aufgedunsenen Lids fast geschlossenen Auge rannen blutige Tränen. Das andere zeigte blanke Panik.

»Rhunstag?«, flehte er bebend. »Bernevin? Negus? Helft mir!«

Doch sein entsetzter Blick prallte ab wie an einer Mauer. Die Generäle betrachteten ihn völlig gefühllos – ohne Mitleid, aber auch ohne Wut. Der Kaiser hatte nichts mehr von ihnen zu erwarten. Sie verleugneten ihn, indem sie schwiegen und nicht reagierten.

»Habt Mitleid!«, jammerte er.

»Warum?«, fragte Azdeki, ohne ihn auch nur anzusehen. Stattdessen wandte er den Blick nicht von Laerte. In seinen Unmut mischte sich eine gewisse Neugier.

»Wieso hast du dich mit Dun-Cadal Daermon zusammengetan? Und warum hast du uns die ganze Zeit angelogen?«

»Es ist Zeit, Etienne. Lass uns endlich ein Ende machen«, mahnte Negus ungeduldig.

Laerte warf ihm einen kurzen Blick zu, dem der kleine Mann auswich. Negus – der Freund seines Meisters. Auch er verriet ihn also. Mit zugeschnürter Kehle musste Laerte plötzlich an Dun denken. Was mochte nun aus ihm werden? Gegen wen würde er nun kämpfen?

»Los«, forderte auch Bernevin jetzt. »Wir müssen uns um Meurnau kümmern, solange die Kämpfe andauern.«

Am Boden schluchzte Reyes vor sich hin.

»Es geht um Rache, nicht wahr?«, hakte Azdeki nach. »Deswegen hast du so lang gewartet.«

»Meurnau nähert sich mit seinen Truppen dem Palast, Neffe!«, rief eine heisere Stimme. »Wenn wir ihn nicht wie vorgesehen töten, wird er sich als Sieger proklamieren, und wir haben keine Legitimation mehr.«

Zwischen den Säulen näherte sich hinkend eine schwergewichtige Gestalt, dicht gefolgt von einem kleinen, schmächtigen Mann, der zum Gehen einen Stock brauchte und nervös kicherte.

»Azinn?«, jammerte Reyes. »Ihr auch?«

Sofort sprang Bernevin vor, zog einen blanken Dolch aus dem Gürtel, packte den Kaiser am Nacken und presste ihm die Klinge an den Hals. Wie gebannt verfolgte Laerte das Geschehen. Alle Anwesenden erschienen unglaublich ruhig, während draußen die Kaiserstadt in die Hände der Widerstandskämpfer fiel.

»Meurnaus Zeit ist vorüber«, erklärte Azinn und warf Laerte einen seltsamen Blick zu. »Wir müssen uns beeilen. Und nachdem Oratios Sohn schon so viele Jahre unter uns weilte, lügen wir keineswegs, wenn wir ihn zum Verräter an der Revolution erklären.« Zufrieden strich er sich über den kahlen Schädel, den nur noch eine einzige weiße Strähne zierte.

Diese Leute würden den Krieg überleben. Sie würden sich zu Siegern erklären und zu Helden werden, denen der Untergang des Kaiserreichs zu verdanken war. Sie alle umstanden Laerte und musterten ihn. Nur wenige Schritte entfernt bedrohte Bernevin den Kaiser mit seinem Dolch. Über die mit Geschwüren bedeckten Wangen des Kaisers liefen Tränen. Die fernen Flammen, die sein Reich in Schutt und Asche legten, warfen zuckende Schatten auf sein Gesicht. Er war verloren. Der Marquis von Enain-Cassart lehnte an einer Säule und verfolgte genüsslich die Entwicklung der Dinge.

»Wir waren uns zwar sicher, dass du überlebt hattest, allerdings vermuteten wir dich in der Führungsspitze der Revolte. Wie kann das angehen?«

»Die Register«, grinste Azdeki und nickte zufrieden. »Das muss es ein. Aus diesem Grund hat Meurnau die Register von Guet d'Aëd verbrannt. Er wollte uns dein Alter verbergen.«

»Nun, dieses Missverständnis können wir jetzt leicht widerlegen«, freute sich Azinn. »Das Geheimnis um Laerte von Uster ist gelöst.«

»Somit warst du uns nützlich bis zu deinem bitteren Ende«, sagte Azdeki zu dem jungen Mann. »Laerte, Grenouille, wie auch immer – jedenfalls hast du ganz allein ein Kaiserreich zu Fall gebracht.«

Er schien es ehrlich zu meinen. In seinen Augen lag ein seltsamer Funken Reue.

»Aber ich bin euer Kaiser«, schluchzte Reyes plötzlich auf.

»Die Zeiten ändern sich, Reyes«, erklärte Etienne ruhig. »Das Volk braucht jetzt ein anderes Schicksal. Ein Schicksal, über das nur die Götter entscheiden. Euer Schicksal hingegen endet hier. Woran werdet Ihr Euch erinnern, Reyes? Die Mönche des Fangol-Ordens sagen: Eines Tages erreichen wir in unserem Leben die Kreuzung zwischen dem, was wir waren, dem, was wir sind, und dem, was wir werden. In diesem Augenblick, am Ziel aller Dinge, entscheiden wir, wie unser Ende aussehen wird. Erinnert Ihr Euch an diesen ekelhaften Krüppel, der Ihr immer gewesen seid? Oder an all das, was Ihr letzten Endes nie getan habt? Seid Ihr stolz oder schämt Ihr Euch Eurer Regierungszeit, Reyes? Jetzt, wo das Volk gegen die Tore Eures Palasts drängt ...«

Laerte blieb stumm. Sein Gesicht zeigte immer noch die gleiche Wut, während er abwechselnd den Hauptmann und den Kaiser taxierte. Was sollte er tun? Würde er wieder einmal versagen? Seine Schulter schmerzte bei jedem Atemzug.

In den Salinen gab es nur einen Helden. Merkt euch diesen Namen: Dun-Cadal Daermon.

Dun hatte es damals geschafft, sich aus einer ebenso ausweglosen Situation zu befreien. Inmitten all dieser Soldaten blieb Laerte nur eine Wahl.

»Laerte«, rief der Kaiser mit seiner Zitterstimme. »Diese da waren es. Sie haben immer entschieden. Auch über das Schicksal Eures Vaters. Sie haben mich gezwungen. Ich weiß längst, dass Oratio nie Verrat geübt hat.«

Er hob den Blick, als wollte er Bernevin herausfordern.

»Logrid ... Logrid hat mich gewarnt, aber ich habe ihm nicht geglaubt. Er hat Euch als das erkannt, was Ihr wirklich seid: niederträchtig. Es geht um das *Liaber Dest*, nicht wahr? Logrid war klar, dass eines Tages jemand von seiner Existenz erfahren und Begehrlichkeiten entwickeln würde. Was Uster angeht, so habt Ihr mich angelogen. Aber wer hat es Euch verraten? Wer?«

»Oratio selbst«, murmelte Bernevin, als wollte er Reyes provozieren.

»Bernevin«, mahnte Azdeki und zwinkerte dem Grafen zu.

Bernevin verstand sofort und stieß zu. Die Klinge durchtrennte die Gurgel des Kaisers. Draußen krachte eine heftige Explosion. Menschen schrien. Blut sprudelte stoßweise aus der Wunde. Lautlos sackte Asham Ivani Reyes in sich zusammen.

Unwillkürlich wich Laerte einen Schritt zurück. Sofort brachten die Wachsoldaten ihre Lanzen in Stellung. Etienne Azdeki hob beschwichtigend die Hand.

»Das *Liaber Dest?*«, erkundigte sich Laerte verwirrt.

»Ach, du wusstest es gar nicht?«, jubilierte Azdeki. »Du hattest tatsächlich keine Ahnung?«

»Neffe, wir sollten …«

»Ich entscheide hier!«, donnerte Azdeki und warf seinem Onkel einen abschätzigen Blick zu.

Niemand protestierte. Und zum ersten Mal veränderte sich Etiennes Gesicht. Er wirkte plötzlich so wütend, dass er Furcht einflößte. Er blickte Laerte an und fuhr mit der Hand über seinen Schwertgriff.

»Der erste Kaiser aus der Familie Reyes, jener, der Kaiser Adismas deo Cagliere ablöste, hat das Heilige Buch deiner Familie anvertraut. Jahrhundertelang haben die Usters das Geheimnis bewahrt. Bis zu deinem Vater.«

»Ihr habt sie getötet! Ihr habt sie alle getötet!«

BAM. BAM.

Das süße Gesicht von Naïs tauchte in seiner Erinnerung auf. Naïs mit ihren weichen, blonden Locken. Er erinnerte sich der festen Hand seines Vaters mit dem Siegelring am Ringfinger. Der dunkelblauen Augen seines Bruders. Des Dufts seiner Mutter, der ihn sogar den Pulvergeruch vergessen ließ, der zum Palast hinaufzog.

»Weißt du überhaupt, wer dein Vater war?«, fragte Azdeki.

Ein guter Mensch. Ein Mensch, der geliebt wurde. Er war sehr gebildet und ein ausgezeichneter Degenfechter. Oratio Montague, Graf von Uster, Herr der Salinen. Laerte vergaß sein Fieber, seine schmerzende Schulter und das Pochen in den Schläfen. Seine Wut bewirkte mehr als die Ruhe, die sein Meister ihm immer abverlangt hatte. Es bedurfte nur eines Seufzers. Sofort nahm er den Herzschlag der Soldaten wahr, die ihn umzingelten. Seine Nase begann zu bluten. Sein Schädel und die Brust schmerzten, doch er wusste, dass er den *Odem* kontrollieren konnte.

»Wir mussten es tun«, verteidigte sich Azdeki. »Wir mussten es an uns bringen. Das *Liaber Dest* ist viel zu gefährlich, als dass …«

Laerte warf sich auf den nächststehenden Soldaten, schwang sein Schwert und hieb ihm eine tiefe Wunde in den Hals. Völlig überrascht zögerten die Männer kurz, ehe sie sich auf ihn warfen. Laerte konnte hören, wie Azdeki sein Schwert zog, aber auch, wie sich sein Onkel diskret ein paar Schritte zurückzog.

Die Hitze, die Laertes Lungen versengte, hielt ihn nicht von seinem Vorhaben ab. Ihm blieb keine andere Wahl, als den *Odem* zu meistern und das Leben um sich herum zu spüren, um es nehmen zu können. Er kniete sich auf den Boden und parierte einen Lanzenangriff mit erhobenem Schwert, ehe er einem zweiten Soldaten mit einem Hieb die Beine abtrennte.

Trotz der quälenden Anstrengung erschien ihm jede Bewegung selbstverständlich und natürlich. Er versetzte Fausthiebe, kugelte Gelenke aus und durchbohrte Rüstungen mit seinem Schwert. Seine Muskeln schienen umso heftiger zu brennen, je mehr Herzen zu schlagen aufhörten. Der *Odem* würde ihn zermalmen.

»Azdeki«, schrie Bernevin.

»Himmeldonnerwetter!«, fluchte Negus.

»Alle zu mir!«, kommandierte Etienne, während sein Onkel und der alte Mann bestürzt aus dem Saal flohen.

Schwankend stand Laerte inmitten von zehn Leichen. Sein Atem ging pfeifend, und sein Blick war trüb geworden, doch er war immer noch zu allem entschlossen. Der Kanonendonner kam näher. Die roten Vorhänge vor dem Balkon bauschten sich. Die Bäume unterhalb standen in hellen Flammen. Laerte spürte die Ohnmacht nahen. Sein gesamter Körper fühlte sich an wie eine offene Wunde. Nur der Anblick der vier Generäle half ihm durchzuhalten, denn er nährte seine Wut. Er beobachtete, wie auch sie ihre Hände erhoben – gegen ihn. Sie, die seinen Vater getötet hatten.

Der *Odem* fegte mit brutaler Gewalt über den Marmorboden. Die Leiche des Kaisers wurde herumgeworfen. Laerte hatte gerade noch Zeit, die Arme vor das Gesicht zu reißen und leicht in die Knie zu gehen. Es war wie ein Sturm, der ihn in Richtung des Balkons presste, so heftig, dass die Marmorfliesen unter seinen Füßen zersprangen.

»Er ist ganz schön zäh«, brüllte Rhunstag.

»Wie macht er das?«, staunte Negus.

Das Bild seiner kleinen Schwester schien vor Laertes Augen vorüberzuhuschen. Es verlieh ihm genügend Kraft, einen Schritt vorwärts zu gehen, ehe er sich auf die Knie fallen ließ und den Boden mit den bloßen Fäusten bearbeitete.

Rings um ihn zersprang der Marmor, überall flogen messerscharfe Splitter herum. Negus wurde gegen die Tür katapultiert und stieß sich heftig den Kopf am Holz. Die drei anderen fielen auf den Rücken und rutschten schreiend einige Meter weit.

Laerte stand auf, ließ einen Augenblick locker und suchte hastig nach einem Ausgang. Jeder Schritt war eine Qual, jede Bewegung entlockte ihm ein Stöhnen. Alles schien sich um ihn zu drehen. Der Balkon! Jenseits der steinernen Brüstung standen die Bäume in prasselnden Flammen.

»Uster!«, knurrte Azdeki hinter ihm.

Laerte drehte sich um. Beinahe wäre er gestürzt. Sein Schwert ließ er mit hängenden Armen nachschleifen.

»Dun«, presste er hervor, als rufe er um Hilfe. »Sumpfschnepfe!«

Azdeki stapfte mit gezücktem Schwert auf ihn zu.

Laerte bemühte sich, seine Waffe zu heben, doch sie war zu schwer. Blut klebte an seinen Lippen, seine Beine trugen ihn kaum noch.

»Warum?«, stammelte er, ehe er alle Kraft zusammennahm und schrie: »Warum?«

Er hörte ein Pfeifen. Azdeki schlug zu. Laerte wollte den Schlag parieren, doch es war zu spät. Blitzend raste die Klinge auf sein Gesicht zu, doch in dem blanken Metall spiegelte sich das Bild einer Kanonenkugel.

Der Explosionsdruck riss die beiden Männer auseinander. Laerte verlor das Bewusstsein. Sein Körper wurde über die Balkonbrüstung geschleudert. Er stürzte mit unglaublicher Geschwindigkeit. Brennende Äste peitschten ihn. Als er am Boden aufprallte, hörte er nicht mehr, wie seine Knochen brachen.

Laerte erfuhr nie, wie lange er am Fuß der brennenden Bäume gelegen hatte. Für ihn existierte nur die Qual seines geschundenen Körpers. Alles andere war gespenstisch weit fort.

Irgendwann wurde er aufgehoben, doch seine Schmerzensschreie übertönten die wenigen Worte, die er zu hören glaubte.

Jemand brachte ihn in ein verborgenes Zimmer und pflegte ihn, während er sich schreiend in Todesqualen wand. Seine Tränen mischten sich mit seinem Blut. Manchmal verlor er sich in einer drückenden, eisigen Dunkelheit, und glaubte, dass es für immer wäre.

Er würde nicht überleben …

Aber jedes Mal, wenn er dem Tod entgegentaumelte, forderten Stimmen seine Aufmerksamkeit und brachte ihn zu seinen Qualen zurück.

Gib dein Bestes, Aladzio!

Aber ich bin Erfinder, kein Arzt!

Du bist seine einzige Chance!

Je mehr Laerte ins Leben zurückkehrte, desto unerträglicher erschien es ihm, bestand es doch nur aus Schmerz, Qual und Verletzung.

Dann ist er also der Sohn von Oratio …

Irgendwann gelang es Laerte, die Stimmen zuzuordnen und mit Namen zu versehen, obwohl er eine davon nur ein einziges Mal gehört hatte.

Halte durch, mein Freund. Du schaffst das schon.

Das war Rogant. Und seine warme Hand lag auf etwas, das seine eigene Hand zu sein schien.

Ich habe dir gesagt, dass es keine gute Idee ist. Aber nein, du wolltest ja nicht auf mich hören. Mitten in die Höhle des Löwen! Und wozu? Wie vielen Männern hast du die Stirn geboten?

Zumindest dieses Mal klang Aladzios Stimme wie eine süße Melodie.

Haltet ihn! Haltet ihn!

Er schrie. Er brüllte wie ein Schwein, das geschlachtet wird. Dann wieder weinte er und wünschte sich nichts sehnlicher, als dass endlich alles vorüber wäre, dass sein Herz zu schlagen aufhörte und der Schmerz ihn in Ruhe ließe.

Du bist ein großer Ritter, Laerte von Uster. Du darfst uns nicht verlassen.

Sobald sein Bewusstsein aus dem Nebel auftauchte, hatte er das Gefühl, mit glühenden Eisen bearbeitet zu werden. Jeder Nerv schien zu brennen, und doch kehrte er nach und nach ins Leben zurück. Seine Reisen ins Halbdunkel waren gespickt mit Erinnerungen.

»Madog! MADOG!«

»Du nennst mich Sumpfschnepfe, nicht wahr? Dann lass uns doch bei so etwas bleiben. Da du Tiere zu mögen scheinst, werde ich dich Grenouille nennen. Grenouille, der Frosch.«

»Ich liebe dich. Ich werde dich immer lieben. Mein ganzes Leben lang. Vergiss mich nicht. Vergiss uns nicht. Grenouille! Vergiss niemals, wer du bist, Grenouille! Vergiss es nicht. Ich liebe dich.«

Esyld …

Als er die Augen öffnete, lag ein warmer Sonnenstrahl auf seinem Gesicht.

10
WUT

Wirft man es ins Feuer, so brennt es nicht.
Berührt man es mit einer Klinge, so zerreißt es nicht.
Es besteht aus dem Murmeln der Götter,
und nichts und niemand kann es zerstören.

Der uralte Ledereinband des schweren Buches wurde von einer genieteten Metallschließe zusammengehalten. Das Buch war so schwer wie die Gesetze, die es enthielt. In den Händen des Kindes wirkte es geradezu überdimensional groß. Auf dem Einband waren in hübschen Lettern die Worte *Liaber Moralis* eingeprägt.

»Nachdem du jetzt lesen kannst, braucht es Worte, um deine Gabe zu nähren.«

Vor dem Kind kniete ein recht großer Mann, der es mit warmen Blicken umfing. Unter einer schwarzen Weste trug er ein feines, weiches Hemd, sein Haar war frisch geschnitten, und er trug einen kurzen Bart. Dem Brauch nach hätte er sich in einen weiten Mantel mit Pelzkragen hüllen müssen, doch dies war kein offizieller Anlass für den Grafen von Uster. Die Sonne schien durch das Fenster seines Arbeitsraums. Soeben hatte er seinem Jüngsten ein wertvolles Geburtstagsgeschenk überreicht: Das *Liaber Moralis*, auf dem die gesamte Gesellschaftsordnung des Kaiserreichs beruhte.

»Als ich so alt war wie du, habe ich es von meinem Vater bekommen. In diesem Buch zeigt sich das ganze Herz der Menschen – alles, was man tun, sagen und glauben sollte«, erklärte Oratio.

Es war Laertes achter Geburtstag, und er hatte gerade angefangen, beim Waffenmeister von Guet d'Aëd zu lernen, wie man mit einem Schwert umgeht. Sein Vater, ein hochgebildeter Mann und geschickter Schwertkämpfer, hielt ein gewisses Gleichgewicht in der Ausbildung für wichtig: Nie sollte die Waffe die Oberhand über die Worte gewinnen, doch die Schriften sollten auch nicht die Kriegskunst beeinträchtigen. Für ihn gehörten beide Bereiche eng zusammen. Auf solche Weise wurden Eliten nach Art der Usters geschaffen, die sich je nach Situation sowohl mit Worten als auch mit Waffen verteidigen konnten.

»Du erinnerst dich sicher. Deine Mutter und ich haben dir davon erzählt.«

»Ja«, sagte Laerte schüchtern.

Er betrachtete das Buch in seinen kleinen Händen und wagte nicht, es aufzublättern, weil er fürchtete, es fallen zu lassen. Sanft legte der Graf eine Hand auf die Schulter seines Sohns und führte ihn zum Schreibtisch, wo das Kind das schwere Buch ablegen konnte. Jetzt schlug es den Buchdeckel auf und begann, Seite für Seite umzublättern und die vielen Zeilen handgeschriebener und mit bunter Buchmalerei verzierter Buchstaben zu bestaunen.

»Das ist die Schrift der Fangol-Mönche«, erzählte der Vater, der sich mit seinem Sohn über das Buch beugte.

Zärtlich streifte er dem Kleinen mit dem Kinn über das Haar.

»Warum haben nur sie das Recht zu schreiben?«, fragte Laerte, ohne den Blick von den Seiten zu wenden.

Jeder Absatz begann mit der farbigen Darstellung einer geheimnisvollen Szene. Die Seitenansicht eines Mannes, der vor einer Dame kniete, ein Bauer, der ein Lamm in seinen Armen trug, ein Ritter, der sich zwischen eine verängstigte Familie und streitlustige Nâagas stellte ...

»Weißt du, auch du hast das Recht zu schreiben«, stellte Oratio richtig. »Auch ich schreibe Briefe oder Befehle, und als ich um deine Mutter warb, habe ich ihr ebenfalls geschrieben. Bücher jedoch, in denen das Wissen überlebt, werden von den Fangol-Mönchen abgeschrieben und kopiert.«

»Aber ich sehe dich doch auch manchmal Bücher schreiben.«

»Das ist ...« Plötzlich wirkte Oratio seltsam verlegen, verbiss sich aber ein Lächeln.

»... etwas anderes. Die meisten Bücher aber sind – zumindest heute noch – Werke der Mönche. Sie halten sie für göttlich, verstehst du?«

»Haben die Götter die Bücher erfunden?«

»Ja«, nickte Oratio mit einem leisen Lachen. »Unter anderem. Unter vielem anderen.«

Enttäuscht verzog Laerte das Gesicht. Die Sätze, die er las, kamen ihm sinnlos vor. Die Worte waren so kompliziert und die Wendungen so schwierig, dass er die Zusammenhänge nicht begriff.

»Alles verstehe ich nicht ...«

Nur hier und da stieß er auf bekannte Ausdrücke und Dogmen, die man in der Kirche von Guet d'Aëd bei den Predigten eingebläut bekam.

»Das ist völlig normal«, beruhigte ihn sein Vater. »Je öfter du liest und je größer du wirst, desto besser wirst du es verstehen. Es ist die Moral unserer Welt. Was gut ist, und was schlecht … Die ersten Mönche haben es aufgeschrieben und sich dabei auf die Aussagen des *Liaber Dest* gestützt.«

Das verloren gegangene Buch des Schicksals war eine Legende, über die vor allem im Haus Uster immer wieder gesprochen wurde. Oft hatte der Vater mit viel Nachdruck darüber berichtet und sich manchmal aufgeregt, wenn der ältere Sohn Zweifel an der Existenz des Buches zu äußern wagte. Noch nie hatte jemand das *Liaber Dest* zu Gesicht bekommen. Skeptiker hielten es für absolut unmöglich, dass ein Buch, dessen Herkunft ungewiss war und von dem niemand wusste, wer es geschrieben hatte, das Schicksal eines jeden Menschen vom Anfang der Welt bis zu ihrem Untergang darstellen konnte.

»Über dieses Buch werde ich dir eines Tages mehr erzählen. Eines Tages wirst du alles erfahren, mein Sohn.«

Oratio von Uster war ein aufgeklärter Mann und immer bereit, etablierte Wahrheiten zu hinterfragen. Beim *Liaber Dest* jedoch handelte es sich nicht um eine Wahrheit, sondern um einen Mythos, und Oratio gestattete niemandem, an seiner Existenz zu zweifeln. In solchen Augenblicken konnte er so wütend werden, dass sich Laerte vor ihm fürchtete. Doch das kam selten vor. Meist zeigte sich sein Vater liebevoll und wohlwollend.

»Jeder Mensch …«, flüsterte Oratio über Laertes Schulter gebeugt.

Auf der aufgeschlagenen Seite standen dieselben Worte.

»… lebt in dieser Welt, um sein Werk zu vollenden«, vollendete Laerte den Satz.

Der Vater richtete sich auf und fuhr seinem Sohn mit der Hand durch das Haar. »Mögest auch du dein Werk vollenden, Laerte. Ein großes …«

… ein großes …

»… einflussreiches …«

… einflussreiches …

»… und wunderbares Werk.«

… und wunderbares …

Ein heftiger, lebendiger Schmerz weckte Laerte. Er brannte wie die Mittagssonne, die durch die großen Fenster in den Raum fiel.

… einflussreiches …

Nein, er befand sich nicht mehr in Guet d'Aëd, sondern saß in einem großen Sessel. Ein Bein lag ausgestreckt auf einem Hocker.

… und wunderbares Werk.

Auf seinem Schoß lag ein Exemplar des *Liaber Moralis* und war genau auf der Seite mit diesen Worten aufgeschlagen – dort, wo das Zitat stand, das sein Vater ihm viele Jahre zuvor vorgelesen hatte.

Laertes Verletzungen heilten nur langsam. Jeder Tag schien ihm schrecklicher als der vorhergehende. Sein Körper war zerfetzt und gebrochen, und er ertrug kaum die geringste Bewegung. Manchmal ging es ihm so schlecht, dass er in Ohnmacht fiel. Hin und wieder hatte er sich bereits tot gewähnt, und es konnte geschehen, dass er es sich sogar wünschte. War das endgültige Nichts nicht besser als diese Qual, die ihn immer wieder an seinen geschundenen Körper erinnerte?

Vier Monate nach dem Sturz des Kaiserreichs konnte er kaum zwei Stunden aufrecht sitzen, ohne das Bewusstsein zu verlieren. Dieses Mal jedoch war er nur eingeschlafen und schwebte in Erinnerungsträumen, nachdem er in der Bibliothek der Villa eine Ausgabe des *Liaber Moralis* entdeckt hatte.

Eine sanfte Hand entfernte das Buch von seinen Knien. Zum ersten Mal seit seiner schweren Verletzung nahm Laerte in seinem großen, lichtdurchfluteten Zimmer mit den weißen Vorhängen seinen Gastgeber wahr. In den vergangenen vier Monaten war er nur von den Bediensteten der Villa De Pages betreut worden. Das Haus lag in den südlichen Territorien, nur wenige Tagesritte von der großen Stadt Masalia entfernt, hoch über einem Weinberg mit Blick auf das azurblaue Meer.

Gregory De Page trug ein schwarzes Wams, ein edles Langschwert in einem schwarzen Ledergürtel und kniehohe, glänzende Stiefel und machte nicht im Geringsten den Eindruck eines Edelmanns auf der Flucht. Gemächlich ging er umher, blätterte im *Liaber Moralis* und wirkte sehr elegant. Er war einer der Sieger des Kriegs. Er hatte im Untergrund agiert und es den Aufständischen ermöglicht, Kanonen zu beschaffen, mit denen sie die Kaiserstadt Emeris in Schutt und Asche legten. Was jedoch war nach dem Wechsel aus ihm geworden? Laerte hatte sich nicht dafür interessiert, sondern es vorgezogen, sich in Schweigen zu hüllen und seinen Gedanken nachzuhängen. Nach wie vor verlor er sich in einem Zorn, der ihn innerlich auffraß. Er war … ja, er war gescheitert.

»Das Buch der Moral – Gesetze, die das Zusammenleben erleichtern«, flüsterte De Page nachdenklich vor sich hin. »Hervorgegangen aus dem für immer verlorenen *Liaber Dest*, geschrieben von den ersten Fangol-Mönchen. Aber es sind ungerechte Gesetze. Zumindest hinsichtlich des Stellenwertes, die sie den sogenannten ›Wilden‹ einräumen.«

Er klappte das Buch zu, warf es auf einen Sessel in der Ecke und lehnte sich wortlos an den Kamin. Ein lauer Mittagswind wehte über die Terrasse und bauschte die weißen Vorhänge an den bodentiefen Fenstern.

»Vielleicht gelten sie ja inzwischen als veraltet«, hing er weiter seinen Gedanken nach und rieb sich das Kinn mit einer schwarz behandschuhten Hand. »In den *Liabers* stehen eine Menge Grundsätze, über deren Herkunft sich niemals jemand Gedanken gemacht hat. Erstaunlich, oder? Irgendwer hat die Wünsche der Götter zu Papier gebracht, aber niemand weiß, wer es war. Und niemand hat diese Wünsche je infrage gestellt. Nicht etwa aus Angst vor göttlicher Strafe, sondern aus Angst vor den Menschen. Das *Liaber Moralis* – Stütze des verflossenen Kaiserreichs.«

Laerte kniff die Augen zusammen und bemühte sich, nicht wieder ohnmächtig zu werden. Sein Gesicht brannte. Einmal hatte er es in einem Spiegel begutachtet. Es sah schrecklich aus. Die Nase war gebrochen, die Augen halb zugeschwollen. Zwar erkannte er den Herzog, es gelang ihm aber kaum, ihn in seine Erinnerungen einzubinden. Sein Gesichtsfeld war noch stark beeinträchtigt. Wäre nicht so viel Zeit vergangen und wäre er nicht so viele Male mit entsetzlichen Schmerzen aufgewacht, hätte er geglaubt, das alles nur zu träumen.

»Lima hat mir mitgeteilt, dass Ihr die Sprache wiedergefunden habt«, sagte de Page.

Lima war eine von De Pages Dienerinnen – ein hübsches, sanftes Mädchen mit tätowiertem Gesicht. Eine Nâaga.

»Dann wisst Ihr vermutlich längst, dass die Revolution stattgefunden hat und dass seither vier Monate vergangen sind.«

Laerte nickte langsam.

»Ihr befindet Euch in meiner Villa im Süden«, fuhr De Page fort.

Vielleicht hoffte De Page, dass sein Gast das folgende Schweigen brechen würde, doch Laerte blieb stumm und warf seinem Gastgeber unfreundliche Blicke zu.

Gregory De Page senkte den Kopf. Was sollte das? Immerhin hatte er dem Jungen das Leben gerettet. Schließlich zog er einen Sessel heran, setzte sich neben Laerte und blickte ihm in die Augen.

»Ihr seid kein gejagtes Tier mehr, Laerte von Uster«, sagte er ruhig. »Meurnau ist tot. Ebenso der Laerte, von dem man annahm, dass er den Aufstand angezettelt hatte. Das Volk ist der Meinung, dass sowohl Meurnau als auch Laerte von Uster die Revolutionäre anführten, um anschließend selbst den Thron zu besteigen und nicht etwa, um die Republik auszurufen. Man glaubt, dass Etienne Azdeki sie daran gehindert hat, die Macht zu ergreifen.«

Laerte wandte den Blick ab. So stand es also. Er hatte wirklich alles verloren. Und der Mörder seiner Familie regierte das Land und war von allen Verfehlungen reingewaschen.

»Keine Sorge, Laerte«, versuchte De Page ihn zu beruhigen. »Ich bin nicht Euer Feind. Ich habe Euch das Leben gerettet.«

»Warum?«

Laertes Stimme klang schwach und brüchig, aber sehr entschlossen.

De Pages zufriedenes Lächeln wich tiefem Ernst. Er stützte sich auf die Armlehnen seines Sessels und genoss die ins Zimmer einfallenden Sonnenstrahlen, ehe er sich zu einer Antwort entschloss.

»Ich weiß es nicht. Vielleicht, weil ich jemanden wie Euch nicht einfach sterben lassen konnte. Sicher auch wegen Rogant und Aladzio. Die beiden hängen sehr an Euch.«

»Eure Untergebenen …«

»Sie sind meine Untergebenen, das ist richtig. Aber vor allen Dingen sind sie Männer, die großen Respekt verdienen«, gab De Page trocken zurück. »Dass Aladzio noch in meinen Diensten steht, ist übrigens ein gut gehütetes Geheimnis. Ihm habt Ihr Eure Rettung zu verdanken. Die beiden stehen in meinen Diensten – das ja. Aber sie sind nicht meine Sklaven.«

Zum ersten Mal seit seiner schweren Verletzung gelang Laerte ein winziges Lächeln, doch es war so gemein, dass es De Page verletzte. Kopfschüttelnd wandte er sich ab.

»Denkt doch, was Ihr wollt. Tatsache ist, dass Ihr in Sicherheit seid und hier nichts zu befürchten habt. Niemand sucht Euch. Azdeki und seine Leute halten Euch für tot. Außerdem haben sie im Augenblick ganz andere Sorgen.«

»Was ist mit Dun-Cadal?«, erkundigte sich Laerte.

Das Bild seines Lehrmeisters tauchte plötzlich wieder vor ihm auf, und mit ihm das Gesicht einer schönen jungen Frau mit langen Locken. Zu den körperlichen Qualen gesellte sich nun auch noch seelischer Schmerz, der ungleich schärfer brannte: Schuldbewusstsein. Keine Sekunde hatte er an die beiden gedacht – keine Sekunde! Welch selbstgefälliges Monster war nur aus ihm geworden! Azdeki hatte ihn behandelt wie ein jämmerliches Spielzeug, und jetzt war er nur noch ein zerbrochener Hampelmann.

Tränen traten ihm in die Augen. Waren sein Schmerz und seine Wut wirklich so wichtig gewesen, dass er sich nicht einmal für ihr Schicksal interessiert hatte?

Er unterdrückte ein Schluchzen.

»Und Esyld Orbey?«, entfuhr es ihm.

»Dun-Cadal ist vermutlich geflohen, allerdings weiß ich nicht, wohin«, antwortete De Page. »Was Esyld angeht, so werde ich nach ihr suchen lassen.«

»Findet sie«, befahl Laerte noch immer schluchzend. Wieder meldete sich sein Zorn zurück. »Findet sie und bringt sie her.«

De Page nickte nur. Unter anderen Umständen wäre seine Antwort vielleicht schärfer ausgefallen, denn er war kein Mann, dem man Befehle erteilte. Doch sein Mitleid mit Laerte verlieh ihm Nachsicht. Er blickte den jungen Mann an, der seinen Tränen jetzt freien Lauf ließ.

»Ich werde mein Bestes tun«, versprach er ernst. »Aber bis dahin müsst Ihr Euch in meinem Haus ausruhen. Draußen in der Welt geschehen derzeit große Dinge. Aus dem Kaiserreich ist eine Republik geworden, genau wie Euer Vater es immer wünschte.«

»Ich habe verloren ...«

Laerte gab sich ganz seinem Kummer hin. Immer wieder kehrte die Erinnerung an den Sturz zurück, bei dem er sich so schwer verletzt hatte. Er krümmte sich und zog die Arme an den schmerzenden Leib. Ihm war, als zerrissen Hunderte weißglühender Klingen seine Haut. Speichel trat auf seine Lippen. Er hielt ein lautes Stöhnen zurück.

»Alles habe ich verloren«, wiederholte er unermüdlich. »Sie haben mich zerstört. Sie haben alles zerstört und mir alles genommen. Verloren. Ich habe verloren.«

Er spürte kaum De Pages Hände, die seine Schultern festhielten.

»Aber nein«, entgegnete der Herzog sanft. »Ihr habt ein Kaiserreich zu Fall gebracht. Ohne Euch hätte der Aufstand keinen Erfolg gehabt. Allein Eure Existenz und Euer Überleben haben den Machtwechsel gestattet, und bereits die Erwähnung Eures Namens hat ihre Taten gerechtfertigt.«

»Ihr …«

Laerte atmete stoßweise. Er hob den Kopf und blickte den Herzog an.

»Ihr irrt Euch. Auch Ihr habt längst verloren. Sie haben es. Ja, sie haben es. Davor war es in den Händen meines Vaters.«

»Ich weiß.«

De Page kniete sich vor Laerte auf den Boden.

»Er hütete das *Liaber Dest*«, nickte er.

»Das wusstet Ihr?«, wunderte sich Laerte.

»Seit dem Tod Eures Vaters, Laerte. Als die Stunde meines Vaters schlug und er im Todeskampf lag, hat er mir alles gesagt.«

Er blickte dem Jungen tief in die Augen und legte ihm sanft die Hände auf die Schultern.

»Wisst Ihr, was es bedeutet, vom eigenen Vater gehasst zu werden, Laerte? Zu erleben, wie er sich noch auf dem Totenbett über Euch lustig macht, weil Ihr nie so geworden seid, wie er es sich wünschte? Menschen sind seltsame Wesen. Mein Vater ging so weit, den Tod seines einzigen Sohns herbeizuwünschen, und hat mir stolz enthüllt, was er getan hatte. Er und seine Freunde hielten mich immer für einen wollüstigen Feigling. Und für verrückt. Also habe ich das Spiel mitgespielt und mir eine Maske zugelegt. Die Maske, die sie sehen wollten. Mein Vater hatte keine Ahnung, dass er, indem er mir von Azdekis Komplott und der Existenz des *Liaber Dest* berichtete und mir alles erdenklich Schlechte wünschte, mir in Wirklichkeit das Überleben sicherte. Er und seinesgleichen haben mich nie für fähig gehalten, ihnen entgegenzuwirken. Und doch …«

Laerte hätte beinahe das Atmen vergessen. Er richtete sich auf.

»Bernevin«, sagte er.

»Rhunstag, Enain-Cassart und viele andere mehr.«

»Die Azdekis«, fauchte Laerte.

»Ja, auch die Azdekis«, bestätigte De Page.

»Sind sie Ratsherrn?«

»Ja. Die Väter der Republik«, nickte De Page und stand auf.

Langsam zog er sich zurück und beobachtete Laerte. Würde der Junge in seiner Wut aus dem Sessel fallen? Aber Laerte war so erschöpft, dass er sich nur an die Armlehnen klammerte und den Kopf zurücksinken ließ. Mit schmerzverzerrtem Gesicht zog er sein linkes Bein bis an den Rand des Hockers und setzte es am Boden auf. Als seine Ferse den Marmor berührte, hätte er beinahe wieder das Bewusstsein verloren.

»Diese Leute sind die Republik. Der Traum Eures Vaters.«

»Ich werde sie nicht gewähren lassen«, entfuhr es Laerte.

De Page blieb vor einem der Fenster stehen und verschränkte die Hände auf dem Rücken. »Das glaube ich Euch nur allzu gern«, nickte er. Er blickte sich um. »Aber jetzt könnt Ihr noch nichts unternehmen.«

»Ich vermag mehr, als Ihr Euch vorstellen könnt«, widersprach Laerte herausfordernd.

»Ihr solltet gut überlegen, ehe Ihr handelt«, riet ihm De Page. »Ihr müsst erst gesund werden, und bis dahin wird sicher noch einige Zeit vergehen. Möglicherweise dauert es Jahre.«

»Ihr wisst doch gar … oh!«

Laerte hatte versucht aufzustehen, doch der Schmerz war unerträglich. Stöhnend ließ er sich wieder in den Sessel fallen.

»Sie werden ohnehin nichts tun, ehe sie das *Liaber Dest* nicht entziffert haben. Und solange Aladzio mit dieser Aufgabe betraut ist, müssen sie sich eben gedulden. Sie werden also noch da sein, wenn Ihr so weit seid, Euch zu rächen. Eure Rache steht meinen eigenen Plänen in keiner Weise entgegen, denn wir suchen das Gleiche.«

»Nämlich was?«

»Ich möchte jetzt noch nichts verraten. Es geht um die Azdekis. Gerüchte können tödlicher sein als eine scharfe Klinge. Wir werden zu gegebener Zeit darüber reden. Inzwischen aber sollt Ihr wissen, dass Ihr mein Gast seid. Und eines Tages werdet Ihr vielleicht sogar …«

Er unterbrach sich und ließ den Blick über den glänzenden Marmorboden gleiten.

»… vielleicht sogar mein Freund«, fuhr er schließlich leise fort.

Er begegnete den fragende Augen Laertes, verabschiedete sich mit einem Kopfnicken und verließ ohne ein weiteres Wort den Raum. Nur die weißen Vorhänge bauschten sich noch im warmen Wind. Dann wurde es still und dunkel um Laerte.

Das Liaber Dest, Laerte. Das Liaber Dest …

»Herr? Herr?«

Als Laerte die Augen wieder öffnete, blickte er in ein sanftes, hübsches Gesicht, dessen zarte Züge durch zierliche Tätowierungen unterstrichen wurden. Lima mit ihrem dicken, schwarzen Zopf kniete neben ihm und wirkte beunruhigt.

»Ihr seid wieder eingeschlafen, Herr.«

»Wo ist De Page?«, fragte er mit brüchiger Stimme.

»Unterwegs nach Emeris, Herr. Aber er hat gesagt, dass er bald zurückkommt. Und in einem Monat wird Euch ein Freund besuchen.«

Sie legte ihm ihre weiche Hand auf den Arm. Laerte hatte nicht die Kraft, sie zurückzustoßen, obwohl ihn die Berührung erzittern ließ, als wäre es eine kämpferische Geste.

»Ihr solltet Euch lieber hinlegen, Herr. Ich werde die Diener rufen, dass sie Euch zu Bett bringen.«

Die Welt außerhalb der Villa hatte nichts Einladendes. Sie war voller Gewalt, Verrat, Lügen und Groll. Aber auch Laertes eigenes Universum war wenig verlockend. Selbst sein Körper war ihm durch den Dauerschmerz zum Feind geworden. Die drei Männer im blauen Wams, die ihn in sein Bett tragen sollten, nahm er kaum wahr. Seine Lider waren bereits fest geschlossen.

Die folgenden Wochen waren eine immer gleiche Abfolge von Schlaf und Wachen. Allmählich ließen die Ohnmachten nach, und auch Laertes Bewegungsabläufe normalisierten sich. Der roten Herbstsonne folgte ein bleicher Winter mit viel Reif. Laerte konnte immer noch nicht laufen und blieb nur wenige Sekunden aufrecht stehen, ehe seine Beine wieder unter ihm nachgaben. Wie Lima angekündigt hatte, kam einer seiner wenigen Freunde zu Besuch und wohnte ebenfalls in der Villa, um ihn bei seinen Fortschritten zu unterstützen.

Es war der wortkarge, zuverlässige Rogant. Die beiden jungen Männer schwangen keine großen Reden, sondern begnügten sich damit, still nebeneinander zu sitzen und ihre Freundschaft zu spüren.

Rogants Freundschaft zu ihm war nie ins Wanken geraten, und Laerte freute sich, dass er nicht auch noch sie verloren hatte. Das zumindest würden ihm die Azdekis niemals nehmen können.

Der Nâaga hielt Laerte über alles auf dem Laufenden, was draußen in der Welt vor sich ging. Er berichtete von den vergeblichen Bemühungen De Pages, Esyld zu finden, von den von einem neu gewählten Rat gerade erst erlassenen Gesetzen und vom merkwürdigen Benehmen derer, die Laerte am meisten verabscheute.

Weder Azdeki noch Rhunstag, Bernevin oder Enain-Cassart hatten sich darum bemüht, an die Macht zu kommen. Sie waren und blieben Ratsherrn, hielten Reden und repräsentierten ihre Wählerschaft im republikanischen Plenarsaal.

Der Traum Oratio von Usters wurde Wahrheit, getragen von einem Volk voller Bewunderung und Hoffnung. Doch es waren Laertes Feinde, die diesen Traum verwirklichten. Die Männer, die sein Leben zerstört hatten.

Eine Tages, gegen Ende einer Mahlzeit am großen Tisch des Esszimmers, sprach Rogant gewichtige Worte aus.

»Das, was sie machen, ist gut.«

Sofort schob Laerte seinen Teller zurück und starrte gedankenverloren auf das mit Brotkrumen übersäte rote, silbern bestickte Tischtuch. Das Licht der Kandelaber tanzte auf seinem noch immer von Verletzungen gezeichneten Gesicht.

»Hast du mich verstanden?«

Rogant blieb ganz ruhig. Laerte legte das Besteck neben seinen Teller, auf dem ein Hühnerknochen und verschiedene Gemüse lagen. Er brachte es nicht fertig, dem Freund in die Augen zu schauen. Obwohl Rogant ihm die aufsteigende Wut ansah, fuhr er fort: »Mag sein, dass sie Verbrechen begangen haben, aber sie werden vom Volk unterstützt«, sagte er. »Sie lassen dem Volk endlich Redefreiheit. Es hat sich viel verändert, Laerte, und dagegen kannst du nicht ankämpfen. Niemand könnte das.«

Laerte antwortete nicht. Er schien sich einzig für die Brotkrümel zu interessieren.

»Rache ist nicht der richtige Weg, Laerte. Dein Zorn wird dich irgendwann vernichten«, flüsterte Rogant.

Endlich blickte Laerte auf. In seinen Augen standen Tränen, doch darunter glomm ein animalisches Leuchten, eine Streitsucht, die ihn wie ein inneres Feuer verzehrte. Es gab keine Worte, die diese Wut dämpfen konnten.

»Mein Volk ist jetzt frei«, versuchte es Rogant noch einmal. »Eines Tages werden die Verantwortlichen für ihre Verbrechen bezahlen. Das aber wird auf Betreiben der Republik geschehen und nicht, weil dir der Sinn danach steht. Überlass es De Page, sich darum zu kümmern. Ruiniere dir nicht dein Leben. Du hast auch so schon genug gelitten.«

Laerte legte die Hände auf den Tischrand und stemmte sich mit schmerzverzerrtem Gesicht hoch. Rogant stand sofort auf.

»Du kannst noch nicht aufstehen. Es ist zu früh. Du bist noch zu schwach.«

Laerte widersprach ihm nicht, warf ihm aber einen unfreundlichen Blick zu. Lima, die gerade das Esszimmer betreten wollte, wurde Zeugin eines merkwürdigen Schauspiels. Rogant stand vor Laerte, als wollte er ihn zurückstoßen. Und als der junge Mann aufzustehen versuchte, indem er sich mit beiden Händen von den Armlehnen des Sessels abstieß, tat er es.

»Schwächling«, sagte der Nâaga nur.

Laerte neigte mit zusammengebissenen Zähnen den Kopf, ohne seinen Freund aus den Augen zu lassen. Die Armlehnen knirschten geradezu unter seinen Fingern.

»Schwächling«, spöttelte Rogant und stieß ihn erneut zurück, als er sich wieder aufrichtete.

Noch ein drittes Mal richtete sich Laerte stöhnend auf. Ob seine Beine der Belastung schon wieder standhielten? Er versenkte den Blick in den Augen des Nâagas und kam langsam höher. Unbeschreibliche Schmerzen jagten durch seinen Körper, auf seiner Stirn bildeten sich Schweißperlen. Aber er gab nicht auf.

»Schwächling!«

Keiner von beiden wandte den Blick ab. Lima stand an der Tür und schaute diesem Duell des Willens ungläubig zu. Nervös wischte sie sich die Hände an ihrer Schürze ab. Dass Laerte überhaupt überlebt hatte, grenzte bereits an ein Wunder. Dass er aber eines Tages wieder würde laufen können, war fast undenkbar. Sein Körper war noch so müde und gezeichnet, dass er jederzeit einen Rückfall erleiden konnte. Und doch gab er nicht auf.

Rogant verharrte reglos ihm gegenüber und ließ ihn nicht aus den Augen. Schließlich trat er einen Schritt vorwärts. Erst in diesem Augenblick fiel Laerte schwer in den Sessel zurück. Doch die Botschaft war angekommen.

In Gegenwart von Rogant bedurfte es keiner großen Worte. Laerte hatte einen unbeugsamen Willen; seine Versuche, sich aufzurichten, waren nicht einfach nur einem simplen Wutanfall zu verdanken.

Er würde diesen Weg bis zum bitteren Ende gehen.

Und so lernte Laerte wieder laufen. Zunächst nur einen Schritt, dann zwei und schließlich drei. Tage wurden zu Wochen, Wochen zu Monaten. Laertes Wut sorgte dafür, dass er den Schmerz weniger spürte. Sie ließ ihn alle Qualen vergessen und half ihm, die Ziele immer weiterzustecken. Er übte bis zum Umfallen.

Frühling. Sommer. Endlich konnte er wieder selbstständig nach draußen gehen. Die Erde war staubtrocken, das Gras wurde welk und gelb. Überall sangen Zikaden.

Rogant blieb immer in seiner Nähe.

Laerte besorgte sich ein Schwert. Beim ersten Versuch, es kreisen zu lassen, stieß er einen gellenden Schrei aus. Ihm war, als ob seine Schulter wie unter schweren Hammerschlägen innerlich zerriss. Trotzdem wiederholte er die Bewegung, immer wieder. Zunächst noch langsam, dann immer sicherer.

Irgendwann lag das welke Gras am Boden. Der Herbst war da. Die Hitze ließ nach. Rogant war noch immer bei Laerte und beobachtete, wie er Tag für Tag mehr zu Kräften kam. Als der Junge schließlich fähig war, alle Bewegungsabläufe des Schwertkampfs durchzuführen, bot er sich als Gegner an und parierte seine Angriffe.

… ein großes …

Laerte wurde wieder er selbst und war Herr seines Körpers. Ein Jahr verging.

… einflussreiches …

De Page kehrte zurück. Esyld hatte er nicht finden können. Die Republik wurde nach und nach stärker, blieb aber anfällig. Laerte war so von seinen Racheplänen geblendet, dass er seine Zweifel hinsichtlich der Motive des Herzogs schließlich beiseiteschob. Ihm genügte das Wissen, ein gemeinsames Ziel zu haben.

… und wunderbares Werk.

Angriff. Parade. Laertes Bewegungen wurden wieder fließend und sicher. Und eines Tages beherrschte er auch wieder den *Odem*.

Die Anstrengung erschöpfte ihn noch sehr. Beim ersten Mal verlor er anschließend das Bewusstsein. Rogant fing ihn auf, ehe er mit dem Kopf auf einen Stein prallte.

Spüre den Odem. Sei der Odem.

Trotz des Blutes, das ihm aus der jetzt wieder gerade gerichteten Nase lief, und obwohl seine geschwächten Muskeln brannten wie Feuer, trat er dem Nâaga von morgens bis abends wie einem Feind entgegen. Vom Tagesanbruch bis in die tiefste Dunkelheit … um sich endlich selbst wiederzufinden.

Er wich kein Jota von seinem Plan ab. Weder die Gedanken an Esyld noch die Fragen nach dem Schicksal Dun-Cadals konnten ihn in die Irre leiten. Nicht einmal die zarte Zuneigung und beginnende Romanze zwischen Rogant und Lima – nichts von alldem trübte seinen unbändigen Willen. Zwei Jahre nach seinem Fenstersturz und dem Ende des Kaiserreichs verließ er die Villa.

11

NEUES LEBEN

Über dieses Buch werde ich dir eines Tages
mehr erzählen.
Eines Tages wirst du alles erfahren, mein Sohn.

Er hatte seinen Umhang abgelegt und die Weste geöffnet. Mit dem Rücken zur Tür entkleidete er sich langsam. Durch das staubige Fenster, vor dem er stand, drang bleiches Mondlicht ins Zimmer. Die junge Frau lehnte sich an den Türrahmen und sah ihm schweigend zu. Sie betrachtete seine nackten Schultern, deren viele Narben vom Mondschein betont wurden. Er strich sich über ein Schulterblatt und verzog das Gesicht.

Wie viele Kämpfe und Schlachten hatte er wohl erlebt, um derart gezeichnet zu sein? War sein Herz dabei unbeschadet geblieben, oder war es ebenfalls voller Narben, genau wie seine Haut?

Am liebsten wäre sie an der Tür stehen geblieben und hätte ihm zugesehen, wie er sich weiter auszog. Nichts hätte sie sich sehnlicher gewünscht. Doch es gab Fragen, die sie nicht unbeantwortet lassen wollte. Schüchtern klopfte sie an die Tür.

»Laerte?«, rief sie. Als er sich umdrehte, errötete sie und wandte die Augen ab. »Entschuldigung, ich …«

Über seine Brust lief eine große Narbe. Sie stellte sich vor, ihr zärtlich mit dem Finger zu folgen und sich von Laerte berichten zu lassen, wie es dazu gekommen war. Die Nacht der Masken war für den folgenden Tag anberaumt. Vermutlich würde ihr nicht genügend Zeit bleiben, ihm ihre Zuneigung zu gestehen. Sie lächelte traurig.

»Wenn es um Dun geht, verschwendest du deine Zeit. De Page ist informiert. Er wird kein Hindernis darstellen. Was den Palatio angeht, so hat Azdeki die Wachen verdoppelt.«

»Sehr gut«, nickte Viola, ohne ihn anzusehen.

»Alles läuft wie vorgesehen.«

»Wirklich?« Sie konnte selbst kaum fassen, dass sie diese Frage stellte.

Laerte blieb unbeweglich stehen, als erwarte er, dass Viola sein Zimmer endlich verließe. Aber die junge Frau hatte sich entschlossen, ihn dieses Mal zum Sprechen zu bringen. Das meiste, was sie über ihn wusste, hatte sie von Aladzio, Rogant und, später dann, von dem alten General erfahren. Den Rest hatte sie sich zusammengereimt. Noch immer erwartete sie den gnadenvollen Tag, an dem er sich ihr ganz öffnen würde. Zumindest spräche es für eine gewisse Verbundenheit – vielleicht sogar für mehr. Ihr Herz pochte zum Zerspringen. Nervös verschränkte sie die Hände.

»Entschuldige, aber ich habe einen Teil eures Gesprächs mitgehört und …«

»Und was?«, fragte Laerte unwirsch und warf ihr einen düsteren Blick zu.

»Wer ist Esyld?«

»Das geht dich nichts an«, gab er zurück, griff nach seinem Umhang und begann, ihn zusammenzulegen.

»Sie wird Balian Azdeki heiraten, richtig?«, fuhr Viola unbeirrt fort. »Und du kennst sie aus den Salinen, nicht wahr?«

Seine Bewegungen wurden fahrig. Schließlich begnügte er sich damit, den Umhang entnervt über eine Stuhllehne zu werfen.

»Liebst du sie?«

Laerte schwieg. Viola hatte plötzlich das Gefühl, innerlich vollkommen leer zu sein. Mühsam versuchte sie, ihres Kummers Herr zu werden.

»Die Hochzeit findet vor dem Fest statt, sozusagen als Eröffnung«, sagte sie mit bebender Stimme. »Wenn du zu diesem Zeitpunkt eingreifst, haben wir all unsere Pläne umsonst geschmiedet.«

Er warf ihr einen finsteren Blick zu.

»Sag mir nicht, was ich zu tun habe«, knurrte er.

»Natürlich nicht«, beeilte sich Viola zu sagen. »Schließlich bist du ein Mann und ich nur eine junge Frau, die gerade erst den Kinderschuhen entwachsen ist.«

Zum ersten Mal senkte Laerte ihr gegenüber den Blick.

»Laerte?«, fragte sie leise.

Er sah sie an. In seinen Augen lag unendliche Trauer. Wie gern hätte sie ihn umarmt, sich an ihn geschmiegt und mit ihrer Wärme seinen Gram gelindert!

»Ich bin nebenan, falls du … nun ja, vielleicht willst du ja reden.«

Stumm und unbeweglich blieb er stehen, bis sie die Tür hinter sich geschlossen hatte. Ihm war nicht danach, sie zurückzuhalten.

Ich bin nur eine junge Frau, die gerade erst den Kinderschuhen entwachsen ist.

Seufzend setzte sich Laerte auf den Bettrand und fragte sich, wie ihm das hatte passieren können. Ausgerechnet ihm, der sich so oft dagegen aufgelehnt hatte, wenn man ihn als *Jungen* bezeichnete und von vorneherein davon ausging, dass er irgendetwas nicht schaffen würde. Obwohl Viola mehr als zwanzig Jahre zählte, betrachtete er sie immer noch als kleines Mädchen.

Zum ersten Mal gesehen hatte er sie, als sie fünfzehn war.

»Bist du ein Ritter?«, hatte sie ihn gefragt. Sie saß an einem Schreibtisch und hatte einen Stapel geöffneter Bücher vor sich.

Ihre noch rundlichen Wangen waren mit Sommersprossen übersät, in den dunkelgrünen Augen glomm ein maliziöser Funke, und ihre Haut war so weiß wie frischer Schnee. Laerte hatte nicht geantwortet. Nach Jahren der Irrfahrt war er gekommen, um De Page zu treffen, und konnte nichts mit diesem kleinen Mädchen anfangen. Stärker denn je war er in die Villa zurückgekehrt und bereit, seine Rache zu vollenden. Jetzt, fast sechs Jahre später, saß er in der nächtlichen Wärme Masalias auf einem Bettrand.

Er ließ sich rückwärts fallen. Sein Herz war waidwund. Esyld, dachte er. Sicher liebte sie ihn noch immer. Vermutlich hielt Azdeki sie gefangen. Das war es! Der Mann bedrohte sie, und sie hatte ihn angelogen, weil er es von ihr verlangte.

Noch einmal ließ Laerte Revue passieren, was sie gesagt hatte, Wort für Wort. Es hatte überzeugend geklungen. Verzweifelt suchte er nach der kleinsten Ungewissheit, der geringsten Schwäche, einer noch so winzigen Äußerung, die ihn vom Gegenteil hätte überzeugen können. Irgendein minimaler Verdacht, der *Ich liebe dich* bedeuten konnte.

Darüber schlief er ein.

Im Haus war es sehr still. Die Öllampen im Salon brannten langsam herunter. Dun lag auf dem Sofa, betrachtete den leeren Weinkrug auf dem niedrigen Tisch und studierte anschließend müde seine Hände. Dunkle Adern traten unter der fleckigen Haut hervor. Er hob die rechte Hand und hielt sie vor sich. Sie begann zu zittern. Dun biss die Zähne zusammen. Das also war von ihm übrig geblieben – ein schwächlicher Körper.

»Hier bekommt ihr, was euch zusteht, da könnt ihr sicher sein«, murmelte er.

Er war nach Masalia gekommen, um zu sterben, doch er hatte das wiedergefunden, wovor er fliehen wollte. Und was noch schlimmer war: Sein Leben, auf das er immer so stolz gewesen war, hatte sich als gigantisches Lügengespinst erwiesen.

Als die ersten Sonnenstrahlen über die Hafenstadt tasteten, stand Dun in der Küche am Tisch, auf dem ein in eine Decke eingehülltes Schwert lag. Noch nie hatte er gewagt, es zu berühren. Eraëd hatte die Gürtel der größten Kaiser geziert, und obwohl er seine Macht anzweifelte, weil er keinen Beweis dafür erhalten hatte, konnte er sich nie überwinden, es anzufassen. Es war der Respekt vor denjenigen, denen zu dienen er vor Jahren geschworen hatte.

Hastig schlug er die Decke beiseite. Vor ihm lag die schimmernde Klinge. Wenige Zentimeter vor dem vergoldeten Griff blieb seine Hand in der Schwebe. Wer war er, dass er sich gestatten durfte, dieses Schwert zu schwingen? Der Mann, den zu schützen er gelobt hatte, hatte ihn zerstört. Wer war er, dass er sich erlauben konnte, sein Schwert zu nehmen?

War es überhaupt ein Schwert? War es nicht viel mehr ein Relikt des Kaiserreichs? Und was für ein Reich! Ein Reich voller Verrat, Hass, Mord und Verwahrlosung.

Schließlich entschloss er sich. Mit der Waffe in der schweißfeuchten Hand betrat er den Hof. Kaum hatte er den ersten Fuß auf den Kies gesetzt, als er das Schwert auch schon kreisen ließ. Ein paarmal wäre es ihm fast aus der Hand gerutscht. Seine abgehackten Bewegungen wirkten unnatürlich, wohl eine Folge des Entzugs. Ein wenig verloren versuchte er, imaginäre Angriffe zu parieren und hieb in die Luft, doch seine Bewegungen blieben unpräzise. Dreimal fiel er sogar hin. Er fluchte. Sein Schwertarm begann unkontrolliert zu zittern, und Tränen stiegen ihm in die Augen. Hatte er tatsächlich seine ganze Geschicklichkeit eingebüßt?

»Du willst wieder einmal mit dem Kopf durch die Wand«, stellte eine Stimme von der Tür aus fest.

Dun sah sich um. An der Türfüllung lehnte Laerte mit verschränkten Armen. Hatte er schon die ganze Zeit dort gestanden und ihn bei seinem lächerlichen Tun beobachtet?

»Erstens stehst du nicht sicher, und zweitens sind deine Bewegungen zu hastig«, fuhr Laerte mit erstaunlich sanfter Stimme fort.

Er trat auf Dun zu. Der alte Mann suchte seinen Blick, doch Laerte hatte nur Augen für die sagenhafte Waffe. Er ergriff Duns Handgelenk, half ihm, das Schwert genau vor sich zu halten, und unterdrückte das Zittern.

»Immer gerade halten. Und leicht in die Knie gehen, um sicheren Stand zu haben«, sagte er leise. »Dein Bein war zu stark angespannt. So läufst du Gefahr, dass dir die Sehne durchtrennt wird oder man es dir mit einem Knüppel bricht.«

Endlich wechselten sie einen Blick, dem Laerte jedoch nicht standhielt. Wie traurig Dun aussah! Seine Züge mit den aufgedunsenen Tränensäcken unter den Augen wirkten mitgenommen.

»Ein großer Ritter hat mir diese Tricks beigebracht«, schmunzelte Laerte. »Ich weiß nicht, ob ich je ein guter Schüler war und auch nicht, ob er jemals stolz auf die Bemühungen war, die ich Tag für Tag unternahm.«

Langsam ging er zum Haus zurück.

»Dass ich ihn zu hassen glaubte, lag zweifellos einzig an dem, wofür er stand – nicht an dem, was er war. Heute ist mir das klar.«

Er hatte die Tür noch nicht ganz erreicht, als Dun leise seinen Namen aussprach.

»Grenouille …«

Zum ersten Mal, seit sie sich wiedergefunden hatten, sprach er den Namen ohne Feindseligkeit aus.

Laerte drehte sich um. Sein ehemaliger Meister hatte das Schwert abgelegt und richtete sich eben wieder auf. Eraëd funkelte im Licht des heraufdämmernden Tages.

»… bist du es?«, fragte Dun mit zugeschnürter Kehle.

Er wirkte unendlich müde. In seinen Augen standen Tränen.

»Dann bist du also Grenouille?«

Laerte antwortete nicht. Er verstand die Bedeutung der Worte und spürte ihr Gewicht tief in seinem Herzen. Mit schweren, unsicheren Schritten kam Dun näher. Als er unmittelbar vor dem jungen Mann stand, griff er ihm in den Nacken.

»So viele Jahre dachte ich, du wärst tot.«

»Ich weiß.«

»Ich glaubte, dich für immer verloren zu haben.«

»Ich weiß.«

Ein hartes Schluchzen entrang sich der Kehle des alten Mannes.

»Dann bist du also Grenouille?«, erkundigte er sich erneut.

Laerte bemühte sich um eine würdige Haltung, doch es fiel ihm schwer, keine Gefühle zu zeigen.

»Ja, ich bin es.«

Nun war es um Dun geschehen. Er weinte hemmungslos um sein vertanes Leben, um seinen Verfall und um die verlorenen Jahre, in denen er ständig an den Jungen gedacht hatte. Er schloss Laerte in die Arme und presste ihn fest an sich. Nie wieder sollte ihm der Junge entwischen. Laerte versteifte sich, doch dann umarmte er seinen alten Meister ebenfalls.

Dieser Mann hatte ihn alles gelehrt und ihm alles gegeben, ohne auch nur eine Sekunde an seinen Absichten zu zweifeln. Er selbst hatte ihn verurteilt, ohne ihn wirklich zu kennen, sich jedoch im Lauf der Jahre an ihn gewöhnt und ihn schließlich sogar schätzen gelernt.

Die Sonne ging auf und vergoldete die Dächer Masalias, und mit einem Mal sah Laerte klar. Dieser Mann hatte nie aufgehört, ihn zu lieben, wie ein Vater seinen Sohn liebt – ganz gleich, wie unverschämt er sich ihm gegenüber auch gezeigt hatte.

In dieser Umarmung fanden sie sich endlich wieder.

»Dies ist ein Augenblick, der nur ihnen allein gehören sollte«, sagte Rogant leise.

Viola, die am Fenster ihres Zimmers stand, schrak zusammen. Rogant musterte sie kritisch. Sie hatte ihn nicht eintreten hören, weil sie viel zu beschäftigt gewesen war, die beiden Männer zu belauschen.

»Mir ist nur wichtig, dass alles gut verläuft«, verteidigte sie sich.

»De Page hat alles für Duns Abreise am Abend der Nacht der Masken in die Wege geleitet. Er wird sich uns nicht in den Weg stellen und ist ohnehin nur noch ein alter Mann.«

»Darum geht es nicht«, gab sie zurück. »Es ist Laerte, der mich beunruhigt. Er hätte sich nicht zeigen dürfen. Diese Geschichte geht ihm unter die Haut.«

»Es ist nicht Dun, der Laerte unter die Haut geht, das kannst du mir glauben«, entgegnete Rogant.

Erneut blickte sie in den Hof hinunter. Nein, es gab sicher Gefährlicheres als Dun.

»Glaubst du, er wird versuchen, die Hochzeit zu verhindern?«, fragte sie unruhig, während sie zusah, wie sich die beiden Männer voneinander lösten.

»Ich kenne Laerte lang genug, um sicher zu sein, dass es nicht seine Art ist, etwas aufzugeben. Ganz gleich, was oder wer es ist. Wenn sie Balian Azdeki heiratet, müssen sowohl Aladzio als auch De Page Bescheid gewusst haben. Sie hatten gute Gründe, es ihm zu verschweigen. Aber jetzt, wo er es weiß, muss er selbst entscheiden, wem seine Loyalität gilt.«

Rogant und Viola waren sich im Klaren darüber, dass Laerte einzig nach seinem Kopf handeln würde. Er befehligte ihre Mission, und er entschied, was getan würde und was nicht.

»Er wird die Sache in den Sand setzen«, schimpfte Viola und ballte die Fäuste.

Rogant sah sie mit einem merkwürdigen Lächeln an. Unten im Hof bückte sich Dun, hob Eraëd auf und wog das Schwert nachdenklich in der Hand, ehe er ins Haus zurückkehrte.

Etwas später an diesem Morgen schlich sich Laerte aus dem Haus und hangelte sich an einer Regenrinne auf die Dächer hinauf. Er war sich der Gefahr bewusst. Ihm war klar, dass beim kleinsten Irrtum alles enden konnte, ehe er sein Ziel erreicht hatte. Das Buch konnte gut und gern noch einige Stunden warten. Dass Esyld aber gezwungen wurde, Azdekis Sohn zu heiraten, erforderte sein Einschreiten.

Schon seine Ritterehre gebot ihm, ihr zu Hilfe zu eilen. Davon konnte ihn nicht einmal die Vorstellung abhalten, dass er scheitern und damit ihre Chance, am Abend in den

Palatio einzudringen, zunichte machen könnte. Er hatte einen Drachen bezwungen, an der Seite Duns gekämpft, den vier größten Generälen die Stirn geboten und schließlich ein langes Duell mit dem Tod gewonnen. Für ihn war nichts mehr unmöglich.

Geschickt von Dach zu Dach springend, erreichte er ungesehen das entgegengesetzte Ende der Stadt. Auf der Spitze eines hohen Hauses gegenüber der beeindruckendsten der drei Kathedralen wartete er, bis es Mittag schlug. Jenseits des Kirchturms schimmerte die runde Kuppel des Palatio.

Es ist leicht, mit dem Schwert zu kämpfen.

Vor den Toren des Gotteshauses versammelten sich Würdenträger – Ratsherrn, Gardeoffiziere und Edelleute in ihren feierlichsten Gewändern. Schon jetzt trugen die meisten von ihnen die bunten Masken, die alle Einwohner von Masalia am Abend zum Fest anlegen würden.

Doch um die eigenen Dämonen zu besiegen, taugt das Schwert nicht.

Vor der großen Freitreppe hielt eine rote, mit Gold verzierte Kutsche. Laerte sprang.

Ihr, die Ihr ohne Stolz am Boden liegt, erhebt Euch. Findet Eure Würde wieder.

Findet Eure Würde wieder.

»Denn Würde ist die einzige Waffe, die Euch vor den Mächtigen schützt«, rezitierte De Page.

Die Kutsche rumpelte. De Page, der auf einer purpurfarbenen Bank saß, wurde ordentlich durchgeschüttelt. Mit einer Hand hielt er sich am Fensterrahmen fest und warf einen kurzen Blick in die neblige Landschaft. Schemenhaft zeichneten sich tote Bäume im Dunst ab. Manchmal war auf einem knorrigen Ast eine krächzende Krähe zu sehen.

»Die einzige Waffe«, wiederholte er verträumt. »Die Würde.«

Er trug ein schwarzes Gewand, dessen einziger Schmuck eine goldene Gürtelschnalle war. Die Schäfte seiner schwarzen Handschuhe wurden zum Unterarm hin weiter, aus dem geschlossenen Kragen baumelte ein Schmuckanhänger. So nüchtern hatte Laerte ihn nicht in Erinnerung. Ihr erstes Zusammentreffen war in Emeris während einer der Orgien De Pages gewesen, und als sie sich das zweite Mal sahen, hatte sich Laerte wie die Landschaft gefühlt, durch die die Kutsche gerade fuhr: neblig und verloren.

Aufmerksam beobachtete er den Herzog und lauschte jedem seiner Worte in der Hoffnung, zumindest eine gewisse Sicherheit darin zu finden. De Page war ein Intrigant, und obwohl er Laerte das Leben gerettet hatte, erschien diesem gesunder Argwohn sicherer als blindes Vertrauen. Auf keinen Fall glaubte er an die Freundschaft des Herzogs.

»Weißt du, wer das geschrieben hat?«, fragte De Page, ohne den Blick von den Nebelschwaden zu wenden.

Laerte schüttelte den Kopf. Vermutlich hatte der Herzog damit gerechnet, denn er fuhr fort, ohne Laerte auch nur anzusehen.

»Dein Vater«, sagte er.

Plötzlich drang ein unangenehmer Geruch nach verbranntem Gras in die Kutsche und zwang De Page, sich vom Fenster wegzudrehen. Ein Heuhaufen, der in hellen Flammen stand, wurde von Bauern mit Heugabeln bearbeitet. Der Herzog hielt sich kurz die Nase zu, ließ sich seufzend in die Polster sinken und blickte Laerte an.

»Ich habe seine Schriften gelesen. Mir wurde diese Chance zuteil, obwohl die Fangol-Mönche es verboten hatten.«

Laerte nickte. Plötzlich war sein Herz schwer geworden. Er hatte noch nie etwas von Oratio lesen dürfen.

»Weißt du, was er mit diesem Satz meinte?«, fragte De Page weiter.

Laerte verneinte.

»Dass einzig die Würde uns auf eine Stufe mit den Menschen stellt, die über Entscheidungsgewalt verfügen. Ich habe sehr arme Leute gesehen, die weit mehr Würde besaßen als irgendwelche ungehobelten und feigen Barone. Ich habe Bäuerinnen erlebt, die stolz den Steuereintreibern entgegentraten und ihre magere Ernte verteidigten. Ich habe Nâagas kennengelernt, die auch als Leibeigene den Kopf hoch trugen, und ich habe …«

Mitten im Satz brach er ab.

»Man kämpft nicht mit dem Schwert, Laerte.«

Erneut warf er einen Blick aus dem Fenster.

»Wir sind fast da.«

Die Kutsche wurde langsamer und hielt schließlich an. Die Pferde schüttelten sich.

Sie hatten sich in der Grafschaft Garm Sala getroffen und waren von dort aus gut zwei Stunden unterwegs gewesen.

Neun Jahre war es mittlerweile her, dass Laerte De Pages Villa verlassen hatte. Im Anschluss war er durch die Reste des zerbrochenen Kaiserreichs und die Anfänge einer jungen Republik geirrt, die den Menschen von Tag zu Tag mehr Hoffnung schenkte. Das alles hatte er zwar nur von fern verfolgt, war jedoch niemals das Gefühl losgeworden, sich mitten im Herzen von Emeris zu befinden. Er wurde zum Schatten der Azdekis. De Page hatte das Seine dazu beigetragen.

Während der gesamten Zeit hatten De Page und Laerte den Kontakt aufrechterhalten. Aladzios treueste Freundin überbrachte Nachrichten vom einen zum anderen. Es waren neun Jahre der Reise, der Abschiede und des Wiedersehens gewesen. Vom Vershan bis in den Westen und vom Norden bis nach Masalia hatte Laerte nach Esyld gesucht. Wenn die Verzweiflung ihn übermannte, suchte er Zuflucht in De Pages Villa, wo er die Gesellschaft Rogants und manchmal auch die von Aladzio genoss. Auch der Erfinder kam und ging, je nach den Befehlen Azdekis. Er hatte die Aufgabe, die Fangol-Klöster nach dem Schlüssel zum Heiligen Buch zu durchsuchen. Die lange Zeit hätte sie einander entfremden und entmutigen können. Doch auch elf lange Jahre nach dem Zusammenbruch des Kaiserreichs blieb Laertes Entschlossenheit ungebrochen. Als Ratsherr De Page ihm schließlich mitteilte, dass es an der Zeit sei, ihre Angelegenheiten zu regeln, war er der Einladung schnell gefolgt.

Aladzios Freundin empfing sie mit einem durchdringenden Schrei. Laerte stieg aus der Kutsche und geriet mit dem Fuß in tiefen Schlamm. Die Freundin kreiste im dichten Nebel um einen Turm und schrie erneut. Die Götter allein mochten wissen, wie es ihr immer wieder gelang, Laerte in den Trümmern des Kaiserreichs wiederzufinden, doch in regelmäßigen Abständen sah er sie am Himmel auftauchen und musste nur den Arm ausstrecken, damit sie sich auf seine Hand setzte und eine Kapsel mit einem Brief übergab.

»Lass dich nicht vom äußeren Eindruck des Gebäudes leiten«, riet ihm der Herzog lächelnd. »Seine wahre Schönheit liegt im Innern.«

Er zeigte auf eine schwere Holztür, in der einige Bretter fehlten. Drinnen brannten Fackeln. Der Turm stand auf der Kuppe eines Hügels, und die Erde war so feucht, dass kaum Gras wuchs. Zäher Schlamm blieb an Laertes Stiefeln haften. Er ging einen Schritt vorwärts, blieb aber sofort wieder stehen. Diesen Turm hatte er schon einmal gesehen, dessen war er ganz sicher. Auch wenn jetzt einige Steine fehlten und an der Spitze verfaulte Balken sichtbar waren.

»Fangol«, sagte De Page, der Laertes Überraschung richtig deutete. »Es ist ein Fangol-Kloster. Eines der ersten. Sie sind alle nach dem gleichen Muster gebaut und ahmen den ursprünglichen Fangol-Turm nach, in kleinerem Maßstab.«

Natürlich. Im *Liaber Moralis* wurde der Stammsitz der Fangol-Mönche als riesengroß beschrieben – ein Bauwerk, das einen Berg beherrschte und nach dem Himmel griff. An manchen Tagen, so berichtete die Legende, durchdrang die Turmspitze die Wolken. Seltsam, dass dieser Nachbau hier vor seinen Augen von Nebelschwaden umhüllt wurde.

De Page öffnete die Tür und trat als Erster ein. Sofort streifte er die Handschuhe ab und schlug sie gegeneinander. Auf den Steinen lag eine dicke Staubschicht. Die Luft war trotz der Schießscharten schlecht und verbraucht. In einer Ecke stand ein wackliger Tisch an dem ein Mann in noch schlechterem Zustand saß. Er hob das zerknitterte

Gesicht, und auf seinen Lippen erschien ein glückliches Lächeln. Die weißen Haare auf seinem runden Kopf standen nach allen Seiten ab. Hinter ihm, am Ende einer gewölbten Mauer, führte eine Treppe nach oben, neben ihm am Boden befand sich eine kleine Falltür. Laerte schloss die Tür hinter sich. Der Greis lachte laut auf.

»Da sind Sie ja«, rief er und klatschte in die arthritischen Hände. »Ja, dieser Duft. Der gute Duft des edlen Herrn. Und außerdem …«

Er schnüffelte. Als er näher kam, sah Laerte, dass seine Augen vollständig weiß waren.

»Grauer Star«, erklärte De Page. »Beachte ihn einfach nicht. Er ist verrückt.«

»… ein Mann mit einem Schwert?«, freute sich der Alte. »Verständig. Er ist sehr verständig. Das schon. Aber leider nicht ausreichend.«

»Halt den Mund, dummer Mönch«, fuhr De Page ihn an. »Wir sind nicht gekommen, um dein verrücktes Zeug anzuhören.«

Noch nie hatte Laerte ihn so autoritär erlebt, und er behielt seine strenge Miene auch bei, als er sich zu seinem Begleiter umwandte.

»Bruder Galapa war mit der Bewachung dieses Klosters betraut. Ein verrückter Alter, der nie bemerkt hat, auf welchem Schatz er da saß.«

»O doch«, widersprach Galapa, immer noch lächelnd. »Ich wusste es. Aber mir hört ja nie jemand zu. Galapa sieht nichts? Ganz im Gegenteil. Er hat alles gesehen. Und er hat viele Dinge gehört.«

De Page erschien zunächst unwirsch, beruhigte sich aber schnell wieder und legte Laerte eine Hand auf die Schulter.

»Komm mit. Aladzio ist unten.«

Er ging zur Falltür und hob sie hoch. Im Dunkel flackerte ein Licht. De Page bückte sich, um hinunterzusteigen.

»Alles ist da unten, immer schon«, grinste Galapa und rieb sich die Hände. »Der kleine Ritter wird dort unten interessante Dinge entdecken. Stand es geschrieben? O ja, ganz sicher tat es das. Ja, bestimmt.«

Der alte Mönch wackelte mit dem Kopf und lachte leise. Laerte warf ihm einen letzten Blick zu, ehe auch er sich durch die Falltür zwängte.

Die Treppe war breiter, als es von oben den Anschein hatte. Mit jeder Stufe konnte er sich überdies ein Stück aufrichten. De Page wartete am Beginn eines finsteren Gangs. An den feuchten Wänden zischten Fackeln. Ihr Licht flackerte über schwere Steine, in deren Zwischenräumen schwärzlicher Schmutz klebte.

Sie gingen den Tunnel entlang bis zu einer dunklen Nische.

»Hier ist es«, erklärte De Page.

Er beugte den Kopf und betrat die düstere Höhlung. Eine offenbar uralte Tür knarrte. Nach kurzem Zögern folgte Laerte. Die Tür führte in einen großen, recht seltsamen Raum, in dem es nach Pfeffer und Jasmin roch. Zwischen langen, schweren Holztischen standen Kandelaber und verbreiteten ihr goldenes Licht über Stapel von Büchern. An der hohen Decke verliefen ineinanderverschachtelte Balken, von denen riesige Spinnennetze herunterhingen. Auf den Büchern standen Destilliergeräte, in denen farbige Flüssigkeiten leise blubberten.

Der völlig überraschte Laerte griff instinktiv nach seinem Schwert, beruhigte sich aber sofort wieder. Das hübsche Gesicht des Fräuleins kannte er. Ihre grünen Augen strahlten im sanften Kerzenlicht.

»Hast du Viola etwa nicht erkannt?«, grinste der Herzog und klopfte ihm amüsiert auf die Schulter. »Viola Aguirre?«

Laerte musterte die junge Frau. Als er sie vor einigen Jahren zum ersten Mal gesehen hatte, war sie noch ein kleines Bauernmädchen gewesen. Inzwischen aber hatte sie sich zu einem hübschen Weib gemausert. Sie hatte das rote Haar in ihrem zarten, milchweißen Nacken zusammengebunden. Nur einige widerspenstige Locken fielen ihr ins Gesicht. Ihre Wangen unter den schüchternen Augen waren mit Sommersprossen getupft. Trotz ihres einfachen braunen Kleids strahlte sie eine gewisse Eleganz aus.

Nicht, dass sie es ihm besonders angetan hätte – er staunte nur über ihre Verwandlung. Auch er selbst hatte sich vermutlich verändert, denn die Jahre des Umherirrens mussten Spuren hinterlassen haben.

»Sie besitzt unser ganzes Vertrauen. Sie ist jetzt Historikerin«, strahlte De Page stolz und ging zwischen den mit Manuskripten vollgepackten Tischen hindurch auf sie zu.

Viola errötete und begrüßte Laerte mit einem ungeschickten Knicks. Als sie sich schließlich fast getraut hätte, ihn anzusprechen, wandte er sich ab und widmete sich neugierig einigen interessanten Gerätschaften, die er neben den Büchern entdeckt hatte und deren Verwendung ihm schleierhaft war. Wer sie allerdings benutzte, wurde Laerte schnell klar.

»Grenouille! Ah, endlich! Grenouille!«, rief eine fröhliche Stimme.

In einer von wenigen Kerzen spärlich beleuchteten Ecke stieg eine vertraute Gestalt von einer an hohe Bücherregale gelehnten Leiter und kam mit weit geöffneten Armen auf Laerte zu. Wie immer trug er seinen Mantel mit den bauschigen Ärmeln und den Dreispitz, der auf seinem Kopf festgewachsen schien. Ein breites Lächeln lag auf seinem Gesicht.

»Schön, dich wieder einmal zu sehen, Gren… oh, entschuldige«, korrigierte sich Aladzio. »Laerte natürlich. Ich werde mich wohl nie daran gewöhnen.«

»Schon gut«, grinste Laerte. »Wer hätte gedacht, dass sich im Keller dieses Turms eine solche Bibliothek verbirgt?«

»Das ist es ja! Niemand!«, antwortete De Page, der sich inzwischen in einem riesigen Lehnstuhl niedergelassen hatte und verschmitzt das glatt rasierte Kinn rieb.

»Viola«, rief er, ohne Laerte aus den Augen zu lassen. »Könntest du uns bitte einen Moment allein lassen? Galapa brennt sicher darauf, dir ein paar seiner verrückten Geschichten zu erzählen.«

Die junge Frau nickte, doch man merkte ihr die Enttäuschung an. Sie wusste zwar, dass man ihr einiges vorenthielt, aber es fiel ihr schwer, sich damit abzufinden. Doch De Page legte großen Wert darauf, alles in der Hand zu haben und Informationen nicht an jeden weiterzugeben.

»Wie immer?«, erkundigte sie sich desillusioniert. »Ich soll also so tun, als würde ich ihm zuhören?«

»Sehr richtig«, lächelte De Page.

Nachdem sich die Tür hinter ihr geschlossen hatte, versetzte Aladzio Laerte einen freundschaftlichen Klaps auf die Schulter.

»Ich freue mich wirklich sehr«, wiederholte er fröhlich. »Wie lange haben wir uns nicht mehr gesehen?«

»Drei Jahre«, sagte Laerte.

Es war in der Villa gewesen – ein kurzes Treffen, ehe er sich wieder auf die Suche nach Esyld machte. Obwohl De Page keine neuen Informationen über ihren Verbleib hatte, konnte nichts Laerte an der Weitersuche hindern, abgesehen vielleicht von seinen Rachegelüsten.

»Drei Jahre schon?«, wiederholte Aladzio nachdenklich. »Ja, du kamst gerade aus Polieste zurück. Bist du meinem Rat gefolgt und in die Salinen geritten?«

Laerte seufzte. Die Salinen. Er behielt sich die Grafschaft als allerletztes Ziel vor. In die Sümpfe zurückkehren, Guet d'Aëd wiedersehen, auf alten Wegen wandeln ... Es gab viele Gründe dafür, dass es ihm noch schwerfiel. Dabei war es durchaus möglich, dass Esyld nach dem Zusammenbruch des Kaiserreichs in den Salinen Zuflucht gefunden hatte. Sie auch dort nicht zu finden hätte ihn jeder Hoffnung beraubt, sie eines Tages wiederzusehen, daher schob er die Rückkehr in die Salinen widersinnigerweise vor sich her.

Aladzio, der wusste, dass er ein delikates Thema berührt hatte, lenkte sofort ein.

»Beche hat viel von dir geredet, weißt du. Ich glaube, sie mag dich.«

Laerte entspannte sich.

»Aladzio!«, grinste er. »Beche ist ein Vogel!«

»Ein Falke!«, entrüstete sich der Erfinder. »Ein Wanderfalke. Und sie hat dir immer treu unsere Botschaften überbracht. Sie ist doch nicht einfach nur ...«

Indigniert presste er die Lippen zusammen.

»... ein *Vogel!*« Anklagend wies er auf Laerte. »Sie wäre sicher cnttäuscht, wenn sie wüsste, dass du das gesagt hast. Sehr, sehr enttäuscht!«

Laerte musste unwillkürlich lächeln. Wie gut tat es doch, Aladzio zum Freund zu haben! So wie Rogant ihn mit seiner Ruhe und seiner Beherrschung tröstete, brachte Aladzio mit seinen Verrücktheiten ein wenig Leichtigkeit in sein schweres Herz. Manchmal, wenn er mutterseelenallein am Lagerfeuer saß und spürte, dass seine Wut wieder überhandnahm, stellte er sich vor, Aladzio säße neben ihm.

Ja, er liebte ihn geradezu. Und er respektierte ihn umso mehr, als er nach dem Tod von De Pages Vater an die Azdekis übergegangen war und wohl oder übel für sie arbeiten musste, insgeheim aber dem Ratsherrn mit Rat und Tat zur Seite stand. Natürlich achtete jeder von ihnen peinlich darauf, dass nichts davon ans Licht kam. Ein Irrtum, ein einziger, unvorsichtigerweise übersehener Text in den Händen Etiennes, und der Erfinder wäre des Todes gewesen.

Theodus De Page hatte auf dem Totenbett den Azdekis die Dienste Aladzios empfohlen, weil dieser schon von frühester Jugend an eine unglaublich scharfe Intelligenz an den Tag gelegt hatte. Bereits mit fünfzehn Jahren wagte er sich an die Übersetzung eines Textes aus dem alten Gueyle-Dialekt. Mit sechzehn kannte er den gesamten Stammbaum der Perthuis auswendig, konnte die siegreiche Taktik der Majoranes in der großen Schlacht von Polieste darlegen und gleichzeitig eine Gegenstrategie vorschlagen. Seine einzige Schwäche bestand in seiner Instabilität – seiner leicht verrückten Art, die er nicht unter Kontrolle hatte und die ihn manchmal der Realität entfremdete. Aladzio war von einer geradezu kindlichen Naivität. Aber genau die beruhigte Laerte.

»Beche war immer nett zu dir«, sagte Aladzio und nickte ernst. »Glaub mir, sie liebt dich wirklich sehr.«

»Aladzio«, mahnte De Page freundlich.

»Es gibt Verbindungen zwischen Menschen und Tieren. Das solltest du anerkennen. Vielleicht geht es über die uns bekannte Realität hinaus, aber deshalb darfst du noch lange nicht verächtlich darüber reden, Grenouille. Laerte.«

»Aladzio!«

De Page hatte die Stimme erhoben. Der Erfinder schwieg sofort, beruhigte sich aber noch nicht. Er knallte seinen Dreispitz auf den Tisch und brummte vor sich hin.

»Ich glaube, Laerte ist nicht den ganzen Weg hierhergekommen, um dich von deinem Vo... deiner freundlichen Beche reden zu hören. Ich denke, es gibt Wichtigeres zu besprechen. Habe ich recht?«

Sofort erhellte sich Aladzios Gesicht. Er schob ein paar Bücher hin und her und wischte den Staub von den Deckeln, bis er schließlich das Werk fand, das ihn interessierte. »Hier«, sagte er.

Mit seligen Kinderaugen blicke er Laerte an und klopfte auf den vom Zahn der Zeit angenagten Einband aus Ziegenleder.

»Der Kodex.«

»Der Kodex?«, fragte Laerte verunsichert.

»Aus dem Gueyle-Dialekt«, beeilte sich De Page zu erklären. Er wollte endlich zur Sache kommen. »Gueyle ist eine der ältesten Sprachen und Schriften der frühen Königreiche. Heute wird sie nicht mehr gesprochen. Außer von ...«

»... mir!«, krähte Aladzio stolz. »Haha! Wir sind hier in einer der ersten Bibliotheken mit Skriptorium.«

Während er sprach, bewegte er sich mit weit ausgebreiteten Armen rückwärts zwischen den Tischen hindurch. Den Kodex hielt er in einer Hand.

»Hier sind Hunderte von Büchern, Laerte. Und in jedem befinden sich Jahrhunderte an Wissen, längst nicht mehr gesprochene Sprachen, Schriftzeichen und Beschreibungen. Dieser Kodex hier bildet die Verbindung zwischen den drei *Liaber*, die wir kennen, und … und …«

Plötzlich wurde er ernst und blieb mitten im Raum stehen.

»Ich habe es geschafft.«

Laertes Gesicht verdüsterte sich. Er warf De Page einen finsteren Blick zu, den der Herzog ohne mit der Wimper zu zucken erwiderte.

»Was denn?«, fragte Laerte, der dumpfen Zorn in sich aufsteigen fühlte.

Aladzio schüttelte verträumt den Kopf. »… zu verstehen«, antwortete er.

Er trat auf die Leiter zu und ließ sie an den Regalen entlanggleiten.

»Die Macht des Buches«, fuhr er fort und strich mit leichter Hand über die Buchrücken. »Die Macht des geschriebenen Wortes. Das, wonach die Azdekis gieren.«

Erneut warf Laerte dem Herzog einen Blick zu. De Page schüttelte den Kopf, und Laerte verstand, dass man ihm die Ungeduld am Gesicht ablesen konnte. Die Macht schien Etienne und seinem Onkel also nicht zu genügen. Sie hatten alles – die Republik, das *Liaber Dest*. Was brauchten sie noch? Laerte sehnte sich nach Klarheit.

»Aladzio«, griff De Page ein, »begnüge dich am besten einfach mit den Fakten.«

Der Erfinder blickte den Herzog ein wenig unzufrieden an, aber er kam nicht dazu, sich zu beschweren.

»Was erwarten sie überhaupt vom *Liaber Dest?*«, überlegte Laerte laut. »Denn darum geht es doch, oder? Aladzio hat es endlich übersetzt ...«

De Page warf ihm einen merkwürdigen Blick zu, sagte jedoch nichts. Hinter seinem Rücken hörte Laerte die raschen Schritte Aladzios und drehte sich um. Ein wenig verlegen sah der Erfinder ihn an.

»Nicht ganz«, murmelte er so leise, als verrate er ein peinliches Geheimnis. »Es ist mehr als das ...«

»Das *Liaber Dest* kann nicht übersetzt werden wie ein beliebiges Buch«, erklärte De Page. »Es muss entschlüsselt werden. Es besteht aus Gedichten, aus in mehreren Sprachen niedergeschriebenen Gedanken und Radierungen, die man in eine bestimmte Reihenfolge bringen muss, um ihren Sinn zu erkennen.«

»Es geht um das Schicksal der Menschheit, Laerte«, fuhr Aladzio nun wieder begeistert fort. »Um die Legende vom Mönch im Fangol-Turm, der die Stimme der Götter hört, die ihm das Geschick der Menschen zuflüstern. Dreißig Tage und Nächte soll er ununterbrochen geschrieben haben, ohne sich auszuruhen oder Nahrung zu sich zu nehmen. Er schrieb, bis er starb. Alles habe ich auch noch nicht verstanden, aber ...«

»Aber was?«, fuhr Laerte ihn an. »Hast du es entschlüsselt oder nicht? Was wollen die Azdekis? Sag es mir! Nur das interessiert mich, Aladzio.«

»Ich habe es nicht entschlüsselt«, gab Aladzio zurück. »Dazu ist es viel zu komplex. Aber ich habe Dinge gefunden, die zu Ereignissen der Vergangenheit passen könnten und vielleicht Hinweise auf die Zukunft geben. Aber natürlich bin ich mir nicht ganz sicher ...«

»Sie wollen die Republik wieder auflösen«, unterbrach ihn De Page und erhob sich langsam aus dem Sessel.

»Sie haben sie zwar ins Leben gerufen, können sie aber offenbar nicht mehr kontrollieren. Der Fangol-Orden verliert an Unterstützung, andere Glaubensrichtungen werden stärker, und nichts läuft so, wie sie es geplant hatten. Azdeki hat sich immer als hehren Retter gesehen, als vom Volk erwählt, und hat sein Leben lang gehofft, im Heiligen Buch sein ruhmreiches Schicksal lesen zu können. Er wird dem Volk mitteilen, dass er im Besitz des *Liaber Dest* ist. Seit Aladzio angefangen hat, es zu entschlüsseln, ist es nur noch eine Frage der Zeit, bis er es tatsächlich lesen kann … und damit die Götter versteht.«

Nachdenklich strich er seine Ärmel glatt.

»Es geht um die Azdekis, Rhunstag, Enain-Cassart und alle anderen, die nicht mehr an die Dynastie der Reyes glaubten … Als dein Vater ihnen den Pakt zwischen deiner und der Familie Reyes enthüllte, als sie begriffen, dass das *Liaber Dest* nur sehr lang geheim gehalten worden war und immer ein Reyes an der Spitze des Fangol-Ordens stand, da wussten sie, was zu tun war. Sie glaubten felsenfest daran, dass das *Liaber Dest* das Schicksal der Menschheit enthält und der Fangol-Orden der einzige Garant für den Respekt vor den Traditionen ist. Nachdem sie jedoch die Republik ausgerufen hatten, mussten sie feststellen, dass sie gefährlich in eine Richtung tendierte, die diesen Vorstellungen absolut nicht entsprach. Es ging ihnen nicht um die Macht, Entscheidungen zu treffen, sondern um die Macht, eine Welt nach ihrer Vorstellung zu erschaffen. Verstehst du, Laerte?«

De Page lächelte ihn an.

»Du und ich, wir haben gemeinsame Interessen. Ehe ich tätig wurde, musste ich jedoch sicher sein, alle Trümpfe in der Hand zu haben. Jetzt, in diesem Augenblick, plant Azdeki seine Thronbesteigung. Ich muss wissen, wer bereit ist, ihm zu folgen, und weiß, wo diese Leute zu finden sind. Stolz, wie er ist, will er den großen Moment mit der Hochzeit seines Sohns verbinden. So soll eine neue Dynastie entstehen, die mit der Unterstützung der Götter regiert. Der Fangol-Orden bekommt mehr Macht denn je, und der Traum deines Vater wird vernichtet, nachdem sich Azdeki seiner bedient hat, um den Zusammenbruch der alten Welt herbeizuführen.«

»Nein«, flüsterte Laerte. »Das darf niemals geschehen.«

»Wir werden natürlich etwas unternehmen, um sie daran zu hindern.«

»Wann ist es so weit?« Laertes Stimme klang wie ein Peitschenhieb.

»In einem Jahr«, gab De Page zurück. »In Masalia, während der Nacht der Masken. Unmittelbar nach der Hochzeit seines Sohns.«

Während der Nacht der Masken …

Nach … der Hochzeit …

Die Hochzeit. Mit Sicherheit hatte De Page gewusst, wer die glückliche Braut war. Und wenn er nichts davon gesagt hatte, dann nur, um zu verhindern, dass sich Laerte auf seine Art dazu einlud. Doch da hatte er die Rechnung ohne den Wirt gemacht.

Ein Jahr später läuteten die Glocken der Kathedrale von Masalia, und durch die Menschenmenge schlenderte ein Mann, dessen Gesicht vom Schatten seiner Kapuze verborgen wurde. Laerte bahnte sich unerkannt seinen Weg. Er war so diskret, wie er wütend war. Inmitten der kostümierten Gäste und unter den Augen der Wachsoldaten betrat er die Kathedrale. Sein zerrissenes Herz blutete.

Immer noch läuteten die Glocken. Auch weit entfernt im Haus waren sie zu hören. Viola kam es vor wie Totenglocken. Wenn sich Laerte vor der Nacht der Masken zu erkennen gab, wäre alles verloren.

12
DIE WAHL

Nein, ich habe nie gezweifelt.
Nie habe ich am Liaber Dest *gezweifelt.*
Aber es war schon seit Jahrhunderten so:
Die Usters hatten das Buch,
wir hingegen das Schwert.

Die hohen Glasfenster des Kirchenschiffs zersplitterten das Sonnenlicht in viele bunte Strahlen, die sich auf dem Steinboden rekelten, über lackierte Kirchenbänke strichen und die edlen Gewänder der Gäste verzauberten.

Die gesamte bessere Gesellschaft der Republik hatte sich, in Samt und Seide gekleidet, in der Kathedrale von Masalia versammelt. Auf den zehn Meter über dem Hauptschiff gelegenen Stützbalken saßen Turteltauben, schlugen mit den Flügeln und verstanden nicht, was sich vor ihren Augen abspielte. Wahrscheinlich waren sie die Einzigen, die die nicht in die Umgebung passende Gestalt wahrnahmen, die ihr leicht geneigtes Gesicht unter einer Kapuze verbarg.

Laerte schlängelte sich fast unsichtbar durch die Menschenmenge. Niemand bemerkte ihn. Er mischte sich unter die Gäste, streifte ihre Gewänder und beobachtete die Gardisten, die neben den imposanten Säulen Wache hielten.

An den Wänden des Kirchenschiffs erhoben sich gigantische Götterstatuen. Ihre Brust war nur mit einem Tuch bedeckt. Die erste in einer ganzen Reihe gleich großer Skulpturen war eine weibliche Gottheit. Eine Hand hielt sie vor ihr Geschlecht, die andere streckte sie empor. Diese Statue war die einzige, die Laerte ungesehen erreichen konnte. Er glitt aus dem Strom der immer noch in die Kathedrale drängenden Menschenmenge hinaus und verbarg sich hinter dem Sockel der Statue. Lautlos erklomm er die Skulptur, ließ sich auf ihrer Schulter nieder und warf einen Blick nach unten. Nein, niemand war aufmerksam geworden. Mithilfe des *Odems* katapultierte er sich in die erhobene Hand der Frau und sprang von dort auf ein Gesims gleich unterhalb der hohen Decke.

Die Tauben flatterten auf. Einige Gäste blickten empor, doch niemand entdeckte die Gestalt auf dem Vorsprung.

Laerte kauerte sich mit der Hand am Schwertgriff zusammen. Von hier aus konnte er alles überblicken.

Der steinerne Altar im Chor der Kathedrale war mit einem rot und golden bestickten Tuch geschmückt. Ein Priester in einem langen, violetten Gewand, dessen Kopfbedeckung mit einem Eichenblatt geschmückt war, goss frisches Wasser in zwei Kelche. Neben ihm standen bewaffnete Männer.

Laerte erkannte Azdeki. Die glänzende Rüstung zeigte das Familienwappen, den Adler mit der Schlange in den Fängen. In der ersten Bankreihe saß Azdekis Onkel. Er war eingenickt, und seine unförmige Gestalt hob und senkte sich mit jedem Schnarcher. Ein junger Mann flüsterte ihm etwas ins Ohr und weckte ihn.

Genießt das Leben, dachte Laerte, *lacht und freut euch, denn bald werdet ihr eure verdiente Strafe erhalten.*

Er versuchte herauszufinden, in welchem der anwesenden Ritter ebenfalls Azdeki-Blut floss. Am liebsten hätte er einen Mann mit ausgemergeltem Gesicht und Adlernase entdeckt, doch er fand niemanden, der dem Bild entsprach, das er sich von Balian Azdeki machte.

Nachdem alle einen Platz gefunden hatten und der Weg vom Portal zum Altar wieder frei war, hob der Priester die Arme. Laerte zog sich so weit wie möglich auf seinem Vorsprung zurück.

»Ich begrüße euch, ihr ehrenwerten Ratsherrn«, begann er, »und euch, ihr Familien, Freunde und Würdenträger von Masalia, die ihr zu diesem Freudentag ins Herz unserer jungen, geliebten Republik gekommen seid. Wir haben uns heute im Angesicht der Götter versammelt, um die Geschicke zweier schöner junger Menschen zu vereinen.«

Endlich entdeckte Laerte ihn. Der Priester lächelte einem der jungen Ritter zu, die auf den Stufen zum Altar standen. Der Brustharnisch seiner Rüstung trug nicht das Familienwappen, unterschied sich aber von den anderen dadurch, dass er heller und glänzender war. Auf dem Schulterstück lag eine silberne Stickerei. Er trug sein blondes Haar recht kurz, und sein Gesicht war noch kaum vom Soldatenleben gezeichnet. Wahrscheinlich hatte er den Krieg von seinem Schloss am Vershan aus erlebt. Seine Züge zeigten eine Mischung aus Ängstlichkeit und Aufregung, und aus seinen Augen strahlte großes Glück. Er richtete sich stolz auf, wohlwissend, dass er im Mittelpunkt der Aufmerksamkeit stand. Ein wenig erinnerte er an Iago, den Sohn des Hauptmanns aus Guet d'Aëd – den jungen Mann, von dem Esyld vor dem Krieg so oft gesprochen hatte. Laerte verkrampfte sich in seinem Versteck. Seine Hand krallte sich um den Griff des Schwertes.

Nun war nur noch das Gurren der Tauben und das Husten einiger Gäste zu hören. Der Priester begann mit der Zeremonie. Seine Worte hallten durch die Kathedrale, doch Laerte hörte nicht mehr zu. Er fixierte den blonden Ritter, merkte sich jede Einzelheit in seiner Umgebung und zählte die Wachsoldaten an seiner Seite. Schon jetzt stellte er sich vor, wie er sich mit unverhülltem Gesicht auf sein Opfer stürzen würde. Ihm war wichtig, dass der Mann, der ihm seine Liebste geraubt hatte, mit seinem letzten Atemzug das Antlitz der personifizierten Wut erblicken sollte. Wollte er Esyld etwa zwingen, fortzugehen? Sah er sie als seine Sklavin? Sein Spielzeug? Welch armseliges Schicksal würde er ihr bieten?

Je länger er sich die Schrecknisse vorstellte, die Esyld erwarteten, desto unbändiger wurde seine Wut. Sie brannte wie Feuer in seinem Innern und verlieh ihm ungeahnte Kräfte.

Und dann betrat Esyld die Kathedrale. Vier ganz in Gelb gekleidete Brautjungfern gingen ihr voraus. Ihre langen Schleppen schleiften über den Steinboden. Esyld trug ein goldenes Kleid, dessen hoher Stehkragen im Nacken bis zu ihrer gelockten Frisur hinaufreichte. Auf ihrer von einem Korsett gehobenen Brust glitzerte ein Diamant. Ihr Gesicht wirkte wie eingefroren; ihre Augen wichen den Blicken der Leute aus. Langsam schritt sie voran. Hinter ihr folgten Hellebardiere, die ihre Waffe an die Schulter gelehnt trugen und deren konisch geformte Helme einen ledernen Nackenschutz hatten.

Sie zwangen sie vorwärts, dessen war sich Laerte sicher. Keinesfalls durfte er länger warten. Er konnte ihr nicht zumuten, diese würdelose Zeremonie über sich ergehen zu lassen. Er kroch auf dem Vorsprung entlang. Genau über dem Altar hielt er an. Wie viele Meter mochten es sein? Zwanzig vielleicht? Am Tag der Revolution, als er aus dem Thronsaal geschleudert worden war, waren es mindestens vierzig Meter gewesen. Und er hatte damals keine Möglichkeit gehabt, den *Odem* zu benutzen, um seinen Sturz zu mildern.

Esyld hatte inzwischen den Altar erreicht, wo sie von dem jungen Hochstapler begrüßt wurde. Er reichte ihr seine Hand und half ihr die Stufen hinauf. Zu Füßen des Priesters lagen zwei Kissen, auf denen das Paar niederkniete und einen Blick wechselte.

Einen einzigen Blick.

Liebst du sie?

Natürlich liebte er sie. Und natürlich würde er sie nicht in den Händen dieser Ungeheuer zurücklassen.

Viel Zeit ist vergangen. Nichts ist mehr so wie früher.

»Balian Azdeki, Sohn der Anya Bernevin und des Ehrenwerten Ratsherrn Etienne Azdeki, Kommandeur des Ordens der Republik und Graf von Vershan, wollt Ihr Esyld Orbey, Tochter der Elena Angenet und des Guy Orbey, zu Eurem rechtmäßigen Eheweib nehmen?«

Die Hochzeit findet vor dem Fest statt …

An seinem Plan änderte sich nichts. Nichts würde infrage gestellt. Laerte fühlte sich stark genug, sich um Balian Azdeki zu kümmern, ohne das geplante Eindringen in den Palatio zu gefährden. Auf keinen Fall würde Etienne Azdeki die Zeremonie auf später verschieben.

»Ja, ich will«, antwortete Balian mit vor Rührung zitternder Stimme.

Ich musste dich vergessen, Grenouille.

Sag mir, dass du mich nicht mehr liebst!

»Esyld Orbey, Tochter der Alena Angenet und des Guy Orbey, wollt Ihr Balian Azdeki, Sohn der Anya Bernevin und des Ehrenwerten Ratsherrn Etienne Azdeki ...«

Sie hatte ihre Hand auf die des Ritters gelegt und drückte sie. Laerte musste etwas tun. Jetzt oder nie. Sie liebte ihn doch, sie hatte es ihm gesagt! Ein solches Gefühl konnte nicht einfach sterben! Es blieb für immer und ewig!

»... Kommandeur des Ordens der Republik ...«

Sein Herz trieb ihn an. Eine gefräßige Leere machte sich in ihm breit wie ein hungriges Ungeheuer, das sich an seinem Schmerz weidete. Er hatte das Gefühl, ein Nichts zu sein.

Wenn du zu diesem Zeitpunkt eingreifst, haben wir all unsere Pläne umsonst geschmiedet.

Dieses Dummerchen Viola! Sie hatte doch keine Ahnung von Liebe, Leidenschaft und selbstlosem Verzicht zum Wohle des anderen! Was wusste sie schon davon, was er für Esyld zu tun bereit wäre? Er brauchte nur noch dort unten mit gezogenem Schwert aufzutauchen, die Klinge durch Balians Kehle zu bohren, sich der Wachen zu entledigen und wie ein Schatten in der Menge unterzutauchen. Genau wie er es am Hafen mit Enain-Cassart gemacht hatte, ebenso verstohlen wie die *Hand des Kaisers*. Und Etienne Azdeki würde von Angst und Trauer geradezu aufgefressen!

Sag mir, dass du mich nicht mehr liebst!

Keine Sekunde hatte er ihr geglaubt. Sie hatte nur Nein gesagt, um ihn zu schützen.

»... und Graf von Vershan zu Eurem rechtmäßigen Ehegatten nehmen?«

Laertes Herz setzte aus. Es wurde sehr still im Kirchenschiff. Selbst die Tauben hatten aufgehört zu gurren. Im vielfarbigen Sonnenlicht, das durch die Glasfenster der Kathedrale drang, schien sich Esylds Gesicht zu verhärten. Tränen traten in ihre Augen.

»Nein! Sag Nein!«, flüsterte Laerte. »Bitte, sag Nein.«

Er beugte sich über die Brüstung und zog sein Schwert. Der Priester wurde unruhig und warf Etienne und dessen Onkel verwirrte Blicke zu. Schließlich stellte er die Frage erneut: »Esyld Orbey, Tochter der Alena Angenet und des Guy Orbey, wollt Ihr Balian Azdeki zu Eurem rechtmäßigen Ehegatten nehmen?«

»Nein!«, flüsterte Laerte verzweifelt.

Die Leute begannen, verlegen zu husten.

»Sag Nein! Nein!«

Esyld hob die tränenfeuchten Augen zum Priester empor – und lächelte! Ein strahlendes Lächeln.

Nein! Das konnte nicht sein! Man hatte sie gezwungen zu heiraten. Sie wollte es nicht! Die Azdekis hatten sie manipuliert, wie sie alle manipulierten. Warum sollte Balian anders sein? Wie war es möglich, dass sie ihn liebte? Laerte kochte vor Wut.

»Ja, ich will«, antwortete sie leise.

Die Gäste waren so erleichtert, dass sie lautstark applaudierten.

»Hiermit erkläre ich Euch im Namen der Götter und der Republik, die sie behüten, zu Mann und Frau«, verkündete der Priester. »Trinkt nun aus diesen Kelchen, um Eure Verbindung zu besiegeln.«

Dinge verändern sich, und Menschen verändern sich auch. Der Krieg ist vorüber, Laerte.

Wie konnte sie diesen Mann nur so zärtlich küssen? Wie konnte sie die Hand auf seine Wange legen, als wollte sie ihn nie wieder loslassen? In seinem Kopf machte sich das Bild ihrer nackten Körper breit. Zornig zog er sich ein Stück zurück, aber immer noch hatte er die Szene vor Augen, wie sie einander festhielten und sich leidenschaftlich umschlangen. Seine Haut an ihrer Haut, seine Lippen auf ihren Lippen. Und ihr Herz gehörte ihm.

ICH FÜHRE NOCH KRIEG!

Er kauerte sich auf den Vorsprung und umschlang seine Beine wie ein Kind. Sein Atem ging schwer. Er wollte sich nur noch auf Balian stürzen, ihn bei lebendigem Leib zerreißen, ihn schlagen, ihn zerstören, ihm die Lippen abschneiden, ehe er Esylds Körper damit berührte, ihm die Hände abhacken, mit denen er Esylds Körper liebkost hatte, mit der Faust auf ihn eindringen, ihm das Herz aus dem Leib reißen und in tausend Stücke zerpflücken.

Sie war so schön! Und so glücklich! Nein, sie hatte ihn nicht angelogen. Dinge verändern sich. Viele Jahre waren vergangen, und sie hatte sich von ihm entfernt. Er aber hatte es nicht wahrhaben wollen und für unmöglich gehalten. Anstatt damals bei ihr zu bleiben, war er, ganz besessen von seinem Racheplan, mit Dun in die Schlacht gezogen.

Während der gesamten Zeremonie blieb Laerte reglos auf dem Vorsprung sitzen. Zum Schluss wurde gesungen, und schließlich läuteten alle Glocken, während die Neuvermählten aus der Kathedrale auszogen und sich auf der Freitreppe feiern ließen.

Als Laerte schließlich allein im Kirchenschiff war, ließ er sich an der Statue hinuntergleiten und schlich sich durch eine seitliche Pforte aus der Kirche. Er ging vorbei an fröhlich feiernden Menschen, die sich mit bunten Luftschlangen bewarfen, und suchte nach dem jungen Paar. Balian und Esyld standen im hellen Sonnenlicht, lächelten gerührt und ließen die ganze Stadt Masalia an ihrem Glück teilhaben.

Laerte entfernte sich und ließ einen Teil seines Lebens hinter sich zurück. Ihre Wege hatten sich getrennt. Mit einem Schlag war alles anders geworden.

»Wir müssen der Sache endlich ein Ende machen«, sagte er gleich an der Eingangstür.

Alle sahen ihn an. Rogant saß auf dem Sofa, Viola stand am Fuß der Treppe, und Dun kam eben mit einem Becher Wein in der Hand aus der Küche.

»Und die Hochzeit?«, fragte Viola schüchtern.

Laerte schwieg. Er weigerte sich, noch einen Gedanken an die Zeremonie zu verschwenden. Diese Episode zählte nicht mehr. Er musste sich auf seine Pläne konzentrieren. In wenigen Stunden würden sie zum Palatio aufbrechen, und auch Dun würde das Haus verlassen. Dann war er wieder frei und vielleicht glücklich darüber, dass er nach so vielen Jahren seinen Grenouille wiedergefunden hatte. Dabei war es in Wirklichkeit Laerte gewesen, der seinen Frieden machen wollte und möglicherweise auf Vergebung hoffte.

Zielstrebig durchquerte Laerte den Wohnraum. Dun folgte ihm wortlos in den Hof. Seite an Seite blickten sie über die Stadt hinweg. Die Dächer von Masalia nahmen langsam einen warmen Goldton an. Im Hafen lagen Dreimaster vor Anker, und die Sonne schien sich einen leuchtenden Weg über das ruhige Meer zu bahnen.

Nachdenklich betrachtete Laerte den Krug, den der alte Mann an die Lippen führte, und nickte resigniert. Noch wirkte Dun nicht betrunken, aber wie viel Zeit würde bleiben, ehe ihm der Wein zu Kopf stieg? Plötzlich hörte er es plätschern. Mit abwesender Miene hatte Dun den Krug gekippt und ließ die rote Flüsssigkeit auf die Kiesel rinnen.

»Eigentlich wollte ich Abschied feiern, Kleiner, aber ich habe irgendwie keine Lust auf das Zeug.«

Laerte starrte ihn nur an. Mit einem traurigen Lächeln verfolgte Dun den dünnen Weinstrahl, der aus dem Krug tröpfelte. Ihm war, als könnte er zusehen, wie seine Gewissensbisse Tropfen für Tropfen im Hof versickerten.

»Wenn ich euch richtig verstanden habe, bin ich heute Abend wieder frei.«

»Sobald wir das Haus verlassen haben, kommt eine Kutsche, um dich abzuholen, und bringt dich, wohin du willst. De Page war bereit, dir so viel zu geben, dass du noch ein paar Jährchen damit überleben kannst«, gab Laerte mit kratziger Stimme zurück.

»Er kauft mich? So einer ist er also!«, stellte Dun mit unwilligem Lachen fest. »Bisher hat er sich gut verstellt.«

Am liebsten hätte Laerte ihm verraten, was ihn erwartete, hätte ihn getröstet und ihn heiter gesehen, bevor er ihn für immer verließ. Dass aus Dun ein armseliger Trinker geworden war, betrübte ihn, denn während seiner Lehrjahre hatte er ihn schätzen gelernt und ihn all die Jahre als stolzen General im Gedächtnis behalten. Zu schade, dass er inzwischen der dürftige Schatten eines Ritters auf der Schwelle zum Tod geworden war.

Und doch war sich Laerte inzwischen über seine wahren Gefühle im Klaren. Auch wenn er es noch nicht aussprechen konnte, wusste er, dass er Dun liebte.

Laerte zögerte einen Moment. Sollte er dem alten Mann die Hand auf die Schulter legen?

Aber er bewegte sich nicht. Erneut glitt sein Blick über die Stadt zu ihren Füßen.

»Es wird sich im Palatio abspielen, nicht wahr?«, fragte Dun plötzlich und räusperte sich.

Laerte schwieg.

»Er hat das *Liaber Dest*, Junge«, fuhr er fort und ließ den leeren Krug fallen. Er zerbrach. Die letzten Weinreste versickerten zwischen den Kieseln.

»Damit hält er das Schicksal der Menschen in seinen Händen.«

»Möglicherweise«, versetzte Laerte, ohne den Blick von den Dächern zu wenden.

»So viel Macht verdient er nicht.«

»Das ist sicher.«

»Hindere ihn daran, Sohn!«

Die Zeit schien sich endlos zu dehnen, ehe sich Laerte doch noch entschloss, seinem ehemaligen Meister sanft die Hand auf die Schulter zu legen. Gleich darauf wandte er sich verlegen ab und ging auf das Haus zu.

»Grenouille«, rief Dun ihm leise nach.

Laerte drehte sich um. Der Schein der untergehenden Sonne legte einen Glorienschein um die gebeugte Gestalt des alten Kriegers. Plötzlich schien er zu seiner früheren Größe zurückzufinden, und beim Klang seiner Stimme, ohne jedoch im Gegenlicht sein Gesicht erkennen zu können, kam es Laerte vor, als wäre er noch so bewundernswert wie damals in den Zeiten seiner größten Herrlichkeit.

»Bist du der geworden, der du werden wolltest, mein Junge? Bist du ein Ritter oder ein Mörder?«

Duns Stimme klang sicher, aber eine Spur traurig.

»Macht das irgendeinen Unterschied?«, fragte Laerte leise.

Dun trat einen Schritt nach vorn. Mit einem Mal fiel ein Sonnenstrahl auf sein faltiges Gesicht. Der alte Mann wirkte plötzlich ganz anders – seltsam ruhig, abgeklärt und weise.

»Für dich und mich gibt es einen Unterschied. Erinnerst du dich noch an deinen Treueschwur? Wir haben ein Versprechen abgelegt.«

»Ja, das Versprechen, dem Kaiser zu dienen«, antwortete Laerte ohne jede Feindseligkeit.

»Nein, der Schwur reicht noch viel weiter. Es geht um den Weg, den du einschlägst. Was ist zum Beispiel, wenn du heute Abend Esyld über den Weg läufst? Lässt du dich dann von deinem Zorn hinreißen?«

Laerte verkrampfte sich. Daran wollte er nicht denken. Er wollte es sich nicht vorstellen, sondern sich einzig auf sein Ziel konzentrieren. Die Erwähnung ihres Namens jedoch entfesselte in ihm einen Sturm, von dem er fürchtete, ihn nicht beherrschen zu können.

»Aber genau darum geht es bei dem Versprechen, das du gegeben hast. Erinnere dich. Der Pfad des Zorns führt in den Abgrund, denn wenn du ihm folgst, musst du deine Wut unentwegt nähren und immer rückwärts schauen. Immer. Rache schreit nach Rache.«

Langsam ging Dun auf ihn zu.

»Du hast die Wahl, Laerte von Uster. Du hast die Wahl, mein Sohn!«

Regungslos blickte er Laerte an.

»Ich bin immer so stolz auf dich gewesen!«

Ohne eine Reaktion abzuwarten betrat er das Haus. Letztendlich ging es ihn nichts an, welche Wahl Laerte treffen würde – er wollte ihn nur daran erinnern, dass eine Entscheidung unausweichlich war.

Nachdem der General den Hof verlassen hatte, bewunderte Laerte nachdenklich den Sonnenuntergang.

Wirft man es ins Feuer, so brennt es nicht …

An diesem Abend würde die Entscheidung fallen. Es ging um alles, wofür er gekämpft hatte, und um alle Opfer, die er wissentlich und unwissentlich gebracht hatte – wie zum Beispiel, Esyld an Balian Azdeki zu verlieren.

Berührt man es mit einer Klinge, so zerreißt es nicht.

Es besteht aus dem Murmeln der Götter, und nichts und niemand kann es zerstören.

Das Heilige Buch war unzerstörbar. Aladzio hatte den Beweis dafür selbst miterlebt, als sein neuer Herr das Buch in das brennende Kaminfeuer warf. Das Leder war nicht einmal schwarz geworden, und nachdem Azdeki es aus den Flammen geholt hatte, forderte er Aladzio auf, einen Dolch hineinzubohren.

Die Klinge war zerbrochen.

Dass das *Liaber Dest* mehr als nur ein einfaches Buch war, stand unerschütterlich fest. Aber enthielt es tatsächlich die Geschicke der Menschheit, wie die Legende behauptete? De Page, der dem Fangol-Orden kritisch gegenüberstand, zweifelte daran. Die Azdekis hingegen waren sich dessen ganz sicher. Und was Aladzio anging …

Der Erfinder fühlte sich hin und her gerissen zwischen seinem wissenschaftlichen Ansatz und der Hoffnung, dass es noch etwas Größeres gab als die menschliche Vernunft.

Zwar bemühte er sich, die Welt zu begreifen, doch der Gedanke an etwas Höheres – etwas Göttliches – ging ihm nicht aus dem Sinn, als suche er nach einer Grenze für seine Intelligenz.

In dem Labyrinth der Legenden vermochte er gewisse Wahrheiten zu erkennen, darunter die, dass es einen uralten Turm gab, unter dem das Wissen schlummerte. Ausgehend von den rätselhaften Formulierungen auf den ersten Karten der alten Königreiche, gelang es ihm, den ungefähren einstigen Standort des Gebäudes zu bestimmen. Als er sich endlich beklommenen Herzens dorthin begab, befürchtete er, er werde nichts als Ruinen finden. Doch unter den wackeligen Steinen, die ein in Ungnade gefallener Mönch hütete, erwarteten ihn die ersten großen Bücher, geschrieben von den Mönchen des Fangol-Ordens.

In früheren Zeiten hatte Galapa im Fangol-Turm gelebt, dem Hauptsitz des Ordens und ersten Kloster überhaupt. Kurz vor dem Aufstand in den Salinen war er verbannt und mit der undankbaren Aufgabe betraut worden, Überbleibsel aus der Vergangenheit zu hüten, über die sich alle Welt lustig machte. Und doch schlummerte in diesem alten Gemäuer ein unendliches Wissen, das nach dem Hinscheiden der großen Weisen des Fangol-Ordens in Vergessenheit geraten war. Die wichtigste Aufgabe der Mönche, deren Orden sowohl die Königreiche als auch alle Kaiser überlebt hatte, bestand nämlich in strikter Geheimhaltung.

In jenem Turm entzifferte, übersetzte und begriff Aladzio, in welchem Maße der Orden die Geschichte auf seine eigene Weise dargestellt und nebulöse Legenden so lange immer weiter abgeschrieben und verbreitet hatte, bis niemand ihnen mehr widersprach. Es hatte Jahrhunderte gedauert, bis sich keine abweichenden Darstellungen mehr fanden. Die ersten Werke enthielten noch Niederschriften zu kultischen Handlungen, die sich von denen zur Zeit der Dynastie Reyes kaum unterschieden.

In zahlreichen alten Texten, die über das *Liaber Dest* berichteten, fand Aladzio eine merkwürdige Übereinstimmung mit Zitaten über eine göttliche Klinge. Im Lauf der Jahrhunderte war ein oft diskutierter Satz erhalten geblieben: *In meiner Linken das Buch, in meiner Rechten das Schwert, und mir zu Füßen die Welt.*

Sowohl die Fangol-Mönche als auch die gebildeten Adligen waren sich über die Symbolkraft dieses Satzes einig gewesen. Die Hypothese, man könne ihn wörtlich nehmen, galt längst als widerlegt. Und doch …

Mir zu Füßen die Welt.

Welches Schwert sollte gemeint sein, wenn nicht Eraëd? Welche Klinge, wenn nicht die unralte der einstigen Kaiser?

Für Aladzio stand fest, dass beides eng miteinander verbunden war. Die Wiederholung eines ihm unbekannten Symbols, eines von einer Linie durchzogenen Rechtecks, erwies sich als Anhaltspunkt in der Vielzahl der konsultierten Dokumente. Bis er eines Tages den in der alten Sprache Gueyle verfassten Kodex entdeckte, in dem die Bedeutung der Zeichnung erklärt wurde.

Die Ursprünge des Buchs und des Schwertes verbargen sich zwischen den Zeilen. Einzige Aufgabe der Waffe war es, das Buch zu vernichten.

Weil sie alles daran setzten, ihr Schicksal in den Seiten des *Liaber Dest* zu finden, hatten die Azdekis das kaiserliche Schwert völlig vergessen. Für sie zählte einzig die

Gewissheit, im Lauf der Welt eine gewichtige Rolle zu spielen. Zwar hatten sie die Republik gegründet und waren für die Zukunft des Volkes tätig geworden, doch seit dem Zusammenbruch des Kaiserreichs wurde ihr Ehrgeiz zusätzlich von etwas Düsterem und Geheimnisvollem genährt. Von etwas Mystischem. Von ihrem Glauben.

Das Buch verlieh den Azdekis zwar kein Wissen über das Schicksal der Menschen, machte sie dafür aber zu Herren über die Furcht der Zweifler und den Respekt der Gläubigen. Schließlich befand sich das lange verloren geglaubte *Liaber Dest* in ihrem Besitz. Sie hatten sich Respekt erworben, indem sie einen Tyrannen absetzten und eine gerechtere Republik ins Leben riefen. Die Unterstützung der Götter schien ihnen sicher.

Doch es gab einen Schwachpunkt. Ein Abkommen, dessen Bedeutung sie nicht erkannt hatten, einen geheimen Pakt, der durch die Jahrhunderte nur Eingeweihten anvertraut wurde: Die Macht wurde geteilt. Das Buch befand sich in der Obhut der Usters, das Schwert war bei den Reyes.

Das Buch und das Schwert aber gehörten zusammen.

»Merkwürdig, findest du nicht?«

Die Fackeln zauberten seltsame Schatten an die Kellerwände des Turms. De Page stützte beide Hände auf den langen Holztisch mit den aufgeschlagenen Büchern.

»Dass er ausgerechnet in Masalia ist …«

»Und er hat das Schwert mitgebracht«, sagte Laerte, der an der Wand lehnte.

De Page blickte ihn an.

»Ich glaube, du hast recht. Dieser Dun-Sowieso …«

Sein leicht spöttisches Lächeln traf auf Laertes unbewegte Miene.

»Mit Sicherheit hat er es irgendwo in seiner Nähe untergebracht. Er macht sich einen Spaß daraus, Schatzsucher zum Vershan zu schicken, während er selbst die Sonne Masalias genießt.«

Er unterbrach sich.

»Die Stadt der Möglichkeiten … Sie trägt ihren Spitznamen nicht umsonst. Was empfindest du für diesen Mann?«

»Nichts mehr, De Page. Er wird kein Hindernis für uns sein. Und reden wird er auch. Ich kenne ihn.«

Seufzend richtete sich De Page auf.

»Wir dürfen keinen Fehler machen«, sagte er ernst. »Nicht einen. Aladzio ist auf dem Weg nach Masalia, um die Nacht der Masken nach den Vorstellungen der Azdekis vorzubereiten. Er hat das Pulver für das Feuerwerk bekommen, und zwar mehr, als er braucht. Einige Ratsherrn haben vor, sich einzuschiffen. Am Hafen wirst du …«

»Ich begnüge mich mit Enain-Cassart«, gab Laerte kalt zurück.

»Etienne Azdeki muss der Letzte sein. Das ist wichtig.«

»Wir haben den Plan zusammen ausgearbeitet, De Page. Zweifelst du etwa an mir?«

Zum ersten Mal gelang es dem Herzog nicht, seine Furcht zu verbergen. Seine Heiterkeit und Selbstsicherheit waren plötzlich wie weggeblasen.

»Nein, natürlich zweifele ich nicht an dir.«

»Warum tust du das alles?«, fragte Laerte plötzlich.

»Was meinst du?«

»Ehe ich nach Masalia reite, möchte ich deine Beweggründe kennen«, erklärte Laerte. »Du weißt ganz genau, was mich antreibt. Aber was ist mit dir? Geht es dir wirklich um die Republik, wie du immer behauptest? Wofür kämpfst du wirklich?«

»Das habe ich dir bereits gesagt. Sie bedrohen die …«

»Warum?«, beharrte Laerte mit leiser Stimme.

Seit dem Zusammenbruch des Kaiserreichs hatte der Herzog Laerte betreut. Alle Informationen und Folgerungen, auf denen ihr Plan beruhte, waren von ihm gekommen und nach seinem Gutdünken gefiltert worden. Und jetzt, nur wenige Monate vor der Nacht der Masken, während der Frühling den Feldern um die Turmruine neues Leben einhauchte, wollte Laerte ganz sicher sein, dass er nicht nur eine Waffe in den Händen des Herzogs war. Zum Misstrauen De Pages gegenüber den Azdekis gesellte sich sicher heftige Wut – aber was würde danach aus Laerte werden?

»Wichtig ist vor allem, dass man im Anschluss weder dich noch mich wiedererkennt.«

»Das ist keine Antwort auf meine Frage«, unterbrach ihn Laerte sofort.

»Wenn ich nicht in der Lage bin, die Namen derjenigen zu erfahren, die Azdeki um sich versammelt hat, kann ich unsere Feinde nicht von den vernünftigen Ratsherrn unterscheiden. Ich muss wissen, wer bereit ist, den Traum deines Vaters zu vernichten und dem Fangol-Orden einen Teil an der Macht zu überlassen, die er nicht verdient. Für diese Leute haben die Götter alles längst entschieden. Und genau das steht im Gegensatz zur Idee einer Republik, in der die Menschen selbst entscheiden, welchen Weg sie gehen wollen. Unsere Feinde bezeichnen sich als Erwählte – aber nicht als Erwählte des Volkes, sondern der Götter. Das Volk aber ist furchtsam. Es zweifelt. Irgendwann wird es auf sie hören und neue …«

»Warum?«, wiederholte Laerte.

»Weil das Schicksal nicht in einem Buch steht, zum Donnerwetter!« De Page wurde laut. »Aber diejenigen, die nicht daran glauben, werden wieder einmal am Galgen oder auf dem Scheiterhaufen enden. Im Namen der Götter! Und jeglicher Menschlichkeit zum Trotz.«

Er ließ die Faust auf den Tisch donnern und fuhr sich mit zusammengebissenen Zähnen durchs Haar. Laerte beobachtete ihn reglos. De Page ging um den Tisch herum und baute sich genau vor ihm auf.

»Was willst du hören? Dass mein Vater mich verprügelte, weil er in mir die Folgen der Degeneration in seiner Ahnenreihe zu sehen glaubte? Ich kann dir erzählen, wie er sich über mich lustig machte, nachdem er mich an sein Totenbett hatte rufen lassen. Er hat gelacht, Laerte!«

Seine Stimme war kalt geworden.

»Weißt du, ich müsste nur dieses Hemd hier ausziehen, um dir die Narben der Peitschenhiebe zu zeigen, mit denen er den Dämon aus meinem Körper zu vertreiben versuchte. Wir alle haben gelitten, Laerte. Wir alle. Jeder von uns hat seine Narben, die uns daran erinnern, wie wichtig es ist, endlich zu handeln. Der Fangol-Orden hat Leute wie mich aufgehängt, und wenn Azdeki sein Ziel erreicht, werden die Mönche an der Politik beteiligt, das kannst du mir glauben. Wir werden keine Wahl mehr haben. Sie werden bestätigen, dass alles vor langer Zeit niedergeschrieben wurde, dass alles unwiderruflich feststeht und nichts überleben darf, was nicht von ihnen für gut befunden wird. Ich kämpfe nicht nur für die Republik und deine Rache, o nein!«

Er trat noch ein Stück näher an Laerte heran und packte ihn im Nacken. Laerte spürte seinen Atem, rührte sich aber nicht.

»Alles ist eine Frage des Glaubens, Laerte. Alles ist eine Frage des Sinns, den wir in unseren Taten sehen, und ihrer symbolischen Bedeutung. Ich glaube nicht, dass das Schicksal der Menschheit in einem Buch steht. Eines Tages werden wir wissen, wie und von wem es geschrieben wurde, warum das Schwert zur gleichen Zeit geschmiedet wurde und was diesen beiden Dingen ihre Unzerstörbarkeit verleiht. Aladzio hat uns – und nur uns – diese herrliche Chance gegeben, die Macht des Schwertes zu entdecken. Ich werde diese Chance nicht verstreichen lassen. Und wir sollten uns auch um das Buch kümmern, damit nie mehr jemand auf die Idee kommt, es könne göttlich sein. Wir haben erst die erste Stufe erklommen, mein Freund. Ich glaube an die Demokratie. Ich glaube an die Menschen. Aber ich glaube keinesfalls an irgendwelche Götter, die alles entschieden haben und dann auf Nimmerwiedersehen verschwunden sind.«

Laerte senkte den Blick.

»Ist es das, was du hören wolltest?«

»Wo immer dein Vater jetzt sein mag – er wird sein Verhalten bitter bereuen«, flüsterte Laerte.

Nach kurzem Zögern begann De Page zu glucksen. Als er sich schließlich von Laerte löste, lachte er schallend.

»Da hast du wohl recht«, nickte er. »Sicher hätte er sich nicht träumen lassen, dass aus mir einmal einer seiner schärfsten Widersacher würde. Wie auch Azdeki …«

Er griff nach einem halb geöffneten Koffer und schlug den Deckel ganz zurück.

»... keine Ahnung hat, welcher Geist ihn heimsuchen wird«, fuhr er fort.

Mit einer Hand am Schwert warf Laerte einen vorsichtigen Blick in den Koffer. De Page hatte nicht vergessen, worum er ihn gebeten hatte. Er hatte sie wiedergefunden und mitgebracht. Sie waren als Überbleibsel des Kaiserreichs von nostalgischen Dienern aufbewahrt und von Hand zu Hand weitergereicht worden, bis der Herzog sie eines Tages in den Tiefen eines Trödelladens aufstöberte und mit Gold aufwog. Im Koffer lagen ein grüner Umhang und darauf die zerbrochene Maske des letzten Kaisers.

Mit zugeschnürter Kehle betrachtete Laerte die beiden Fundstücke. Er würde sie tragen. Er musste es tun, koste es, was es wolle. Seine Rache erforderte diesen Preis. Sie konnte und wollte sich nicht mit einfachen Morden begnügen. Er sehnte sich danach, dass jeder der Verräter, die seine Familie zerstört hatten, Angst in sich hinaufkriechen fühlte – eine Angst, die ihn überwältigen und ersticken würde. Jeder Einzelne würde mit der Vergangenheit und seiner eigenen Schlechtigkeit konfrontiert, und keiner würde Frieden finden, bis Laerte seinem Leben ein Ende setzte. Sie würde sie verfolgen, so, wie sie Laerte in den Salinen verfolgt hatten. Er würde ihre Nerven blank legen und ihr Gewissen martern.

»Lass dich nicht hinreißen. Begnüge dich mit Enain-Cassart und Negus«, mahnte De Page und nahm die Maske in die Hand. »Azdeki wird den Vorfall sicher verschweigen. Mach ihm genügend Angst, dass er entsprechend reagiert. Er soll zweifeln ...«

Die Wandfackeln warfen goldene Lichter auf die Maske.

»Es ist so weit, Laerte!«

Er würde Azdeki vor seinen Getreuen demütigen. Und dann würde er ihn töten. Denn das Buch war nicht unzerstörbar. Es gab eine Waffe, die aus einem unbekannten Metall geschmiedet war.

»Und zu gegebener Zeit bohrst du das Schwert in das *Liaber Dest*. Dann erkennen sie endlich, dass es nichts als ein Buch ist. Nur ein einfaches Buch. Es ist so weit!«

Und nun war es wirklich so weit. Er stand nur wenige Schritte entfernt vom großen Palatio im Schatten einer schmalen Gasse.

An diesem frühen Abend drängten sich Menschenmassen durch die Stadt. Männer und Frauen waren kostümiert und trugen die unterschiedlichsten Masken, die lachende oder ausdruckslose Gesichter zeigten, einfarbig oder bunt und mit Pfauenfedern oder Borten geschmückt. Alles glänzte, alles war Schein. Feuerspucker bliesen hohe Flammen in den Abendhimmel, Jongleure unterhielten Zuschauergruppen, und Musikanten spielten an jeder Ecke. Fröhliche Kinder winkten mit bunten Wimpeln und ließen Bänder tanzen. Paare küssten sich, und am dunkler werdenden Himmel erschien ein Stern nach dem anderen. Hinter dem Kuppeldach des Palatio ging ein blasser Mond auf.

Laerte zog die Kapuze so tief ins Gesicht, dass der obere Teil seiner Maske überschattet wurde, und verließ seinen Standort. Er wusste, dass die Tore des Palatio an allen Seiten schwer bewacht wurden. Nur ein einziger Zugang war interessant für ihn, eine kleine Tür am Ende der Gärten, wo er überdies sicher sein konnte, keine Zuschauer zu haben. Die Leute in ihren bunten Kostümen blieben lieber auf den belebten Straßen und amüsierten sich mit anderen. Der fröhliche Lärm war überall rings um den Palatio zu hören.

Die kleine Tür wurde von mehreren Soldaten bewacht. Zwei von ihnen standen rechts und links des Eingangs, der zu einer von Fackeln beleuchteten Treppe führte. Hinter ihnen erhob sich die hohe Gartenmauer. Die Straße lag im Schatten. Die Soldaten hörten Laertes Schritte, ehe sie die glänzende Maske mit dem Riss entdeckten. Einer der Soldaten befahl ihm, stehen zu bleiben. Laerte gehorchte, griff aber nach seinem Schwert. Sofort trat ihm der Soldat mit gesenkter Hellebarde entgegen. Sein Kamerad eilte ihm zur Hilfe, während weitere Soldaten hastig die Treppe hinuntereilten.

»Keine Bewegung!«

»Die Maske! Er ist es!«

»Es ist der Assassine!«

Laerte umklammerte den Schwertgriff, zog die Waffe aber nicht. Reglos sah er zu, wie Klingen die Kettenhemden durchdrangen. Die Hände ihrer Kameraden erstickten das Stöhnen der Soldaten.

Es ist so weit, Laerte.

Einer nach dem anderen fiel. Zum Schluss waren nur noch vier Soldaten übrig, die Laerte ins Innere des Palatio begleiteten.

13

DAS MURMELN DER GÖTTER

Für dich werde ich mehr als ein Flüstern sein.
Für dich bin ich ein Schrei.

Rogant zügelte die Pferde, die den mit Fässern beladenen Wagen zogen, und überquerte die schlecht beleuchtete Brücke im Schritttempo. Unmittelbar vor ihm erhob sich die ausladende Kuppel des Palatio. An den Toren standen Hellebardiere und überwachten mit großem Geschrei das Entladen vieler Karren, auf denen sich Lebensmittel stapelten. Als Rogant den Wagen zum Stehen brachte, musterten sie ihn zwar, aber keiner wurde misstrauisch. Sie stellten lediglich ein paar Fragen. Andere Nâagas trugen Kisten mit Getränken ins Innere des Prachtbaus.

»Was bringst du da?«, erkundigte sich ein Soldat und trat an den Wagen.

»Wein«, antwortete Rogant knapp.

Er gab sich so wenig gesprächig wie möglich, um keine Aufmerksamkeit zu erregen. Nâagas waren bekannt für ihre Eigenbrötlerei.

Der Soldat nickte zerstreut und zeigte auf zwei weit geöffnete Türen, die zu einem bis zum Bersten mit Lebensmitteln gefüllten Lagerraum führten. Im Innern waren mehrere Bedienstete damit beschäftigt, Ware zu sortieren und sie in angrenzende Räume zu schaffen. Rogant ließ die Zügel schnalzen. Unter den Dienern waren eine Menge anderer Herkunft. Die meisten entstammten dem Volk der Nâaga und waren für die Schwerstarbeit abgestellt, wie Rogant mit einer gewissen Trauer bemerkte.

Die Fässer wurden vom Wagen geladen. Niemand erwartete, dass Rogant den Kutschbock verließ. Plötzlich jedoch tauchten zwei Wachsoldaten auf und unterbrachen die Arbeit.

»Was ist das für eine Lieferung?«, fragte der Erste, der ein rotes Kreuz auf dem Brustharnisch trug.

Schweigend stieg Rogant vom Wagen und musterte den Mann. Zwar überragte er ihn um Haupteslänge, doch der Soldat – offenbar ein höherer Dienstgrad – ließ sich davon nicht beeindrucken. Der zweite Mann hingegen schien sich alles andere als wohlzufühlen. Er wich Rogants Blick aus und hielt eine Hand in der Nähe seines Schwertgriffs.

»Ich habe gefragt, was das für eine Lieferung ist«, wiederholte der Soldat und betonte jedes Wort.

»Eigentlich sollte nämlich alles längst geliefert sein«, ließ sich sein Kamerad schüchtern vernehmen.

»Das Buffet wird bereits aufgebaut, und ich weiß nichts von einer weiteren Weinlieferung«, erklärte der erste. »Wer hat dich geschickt?«

Die Nâagas ringsum setzten die Fässer ab, weil sie nicht wussten, ob sie weitermachen sollten oder für eine andere Aufgabe gebraucht wurden.

»Wer hat dich geschickt?«, wiederholte der Soldat. »Stehst du überhaupt auf der Liste?«

»Tut mir leid, die Schuld liegt bei mir«, mischte sich eine atemlose Stimme ein. »Ich habe es vergessen.«

Hinter den Soldaten tauchte Aladzios Dreispitz auf.

Der Erfinder brauchte nicht lange zu reden, denn jedermann kannte seine Stellung. Überdies wurde er von einer gut ausgestatteten Eskorte begleitet. Rogant schloss sich ihm an, ohne sich rechtfertigen zu müssen, und der Karren wurde weiter entladen. Schweigende, mit seltsamen Mustern tätowierte Nâagas schleppten die Fässer ins Innere des Palatio.

»Du wärst doch hoffentlich nicht gewalttätig geworden?«, erkundigte sich Aladzio beunruhigt.

Rogant begnügte sich damit zu lächeln. Die Vorurteile hinsichtlich seines Volkes waren nur schwer auszumerzen, selbst bei einem so aufgeklärten Mann wie dem Erfinder. Doch Rogant regte sich schon längst nicht mehr darüber auf; er amüsierte sich nur noch.

»Wohin?«, fragte er, als sie mit ihrer Last einen großen Innenhof mit üppig blühenden Balkonen ringsum erreichten. Bunte Girlanden schmückten die Hecken, reichten bis zu den Balkonen hinauf und wanden sich um Marmorsäulen, an denen Zeltplanen befestigt waren. An jeder Seite des Hofs befanden sich große Flügeltüren, durch die man das Innere des Palatio erreichen konnte und durch die blau und schwarz livrierte Diener ein und aus eilten. Sie stellten Tische auf, deckten sie mit Tellern und Besteck und brachten Weinfässer mit hölzernen Zapfhähnen.

Aladzio zeigte auf ein Podest, wo man die Reservefässer untergebracht hatte.

»Hinter diese Fässer.«

Rogant klatschte in die Hände. Geschickt verstauten die Nâagas die mitgebrachten Fässer.

Aladzio schlenderte ein Stück über den Hof, drehte sich um, warf einen Blick zu den Balkonen hinauf und schob seinen Hut ein Stück zurück.

»Ich habe sie genau richtig gefüllt«, sagte er leise zu Rogant, der ihm gefolgt war. Dabei lächelte er verlegen und rieb sich nervös die Hände.

»Daran habe ich keine Sekunde gezweifelt«, antwortete der Nâaga ruhig.

»Ach ja? Also ich eigentlich schon. Wenigstens ein bisschen«, gestand Aladzio und blickte zum nächstgelegenen Balkon hinüber, wo er Laerte hinter einer Säule vermutete.

»Wir werden jedenfalls schnell wissen, ob es gerade genug für eine kleine Zerstreuung ist, oder ob wir alle in die Luft fliegen. Tröstlich, nicht wahr?«, grinste er und berührte scherzhaft Rogants Schulter, ehe er ging.

»Na toll!«, seufzte der Nâaga.

Die Stiefel der Gardisten dröhnten durch den Flur. Die kleine Gruppe Wachsoldaten marschierte mechanisch vorwärts. Sie waren hier schon so oft entlanggegangen, dass sie keinen Blick mehr für die herrlichen roten Wandteppiche hatten, die von den Öllampen in lebhaftes Licht getaucht wurden. An diesem festlichen Abend ärgerten sie sich ganz besonders, dass man sie ausgerechnet in einem Teil des Palatio eingesetzt hatte, wo man von dem bunten Treiben der kostümierten Gäste nichts sehen konnte. Alle vier hatten eine Hand am Schwertgriff, glaubten aber nicht, dass sie ihre Waffen würden benutzen müssen. Zwar waren im Vorfeld zwei Ratsherrn ermordet worden, aber dass ausgerechnet hier ein Verbrechen begangen werden könnte, erschien ihnen allen undenkbar. Trotzdem hatte man die Zahl der Gardisten im letzten Augenblick verdoppelt.

Die drei Männer, die ihnen entgegenkamen, gehörten zu dieser Verstärkung. Sie trugen Lederharnische, einfache Schwerter und hatten Bogen über der Schulter. Verglichen mit den blitzenden Rüstungen der Palastwache wirkte ihre Ausstattung ein wenig schäbig, doch die Anwesenheit der Männer würde die angereisten Würdenträger sicher beruhigen. Da sie ohnehin nur die Teile des Palatio überwachten, die der Öffentlichkeit nicht zugänglich waren, würde ihr Aussehen auch niemanden stören. Abgesehen natürlich von den Gardisten.

Sie begrüßten sich mit einem stummen Kopfnicken, als plötzlich am Ende des Gangs eine Gestalt in einem Umhang auftauchte. Unter der Kapuze glänzte eine goldene Maske, eine Hand umklammerte sein Schwert.

Den Wachsoldaten blieb keine Zeit mehr, sich zu verteidigen. In Sekundenbruchteilen wurden sie von hinten durchbohrt. Die Söldner schnitten ihnen die Kehle durch, fingen sie auf und ließen sie lautlos auf die Steinplatten gleiten. Schweigend stieg Laerte über die Leichen hinweg und machte den Landsern ein Zeichen, ihm zu folgen.

»Hattet Ihr eine gute Reise?«, fragte Viola.

De Page nahm ihre ausgestreckte Hand und stieg hoheitsvoll aus der Kutsche. Auf dem Platz vor dem Palatio herrschte reges Treiben. Seine angeekelte Miene, als er über eine Urinpfütze hinwegsteigen musste, blieb unter seiner Wildschweinmaske verborgen. Ein Stück weiter stellte eine Abordnung Soldaten einen Mann zur Rede, der sich in einem Blumenbeet gerade verlegen die Hose hochzog.

»Wie es aussieht, ist das Fest bereits in vollem Gang«, stellte der Herzog fest.

Auf dem Platz drängte sich eine fröhliche, bunte Menschenmenge. Man sah die unterschiedlichsten Kostüme. Manche Masken waren geradezu künstlerisch gearbeitet, andere hingegen bestanden aus einfachem Papier. Heute Abend spielte der Rang nicht die geringste Rolle; es zählten nur Blicke und Worte. So war es in der Nacht der Masken schon immer gewesen. Das Fest war uralt und stammte aus dem fernen Eole, war aber von der Republik zum nationalen Feiertag erhoben worden. Eine Nacht lang durften die Menschen so tun, als seien sie alle gleich. Edelleute unterhielten sich mit Handwerkern, Reiche stießen mit den Ärmsten der Armen an. Alle Standesunterschiede blieben unter den Masken verborgen.

Und weil in diesem Jahr die meisten Honoratioren aus Emeris Azdekis Einladung gefolgt waren, fand in Masalia eine ganz besondere Nacht der Masken statt. Überall erklang Musik. Sänger wurden von Flöten und Mandolinen begleitet. Man hörte lautes Lachen. Liebespaare umarmten sich ohne jede Scham und tauschten unter den amüsierten Blicken der Passanten Küsse und Zärtlichkeiten aus.

»Wir haben das Haus so hinterlassen, wie Ihr uns angewiesen habt«, sagte Viola und nahm De Pages dargebotenen Arm.

Der Herzog lächelte ihr zu, was sie allerdings nur an den Fältchen neben seinen Augen erkannte. Er schien sie mit Blicken zu verschlingen. Das Blut schoss ihr in die Wangen, und sie war kaum in der Lage, ihre Verlegenheit zu verbergen. Ihre Halbmaske bestand aus langen Federn, die über ihre Stirn aufstiegen und sich nach hinten über ihr geflochtenes Haar neigten. Das tief ausgeschnittene, nachtblaue Kleid enthüllte bei jedem Schritt ihre schmalen Schenkel.

»Es hat mich zwar einiges gekostet, aber Dun braucht uns nicht mehr zu kümmern. Ich habe alles erledigt und zu einem guten Ende gebracht.«

»Das Wichtigste war schließlich das, was er bei sich hatte. Ich glaube kaum, dass …«

»Verteidige ihn nicht«, wies De Page sie knapp zurecht. »Dass er dem alten General seine Identität enthüllt hat, ohne mir vorher Bescheid zu sagen, darum kümmern wir uns später. Zurzeit läuft alles nach Plan, Viola Aguirre.«

Gardisten begleiteten sie durch die Menge bis zu den Stufen des Palatio, auf dessen Kuppeldach Hunderte Lichter glitzerten. Der Mond stand jetzt hoch am Himmel, und alle Sterne funkelten.

Sie betraten den mit alten Tapisserien und Marmor herrlich ausgestalteten Prachtbau, dessen Schönheit vom warmen Licht der Fackeln und Öllampen noch unterstrichen wurde. Man führte sie in den großen, mit Kristalllüstern, üppigen Behängen, Skulpturen und wertvollen Bildern geschmückten Ballsaal. Zwei geschwungene Treppen führten in das obere Stockwerk. In der zehn Meter hohen Kuppel stellte ein riesiges Gemälde eine halbnackte Frau dar, die einem missgestalteten Kaiser eine schimmernde Lanze ins Herz stieß.

Alle waren gekommen. Man präsentierte prunkvolle Gewänder und delikat gearbeitete Masken, man lachte, schwatzte, krakeelte und trank blutroten Wein aus silbernen Bechern. Rings um einen Springbrunnen mitten im Raum, über den sich die vergoldete Statue eines bärtigen Kolosses erhob, lockte ein üppiges Buffet mit köstlichen Speisen, an denen sich die Gäste labten. Trotz ihrer Masken erkannte De Page die Ratsherrn, die er in der Ratsversammlung herauszufordern pflegte. Wer von ihnen aber mochte bereit sein, sich der Sache Etienne Azdekis anzuschließen? Da war zum Beispiel Rhunstag mit seiner Gattin. Beide trugen Bärenmasken, und er hatte auch das übliche Tierfell angelegt, in das er sich immer zu hüllen pflegte. Bernevin, der mit vier anderen Ratsherrn diskutierte, trug eine einfache Wolfsmaske zu seiner staatsmännischen Toga. Der Mann aber, dem De Pages Aufmerksamkeit galt, prunkte mit einem Adlerkopf, dessen scharfer Schnabel einen leichten Schatten auf sein rasiertes Kinn warf. Ein schwarzer Mantel mit Silbergürtel fiel bis zur Hälfte der Oberschenkel, und er war mit einem leichten Schwert in einer mit Edelsteinen verzierten Scheide gegürtet.

De Page spürte, wie Viola seinen Arm fester umklammerte, als Azdeki auf sie aufmerksam wurde und sich einen Weg durch die Menge bahnte, um sie zu begrüßen.

»Welche Überraschung, Euch hier zu sehen!«

»Ihr habt mich erkannt? Sollte ich meine Maske nicht gut gewählt haben?«, scherzte der Herzog.

»Ganz im Gegenteil. Eure Maske ist ein naturgetreues Abbild Eurer selbst. Allerdings war ich der Meinung, dass Ihr die Atmosphäre der Hauptstadt der Hitze hier im Süden vorzieht.«

»Nun, ich wollte nicht unhöflich erscheinen und habe daher Eurer freundlichen Einladung Folge geleistet, mein lieber Ratsherr Azdeki. Die Hochzeit Eures Sohns ist in unserer guten Republik schließlich ein herausragendes Ereignis.«

Azdeki nickte stolz, ehe er Viola von oben bis unten musterte.

»Man sieht Euch zum ersten Mal in Gesellschaft einer Dame«, stellte er fest.

»Oh, an einem solchen Tag solltet Ihr dem äußeren Erscheinungsbild nicht unbedingt trauen«, erklärte De Page mit unverhohlenem Vergnügen. »Zur Nacht der Masken darf jeder in der Verkleidung auftreten, die ihm genehm ist. Auf diese Weise kann sich sogar eine Schwäche als kraftvoll erweisen, findet Ihr nicht? Erst am nächsten Morgen stellen wir fest, dass wir einer Illusion aufgesessen sind. Aber verzeiht, ich bin unhöflich. Ihr seid kein Mann, der sich von Illusionen irreführen lässt.«

»Nein«, gab Azdeki kühl zurück. »Ihr etwa?«

»Ich?« De Page legte eine Hand auf die Brust und gab sich erstaunt. »Nein. Aber lasst uns heute auf unsere Differenzen im Rat verzichten. Immerhin haben wir gemeinsam, dass wir beide der Republik dienen, und an einem solchen Abend sollten wir uns gegenseitig respektieren. Wer weiß schon, ob es nicht unser letzter ist. Ich habe gehört, dass in Masalia ein Mörder sein Unwesen treibt, und bin sehr betroffen. Armer Enain-Cassart, armer Negus!«

»Es war ein Verrückter, der bestimmt keinen Schaden mehr anrichtet«, versicherte Azdeki mit fester Stimme.

»Man munkelt, dass Ihr die Wachen verdoppelt habt. Aber seid Ihr ganz sicher, dass es wirklich ehrenhafte Männer sind, die für unsere Sicherheit sorgen sollen?«

»Solltet Ihr etwa meine Kompetenz infrage stellen, ehrenwerter Rat?«, fragte Azdeki mit einem bedrohlichen Lächeln auf den Lippen.

»Aber keineswegs. Ich stelle mir lediglich die möglichen Schwierigkeiten vor, hätte man die Wachen aus der Stadt abgezogen, um sie hier im Palatio einzusetzen. Sicher musstet Ihr auf Söldner zurückgreifen.«

»Ich habe getan, was nötig war, De Page. Ihr braucht Euch also keine Sorgen um Eure Sicherheit zu machen, ganz gleich, was Ihr über den Mörder oder andere Dinge gehört habt«, erklärte Azdeki mit einem unfreundlichen Lächeln.

»Eine Menge Gerüchte machen die Runde, und Ihr kennt mich. Manchmal beunruhigen mich schon Kleinigkeiten.«

»Ihr seid gewitzter, als Ihr zugeben wollt«, befand Azdeki. »Könnte es sein, dass Ihr mir etwas zu sagen habt, De Page? Etwas, worüber in den Fluren in Emeris gemunkelt wird? Vielleicht Befürchtungen, die mit Euch zu tun haben?«

»Aber nein, nichts von alledem. Ich glaube nicht, dass Ihr etwas zu verbergen sucht. Und was den Mörder angeht, so hege ich nicht den geringsten Zweifel, dass Ihr uns vor ihm beschützt. Bitte, nehmt meine Entschuldigung an. Ich wollte Euch keinesfalls zu nahetreten. Schon gar nicht an diesem schönen Abend.«

»Wenn Ihr mich bitte jetzt entschuldigen wollt – ich muss meine Gäste begrüßen.«

»Aber natürlich«, nickte De Page. »Ich werde jetzt in Begleitung meiner Dame das tun, was ich am besten beherrsche – mich betrinken und den Abend genießen.«

»Was den ersten Teil angeht, so zweifele ich daran keine Sekunde«, antwortete Azdeki amüsiert und wandte sich an Viola. »Hinsichtlich des zweiten denke ich, dass Euer Kavalier Euch nicht enttäuschen wird, gnädige Frau.«

»Oh, welche Geistesschärfe«, säuselte De Page, während sich Azdeki vor Viola verbeugte.

Der Ratsherr verschwand eilig in der Menge. Der Druck auf De Pages Arm ließ sofort nach. Unter ihrer Maske war Viola sehr bleich geworden.

»Musstet Ihr ihn unbedingt herausfordern?«, fragte sie vorwurfsvoll.

»Ja und?«, fragte er grinsend. »Azdeki ist beileibe nicht dumm. Er muss längst bemerkt haben, dass ich nicht nur heute Nacht eine Maske trage. Ränkeschmiede erkennen einander schnell. Wegen ein paar verschleierter Bedrohungen macht er bestimmt keinen Rückzieher. Du kannst dich also entspannen.«

»Ich bin entspannt«, fauchte sie. »Aber wenn Ihr Euch etwas weniger kämpferisch geben könntet, wäre ich es sicher noch mehr.«

Der Ratsherr lachte leise.

Fröhlich und lautstark ging das Fest im Palatio weiter. Eine Reihe mit Hellebarden bewaffneter Soldaten trieb an den Eingängen allzu neugierige Schaulustige zurück.

Auf der Treppe war es dunkel und ruhig. Nur der knarrende Fußboden erinnerte Dun daran, dass er überhaupt noch lebte. Mondlicht drang durch die schmutzigen Fensterscheiben und zeichnete blasse Rechtecke auf das staubige Holz. Er war allein und müde. Erschöpft setzte er sich auf die Treppenstufen, faltete die zitternden Hände über den Knien und erwartete den Tod. Dun war sich sicher, dass weder Laerte noch De Page vorhatten, ihn gehen zu lassen.

Er hätte fliehen können. Er hätte dieses Haus verlassen können, doch er hatte sich damit abgefunden, dass er seinen Schmerz immer mitnehmen würde, wohin er auch ginge.

Als er das Rumpeln der Kutsche und die Hufe auf dem Pflaster hörte, überkam ihn eine große Ruhe. Bald wäre alles vorüber. Er hörte das Schnalzen der Zügel, die Pferde schüttelten sich, Schritte kamen auf das Haus zu. Langsam wurde die Klinke heruntergedrückt. Er ballte die Fäuste.

Die Tür ging auf und ließ das Licht der Öllampen ein. Dun schloss die Augen und straffte den Rücken. In der Türöffnung stand eine Frau in einem langen, violetten Gewand mit aufgesetzter Kapuze und wartete geduldig.

»Dun-Cadal«, sagte sie schließlich.

Er hatte den Lavendelduft bereits erkannt. Ebenso überrascht wie enttäuscht ging er die Treppe hinunter, ihr entgegen. Er hatte den Tod erwartet, doch es war Mildrel, die ihn holen kam.

Sie streifte die Kapuze vom Kopf und enthüllte ihr ruhiges Gesicht. Mit den dunkel umrahmten Augen musterte sie ihn stumm. Auch er schwieg, denn er ahnte, was sie von seinem Zustand hielt. Wie hatte er sich nur derart irren können? Laerte hatte tatsächlich Wort gehalten, und allein das war es, was noch für ihn zählte.

»Wie findest du mich?«, fragte er schließlich leise.

Sie zögerte, ehe sie ihn traurig anlächelte.

»Immer noch alt? Trotz der Neuigkeiten?«

Er stöhnte leise und nickte nervös. Zufällig blieb sein Blick an die dunklen Flecken auf seinen Händen hängen. Hastig nahm er sie vom Geländer.

»Du weißt doch sicher …«

»Ja, ich weiß. Grenouille.«

»Und sonst?«

»Dass er überlebt hat und hier ist. Er hat mich gebeten, mich um dich zu kümmern. Das ist alles, aber es genügt mir. Sie haben mir so viel Geld gegeben, dass wir zusammen Masalia den Rücken kehren können.«

»Wer hat das getan?«

»De Page.«

Dun nickte düster.

»Die Sache da draußen geht uns nichts an«, sagte sie und trat einen Schritt auf ihn zu. »Alles, was mit der Republik zu tun hat, braucht uns nicht zu kümmern. Wir stammen aus einer anderen Zeit.«

Sie nahm seine Hände. Er betrachtete ihre schlanken, in schwarze Handschuhe gehüllten Finger. Wie verloren sie doch auf seinen großen, vom Alter gezeichneten Pranken wirkten! Wie fern war die Zeit, als er nach seiner Heimkehr aus der Schlacht, noch staubig vom langen Ritt, in einem üppigen Zimmer im kaiserlichen Palast sehnsüchtig in ihre Arme gesunken war. Jetzt erschien es ihm, als sei dieses frühere Leben nichts als ein langer Traum gewesen.

»Ich bin lange umhergeirrt, ehe ich nach Masalia kam«, sagte er angesichts ihrer ineinander verschränkten Finger leise. »Ich wusste nicht, wo ich hingehen sollte, und war immer auf der Suche. Auf der Suche nach Antworten. Aber hier in Masalia habe ich die Suche aufgegeben.«

»Antworten auf welche Fragen?«

»Auf die Fragen, wer ich bin und warum ich versagt habe«, antwortete er fast flüsternd. »Und ob es hinter alledem einen Sinn gibt. Warum haben uns die Götter ein solches Schicksal beschert? Bin ich wirklich nichts als ein Flüstern? Und jetzt, seit …«

Beinahe hätte er das *Liaber Dest* erwähnt. Er wollte ihr gestehen, wie sehr er fürchtete, dass sich sein Leben auf einem einzigen Satz beschränkte, doch er ahnte, dass De Page ihr die Information über das Buch vorenthalten hatte. Dun unterdrückte ein nervöses Lachen.

»Du hattest dich hier in Masalia niedergelassen. Du hast mich willkommen geheißen und dich bemüht, mich vor mir selbst zu beschützen. Leider ohne großen Erfolg. Aber zumindest warst du immer für mich da.«

Endlich blickte er ihr in die Augen. Und in diesen Augen sah er das, was er niemals hatte wiedersehen wollen: uneigennützige, grenzenlose Liebe – oft gebeugt, aber nie gebrochen. Sie verdiente es, dass er sich wenigstens dieses Mal ganz auf sie einließ. Sie würden fliehen. Sie würden alles hinter sich lassen. Wie sie gesagt hatte: Die Angelegenheiten der Republik gingen sie nichts an.

»Er ist erwachsen geworden. Ein richtiger Mann.«

Duns Lächeln erlosch.

»Er hat eine Rechnung mit Azdeki zu begleichen.«

»Je weniger wir darüber wissen, desto besser für uns.«

Es war eine Bitte, nicht weiterzumachen.

»Mildrel!«

Er hielt ihrem Blick stand. Langsam hob er die verschränkten Hände in Schulterhöhe und näherte sich ihr. Ihr Lavendelduft drang ihm in die Nase, doch dieses Mal wirkte er nicht beruhigend. Er schmiegte sich eng an sie. Würde diese Trauer, die ihm das Herz abdrückte, denn nie vergehen?

»Bitte komm jetzt. Wir müssen fahren«, sagte Mildrel. »Lass uns das alles vergessen. Vergessen wir die Republik und alles, was damit zu tun hat, und vergessen wir auch das Kaiserreich. Lass uns einfach nur leben. Nur wir beide. Das willst du doch auch, oder?«

»Ja«, murmelte er.

Mildrel ließ seine Hände los, streckte die Arme aus und hielt ihn ein Stück von sich ab. Sie lächelte, doch ihr Lächeln wirkt ernst und ein wenig verbittert. Es war, als ob sie resignierte.

»Kommst du mit mir?«

»Ja«, wiederholte er zögernd.

Er wich ihren Augen aus. Ein Gefühl unendlicher Verlassenheit breitete sich in ihm aus

»Nein«, verbesserte er sich.

Eine Sekunde lang hoffte er, Mildrel würde wütend werden, ihn drängen, das Haus zu verlassen, die Kutsche zu besteigen und Masalia zu verlassen. Aber sie blieb stumm.

»Er ist auf dem Weg zum Palatio«, sagte er ruhig. »Er will Azdeki ermorden.«

»Und du machst dir Sorgen, dass es ihm nicht gelingt«, nickte sie.

»Ich mache mir Sorgen, dass jemand ihn daran hindert, ihn entwaffnet, ihn …«

Er sah Mildrel an.

»Er braucht mich.«

In ihren Augen sah er weder einen Vorwurf noch Wut und noch nicht einmal Trauer. Sie nickte nur.

»Ich weiß nicht, ob ich es immer befürchtet oder einfach nur immer gewusst habe«, sagte sie und lehnte den Kopf an seine Schulter. »Kutscher? Bitte den Koffer!«

Sie hörten, wie der Mann draußen die Verschnürung löste. Etwas fiel mit dumpfem Poltern auf die Straße. Schließlich erschien der Kutscher in seinem staubigen Frack an der Tür. Er zog eine abgewetzte, mit einem Messingschloss versehene Truhe hinter sich her und stellte sie zwischen Mildrel und dem General ab.

»Danke«, sagte sie, ohne den Mann eines Blickes zu würdigen.

Der Kutscher grüßte Dun schüchtern mit der Hand und kehrte zu seiner Kutsche zurück.

»Sind das deine Sachen?«, fragte Dun.

»Nein. Ich habe nicht gepackt.«

Zögernd trat er auf die Truhe zu. Dann hatte Mildrel also nie die Absicht gehabt, Masalia zu verlassen! Aber was hatte sie mitgebracht? Mit zitternden Händen öffnete er das Schloss.

»Ich habe sie immer aufbewahrt«, sagte sie hinter ihm. »Ich wusste, dass du sie früher oder später wieder brauchen würdest. Du bist ein Mann aus dem Westen und ein großer Heerführer. Du bist General Dun-Cadal Daermon.«

Er hob den Deckel. Der Glanz seiner alten, sorgfältig polierten Rüstung blendete ihn so sehr, dass er die Augen schließen musste. Oder lag es an den Tränen? Sanft strich er über das Schwert, das auf dem Brustharnisch ruhte. Dieses Schwert … Mit ihm hatte er in den Salinen, am Vershan und in Kapernevic gekämpft …

»Draußen steht ein Pferd für dich.«

Er straffte sich. Mildrel lehnte sich an ihn. Sanft streichelte er ihre Wange, ließ die Hand über ihren Nacken gleiten und genoss die Berührung ihrer weichen Haut. Und dann umschlangen sie einander stumm.

Eine letzte Umarmung.

Sie wussten, dass sie sich nie mehr wiedersehen würden.

Azdeki würde die ihm getreuen Ratsherrn im inneren Hof zusammenrufen und sie mitnehmen auf die andere Seite des Hofs, in einen Saal, der den Göttern geweiht war. Er würde die Türen hinter sich abschließen, seine zuverlässigsten Wachsoldaten vor dem Eingang aufmarschieren lassen und auf diese Weise sein Ziel erreichen.

Nein, dachte Laerte.

Anschließend würde Azdeki eine lange Rede über die Geschichte des Heiligen Buches halten, über den Entschluss von Aogustus Reyes, es in die Obhut der Usters zu geben, über den gewollten Niedergang des Fangol-Ordens und die Gefahren einer korrupten Republik. Er würde die zu freiheitlich denkenden und Veränderungen nicht abgeneigten Räte kritisieren und über den Werteverlust, die Moral des Ordens und die in Vergessenheit geratenen Heiligen Schriften sprechen. Und dann würde er ihnen das *Liaber Dest* zeigen. Er würde es schwenken wie eine Fahne, um alle zu bewegen, ihm zu folgen. Er würde den Fangol-Mönchen die Wahl des Schicksals des ehemaligen Bischofs von Emeris überlassen und damit seinen Glauben und seine Frömmigkeit unter Beweis stellen. Aus seinen Worten würde eine neue Ordnung entstehen, die als gerechter, respektvoller und weniger nachgiebig gelten sollte. Azdeki würde sich auf das *Liaber Dest* stützen, um seine Machtübernahme zu legitimieren, und würde die geheimnisvollen Verse und seltsamen Zeichnungen auf seine Weise auslegen. Dank der Vorarbeiten Aladzios würde er ihnen einen ihm allein genehmen Sinn verleihen. Das war es, was Azdeki anstrebte und worauf er sich seit Jahren vorbereitete.

Tausendmal nein, schwor sich Laerte. Die Zukunft der Republik war dabei nicht einmal sein wichtigster Beweggrund. Aber dass der Mörder seines Vaters dessen Traum pervertierte, diese Vorstellung konnte er nicht ertragen. Auf seinem Weg zu den auf den Innenhof hinausgehenden Balkonen erinnerte er sich seiner Leidensjahre, als er sich hinter Grenouille versteckte und auf alles verzichtet hatte, was er gewesen war. Nun endlich fühlte er sich bereit.

Mit der Hand am Schwertknauf von Eraëd bewegte er sich entschlossen vorwärts. Die Männer an seiner Seite räumten ihm den Weg frei, indem sie die Wachsoldaten diskret beseitigten. Nicht ein einziges Mal musste Laerte das kaiserliche Schwert zücken. Bald schon befände sich ein ansehnlicher Teil des Palatio in der Hand von De Pages Leuten. Ironischerweise waren es genau die Männer, die Azdeki gezwungenermaßen hatte anheuern müssen.

»Nehmt eure Plätze ein«, befahl Laerte mit leiser Stimme.

Die Männer verteilten sich auf den Balkonen. Laerte selbst versteckte sich auf einem der Vorsprünge und beobachtete die diskutierenden Herren unten im Hof. Livrierte Diener gaben sich redliche Mühe, den illustren Gästen gerecht zu werden. Sie füllten Becher an den Weinfässern und brachten große Platten mit gebratenem Fleisch. Dort unten waren ausschließlich Ratsherrn, Würdenträger und sehr vermögende Bürger versammelt, und diese Zusammenkunft hatte nichts mehr mit der Nacht der Masken zu tun. Das restliche Volk vergnügte sich gut bewacht woanders.

Die Söldner verbargen sich hinter Säulen, spannten ihre Bogen und knieten sich hinter die Brüstung. Laerte überprüfte die Fässer, die Rogant so hatte aufbauen lassen, dass sie eine Art Treppe bildeten. Er tippte den knienden Soldaten vor ihm auf die Schulter.

»Die Entfernung?«

»Ist perfekt«, grinste der Söldner und stellte eine Öllampe vor sich auf den Boden.

»Erst auf mein Signal!«, flüsterte Laerte, während er unten im Hof nach vertrauten Gestalten Ausschau hielt.

Was er sah, waren Dutzende Masken und aus Seide und Leinen gefertigte Kostüme – alle bunt, alle unterschiedlich und alle einmalig. Die Menschen lachten, aßen und tranken.

Und plötzlich entdeckte er einen Adlerkopf in der Menge.

»Dort Bernevin und da drüben Daguaret«, flüsterte De Page Viola ins Ohr.

Der Herzog beobachtete die kleinsten Hinweise auf Verbindungen zwischen den plaudernden Ratsherrn. Es war ihm zur zweiten Natur geworden. Schon damals im Kaiserreich und auch jetzt im Rat hatte er auf kleinste Einzelheiten geachtet. Er war in der Lage, aus Gesten, Blicken und Kopfnicken auf Verknüpfungen zu schließen. Ihn interessierten die Ansichten jedes Einzelnen, politische Schachzüge und Freundschaften, denn sie konnten ihm einen Überblick auf das Netz bieten, an dem Azdeki webte.

Viola und De Page gingen Arm in Arm einen langen Spiegelkorridor entlang zu einem Innenhof, in dem es nach gebratenem Spanferkel roch. Die junge Frau unterstützte De Page bei seinen Beobachtungen.

»Daguaret hat Euer neues Bildungsgesetz unterstützt«, gab Viola zu bedenken.

»Schon, aber ich hatte ihn dafür bestochen«, grinste De Page, ohne die vor ihm gehenden Leute aus den Augen zu lassen. »Er war schon immer käuflich.«

»Was ist mit El Chaval?«, fragte sie.

Sie kamen an drei gelb maskierten Männern vorbei, die friedlich mit einem Glas Wein in der Hand diskutierten. El Chaval hatte das Haar im Nacken zu einem Zopf gebunden, war gut gebaut und wirkte jovial. Jetzt nickte er nervös.

»Ein Geck – ein wenig derb, aber geradlinig«, wandte De Page ein. »Wenn er überhaupt an etwas glaubt, dann sicher nicht an eine Republik unter der Herrschaft der Fangol-Mönche. Er hat klar definierte Visionen, die ich allerdings nicht unbedingt teile. Ihn haben sie nicht eingeweiht.«

Sein Vater hatte es ihm gesagt. Er hatte sich auf seine Ellbogen gestützt und es ihm ins Gesicht geschrien, ehe sein Herz zu schlagen aufhörte.

Du wirst keinen Platz mehr in dieser Welt haben, Gregory. Die Götter werden über dich und deine Laster richten. Niemand kann sich von dem befreien, was geschrieben steht. Das Liaber Dest *wurde wiedergefunden!*

Das Bild des hassverzerrten Gesichts und der wutbebenden, speichelnden Lippen verließ ihn nie. Es war nicht nur eine Frage der Macht, die seinen Vater und die Azdekis gegen Oratio und die von ihm herbeigesehnte Republik aufgebracht hatte. Es ging um den Glauben. Einige hatten einen Fortschritt darin gesehen, dem Volk ein Mitspracherecht zu geben, doch das zählte kaum etwas. Wichtig war nur das Wort der Götter, das im Heiligen Buch überlebte. Und dieses Buch hatten die Reyes sorgfältig versteckt.

»Seht Ihr dort rechts?«, flüsterte Viola.

Eine Gruppe Fangol-Mönche ging an ihnen vorbei. Mit aufgesetzten Kapuzen und gefalteten Händen strebten sie einer Tür zu, die von vier Hellebardieren bewacht wurde.

Wortlos versammelten sich auch die Ratsherrn. Wie De Page erwartet hatte, wurden Rhunstag und Bernevin von Daguaret begleitet. Im allgemeinen Trubel bemerkte fast niemand, wie sich die Würdenträger um Etienne Azdeki scharten, der auf der Vortreppe stand und den Blick mit auf dem Rücken verschränkten Händen und ruhigem, würdigem Gesichtsausdruck über den Innenhof schweifen ließ. Die Mönche traten zu ihm.

Nicht ein einziger Mann war De Pages kritischem Blick entgangen. Jetzt kannte er die Feinde der Republik. Möglicherweise würden einige von ihnen diesen Abend überleben, doch nie wieder würden sie ihre Stimme im Namen der Republik erheben. Darauf würde De Page achten.

»Es ist so weit, nicht wahr?«, flüsterte Viola und klammerte sich wieder fester an einen Arm.

De Page nickte. Der Hof wimmelte von bereits angetrunkenen Gästen. Wenn jetzt etwas passierte, bräche mit Sicherheit eine unkontrollierbare Panik aus. De Page blickte nach oben zu den Balkonen. Hinter einer der Säulen entdeckte er eine vertraute Gestalt. Laerte hielt sich bereit. Seine Goldmaske schimmerte im Licht der Fackeln. Rogant stand zwischen einem Buffet und den Türen zum Ballsaal, und Aladzio, der sich eine Fuchsmaske aufgesetzt hatte, aber nach wie vor seinen Dreispitz trug, bahnte sich einen Weg zwischen den Gästen hindurch. Alles ging wie von selbst.

»Dieser Abend, meine Freunde! Dieser Abend ist …«, rief eine Stimme.

De Page erstarrte.

Der Dreispitz schlängelte sich zwischen hohen Hauben und sonderbaren Masken hindurch. Laerte folgte ihm mit Blicken, bis er sah, wie Aladzio einige Worte mit Azdeki wechselte und anschließend wieder in den Palatio zurückging, nachdem er rasch über die Schulter geschaut hatte. Der Söldner zu Laertes Füßen machte sich bereit.

»Dieser Abend, meine Freunde! Dieser Abend ist …«

Der Landser legte einen Pfeil auf, hob die Augen zu dem Mann mit der Goldmaske und wartete darauf, dass er die Hand senkte.

»… ein ganz besonderer Abend!«

Laerte rührte sich nicht. Wie gebannt starrte er nach unten, wo der Mann, der gesprochen hatte, einer jungen Frau half, auf die gestapelten Fässer zu steigen.

»Denn zur Freude dieses schönen Fests in unserer Republik gesellt sich das Glück meiner Ehe.«

Ihr purpurfarbenes Kleid schmiegte sich an ihren Körper, auf ihrer Brust hing ein Medaillon in der Form eines Sterns, und ihre roten Lippen betonten ihr strahlendes Lächeln. In ihren Mandelaugen unter der mit Gold und Silber besetzten Maske standen Tränen. Lachend stellte sie sich auf die Fässer wie auf ein Podest und hielt dabei die Hand ihres jungen Gatten.

»Esyld Azdeki, zeigt Euch der Welt«, forderte Balian Azdeki sie auf.

»Was ist, Herr?«, flüsterte eine Stimme zu Laertes Füßen.

Balian legte seine Wolfsmaske ab und breitete die Arme aus. Er war ein wenig beschwipst und genoss den Augenblick.

»Ich danke euch allen, dass ihr heute gekommen seid. Es lebe die Republik!«

Applaus brandete auf. Laerte spürte, wie seine Hand zu zittern begann.

»Ich wäre jetzt bereit, Herr«, ließ sich der Söldner leise vernehmen.

Unter seiner Adlermaske sah Azdeki dem Auftritt zufrieden zu. Sein glückstrahlender Sohn verneigte sich unter dem Beifall der Gäste vor Esyld. Niemand kümmerte sich um die Ratsherrn, die in Begleitung der Mönche im Innern des Palatio verschwanden.

Auf den Fässern grüßte Esyld das Publikum, verneigte sich links, verneigte sich rechts und lachte leise. Ihre Wangen waren gerötet vor Verlegenheit – vielleicht auch vor Vergnügen. Laerte spürte den Druck seiner Maske. Das Atmen fiel ihm schwer, und ihm war, als hätte er einen Knoten im Magen. Esyld stand auf einem Weinfass. Die Fässer jedoch, die sich hinter ihr stapelten, waren voller Pulver. Ein einziger Funke, und sie …

De Page blickte beunruhigt zu Rogant hinüber, der an der Tür zum Korridor stand, und hinauf zum Balkon, wo er Laertes unbewegliche Gestalt ahnte. *Der Angriff, Laerte,* dachte er. *Du musst das Zeichen zum Angriff geben. Los jetzt!*

Viola an seinem Arm wurde so zappelig, als wollte sie selbst eingreifen. Aber was hätte sie tun sollen? Zu allem Überfluss hatte eine Gruppe Soldaten Balian und seine junge Ehefrau umringt und die Nâagas, die auf die Weinfässer aufpassten, nach hinten abgedrängt. Besorgt blickte De Page erneut nach oben zum Balkon. Sollte wirklich alles umsonst gewesen sein?

»Uns bleibt keine Zeit mehr, Herr«, drängte der Söldner.

Seine Stimme erreichte Laerte wie aus weiter Ferne. Seine Hand blieb oben.

Alle Ratsherrn waren inzwischen durch die Doppelflügeltür im Innern des Palatio verschwunden.

»Bravo! Bravo!«, schrie die Menge. »Ein Hoch auf das Hochzeitspaar! Bravo!«

Die Hellebardiere nahmen Aufstellung vor der Tür. Azdeki trat zurück. Einer der Wachsoldaten stieg die Stufe hinauf und schloss einen Türflügel. Azdeki verschwand. Der Soldat machte sich am zweiten Türflügel zu schaffen.

Auf den Fässern warf Esyld ihrem Mann einen zärtlichen Blick zu und legte die Hände an die Brust.

Laertes Hand blieb oben.

Der Soldat schloss den zweiten Türflügel.

»Herr!«

Der Schwur geht noch viel weiter.

Mit der Rechten umschloss Laerte den Griff von Eraëd. Er fühlte sich verwirrt. Im Lärm der klatschenden Hände machte er plötzlich ein anderes Geräusch aus, eine Art Hämmern, etwas wie der Rhythmus einer Trommel. Zunächst nur schwach, doch es kam immer näher. Es waren Hufschläge! Hufe auf dem Marmorboden! Auch die Masken im Hof wurden aufmerksam. Eine nach der anderen wandte sich dem Spiegelkorridor zu und hielt neugierig Ausschau nach dem Geräusch.

Jemand brüllte Kommandos. Die Doppelflügeltür auf der anderen Seite blieb fest geschlossen. Die versammelten Verschwörer hätten alle Zeit der Welt, um zu fliehen, wenn es zum Kampf kam. Und Laerte müsste sie im Labyrinth des Palatio erst wieder auftreiben.

Es geht um den Weg, den du einschlägst.

Immer noch applaudierte die Menge dem Hochzeitspaar. Esyld strahlte. Balian Azdeki verneigte sich, griff nach der Hand seiner Liebsten und führte sie an seine Lippen. Die Hufschläge und Rufe wurden deutlicher und immer bedrohlicher.

Was ist zum Beispiel, wenn du heute Abend Esyld über den Weg läufst? Lässt du dich dann von deinem Zorn hinreißen?

Hufe auf dem Marmor, Kommandos ... und eine raue, tiefe Stimme, die wie Donnergetöse durch den Innenhof grollte:

»AZDEKI!«

14

DER PFAD DES ZORNS

Dun hatte Laerte mit Gewalt gezwungen, sich vor ihm niederzuknien, und behielt eine Hand fest auf seiner Schulter. Laertes Knie schmerzten, doch er beklagte sich nicht. Er wusste, dass er beobachtet und beurteilt wurde, doch er würde sich um keinen Preis eine Schwäche anmerken lassen. Niemand durfte ihm etwas vom Gesicht ablesen können. Sein Herz pochte zum Zerspringen. Er schwitzte, doch er würde durchhalten.

Die Ritter umstanden ihn im Halbkreis. Alle trugen glänzende Rüstungen, die in der Morgensonne blitzten. Hinter ihnen erhoben sich die hohen, schneeweißen Götterstatuen, deren unbewegter Blick auf den Altar gerichtet war.

Die bunten Glasfenster zeigten Ritter, die gegen Dämonen, Rouargs und Drachen kämpften und mit gezücktem Schwert verängstigte Familien beschützten.

»Das ist für die begangenen Fehler«, sagte Dun und versetze ihm eine Ohrfeige, dass die Knochen in seinem Nacken krachten.

»Und das, damit du nie mehr einen weiteren begehst, Grenouille.«

Nun wurde die andere Wange feuerrot. Die Ohrfeige war so heftig, dass sein Kopf wegzufliegen schien und er

Blut schmeckte, weil er sich auf die Lippen gebissen hatte. Tränen stiegen ihm in die Augen. Mit zusammengebissenen Zähnen atmete er durch.

»Wiederhole diese Worte: Ich bin das Schwert, ich bin der Schild«, befahl Dun.

»Ich bin das Schwert …«, murmelte Laerte.

»Lauter!«

»Ich bin das Schwert«, wiederholte er und hob die Augen zu seinem Meister. »Ich bin der Schild.«

»Ich zeige keine Schwäche«, fuhr Dun unter den gestrengen Blicken seiner Waffenbrüder fort.

»Ich zeige keine Schwäche.«

»Ich bin das Schwert gegen die Starken und der Schild für die Schwachen. Mein Wort ist wahr, und ich stehe dazu. Ich ziehe in den Kampf. Mein Weg ist die Gerechtigkeit. Ich zeige keine Schwäche. Ich ziehe in den Kampf.«

Laerte wiederholte die Worte mit lauter Stimme. Dun zog sein Schwert aus der Scheide.

»Ich bin das Schwert und der Schild, das ist meine Bestimmung. Nichts wird je meinen Arm zurückhalten.«

»… nichts wird je meinen Arm zurückhalten«, beendete Laerte den Eid.

Unwillkürlich schloss er die Augen, als Dun die Waffe hob und mit der Klinge die Schulter seines Zöglings berührte. Laerte biss die Zähne zusammen.

»Ich entbinde dich von dem, der du einst warst. Dein früheres Ich hat keine Bedeutung mehr.«

Laerte spürte, wie das Schwert über seinen Kopf gehoben wurde. Beim Druck der Klinge auf seiner linken Schulter öffnete er die Augen.

»Wiederhole diese Worte«, forderte sein Meister ihn auf. »Ich schwöre …«

»Ich schwöre …«

»… niemals dem Pfad des Zorns zu folgen, der Gerechtigkeit immer ehrenhaft zu dienen, ein Ritter unter Rittern zu sein, auf dass alles einen Sinn ergibt.«

»… auf dass alles einen Sinn ergibt«, schloss Laerte mit zugeschnürter Kehle.

Im Halbdunkel der Kapelle beugte sich Dun zu ihm nieder. In seinem Gesicht zeigte sich ernster Stolz.

»Hiermit ernenne ich dich zum Ritter Grenouille.«

Hiermit ernenne ich dich zum Ritter …

»Azdeki! Himmeldonnerwetter!«

Als das Pferd den Innenhof erreichte, scheute es und stieg. In seinem Fell steckten unzählige Lanzen, der Leib war mit Blut bedeckt. In Panik versuchten die Leute, sich in Sicherheit zu bringen. Der Reiter wurde in die Luft geschleudert und stürzte schwer zu Boden. Er röchelte. Das Pferd knickte in den Vorderbeinen ein. Immer wieder schüttelte es sich. Schließlich sank es unter Krämpfen zur Seite. Seine Zunge hing aus seinem geöffneten Maul.

Soldaten kamen angerannt. Der plötzliche Aufruhr hatte sie überrumpelt. Sie hatten nur gesehen, wie ein Reiter wie eine Furie über den Platz preschte und sein Pferd mit gezücktem Schwert die Stufen hinauftrieb. Als die Wache ihm den Weg abzuschneiden versuchte, bäumte sich das Pferd auf und keilte aus. Die Lanzen machten es noch wilder. Und nun war es im Innenhof zusammengebrochen und gestorben.

Dun-Cadal lag angeschlagen auf dem Boden, versuchte aber, sich aufzurichten. Mit zitternder Hand tastete er erneut nach dem Schwertgriff.

»Azdeki! Bei allen Göttern, zeige dich!«

Mit gezogenem Schwert half Balian seiner Frau, von den Fässern zu klettern. Sofort bildeten die Soldaten einen Schutzwall um sie. Wachsoldaten erstürmten den Hof, um den Eindringling zu überwältigen, während die völlig überraschte Menschenmenge zwischen Angst und Neugier schwankte. Ein einsamer Greis in einer zerbeulten, kaum noch zusammenhaltenden Rüstung, der einen Ratsherrn herausforderte – das hörte sich eher nach einem ergötzlichen Schauspiel als nach einer wirklichen Bedrohung an.

De Page stand in einer Ecke des Hofs und war alles andere als angetan von der Entwicklung der Dinge. Rogant hatte das Durcheinander ausgenutzt, war zu ihm geeilt und flehte ihn an, so schnell wie möglich zu verschwinden. Unerbittlich packte er den Herzog am Arm und schob ihn und Viola auf den Spiegelkorridor zu.

Dun war inzwischen wieder ganz bei Sinnen und bot den Wachsoldaten in der Mitte des Hofs die Stirn. Er fühlte sich fast wie in früheren Zeiten. Trotz der Schmerzen schickte er sich an, der Welt zu beweisen, welch begnadeter Kämpfer er war. Zum letzten Mal. Zum allerletzten Mal.

Die Wachsoldaten umzingelten ihn und hielten ihn mit ihren Lanzen in Schach. Plötzlich blitzte eine Erinnerung in ihm auf, und sein Lächeln erlosch.

Er ist doch noch ein Kind, Kaiserliche Hoheit.

Fackeln zischten in der Totenstille. Längst war kein Lachen und keine Musik mehr zu hören. Mit der Waffe in der Hand durchbrach Balian den Kreis der Wachsoldaten.

»Legt diesen Mann in Ketten«, befahl er.

»Hör mal, Blondchen, du solltest warten, bis du eine richtige Männerstimme hast, ehe du solche Befehle erteilst«, zischte Dun dem jungen Mann zu, ehe er laut rief: »Ich suche Etienne Azdeki. Hauptmann Azdeki will ich sprechen! Azdeki, zeige dich!«

An der Doppelflügeltür erschien ein Mann. De Page, der bereits an der Schwelle zum Spiegelkorridor stand, blieb stehen. Viola wirkte an seiner Seite ganz verloren. De Pages Augen trafen auf Rogants entschlossenen Blick.

»Ihr solltet so schnell wie möglich verschwinden«, presste er zwischen den Zähnen hervor.

»Misch dich da bloß nicht ein«, befahl De Page.

»Das wird wohl auch nicht nötig sein«, entgegnete der Nâaga.

De Page durfte keinesfalls mit dem in Verbindung gebracht werden, was jetzt folgen würde. Ganz gleich, ob sie Erfolg haben würden oder nicht – niemand durfte erfahren, welche Rolle De Page bei diesem Unternehmen gespielt hatte. Und zwar nicht nur seinetwegen, sondern auch als Schutz vor den Dingen, die sich in dieser Nacht abspielen würden.

De Page und Viola eilten durch den Spiegelkorridor davon. Der Nâaga sah ihnen eine Weile nach, ehe er sich hinter einem Türflügel verbarg.

»Azdeki!«, schrie Dun und ließ das Schwert so heftig herumwirbeln, dass es ihm beinahe entglitten wäre. Das Gefecht würde nicht einfach werden. Er hatte einen Teil seiner Fingerfertigkeit verloren. Schon lange hatte er nicht mehr gekämpft.

»Wollt ihr nicht hören?«, schrie Balian die Wachsoldaten an. »Ich befehle Euch, diesen Mann in Ketten zu legen. Er …«

»Daermon!«

Etienne Azdeki zog den Namen in die Länge, als wollte er seinen Klang genießen. Mit seiner Adlermaske stand er auf der Türschwelle und neigte den Kopf. Hinter ihm stand sein fetter Onkel in einer weiten weißen Toga.

»Legt ihn in Ketten«, wiederholte Balian.

Dieses Mal schienen die Männer ihm gehorchen zu wollen, doch in diesem Augenblick gebot Azdeki ihnen Einhalt.

»Wartet!«

Mit der Hand am Schwert stieg er die Vortreppe hinunter. Seine Augen verrieten Neugier – sonst nichts. Dun wurde wieder sicherer. Mit einem bösen Lächeln gab er Azdeki seine Bereitschaft zum Duell zu verstehen.

»Mich hast du sicher nicht erwartet«, sagte er. »Bis du beunruhigt?«

»Sagen wir lieber verärgert, dass Abschaum wie du hier einfach so eindringen konnte«, gab Azdeki ruhig zurück.

Gemurmel erhob sich aus der Menge. Die meisten hatten sich entschieden zu bleiben, weil sie um keinen Preis das Schauspiel verpassen wollten, das sich hier anbahnte. Azdeki jedoch blieb Duns Herausforderung gegenüber gleichgültig. Er wandte sich ans Publikum.

»Ziemlich fantasievoll, was sich dieser Herr für die Nacht der Masken ausgedacht hat, nicht wahr? Sich als kaiserlicher Ritter zu verkleiden, den Eintritt zu erzwingen und hier mitten im Hof vom Pferd zu fallen? Keine Sorge, von ihm habt ihr nichts zu befürchten. Er ist so verrostet wie ein altes Schwert.«

»Komm ruhig ein Stück näher, Azdeki«, trumpfte Dun auf. »Nachdem du bereits das Kaiserreich verraten hast, soll es jetzt auch unserer Republik an den Kragen gehen.«

Erneut ließ er sein Schwert kreisen, und dieses Mal gelang es ihm wirklich gut.

»Als ob dieser Hund noch beißen könnte«, flüsterte Azdeki mit verzerrten Lippen, ehe er sich wieder an die Zuschauer wandte. »Bitte, meine Herrschaften, entschuldigt diesen weniger gefährlichen als vielmehr aufsehenerregenden Zwischenfall. Jetzt aber dürft ihr euch wieder amüsieren.«

»Das Fest geht weiter!«, rief Rhunstag hinter ihm.

Vorsichtig näherten sich die Wachsoldaten dem alten General. Balian stand neben der Vortreppe und sah zu. Wenige Schritte weiter beobachtete Esyld im Schutz zweier hochgewachsener Hellebardiere die Auseinandersetzung. Sie war sehr blass geworden. Der Ratsherr drehte sich um und wollte eben durch die Tür gehen, als Dun rief: »Das *Liaber Dest*! Azdeki! Hast du es ihnen gesagt? Ist Anvelin Evgueni Reyes noch immer dein Gefangener? Erkläre ihnen doch, was sie erwartet!«

Dun wies mit dem Schwert auf die Menge. Zufrieden stellte er fest, dass seine Worte eine gewisse Unruhe hervorriefen. Das Murmeln wurde lauter, Unbehagen machte sich breit.

Azdeki war mit hängenden Schultern oben auf der Treppe stehen geblieben. Im Flüstern der Menge war immer wieder das Wort *Liaber* zu hören.

»Sie sollen ruhig versuchen, mich aufzuhalten«, fuhr Dun fort. »Nichts und niemand wird mich daran hindern, bis zu dir durchzukommen.«

Azdeki drehte sich hastig um. Der Hochmut wich von ihm. Wütend zeigte er auf Dun. »Raus mit dem Kerl. Weg von diesem Hof. Legt ihn in Ketten.«

»Komm doch her, Azdeki, und zeig mir, was du kannst«, rief Dun und fuchtelte mit seinem Schwert herum. Dabei hielt er die Umgebung im Auge, um gegen einem möglichen Angriff der Soldaten gewappnet zu sein.

Die Menge geriet in Bewegung. Die Hellebardiere drängten Esyld in Richtung des Korridors ab.

»In den Kerker mit ihm«, forderte Balian erneut.

»Zieh dein Schwert. Verhalte dich wie ein Ritter!«

Das Gebrüll übertönte das Sirren eines Pfeils über ihren Köpfen. Nur ein paar Beobachter sahen eine kleine, zuckende, Funken versprühende Flamme.

»Du bist ein Nichts, Daermon. Du bist doch längst to…«

Die Pfeilspitze bohrte sich ins Holz eines der Fässer. Und dann explodierte alles.

Knatternde Flammen fraßen sich in das Podest. Dichter schwarzer Rauch stieg auf. Die Explosion hatte Dun zu Boden geschleudert und die am nächsten stehenden Gäste einfach umgepustet. Schreiende Menschen versuchten sich in Sicherheit zu bringen.

Laerte war genau in der Sekunde über die Brüstung gesprungen, als sich der Pfeil in das Fass bohrte. Mithilfe des *Odems* landete er geräuschlos auf dem Boden. Der Aufprall ließ jede Faser seines Körpers vibrieren. Hastig griff er nach dem Puls des Generals zu seinen Füßen, ehe er sich einigermaßen beruhigt im Innenhof umsah. Dun kam gerade wieder zu sich. Die Explosion war gerade stark genug gewesen, um Unruhe und Verwirrung zu verbreiten. Vor der Tür zum Palatio wedelte Azdeki mit den Armen, um den dichten Rauch zu vertreiben, der ihm die Sicht nahm. Er konnte die Pfeile nicht erkennen, die sich in die Kehlen der Hellebardiere an seiner Seite bohrten.

Nun wurde der Innenhof von einem wahren Pfeilregen getroffen, der viele bewaffnete Männer niedermähte. In heller Panik drängten sich die Leute vor den Ausgängen, schoben alles beiseite, was in ihrem Weg stand, warfen Tische um und trampelten rücksichtslos über Schwächere hinweg. Azdeki stand immer noch oben auf der Vortreppe. Er wirkte wie gelähmt. Und durch die Schreie, das Blut, das Chaos, den Pulvergeruch und die Rauchschwaden bewegte sich langsam ein Mann in einem grünen Umhang auf ihn zu.

Noch wartete Laerte. Er hielt die Hand am Knauf von Eraëd, dessen Spitze fast den Boden berührte. Unverwandt starrte er die Adlermaske an, und was er sah, ließ sein Herz jubeln. Zum ersten Mal erkannte er blanke Angst in Azdekis Augen.

»Du?«, stammelte Azdeki. »Du bist das …«

»Du verflixter …«, grunzte Dun und rappelte sich auf.

In Windeseile war der Innenhof leer. Zwischen Rauchschwaden und den verkohlten Fetzen der Zeltplanen blitzten Sterne am Himmel auf. Das kaiserliche Schwert schimmerte im Licht des brennenden Podests. Leblose, mit Pfeilen gespickte Körper lagen am Boden. Alle trugen entweder eine Rüstung oder einen Lederharnisch und hatten noch ihr Schwert oder ihre Hellebarde in der Hand. Bisher war noch niemand auf die Söldner auf den Balkonen aufmerksam geworden, die sich nun unter den erstaunten Blicken Etienne Azdekis aufrichteten.

In der Nähe des Ausgangs zum Spiegelkorridor kniete Esyld am Boden. Mit reglosem Gesicht streichelte sie das schmutzverklebte Haar ihres jungen Ehemanns. In Balians

Schulter steckte ein Pfeil, der genau zwischen Schulterstück und Brustharnisch eingedrungen war. Der junge Azdeki atmete langsam. Mit seinem schmerzverzerrten Mund wirkte er wie jemand, der im Schlaf unter einem schrecklichen Albtraum stöhnt. Das Prasseln des Feuers übertönte die Worte, die Esyld ihm zuflüsterte.

Als sie die Augen hob und den Blick hinter der goldenen Maske erkannte, veränderte sich ihr Gesicht. Wutentbrannt starrte sie den Mann im grünen Umhang an. Mit wundem Herzen wandte sich Laerte ab.

»So ist das also«, sagte Azdeki, als die Söldner ihre Posten verließen.

»Wo ist das *Liaber Dest?*«, schrie Dun.

Langsam hob der Ratsherr die Hand und nahm seine Maske ab. In seinem Blick war keine Angst mehr zu erkennen. Stattdessen lächelte er traurig, fast ein wenig spöttisch.

»Sind noch Soldaten in den Gärten? Wo haben Eure Söldner überall gewütet?«, fragte er mit Blick auf die leeren Balkone.

Dun wollte einen Schritt auf ihn zugehen, wäre aber beinahe über die Leiche eines Hellebardiers gestolpert. Laerte konnte ihn gerade noch halten.

»Ich bin durchaus in der Lage, selbständig zu stehen«, knurrte der alte Mann unwirsch.

In seinen geröteten Augen entdeckte Laerte einen seltsamen Funken und nickte. Langsam straffte Dun den Rücken und drehte den Kopf nach rechts und links. In seinem Nacken knackste es.

Weder für ihn noch für Laerte bedurfte es großer Worte. Beide spürten das, was sie vom Augenblick des ersten Kennenlernens verbunden hatte. Noch heute sahen sie sich

Seite an Seite wie Vater und Sohn in den Salinen und in Kapernevic kämpfen und aufeinander achtgeben. Sie brauchten sich nicht abzusprechen. Fast gleichzeitig präsentierten sie ihre Schwerter und bedrohten Azdeki.

Aus dem Ballsaal drangen die wutentbrannten Stimmen von Soldaten. Sie kamen näher. Offenbar fühlte sich Azdeki sofort sicherer. Er zog sein Schwert, doch dann erkannte er den Nâaga an der gegenüberliegenden Tür. Sein Gesicht verfinsterte sich. Rogant hatte sein Versteck verlassen und verriegelte die Tür vor den anrennenden Soldaten. Schwer atmend wich Azdeki zurück. Jetzt saß er in der Falle. Hinter ihm standen keine Soldaten, die ihm den Rücken freihalten konnten, denn dieser Teil des Palatio war in der Obhut der Söldner gewesen. Ihm blieben lediglich die Bewaffneten, die er mit dem Schutz des Heiligen Buches betraut hatte. In den dichten Rauchschwaden des versperrten Innenhofs erkannte Azdeki die kniende Gestalt seiner Schwiegertochter. Vor ihr lag Balian und berührte mit zitternder Hand den Pfeil in seiner Schulter.

»Diese Sache betrifft nur uns, nicht wahr?«, rief Azdeki dem alten General zu. »Lasst die beiden da leben.«

»Ich bin ein Ritter, Etienne«, antwortete Dun und fügte mit leiser Stimme hinzu: »Ich bin es immer gewesen.«

Er senkte sein Schwert und trat einen Schritt zur Seite, ohne Azdeki aus den Augen zu lassen. Laerte musste mit ansehen, wie Esyld Azdekis verletztem Sohn half, sich aufzurichten. Balian packte den Pfeil in seiner Schulter und versuchte, ihn herauszureißen. Am liebsten hätte sich Laerte blindlings auf ihn gestürzt, ihn verprügelt, bis er um Gnade schrie, und schließlich Eraëd mitleidlos in sein Herz gebohrt. Auf Esylds rußigen Wangen hinterließen ihre Tränen helle Spuren. Flackernde Flammen spiegelten sich in ihren Augen. Selbst schmutzig und unfrisiert bewahrte sie ihre Schönheit, die Laerte schon in den Sümpfen der Salinen immer bewundert hatte.

»Ich habe dein Wort, Daermon«, rief Azdeki und wich zurück.

Er atmete schwer. Je weiter er sich in den Korridor zurückzog, desto stärker pfiffen seine Lungen. Seinen Schwertarm hielt er hinter sich, doch die freie Hand hob sich mit jedem Schritt ein Stück höher.

»Laerte«, raunte Dun.

Mit einem dicken Kloß im Hals umklammerte Laerte den Knauf von Eraëd. Hinter seiner Goldmaske klebte ihm die Zunge am Gaumen. Er konnte nur noch an Esyld denken. Sie ganz allein wäre in der Lage, ihn von seiner Qual zu befreien. Noch nicht einmal der lang gehegte Wunsch, Azdeki auszulöschen, würde ihm jetzt noch Befriedigung schenken. Nachdem Esyld ihn angesehen hatte, war sie aufgestanden. Trotz ihrer Tränen wirkte sie würdevoll. Ihre Hand lag noch immer in der ihres aschfahl am Boden knienden Ehemanns.

»Der …«

Dun konnte seine Warnung nicht beenden. Azdeki hatte die freie Hand ausgestreckt. Sofort knallten die Türen hinter ihm zu. Der *Odem*.

»Hundesohn!«, brüllte der General und warf sich gegen die geschlossene Tür.

»Nein!«, schrie Balian, dem es in diesem Augenblick gelungen war, den Pfeil aus seiner Schulter zu reißen.

Der Vater konnte warten. Er würde den Palatio sicher nicht verlassen. Entschlossen sprang Laerte auf den jungen Azdeki zu, der sofort sein Schwert zog und mit schmerzverzerrtem Gesicht wieder auf die Beine kam.

Dun trat die Tür auf, stürmte in den Korridor und blieb plötzlich stehen. Wieso war Laerte nicht bei ihm? Er hörte Schwerter und drehte sich um. Balian und Laerte standen sich gegenüber, während Rogant im Funkenregen Esyld in seinen Armen hielt.

»Laerte!«, rief Dun.

Doch die einzige Antwort war Schwerterklirren.

»Bitte nicht!«, flehte Esyld.

Balian schwitzte. Nur mit Mühe hielt er sich aufrecht und suchte verzweifelt nach dem richtigen Angriffswinkel, doch Laerte parierte jeden Ausfall mit Leichtigkeit und war dem jungen Mann weit überlegen. Schnell gelang es ihm, Balian zu entwaffnen, gleich danach versetzte er ihm einen Faustschlag mitten ins Gesicht.

»Nein!«, rief Esyld in Tränen aufgelöst.

Die Spitze von Eraëd glitt zum Hals des Verwundeten.

»Laerte«, schluchzte die junge Frau in den Armen des Nâaga.

»Grenouille!«

Die Stimme donnerte laut durch den Hof und weckte jede Menge Erinnerungen. Die Schwertspitze hinterließ einen Blutstropfen auf Balians Hals. Erschöpft ließ sich der junge Mann auf die Knie fallen.

»Du hast doch nicht dein ganzes Leben gewartet, um dann solchen Mist zu machen«, schnauzte der General Laerte an. »Du bist ein Ritter, Junge. Ein Ritter!«

Rogant schob Esyld hinter seinen Rücken und warf sich zwischen Balian und Laerte. Jetzt erst wich Laerte einen Schritt zurück. Die beiden Freunde maßen sich mit Blicken. »Das war wirklich unnötig«, sagte der Nâaga schließlich. »Es geht nicht um ihn.«

Laerte drehte sich um, als wollte er sich dem Urteil seines treuesten Freundes entziehen. Verhaltene Wut lähmte ihn. Sein Meister erwartete ihn auf der Schwelle. Hinter ihm erstreckte sich ein langer, von Dutzenden Fackeln erhellter Korridor. Die Flammen tanzten in der nächtlichen Brise. Laerte fühlte sich zerrissen zwischen zwei Welten, zwei Zeiten und zwei gleichermaßen brennenden und verstörenden Sehnsüchten. Sein Herz schlug wie wild, seine goldene Maske drückte. Wer war er überhaupt? Laerte … Grenouille …

Plötzlich wurde ihm alles unerträglich: Esylds Schluchzen, mit dem sie Balian um den Hals fiel, das Prasseln der Flammen ringsum, der Geruch nach verbranntem Holz, ja sogar sein eigener Atem.

»Grenouille«, wiederholte Dun betrübt, »bist du ein Ritter oder ein Mörder?«

Laerte atmete tief ein, ehe er einen Schritt auf den General zuging.

»Ein Ritter, Sumpfschnepfe. Und zwar der beste. Der größte. Ich habe es dir versprochen.«

»Gut, dann solltest du dein Versprechen auch halten.«

Innerhalb des Palatio gab es eine Kapelle, die gerade renoviert wurde. An einem Ende des Kirchenschiffs stand ein Altar. Entlang der Wände erhoben sich imposante, jedoch vom Zahn der Zeit gezeichnete Statuen von Männern und Frauen in langen Gewändern. Der Stein, aus dem die Skulpturen bestanden, war an vielen Stellen zersprungen.

An den Altar gelehnt saß ein ausgemergelter alter Mann und stöhnte. Schwere Ketten spreizten seine Arme. Auf dem mit braunen Flecken gesprenkelten Schädel befanden sich nur noch wenige, zerfledderte weiße Strähnen.

Seine halb geschlossenen Augen blickten langsam von rechts nach links, als wollte er die Kapelle erkunden. Zwischen den Götterstatuen hingen lange, gelbe Wandbespannungen. In Becken zu Füßen der Götter brannten kleine, lebhafte Feuer. An der Decke über dem Mittelschiff kreuzten sich schwere Stützbalken, in dem Gewölbe dahinter war ein verblasstes Fresko zu erahnen.

Anvelin Evgueni Reyes, der letzte Bischof von Emeris und während der Kaiserzeit Abt des Fangol-Ordens, wurde schon seit Jahren gefangen gehalten. Und doch hatte er nie die Hoffnung aufgegeben, dass er bald gerettet werden könnte.

Während der letzten Monate hatte er den Mann mit der Goldmaske oft gesehen und viel mit ihm gesprochen. Er hatte von der Vereinbarung über Buch und Schwert berichtet, er hatte erklärt, wie wichtig es war, beides zu trennen, und er hatte erzählt, worin die Verbindung zwischen Uster und Reyes bestand. Niemand auf der ganzen Welt durfte die Pfeiler der Zivilisation sein Eigen nennen.

In meiner Linken das Buch, in meiner Rechten das Schwert, und mir zu Füßen die Welt.

Reyes kümmerte sich nicht um die Kopflosigkeit der anwesenden Ratsherrn und begnügte sich damit, abzuwarten. Die Explosion im Hof entlockte ihm ein Lächeln. Der rettende Sturm nahte, und das Flüstern der Götter bekam einen Sinn. Gewiss war es nicht sein Schicksal, hier und auf solche Weise wie ein armer Teufel zu krepieren – immerhin hatte er viele Jahre lang den Fangol-Orden geleitet.

Unter den Anwesenden gab es nur einen, der ihm ein wenig Mitgefühl entgegenbrachte. Es war ein junger Mann mit einem Dreispitz, der an einer Säule lehnte und sich offenbar nicht besonders wohlfühlte, aber in keiner Weise beunruhigt schien.

»Ist das etwa ein Angriff?«

»Wer würde so etwas schon wagen?«

»Der Assassine. Ganz sicher. Er hat Enain-Cassart und Negus getötet, und jetzt sind wir an der Reihe.«

»Wo bleibt überhaupt Azdeki?«

»Ich bitte um Ruhe, meine Herren«, ließ sich Azinn vernehmen, der unmittelbar vor den Altar stand.

Er trug eine weiße Toga, hatte sich die Falkenmaske auf den Kopf geschoben und machte beruhigende Gesten. Trotzdem warfen die zwanzig anwesenden Ratsherrn panische Blicke zum Eingang, obwohl Azdekis Leibwache Aufstellung um den Altar bezogen hatten. Nur die Fangol-Mönche, die schweigend in einer Ecke standen, schienen sich keine Sorgen zu machen. Ihnen war nur der halbnackte Gefangene wichtig.

»Was wird das hier eigentlich, Herr?«, wandte sich Daguaret verärgert an Azinn. »Hat man uns etwa in eine Falle gelockt?«

Es war Rhunstag, der antwortete.

»Das hier ist weder eine Falle noch eine Schurkerei vonseiten der Azdekis«, beschwichtigte er. »Also bitte keine falschen Verdächtigungen.«

Die Ratsherrn wurden immer unruhiger. Einige überlegten, ob sie wieder gehen sollten. Niemand hatte Lust, in der Kapelle festzusitzen. Das Buch, das man ihnen versprochen hatte, schien sich nicht im Raum zu befinden, und allmählich machte sich bei einigen das Gefühl breit, einer Täuschung aufgesessen zu sein. Endlich erschien Etienne Azdeki.

»Wachen!«, befahl er. »An die Türen!«

Mit angespanntem Gesicht und dem Schwert in der Hand betrat er den Raum. Das unzufriedene Murmeln verstummte sofort. Die Leibwache stellte sich zu beiden Seiten der Tür auf.

»Auseinander, meine Herren, auseinander«, rief Azdeki und wedelte mit seiner freien Hand. »Bilden wir ein Spalier für unsere Ehrengäste.«

Er teilte die Gruppe der Ratsherrn, ohne sie eines Blickes zu würdigen, sondern hatte nur Augen für den am Altar angeketteten Gefangenen. Als er ihn erreichte, kniete er nieder.

»Es ist so weit, Anvelin«, murmelte er.

Der alte Mann hob kaum den Kopf. Azdeki machte den Mönchen ein Zeichen, näher zu treten.

»Neffe?«, flüsterte Azinn hinter ihm.

Azdeki ignorierte ihn. Stolz richtete er sich mit dem Schwert in der Hand auf. Jetzt könnte er dem alten General endlich zeigen, welch guter Kämpfer in ihm steckte. In wenigen Minuten würden sie da sein. Er wandte sich zu den Ratsherrn um, die sich immer noch nicht richtig aufgestellt hatten. Bernevin setzte seine Maske ab, warf Azdeki einen kurzen Blick zu, nickte und begann, Ordnung in die Gruppe zu bringen.

»Bring es her, Aladzio«, befahl Azdeki.

Der Mann mit dem Dreispitz trat von zwei Hellebardieren begleitet auf ihn zu. In seinen Händen hielt er feierlich eine lackierte, mit Gold eingelegte Kassette aus edlem

Holz, die Azdeki vorsichtig öffnete. Ein in Leder gebundener, uralter Foliant kam zum Vorschein, dessen Einband im Licht der Feuerbecken schimmerte.

»Meine Herren«, rief er und nahm das Buch aus der Kassette, »hier seht Ihr das Buch, um dessentwillen Ihr gekommen seid. Ihr, die Ihr von den Göttern erwählt wurdet, um nach Jahrhunderten des Chaos und der Tyrannei die Ordnung wiederherzustellen. Hier ist das Buch, das Aogustus Reyes vor den Menschen versteckte – das Buch, das Fangol verloren hatte.«

Seine Hand zitterte. Das Buch war schwer. Mehr Sorgen bereitete ihm jedoch das, was es enthielt. Aladzio beobachtete, wie Azdeki das Buch hoch über den Kopf hielt wie eine Standarte, um die sich ein Heer versammelt, und die Stimme erhob.

»Das *Liaber Dest* ist in die Hände der Menschen zurückgekehrt, so wie es sein sollte. Uns obliegt nun die schöne, aber schwere Aufgabe, der Welt diese Herrlichkeit zurückzugeben.«

Alle hatten gewusst, worum es ging. Und alle waren sie von einem unerschütterlichen Glauben beseelt. Plötzlich war das für unmöglich Gehaltene Wahrheit geworden. Das Heilige Buch war keine Legende mehr. Azdeki legte das Schwert auf den Altar und griff nach seinem Dolch.

»Das Flüstern der Götter ist in diesem Buch festgehalten. In ihm finden wir die Geschicke der Menschen und der Großen dieser Welt, denen die schwierige Aufgabe zufällt, die Herde zu leiten. Seht dieses unzerstörbare Buch. Es wäre vermessen, an seinem Inhalt zu zweifeln.«

Er holte aus und stieß mit seinem Dolch auf das Buch ein. Die Ratsherrn hielten den Atem an. Die Klinge des Dolchs zerbrach am Einband, doch auf dem Buch war nicht die geringste Spur zu sehen. Scheppernd fielen die Klingenteile zu Boden.

»Bindet den Bischof los«, sagte Azdeki zu den Hellebardieren. »Wir übergeben ihn den Mönchen, die mit ihm nach ihrem Gutdünken verfahren dürfen.«

Die Soldaten taten, wie geheißen. Azdeki legte das Buch auf den Altar, nahm sein Schwert wieder an sich und wandte sich an die Fangol-Mönche, die unbeweglich und schweigend zugesehen hatten. Aladzio nutzte den Augenblick, um sich bis zur nächsten Säule zurückzuziehen.

»Ich bitte Euch, meine Geste als Beweis meines guten Willens anzusehen. Die Reyes haben Fangol geschwächt, um Euch kontrollieren zu können. Ihr habt nun jede Freiheit. Jetzt möchte ich Euch bitten, uns anzuerkennen. Erkennt unser Schicksal an, wie es im Heiligen Buch geschrieben steht.«

Anvelin stöhnte. Die Soldaten mussten ihn stützen. Seine nackten Füße hatten kaum noch Kraft, an seinen schmutzbedeckten Beinen klebte Blut.

»Nein, Azdeki«, keuchte er. »Ihr seht nur das, was Ihr sehen wollt. Ihr versteht nicht. Ich bin der Fangol-Orden! Nicht sie! Nicht sie! Diese Männer sind Ketzer …«

Seine Stimme erstarb. Die Soldaten ließen ihn vor die Füße der gleichmütigen Mönche fallen.

Azdeki brauchte die Unterstützung der Mönche. Sobald die letzten Hüter der Religion ihn anerkannt hätten, wäre er legitimiert. Aber um was damit anzufangen? Die Macht zu ergreifen? Die Republik zu stürzen? Er biss die Zähne zusammen. Man sah ihm seine Befürchtungen an.

Hastige Schritte näherten sich im Korridor.

»Wir haben das Volk vom Joch der Reyes befreit«, fuhr Azdeki fort.

Zu Füßen der Mönche versuchte Anvelin, sich aufzurichten. Er stützte die Hände auf den Boden. Die Muskeln seiner abgemagerten Arme spannten sich.

»Dieser Verrückte hier sprach in Eurem Namen, obwohl er wusste, dass das *Liaber* bei den Usters versteckt war. Immer hat er uns die Gefahr verborgen und das Wort der Götter verleugnet. Erkennt mich an. Das, was heute Abend hier geschieht, ist kein Zufall.«

Zwei Schatten huschten an den Füßen des vor der ersten Statue postierten Soldaten vorbei. Laerte und Dun betraten mit gezückten Schwertern den Raum. Die Ratsherrn gerieten in Bewegung. Sofort blockierten die Soldaten die Tür, um den beiden Rittern den Rückweg abzuschneiden. Einige der Anwesenden ertappten sich bei der Mutmaßung, Azdeki könne die Überraschung geplant haben, andere wiederum glaubten unbeirrt, dass das alles bereits seit Jahrhunderten geschrieben stand. Und als wollte er sie in ihrer Überzeugung unterstützen, schlug Azdeki einen ruhigen, aber bedrohlichen Ton an.

»Die Götter lassen sich auf kein Glücksspiel ein.«

Dun hatte sich rasch zu den Soldaten hinter ihm umgeblickt, doch Laerte hatte nur Augen für den vor dem Altar stehenden Ratsherrn. Das allgemeine Schweigen schien Ewigkeiten zu dauern. Rhunstag und Bernevin stellten sich an die Seite Azdekis. Azinn zog sich hinter die Fangol-Mönche zurück, als hoffte er, bei ihnen Schutz zu finden. Die meisten erkannten den grünen Umhang, der nach dem Mord an Enain-Cassart am Hafen so viel von sich hatte reden machen. Über den alten Ritter im Harnisch hingegen wusste fast niemand etwas.

»Oh, welche Freude«, murmelte Dun, ehe er wieder zu seinem Zögling aufschloss, der in der Mitte des Spaliers stehen blieb.

Erschrocken erkannte er, wie dünn Anvelin Evgueni Reyes geworden war. Sein Gesicht wurde hart. Daermon hatte dem ehemaligen Bischof den Verrat vor vielen Jahren zwar nie ganz verziehen, doch ein derartig hartes Los erschien auch ihm zu grausam. Immerhin hatte sich Anvelin oft für ihn eingesetzt, als er noch ein jugendlicher Ritterlehrling war, und ganz gleich, was ihm vorgeworfen wurde, er blieb dennoch der Bischof von Emeris und ein verdienter Kirchenmann.

Die beiden Eindringlinge wurden von allen Seiten misstrauisch beäugt. Nur ein jüngerer Ratsherr mit einer Narbe unter dem rechten Auge legte mehr Neugier als Furcht an den Tag. Verstohlen versuchte er, das Gesicht unter der goldenen Maske zu erkennen.

»Ergreift sie«, schrie sein Nachbar aufgebracht.

Der junge Ratsherr warf ihm einen amüsierten Blick zu.

»Das war aber nicht vorgesehen, Azdeki«, meldete sich ein anderer in der gegenüberliegenden Reihe.

Bald schon ereiferten sich alle und redeten durcheinander. Sogar Anvelin hatte sich umgedreht und sah zufrieden zu.

»Du bist da!«, flüsterte er glücklich. »Du bist tatsächlich gekommen.«

»Ratsherr Azdeki?«, rief Rhunstag und zog sein Schwert.

Doch Azdeki hörte nicht zu. Für ihn gab es nur noch die goldene Maske und das müde Gesicht Duns. Wortlos forderten sie sich heraus. Sie maßen sich mit Blicken und waren sich sicher, dass sich ihre Klingen jeden Augenblick kreuzen mussten. Hier würde alles enden, so stand es geschrieben. Die Anspannung wurde so greifbar, dass von selbst wieder Ruhe einkehrte.

»Ich weiß, wer du bist«, sagte Azdeki. »Ich kenne auch den Zorn, der dich antreibt. Ich verstehe ihn, und was für dich noch schlimmer ist: Ich respektiere ihn. Trotzdem kann ich nicht zulassen, dass du dich einer Verantwortung entgegenstellst, die ich übernehmen muss. Die Wahrheit steht in diesem Buch, Laerte von Uster.«

Bestürzt sahen die Ratsherrn einander an. Rhunstag und Bernevin wechselten einen Blick. Wie oft schon hatten sie diesen Namen gehört! Er war ein Mythos, der plötzlich ins Leben zurückkehrte, eine schreckliche Legende für diejenigen, die die Republik aufgebaut hatten. Laerte von Uster! War das nicht der Mann gewesen, der, wollte man Azdeki glauben, nach dem Sturz des Kaisers versucht hatte, die Macht an sich zu reißen?

»Tatsache ist, dass du Angst hast, Azdeki«, schrie Dun. »Und ich kann es dir nicht einmal verdenken.«

Azdeki lachte nervös auf. »Vor wem? Etwa vor dir, Daermon? Vor deinem spektakulären Auftritt, allein würdig eines Bauerntölpels, der du immer schon warst? Du weißt genau, dass du hier sterben wirst. Ebenso wie der junge Uster. Ich kenne mein Schicksal und schließe daher auf das eure. Ihr könnt nichts verhindern.«

Er bemühte sich, sicher zu klingen, doch die Angst verzerrte seine Züge. Bernevin und Rhunstag zögerten einen Augenblick, ehe sie vom Altarpodest herabstiegen. Der Meister und sein Schüler waren wieder vereint. Obwohl viel Zeit verflossen war, erinnerten sie sich noch allzu gut an das, was diese beiden während des Aufstands fertiggebracht hatten.

Azdeki trat einen Schritt vor. »Brüder«, forderte er die Mönche auf, »ich bedarf eures Segens.«

Doch die Mönche blieben stumm. Anvelin stützte sich wie gebannt auf seine Ellbogen. Laerte zog sich die Maske vom Gesicht und ließ sie fallen.

Aladzio wich langsam immer weiter zurück. Er suchte Laertes Blick, doch der Sohn des Oratio fixierte die drei Ratsherrn, die trotz ihres Alters zum Kampf bereit schienen.

»Du bekommst weder einen Segen noch das Vertrauen deiner Verbündeten«, spottete Laerte. »Dieses Buch da ist längst nicht so unzerstörbar, wie du behauptest, Azdeki. Und auch das Schicksal der Menschen steht nicht darin. Du wirst die Republik nicht unterjochen.«

»Ich habe nicht vor, die Republik zu stürzen«, gab Azdeki mit der Sicherheit eines Menschen zurück, der keinen Zweifel hegt. »Ich werde sie verteidigen.«

Er atmete tief ein und drehte sich erneut um.

»Gebt Ihr mir Euren Segen?«, fragte er die Mönche.

Einer von ihnen neigte den Kopf leicht zur Seite. Dann verkündete er ihm mit dumpfer, frostiger Stimme: »Ihr habt ihn.«

»Ergreift sie!«, befahl er seinen Soldaten.

Er wusste, dass es nicht leicht werden würde. Sowohl Dun als auch Laerte waren in der Lage, den *Odem* einzusetzen und würden sich den Soldaten nicht unterwerfen. Aber auf diese Weise konnte er Zeit gewinnen.

Als die Soldaten vorpreschten, presste sich Aladzio hinter die letzte Statue am Ende des Kirchenschiffs. Alles hätte ganz anders ablaufen sollen. Laerte hätte zunächst das *Liaber Dest* mit seinem Schwert zerstören müssen, denn dann wären die anderen geflohen, weil sie Azdeki nicht mehr glauben konnten. Er spürte, wie kalte Angst seinen Rücken hinaufkroch.

Als sich Dun blitzschnell bückte, um einer Lanze auszuweichen, spürte er einen scharfen Stich im Herzen. Seine Kniegelenke knackten. Er warf sich nach vorn, ließ sich abrollen und hob sein Schwert, um den Stoß von Azdeki abzufangen. Die Klingen klirrten. Der brennende Schmerz in seiner Brust breitete sich aus. Er hob den drei Ratsherrn entgegen, die sich auf ihn werfen wollten, eine Hand entgegen. Der *Odem* warf sie zwar nur wenige Schritte zurück, aber immerhin so weit, dass er wieder aufstehen konnte.

Unter den entsetzten Augen der Ratsherrn nahm Laerte es mit einem Dutzend Soldaten gleichzeitig auf. Er schlug zu, parierte und wich aus. Er ergriff Lanzen, zog den Soldaten am anderen Ende auf sich zu und durchbohrte ihn mit seinem Schwert. Noch nie hatte er mit einem Schwert wie Eraëd gekämpft. Es kam ihm vor wie eine Verlängerung seines Arms und glitt durch Rüstungen und Knochen wie durch Butter. Ein schimmernder Todestanz. Nicht eine Sekunde lang geriet er in Schwierigkeiten und hatte nie das Gefühl, er könnte überwältigt werden. Und doch musste er auf Zeit spielen. Er atmete tief ein.

Plötzlich schien sein ganzer Körper innerlich zu brennen.

Unter den Augen der fünf noch einsatzfähigen Soldaten bückte er sich und hieb mit der Faust heftig auf den Marmorboden.

Der *Odem* wirbelte die Soldaten durcheinander wie Spielzeugfiguren. Einer von ihnen flog so hoch, dass sein Körper am Torso einer Statue zerschmettert wurde. Die Ratsherrn rannten kopflos zur Tür.

Als sich Laerte wieder aufrichtete, sah er, wie sich Dun verzweifelt gegen die Angriffe seiner früheren Waffenbrüder zur Wehr setzte. Wütend griff er ein und stellte das Gleichgewicht wieder her. Dun trat ein Stück zur Seite und kämpfte nur noch gegen Bernevin.

»Nein!«, schrie Anvelin. »Nein!«

Mit letzter Kraft richtete er sich auf und klammerte sich trotz seiner Schwäche und Schmerzen an die Kutte eines der Mönche, der sich des Heiligen Buches bemächtigen wollte. Der Mönch versetzte dem alten Bischof einen so heftigen Stoß in die Rippen, dass man seine Knochen krachen hörte. Anvelin taumelte zurück und fiel in eines der Feuerbecken. Sofort züngelten gefräßige Flammen an seinem Körper hinauf. Der Mönch aber trat zum Altar und griff ohne einen Blick für den brennenden Bischof nach dem Buch.

Die Schwerter klirrten. Azdeki und Rhunstag hatten Mühe, Laertes wütende Angriffe abzuwehren. Er trieb sie zurück, immer weiter zurück, und durchbohrte Rhunstag schließlich mit einem einzigen Streich.

Anvelin, der jetzt lichterloh brannte, stieß einen markerschütternden Schrei aus. Seine Schmerzen verliehen ihm ungeahnte Kräfte. Er befreite sich aus dem Feuerbecken und wankte durch den Kirchenraum. Doch schon nach wenigen Metern gaben seine Beine unter ihm nach. Er brach zusammen und rollte gegen die Wandbespannung, die binnen Sekunden in hellen Flammen stand. Schnell breitete sich das Feuer auch auf die Deckenbalken aus.

Bernevin traf Dun am Knie. Die Klinge durchdrang einen Spalt in der Rüstung und zerfetzte Hose und Fleisch. Stöhnend brach der General zusammen. Trotz der schmerzhaften Stiche in der Herzgegend schaffte er es, das Schwert des Angreifers noch einmal zurückzuschlagen.

Im Schatten der Statue beobachtete Aladzio, wie sich der brennende Körper des Bischofs zwischen die Mönche warf, die aus der Kirche zu fliehen versuchten. Ihre Kutten fingen sofort Feuer. Azinn verkroch sich ängstlich hinter dem Altar.

Deckenbalken und Wandbehänge brannten. Dichter, beißender Rauch wälzte sich durch das Kirchenschiff. Der Geruch nach verbranntem Fleisch hing über allem. Zwei Fangol-Mönche wälzten sich am Boden und versuchten, ihre Kutten abzustreifen.

Der Mönch mit dem Buch rannte weiter auf den Ausgang zu. In diesem Moment gab der erste Balken nach, brach krachend zusammen und begrub den Ordensmann unter sich. Das *Liaber Dest* lag offen neben seiner reglosen Hand. Schon leckten die ersten Flammen an den Seiten.

Mitten in diesem Chaos verteidigte sich Dun nach wie vor erfolgreich gegen Bernevin, und Laerte bot Azdeki die Stirn. Ihr Kampfgeschrei übertönte das Prasseln des Feuers. Laerte schrie am lautesten. Azdeki zog sich immer weiter in die Rauchschwaden zurück, bis er für seinen Gegner kaum noch zu erkennen war. Dann und wann fuhr sein Schwert wie ein heller Strahl auf Laerte zu, wurde aber sofort von Eraëd zurückgeschlagen. Und plötzlich entstand vor Laertes Augen das Bild seines erhängten Vaters.

Von wilder Wut gepackt stieß er so heftig zu, dass er das Brechen von Stahl hören konnte. Azdeki stieß einen überraschten Schrei aus. Sofort machte Laerte einen Ausfall. Der Widerstand von Azdekis Knien währte nur kurz.

Laerte konnte spüren, wie sie brachen. Schnell richtete er sich wieder auf und zerrte seinen gestürzten Gegner an den Haaren zu sich heran.

Azdekis ungläubige Augen spiegelten panische Angst. Laerte hob Eraëd hoch empor und ließ das Schwert auf den Hals seines Feinds niedersausen. Azdekis Körper sackte zu Boden. Laerte hielt Azdekis Kopf mit für immer geöffneten Augen in der Hand.

Sein Magen revoltierte. Ihm war unglaublich schlecht. Angeekelt ließ er die Trophäe fallen. Er wollte sich nur noch übergeben, sterben und vom Erdboden verschwinden. Immer noch quälte ihn sein Zorn. Die Wut ließ ihm kaum Luft zum Atmen.

In diesem Moment erblickte er das *Liaber Dest*. Es lag nur wenige Meter neben ihm am Boden in einer reglosen, geöffneten Hand. Auf seinen Seiten tanzten lodernde Flammen, ohne den geringsten Schaden anzurichten. Nichts geschah. Es war, als würde das Buch von einem geheimnisvollen Zauber geschützt. Doch es war etwas anderes, das Laerte bewog, mit wild pochendem Herzen niederzuknien.

Zwischen seltsamen Schriftzeichen hatte er eine uralte Zeichnung entdeckt. Sie zeigte einen Ritter in einer einfachen Rüstung, der unter einem Baum ruhte. Zu seinen Füßen saß ein Kind in der zerlumpten Tracht der Salinen, bewachte seinen Schlaf und hielt ein Schwert in der rechten Hand. Und in der linken …

»Grenouille!«

Dun war bis zu einer der Statuen gekrochen, hatte sich halb aufgesetzt und lehnte den Kopf an den Steinsockel. Mit einem traurigen Lächeln streckte er den Arm nach Laerte aus. Der junge Mann ging zu ihm hin, sank an seine

Seite und nahm seine Hand. Im Knie des Generals klaffte eine tiefe Wunde, und aus seinem Mund lief ein dünner Blutfaden, ohne dass man eine Verletzung sah. Laerte begriff, dass es kein Schwert gewesen war, das den Sieg über den alten Mann davongetragen hatte. Sie wechselten einen wortlosen Blick. Ein Stück weiter lag Bernevin mit durchgeschnittener Kehle.

»Laerte …« Dun konnte kaum noch sprechen.

Seine Brust hob und senkte sich krampfartig. Sein Herz ließ ihn im Stich. Laerte spürte, wie die Hand seines Meisters trotz der Feuersbrunst ringsum eiskalt wurde. Sie sahen einander einfach nur an, Hand in Hand. Sie waren zusammen.

Zum letzten Mal.

Ein letzter Atemzug entrang sich den aufgesprungenen Lippen des alten Ritters.

Dun-Cadal Daermon war tot.

»Laerte!« Eine erregte Stimme übertönte das Prasseln des Feuers. »Laerte, das Buch!«

Aladzio bahnte sich einen Weg durch den Rauch, den Dreispitz wie immer fest auf dem Kopf. Ratlos blickte er Laerte an.

»Es ist fort. Aber es kann doch nicht verbrannt sein! Es ist …«

In diesem Augenblick entdeckte Aladzio Duns leblosen Körper und verstummte sofort. Sanft, fast zärtlich legte Laerte die Hand des Generals auf dessen Brustharnisch.

Von irgendwo her drangen Schritte und Rufe an sein Ohr. Wortlos stand er auf. Sein Zorn hatte ihn nicht verlassen. Wütend schlossen sich seine Finger um den Schwertgriff.

Sie kamen. Soldaten. Sie hatten die Tore aufgestemmt und den Innenhof besetzt. Die völlig kopflosen Ratsherrn, die ihnen entgegenstürzten, hatten sie nur einen kurzen Moment aufgehalten. Laerte war kaum überrascht, als er Rogants Stimme hinter sich hörte.

»Wir müssen verschwinden.«

Der Nâaga reichte ihm die goldene Maske. Laerte fiel es schwer, den Blick vom ruhigen, friedvollen Gesicht seines Meisters abzuwenden.

»Ich kann ihn nicht dort lassen. Du musst ihn tragen.«

Die Kapelle stand in Flammen. Noch wenige Minuten, dann wären die Korridore voll von Soldaten, die man auf ihre Fährte gesetzt hatte. Sie mussten sich beeilen, den Durchgang zu erreichen. Denselben, den Laerte benutzt hatte, um in den Palatio zu gelangen.

»Trag ihn«, bat Laerte erneut und nahm seinem Freund die Maske aus der Hand.

Und sein Zorn war noch immer nicht versiegt …

EPILOG

Das Schicksal der Menschen
war niemals etwas anderes
als das Flüstern der Götter.

Dun-Cadal wurde ohne großen Pomp am Ufer des Großen Meeres begraben. Vor dem mit der Zeremonie betrauten Priester stand nur Mildrel in einem langen, schwarzen Gewand. Ihr Gesicht hatte sie unter einem Schleier verborgen.

Niemand wusste, was sich genau im Palatio zugetragen hatte. Wie Lauffeuer verbreiteten sich Gerüchte und Halbwahrheiten. Dabei fiel immer wieder ein Name, der seit dem Sturz von Asham Ivani Reyes als verpönt galt.

Laerte von Uster.

Etienne Azdekis Körper wurde noch rechtzeitig vor dem Feuer in Sicherheit gebracht, nicht aber sein Kopf. Der Hohe Rat in Emeris gab schon bald eine Untersuchung in Auftrag, in der peinliche Fragen aufgeworfen, aber nur notdürftig beantwortet wurden. In der Hauptstadt herrschte gespannte Stimmung. Die Ratsherrn begegneten einander mit Misstrauen. Man ging davon aus, dass ein Staatsstreich gerade noch verhindert worden war, aber in den Korridoren des ehemaligen Kaiserpalasts wurde auch gemunkelt, dass das Komplott möglicherweise nicht von dem geschmiedet worden war, den man ursprünglich verdächtigte. Von Azinn Azdeki hatte man seit der Nacht der Masken nichts mehr gehört.

Auch das *Liaber Dest* wurde erwähnt. Angeblich war das Heilige Buch wiedergefunden worden.

Balian Azdeki legte vor dem Hohen Rat in Emeris ein bewegendes Zeugnis ab. Er schwor bei seiner Ehre, dass sein Vater über jeden Verdacht erhaben sei, immerhin habe er die Republik mit aufgebaut und gegen den Tyrannen Reyes gekämpft. Und das, nachdem er zuvor in seinen Diensten gestanden hatte, wurde hinter vorgehaltener Hand eingewendet.

Esyld wurde in den Zeugenstand gerufen, um die Aussage ihres Ehemanns zu untermauern. Schüchtern und mit Tränen in den Augen gestand sie den Ratsherrn, dass sie in der Nacht der Masken tatsächlich den Sohn Oratios von Uster im Palatio gesehen hatte. Sie gab zu, ihn von früher zu kennen, und dass er ihr gegenüber erklärt habe, sein Ziel sei es, die an diesem Abend anwesenden Ratsherrn zu ermorden. Da sich diese Aussagen mit dem deckten, was Etienne Azdeki schon früher immer behauptet hatte, ging man davon aus, dass Laerte von Uster einen Putsch geplant hatte und nach dem Vorbild der Familie Reyes die Macht an sich reißen wollte.

Und so kam es zu einer völlig entstellten Auffassung dessen, was als Wahrheit galt. Die Ratsherrn stritten sich ständig über eine Unzahl von Aspekten und deren Konsequenzen. Lediglich im Fall Laertes von Uster herrschte Einigkeit. Er war wieder da und stellte eine Bedrohung für die Republik dar. Auf seine Ergreifung wurde ein Kopfgeld ausgesetzt.

Jeder Bürger, vom Bauern bis zum Wirt und vom Soldaten bis zum Ratsherrn, kannte eine andere Version der Geschichte und machte sich Gedanken über Laertes Motive. Man sprach über seinen Treuebruch, seine Grausamkeit und seinen Rachefeldzug.

Aber niemand sprach über die Wahrheit der heroischen Rückkehr eines seit Langem zerbrochenen Ruhms. Niemand erinnerte sich des Namens Dun-Cadal Daermon, den man im strömenden Regen auf einem Friedhof am Meeresufer von Masalia begraben hatte.

Ein gutes Stück jenseits des Friedhofsgitters beobachtete Laerte, wie Mildrel den Mann beweinte, der schließlich doch noch würdevoll von ihr gegangen war.

Rache schreit nach Rache.

Wie schön und ruhig Mildrel doch war! Einen Augenblick lang fühlte sich Laerte versucht, sich ihr anzuschließen und Dun die letzte Ehre zu erweisen – seinem Meister, der ihn alles gelehrt hatte. Doch er tat es nicht. Leise zog er sich in die schmalen Gassen der Stadt zurück.

»Sie streiten sich wie die Kesselflicker«, schimpfte Aladzio. »Zwar hält man dich für den Schuldigen, aber in Wirklichkeit sind sie sich alles andere als einig. Das, was in Masalia geschehen ist, hat die Zwistigkeiten innerhalb der Ratsversammlung nur noch verstärkt.«

Nervös stapelte er Bücher auf den langen Tisch und ging immer wieder zwischen den Regalen hin und her. Der Winter stand vor der Tür. Obgleich sich die Bibliothek des Turms unter der Erdoberfläche befand, brachte dann und wann ein kalter Luftzug die Kerzenflammen zum Flackern.

»Alle Welt redet nur noch vom *Liaber Dest*. Der Fangol-Orden erwartet von den Ratsherrn, die in Masalia dabei waren, dass sie Rechenschaft über den Tod ihrer zu diesem Treffen entsandten Mitbrüder ablegen. Und was noch schlimmer ist – natürlich vor allem für De Page: Die Mönche beanspruchen einen Platz in der Ratsversammlung.«

Aladzio sortierte die Bücher ohne große Vorsicht. Diejenigen, die er für uninteressant hielt, warf er einfach auf den Boden. Die anderen verstaute er in großen Ledertaschen.

»Die Soldaten der Republik werden bald herkommen, Laerte.«

Mit ernster Miene blickte er Laerte an.

»Der Fangol-Orden will den Platz wieder einnehmen, den er für seinen hält. Sie werden auch hierhin zurückkommen. Also rette ich, was ich kann.«

Laerte lehnte mit verschränkten Armen an der Wand.

»Du kannst dir nicht vorstellen, wie wütend De Page war«, fuhr Aladzio fort und entschloss sich schweren Herzens, drei dicke Folianten zurückzulassen. »Abgesehen davon geht es ihm allerdings besser als dir. Niemand erwähnt seinen Namen. Seine Weste ist weiß wie Schnee, und seine Söldner hatten alle Zeit der Welt, den Palatio durch die Gärten zu verlassen. Er spricht übrigens manchmal von dir. Er hat mich gefragt, ob ich wüsste, wo du hingegangen bist.«

»Du hast es mir versprochen«, sagte Laerte.

»Ich habe es dir versprochen«, nickte Aladzio. »Ich schweige wie ein Grab. Trotzdem finde ich, dass du den Kontakt wieder aufnehmen solltest. Er könnte dich beschützen.«

»Er weiß, wohin Azinn geflohen ist, nicht wahr? Ich bin sicher, Azinn hat das *Liaber Dest* an sich genommen.«

Aladzio blickte ihn finster an und biss sich auf die Lippen. Dann verschloss er die zum Bersten gefüllten Ledertaschen.

»Zumindest nimmt De Page das an. Aber du suchst Azinn nicht wegen des Buches, nicht wahr?«

Ächzend schulterte er die Taschen und ging langsam auf die Treppe zu.

»Rogant ist ihm auf den Fersen. Er hofft, dich bald wiederzusehen.«

Das flüchtige Lächeln, das sich auf seine Lippen gelegt hatte, verschwand, während er den matten Blick durch die Bibliothek schweifen ließ.

»Die Fangol-Mönche hüten ihr Wissen wie ein Geheimnis«, sagte er traurig. »Diesen ganzen Schatz einfach hierzulassen – es bricht mir das Herz.«

Er tätschelte eine seiner Taschen.

»Aber ich nehme mir, was mir zusteht«, lächelte er.

Galapa empfing sie grinsend wie immer. Er saß auf einem Stuhl in der Nähe der Tür des zerstörten Turms. Aladzio lud die Taschen auf sein Pferd und blickte zu Laerte hinauf, der bereits auf seinem Reittier saß.

»Ich mache mir Sorgen um diesen alten Mönch«, sagte er. »Natürlich ist er verrückt, aber er wird mir fehlen.«

Er saß ebenfalls auf. In der Ferne am Horizont erhob sich eine Staubwolke. Reiter nahten. Aladzio hob zum Gruß kurz seinen Dreispitz.

»Es ist so weit«, sagte er.

»Aladzio – das Buch. Du hast es doch gelesen und jede Seite gesehen.«

Aladzio blickte starr geradeaus. Er wusste, was sein Freund wollte, doch die Antwort fiel ihm nicht leicht.

»Jeder sieht darin, was er möchte«, wich er aus.

»Wirklich? Ich glaube nicht daran, dass unser Schicksal von den Göttern niedergeschrieben wurde, aber ich habe etwas gesehen … In der Kapelle habe ich Dun in diesem Buch gesehen.«

»Ach ja?«, lächelte der Erfinder schüchtern. »Ich kann mich nicht erinnern, ihn gesehen zu haben.«

Er wich seinem Blick noch immer aus. Galapa kicherte vor sich hin.

»Aladzio, sieh mir in die Augen!«

Aber Aladzio zog es vor, Ausschau nach den Reitern zu halten.

»Sieh mich an«, wiederholte Laerte.

Endlich gehorchte Aladzio. Sein Gesicht war sehr ernst.

»Glaubst du daran?«, fragte Laerte.

»Ich zweifele immer, Laerte. Es ist die Sicherheit, die der Republik zum Verhängnis wird. Ich zweifele. Und doch wäre ich gern sicher, dass dieses Buch nichts anderes ist als eine vor Tausenden Jahren aufgezeichnete Legende. Ich schwöre dir bei meinem Leben, dass ich dir das am liebsten sagen würde.«

Er befeuchtete die Lippen und lenkte sein Pferd langsam über den festgestampften Boden.

»Weil ich nämlich das Ende des Buches gesehen habe. Es ist eine Gravur, ein einfaches Bild, das seine Geheimnisse noch nicht preisgegeben hat. Trotzdem bin ich mir sicher, dass wir uns diesem Ende nähern, mein Freund.«

»Und?«

»Um keinen Preis der Welt möchte ich dieses Ende erleben.«

Für einen Moment blitzte eine unaussprechliche Angst in seinen Augen auf.

»Du solltest zusehen, dass du sie wiederfindest«, riet er ihm ernst.

»Wen?«

»Viola. Viola Aguirre. Sie spricht von dir, weißt du. Man müsste schon blind sein, um nicht zu erkennen, dass sie an ihrem geheimnisvollen Laerte von Uster hängt. Du solltest dich auf die Suche nach ihr begeben. Vor zwei Tagen hat sie sich von Emeris aus auf den Weg gemacht nach Westen in die Grafschaft Daermon. Sie gibt vor, dort historische Nachforschungen zu betreiben, aber wir beide wissen, dass das nicht alles ist, nicht wahr? Es ist ihre Art, ihn zu ehren. Glaube ich …«

Er machte eine Pause und atmete tief ein.

»Ja, du solltest sie finden. Und ein friedliches Leben genießen, mein Freund.«

Er lenkte sein Pferd auf den Steinweg, dann trieb er es an.

»Beche wird dir folgen. Du kannst dich ihrer bedienen, wenn du Kontakt zu mir aufzunehmen möchtest. Pass gut auf dich auf, Laerte.«

Galapas Kichern war verstummt. Nachdenklich saß Laerte noch einige Minuten unbeweglich im Sattel. Wo sollte er nun hingehen? Welchem Weg sollte er folgen? Er hatte das Gefühl, alles verloren zu haben.

»Weißt du, Sohn des Uster, er war hier. Er hat mich besucht«, sagte Galapa mit breitem Grinsen.

Er hob die blinden Augen zu Laerte empor, als könne er ihn tatsächlich sehen. Weil Laerte keine Lust hatte, ein Gespräch mit dem Irren zu beginnen, und weil er die Reiter näher kommen sah, lenkte auch er sein Pferd auf den Weg, der vom Turm ins Tal führte. Doch Galapa rief ihn zurück.

»Er hat mir erzählt, dass du Azdeki den Kopf abgeschlagen hast. Und dass er auf der Schwelle stand und dir beim Kämpfen zugesehen hat.«

Laerte riss so heftig an den Zügeln, dass sein Pferd aufwieherte, und drehte um. »Von wem sprichst du?«, fragte er. »Sag schon, von wem?«

Die Antwort war ein langes, schrilles Lachen. Langsam knöpfte der alte Mönch seine Kutte auf und entblößte stolz seinen Oberkörper.

»Derjenige, der mir dieses hübsche Geschenk gemacht hat. Derjenige, der weiß, dass das Buch und das Schwert zusammengehören.«

Auf seiner blassen Haut zeichnete sich eine alte, geschwollene Narbe ab. Sie stellte ein von einer Linie durchzogenes Rechteck dar. Nein, eigentlich war es keine Linie, sondern eher eine Klinge mit einem geschwungenen Griff.

»Der dickste Azdeki kennt ihn. Er hat gehört, wie er in sein Ohr geflüstert hat«, fuhr Galapa fort. »Welche Neuigkeit gibt es im Westen? Welche Neuigkeit von jenseits des Großen Meeres?«

Die Zeit drängte. Man sah die Reiter jetzt schon ganz deutlich. Einer von ihnen trug die Standarte der Republik. Gern hätte Laerte den Mönch noch mehr gefragt, doch einem Kampf wollte er unbedingt ausweichen.

»Wer ist da?«, fragte Galapa plötzlich. Mit verlorener Miene fuhr er sich mit einer altersfleckigen Hand über die Lippen. Dann kicherte er wieder.

In weiter Ferne zog fahrendes Volk über einen staubigen Feldweg. Hinten auf einem wackligen Karren saß ein in eine schmutzige, durchlöcherte Decke gehüllter, fetter Mann und drückte mit abwesendem Blick ein Buch an seine Brust. Nur dann und wann spähte er mit listigen Äuglein in die Umgebung, um sich zu vergewissern, dass niemand ihn erkannte. Nur noch wenige Stunden bis zur Ankunft in Eole. Am Ende des langen Wegs, hinter einem großen, finsteren Wald, erhob sich auf einer hohen Klippe eine von dicken Befestigungsmauern umgebene Stadt aus Stein. Dort wäre Azinn Azdeki in Sicherheit. Zumindest hoffte er das. Vielleicht wäre er anderer Ansicht gewesen, hätte er den Mann auf der Hügelkuppe gesehen, der seinem Pferd beruhigend die Flanken tätschelte.

Rache schreit nach Rache. Es geht um den Weg, den du einschlägst.

Laerte beobachtete den Zug, der sich den Weg entlangschlängelte. Entschlossen saß er wieder auf.

Der Pfad des Zorns führt in den Abgrund, denn wenn du ihm folgst, musst du deine Wut unentwegt nähren und immer rückwärts schauen. Immer. Rache schreit nach Rache. Du hast die Wahl, Laerte von Uster. Du hast die Wahl, mein Sohn!

Er gab seinem Pferd die Sporen und trieb es zum Galopp.

DANKSAGUNG

Mein Dank gilt Barbara und Quentin, die als Erste an dieses Buch glaubten. Dem gesamten Team von Bragelonne, das unglaublich freundlich und professionell war. Claire für das so wichtige Gegenlesen und die Ratschläge. Tom für die letzten Vorschläge zum Text.

Ein ganz besonderes Dankeschön an Gillian Redfearn von Gollancz und an Stéphane Marsan für ihr Vertrauen.

Talent allein reicht nicht.